CAÏDS

Née dans l'East End, dans sud-est de Londres, Martina Cole a vendu plusieurs millions d'exemplaires de ses romans outre-Manche et reçu plusieurs prix importants, dont le British Book Thriller Award en 2006 pour *La Proie*. Plusieurs de ses romans ont été adaptés à la télévision.

Paru dans Le Livre de Poche :

LE CLAN

DEUX FEMMES

JOLIE POUPÉE

LA PROIE

LE TUEUR

MARTINA COLE

Caïds

ROMAN TRADUIT DE L'ANGLAIS PAR STÉPHANE CARN

FAYARD

Titre original :

FACES
Publié chez Headline Book Publishing, 2007

© Martina Cole, 2007.
© Librairie Arthème Fayard, 2010, pour la traduction française.
ISBN : 978-2-253-16883-6 – 1re publication LGF

Pour Natalia Whiteside, la toute première de mes petites-filles et le cœur de mon cœur.

Tous mes enfants ont été pour moi une bénédiction, ainsi que mes petits-enfants et ma belle-fille, Karina.

Je me rends compte que la vie, c'est ce qu'on laisse derrière soi, les gens qu'on laisse quand on s'en va. Dieu est bon, je le sais mieux que quiconque. Ma mère disait qu'Il n'avait pas besoin d'argent pour rembourser ses dettes et qu'on finissait forcément par récolter ce qu'on avait semé. J'ai la famille dont j'ai rêvé toute ma vie, et chaque jour qui passe la voit croître en nombre comme en vigueur...

Je souhaite à mes lecteurs tout l'amour et le bonheur qu'ils méritent et je remercie Dieu pour tous les biens qu'il m'a prodigués, jour après jour. Il n'en a pas toujours été ainsi, mais j'ai fini par découvrir le secret du bonheur : savoir cueillir les bons moments avant qu'ils ne passent et profiter de la présence de ceux qu'on aime.

Pour Eve Pacitto, une amie très chère, doublée d'une femme formidable, qui a toujours su tendre la main à ceux qui en avaient besoin. Au fil des années, son amitié pour moi ne s'est jamais démentie. Elle a toujours fait passer les autres avant sa propre personne. C'était la gentillesse même... Elle me manquera terriblement, elle et nos super-déjeuners. Je suis de tout cœur avec ses deux Peter.

Et pour Nanni Donna, que nous n'oublierons jamais. Ce fut un privilège de te connaître et d'être ton amie. La vie va être tellement moins riche, sans toi. Que Dieu te bénisse et te garde en bonne place, parmi ses étoiles.

Une mention toute spéciale à ma très chère Diana, qui est ma fan n° 1, tout comme je suis la sienne. Une vraie copine, un sacré numéro – bref, une femme qu'on ne peut qu'adorer. Tu es formidable, tu as une famille fantastique, et c'est un grand honneur pour moi que d'être ton amie. Courage, ma belle ! Je t'aime et je t'embrasse très fort.

Sans oublier Delly, la sœur que nous rêvons tous d'avoir.

PROLOGUE

Décembre 2006

Mary Cadogan s'était effondrée sur son lit, en proie à cette peur qui la tenaillait sans relâche. Elle craignait toujours quelque chose : que son époux se fasse épingler, par exemple ; ou, pire, qu'il s'en tire une fois de plus…

L'atmosphère de la chambre était imprégnée des relents aigrelets de son souffle. Elle avait l'haleine fétide des grands buveurs, une odeur pestilentielle qui résistait à toutes les pastilles à la menthe. Mais personne n'y faisait jamais la moindre allusion. Comme tout le reste dans sa vie, son alcoolisme était un sujet tabou dont aucun de ses proches n'aurait osé parler ouvertement. L'existence même de Mary leur donnait à tous, elle la première, le sentiment de ne pas être à la hauteur…

Elle aurait voulu se faire oublier. Que personne ne sût jamais qu'elle était là, habillée de pied en cap, en cette froide nuit de décembre, à attendre en tremblant le retour d'un homme qui était plus que capable de ruiner sa vie, au propre comme au figuré… Danny Cadogan pouvait déstabiliser les truands les plus coriaces rien qu'en leur signifiant qu'il avait deux mots à leur dire. Dans sa bouche, le plus petit commentaire prenait des allures de déclaration de guerre. Une simple remarque pouvait receler des menaces terrifiantes qu'il n'hésiterait pas une seconde à mettre à exécution.

Mary Cadogan sentit son cœur se pincer, un sentiment familier à la seule évocation de son mari. Que ce nom produisît le même effet sur la plupart des gens n'avait rien pour la rassurer. Elle pratiquait cet homme depuis des années et de suffisamment près pour savoir qu'il aurait fallu être fou pour contrecarrer ses plans sans s'être préalablement muni de tout un arsenal – ne serait-ce que pour pouvoir retourner son arme contre soi, en cas d'échec.

Elle aperçut son image dans le miroir, en face du lit. Elle avait toujours eu le chic pour garder des dehors sereins et soignés, quoi qu'il arrive. Même au cœur de la tourmente, elle n'avait pas un cheveu rebelle. C'était devenu un art de vivre, un masque qu'elle s'était composé, année après année, pour cacher ses véritables sentiments à son époux, le père de ses enfants, ainsi qu'au reste du monde – du moins jusqu'à très récemment. C'était à cette technique de survie qu'elle devait d'avoir conservé un semblant de santé mentale.

À force de cohabiter dans un champ de mines avec un dangereux paranoïaque qui considérait la moindre divergence comme un affront personnel, elle s'était depuis longtemps résignée à approuver tout ce qu'il disait. Obéir était la seule voie de salut face à un Danny Cadogan. Vous aviez intérêt à sauver les apparences, à avoir l'air sincèrement persuadée que sa parole était d'or et son jugement infaillible – quel que soit le sujet, qu'il s'agisse d'un point aussi essentiel que leur future adresse, ou d'une broutille, comme la marque des céréales pour le petit déjeuner des enfants.

Longtemps elle avait cru que l'amour parviendrait à le faire changer, qu'il renoncerait à ses manies despotiques. Mais elle en était revenue. Avec lui, les choses ne pouvaient qu'empirer. Voilà pourquoi elle s'était retranchée derrière cette façade de calme et de crédibilité qui lui permettait de renvoyer l'image d'une existence sinon heureuse, du moins tolérable.

Elle tapota sa coiffure d'une main lasse, quoique impeccablement manucurée. À sa façon, son frère Michael avait tenté de l'aider, mais il avait fini par la laisser tomber lui aussi, comme à peu près tout le monde autour d'elle, à commencer par Danny. Au moins Michael parvenait-il à exercer un semblant d'influence sur son mari, à lui faire entendre raison. Dans une certaine mesure, bien sûr, parce que Danny Cadogan n'avait jamais suivi que ses propres lois ; ça, il suffisait de cinq minutes pour s'en rendre compte. Il avait toujours eu l'étoffe d'un chef et si, à leur manière, ils avaient réussi, c'était grâce à lui. Tout gamin déjà, dans la cour de l'école, il en imposait aux autres, même aux garçons plus âgés et plus costauds que lui. Personne ne se serait aventuré à leur chercher noise. Dans le monde où ils vivaient, c'était un atout maître. Mais là, Danny avait dépassé les bornes. La situation était devenue tellement invivable que Mary n'y voyait plus d'issue.

La mère de Danny était en bas, avec les petites. Même elle, avec sa fichue radio qu'elle écoutait en sourdine en ressassant ses souvenirs et ses vieilles rengaines surgies d'un passé depuis longtemps révolu, elle semblait la mettre en veilleuse.

*

— Tu crois vraiment qu'il va le faire ?
Michael Miles poussa un soupir sonore.
— Qui sait ? Il ne montre jamais ce qu'il pense. Pas

sûr qu'il le sache lui-même, en fait. Il attendra la dernière putain de seconde pour se décider. Alors, on laisse à Eli le temps d'arriver, et ensuite on s'arrache. Cesse de te conduire comme un môme, merde. Tout est prêt, boucle-la maintenant.

Le sort en était jeté, mais Jonjo sentait qu'il ne se passerait rien cette nuit-là – ni aucune autre, d'ailleurs. Un coup dans l'eau, en somme. Danny n'en faisait jamais qu'à sa tête, de toute façon, qu'est-ce qui aurait pu le faire changer ? C'était à se demander comment ils avaient pu se persuader qu'ils en viendraient à bout. Autant espérer intercepter une balle de 9 mm avec une raquette de tennis !

Michael comprenait la nervosité de Jonjo, il avait lui-même vécu des années avec cette sensation de trépidation intérieure. Il était pourtant la seule personne au monde à qui Danny Boy vouât un minimum de respect et d'estime. Danny l'aimait et, curieusement, c'était réciproque. Mais cette fois, trop c'était trop.

Il lança le moteur.

— C'est l'heure.

Ils s'éloignèrent à vive allure sans plus échanger un mot, conscients de l'imminence et de la gravité des événements qui se préparaient.

*

Sa femme n'était pas censée avoir d'opinion personnelle, prétendait Danny. Lourde erreur... Car ce jour-là, Mary s'était laissée aller à gamberger, au point d'entrevoir un heureux dénouement à toutes leurs tribulations : son mari finirait par se faire descendre, pour la seule et bonne raison qu'elle n'en pouvait plus. Il lui imposait de vivre dans une sorte de vide intersidéral, contrôlait ses moindres faits et gestes, il allait jusqu'à lui dicter sa manière de voir et le choix de ses amies !

Maintenant qu'elle avait tout raconté à Jonjo, son beau-frère, et dévoilé la face cachée de leur mariage, Danny trouverait toujours à le lui reprocher – ainsi qu'à Michael, son pauvre frère. La loyauté n'avait jamais été son fort, à Jonjo. Elle avait pu le constater pas plus tard que le soir même.

Comme elle restait prostrée sur son lit, l'idée l'effleura qu'il vaudrait peut-être mieux pour tout le monde qu'elle se secoue et s'installe au volant de sa voiture – une Mercedes dernier cri : la femme de Cadogan ne pouvait s'afficher que dans ce qui se faisait de mieux ! –, pour foncer dans le premier mur qui se présenterait. Et basta. L'autre option consistant à foncer carrément sur Danny... La témérité d'un tel projet lui tira un sourire. Si les spécialistes du grand banditisme hésitaient à attaquer son mari de front, quelles étaient ses chances à elle d'en venir à bout, et surtout de s'en tirer ? Elle ne donnait pas cher de sa peau s'il en réchappait, et connaissant ce salaud...

Danny la soumettait à une surveillance constante. Pas directement, bien sûr, mais il s'arrangeait toujours pour vérifier ses dires. En faisant un saut du côté de chez sa belle-sœur, par exemple, le temps de bavarder un peu et de glisser quelques questions, comme ça, en rigolant : « De quoi vous avez discuté hier soir, les filles... ? » Histoire de s'assurer que sa femme y était bien et ne lui avait pas menti. Comme si elle était assez folle pour prendre un tel risque ! Elle l'entendait interroger Carole et lui tirer les vers du nez d'un ton faussement détaché, à l'affût du moindre signe de manœuvre ou de dissimulation. Elle voyait ses mains tremblantes agrippées à son mug de café, les jointures blanchies, et ses traits crispés à deux doigts de le trahir. Il ravalait sa fureur pour mieux sonder Carole : disait-elle la vérité ou cherchait-elle à couvrir Mary ? Dans ce cas, à quoi sa femme avait-elle pu occuper son temps ? S'il décidait de s'en tenir à ses soupçons, au lieu de croire les candides explications de Carole, c'était parti pour des mois de reproches et de tracasseries.

Dieu merci, une chose parlait en faveur de son amie : ses kilos en trop. Il faut dire que Carole ne faisait aucun effort pour s'arranger. L'idée d'aller perdre quelques kilos au gymnase ne l'aurait jamais effleurée ! Son univers se réduisait à son homme et ses gosses. Rien n'existait pour elle en dehors de sa maison et de sa famille – rien d'intéressant, en tout cas. Danny avait toujours eu un faible pour la discrète épouse de Michael. Carole comptait parmi les rares personnes qui trouvaient grâce à ses yeux. Il laissait donc Mary la voir, puisqu'elle ne représentait aucune menace et ne risquait pas de dévoyer sa femme en douce. C'était elle que Danny aurait dû épouser, tiens. Quel dommage qu'il ne l'ait pas fait !

Mary s'avisa soudain qu'elle avait le visage trempé de larmes, de grosses larmes silencieuses, aussi contrôlées que le reste de sa personne. Vingt-cinq ans qu'elle se retenait d'exploser, qu'elle s'interdisait toute réaction normale.

Comment les choses avaient-elles pu en arriver là ? Comment sa vie, qui devait paraître enviable à tant de femmes, avait-elle pu se dégrader au point qu'elle en vienne à envisager de mettre un terme à ses souffrances ? Au fond, elle savait parfaitement ce qui s'était passé. Elle était même mieux placée que quiconque pour le savoir…

Ce soir, ce serait son chant du cygne, son ultime tentative pour se débarrasser de Cadogan et leur bâtir enfin une vie digne de ce nom, à elle et à ses filles… Elle soupira. Inutile de rêver. Rien de tout ça n'adviendrait. Elle aurait dû s'en faire une raison bien avant de se retrouver dans un tel pétrin.

Ah, l'expérience… ! se dit-elle. Ça n'est vraiment que le commencement de cette putain de sagesse…

*

— Je peux avoir un autre esquimau, mamie ?

Il était déjà neuf heures et demie et la petite Leona n'avait aucune envie d'aller se coucher – pas plus que sa grand-mère, Angelica Cadogan, n'avait l'intention de l'y forcer.

— Bien sûr, ma chérie. Tout ce que tu veux. Va t'asseoir sur le canapé. Je te l'apporte.

La fillette se rengorgea, enchantée. Elle ressemblait terriblement à son père, avec ses longs cheveux noirs et ses yeux d'aigue-marine. Angelica ouvrit le nouveau frigo – un modèle américain, format géant – et sortit une glace du congélateur. Son fils avait fait en sorte que les siens ne manquent de rien… Elle apporta la friandise à sa petite-fille, remit sa couverture en place et posa un baiser sur ses cheveux.

Les yeux vissés à l'écran, la télécommande dans sa petite main, Leona ne lui accorda pas un regard. Sa sœur Laine, affectueusement surnommée Lainey, s'était assoupie dans un fauteuil. Elle veillait sur elle comme le lui avait recommandé sa grand-mère : dans leur famille, chacun devait veiller sur tous les autres. Sa mamie ne cessait de le lui seriner et ne manquait aucune occasion de le vérifier.

La petite regardait « *Little Britain* ». Angelica secoua

lentement la tête en s'étonnant que, du haut de ses six ans, Leona saisisse déjà ce genre d'humour. Quelque chose lui souffla d'éteindre la télé, mais elle se ravisa ; elle n'allait quand même pas s'en faire pour si peu à son âge ! Contrairement à ses gosses, ses petits-enfants étaient pourris gâtés. Les deux petites, surtout. Quand elles étaient arrivées, sur le tard, comme on dit, Danny en était tombé fou amoureux. Les autres, il ne s'y était jamais vraiment intéressé – mais bon, eux, ils étaient nés hors mariage. Sûr que Mary était une sainte de supporter tout ça, mais fallait dire que son fils était le genre d'homme à qui toutes les femmes rêvaient de mettre la corde au cou... Si Mary avait eu ses petites plus tôt, juste après la mort de la première, par exemple, Danny ne serait jamais allé chercher ailleurs. Aussi sûr que la nuit suit le jour !

Tandis que Leona entamait un nouveau paquet de chips, Angelica quitta la pièce avec un geste de dégoût. La vue d'un énergumène travesti en vieille femme, dégueulant tripes et boyaux, c'était plus que son estomac ne pouvait en supporter. Qu'on leur rende « *Little and Large* » ! Ça, au moins, c'étaient des émissions familiales ! Cet humour nouvelle vague – « décalé », qu'ils disaient –, ça lui restait en travers. Même Jim Jones, ça valait mieux que ces niaiseries.

Mais Leona était écroulée de rire. Angelica poussa un soupir en revenant dans la cuisine. Là, elle se sentait en sécurité. La cuisine, c'était son royaume. Elle y avait passé plus de la moitié de sa vie. Cette pièce rutilante n'avait pas grand-chose à voir avec la sienne, du temps où elle était jeune mariée. Rien que ce beau carrelage tout neuf, ça vous remontait le moral.

Elle s'alluma une cigarette et se servit deux doigts de whisky. Elle gardait une bouteille planquée sous l'évier, derrière les détergents, là où elle était sûre que personne ne viendrait fouiner. Elle ouvrit son journal, heureuse d'avoir encore un minimum de vie de famille, et tomba sur une critique tordante d'une de ces émissions de télé qu'elle détestait tant, mais ne pouvait s'empêcher de regarder.

C'était terrible, la solitude. Ça vous rongeait de l'intérieur et, si vous n'y preniez pas garde, vous finissiez aigrie et toute ratatinée. Vous portiez vos gosses neuf mois, vous les mettiez au monde, vous les éleviez, et tchao bye-bye ! Vous vous retrouviez sur la touche. Ainsi allait le monde, mais c'était tout de même dur à avaler quand vous n'aviez vécu que pour vos enfants et tout fait pour qu'ils le sachent. Bon, la vérité était peut-être un peu moins rose, mais elle était plus jolie comme ça. On a tendance à embellir les choses, avec le temps.

Maintenant qu'Angelica n'était plus au sommet de sa forme, elle était bien forcée de se contenter d'un strapontin. Ça la faisait un peu râler, mais, en un sens, elle n'était pas fâchée d'être libérée de ce fardeau. Elle avait une jolie maison, magnifiquement équipée, de quoi laisser ses copines bouche bée, et toujours un peu d'argent devant elle pour s'offrir ce qui lui plaisait. Dans la famille, ils avaient tous réussi et le plus important, c'était d'être bien entourée.

N'empêche, elle regrettait bien un peu son ancien quartier. On était dans un camp de concentration de luxe, ici. Toujours chacun chez soi, personne pour venir frapper à votre porte, sauf cas de force majeure. Et pas question de se retrouver autour d'une tasse de thé pour tailler une petite bavette. Ça n'était que pelouses et clôtures blanches, garages et barbecues, documentaires et chaînes culturelles. Elle se sentait comme un poisson dans un tas de ferraille... Mais quoi, son fils était convaincu de s'être mis en quatre pour elle. Couverte de cadeaux et d'égards comme elle l'était, elle n'allait quand même pas faire la fine bouche ! Heureusement, en tout cas, que Danny n'ait jamais rechigné à payer ses factures de téléphone. Elle aurait fini zinzin – « boum-boum », aurait dit sa pauvre mère –, sans une voix amicale au bout du fil de temps en temps.

Sûr qu'elle pétait dans la soie, pour une pauvre immigrée irlandaise... Elle était mieux installée que la reine mère en personne. Mais ses vieilles copines lui manquaient... ça, oui. Pour rien au monde elle ne l'aurait avoué à son fils, alors elle leur téléphonait, des heures parfois. Elle avait bien conscience de les avoir laissées loin derrière elle, avec son ancienne vie. Elle-même, elle avait tellement changé... D'ailleurs, si on ne lui raccrochait pas au nez une bonne fois pour toutes, elle ne le devait qu'à la réputation de son fils ! Elle en aurait presque regretté le poivrot qu'elle avait épousé en justes noces. Oui, même lui, ce moins que rien. Au moins, on pouvait vider son sac avec lui, sans avoir à mâcher ses mots. Ici, les gens, c'était la croix et la bannière pour leur parler, avec leurs « bonjour » amidonnés, leurs « mais je vous en prie » et autres salamalecs... Heureusement qu'elle s'était fait de nouvelles relations à l'église, quelques bonnes pipelettes qui ne crachaient pas sur les ragots – mais, même elles, elles semblaient intimidées par sa famille... Peut-être qu'elle se déciderait à partir en excursion avec la paroisse, un de ces quatre. Ça la changerait un peu de ces journées interminables qu'elle passait à faire le ménage ou à attendre la visite de ses gosses. Dieu était bon et Il savait bien tout ce qu'elle avait sacrifié pour ses enfants. Le malheur, c'est qu'elle n'aurait pas juré que, eux, ils en avaient conscience. Sa fille, surtout...

Elle savourait son whisky, mais fut soudain submergée par une bouffée d'angoisse qui lui coupa le souffle. Un pressentiment si violent qu'elle sentit tout son corps s'embraser et se couvrir d'une sueur glacée. Dans une sorte de haut-le-cœur, elle entrevit le corps martyrisé de son défunt mari, sauvagement battu à l'instigation de Danny, son propre fils. Son homme en était resté brisé, estropié à vie, et Danny Boy ne lui avait plus accordé une minute de répit. Pourtant, Dieu sait qu'elle l'aimait, son fils, et qu'elle veillait sur lui, mais elle savait à quoi s'en tenir sur son compte : c'était une sale petite brute. D'accord, mais c'était la vie qui en avait fait ce qu'il était devenu. Cette chienne de vie qui les avait tous esquintés, d'une façon ou d'une autre.

Elle sentait confusément que Danny était en danger, en danger de mort. Le danger, son pain quotidien. Son fils vivait en état de siège permanent, ce qui le poussait à prendre chaque jour plus de risques.

Angelica se sentit chanceler, comme si une main invisible avait refermé ses griffes sur son cœur. Elle dut se retenir au dossier de sa chaise pour ne pas tomber, terrassée par la douleur, incapable d'appeler à l'aide.

Elle tâcha de se redresser et de se remettre sur pied. Et cette pauvre Mary qui s'était couchée, là-haut, pour cuver sa ration de scotch quotidienne, pendant que les petites se gavaient d'idioties à la télé… Il lui fallait trouver un moyen d'alerter quelqu'un, de toute urgence. Parce que ça n'allait pas bien du tout…

*

— Arrête, Danny. Tu vas provoquer plus de problèmes que tu ne vas en résoudre. Ça ne t'avancera pas à grand-chose de te fiche en rogne.

Michael leur versa une généreuse rasade de Chivas Regal avant de poursuivre.

— Si notre coup n'est pas bien préparé, au niveau de la distribution en particulier, la méthamphétamine risque de tout foutre par terre. Je ne t'apprends rien, on n'est pas des débutants. Le timing est un élément clé. Faut sonder un peu la demande avant de se mettre à fournir. L'Amérique, c'est un autre marché. Ils ont un taux de junkies bien supérieur au nôtre, par rapport à l'ensemble de la population. Ici, pour l'instant, rien ne nous permet de savoir si ça ne fera pas un flop...

Danny porta son verre à ses lèvres et attendit la fin de l'exposé, profitant de cette pause pour rassembler ses idées et retrouver un semblant de calme.

— Pour le moment, il n'y a que les homos qui soient intéressés. Ils sont toujours les premiers à expérimenter ce genre de nouveauté. Mais on a intérêt à recruter intelligemment nos distributeurs, parce que, le jour où cette came va envahir les rues, ça risque de faire plus de raffut que le big-bang. Alors, on a plutôt intérêt à prévoir le retour de bâton. Rien à voir avec la coke, encore moins avec l'herbe. Ça serait plutôt comme le brown, ou la blanche, mais avec une tête nucléaire en guise de détonateur. Il faut s'attendre à un putain de cataclysme sur le plan social. On peut en vendre, bien sûr, on peut vendre tout ce qu'on veut. Mais si on se fait serrer avec ce genre de came, même nous on sera dedans jusqu'au cou.

Michael buvait un verre avec l'homme qu'il s'était juré de descendre et ça ne l'étonnait pas plus que ça. Au fond, il pressentait que ça ne le mènerait à rien, parce qu'à moins d'une occasion exceptionnelle, catastrophe majeure ou grand règlement de comptes dans le milieu, Danny Boy n'irait nulle part sans avoir expressément décidé d'y aller. Bien sûr, ils avaient encore le temps de la créer, cette occasion exceptionnelle... C'était même tout ce qu'ils avaient, désormais : du temps.

Il descendit son whisky sans se presser, absorbé dans ses pensées. Il avait mûrement réfléchi à la question, avec la minutie qui le caractérisait. Il ne la sentait pas, cette histoire de méthamphétamine. Soit ça décollait en flèche comme un jumbo-jet carburant au speed, soit c'était le flop total, façon pétard mouillé. La clé du succès, c'était de laisser venir et de voir comment les choses se présentaient avant de s'engager et de prendre le moindre risque. Danny, comme d'habitude, ne pensait qu'à l'oseille. Ça, et le pouvoir que s'arrogeraient les premiers arrivés sur le créneau.

— On va devoir déléguer l'opération à une de nos filiales, en s'assurant que personne ne puisse remonter jusqu'à nous. Il nous faut des gens de confiance, sinon tous nos ripoux et nos contacts vont prendre leurs jambes à leur cou. Surtout pas de précipitation, Danny Boy. On se tient prêts, et on attend de voir comment le vent tourne, d'ac ?

Le raisonnement de Michael était d'une logique sans faille, comme toujours. Cette capacité de réflexion était une qualité que Danny lui reconnaissait volontiers. Ça le faisait marrer de raconter que Mike pouvait peser le pour et le contre une nuit entière avant de s'adonner à la veuve Poignet, mais son pote était dans le vrai : ils n'étaient pas seuls sur les rangs. Un sacré paquet de gens s'intéressaient à la méthamphétamine et le produit avait provoqué un certain émoi dans le milieu, ces derniers temps. Ce genre de came, comme le crack, attirerait d'abord les ratés et les marginaux, avant de séduire le con moyen. Une vraie planche à billets, ce qui n'était pas pour leur déplaire, à Michael comme à lui.

Il hocha la tête pour signifier son approbation, exactement comme Mike l'avait escompté. Avec Danny, les palabres, ça n'était pas le plus compliqué. Tant qu'on parlait bizness, il prêtait l'oreille, mais quand il s'agissait des rancunes ou des affronts qu'il voyait proliférer partout, c'était une autre paire de manches. Pour ça aussi, Michael connaissait la parade. Il suffisait de laisser Danny lâcher un peu de vapeur, histoire qu'il se calme un peu... jusqu'à la prochaine fois.

— T'as quelqu'un en vue ? lança Danny.

Mike secoua la tête en souriant.

— Pas encore, non. Mais rien ne presse. Laissons d'abord la marchandise filtrer en dehors de la communauté homo, pour voir comment ça prend. Ensuite, on décidera en toute connaissance de cause. Jusque-là, patience et longueur de temps. Les Russes sont des brêles, question distribution ; pareil pour les Européens de l'Est. De vrais crétins, pour la plupart, infoutus de bosser correctement, encore moins de jouer collectif. Ça finira par les perdre. Mais ils vivent à trois cents à l'heure et se contrefichent de mourir jeunes car ils ont un atout : des légions de mecs jetables. Alors, ne nous précipitons pas. Attendons d'avoir mûrement réfléchi et, quand on prendra notre décision, ça sera la bonne, comme d'hab'. Les Colombiens sont toujours dans la course, ces putains de Blacks aussi. D'abord, on voit qui touche la marchandise et comment ça prend avec les fêtards du week-end. L'ecstasy, on en trouve à tous les coins de rue de nos jours, et une bonne ligne de coke vaut moins cher qu'un grand cru. La méthamphétamine, en revanche, ne coûte pas plus de dix livres, et avec ça les mecs carburent pendant des jours. Rien qu'à cause de son prix cette came pourrait faire un tabac sur le marché, sans parler des bénéfices secondaires. On peut toucher les loulous de banlieue aussi bien que les fils à papa qui se la jouent affranchis. Mais si ça marche, faudra se positionner dare-dare pour rafler le pactole, et s'en tirer les pattes bien avant que ça ne devienne le nouveau fléau social…

Danny hocha la tête avec philosophie, l'air convaincu – ça aussi, Michael s'y attendait.

— T'as raison, Mike. Je vois que t'as fait ton étude de marché, comme d'hab'.

Son sourire, éblouissant, révéla toute une collection de bridges hors de prix savamment emboîtés – mais ses yeux ne souriaient pas.

Danny n'avait jamais fait dans la subtilité et ne s'en cachait pas. Il dictait ses ordres et entendait être obéi au doigt et à l'œil. De son point de vue, il n'y avait pas d'autre méthode. Il n'avait jamais laissé personne contester son autorité. À la possible exception de cet homme, assis en face de lui, son partenaire et meilleur ami ; mieux, son alter ego. Sa tête pensante, comme il l'appelait en privé. Le seul homme au monde en qui il eût une totale confiance.

Michael avait toujours été la voix de sa raison ; au fond il l'avait toujours su. Il n'y avait que lui pour l'amener à réfléchir à ses actes, et ce depuis la cour de l'école – depuis toujours, autant dire. Michael avait ce côté réfléchi et raisonnable, ce calme placide qui avait autant d'impact, à sa façon, que de la force pure. La plupart des gens écoutaient l'un pour ne pas se mettre l'autre à dos, mais ceux qui en avaient dans le caillou savaient que la parole de Michael était d'or. Les femmes les adoraient, l'un comme l'autre, surtout le genre qui plaisait à Danny. Jolies, bien foutues, ne crachant pas sur les aventures, ne posant ni questions ni conditions et toujours partantes, quoi qu'on leur demande et quelle que soit l'heure du jour ou de la nuit. Des femmes charmantes, élégantes et propres sur elles, qui ne voyaient pas d'objection à passer leur vie à attendre les rares visites de leur bienfaiteur.

Danny et Michael avaient toujours eu ce qu'on appelle de la prestance. Ils aimaient se sentir estimés et entourés d'égards. Pour eux, le monde n'était qu'une grosse pomme qui n'attendait que d'être croquée. Mais là où Danny forçait le respect par son côté roué et vicelard, Michael savait s'imposer par son sens des affaires. Grâce à la prévoyance de Miles, les montagnes de fric que leur rapportaient leurs affaires douteuses étaient aussitôt blanchies, en toute légalité. Ils pouvaient répondre de tout ce qu'ils possédaient, depuis leurs immenses baraques jusqu'à leurs Rolex en or massif incrustées de diamants. Tout avait été dûment acheté et payé avec de l'argent judicieusement recyclé, tout était régulièrement assuré. Charges, taxes, impôts, tout était réglé rubis sur l'ongle. En un mot comme en cent, Michael et Danny étaient des pointures. Des caïds.

Mais, pour les affranchis, ils étaient bien davantage. Tout en étant aussi bien implantées localement que le kebab du coin, leurs affaires étaient plus mondialisées que les Nations unies. Aucun bizness ne se concluait sans leur bénédiction, qu'il s'agisse de désosser une bagnole volée ou de vendre des DVD piratés. Ils intervenaient toujours quelque part dans la chaîne de transmission, laquelle reposait sur une hiérarchie si complexe et tortueuse que des décennies d'enquête ne suffiraient pas à remonter jusqu'à eux. La colère de Danny était une menace bien plus lourde et tangible que vingt ans de cabane, et, en cas de coup dur, coffrage ou accident, l'intéressé n'avait pas de souci à se faire pour les siens : sa famille bénéficierait d'un niveau de vie plutôt confortable et ses enfants iraient dans les meilleures écoles... De quoi faire pâlir d'envie plus d'un membre du Parlement ! La loyauté, ça coûtait cher – encore que, tout bien considéré, quand on comparait ce système aux autres options... –, mais ça pouvait rapporter gros.

Cette générosité envers leurs collaborateurs de la base leur avait permis de se hisser à la place qu'ils occupaient – et Danny se plaisait à répéter que Tony Blair aurait été bien avisé d'en prendre de la graine. Lourde erreur que d'oublier qui vous avait porté au sommet ! Ce petit trou de mémoire avait coûté à Blair son poste à la tête du gouvernement. Au début, Danny le tenait en haute estime, jusqu'à la guerre en Irak, qui avait sonné le glas du Parti travailliste et de son chef. Comment pouvait-on respecter un mec qui acceptait de sacrifier ses électeurs dans une guerre injustifiable et perdue d'avance ? Quel leader digne de ce nom pouvait mettre son propre peuple en danger pour faire plaisir à un connard de Yankee, tout en s'imaginant ne rien offrir en échange ? Blair les avait tous entubés, mais au moins, grâce à lui, la confrérie criminelle pouvait désormais prospérer tranquille. Plus le moindre problème pour s'étendre, fusionner et se développer par-delà les frontières. Le fonctionnement quotidien de la pègre mondiale s'en était trouvé considérablement facilité. Les flics avaient plus qu'assez de pain sur la planche avec les terroristes...

Danny Boy Cadogan était donc devenu le plus gros calibre du Royaume-Uni. Il brassait quotidiennement des affaires avec le reste du monde et imposait nettement plus le respect que ce foutu Premier ministre. Question envergure, son organisation enfonçait, et de très loin, le Wellcome Trust – et lui, il se débrouillait pour vendre ses produits à un prix accessible à tous

27

ceux qui souhaitaient les acheter ! Ainsi pensait Danny Boy Cadogan, l'homme qui se plaçait au-dessus de tout et de tout le monde – des lois et des flics, en particulier.

Les petits ruisseaux font les grandes rivières, comme le lui serinait son vieux, celui-là même qui n'avait jamais su garder un bifton en poche tant que les pubs étaient ouverts. Et que ses gosses aient crevé la dalle n'avait rien changé à l'affaire. L'homme qui, tout en applaudissant aux nouvelles lois sur le licenciement, aurait froidement détroussé une petite retraitée pour récupérer de quoi parier et se pinter. L'homme qui n'aurait jamais vu la couleur de ses gamins s'il n'avait été obligé de rentrer chez lui à la fermeture, faute d'avoir un autre endroit où aller. Ça, Danny ne le lui avait jamais pardonné. Le mépris total qu'affichait son père pour tout ce qui n'était pas sa petite personne était même ce qui l'avait poussé à faire quelque chose de sa vie. Il l'avait réduit à l'état d'infirme, le vieux fumier, et sans le moindre scrupule. Ça avait pris le temps que ça avait pris, mais il avait fini par lui rendre la monnaie de sa pièce…

Ils avaient commencé petit, Michael et lui. Maintenant, ils étaient aussi nantis qu'intouchables. Ils avaient du fric partout, dans le monde entier, et menaient un train de vie qui aurait ébloui le commun des mortels mais reflétait à peine la moitié de leur véritable fortune. Danny ne se serait pas gêné pour claquer son blé à sa guise, s'il n'avait tenu qu'à lui. Mais Michael se chargeait de le rappeler à la réalité. En retour, Danny reconnaissait volontiers que, s'il était toujours en vie et en activité, il le devait à la perspicacité de son partenaire – lequel admettait, de son côté, qu'il n'aurait pas survécu deux jours dans le milieu sans lui. Michael n'avait jamais eu l'instinct du prédateur, cette soif de violence qui avait fait le succès de Cadogan. Foncièrement honnête, il s'était toujours intéressé au versant financier de leurs transactions plus qu'aux transactions elles-mêmes ; à la création des richesses plus qu'à la façon de les dépenser. Il s'éclatait dans la préparation des contrats et dans leur montage ; Danny, lui, se serait ennuyé, sans le danger et l'excitation qui accompagnaient leurs diverses entreprises. Cette complémentarité faisait la force de leur tandem. Le jour où ils prendraient une retraite bien méritée, le monde entier ne serait plus pour eux qu'un vaste terrain de jeu où ils pourraient enfin faire ce que bon leur semblerait de leur argent si durement gagné...

Mais précisément, ça n'était plus à l'ordre du jour. Car si Michael parvenait à ses fins, c'était au Ciel que Danny irait la prendre, sa retraite.

— On voit ça tout à l'heure, à l'entrepôt, OK ? On en rediscutera là-bas.

Danny lui répondit d'un signe de tête évasif.

*

Jonjo gardait le silence. Son visage portait toujours la trace des ongles de son frère. Lui aussi, il voulait mettre fin à tout ça, mais il avait ses raisons. Danny et lui avaient toujours été proches, quoique sans doute moins que les gens se le figuraient. Plus de son côté à lui, en tout cas. Et l'occasion lui paraissait trop belle de se débarrasser une fois pour toutes du fardeau qu'était devenu son frère. Contrairement à Michael, qui devait veiller sur sa sœur et sur ses nièces, Jonjo, lui, n'avait à penser qu'à lui-même.

— C'est l'heure des grandes décisions...

Michael eut un haussement d'épaules fataliste. Le

vent glacial de la nuit les ramenait aux dures réalités.

Jonjo secoua la tête avec tristesse.

— C'est plutôt pour Mary que je m'en fais. On ne peut plus la laisser tomber, maintenant qu'elle s'est mouillée.

— Elle l'aime, Jonjo. Tout comme nous, bizarrement. Qu'est-ce qu'on serait sans lui, tous autant qu'on est ?

Michael garda un moment le silence, avant de remettre le contact pour sortir la voiture du parking.

Tandis qu'il accélérait, Jonjo se demanda comment les choses avaient pu en venir là, comment leurs vies avaient pu perdre le peu de normalité qui leur restait. Ils avaient pourtant été si proches, Danny et lui. Autrefois, son frère lui aurait décroché la lune, mais il y avait une chose qu'il n'avait jamais pu entraver : que tout le monde n'était pas comme lui. Tout le monde n'avait pas les dents aussi longues.

Les choses avaient bien changé depuis leur enfance. À l'époque, ce frère aîné était la seule constante fiable de son univers. Son héros, son modèle, son seul rempart contre leur père et ses colères cataclysmiques. Jonjo n'aurait pas pu se passer de Danny Boy et de sa force. C'était devenu plus qu'un besoin. Comment aurait-il pu imaginer alors qu'il finirait un jour par l'avoir en horreur, cette force ? Qu'elle lui ferait souhaiter la mort de son frère ?

Danny était devenu un fléau, mais les événements de la nuit faisaient remonter les souvenirs de Jonjo. Tout ça le ramenait à son enfance, cette longue épreuve à laquelle il n'aurait pas survécu sans la protection de Danny. Cet homme qui l'avait à la fois sauvé, intimidé, écrasé et détruit allait donc se faire descendre à son tour... Il l'espérait en tout cas, car, le connaissant, ils n'auraient pas de seconde chance. Si Danny Boy s'en tirait, il n'hésiterait pas à leur renvoyer la politesse, auquel cas ils étaient morts, tous autant qu'ils étaient.

Dans un sens comme dans l'autre et quel que soit le résultat des courses, tout allait se jouer cette nuit. Demain, tout serait dit.

LIVRE PREMIER

*Chaque soir, chaque matin,
Tels naissent pour le chagrin...*

William BLAKE (1757-1827),
Augures d'innocence.

Chapitre premier

— Cadogan ! Est-ce que je vous réveillerais, par hasard ?

Le gamin préféra garder un silence prudent et se contenta de secouer vigoureusement la tête.

— Oh, désolé, mon garçon ! C'est donc que je vous ai interrompu dans vos prières. Car en cette vie, on ne ferme les yeux que pour dormir ou pour prier, il me semble... Existerait-il une troisième possibilité qui m'aurait échappé ?

— Non, mon père...

Le prêtre survola la classe du regard et écarta les bras en toute innocence, l'air sincèrement intrigué par ce que ce jeune gaillard pouvait avoir à lui dire.

— S'il y a quelque chose que vous souhaiteriez nous communiquer, à nous autres, pauvres mortels qui ne bénéficions pas comme vous d'une ligne directe avec le Tout-Puissant, je vous en prie... N'hésitez surtout pas à nous faire partager votre bonne fortune !

Sachant que tout ce qu'il dirait serait retenu contre lui, Jonjo ravala ses commentaires et s'enferma dans son silence.

— Vous étiez donc en train de prier, c'est bien ça ? Un saint, peut-être... non ? La Vierge Marie en personne ? À moins que vous n'espériez roupiller dans votre coin le reste de la matinée ? Personnellement, je pencherais volontiers pour cette dernière solution...

Allez-y, Cadogan ! Dites-nous un peu ce que vous avez sur la conscience !

Le prêtre, un nabot d'à peine un mètre soixante, aux épaules légèrement voûtées et à la démarche d'ivrogne, grisonnait avant l'heure. Les quelques cheveux qui lui restaient se hérissaient sur son crâne, comme animés d'une vie propre. Il avait toujours l'air de tomber du lit et ses petits yeux gris, déjà troublés par un début de cataracte, larmoyaient. Lorsqu'il vitupérait contre ses élèves, sa vilaine langue noire dardait hors de sa bouche comme celle d'un serpent ; quant aux relents pestilentiels de son haleine, c'était une épreuve redoutée de tout le premier rang. Un fascinant raccourci de la tragédie humaine, ce type. Ils s'en souviendraient jusqu'à leur dernier jour. Il avait toujours un motif de colère prêt à l'emploi et se tenait constamment à l'affût d'une cible sur laquelle passer ses nerfs. Mais ses railleries ne visaient pas seulement à humilier ses souffre-douleur – non, elles avaient surtout la prétention de le faire briller aux yeux du reste de la classe qui lui tenait lieu de public. Les gamins avaient beau le détester, ils apprenaient par cœur tout ce qu'il leur demandait d'apprendre, en tâchant de ne rien oublier, car le père Patrick était capable de revenir sur d'anciennes leçons sans crier gare, juste pour les épingler.

— Parlez, Cadogan ! Vous dormiez, oui ou non ? Peut-être demandiez-vous une faveur spéciale à Notre Seigneur, dont vous êtes si proche ? fit-il en promenant son regard sur la mer des visages, avant de poursuivre sur le même ton : Je sais, moi, ce que vous faisiez, les yeux fermés et la bouche grande ouverte, comme un demeuré, Cadogan. Vous étiez en communication avec saint Jude lui-même, et vous imploriez son aide… !

Il jeta un coup d'œil à la classe, les sourcils arqués en une parodie d'émerveillement. Autour de lui, tous les visages reflétaient le même soulagement d'avoir échappé à cette épreuve. Au fond, le prêtre était dévoré de honte et de dégoût de lui-même, comme chaque fois qu'il s'en prenait ainsi à l'un des enfants dont il avait la charge. Mais c'était plus fort que lui. Plus sa victime se soumettait, moins elle lui opposait de résistance, et plus il s'emportait. Sa frustration et sa mesquinerie naturelle prenant le dessus, il parvenait à se persuader que sa proie avait amplement mérité son sort.

Il se mit à gazouiller d'une voix de fillette avec un fort accent cockney, ce qui lui valut quelques sourires dans les rangs.

— Saint Jude, patron des causes désespérées, aidez-moi à retrouver ma cervelle perdue ! pépia-t-il, enivré de son propre succès presque autant que de l'embarras du gamin. Alors ! Est-ce bien pour cela que vous gardez les yeux fermés, tandis que je m'évertue à faire entrer un minimum de savoir dans le grand bol de sciure que vous avez entre les oreilles ?

— Non m'sieur, euh… Non, mon père.

Jonjo tremblait comme une feuille, ce qui n'avait rien de déshonorant : à sa place, ses camarades auraient eu tout aussi peur. De l'avis de tous, le père Patrick était une vraie peau de vache. On l'avait déjà vu empoigner et tabasser un élève sous prétexte, prétendait-il, que le gamin l'avait « regardé de travers » – une de ses expressions favorites. Pour des enfants issus, comme la plupart d'entre eux, de familles irlandaises, ces mots étaient lourds de sens. Regarder quelqu'un « de travers », c'était l'ultime affront, le comble de l'insolence. Mais dans le cas du père Patrick, ça voulait juste dire qu'il avait un coup dans l'aile et un excès de vapeur à évacuer.

Ses élèves savaient qu'ils devaient s'armer de patience et attendre que ça lui passe. Jamais ils n'auraient eu gain de cause contre lui. C'était leur parole contre la sienne et, de toute façon, ils n'auraient jamais osé se plaindre de lui auprès de leurs parents, ou leur demander d'intervenir contre un prêtre. Un représentant du Christ sur terre, autant dire... Le père Patrick avait renoncé à toute vie sexuelle et familiale pour se consacrer au salut d'autrui, ce n'était tout de même pas rien ! Qui ne péterait pas un câble de temps à autre, après un vœu aussi définitif ? Ils encaissaient donc de leur mieux ses débordements – mais précisément, leur stoïcisme avait le don de mettre l'ensoutané hors de lui.

— C'était bien ça ! Vous faisiez la sieste ! Un petit roupillon, ni vu ni connu. Vous dormez, la nuit, au moins ? Qu'est-ce que vous fichez donc chez vous, du soir au matin, pour tomber ainsi de fatigue ?

Le prêtre avait déjà tiré Jonjo au bas de son siège. Sacré morceau que ce Cadogan... Un futur colosse, tout comme son frère aîné – quel fichu garnement, celui-là ! Lui aussi, en son temps, il l'avait mis en rogne, et plus souvent qu'à son tour !

La rancœur ne fit que décupler la rage du prêtre, qui tomba sur Jonjo à bras raccourcis. C'était peut-être la dernière fois qu'il aurait l'occasion de le faire. Les grands, il préférait leur fiche la paix, et Jonjo était robuste pour son âge... mais il ne lui serait jamais venu à l'idée de se rebiffer – Dieu merci, ces garnements avaient encore suffisamment de respect pour l'Église. C'étaient vraiment des délinquants en herbe, tous autant qu'ils étaient. La lie de la société. Pure perte de temps, que d'essayer de leur inculquer quoi que ce soit. Son travail se bornait à les occuper, à tuer leur temps en gaspillant le sien, jusqu'à ce qu'ils finissent tous à l'usine – et lui au cimetière ! Quel gâchis ! Ces crétins avaient accès à l'un des meilleurs systèmes d'enseignement au monde, et ils n'avaient même pas conscience de la chance qu'ils avaient... Quoi d'étonnant à ce qu'il s'autorise un petit verre, de temps à autre ? Ces pauvres parmi les pauvres, qui se voyaient offrir une telle occasion sans que ça leur coûte un sou, et qui la dédaignaient... Et lui qui restait avec cette bande de gueux et de traîne-patins, parce qu'on ne l'avait pas jugé digne d'enseigner là où ses connaissances auraient vraiment pu servir. Ces gosses, c'étaient les derniers des derniers, des moins que rien – ce qui faisait de lui un pas-grand-chose...

Jonjo encaissa vaillamment les coups, et le prêtre, de guerre lasse et la main endolorie, finit par regagner son estrade.

— Ouvrez vos bibles aux Révélations de saint Jean. Vous m'apprendrez les cinq premières pages par cœur pour demain, du début à la fin, et dans l'ordre inverse. Demain matin, interrogation, et malheur à celui qui ne saura pas répondre !

Les gamins s'exécutèrent sans broncher. Ils connaissaient le texte au moins aussi bien que leur maître. Les Révélations, c'était un de ses dadas. Ils avaient l'habitude...

Jonjo se retenait de masser ses épaules meurtries. Si le père Patrick l'avait vu esquisser ne fût-ce qu'un geste, il était bon pour un second service... Il serra donc les dents en suppliant la Vierge de l'aider à ne plus souhaiter la mort de son professeur.

Lequel, surprenant le regard incendiaire que lui lançait l'enfant, conclut avec aigreur :

— Et vous, mauvais garnement, vous servirez la messe pendant une semaine. Celle de six heures !

— Oui, m'sieur, euh… mon père.

La messe de six heures, c'était une sacrée corvée. Ça vous obligeait à vous lever tous les jours à cinq heures du matin, en restant à jeun pendant deux longues heures. Mais pour Jonjo, ça n'avait pas que des inconvénients. Comme sa mère y allait régulièrement, elle lui tiendrait compagnie et ils pourraient faire la route ensemble. En plus, chez les Cadogan, participer au saint sacrement donnait droit à un super-petit déjeuner : œufs sur le plat et pain grillé. Sa mère récompensait grassement ce genre de sacrifice ; c'était son rêve, que ses fils l'accompagnent à la messe. En toute honnêteté, elle ne détestait pas faire bisquer ses copines qui, elles, devraient s'y rendre seules. Car sa mère faisait grand cas de l'opinion des gens, surtout en matière de religion. Bien sûr, elle regrettait un peu que Jonjo et son frère ne l'accompagnent à l'église que lorsqu'ils étaient punis, mais ça suffisait à son bonheur. Rien que de les voir servir la messe, ça la mettait de bonne humeur, elle qui avait si peu l'occasion de se réjouir dans la vie… Jonjo et son frère pouvaient bien prendre ça sur eux. Ça ne leur coûtait pas grand-chose et ça leur permettait de faire d'une pierre deux coups : ils avaient à la fois le plaisir de contenter leur mère et de profiter des retombées de sa gratitude.

Les cris du père Patrick ne tardèrent pas à le ramener à la réalité. Cette fois, il s'en prenait à un autre élève, un petit brun asthmatique avec de grands yeux noirs, fils d'immigrés italiens.

— Toute cette satanée classe souffrirait-elle d'un accès généralisé de catatonie ? La maladie du sommeil aurait-elle remplacé l'ennui où je vous vois plongés jour après jour ? À moins que je n'aie affaire, une fois de plus, à ma vieille ennemie, la débilité mentale héréditaire qui semble sévir de ce côté-ci de la mer d'Irlande !

Le prêtre avait enfourché son cheval de bataille favori. Toujours pas question de répliquer. Le père Patrick se soûlait de mots, en buvant ses propres paroles...

Jonjo se détendit un brin, le temps de pétrir discrètement ses muscles endoloris. Ses pensées s'envolèrent vers sa petite sœur, dont c'était le premier jour d'école. Comment s'en sortait-elle ? Pour la première fois de sa vie, elle avait dû se passer de la protection de ses frères. Du haut de ses huit ans, Jonjo avait déjà compris l'importance des liens familiaux. La petite Annie était sa sœur et il était de son devoir de veiller sur elle, sa mère ne cessait de le lui répéter.

*

— Je viens chercher mon argent, Mrs Reardon.

La mère Reardon toisa le petit bout de femme qui lui tenait tête et lui décocha un sourire d'une suavité qui ne lui était pas coutumière.

— De quoi me parlez-vous, Mrs Cadogan ? rétorqua-t-elle innocemment.

Les bras croisés sous son opulente poitrine, bien campée sur ses jambes, Elsie Reardon s'était postée sur le pas de sa porte avec la détermination d'un lutteur de rue. Elle n'était pas du genre à se laisser marcher sur les pieds et tenait à ce que ça se sache. Ça n'était pas cette petite brune maigrichonne, rouge comme un coq, avec son gros chignon et son air buté, qui allait lui en remontrer. Elle allait lui faire voir, elle, de quel bois elle se chauffait – et pas plus tard que tout de suite !

Au besoin, elle n'hésiterait pas à lui en retourner une bonne, avant de la renvoyer dans ses foyers en la menaçant d'appeler les flics. Les Irlandaises avaient mauvaise presse dans le quartier. Un ramassis de feignasses fortes en gueule qui ne rêvaient que d'être payées à se tourner les pouces !

— Vous savez aussi bien que moi de quoi je parle, Mrs Reardon. Je vous préviens pour la dernière fois : soit vous me réglez ce que vous me devez, soit vous vous en mordrez les doigts !

Elsie Reardon ne put se défendre d'une certaine admiration. Elle était connue pour sous-traiter certains travaux de ménage et pour empocher la majeure partie de l'oseille, en « oubliant » de payer celles qu'elle avait fait bosser. Les femmes fauchées, ce n'était pas ce qui manquait, dans le coin. On n'avait qu'à se baisser. Dès qu'elle en virait une, cinquante autres se bousculaient pour prendre sa place. Faire le ménage, c'était à la portée de n'importe qui. Même la dernière des souillons était capable de lessiver un carrelage ou de récurer un évier. Comme ses recrues mettaient généralement plus de cœur à l'ouvrage les premières semaines, les clientes étaient ravies et elle décrochait des tas de commandes. La semaine d'après, la cliente remarquait à peine que le personnel avait changé. Un judicieux système de roulement accéléré qui lui permettait d'arrondir ses fins de mois.

— Écoutez, cocotte... ! fit-elle avec un sourire avantageux, je vous ai donné votre chance, mais vous ne faites pas l'affaire. La cliente m'a demandé de lui envoyer quelqu'un d'autre.

De ses bras croisés, elle souleva sa poitrine fanée comme pour mieux souligner son propos.

Angelica Cadogan bouillait de rage, mais, à l'instar de son fils aîné, elle avait la colère froide et tenace, comme un ouragan qu'elle pouvait contenir ou déchaîner à son gré. Ça explosait sans crier gare, au moment où on s'y attendait le moins – et là, ça faisait mal.

— Vous êtes une fieffée menteuse, Elsie Reardon ! Il se trouve que Mrs Brown m'a personnellement demandé de revenir la semaine prochaine, et que je lui ai donné ma parole. Et vous, je vous garantis que vous allez me payer !

Aux premiers éclats de voix, les voisins étaient accourus à leur porte. Tout le quartier, alléché, attendait la suite en trépignant d'impatience. Une bonne bagarre rameutait toujours les foules.

— Débarrassez-moi le plancher et rentrez chez vous, si vous avez deux sous de jugeote !

Angelica détailla l'armoire à glace en jupons qui lui faisait face – ses vêtements minables, ses bigoudis, cet atroce rouge à lèvres orange vif qu'elle s'était tartiné à la va-vite. Sans se hâter, elle prit soin de déposer son sac à provisions à ses pieds sur le trottoir et vint se planter face à l'adversaire.

— C'est votre dernière chance de régler ça à l'amiable, Elsie Reardon. J'en ai besoin, de mon argent. Je l'ai gagné jusqu'au dernier sou, et je ne bougerai pas d'ici tant qu'il ne sera pas dans mon porte-monnaie !

L'interpellée se mit à rire de bon cœur. Un vrai rire, qui aurait pu être communicatif en d'autres circonstances. Mais là, Angelica n'avait pas la moindre envie de se joindre à elle. Armant son poing à sa hanche, elle prit son élan et l'envoya de toutes ses forces dans la figure de son interlocutrice. Puis elle empoigna sa tête hérissée de bigoudis et la tira brutalement en avant vers le trottoir. La lutte fut brève mais sans merci. Contrairement à Elsie Reardon, qui comptait avant tout sur son gabarit et sa grande gueule, Angelica avait de la détente et du mordant.

Angelica tira de sa poche une longue chaussette d'écolier qu'elle avait remplie de cailloux et se mit à rosser énergiquement l'adversaire. Cette fois, récupérerait son bien ! Elle se maudissait d'avoir fait confiance à cette vieille carne, mais elle finirait par se faire respecter – et même plus vite qu'elle ne l'avait escompté. La mère Reardon prétendait régner par la terreur. Eh bien, désormais, elle la ramènerait un peu moins.

Angelica était le dos au mur. Une fois de plus, son époux avait disparu sans laisser d'adresse – ni même de quoi payer une miche de pain. Cet argent, elle devait le récupérer.

Heureusement, les gnons firent merveille là où la bonne foi et la politesse avaient échoué. Ses gages lui furent versés rubis sur l'ongle. Elle remercia et s'en retourna, la tête haute. Comme elle traversait le marché de Bethnal Green, elle acheta de quoi faire dîner ses enfants, en se demandant par quel miracle elle parviendrait à régler toutes les factures qui s'entassaient chez eux. Rien à espérer du côté de son homme – Big Dan, comme on le surnommait dans le secteur, n'avait pas reparu depuis trois jours. On était lundi et elle n'avait pas vu sa couleur depuis qu'il était parti au travail, le vendredi matin. Il avait dû empocher sa semaine, mais elle avait plus de chances de palper les couilles du pape que la paie du vaurien qu'elle avait épousé…

Le plus dur, c'était d'en être réduite à se crêper le chignon en pleine rue pour quelques malheureux billets. Ça, elle n'était pas près de l'oublier, et encore moins de le pardonner, son époux ne tarderait pas à s'en rendre compte !

*

Big Dan Cadogan avait du souci à se faire. Il venait de claquer ses derniers sous pour s'offrir une pinte dans un pub du North End. Et pour couronner le tout, il était à présent l'heureux propriétaire d'une énorme dette de jeu.

Il revoyait vaguement le moment où il s'était assis à la table de poker en compagnie de quelques gros joueurs, mais là s'arrêtaient ses souvenirs. Il s'était fait rouler, ça ne faisait pas un pli. Dès qu'il avait un coup dans l'aile, il devenait une proie facile pour les arnaqueurs. Mais le pire, c'était qu'il ne pouvait s'en prendre qu'à lui-même, comme d'habitude. Bourré, il se croyait le roi du poker. Il avait dû tenter un bluff sur une paire de deux ou un brelan d'as. Un vrai désastre. Ça lui avait coûté six cents livres qu'il allait devoir cracher.

Les cartes étaient son talon d'Achille. Il n'avait jamais su se contenter d'une partie, et avec quelques verres dans le nez il devenait carrément dangereux – pour lui-même, s'entend. Impossible de se rappeler quelles cartes il avait eues en main, et il avait complètement oublié la tête des autres joueurs. Une chose était sûre, en tout cas : comme tant de gogos avant lui, il devait à présent six cents livres aux frères Murray et il n'était pas assez naïf pour espérer s'en tirer en parlementant. Non seulement parce qu'il ne se souvenait même plus de l'avoir perdu, ce fric (ça, les frères Murray s'en souviendraient pour trois, et avec eux tout un tas de témoins), mais parce qu'ils n'accepteraient jamais d'échelonner les règlements. Ils lui avaient accordé une petite semaine pour rembourser, pas un jour de plus. Après quoi, ils s'occuperaient de lui. La première mise en demeure lui coûterait un doigt ou quelques os cassés. Ensuite, sauve qui peut ! La chasse à l'homme serait ouverte.

Bref, rien de rassurant. Au contraire... parce que celui contre qui il avait perdu l'avait proprement entubé, et dans les grandes largeurs. Restait qu'une dette de jeu, c'était une dette de jeu. Il faudrait payer, quoi qu'il arrive, fût-ce au détriment de sa propre famille. On pouvait accumuler les ardoises auprès du fisc ou des commerçants du quartier, voire, à la rigueur, auprès de certains recouvreurs de créances, mais les paris et le poker, pas question. Il y allait de son honneur. Mieux valait se couper soi-même les doigts que de passer pour un minable, incapable d'honorer ses dettes de jeu. Non, ce qu'il lui fallait, c'était un plan. Un bon plan qui lui permettrait de se remettre à flot et de payer ce qu'il devait, sans perdre la face.

Ange, sa chère petite femme, allait les lui faire rissoler à l'étouffée et les lui servir au dessert, quand elle apprendrait ça. En un sens, pour la paix du ménage, il aurait peut-être mieux fait de tout lui dire et de la laisser vider son sac. D'accord, il pouvait être dur avec elle ; il pouvait même avoir la main lourde et le coup de poing facile, ça le prenait quand elle la ramenait un peu trop, ce qui lui arrivait plus souvent qu'à son tour. Mais là, il était allé trop loin. Cette fois, la tchatche et l'aplomb qui suffisaient d'habitude à clouer le bec à sa douce moitié ne serviraient à rien. Car Ange était dans son droit. Et une femme qui a le droit pour elle et trois gosses à nourrir est une tigresse capable de tout. Sans compter qu'Ange n'était pas n'importe qui. Elle avait du tempérament et, contrairement à lui, elle n'avait jamais eu besoin d'avoir un coup dans le nez pour faire ses preuves.

Ça ne rigolait plus, pour Big Dan Cadogan. Pour la première fois de sa vie, il allait devoir se faire oublier.

*

Du haut de ses presque quatorze ans et de son mètre quatre-vingts, Danny Boy Cadogan paraissait nettement plus vieux que son âge. Ses biceps commençaient à lui remplir joliment les manches et sa mère désespérait de lui trouver une paire de chaussures à sa taille. Ce jour-là, justement, il avait les pieds au supplice dans les vieilles bottes de son père, où il était plus mal à l'aise qu'un calotin surpris en pleine tournée des pubs. Danny Boy était parti pour devenir un vrai malabar, ce qui était un atout dans le secteur, surtout quand on cherchait du travail. Son seul souci, c'était la vitesse à laquelle il poussait. Dans une famille normale, où le salaire du père aurait servi à remplir le garde-manger plutôt qu'à faire tourner les bars et les tripots du coin, ça n'aurait pas posé de problème ; mais il ne vivait pas dans une famille normale, et il n'y pouvait rien. Son père n'avait jamais été capable de garder un sou en poche. Alors, quand sa mère s'arrachait les cheveux, comme c'était le cas ces temps-ci, il se trouvait des petits jobs, histoire de la consoler un peu en lui rapportant de quoi les nourrir.

Il transbordait un chargement de métal de récupération pour un ferrailleur du coin, quand il se rendit compte que son patron l'observait.

Louie Stein était toujours à la recherche de bons ouvriers, et ce petit gars avait de l'or dans les bras. Il travaillait vite et bien, sans prendre de pause ni râler sous le poids du plomb qu'il empilait en tas bien nets contre le mur du fond – hors de vue des flics en cas de descente dans la casse, mais assez près des grilles s'il fallait les faire disparaître d'urgence. Il s'avança vers Danny Cadogan dans les rayons d'un soleil pâle qui faisait scintiller ses dents en or. Son sourire rappelait à Danny une photo de requin qu'il avait vue un jour, dans un illustré...

— Pourquoi t'es pas à l'école, à cette heure-ci, mon gars ?

Danny haussa les épaules sans cesser de trimbaler sa brassée de tuyaux.

— Réponds, mon garçon. Faut toujours répondre, quand on te pose une question, quitte à inventer...

Louie s'était fait plus sec et Danny sentit qu'il l'avait agacé. Il s'arrêta de travailler et regarda bien en face le petit bonhomme fripé.

— C'est que j'ai besoin de gagner ma vie, Mr Stein. Sinon, pourquoi je passerais mes journées à trimbaler vos tuyaux, à votre avis ?

Le gamin avait répondu d'un ton respectueux, où perçait pourtant une pointe de sarcasme. Louie comprenait. Il l'appréciait, ce petit ; il avait du cran. Louie le détailla de la tête aux pieds. Malgré son jeune âge, Danny Boy savait déjà mener sa barque et il avait conservé cette arrogance de l'extrême jeunesse, cette certitude d'avoir plus de temps qu'il n'en faut pour vivre et réaliser ses rêves, du moins certains d'entre eux.

— T'en as donc vraiment besoin, de ce fric ?

Danny lui jeta un regard de pur mépris, mais la pitié que lui inspirait le manque de jugeote du vieil homme fut aussitôt tempérée par sa roublardise naturelle : il tenait à voir où cette conversation le mènerait, au cas où...

— Faut que j'aide ma mère, m'sieur. Elle est fauchée, en ce moment.

Louie hocha la tête comme s'il s'attendait à cette réponse.

— C'est bien toi, le fils de Big Dan Cadogan ?

— Pourquoi vous me le demandez, si vous le savez déjà ? Ça n'est un secret pour personne.

Louie sourit à nouveau.

— Mon petit doigt m'a dit que ton père s'est mis quelques crapules à dos, pour une histoire de six cents tickets.

Danny haussa les épaules d'un geste un peu ostentatoire, comme s'il n'y avait pas de quoi fouetter un chat.

— Ben, il va sûrement se débrouiller pour les payer, fit-il en s'efforçant de rester désinvolte. Qu'est-ce que j'ai à voir là-dedans, moi ?

Louie eut le même haussement d'épaules, ce qui fit flotter sa frêle carrure dans sa gabardine. Puis, riant aux éclats, il tira de sa poche un grand mouchoir immaculé qu'il déploya d'un geste plein de panache, fluide et théâtral comme celui d'un magicien, avant de s'y moucher bruyamment – une façon comme une autre de lui rabattre le caquet, songea Danny.

— Prévenir, c'est guérir, mon garçon ! Ne l'oublie jamais, ça peut servir. Et maintenant, range-moi ce tas de plomb. Paraît que les flics vont rappliquer sous peu. Pas la peine de laisser la marchandise en vitrine. Je les paie grassement pour qu'ils la bouclent et ils ne crachent pas sur mon fric, mais faudrait quand même pas tirer sur la ficelle, pas vrai ?

Il repartit d'un grand éclat de rire qui fit tressauter ses épaules osseuses.

— Loin des yeux, loin du cœur ! ajouta-t-il. Une autre perle de sagesse, pour ta collection personnelle.

Agacé, Danny leva les yeux au ciel.

— La prochaine fois, j'apporterai un calepin, histoire de les noter, vos perlouzes. Faudrait surtout pas que je les oublie !

Louie s'éloigna en se marrant de plus belle. Danny le suivit du regard, la rage au cœur et le rouge au front. Six cents livres. Ça faisait un sacré paquet. À côté, que pèseraient les quelques billets qu'il rapporterait de sa journée ? La nouvelle lui était tombée dessus comme un tas de briques – ça, et ce que ça impliquait pour sa famille. Six cents livres. Le prix d'une maison ! Son paternel se permettait de les perdre au jeu, alors qu'ils avaient à peine de quoi payer le loyer de leur appartement minable... sans parler de l'acheter ! Et il en était réduit à se promener avec une misérable paire de bottes tellement usées que son père les avait mises au rancart. Sa mère ne portait que des vieilleries. Quant à ses deux cadets, ils étaient trop jeunes pour y comprendre quelque chose, à tous ces problèmes. Ils ne savaient même pas à quoi servait l'argent ! Et voilà que son vieux fumier de père s'offrait le luxe de perdre une fortune sur une table de poker...

Louie observait à distance l'effet qu'avaient produit ses paroles sur son jeune employé, qui soulevait les tuyaux et se les jetait sur l'épaule comme de vulgaires brindilles. Danny allait bosser jusqu'au soir avec une vigueur redoublée pour évacuer sa colère. Il sentait que le petit accusait le choc et il en avait le cœur gros pour lui ; mais tout compte fait, à sa place, il aurait préféré être mis au parfum, et le plus vite possible. Face à une tuile pareille, un homme averti en valait deux.

Louie était l'heureux père de cinq filles délicieuses et dotées de personnalités formidables, mais pas très gâtées, question physique. Pour lui, un fils comme Danny aurait été un cadeau de la providence. Un jeune homme courageux, qui aurait pu reprendre son affaire et lui assurer une descendance. La vie était injuste. Mais, comme disait son vieux père, on ne pouvait jouer que les cartes qu'on avait en main… À propos de cartes, se retrouver servi par les frères Murray, c'était vraiment le fond du fond. Ces putains de joueurs… Des bons à rien, tous autant qu'ils étaient. Et ce pauvre Danny allait se retrouver dans une putain de galère, lui et toute sa famille, avec au front l'étiquette infamante du pigeon. Ce genre de dette, ça retombait sur tous les parents du débiteur, y compris les plus éloignés.

Danny Boy sentait le regard du vieil homme s'attarder dans son dos. La honte lui mettait les joues en feu. Six cents livres ! Il ne parvenait plus à les chasser de son esprit, ces six cents fichues livres. Louie lui avait dit la vérité ; pourquoi aurait-il menti… ? Il avait parlé pour son bien, en espérant amortir le choc de la mauvaise nouvelle. Et effectivement, il valait nettement mieux l'apprendre de sa bouche à lui que de celle d'un recouvreur de dettes, un samedi matin au saut du lit. Et sa mère, est-ce qu'elle était au courant ? Devait-il prendre sur lui de lui annoncer ça ? La vie était dure, et grandir était loin d'être aussi marrant qu'on le prétendait…

Il se mit à empiler de plus belle les tuyaux de plomb, comme si l'effort physique pouvait alléger un peu le fardeau de ses soucis.

*

Annuncia Cadogan, Annie pour les intimes, était toute à son affaire. Pour la première fois de sa vie, elle se sentait autonome. Pas de maman pour surveiller le moindre de ses gestes, pas de frères pour s'assurer qu'elle ne faisait pas de bêtises. Elle était en classe et souriait à tous ceux dont elle croisait le regard. Ce qui l'avait frappée, en arrivant, c'était cette odeur caractéristique, un mélange de peinture fraîche et de bois ciré, auquel s'ajoutaient les relents plus douceâtres d'une trentaine de bambins dont certains ne devaient pas être très copains avec le gant de toilette. La plupart « finissaient » les vieux vêtements de leurs aînés, mais une poignée d'autres, dont elle-même, étaient affligés d'uniformes flambant neufs. Ainsi attifés, ils détonnaient dans le paysage, aussi sûrement que les petits Asiatiques qui commençaient à affluer dans le quartier, avec leur accent à couper au couteau.

Comme beaucoup de ses camarades, Annie avait déjà reçu une solide éducation religieuse. La plupart des enfants d'immigrés irlandais étaient élevés dans le respect de la religion et de l'Église catholiques, même si leurs parents n'étaient pas pratiquants : après une rude semaine de boulot, il aurait fallu être un saint pour trouver encore l'énergie d'aller à la messe. En Angleterre, le travail passait avant pas mal de choses, alors qu'en Irlande ce que vous deviez faire de votre journée vous était dicté par les curés, pratiquement heure par heure.

Annie avait glissé sa petite main dans celle de Carole Rourke, sa voisine, et écoutait l'histoire de saint François d'Assise. C'était un de ses saints préférés et elle le priait tous les soirs, parce qu'elle rêvait d'avoir un chien ou un chat. Jusque-là, sa mère avait toujours refusé, mais peut-être finirait-elle par transiger pour un lapin ou un hamster…

Au fil des heures de cette première journée d'école, Annie s'était sentie de plus en plus légère. Quel soulagement d'être délivrée de sa famille ! Elle espérait que son enthousiasme résisterait à la routine. Quand la cloche sonna le moment de la sortie, son opinion était faite : pour elle, l'école ne serait jamais l'enfer que lui décrivaient ses frères. Elle attendait le lendemain matin avec bien plus d'impatience que le retour de son père, lui dont elle était pourtant la préférée.

Elle avait senti le temps se gâter à la maison. L'orage n'allait pas tarder à éclater. Avec son père, il n'y avait pas de juste milieu. Soit il les terrorisait, soit il les faisait hurler de rire. C'était usant, à la longue. Finalement, l'école tombait à pic et ça lui permettrait d'échapper, au moins quelques heures, à l'œil de lynx de sa mère.

*

— Bon sang de bonsoir ! Six cents livres ?! T'en es sûr, Danny ? Mon vaurien de mari n'est quand même pas si bête !

Mais Ange avait compris. C'était la pure vérité. Inutile de se bercer d'illusions.

— Désolé, m'man. C'est Louie Stein qui m'a annoncé ça, ce matin. Pour me rendre service, tu vois. Je sais bien que c'est un magouilleur de première, mais jusqu'ici il a toujours été réglo. Il m'a proposé du travail pour toute la semaine et…

Angelica n'écoutait plus. Elle chancelait sous le choc. Les conséquences ne se feraient pas attendre. Nulle part ils ne trouveraient une somme pareille. S'ils avaient pu réunir six cents livres, ils n'en auraient pas été réduits à tirer le diable par la queue. Ils auraient mangé comme des gladiateurs au retour de l'arène ! Son mari lui avait fait bien des crasses, mais là, c'était le pompon – record battu ! Même lui, il aurait du mal à nier l'évidence !

Danny regardait sa mère vaciller. La pilule était amère. Ange n'avait même pas remarqué les deux billets d'une livre qu'il avait posés sur la table. Évidemment, à côté des dettes de son père, ça ne faisait pas le poids...

Il travaillait au lieu d'aller à l'école, il portait des fringues minables, à un âge où les apparences et l'impression qu'on produit sont d'une importance suprême. N'ayant pas de quoi sortir le week-end – le cinoche du samedi matin était encore trop cher pour lui... –, il n'avait pratiquement pas de copains. Même aux yeux des plus misérables, il faisait figure de paria. Et il essayait de s'en sortir, d'aider son frère et sa sœur, d'alléger le fardeau de sa mère, sa pauvre mère qui n'avait qu'à peine conscience des sacrifices qu'il faisait.

Il la laissa pour aller se réfugier dans la chambre qu'il partageait avec Annie et Jonjo. Là, il se jeta sur son lit, qui était aussi celui de son frère, et ravala ses larmes. Ce luxe-là non plus, il ne pouvait pas se l'offrir.

Chapitre 2

Danny était plus morose qu'à l'ordinaire, mais personne ne semblait l'avoir remarqué. Il vivait sur les nerfs, partagé entre l'espoir et la crainte de voir revenir son père. Les deux petits souffraient de la tension qui régnait à la maison, et il était lui-même trop angoissé pour pouvoir les rassurer. Quant à sa mère, elle passait de la fureur aux larmes, en se répandant en imprécations contre son mari. Elle le voyait déjà agonisant, quelque part, éventré d'un coup de couteau ou tabassé à mort, pour six cents malheureuses livres... Le seul souvenir de ce maudit chiffre suffisait à réamorcer sa colère, et c'était reparti pour de nouvelles bordées de malédictions.

On ne parlait plus que de cela, dans le quartier. Or sa mère avait sa fierté ; pour elle, c'était un vrai calvaire de voir leur famille livrée en pâture aux colporteurs de ragots. Les Cadogan rasaient les murs, et Big Dan rétrécissait à vue d'œil dans l'estime de son fils. Danny Boy avait beau savoir que ce serait de la folie pour son père de revenir dans le coin tant qu'il n'aurait pas honoré sa dette, il ne lui pardonnait pas de les avoir abandonnés.

Il était en train de préparer du thé quand il entendit frapper. Il baissa le feu sous la bouilloire et, traversant le couloir, prit soin de mettre sa mère en sûreté dans la chambre, avec les petits, avant de refermer la porte sur eux. La terreur le tenaillait. Il avait longtemps attendu cet instant, et maintenant qu'il était arrivé, il se sentait flageoler sur ses jambes.

— Ouvrez cette putain de porte, nom de Dieu ! On sait que vous êtes là !

La voix était sonore, assurée et chargée de haine. Celui qui était derrière la porte avait bien conscience d'être le plus fort. Il lui avait suffi de frapper pour plonger la maisonnée dans la terreur. C'était une voix de recouvreur de dettes, la voix d'un type habitué à répéter les mêmes mots, encore et encore, d'un ton chaque fois plus déterminé et plus lourd de menaces.

Danny restait planté dans le petit couloir, les dents serrées, agité d'un tremblement qu'il tentait vainement de réprimer. Il prit son courage à deux mains et parvint à museler sa peur le temps d'ouvrir la porte, à la seconde même où le martèlement reprenait.

— Eh ! Doucement ! Qu'est-ce que vous voulez ?

L'agacement qui avait filtré dans sa voix de basse ne manqua pas d'impressionner ses visiteurs.

Car ils étaient deux. Un grand maigre et un petit gros. Ils avaient pourtant un air de famille et, au premier coup d'œil, Danny comprit à qui il avait affaire. Les frères Murray étaient des célébrités locales. Ils avaient le poil blond et clairsemé, des petits yeux chafouins, la tronche plate et ronde de leur type slave, qu'ils tenaient de leur mère. De prime abord, on aurait pu les prendre pour un tandem de demeurés, mais ça n'était qu'un air qu'ils se donnaient pour amener les gens à abaisser leur garde. Une fois cet objectif atteint, ils laissaient généralement tomber leur numéro de débiles.

— Est-ce que ton père est chez toi, mon gars ? demanda le gros, dans un grand effort d'amabilité.

— Ça, pas de danger, fit Danny en secouant la tête. Il sait que c'est le premier endroit où vous viendrez le chercher.

Walter, le plus grand, qui était aussi l'aîné, acquiesça d'un signe de tête, l'air enchanté de cette réponse, comme si c'était exactement ce qu'il attendait.

— Comme de juste, fiston. Mais tu comprendras qu'on te demande où il pourrait se planquer.

Danny secoua à nouveau la tête.

— J'en sais foutre rien, mais s'il ne tient qu'à moi, il peut bien aller se faire mettre ! Et vous pouvez le lui dire de ma part, si vous le retrouvez avant moi.

Tout le voisinage devait profiter de l'attraction, songea Danny. On n'était jamais chez soi, dans ce genre d'immeuble. Les détails les plus scabreux de votre vie privée devenaient des sujets de ragots. Bonjour, l'intimité ! Le moindre de vos ébats était étroitement suivi et surveillé par ceux avec qui vous partagiez un mur, un sol ou un plafond. On finissait par s'y habituer, puisqu'on entendait les mêmes bruits de chasse d'eau, de sommiers et de siphons. Mais maintenant que c'était sa propre famille qui se retrouvait au pilori, Danny commençait à comprendre pourquoi cette promiscuité fichait tant de gens en rogne.

Walter Murray toisa le jeune colosse qui lui faisait face en enregistrant chaque détail : son attitude de boxeur solidement planté sur ses jambes, malgré son air effaré et ses yeux écarquillés par la peur.

Il ne manquait pas de cran, ce môme. Ça, y avait pas à dire.

— Écoute, petit, si on n'arrive pas à récupérer l'oseille qu'il nous doit dans les jours qui viennent, on va tout déménager, dans cet appart'. Les lits, les chaises – tout ! Et quinze jours après, on remettra ça.

La menace était claire et nette. Danny les regarda bien en face, sincèrement surpris.

— Pourquoi vous en prendre à nous ? Cet argent, c'est mon père qui vous le doit, non ? D'ailleurs, je vous souhaite bien du plaisir : vous aurez plus vite fait de vous faire payer en tickets restaurant bulgares que de lui faire cracher six cents livres !

On aurait vainement cherché un atome de joie dans le sourire qui plissa laborieusement le visage de Wilfred Murray, le cadet des deux frères et, de loin, le plus teigneux.

— T'es con ou quoi, petit ?

Ravalant sa rage, Danny se retrancha derrière un masque d'innocence.

— Ben, ça doit être ça, oui... répondit-il sans se frapper. Je suis con ! Parce que, de mon point de vue, on vous devrait plutôt une fière chandelle, dans cette famille. Pour nous, la disparition du paternel, c'est un sacré bonus, mon pote ! Mais laisse-moi te dire : si vous revenez nous tourner autour, vous avez plutôt intérêt à rappliquer en force. Si je survis à votre prochaine descente, je me ferai un devoir de vous retrouver et de vous réduire en bouillie.

Danny avait parlé sans colère, avec une dignité calme qui rendait le message d'autant plus percutant.

— Hé, mais t'entends ça, Walter ? fit Wilfred en partant d'un gros éclat de rire. Tu rigoles, là, petit ?

Danny gardait les yeux vissés sur eux, sans bouger d'une semelle. Physiquement, même à deux, ils ne faisaient pas le poids. Il était conscient de sa force, mais aussi que ce serait la faute de son père s'il en était réduit à se mesurer à eux. Si ces deux petites frappes revenaient traîner dans les parages, il devrait passer aux actes.

D'un geste quasi instinctif, il leur brandit sous le nez un index menaçant.

— Je n'ai pas la moindre envie de rire, les gars ! Et je vous déconseille de revenir frapper à cette porte, parce que, faites-moi confiance, je vous retrouverai et je vous buterai. C'est avec mon père que vous avez un problème, pas avec nous. Soit dit en passant, demandez-vous cinq minutes ce qu'il faut avoir dans le crâne pour s'imaginer qu'une famille vivant dans ce genre d'immeuble a six cents livres planquées au fond d'un tiroir ! Votre pognon, vous aurez plus vite fait de vous taper la reine mère que de le récupérer.

Un point pour lui, se dit Walter. Mais ils avaient fait cracher des gens encore plus calamiteux que les Cadogan. C'était à peine croyable, ce que certains parvenaient à faire, sous la pression adéquate.

Son poing cueillit Danny au menton, l'envoyant valdinguer en arrière. Comme le gamin s'affalait lourdement sur le carrelage, sa mère se précipita hors de la chambre en brandissant une petite hache, qu'elle abattit de toutes ses forces sur le plus petit des deux frères, sans laisser à son fils le temps de réagir. Wilfred Murray s'effondra. Angelica arracha aussitôt la hache, fichée dans son sternum, et frappa à nouveau, cette fois en visant le crâne de Walter. Le coup dévia et l'atteignit à l'épaule.

— Touchez à mon fils et je vous saigne comme des gorets ! hurlait-elle en frappant à l'aveuglette.

Du rez-de-chaussée au dernier étage, tout l'immeuble résonnait des cris des frères Murray. Des flots de sang s'échappaient de leurs blessures. Il y en avait partout.

Danny ceintura sa mère et parvint à la faire rentrer dans sa cuisine, où la bouilloire sifflait depuis un certain temps déjà. Les deux hommes approchaient en titubant, toujours prêts à en découdre. Danny empoigna alors la bouilloire et leur balança un jet d'eau brûlante à la figure. La douleur leur tira des cris épouvantables, qui ne parvinrent pourtant pas à couvrir ceux d'Angelica.

En découvrant leurs deux trognes ébouillantées et le résultat des coups de hache de sa mère, Danny eut l'impression d'avoir fait irruption dans un cauchemar. Cette fois, son père avait vraiment dépassé les bornes. Quand il rentrerait, s'il rentrait un jour, il aurait à répondre des cataclysmes en chaîne qu'il avait provoqués, avec ses conneries.

Comme il chassait les deux malfrats devant lui dans le couloir, sa main se referma sur l'épaule de Walter et il sentit un lambeau de chair se détacher sous ses doigts – le genre de chose qui ne devait pas faire du bien. Enfin, il claqua la porte sur eux et s'arc-bouta derrière, le souffle court. Il attendit d'avoir retrouvé une respiration normale et laissa se calmer les haut-le-cœur qui lui retournaient l'estomac, avant de retourner dans la cuisine, où il retrouva sa mère. Angelica était toujours cramponnée à sa hache, qu'elle berçait comme un enfant. « Qu'est-ce qu'on a fait, Danny ? Mais qu'est-ce qu'on a fait ? » répétait-elle en secouant la tête. Elle ne lui avait jamais semblé si frêle et si menue.

Dehors, on n'entendait plus un bruit. Les frères Murray avaient dû aller se faire recoudre à l'hôpital le plus proche.

La petite Annie pleurait dans la chambre. Après avoir poussé une armoire devant la porte d'entrée, Danny entreprit de rassurer sa mère et de consoler sa sœur, jusqu'à ce qu'elles finissent par s'assoupir. Puis, ramassant la hache ensanglantée, il se laissa glisser sur le sol. Il n'avait plus qu'à attendre le prochain épisode du mélodrame qu'était soudain devenue sa vie. Jonjo vint se pelotonner contre lui en roulant des yeux effarés. La terreur du garçonnet était presque palpable.

Danny pesta intérieurement. Ce soir-là, son père aurait été malavisé de rentrer, car quand il en aurait fini avec lui, les plaies et les bosses des Murray, à côté des siennes, auraient vraiment l'air de ce qu'elles étaient : un ouvrage de dame ! Six cents livres… La vie de toute une famille détruite pour six cents malheureuses livres… Et, comme d'habitude, le responsable du désastre s'était évanoui dans la nature, en le laissant littéralement aux mains des frères Murray. Car Danny se retrouvait désormais seul pour assurer la sécurité des siens. Il croulait sous le fardeau. Sa mère était hors d'elle, glacée d'angoisse. Elle ne se remettrait jamais de cette scène d'horreur, pas plus que lui.

Il ne lui restait plus que cinq jours avant son quatorzième anniversaire, mais il commençait à se demander s'il survivrait jusque-là.

*

La nouvelle se répandit comme un incendie de forêt. En apprenant ce qui s'était passé, Louie secoua tristement la tête et, dès le lendemain, mit un point d'honneur à se rendre régulièrement chez Danny, en s'arrangeant pour que ses visites aux Cadogan soient dûment remarquées et rapportées à qui de droit. Les excellentes relations qu'il entretenait avec quelques-uns des grands noms du milieu lui valaient un certain respect.

Il s'appliqua notamment à faire savoir que son jeune employé avait dû affronter les Murray pour protéger son frère et sa sœur cadets. D'ailleurs, ajoutait-il en se marrant, sa mère n'avait rien à envier aux plus coriaces. L'« Ange à la hache », comme il la surnommait, avait accédé en quelques jours au rang de légende urbaine. Les Murray finiraient bien par se rebiffer, tôt ou tard – quoi de plus humain que le désir de vengeance… ? Ils n'avaient certes pas appelé la police, mais ça tombait sous le sens ! En rameutant les flics, ils se seraient eux-mêmes condamnés à raser les murs pour le restant de leur vie. Aller pleurnicher chez les bourres, c'était moucharder. Quant à l'extrême discrétion de la police, qui n'avait pas jugé bon d'intervenir alors que les faits étaient de notoriété publique, elle en disait tout aussi long.

Le père Donovan, le curé de la paroisse, un vieil ours mal léché qui considérait la lutte quotidienne de ses ouailles pour la survie comme un défi personnel, prit l'habitude de passer voir les Cadogan plusieurs fois par jour, ce qui revenait à leur donner sa bénédiction et à leur reconnaître officiellement le statut de victimes. Son soutien affiché à Danny et à sa famille décida pas mal de gens à prendre fait et cause pour eux, alors qu'ils auraient prudemment pu se rallier aux Murray qui étaient tout aussi catholiques que les Cadogan, et presque aussi irlandais.

Malgré ces multiples preuves de solidarité, Danny ne parvenait pas à se détendre. Il vivait dans la hantise du jour où les Murray reviendraient se venger et refusait de laisser sa mère seule avec les petits. Il ne partait jamais au boulot sans s'assurer qu'elle était en lieu sûr et bien entourée. Mais ce genre de problème était relativement simple à résoudre. Le plus dur, c'était d'attendre, en sachant que chaque semaine qui passait le rapprochait de l'affrontement.

Deux mois s'étaient écoulés, et Big Dan n'avait toujours pas refait surface. De jour en jour, Danny sentait croître sa haine et son dégoût pour son père. À force de trimbaler des tuyaux de fonte chez Louie, son torse et ses biceps s'étaient considérablement développés. Sa carrure avait pratiquement doublé et il avait les mains pleines de cals. Il savait qu'il paraissait plus vieux que son âge, et s'appliquait à soigner sa mise : tandis que tous ses copains sacrifiaient à la mode des tuniques indiennes multicolores et des pattes-d'eph informes, il affichait un style beaucoup plus sobre, à base de chemises impeccables et de pantalons à pinces qui lui donnaient l'allure d'un gangster en herbe. Et ça lui allait comme un gant.

Sa silhouette râblée et sa gouaille naturelle faisaient désormais partie du paysage, à Bethnal Green. Les filles tombaient comme des mouches sous son regard qui ne trahissait jamais la moindre émotion. Il était devenu un héros local et cultivait sa jeune renommée : le jour où les Murray rappliqueraient, ça ne pourrait que le servir. Il soignait donc ses relations avec ses alliés potentiels, sans pour autant s'aveugler : au jour J, il devrait d'abord compter sur ses propres forces et sur sa perspicacité naturelle. Mais justement, de la jugeote, il en avait à revendre.

*

Angelica n'avait pas renoncé à retrouver son mari, mais depuis deux mois ses recherches restaient vaines. Aucune nouvelle de Big Dan. Personne ne l'avait vu, il avait disparu de la circulation. Connaissant son homme, elle le soupçonnait de se planquer chez une de ses maîtresses, le temps que les choses se tassent, quitte à laisser sa famille encaisser les coups à sa place. Elle ne s'était jamais fait d'illusions sur son compte, mais il fallait reconnaître que, cette fois, trop, c'était trop. Il s'était vraiment surpassé.

Sa fille cadette avait été traumatisée par les récents

événements. Annie avait toujours été une enfant fragile, mais la visite des frères Murray avait déclenché chez elle des troubles nerveux immédiatement perceptibles. Elle ne tenait pas en place et ne cessait de jacasser, sautant du coq à l'âne sans aucun lien logique comme si elle avait mené trois conversations à la fois. Rien que d'entendre son petit rire crispé, Ange en avait les larmes aux yeux. Annie avait toujours été la fille à son papa – de toutes les personnes qui fréquentaient Big Dan Cadogan, c'était bien la seule qui eût compté un peu à ses yeux ; et, pour elle, son père était l'homme le plus important sur terre depuis que Notre Seigneur Jésus-Christ était monté aux cieux. Le chagrin de la fillette vous serrait le cœur. Mais le plus dur, c'était de garder le silence sur les agissements de son père, tant que la petite ne serait pas en âge de comprendre la situation. Un jour, Annie serait assez grande pour se faire sa propre opinion, mais en attendant, inutile de se lancer dans de grandes explications. Dieu sait pourtant que ça la démangeait… Mais, comme toute la famille, sa fille devait déjà vivre dans l'attente de la prochaine visite des Murray, et c'était bien assez lourd.

À quoi ils pensaient, ces Murray ? Qu'est-ce qu'ils avaient dans le crâne, pour s'amuser à terroriser une mère et ses gosses ? Sans aller aussi loin, quels moyens allaient-ils trouver pour se venger ? Après leur première visite aux Cadogan, ils devaient être verts de rage ! C'était surtout pour Danny qu'elle s'inquiétait. Car ils devaient l'avoir dans le collimateur – et son fils n'attendait que ça. Il ne sortait plus sans son uniforme d'apprenti caïd, botté et sanglé dans son costard. Il commençait à se faire un peu de blé, mais pour rien au monde il n'aurait accepté de payer à la place de son père. Au grand soulagement d'Angelica, et même si ça n'était pas vraiment de son âge, il assumait courageusement son rôle de chef de famille. Somme toute, Danny Boy n'était encore qu'un gamin, mais c'était surtout leur seul rempart contre la misère et le trottoir. Il avait payé tous leurs arriérés de loyer et avait même réussi à lui offrir des meubles et des appareils dont elle n'aurait jamais rêvé. C'était un brave petit, un bon fils et un bon frère, et elle découvrait qu'il pouvait être plein de ressources. Il s'efforçait de compenser le vide laissé par l'absence de son père, tout en tâchant d'alléger leur fardeau, à elle et aux petits, et Dieu sait que ça n'était pas simple. Pour lui, ça devait être un vrai calvaire, mais peut-être moins que pour elle, sa mère, qui en était réduite à l'impuissance, contrainte de compter sur le soutien d'un gamin et d'accepter avec gratitude ce qu'il parvenait à leur procurer.

Son petit Danny, son fils premier-né, l'amour de sa vie, avait été privé d'adolescence et brutalement plongé dans l'âge adulte. Il ne rentrait plus chez eux qu'en empruntant le labyrinthe des allées qui couraient entre les maisons. Dans les rues, il aurait été une proie facile pour des gens malintentionnés. N'importe qui aurait pu le forcer à monter dans une voiture et l'achever dans un coin sombre. Lui qui n'attendait qu'une chose : qu'on en finisse, pour qu'ils puissent enfin reprendre le cours de leur vie.

La violence de sa propre réaction contre les Murray avait été un sacré choc. Elle avait toujours eu la main leste et sûre, mais jusque-là, elle n'avait jamais eu à brandir une arme. C'était son instinct de mère qui avait parlé, face à l'urgence. Au moins les Murray réfléchiraient-ils à deux fois avant de se frotter à elle. Ils n'en auraient même pas la possibilité, car personne ne le tolérerait. Ils ne pourraient plus lever le petit doigt contre elle sans se mettre tout le monde à dos, ils le savaient aussi bien qu'elle. Leur propre mère, une vieille Yougoslave rougeaude, ridée comme une vieille pomme, s'était publiquement prononcée contre eux. Les mères et les gosses, c'était sacré. Les Murray finiraient bien par le comprendre, mais il fallait, hélas, en passer par toutes ces épreuves et ces tribulations pour leur faire piger ça. Tout comme son fils, Angelica serait sacrément soulagée lorsqu'ils se décideraient à passer à l'action et qu'ils pourraient, enfin, tourner la page, elle et ses enfants.

*

Danny et Louie s'étaient installés sur une vieille caisse pour prendre le thé. Ils se félicitaient l'un et l'autre des liens d'amitié qui s'étaient noués entre eux. Danny savait gré à son patron d'avoir pris fait et cause pour lui, et de lui avoir prouvé qu'il y avait toujours une lueur d'espoir au bout du tunnel. Louie le soutenait et surveillait ses arrières. Une grande première pour Danny, à qui personne n'avait jamais rendu un tel service. Sa gratitude envers son vieux mentor aurait tiré des larmes à un rocher.

Il régnait à présent chez Louie un ordre et une propreté qui auraient pu échapper à un observateur non averti. Ces derniers mois, Danny avait rangé les piles de métal à recycler, triant systématiquement le cuivre, le plomb et le fer. Avant, les carcasses de bagnoles – la principale source de revenus de la casse – envahissaient tout. Désormais, une fois désossées, elles passaient dans l'énorme concasseur que Danny savait piloter les yeux fermés. Leurs restes broyés et compressés en gros cubes étaient empilés en tas bien nets, formant d'énormes remparts de métal. Quand les ferrailleurs arrivaient, leur chargement était aussitôt trié et rangé sur l'une ou l'autre des piles. Les clients qui venaient chercher des pièces détachées pouvaient aller directement se servir, sans avoir à fourrager des heures durant. Louie était enchanté de ce tour de force. Même si la casse n'était qu'une couverture, il constatait avec plaisir que tout fonctionnait mieux et plus facilement, grâce à la vigilance de Danny et à son sens de l'organisation. Il lui avait aussi appris à marchander avec les ferrailleurs, et le petit avait révélé un réel talent en la matière. Il savait d'instinct ce qui avait de la valeur et ce qui n'en avait pas. En plus d'être fort comme un Turc, il en avait dans le cigare, ce gamin – bien plus que ne le soupçonnaient la plupart des gens. Il avait le sens du commerce, l'art de faire des affaires tout en donnant à ses clients et fournisseurs l'impression d'être gagnants. Et ça, dans leur branche, c'était la clé du succès.

Danny avait commencé à chercher lui-même des matériaux à récupérer. Louie lui versait une petite prime pour ses trouvailles, et la joie du gamin faisait plaisir à voir, quand il empochait ainsi quelques ronds supplémentaires. C'était une constante dans le métier, ce besoin de gratter un peu, de se faire un bifton de plus par-ci par-là, même quand on en avait plein les poches. Les bagnoles, c'était un monde en soi. Comme la plupart des garçons de son âge, Danny raffolait de tout ce qui avait quatre roues et un moteur. Du premier coup d'œil, il pouvait vous citer le fabricant de n'importe quelle pièce – en précisant même, pour certaines, l'année et le modèle. Leurs clients étaient majoritairement des jeunes en quête d'un pot d'échappement ou d'une boîte de vitesses. Avant Danny, Louie devait les garder à l'œil pendant qu'ils cherchaient leur bonheur, pour s'assurer qu'ils ne repartaient pas avec trois fois plus de matériel qu'ils n'en payaient. À présent, Danny se chargeait d'accueillir les clients et de les servir – et, neuf fois sur dix, dans les trois minutes, il mettait la main sur la pièce dont ils avaient besoin.

L'un dans l'autre, Danny lui simplifiait la vie et il était toujours de bonne compagnie. Louie l'aimait bien, ce gamin. Il admirait sa conscience professionnelle, son courage dans l'adversité, le stoïcisme avec lequel il assurait le quotidien de sa famille, sans jamais la ramener ni se poser en martyr. Danny ne parlait jamais de ses problèmes. Il faisait ce qu'il avait à faire, empochait son salaire et revenait le lendemain matin. C'était un employé modèle, le fils que tout père aurait rêvé d'avoir. Dire que le sien, de père, l'avait froidement laissé tomber, sans même un mot de regret ! Big Dan Cadogan avait dû avoir vent de ses démêlés avec les frères Murray, depuis le temps. On ne parlait que de ça dans le Smoke, et jusque dans le North End.

Le vieil homme avait donc fait des pieds et des mains pour son protégé. Il avait plaidé sa cause partout, histoire d'ôter aux Murray toute velléité de s'offrir un remake de leur dernière performance. Ils avaient une solide réputation de grugeurs, et tant qu'ils se contentaient de pigeons tels que Big Dan Cadogan, ils n'avaient pas grand-chose à craindre. Mais face à de vraies pointures, ils ne feraient pas le poids. Ils auraient à peine le temps de l'ouvrir, sans même parler de récupérer trois kopecks – et a fortiori six cents tickets… ! De toute façon, tout était relatif. Trois kopecks, c'était déjà une somme, quand il vous les fallait et que vous ne les aviez pas…

Ils n'avaient que ce qu'ils méritaient, ces deux fouteurs de merde. Quelqu'un s'était enfin chargé de les remettre à leur place. Bon, se faire dégommer par une mère de famille et son gamin, c'était une sacrée claque pour leur amour-propre, mais ils l'avaient bien cherché. Ils n'avaient plus qu'à se faire oublier. À leur place, après une déculottée de cette ampleur, n'importe qui aurait rasé les murs et remis sérieusement en question ses pratiques professionnelles.

L'opinion publique soutenait Danny, ce brave garçon qui avait si vaillamment défendu les siens et continuait à faire front. Il ne demandait qu'à discuter pour mettre les choses à plat et résoudre les problèmes une bonne fois pour toutes. Un vrai héros. N'importe quel autre père serait sorti de sa planque pour venir féliciter son rejeton et lui prêter main-forte, mais Cadogan restait introuvable. Personne n'était près d'oublier ça, et encore moins de le lui pardonner – Danny Boy moins que quiconque.

*

Svetlana Murray était tout aussi inquiète que son homologue irlandaise. Si les choses tournaient au vinaigre, elle risquait d'être à son tour victime d'une agression similaire. C'était une loi du genre : dès lors qu'il y avait un précédent et si personne ne réagissait, ça finissait par passer dans les mœurs. Normalement, recouvrement de créances ou pas, nul ne touchait aux femmes et aux enfants. Ayant transgressé cette règle sacrée, ses fils devaient se préparer à supporter les conséquences de leurs conneries. Tout le monde les avait mis à l'index – même eux, ils commençaient à s'en rendre compte. Tous leurs soi-disant copains les évitaient. Ils étaient allés trop loin et ils n'avaient pas fini d'en baver. La leçon leur avait déjà coûté cher, ils en garderaient les marques à vie. Wilfred, le cadet, avait été défiguré par l'eau bouillante. Seules la rage et la haine le tenaient sur pied. Walter, lui, aurait préféré passer l'éponge, mais l'autre refusait de laisser pisser. Un teigneux, comme son père. C'était le problème, avec les petits : ils se sentaient toujours tenus de faire leurs preuves et, au besoin, d'en rajouter. Elle avait beau le mettre en garde et lui citer les nombreux témoignages de sympathie en faveur des Cadogan, Wilfred faisait la sourde oreille.

Ça devait être son côté irlandais... Elle ne voyait pas d'autre explication à un entêtement aussi absurde. Son fils cadet s'obstinait à nier l'évidence. Depuis toujours, alors que l'aîné pouvait se montrer relativement accommodant, Wilfred détenait des records d'opiniâtreté. La différence entre ses fils lui avait sauté aux yeux dès le bac à sable. Quand ils se disputaient, Wilfred rongeait son frein en attendant son heure et, une fois la querelle oubliée, vlan ! il revenait à la charge au moment où son frère s'y attendait le moins, et plutôt deux fois qu'une. Sauf que là, son caractère pugnace et revanchard risquait de leur coûter bonbon, à lui et à toute la famille. Or ça, Svetlana Murray ne le permettrait pas. Elle les aimait de tout son cœur, ses garçons, mais, comme pas mal de gens dans le secteur, elle ne les tenait pas en très haute estime.

*

Michael Miles avait attendu Danny devant la casse jusqu'à la nuit noire. Il fumait sa dernière clope en regrettant de ne pas être passé prendre un autre paquet à la planque. Comme il écrasait son mégot du talon, il reconnut la voix de son ami qui disait au revoir à quelqu'un. Il se força à sourire et rassembla son courage.

En l'apercevant, Danny s'arrêta net, les traits crispés par la colère.

— Ben alors, qu'est-ce qui se passe ? fit Michael, en tentant de calmer le jeu. On se serait engueulés et je serais pas au courant ?

Danny poussa un long soupir.

— Rends-moi service, Michael. Remonte sur ta putain de bécane et casse-toi !

C'était une blague rituelle entre eux depuis l'école primaire, qu'ils aient ou non une bicyclette. Une vanne pour initiés, destinée à faire rigoler l'autre, plutôt qu'à le froisser. D'autant que les seuls moyens de transport qu'ils aient jamais eus à leur disposition, c'étaient les bécanes qu'ils « empruntaient » pour l'après-midi – mais, même en ce cas, ils préféraient remettre la mob ou le vélo à sa place, plutôt que de les vendre ou de les démonter. Ils en avaient souvent discuté, avant de tomber d'accord sur ce point : piquer le vélo de quelqu'un, c'était pas réglo. S'ils avaient pu avoir leur propre bécane, ils auraient compris qu'on puisse la leur emprunter quelques heures – mais la perdre purement et simplement, c'était trop dur !

Ils se regardèrent en chiens de faïence. Aucun des deux ne voulait s'avouer vaincu, mais ni l'un ni l'autre ne savait comment remettre les pendules à l'heure. Du jour où les Murray s'étaient pointés chez lui, Danny s'était interdit tout contact avec Michael, et c'était loin d'être facile de se passer de son ami, même si c'était pour son bien.

— T'es mon meilleur pote, Danny ! lui lança Michael. Tes problèmes sont les miens !

Danny avait fermé les yeux comme pour se retenir d'exploser, mais Michael continua sur sa lancée.

— Je voulais juste que tu saches que t'es pas tout seul, mec. T'en ferais sûrement autant pour moi – pas vrai ?

C'était une vraie question, et elle exigeait une réponse.

— J'aurai jamais à le faire pour toi, Mike. Ce genre de truc ne t'arrivera jamais. Quand ça va péter, et crois-moi, le temps peut salement se gâter, tu t'en mordras les doigts de t'être mis dans une telle galère. Sers-toi un peu de ta tête, merde !

Danny regarda son ami. Comme lui, Michael Miles était un beau brun. Il avait le sourire facile et le don de vous mettre à l'aise. Quand il voulait savoir quelque chose, il arrivait toujours à vous soutirer la vérité, sans avoir à jouer des poings. Michael n'avait rien d'un bagarreur, mais ils étaient comme les doigts de la main. Ils faisaient une super-équipe.

Le sourire qui illumina le visage de Michael transforma toute sa physionomie. C'était son meilleur atout, ce sourire, même s'il devait s'écouler encore pas mal d'années avant qu'il ne s'en rende compte...

— Peut-être, Dan, mais on est potes depuis qu'on est hauts comme ça. Alors je vais finir par mal le prendre, que tu me fasses la tronche !

Danny ne put réprimer un éclat de rire.

— Écoute, Michael. Je t'ai déjà expliqué mon point de vue, non ?

Il avait écarté les bras en un geste d'impuissance.

Michael sourit à nouveau. La partie était presque gagnée.

— Bof ! Ces enfoirés de Murray... Toute façon, ils ne sont qu'à moitié irlandais, alors ils comptent pour du beurre, pas vrai ?

Ils se mirent à rire de bon cœur, à la fois heureux d'être réconciliés et inquiets de ce que l'avenir leur réservait.

Chapitre 3

— Tu crois qu'il est mort ?

Danny poussa un soupir et se retint de répondre à la question de sa mère. Lui, il aurait préféré le savoir clamsé, le vieil enfoiré : ses dettes seraient enterrées avec lui et ils pourraient enfin respirer. Car le pire, c'était bien l'incertitude. L'attente. L'appréhension. Il était tellement à cran qu'il aurait presque souhaité voir débarquer les frères Murray, et qu'on en finisse.

De tout ça, il ne disait rien à sa mère, évidemment, et les questions d'Angelica avaient le don de l'exaspérer. Ravalant sa rage, il répliqua calmement, d'une voix à peine plus crispée que d'habitude :

— Mais non, m'man, tu le connais. Il se planque. Quand ça se sera un peu tassé, il reviendra la bouche en cœur comme si de rien n'était, et toi, tu t'arrangeras pour que personne ne lui fasse de remarques désobligeantes. Faudrait surtout pas le froisser, le pauvre homme, ni qu'il se sente obligé de nous expliquer pourquoi il a laissé toute cette merde nous retomber dessus...

Le fond d'insolence et de dégoût qui avait filtré dans ses paroles siffla aux oreilles d'Angelica que seul le récent statut de soutien de famille de son fils retint de lui en retourner une bonne. Sans lui, la maisonnée aurait sombré corps et biens, c'était l'évidence même. Mais le courage de Danny, son indomptable énergie lui donnaient l'impression de ne plus servir à grand-chose. Elle culpabilisait tellement qu'elle venait parfois à le détester. Ça n'était pas naturel de devoir s'écraser devant un gosse de cet âge, devant cet enfant qu'elle avait mis au monde et qui prétendait soudain tout régenter dans la famille.

Dans les mois qui avaient suivi la disparition de son mari, Danny Boy avait non seulement réussi à rembourser leurs dettes et à leur assurer un train de vie décent, mais il s'était débrouillé, dans la foulée, pour devenir un vrai fléau. Il s'était mis en tête de tout contrôler, y compris la façon dont elle tenait sa maison et élevait les deux cadets. Il exigeait de savoir ce qu'elle faisait de l'argent qu'il lui versait chaque semaine. Il était si jeune... À peine sorti de l'enfance, il ne pouvait se dépenser pour eux sans compter et sans exiger quelque chose en retour. Mais son numéro de petit chef de famille avait beau n'être que ça, un numéro, il n'en était pas moins effrayant. Ce qu'il parodiait ainsi, c'était l'image du père qu'il aurait voulu avoir. Le problème, c'était qu'il n'avait jamais su ce que c'était, un vrai père... et ça provoquait des frictions à n'en plus finir. Son fils était devenu une monstrueuse caricature d'autorité paternelle à laquelle elle se retrouvait livrée pieds et poings liés, parce qu'elle avait besoin de son fric pour faire tourner la maison.

En toute honnêteté, il fallait reconnaître qu'elle ne se l'était jamais coulée aussi douce. Rien que de savoir d'avance combien elle avait pour la semaine, ça lui changeait la vie. Mais devoir ensuite expliquer à son fils pourquoi et comment elle avait dépensé cet argent, au penny près... Quelle humiliation ! Il y avait de quoi se sentir en liberté surveillée. Chaque fois qu'elle s'achetait quelque chose, elle devait se cacher comme une gamine prise en faute. Quel mal y avait-il à s'offrir une petite bouteille de temps en temps, histoire d'oublier l'avalanche d'emmerdes qui lui tombait dessus et de supporter sa solitude, ses longues nuits sans son homme pour la réchauffer... ? Mais Ange avait la mémoire sélective. Ce qu'elle avait tendance à oublier, c'était que son légitime, le père de ses enfants, avait toujours été un redoutable jean-foutre. Cadogan s'était toujours défilé devant ses responsabilités, sauf peut-être le temps de distribuer quelques torgnoles aux garçons – voire à elle, selon son degré d'alcoolémie.

Danny soupira.

— Réfléchis, m'man, fit-il dans un effort de sincérité et de prévenance. S'il était mort, on serait les premiers à le savoir, non ? Les flics seraient déjà venus nous avertir. C'est quand même pas comme s'il était inconnu au bataillon, pas vrai ? Putain, m'man... il a passé la moitié de sa vie chez eux, en taule. Ils le connaissent mieux que nous !

Ange ne répliqua pas. La justesse de la remarque désamorçait son obstination même. Elle s'assit à la table de la cuisine.

— Je m'en fais pour lui, Danny, dit-elle d'un ton plaintif qui acheva d'exaspérer son fils. C'est toujours mon mari, malgré tout. Et c'est toujours ton père !

Danny Boy garda un long moment les yeux rivés sur elle et Angelica sentit qu'il ne la comprenait pas. Il était déçu de la voir regretter son mari, ce traître qui était à l'origine de tous leurs malheurs. Si seulement il avait pu voir les choses de son point de vue et comprendre ce que signifiait la loyauté conjugale pour les gens de leur génération ! La fidélité dans le mariage, pour le pire comme pour le meilleur...

Il lui sourit tristement.

— Ben, s'il revient, il aura plutôt intérêt à se tenir à carreau, m'man. Parce que je ne supporterai plus la moindre connerie de sa part !

Il parvenait enfin à exhaler sa colère, si longtemps contenue.

— C'est ta dernière chance de faire passer tes enfants avant lui, m'man, et si tu ne la saisis pas, nom de Dieu ! je te jure que je fiche le camp en te laissant te démerder toute seule. Si ton cher mari finit par revenir, faudra d'abord qu'il se mette d'accord avec moi. Interdiction de l'ouvrir sans me demander d'abord mon avis, et je ne ferai rien pour lui faciliter la vie, à ce pauvre minable. Ça t'arrange peut-être d'avoir la mémoire courte, mais en ce qui me concerne je ne suis pas près d'oublier. Crois-moi, si je savais où il se planque, j'irais illico le balancer aux Murray, histoire d'en être débarrassé une bonne fois pour toutes ! C'est pas toi qui m'as seriné toute mon enfance que personne ne peut rien contre toi, si tu ne te laisses pas faire ? Ben, tu prêchais un convaincu, m'man ! Parce que ça faisait longtemps que j'avais pigé ça : suffisait de vous regarder, mon père et toi !

À cela, Ange ne trouva rien à répondre.

*

Chaque matin, au saut du lit, Louie Stein s'envoyait un petit verre de brandy après son café – son « réveille-matin », comme il l'appelait. Chaque fois qu'elle le voyait prendre la bouteille, sa femme le fusillait du regard, sans faire le moindre commentaire. Rien que de sentir sa réprobation, Louie se servait un peu plus largement, en vertu de ce grand principe : quitte à l'agacer, autant que ce soit pour quelque chose !

Elle déposa son petit déjeuner devant lui. Le menu habituel : un œuf poché et une tranche de pain beurré. Comme chaque matin, Louie repoussa son assiette et s'alluma une cigarette. Il aimait sa femme. C'était une bonne épouse, mais leur couple avait atteint ce point de non-retour où les disputes deviennent le seul piquant du mariage. Ils le comprenaient et l'acceptaient tous deux, avec un fatalisme qui n'excluait ni la tendresse ni une certaine jubilation. Rien de tel qu'une bonne prise de bec pour assainir l'atmosphère et repartir d'un meilleur pied ! Après toutes ces années de vie conjugale, ils n'avaient plus en commun que leurs doléances, réelles ou imaginaires.

— Alors, tu vas le lui dire, au gamin ?

Louie haussa nonchalamment les épaules et fit tomber sa cendre sur l'œuf au plat – un sacrilège qui aurait dû lui valoir une volée de bois vert. Mais, ce matin-là, Stella Stein ne releva pas. Ce geste n'était qu'une tentative de diversion, et elle voulait qu'il réponde à sa question. Elle refit le plein de café dans la tasse de son mari et, chose inédite à ce jour, en fit de même pour son verre, avant de s'asseoir en face de lui, les coudes plantés sur la table et le menton dans les mains.

— Seigneur, Louie ! s'exclama-t-elle, les sourcils comiquement arqués. Tu vas te décider à cracher le morceau, oui ou non ?

Il partit d'un grand éclat de rire et elle en déduisit qu'il voulait d'abord prendre conseil auprès d'elle. Il devait hésiter sur quoi faire de ce qu'elle venait de lui apprendre. Elle tenait la nouvelle de sa sœur Irene, laquelle l'avait entendue en ville et, malheureusement, la lui avait rapportée…

*

Walter Murray sentait son état s'améliorer de jour en jour. Pour la première fois depuis des lustres, il s'était réveillé spontanément et non sous l'effet de la douleur. Son regard s'attarda sur son reflet, dans la glace de l'armoire. Ça n'était pas tellement pire qu'avant... À la différence de son frère Wilfred, il avait pigé le problème. La seule solution raisonnable, comme disait leur mère, c'était de limiter les dégâts.

Le fils Cadogan n'avait fait que se défendre, finalement. Un gosse d'à peine quatorze ans... Ce détail, qui avait énormément atténué la colère de Walter, avait au contraire décuplé celle de son frère. Wilfred voulait sa peau, à ce môme. Pour lui, il n'y avait pas d'autre issue. Il refusait de comprendre que toute tentative de revanche de leur part ne ferait qu'envenimer les choses.

Car leur réputation les avait précédés. Pendant toutes ces années où ils avaient gratté de quoi vivre sur le dos des gueux du quartier, on les avait tolérés. Mais s'en prendre au protégé de cet enfoiré de Louie Stein les avait bombardés ennemis publics numéro un. Alors, à part remonter la piste du père – et ils finiraient par le retrouver ; un pigeon, ça revient toujours chier dans son nid –, la seule chose, c'était de s'écraser et de faire profil bas. Son frère avait toujours eu du mal à entraver ce genre de vérité première.

Comme Walter s'examinait dans la glace, son regard s'attarda une fois de plus sur les plaques violacées qui lui marbraient le visage. Ce petit souvenir lui rappellerait à jamais leur foutue équipée, à lui comme à tous ceux qui le regarderaient. Il en aurait chialé. En être ainsi réduits à s'écraser devant une bonne femme et son connard de mouflet, lesquels passaient à présent pour des héros ! Car beaucoup voyaient en Danny Boy un candidat sérieux au titre de nouvelle star du secteur. La résistance farouche du gamin avait fait sa gloire – pis : elle avait piqué la curiosité de toutes les pointures du Smoke.

Ce petit avait sa putain de carrière toute tracée. Trois poils au menton et ce premier coup d'éclat lui valait déjà une sacrée réputation. Le jeune héros qui avait courageusement pris la défense de sa famille ! Il était plutôt baraqué pour son âge, ne manquait ni de cran ni de culot et savait faire preuve de respect envers ceux qui avaient voix au chapitre. Tout le monde l'avait à la bonne et gardait un œil sur lui. Wilfred allait devoir se mettre ça dans le crâne, avant que leurs conneries ne leur reviennent en pleine poire.

*

Big Dan ne se sentait pas au mieux de sa forme, ces derniers temps. Sa stratégie n'avait pas porté les fruits qu'il escomptait. Tout en se sachant dans son tort, il avait préféré prendre le large et laisser ses problèmes derrière lui, femme et enfants inclus. Il avait réagi en célibataire, sans s'embarrasser de ses obligations de chef de famille. Il s'était trouvé un bel appart', quelques biftons et une nouvelle conquête pour s'occuper de lui. Mais, comme toujours, rien ne s'était passé comme prévu. Il n'avait réussi ni à décrocher du jeu ni à s'acclimater à Liverpool et à sa nouvelle vie. Il ne pouvait toujours pas passer devant la porte d'un pub sans la pousser.

Il était donc de retour dans le Smoke. Sauf qu'au bout de quelques semaines, sa petite amie commençait à déchanter, en se rendant compte, comme tant d'autres avant elle, que c'était bien joli de piquer le mari des copines, mais qu'en la matière les fantasmes étaient toujours plus excitants que la réalité – surtout quand le mari volage en question rappliquait chez vous avec sa valise. Pour couronner le tout, Cadogan avait entendu dire que son bâtard de fils aîné avait filé une bonne trempe aux Murray, petit exploit qui lui valait d'être promu héros du jour. Ça aurait été à pisser de rire... s'il avait eu envie de se marrer.

*

Louie Stein regardait Danny piloter l'énorme concasseur. Son vieil ami et employé Cedric Campbell avait formé le gamin et lui avait passé les commandes avec un empressement qui avait rappelé à Louie qu'il n'était plus de première jeunesse, ce pauvre Cedric. Il continuait à lui verser son salaire et son vieil employé continuait à se pointer au boulot chaque matin – par habitude, autant dire. On était bien peu de chose. Un jour, vous étiez un homme irremplaçable, indispensable à la marche du monde, et le lendemain vous vous retrouviez au rancart, direction le cimetière ou l'hospice des vieux. La vie était dure, mais c'était la vie.

Louie avait appris de source sûre que le père de Danny se planquait dans un appartement à Hoxton et guettait la première occasion de reprendre sa place dans la bonne société. Il attendait son heure, celle où il se sentirait à nouveau en sécurité – autrement dit, lorsque son fils lui aurait suffisamment déblayé le terrain. Il n'existait décidément pas d'océan plus vaste et plus insondable que celui des arnaques et des trahisons familiales... Comment les gens qui vous étaient les plus proches pouvaient-ils ainsi vous enfoncer, sans aucun état d'âme et avec un sourire à côté duquel celui de Blanche-Neige aurait eu l'air machiavélique ? Mais c'était un fait, Louie en avait eu des foules d'exemples sous les yeux.

Cela dit, la nouvelle de la réapparition de Big Dan le laissait plutôt perplexe. D'abord, il ne savait trop quoi en faire : devait-il en informer le gamin, toujours en vertu du principe qu'il vaut mieux prévenir que guérir, et ainsi de suite ? N'était-il pas plus prudent de se taire, le temps de voir venir ? Rien ne prouvait que Cadogan ne disparaîtrait pas définitivement et sans laisser de traces, auquel cas son silence serait d'or : mieux valait laisser pisser, et ne pas envenimer les choses…

Il poussa un soupir et, clignant de l'œil en direction de Cedric, fit signe à Danny de le rejoindre au bureau. Danny coupa le moteur du concasseur et se fraya un chemin jusqu'au préfabriqué vétuste qui leur servait d'abri contre les flics, les ferrailleurs bourrés, les maraudeurs et, plus généralement, contre le monde extérieur.

La ferraille n'avait jamais été un secteur très glamour. Le métier ne favorisait guère les bonnes relations entre collègues ni le badinage avec le sexe opposé. Ça pouvait rapporter gros, mais seulement à ceux qui connaissaient la musique, respectaient le boulot et acceptaient de s'y investir suffisamment pour inspirer confiance aux clients. Une casse devait tourner depuis un certain nombre d'années pour que les gens au parfum y voient une affaire digne de ce nom, et le patron devait savoir se tenir dans toutes les classes de la société – surtout vis-à-vis de la maison Poulaga –, sans pour autant éveiller les soupçons. Il y avait là une limite subtile à ne pas franchir. C'était une position délicate, exigeant de solides dispositions aux relations humaines et un respect scrupuleux des nuances…

La ferraille, on n'avait jamais fait mieux comme pompe à liquide. Sans compter que ça vous donnait toute latitude pour tenir une comptabilité « créative », tout en vous laissant le temps et l'énergie indispensables pour cultiver de fructueuses relations de partenariat avec des gens issus d'horizons très différents. En un mot comme en cent, ça pouvait rapporter gros, à condition d'avoir le nez assez fin pour repérer la bonne affaire en une fraction de seconde et payer à boire à la bonne personne la seconde d'après. Or Danny avait du flair à revendre. La ferraille, c'était son élément, et il avait un œil de lynx pour les bonnes affaires. Et le plus important : il en voulait. Il avait besoin de fric, de très gros besoins.

Louie était donc en plein dilemme. Il pouvait soit se taire, soit parler, au risque de lancer le gamin sur une voie encore plus glissante et plus tortueuse que les intentions de son géniteur. Un putain de casse-tête !

*

Ange Cadogan était assise à la table de sa cuisine. Une belle table toute neuve, payée par son fils, qui ne se privait pas de le lui rappeler. Elle regrettait que sa petite Annie ne soit plus avec elle, à la maison. Depuis que sa fille allait à l'école, elle n'y apprenait que des grossièretés et de nouvelles idées pour empoisonner son entourage.

Ange disait son chapelet. Elle priait plusieurs fois par jour, en demandant de petites grâces. Le Seigneur aimait accéder aux requêtes les plus modestes. Sans avoir jamais compté sur le pouvoir de la prière pour obtenir le retour de son époux, ni pour s'assurer sa fidélité – autant demander de gagner au Loto ! –, elle était constamment sur le qui-vive et n'avait plus un instant de paix. C'était une expérience inédite pour elle, ce sentiment de vivre dans l'attente de quelque chose, sans trop savoir quoi...

Elle fut presque soulagée d'entendre frapper à sa porte. Bondissant de sa chaise, elle courut ouvrir – et resta bouche bée en découvrant Wilfred Murray qui la regardait en souriant d'une oreille à l'autre, révélant deux rangées de grandes dents jaunes, ainsi qu'une surface de gencives frisant l'indécence. Les soins dentaires étaient pourtant remboursés, dans ce pays, mais depuis qu'elle avait débarqué d'Irlande, elle n'avait jamais vu autant de gencives délabrées...

Wilfred la contourna pour se précipiter dans l'appartement, sans même lui laisser le temps de péter.

*

Michael Miles arriva à la casse vers trois heures vingt, ce qui était tôt, même pour lui. Louie Stein lui fit signe de la main. Il savait qu'il était l'ami de Danny et s'était habitué à le voir dans le coin. Un gentil garçon, ce Michael. Doté d'un esprit logique, clair et analytique, qui lui assurerait un bon train de vie, s'il avait l'intelligence de s'en servir. C'était une petite arsouille, d'accord, mais une arsouille organisée, pas une brute ni un braqueur de banques. Lui, c'était dans les livres de comptes que ses talents s'exerceraient – il suffisait de discuter cinq minutes avec lui pour se faire une opinion. Il jonglait avec les chiffres plus vite qu'une calculette et adorait l'arithmétique quotidienne, un atout de taille pour quiconque souhaitait s'assurer des revenus confortables sans trop arroser le fisc et les assureurs. Ces deux gamins formaient un brillant tandem, dont il espérait s'adjoindre les services. Danny avait le culot requis pour s'imposer dans le milieu, Michael était assez malin pour y percer lui aussi, et ses goûts personnels finiraient tôt ou tard par l'entraîner vers cette branche… Cela dit, il avait certes la finesse et le bon sens nécessaires, mais peut-être pas la carrure qu'il fallait pour se maintenir durablement au sommet de la hiérarchie du crime. Louie aurait parié que « faire sa pelote », pour Michael, ça voulait dire avoir un compte en Suisse et un appartement dont même sa femme ignorerait l'existence…

Ces deux garçons étaient un lien vital avec le monde réel. Les regarder grandir, parfaire leur éducation, c'était sa raison de vivre, le seul truc qui le retenait de sauter dans son concasseur. Car Louie avait toujours eu une petite tendance à la dépression. Avec sa situation, il aurait dû avoir un fils qui aurait fait la joie de ses vieux jours. Depuis un bon moment déjà, il se préparait psychologiquement à transmettre son empire au mari d'une de ses filles et, dès qu'il avait une minute, il priait le Ciel de lui envoyer bientôt un petit-fils. Certains ne méritaient vraiment pas leur chance…

En voyant la soudaine gravité qui s'était peinte sur le visage de Danny tandis qu'il écoutait son ami, Louie comprit que Michael venait de lui ôter un sacré fardeau, en se chargeant de lui révéler la réapparition de son père. Décidément, il l'aimait bien, ce petit Miles. Un peu plus chaque jour.

*

Confronté à la mère de l'ennemi, Wilfred n'était plus si sûr de son fait. Les avertissements de la sienne commençaient à infuser et, devant cette femme secouée d'une toux nerveuse, l'idée l'effleurait à présent qu'il s'était peut-être fourvoyé. Comme le lui avait maintes fois répété Svetlana Murray, cette attaque à la hache n'avait rien que de très naturel de la part d'une mère protégeant ses enfants. Elle-même en aurait sans doute fait autant pour défendre ses gosses. Les bons pères ne courant pas les rues, le seul vrai recours, pour un gamin, restait la femme qui l'avait mis au monde. Il se retrouvait donc à jouer les gros bras devant cette brave Angelica à qui, dans d'autres circonstances, il aurait tendu une main secourable pour porter son cabas.

Pâle de terreur, Ange cherchait des yeux quelque chose qui aurait pu lui servir d'arme. Il devrait lui passer sur le corps, ce sale type, s'il voulait s'en prendre à ses enfants... Une fois de plus, elle voua aux gémonies son vaurien d'époux et son démon du jeu. Maudites soient ces saletés de cartes qui l'avaient mené à sa perte ! Cette litanie était devenue pour elle une sorte de mantra : elle aurait presque pu récriminer contre son mari en pensant à tout autre chose...

Wilfred la fixait d'un œil interloqué. Au pied du mur, il doutait tout à coup de pouvoir régler ses comptes comme il l'entendait, sans s'exposer, lui et sa famille, à de sérieuses représailles.

— Rentre chez toi, fiston, lui dit Angelica. Mon mari ne mérite pas la moitié de ce tintouin !

Wilfred restait planté devant elle, bouche bée. Big Dan et son fils avaient fait voler son univers en éclats. Une bombe H n'aurait pas fait plus de ravages. Angelica le sentit hésiter.

— Et si on se prenait une tasse de thé, mon gars ?

*

— Mon père est revenu ? T'en es sûr, Mike ? Chez nous, on n'a toujours pas vu sa couleur !

Michael hocha la tête, embarrassé.

— C'est ma mère qui me l'a dit, et tu la connais... Elle sait toujours tout avant tout le monde. Elle pourrait en remontrer aux services secrets ! On l'a vu à Hoxton, chez sa maîtresse. Il ne devrait plus tarder à refaire surface, maintenant que t'as assaini la situation. Ben ouais, quoi... je vois mal comment les Murray pourraient tenter quoi que ce soit, à présent.

Danny n'en était pas si sûr. Son paternel s'était fait quelques solides ennemis au fil des années, et une dette de jeu, c'était une dette d'honneur. Y avait pas à tortiller, il fallait casquer. On pouvait dire ce qu'on voulait des Murray et de leur conception du recouvrement de créances – vis-à-vis des femmes et des enfants, en particulier –, mais s'ils souhaitaient prendre le mal à sa source, c'est-à-dire au niveau de son père, lui, il n'y voyait pas d'inconvénient, au contraire ! Il était prêt à leur faciliter la tâche. Tout bien réfléchi, ça ne présentait que des avantages : ça résoudrait le conflit tout en forçant son paternel à assumer ses actes et à en supporter les conséquences.

— OK. Je vais prévenir ma mère et laisser venir. Pour l'instant, ça n'est qu'un bruit de chiottes...

Ils quittèrent ensemble la casse. Louie les regarda s'éloigner avec un soupir de soulagement. Tout ça finirait bien par se décanter, d'une façon ou d'une autre.

*

Danny et Michael entrèrent dans l'appartement avec une nonchalance feinte. Mais ils étaient aussi tendus l'un que l'autre et s'appliquaient à donner le change. Ils s'attendaient à trouver Big Dan Cadogan trônant dans la cuisine, la gueule enfarinée, comme si tout allait pour le mieux dans le meilleur des mondes. Au lieu de quoi, ils tombèrent nez à nez avec le plus petit et le plus teigneux des frères Murray.

— C'est une visite de politesse, ou faut sortir les mitraillettes ? s'esclaffa Danny.

Wilfred Murray eut un haussement d'épaules amusé, comme s'il s'avisait pour la première fois qu'il avait affaire à des adolescents. Son regard s'attarda un instant sur les biceps de Danny. Pas de doute, ce gamin avait de l'avenir. Son autorité naturelle, si rare à son âge, ne ferait que s'affirmer avec les années et lui attirerait l'attention de toutes les pointures du secteur. Contrairement à eux, les frères Murray, qui étaient condamnés à bricoler éternellement dans l'ombre, ce gamin marquerait durablement les esprits.

L'ironie de la situation n'échappait pas à Wilfred, à qui les tiraillements de son visage ébouillanté suffisaient à rappeler certains souvenirs cuisants. Mais il n'avait plus qu'une vague idée des raisons qui l'avaient poussé à s'aventurer dans cet appartement minuscule et surpeuplé, pour s'en prendre à une famille dont le seul tort était d'avoir à sa tête un incapable notoire. Depuis sa dernière visite, il y avait eu du changement, dans la baraque. Il percevait une différence subtile, mais bien réelle. Pas un grain de poussière. Tout était impeccable et il y régnait une bonne odeur de propre. Un peu comme celle de la maison Murray, quand son père était parti en taule et qu'ils avaient enfin pu souffler un peu, son frère et lui.

Il sourit d'un air engageant.

— Je venais juste rendre une petite visite à ton vieux. Paraît qu'il est de retour en ville...

Danny prit sa mère par le coude et la fit sortir de la cuisine. Wilfred et Michael entendirent Ange protester, tandis que son fils la poussait dans le living. Puis la porte claqua sur elle et Danny rebroussa chemin, affichant un grand sourire.

— À supposer que je retrouve sa trace, à ce vieux con, vous accepteriez, Walter et toi, de vous occuper de lui et de nous oublier définitivement ?

Wilfred hocha la tête d'un air philosophe. Il n'en espérait pas tant. Tout s'arrangeait pour le mieux...

— OK, fit Danny. Mike va te dire où il se planque. Mais je veux d'abord que tu me promettes une chose.

— Tout ce que tu veux, petit, fit Wilfred en se gondolant. T'es une vraie star, maintenant.

Le sourire de Danny s'élargit.

— Promets-moi de lui filer une bonne trempe.

Wilfred éclata à nouveau de rire, un peu plus fort cette fois.

— Là, t'as ma parole, petit !

Mais Danny ne plaisantait pas.

— Ça n'a rien d'une blague. Je veux qu'il prenne la dérouillée de sa vie, qu'il en reste sur le carreau. Si vous bâclez le travail, je me chargerai personnellement de l'achever.

Confrontés à une telle déclaration de haine, Wilfred et Michael échangèrent un regard embarrassé.

— Et surtout, dites-lui bien qui l'a donnée, d'accord ? Je tiens à ce qu'il le sache.

Wilfred se contenta, pour toute réponse, d'un hochement de tête perplexe.

*

Danny Boy était d'excellente humeur. Il avait pris sa petite sœur par la main pour l'emmener au Wimpy du coin. Jonjo fermait la marche en traînant les pieds d'un air renfrogné. Comme son aîné, il était grand et costaud pour son âge, et avait hérité cette belle tignasse sombre, lustrée et fournie à souhait, qui était la marque de fabrique des Cadogan.

À leur arrivée dans le snack, Danny installa les petits à une table et leva le bras pour appeler les serveurs.

— Qu'est-ce que vous foutez, putain ! lança-t-il, guilleret. Vous vous croyez en vacances, ou quoi ?! On a plus vite fait de se faire opérer d'un furoncle que de commander, chez vous !

Sa boutade fit s'esclaffer les clients des tables voisines. Danny était déjà célèbre pour son sens de la formule. Un jeune Turc accourut :

— Oui, Mr Cadogan. Qu'est-ce que je vous sers ?

Annie perçut une nuance de respect dans la question du serveur. Elle en conclut que son frère bénéficiait d'un traitement de faveur et s'empressa de profiter du filon.

— Pour moi, ce sera un milk-shake et un hamburger !

Danny lui décocha un sourire admiratif. Sa cadette avait toujours eu le don de jauger une situation du premier coup d'œil pour en tirer le meilleur parti. Jonjo, à son habitude, s'était cloîtré dans un silence morose. Danny passa leur commande – la même chose, pour lui et son petit frère.

— T'es sûr que ça va, Jonjo ?

Comme son cadet haussait les épaules, Danny s'avisa que la petite portait un superbe uniforme, alors que Jonjo était affublé d'un vieux manteau usé jusqu'à la corde qui lui avait appartenu bien des années plus tôt et déjà de seconde main, à l'époque. Danny eut soudain le cœur serré de voir son frère attifé comme les petits loqueteux du quartier, en plus d'être affligé, comme lui, d'un père qui préférait faire tourner les bars et les tripots du coin que de s'occuper de ses gosses. Il se reprocha, par-dessus tout, de n'avoir pas remarqué à quel point Jonjo en souffrait. Car quoi qu'on en dise, l'habit faisait le moine. Voilà une chose qu'il savait d'expérience. Dès qu'on était correctement sapé et qu'on avait les moyens de sa politique, ça changeait tout. Les gens vous regardaient d'un autre œil et faisaient spontanément un effort d'amabilité. Il en avait maintes fois eu la preuve, depuis qu'il bossait pour Louie Stein et qu'il avait enfin de quoi vivre décemment : se fringuer, payer les factures de la maison, en parvenant même à en mettre un peu à gauche. Ça faisait de vous un autre homme et, le soir venu, vous étiez nettement plus fier de vous.

Maintenant qu'il avait pris les petits sous son aile et qu'il les régalait – au moment même où les frères Murray réglaient son compte à leur père –, l'horizon semblait s'éclaircir. Il ne demandait qu'à s'élever, en profitant des occasions qui s'offriraient. Pour la première fois depuis bien des années, Danny Boy Cadogan trouvait que sa vie valait la peine d'être vécue. D'accord, cette vie, c'était à son putain de père qu'il la devait – ça, on ne pouvait pas le lui enlever –, mais Big Dan ne s'était jamais gêné pour la lui empoisonner, ainsi qu'aux petits. Si les choses se déroulaient comme prévu, ils ne le reverraient qu'en miettes, ce vieux fumier. Une putain de récompense. Après toutes leurs épreuves, ils ne l'auraient pas volée !

Danny Boy exécrait son père, son égoïsme et l'indifférence qu'il leur avait toujours témoignée. Il ne supportait pas la façon dont il traitait leur mère. Car la pauvre femme l'aimait toujours. Elle encaissait tout, ses rebuffades et le mépris dont il l'écrasait – jusqu'à cette roulure de Hoxton qu'il lui avait préférée, avec ses cheveux teints à la va-vite et son œil qui disait merde à l'autre. De jour en jour, sa haine ne faisait que croître et embellir, et il ne s'en défendait pas. Au contraire, il la dégustait en fin gourmet : tant qu'on avait quelqu'un à détester, on se sentait exister.

Son frère cadet gardait les yeux fixés sur lui. Danny lui fit un grand clin d'œil.

— Hé, Jonjo... Pas d'école pour toi, demain, mon petit vieux ! Je t'emmène faire quelques courses. T'as l'air d'un mendigot, ma parole !

Le visage de Jonjo s'éclaira d'un grand sourire qui révéla deux rangées de dents parfaites – la seule richesse que leur avait léguée leur père.

— Ouaaais, super ! Merci, Danny ! Parce que, tu sais, le père Patrick, y fait rien que de m'asticoter...

Le regard de Danny s'assombrit aussitôt.

— Sans blague ? Pour qui il se prend, celui-là ?

Jonjo se mordit la lèvre, pris d'une soudaine inquiétude.

— Tu le connais, Dan... il pense pas la moitié de ce qu'il dit !

Annie ouvrit de grands yeux. Avant même que l'idée ait effleuré Jonjo, elle avait compris ce qui attendait le père Patrick.

Ça devenait dangereux, d'asticoter un Cadogan.

Chapitre 4

Quand Danny arriva au boulot, Louie Stein l'attendait. Comme le jeune homme l'avait escompté, son patron tenait à marquer le coup. Louie savait par où il était passé et comprenait le profond dégoût que son père et ses frasques pouvaient lui inspirer.

Il débarqua dans le bureau en souriant de toutes ses dents.

— Alors, quoi de neuf, chef ?

Louie lui retourna un petit sourire crispé, nuancé d'une pointe d'amertume qui en disait plus long sur lui-même qu'il ne le soupçonnait.

— Espèce de sale petit faux cul ! s'esclaffa-t-il. C'est toi qui as balancé ton père, hein ?

Danny garda le silence. C'était le genre de question à laquelle on n'était pas censé répondre. Les gens jacassaient et vous les laissiez dire ; il suffisait de ne rien confirmer ni démentir, et tout le monde était content.

— Tu parles d'un coup, fiston ! Un vrai coup de maître, en termes de relations publiques comme de justice rendue. Tout le monde en sort gagnant.

Danny ne desserrait toujours pas les dents.

— Ton père s'est fait épingler par les Murray hier soir à l'Old London, au cas où tu te poserais la question. Ils lui ont sérieusement arrangé le portrait – il devait s'y attendre, entre nous. Big Dan est bel et bien de retour au bercail – sûrement plus riche d'expérience, comme qui dirait, quoique en pièces détachées ! Putain, à tout juste quinze ans, river son clou à son propre père... Vaut mieux ne pas t'avoir pour adversaire, mon gars ! Allez, va bosser. Je te prépare une bonne tasse de thé et un roulé au fromage. T'auras même droit à un petit remontant dans ton thé, si le boulot avance bien...

Danny le remercia d'un sourire et retourna au travail en se félicitant mentalement. Il espérait juste que les Murray n'avaient pas fait les choses à moitié... Sa survie en dépendait. Si sa mère tenait tellement à récupérer son salaud de père, mieux valait qu'il soit hors d'état de nuire. Comme un matou fugueur à qui on les coupe, pour l'assagir un peu...

*

Cadogan ne respirait plus que par hoquets laborieux. Assise à son chevet, Angelica enchaînait les prières. Son homme était dans un triste état, mais il s'en remettrait. Il n'était plus que plaies et bosses, brisé dans son corps comme dans son esprit rebelle – c'était du moins ce qu'elle demandait au Seigneur, car elle voulait qu'il lui revienne. Ne fût-ce que pour sauver la face et clouer le bec à toutes ces greluches avec qui il s'était affiché, au cours de leur vie conjugale. Big Dan était toujours son époux, devant Dieu et devant les hommes, et si ses mésaventures pouvaient le faire réfléchir et s'amender un peu, eh bien, à quelque chose malheur serait bon ! Elle n'était pas idiote. Elle avait reconnu la main de son fils derrière tout ça, et elle savait que Danny n'avait agi que pour avoir la paix et assurer la sienne : un mari incapable de tenir sur ses jambes serait forcément un mari fidèle – par nécessité, sinon par choix.

Danny n'était pas près de pardonner à son père ce qu'il leur avait fait vivre, et elle le comprenait. En tant qu'aîné, il avait parfaitement endossé la charge de soutien de famille. Il s'était débrouillé pour qu'ils ne manquent de rien et, Dieu le bénisse, il avait jeté toutes ses forces dans la bataille. Maintenant, son époux gisait sur son lit de douleur, plus mort que vif. À l'en croire, il ne pouvait plus bouger le petit doigt sans pousser des cris de putois. Fichtre ! Dieu, dans Sa bonté, avait une manière bien à lui de régler ses comptes…

Angelica ne put réprimer un petit sursaut de jubilation intérieure en acceptant la tasse de thé que lui proposait la jeune infirmière.

*

Une fois de plus, Jonjo faisait le gros dos. Le père Patrick l'avait repris pour cible. C'était tellement facile… Le prêtre avait une voix de stentor que démentait curieusement sa petite taille. Il fallait l'entendre dire la messe, les rares fois où ça lui arrivait. Il pouvait vous décrire la Cène ou le Chemin de croix d'une voix sonore et vibrante, avec une surprenante sincérité. L'assistance en restait bouche bée : à le voir, nul n'aurait soupçonné en lui une telle profondeur d'émotion.

— Tiens, tiens ! On dirait que les crapules se terrent dans leur coin en espérant se faire oublier, à leur habitude ! Regarde-moi en face quand je te parle, mon garçon, ou est-ce que c'est trop exiger d'un Cadogan ? Un si beau nom irlandais ! Ça fait mal au cœur de voir des gens comme vous le traîner dans la boue…

Jonjo priait pour être enfin délivré du prêtre et de ses sarcasmes, quand la porte de la classe s'ouvrit. Le silence se fit instantanément dans les rangs et le père Patrick en resta plusieurs secondes sans voix. Mais il retrouva bientôt toute sa morgue :

— Seigneur ! Nous voilà donc affligés d'un deuxième Cadogan, comme si un seul ne nous suffisait pas ! Auriez-vous par hasard oublié votre adresse, Danny Cadogan ? Ne me dites pas que vous revenez me voir dans l'espoir de rattraper un peu votre retard ? Car hélas, si mes souvenirs sont exacts, ce Cadogan-ci passerait pour un nouvel Einstein, à côté de vous !

Le père Patrick se sentait relativement protégé par son statut. Aucun gamin issu de la communauté catholique n'aurait eu la témérité de s'en prendre physiquement à lui. Lorsque le poing de Danny Boy lui arriva en pleine figure, le coup fut donc aussi dévastateur qu'inattendu. Le prêtre ne vit qu'un grand éclair blanc, aussitôt suivi d'une explosion de douleur, avant de tourner de l'œil.

Cela fait, Danny Cadogan sortit sans piper mot, en refermant délicatement la porte derrière lui. On aurait entendu une mouche voler dans la classe. Comme le père Patrick se relevait péniblement en se cramponnant à son bureau, Jonjo comprit qu'il aurait désormais la paix.

Et de fait, le prêtre ne lui adressa plus jamais directement la parole.

*

Svetlana Murray eut un hoquet d'horreur en découvrant Danny devant sa porte. Mais, comme Wilfred invitait le gamin à entrer, la vieille femme préféra battre en retraite vers sa cuisine. Elle avait senti qu'il y avait de l'électricité dans l'air.

Wilfred guettait les réactions du gamin d'un œil méfiant. Ses explosions de rage étaient aussi imprévisibles qu'incontrôlables. Ils avaient beau avoir dûment réglé son compte à son vieux, son frère et lui, il craignait que la culpabilité n'ait fait changer d'avis au jeune Cadogan...

— Alors, ça baigne ? leur lança Danny.

Les deux frères hochèrent la tête, toujours vigilants.

— Et toi ?

La question lui avait été retournée calmement, mais avec une acuité qui n'avait pas échappé au jeune homme.

— Moi, ça va. On ne peut mieux !

— Si tu allais nous faire du thé, m'man ! Et ferme la porte, tu veux ?

Les trois larrons échangèrent des regards entendus qui achevèrent de dissiper la tension. Danny survola la pièce d'un coup d'œil, impressionné par le luxe et la profusion des objets accumulés autour de lui – même si cette maison tenait plutôt du bric-à-brac, à son goût. On se serait cru dans un dépôt-vente : rien n'allait avec rien, tout semblait s'entasser sans le moindre effort de décoration. Il attendit poliment qu'on lui offre un siège pour s'installer, et les frères Murray en firent autant, rassurés par son attitude déférente.

Danny s'était fixé une mission. Il avait mûrement réfléchi à ce qu'il voulait et à la meilleure manière de le demander.

— Mon vieux va s'en tirer. Il survivra, mais à l'état de légume, avec une jambe raide et une tronche d'étron bouilli, comme dit ma mère. Vous avez donc remis les compteurs à zéro, pas vrai ?

Les deux frères hochèrent la tête mais gardèrent le silence, suspendus à ses lèvres.

— En fait, si je suis venu, c'est que j'ai entendu dire que vous attendiez une livraison de produits pharmaceutiques, ces jours-ci... Je pense pouvoir en écouler une certaine quantité.

— Sans blague ? Et où tu comptes les fourguer, mon gars ? Au parc, auprès de tes petits copains ?

Wilfred n'avait pu contenir sa tendance naturelle au sarcasme. Sa vilaine trogne, écarlate et boursouflée, rappelait à leur visiteur leurs récents démêlés. Danny ravala donc la réplique acerbe qui lui était venue aux lèvres et lui décocha son sourire le plus engageant.

— En fait, je pensais juste les revendre, répliqua-t-il tout naturellement. J'ai quelques copains qui seraient prêts à m'aider, en les écoulant dans les pubs ou les night-clubs, vous voyez... ce genre de truc. Je pourrais vous prendre quelques milliers de Dexédrine, et je vous ramènerais les invendus. Comme ça, si je foire mon coup, vous récupérez la came. Personne ne sera perdant. Et si ça marche, eh bien, on s'y retrouvera tous !

— Et si tu te fais serrer ? Tu penses que tu saurais la boucler et gérer la situation ?

Le sourire de Danny s'épanouit.

— Qu'est-ce que vous pariez, les gars ?

Un pari gagné d'avance, comme ils le savaient tous les trois.

*

Aux urgences, Danny regardait ses parents par la porte de la chambre quand il aperçut son propre reflet dans la vitre. Las et les traits tirés, on lui aurait donné plusieurs années de plus que son âge. Tant mieux. En un sens, vu ce qu'il venait d'essuyer, c'était déjà un miracle qu'il ne se soit pas transformé en vieillard du jour au lendemain.

À son habitude, Angelica s'affairait autour du blessé. Elle redressait ses oreillers, lui épongeait le front. Même de loin, Danny percevait la mauvaise humeur de son père, qui n'opposait à sa femme qu'une raideur exaspérée. Il avait l'air si vulnérable, dans son vieux pyjama rayé, les joues assombries d'une barbe de trois jours. Ils se ressemblaient, son père et lui : mêmes yeux bleus, même tignasse brune... Et cette puissante charpente, héritée d'une longue lignée de journaliers et de manœuvres. C'était quand même curieux qu'aucun membre de la famille n'ait réussi dans la vie – sinon Big Dan se serait empressé de leur en rebattre les oreilles.

Danny le haïssait avec une rage dont il était le premier surpris. Voir son père ainsi réduit à l'impuissance ne lui faisait ni chaud ni froid. Non, en fait, la seule chose qui le taraudait, c'était la réaction de sa mère. Elle semblait si heureuse de le voir de retour, cet homme qui ne lui avait pas témoigné plus de considération que pour un chien galeux ! Son père devait pourtant avoir compris que les choses avaient changé. Il allait devoir filer doux, s'il voulait garder un toit au-dessus de sa tête, dans cette maison dont il n'était plus le chef que sur le papier. Car, grâce à Danny, le loyer avait été payé et le garde-manger rempli. C'était désormais sur lui que reposait la famille. Quel plaisir de pouvoir exercer un tel pouvoir sur son propre père... Il jubilait à l'idée de lui avoir enlevé le seul exutoire qu'il ait jamais eu : rentrer chez lui en roulant des mécaniques comme un putain de macho, et terroriser sa femme et ses gosses pour évacuer le mépris qu'il s'inspirait à lui-même. Brutaliser sa famille lui permettait de se bercer d'une illusion de supériorité – surtout les soirs où il se faisait jeter par les gens qu'il courtisait pour pouvoir jouer, picoler ou tremper son biscuit à l'œil.

La coupe avait mis des années à déborder, mais Danny était déterminé à faire payer à ce salaud chacun des coups qu'il s'était pris. C'était devenu son ultime raison d'être. Faire souffrir autrui ne lui avait jamais posé de problème – une particularité qu'il tenait sans doute de son père... Ça lui était même un peu trop facile. Les gens brandissaient à tout bout de champ la menace d'une bagarre, mais combien étaient vraiment prêts à en venir aux mains ? Une bande de lâches, tous autant qu'ils étaient, comme ce minable sur son lit.

Lui, au moins, il ferait de son nom autre chose qu'un nom d'ivrogne ou de lampiste. Il en ferait un symbole qui imposerait le respect. Mais il avait tout intérêt à laisser son vieux reprendre sa place chez eux. La famille était une valeur sûre dans le secteur. Une valeur refuge ! Quoi qu'ils aient pu faire, on était censé pardonner aux membres de sa famille. Eh bien, le concernant, s'il y avait une chose de sûre, c'était qu'il pratiquait peu ce genre de vertu !

Ange sortit de la chambre et le prit gentiment par le bras.

— Viens le voir, Danny. Il n'arrête pas de demander après toi. Il veut te parler.

Comme son regard suppliant croisait le sien, Danny sentit à quel point sa mère s'inquiétait pour l'avenir de la famille et le nouvel équilibre des pouvoirs. Il comprenait qu'elle puisse s'effrayer de son indépendance fraîchement acquise et du mépris absolu qu'il affichait pour son père. Il le comprenait très bien, et même mieux que sa mère. Il lui décocha un sourire qui illumina son beau visage encore enfantin et fit battre le cœur d'Angelica.

— C'est toi que je suis venu chercher, m'man. T'inquiète. Il me verra bien assez tôt… !

*

Michael Miles aimait Londres. Les quartiers est, surtout. Le samedi soir, les rues grouillaient de femmes et de filles qui ne demandaient qu'à s'amuser, et lui, il ne demandait qu'à s'amuser avec elles. Grâce à Danny, ces six derniers mois, ils avaient envoyé des revendeurs de pilules aux quatre coins de la ville. Un super-plan. Il n'avait jamais été aussi riche, et il n'en revenait pas de l'effet qu'une petite liasse de biftons pouvait produire sur les nanas !

Impossible de réfléchir tranquillement avec cette fichue télé qui hurlait. L'appartement minuscule empestait le graillon. Michael se lissait les cheveux en arrière dans le miroir de la salle de bains, quand il remarqua que son père le matait du couloir. Son vieux avait passé le plus clair de sa journée au pub – il devait attendre que les toilettes se libèrent, histoire d'évacuer le plus bruyamment possible toutes les bières et les anguilles en gelée qu'il s'était envoyées dans l'après-midi. D'où il était, Michael sentait les relents de son haleine chargée. Mais bon, on ne pouvait pas lui en vouloir, au vieux. Il bossait toute la sainte journée dans une fonderie pour nourrir sa famille. Il ne la volait pas, sa biture du samedi soir. Un peu plus tard dans la soirée, il irait au club de l'association ouvrière avec sa femme, comme d'hab' – et ça serait reparti pour un tour.

Certains soirs, quand il avait un coup dans le nez, il pouvait devenir imprévisible, le paternel. Surtout depuis qu'ils commençaient à bien turbiner, avec Danny. Mr Miles ne se faisait pas prier pour profiter des largesses de son fils, mais il lui arrivait de s'offrir son petit quart d'heure d'autorité parentale et de le mettre en garde, sans mâcher ses mots, contre les pièges qui allaient se refermer sur eux. Michael attendait patiemment qu'il ait vidé son sac, avant de s'en retourner à ses affaires courantes.

Son père n'était pas un mauvais bougre. Il s'était juste laissé bouffer par le système. À trente-trois ans, il avait l'air d'en afficher cinquante au compteur. Il avait eu femme et enfants avant même d'avoir pu s'acheter une bagnole. Mais c'était son père, et Michael souffrait plus qu'il ne voulait l'admettre de sa décrépitude. Au moins, il avait réussi à garder la tête hors de l'eau, ce qui, dans le secteur, n'était pas rien. Et c'était un bon père, à sa façon. Il s'occupait des siens, y compris de sa femme – laquelle avait pratiquement triplé de volume, ces derniers temps : elle ne pouvait même plus gravir leurs deux étages sans s'arrêter en soufflant comme une forge.

Sa mère, non, il n'en était pas fier. Il l'adorait, mais pour rien au monde il n'aurait voulu se montrer en public avec elle. Dans sa prime jeunesse, c'était une femme splendide, mais elle se trimbalait à présent dans des robes informes, avec des grosses godasses noires découpées sur le côté pour faire de la place à ses durillons. Elle avait plutôt bon caractère, sauf quand elle avait un coup dans le nez. Sinon, elle affichait un sourire inoxydable, assorti d'un net penchant pour la bigoterie. Michael aurait pu égorger toute la rue sous ses yeux qu'elle lui aurait trouvé des circonstances atténuantes ! Mais se balader avec elle, surtout quand elle était d'humeur folâtre, ça, pas question ! C'était au-dessus de ses forces. D'autant que les choses n'allaient pas en s'arrangeant. Mrs Miles, c'était la honte du quartier. À jeun, tout le monde l'appréciait, et personne n'aurait osé dire quoi que ce soit ; mais au fond, Michael savait que les gens n'en pensaient pas moins – même à lui, ça lui arrivait de le penser !

— Tu veux la place, p'pa ? demanda-t-il à son père, en lui souriant dans la glace.

— Prends ton temps, fils. Prends ton temps.

Son père sortit de son champ de vision et il entendit le claquement de ses vieilles pantoufles s'éloigner en direction de la cuisine.

Michael ferma les yeux. Quand il aurait son propre appartement, ce serait un bel endroit où il ferait bon vivre, pas seulement un toit où dormir, à l'abri de la pluie. Il aurait plaisir à y rentrer le soir. Comme disait Danny, pas question de finir comme leurs parents. Eux, ils rêvaient de vivre à cent à l'heure en croquant la vie à belles dents – ou de mourir en essayant !

*

— C'est cinquante livres les mille, soit cinq livres les cent. En les revendant une livre les trois au détail, ça te laisse une bonne marge.

Le type hocha la tête d'un air philosophe. Danny ne le portait pas dans son cœur. Avec son œil de guingois, on ne savait jamais s'il vous regardait ou s'il guettait le bus au coin de la rue. Mais quelle importance – ça n'était pas le problème…

— Où t'as trouvé ça ?

Danny le lorgna en feignant l'incrédulité.

— T'es qui, toi, putain ? Mon père ?

Le type poussa un soupir ostentatoire. S'il pensait avoir son mot à dire, ce con, il se mettait le doigt dans l'œil, et bien profond.

— Est-ce qu'ils sont casher, au moins ?

Jethro Marks avait la gueule ravagée d'un junkie – grands cernes sombres, joues creuses, pupilles dilatées, paillettes de salive desséchée aux coins de la bouche.

— Écoute, mon pote, tu les veux, ces putains de pilules, oui ou non ?

La nuit était tombée et, avec elle, une atmosphère moite avait enveloppé la ville. Danny n'avait aucune envie d'engager la discussion avec une épave qui arrivait à peine à se rappeler son propre nom.

Marks hocha la tête.

— Ben, je crois que j'ai pas vraiment le choix, hein ? T'as viré Brendan, on dirait ?

— Qu'est-ce que tu racontes ? J'ai viré personne, mon pote. C'est pas ma faute s'il a déménagé, juste au moment où j'arrivais dans le coin... Bon, fais voir ton blé, qu'on puisse conclure.

L'autre sortit de sa poche arrière une liasse de billets que Danny lui arracha des mains et entreprit de compter. Il savait que la somme y serait, mais, avec les accros au speed, mieux valait vérifier, surtout quand ils se piquaient de dealer ! Il lui fila un sac de pilules mesurées à la louche – il devait en manquer une petite centaine. Mais ça, les junkies ne le remarquaient jamais. Compter la marchandise, à supposer que l'idée leur en serait venue, c'était au-dessus de leurs compétences...

Danny fit disparaître les biftons dans son manteau, suivit un instant des yeux le type qui s'éloignait à grands pas et laissa s'écouler un moment avant de sortir lui-même de la contre-allée. En arrivant dans la zone éclairée par les lampadaires, il scruta la rue dans les deux sens pour s'assurer que la voie était libre. La rue haute de Bethnal Green était animée. Malgré le froid et l'heure tardive (il pouvait être dix heures et demie du soir), ça grouillait de monde. Des jeunes, surtout. De son âge, voire encore plus jeunes. Il saluait d'un signe de tête ceux qu'il connaissait et toisait les autres d'un œil froid. Il y avait de l'ambiance, les motos pétaradaient, les stéréos déversaient des flots de musique, tous styles confondus, d'Elvis aux Rolling Stones.

Avec son costard sombre et son pardessus, Danny avait l'air plus mûr et plus rassis que la plupart de ses contemporains, qui affichaient l'uniforme de l'époque : blouson court et pompes pointues. Danny en avait le cœur serré pour ces minables qui n'avaient aucune idée de la vraie vie – qu'il s'agisse de la leur ou de celle des autres. Les filles étaient quand même plutôt jolies… enfin, certaines. Celles qui avaient un beau décolleté et des cheveux corrects étaient prises d'assaut dès l'âge de douze ans. Elles s'arrangeaient toujours mieux que les garçons. Elles piquaient les cosmétiques de leurs mères, leur maquillage, leurs collants. Elles s'amusaient même à dessiner et à coudre leurs propres vêtements, parfois avec un certain talent.

Comme il remontait vers la gare, Danny leur jetait des regards furtifs, jaugeant les visages et les silhouettes. Quelques filles se retournaient sur son passage. Une ou deux, particulièrement peu farouches, lui décochèrent des clins d'œil ou des sourires canailles, avec leurs lèvres tartinées de rouge et leurs cigarettes qu'elles tenaient entre deux doigts, loin d'elles, avec l'élégance blasée des stars qu'elles admiraient et s'ingéniaient à imiter. Leurs coiffures tirées en arrière brillaient dans la lumière des lampadaires. Elles étaient avides du moindre signe d'intérêt masculin qu'elles pouvaient glaner au passage. La rue était leur territoire de chasse. Trop jeunes pour le pub, mais trop grandes pour le bac à sable, elles s'agglutinaient par petites grappes pour s'initier au rituel de la parade amoureuse, toutes fières de faire leurs premiers pas dans l'âge adulte.

Danny avait bien conscience d'être connu et reconnu. Sa réputation, bien que récente, faisait de lui un gibier de choix pour ces demoiselles. Il lui suffisait d'un sourire aguicheur et elles accouraient. Avisant une blonde pigeonnante et pulpeuse à souhait, moulée dans une jupe plus serrée que des fesses de carmélite, il lui fit signe de le suivre.

Cinq minutes plus tard, il la plaquait contre la paroi des toilettes de la gare, à la hussarde. Après coup, il fut piqué au vif de constater qu'elle n'avait même pas pris la peine d'éteindre sa clope...

*

— Salut fiston. Dis donc, ta mère a dû te planter dans un tas de crottin quand t'étais petit, tu doubles de taille chaque fois que je te vois !

Timmy Wallace était un vrai costaud et sa force physique faisait baver les mecs moins gâtés par la nature. Il avait pratiqué la boxe à mains nues dans sa jeunesse et tenait à présent un petit bar à Whitechapel pour les frères Murray. Walter et Wilfred avaient accepté l'établissement en échange d'une dette et, contre toute attente, en avaient fait un succès. En fait, cette réussite tenait surtout au bon caractère et au professionnalisme de Tim, qui menait l'établissement d'une poigne de fer. Depuis quelques mois, Danny passait plusieurs fois par semaine dans ce rade et s'y était fait des tas de relations.

La salle était petite et chichement éclairée. On ne vous chiait pas une pendule quand vous écrasiez votre mégot par terre, ni quand votre verre se renversait sur une table. Ça sentait le Bitter, la poussière et le moisi, le vieux papier peint et le tabac froid. Les clients étaient des affranchis qui venaient vaquer à leurs petites affaires, taper le carton ou boire un verre, tranquilles, hors de portée des juke-box. La présence féminine n'était pas encouragée, et les rares nanas qui se risquaient à franchir le seuil s'empressaient généralement de rebrousser chemin. Danny Boy adorait cet endroit. Il aimait se sentir entouré de mecs, de vrais. Chaque fois qu'il passait du bar à la salle de derrière, ça lui filait un petit frisson d'excitation.

— Putain, vise-moi cette armoire à glace !

L'exclamation avait été lancée par un habitué du nom de Frankie Daggart, un braqueur de banque alliant un physique de jeune premier à une abominable réputation de tombeur. Il semblait ravi de voir Danny Boy prendre de l'assurance au fil des semaines.

— Tu bois quelque chose, fiston ?

Danny secoua la tête en lui retournant son sourire.

— Non, merci Frankie. J'ai encore deux ou trois coups de fil à passer.

Son calme et sa modération firent sourire les habitués. Ce gamin avait l'aplomb d'un type de vingt ans. Son vieux devait s'en mordre les doigts, d'avoir laissé un tel fardeau peser sur ses épaules. À sa place, tous les mecs du quartier auraient remercié le Ciel de leur avoir envoyé un fils comme Danny. C'était quelqu'un, ce môme. Un diamant brut, une future star, un vrai petit caïd en herbe.

Comme il se frayait un chemin vers la salle du fond, Danny sentit irradier dans son dos la bienveillante curiosité des clients accoudés au comptoir. Et il adorait ça.

En quittant les lieux, une heure plus tard, il retrouva Frankie Daggart qui l'attendait dehors.

*

Jonjo adorait sa petite sœur, pas de problème. Mais ce qu'elle pouvait lui taper sur les nerfs, des fois ! Elle s'était remise à pleurnicher – on ne pouvait pas appeler ça autrement. Annie ne pleurait pas, elle pleurnichait, à jet continu et des heures durant. Et maintenant, à bientôt onze heures et demie du soir, elle semblait avoir trouvé un second souffle...

Quand il entra dans la chambre pour voir ce qu'elle avait, il faillit se faire étaler par sa mère, qui fit irruption dans son dos en criant :

— Qu'est-ce que t'as encore, toi ?

Les couinements d'Annie se muèrent en de véritables hurlements, tandis que la main calleuse de sa mère s'abattait sur le moindre centimètre carré de peau accessible. Au bout de quelques minutes, les claques cessèrent et Angelica se redressa, l'index pointé sur la fillette terrifiée.

— Je t'entends encore une fois, et je te dévisse la tête, compris ? Ton pauvre père essaie de se reposer un peu, et toi, tu ne trouves rien de mieux à faire que de nous empoisonner la vie !

D'un geste brusque, Ange tira les couvertures sur l'enfant et quitta la pièce en bouillonnant de rage. Ses traits tirés portaient les stigmates du combat perpétuel qu'était la survie quotidienne dans cette maison. Son homme commençait à se déplacer avec une canne, mais son fils aîné lui faisait sentir qu'il aurait dû lui baiser les pieds, chaque fois qu'il s'installait à la table familiale. Big Dan n'était plus que l'ombre de lui-même. Il avait perdu tout son allant. Il ne se mêlait plus aux conversations et pouvait rester des heures sans souffler mot. Il lui arrivait même de communier quand le curé passait chez eux, ce qu'il faisait une fois par semaine, le temps d'échanger quelques nouvelles autour d'un verre.

Comme elle revenait dans la chambre conjugale, elle accrocha un sourire à son visage puis, remplissant deux verres de scotch, en tendit un à son mari, sans paraître remarquer que c'était bien la seule chose qui parvenait encore à le dérider. Mais, même ça, elle ne pouvait le faire qu'en catimini. Si Danny Boy l'avait su, ça aurait provoqué des drames à n'en plus finir. Il avait décidé de mettre son père au régime sec et prenait un malin plaisir à le surveiller, jour après jour, en prétextant ses problèmes de santé. Évidemment, le pauvre homme n'avait aucun moyen de lui résister. Il n'essayait même pas.

— Y a vraiment des torgnoles qui se perdent ! Qu'est-ce que j'ai fait au Ciel pour écoper d'une pisseuse pareille ? J'aurais dû lui serrer la vis dès le premier jour !

Big Dan Cadogan n'émit aucun commentaire, mais Ange n'en attendait pas. Ces monologues où elle faisait elle-même les questions et les réponses étaient devenus une constante dans son existence.

*

Michael attendait Danny devant l'entrée de la casse. Il faisait un froid de canard et il tirait sur sa Dunhill, à l'affût du moindre signe. Il détestait cette heure de la nuit. Danny était incapable de lui donner un rendez-vous précis et il ne se sentait pas en sécurité, avec tout le fric qu'il trimbalait. Il craignait qu'on lui tende une embuscade pour le dépouiller et lui filer une bonne trempe par-dessus le marché. Sans compter que le paysage n'était pas franchement gai. Les silhouettes des tas d'épaves qui se dressaient dans le noir n'avaient rien d'engageant et il flottait dans tout le secteur une odeur de cambouis, de rouille et de poussière qu'il avait toujours associée, sans trop savoir pourquoi, à la mort. Les deux bergers allemands qu'on lâchait dans l'enceinte à la tombée de la nuit le connaissaient, à présent, mais il se méfiait de leurs humeurs. Ils étaient toujours plus ou moins affamés, ce qui les rendait vicelards et suffisamment féroces pour décourager les indésirables. Danny ne débarquait jamais sans leur apporter une petite friandise et, dès qu'ils le reconnaissaient, ils accouraient en frétillant comme des cousins éloignés qui viennent d'apprendre que vous avez gagné au Loto. Leur propriétaire lui-même en restait baba : ses chiens avaient l'air de lui préférer Danny... En tout cas, ils faisaient leur boulot. Si quelqu'un approchait, ils entraient en transe et se mettaient à grimper au grillage, jusqu'à ce que l'intrus ait filé sans demander son reste.

Michael frissonna. Le froid commençait à lui faire siffler les oreilles. Pour un peu, il se serait mis à claquer des dents.

— Alors, Michael ? Ça gaze ?

L'interpellé fit un bond qui faillit le propulser hors de ses godasses neuves. Danny était arrivé dans son dos.

— Putain de merde ! Je suis passé à ça de l'arrêt cardiaque.

Danny Boy partit d'un grand éclat de rire dont l'écho se répercuta dans toute la casse, provoquant une éruption de férocité chez les chiens qui se ruèrent de plus belle sur le grillage, de l'autre côté de la clôture.

— Vos gueules, bande de nazes !

Danny riait toujours et les aboiements des chiens se muèrent en hurlements. En le voyant secouer le grillage pour les exciter de plus belle, Michael fut pris de regret. Son père avait raison, il n'aurait pas dû mettre le doigt dans l'engrenage. Danny était un peu cinglé. Il lui fallait ce genre de circonstances pour se le rappeler. Les chiens en étaient presque réduits à s'entre-déchirer, à présent. Ils écumaient, furieux de ne pouvoir les rejoindre, et Danny s'ingéniait à leur aboyer sous le nez en agitant les chaînes de la grille d'entrée. Michael le laissa faire un moment, le temps qu'il se lasse de ce jeu débile. Ses protestations ne l'aiguillonneraient que davantage...

Michael alluma une autre cigarette et l'offrit à son ami, qui l'accepta et tira goulûment dessus. Il devait en avoir assez d'aboyer, car il se mit à fumer en silence en grattant les oreilles des chiens à travers le grillage.

— Putains de clebs ! ricana Michael. Je pige pas comment tu peux y mettre la main.

Danny lui fit face, sourcils froncés.

— Leur montre jamais que tu as la trouille. Ils flairent la peur à dix mètres. Mais si tu les domines, ils t'obéiront au doigt et à l'œil, sans se poser de question.

Michael s'interrogea sur les intentions de Danny... Qu'essayait-il de lui dire ? Qu'il lisait en lui à livre ouvert ?

— Sacrées bestioles, hein ? soupira-t-il, soudain plus aimable. Tiens, à propos... Frankie Daggart m'a filé un boulot, ce soir. Il s'agirait d'apprendre les bonnes manières à un type qui emmerde le gamin de sa sœur.

Ne sachant que répondre, Michael opta pour un silence prudent.

— Je me suis dit que j'allais le faire, histoire de voir… Et toi ? Ça t'intéresse, ou quoi ?

Comme Danny s'y attendait, Michael acquiesça d'un signe de tête.

— À propos, t'as le fric ? Putain, j'ai hâte de rentrer… On se les pèle, ici !

Chapitre 5

— Où t'as mis ma chemise bleue, m'man ?

En présence de son père, Danny Boy s'adressait à Angelica d'un ton traînant et narquois, où perçait une insolence savamment dosée.

— Dans le placard, Dan. Je l'ai repassée ce matin.

Danny quitta sans hâte la cuisine. Le volume que déplaçait son imposante carrure accentuait d'autant l'impression claustrophobique qui régnait dans cet espace exigu. Son père lui lança un regard las. Le gamin échappait à tout contrôle et il n'y pouvait rien. Comment son fils, cet enfant issu de lui en droite ligne, avait-il pu développer une telle férocité ? Il ne cessait de s'en étonner. Danny Boy était une vraie force de la nature, et il avait l'aplomb nécessaire pour jouer de sa puissance physique. Comme tant d'autres, il ferait carrière grâce à ses muscles autant qu'à sa jugeote. Le curé lui-même venait lui rendre allégeance – signe infaillible de l'irrésistible ascension de son fils.

En portant sa tasse à ses lèvres, Big Dan contempla son pauvre corps, sa jambe estropiée qu'il traînait comme un boulet, ses mains déformées, pleines de cicatrices pour avoir tenté d'arrêter les coups de pied-de-biche qui lui pleuvaient dessus comme grêle. Puis son regard survola la pièce... Incroyable, le changement qui s'était opéré dans cette cuisine, comme dans tout l'appartement. Qu'un gamin ait pu déplacer de telles montagnes juste pour prouver qu'il pouvait le faire, ça relevait du mystère le plus profond.

Ange vint prendre le thé et s'assit en face de lui. Sa femme n'était plus qu'un paquet de nerfs. Son visage, autrefois frais et avenant, avait à présent cette nuance grisâtre que donnent les soucis. Mais il n'allait pas pleurer sur son sort ! Elle avait tout fait pour le pourrir, ce gamin, du jour où elle l'avait mis au monde…

Perclus de douleur, il s'alluma une cigarette et vida sa tasse en inspirant bruyamment les dernières gouttes de son thé froid. Une petite manie qui avait le don d'agacer Ange, et ça ne datait pas d'hier. Dès la première visite qu'elle avait rendue à sa mère, elle s'était rendu compte qu'en plus d'avoir des manières de babouin son mari avait été élevé dans un trou à rats par une pauvresse à peine capable d'aligner trois mots intelligibles. La mine catastrophée de sa jeune épouse resterait à jamais gravée dans sa mémoire, tout comme la honte qui l'avait submergé quand il l'avait vue regarder autour d'elle. Et les premiers crépitements de la colère qui s'était éveillée en lui. Une rage monumentale que ce petit bout de femme pouvait ranimer d'un mot, voire d'un simple regard.

Et voilà qu'il lui était désormais livré, pieds et poings liés. Il finirait tout de même par récupérer une certaine mobilité, si les médecins avaient dit vrai. C'était ce qui l'empêchait de sombrer. Dès qu'il serait remis, le Ciel lui en était témoin, il leur tirerait définitivement sa révérence, à cette bande de larves.

Danny Boy revint dans la cuisine et, ignorant délibérément la présence de son père, prit un malin plaisir à boutonner sa chemise en face de lui, bouton après bouton. Chacun de ses gestes semblait soigneusement calculé pour exaspérer Big Dan. Cela fait, il rentra sa chemise dans sa ceinture et s'étira avec un soupir d'aise, avant de sortir une liasse de billets de sa poche arrière. Il en préleva une dizaine qu'il balança sur les genoux de sa mère, en bâillonnant ses protestations d'un baiser.

— Si t'as besoin de quoi que ce soit, m'man, n'hésite pas. Y en a encore des tas, là d'où ils viennent !

Comme le regard de son père restait rivé au carrelage, Danny le força à lever la tête et lui balança froidement, les yeux dans les yeux :

— À propos, p'pa... T'as le bonjour des frères Murray !

Jonjo assistait à cette scène depuis le seuil. Pour une fois, sa sœur la bouclait, comme fascinée par le petit mélodrame qui se jouait sous ses yeux. Annie était friande de toute excitation, d'où qu'elle provienne. L'humiliation de son père lui faisait briller les yeux.

— C'est bon, Danny. Vas-y, maintenant.

Ange se retenait de fiche son fils dehors, et elle n'aurait pas hésité, si elle avait pu le faire impunément. Quand la porte de l'entrée se referma enfin sur lui, la famille poussa un soupir de soulagement aussi silencieux qu'unanime.

*

Frankie Daggart attendait dans sa voiture devant Upney Station. Il avait allumé la radio et regardait passer les filles. Les jeunes d'aujourd'hui ne connaissaient pas leur chance... Les nanas se baladaient à moitié à poil et ne crachaient pas sur un brin de gaudriole. De son temps, c'était une autre paire de manches ! Il fallait savoir où s'adresser, montrer patte blanche... et encore, on n'était jamais sûr de conclure. D'abord, il fallait allonger un bon paquet de fric ou de points à la Banque des faveurs, le tout copieusement arrosé d'alcool. Mais ça, c'était bon pour les autres... Frankie, lui, se piquait de n'avoir jamais eu à payer pour baiser.

Il se faisait son petit cinéma personnel, alternant divers scénarios pornos inspirés par les filles qu'il voyait passer, quand l'arrivée de Cadogan le tira de sa rêverie. Quand Danny ouvrit la portière, une bouffée de blizzard s'engouffra dans la bagnole.

— Ça baigne, fils ? lança Frankie, comme Danny s'installait sur le siège avant.

— Pas mal. Et toi ?

Un peu décontenancé de s'être laissé surprendre la main dans la braguette, symboliquement parlant, Frankie passa la première et emmena Danny à la Railway Tavern, qui se trouvait à deux pas.

Là, Danny fut ébloui par la popularité de Frankie. On lui servit à boire aux frais de la maison et on l'installa à la meilleure table, près du feu. Une table où ils pouvaient parler tranquilles, à l'abri des oreilles indiscrètes. La place du parrain, autant dire... L'établissement avait beau être bondé, tous les clients défilèrent pour lui serrer la main – et à Danny aussi, par la même occasion. Cette gloire indirecte avait quelque chose de grisant. Il savait que Daggart était estimé dans le milieu, mais à ce point... Lui, il n'avait jamais été entouré de tant d'empressement.

— Désolé de t'infliger tout ça, petit.

Ses coups d'œil admiratifs n'avaient pas échappé à Frankie. Ce môme est dévoré d'ambition, songea-t-il en se marrant intérieurement. Si ses prévisions s'avéraient, il ne tarderait pas à faire parler de lui, ce petit con, et pour longtemps ! Soit ça, soit il se prendrait perpette pour meurtre, et Frankie pourrait dire adieu à son investissement. C'était un risque, mais il était prêt à le courir.

— Alors, s'agissant de ce crétin qui harcèle le fils de ma sœur...

Il lui expliqua la situation, un problème idiot auquel il n'y avait pas trente-six remèdes. Danny buvait littéralement ses paroles. Il en aurait trépigné d'excitation.

Il avait hâte de s'y atteler. Ce serait son sésame, son examen de passage. Ça pouvait lui rapporter bien plus que quelques biftons. Il y gagnerait le respect et l'approbation dont il avait tant besoin. L'indispensable considération dont dépendait son avenir.

*

Pour une fois, Louie Stein était content. Le printemps était enfin de retour et les jours rallongeaient. La casse tournait à plein régime, et ses autres affaires prospéraient gentiment. Les ferrailleurs eux-mêmes étaient de meilleur poil. Ils n'aimaient pas l'hiver. Quand on doit trimer dehors par tous les temps pour gagner sa croûte, c'est la plus cruelle des saisons.

De la fenêtre de son bureau préfabriqué, Louie regardait Danny soulever de la fonte. Le gamin était devenu d'une force colossale. Un véritable hercule. Les travaux de manutention avaient développé sa musculature. Louie le vit faire un geste obscène en direction d'un flic qui passait dans la rue et partit d'un gros éclat de rire. Quel numéro, ce gamin ! Il commençait à se tailler une sacrée réputation auprès des autorités. Il était encore tout jeunot, mais il n'en avait strictement rien à cirer de rien ni de personne – et ça, dans le milieu, c'était un plus.

Une demi-heure plus tard, Louie le convoqua dans son bureau et posa une grande tasse de thé devant lui.

Danny l'accepta avec gratitude, en se carrant dans le vieux fauteuil crasseux qui était devenu sa place attitrée, et se mit à souffler sur le thé brûlant avant d'en prélever une bonne gorgée. Depuis le temps qu'il bossait pour lui, Danny n'avait jamais demandé à boire ni osé se servir lui-même. Il attendait toujours qu'il l'invite ou lui propose de se faire un thé. Il savait se tenir, ce petit, et ce n'était pas le moindre de ses mérites.

— Putain, mon garçon ! On peut dire que t'en as dans les manches. Je te regardais ranger les radiateurs, tout à l'heure. Tu soulevais ça comme des plaques de polystyrène !

Danny accepta le compliment avec un sourire tranquille.

— Alors, comment ça se passe, avec les frères Murray ? s'enquit Louie dans la foulée, mine de rien.

Danny crut discerner dans sa question une curiosité à peine voilée – découlant peut-être d'une expérience personnelle, qui sait... Il eut un haussement d'épaules nonchalant.

— Oh, ça va. Ils font leur pelote, et moi la mienne.

— Parfait ! fit Louie en hochant la tête. N'oublie surtout pas ce que je t'ai dit.

Il alluma deux cigarettes et en passa une à Danny.

— Ces deux-là seraient prêts à s'entuber mutuellement, sans le moindre scrupule, ajouta-t-il d'un ton acéré. Alors, une tierce personne, t'imagines... Pour eux, ça relève du tir au pigeon ! Paraîtrait qu'ils vont faire l'objet d'une petite descente, ces jours-ci. Vaudrait mieux que tu gardes un peu tes distances. Arrange-toi pour ne plus bosser avec eux ces prochaines semaines.

Danny avait attentivement écouté la mise en garde de son vieil ami.

— Merci pour le conseil, Louie, fit-il à mi-voix.

Mais cette histoire le troublait. Pourquoi Louie préférait-il le prévenir, lui, et non les Murray, qui étaient les premiers intéressés ? Où Louie avait-il eu vent de tout ça ? Et surtout, qu'est-ce qu'il était censé faire de cette information ? Qu'est-ce qui lui serait le plus utile, à long terme ? L'appui de Louie, ou celui des Murray ? Une telle décision ne pouvait se prendre à la légère. C'était un vrai casse-tête.

En fait, venant de Louie, ce genre de conseil ne pouvait qu'ajouter à sa parano. Il n'était qu'un gamin, après tout, un simple employé, alors que les Murray avaient amplement fait leurs preuves. Suffisait de penser à son père, s'il était tenté de l'oublier... Il allait devoir réfléchir à tout ça, fort et longtemps, avant de trancher, dans un sens comme dans l'autre.

*

— Allez, Dan. Finis ton assiette !

La peur avait fait vibrer la voix de sa femme. Il n'était pas dupe, elle aurait préféré qu'il libère la cuisine, au cas où le petit prince aurait débarqué en avance. Ben, elle pouvait se le mettre quelque part, son putain de prince héritier ! Il n'était pas d'humeur à s'emmerder pour lui !

— Je t'en prie, Dan. À quoi ça t'avancerait, de le fiche en rogne ?

Elle tremblait devant un gamin de seize ans, et le pire, c'était que lui aussi il en avait peur. Big Dan serra les poings à s'en faire mal.

— Tu veux bien la boucler, ta grande gueule ? aboya-t-il.

Jonjo et Annie en restèrent bouche bée. Ils n'en revenaient pas de voir leur père se rebiffer. Le Big Dan d'antan était de retour !

— Ça va comme ça, hein ! Je croirais entendre un disque rayé. Lâche-moi un peu, tu veux ?

Du haut de ses neuf ans, Jonjo était déjà robuste et bien bâti. Voyant la mine offensée de sa mère, il fit claquer ses couverts sur la table :

— D'abord, tu parles pas comme ça à ma mère ! s'écria-t-il. Espèce de vieux con !

Des larmes scintillaient dans ses grands yeux bleus. Angelica fut frappée de sa ressemblance avec Danny. Ses deux fils étaient le portrait craché de l'homme qu'ils haïssaient tant... Elle se rassit lentement en portant sa main à sa bouche, comme prise de nausée. Elle aussi était au bord des larmes.

Big Dan lança un regard à son fils cadet. Il ne lui avait jamais accordé beaucoup d'attention, pas plus qu'à Danny. Pour lui, seule comptait Annie, à qui il n'avait jamais su résister. Mais, en voyant Jonjo attraper son assiette encore pleine et la balancer dans l'évier, il mesura à quel point ses fils lui ressemblaient. Ils avaient la même case vide, tous les deux, et cette lourde hérédité les poursuivrait jusqu'à leur dernier jour. Big Dan grimaça un sourire.

— Merci, fiston ! ricana-t-il. Ça m'évitera de le faire !

— Ta gueule !

La paume maternelle claqua sur la tempe du gamin, qui accusa le choc.

— T'avise pas de dire ça à ton père !

— Toi aussi, tu peux aller te faire voir ! répliqua Jonjo en portant la main à son oreille.

La canne de son père lui arriva sur le dos avant qu'il ait eu le temps de l'esquiver. Comme il s'écroulait, sa tête percuta l'évier avec un choc sourd. Une seconde plus tard, il pissait le sang.

En sentant sur lui les mains de sa mère qui tentait de le relever, Jonjo se débattit pour lui échapper mais ne tarda pas à capituler. Cela faisait des années qu'Angelica ne l'avait pas pris dans ses bras. Quant à sa petite sœur, elle était au bord de la crise de nerfs. Pour une fois, elle n'avait pas besoin d'en rajouter. Les yeux agrandis d'horreur, Annie regarda sa mère éponger avec une serviette de table le sang qui s'écoulait du front de son frère.

Son père aussi contemplait la scène sans piper mot, pâle de saisissement devant les conséquences de son geste. Et simultanément, il gardait l'oreille tendue vers la porte d'entrée, guettant l'arrivée de son fils aîné qui devait rentrer d'une seconde à l'autre et tomberait au beau milieu de ce capharnaüm. « Cours pas après les ennuis, lui disait sa vieille mère. Ils te rattraperont toujours assez vite ! » Il aurait dû les écouter, de temps en temps, ces perles de sagesse maternelles... Ça lui aurait évité pas mal d'emmerdes.

*

Colin Baker descendait la rue d'un pas alerte. Il allait sur ses dix-sept printemps et, plutôt costaud pour son âge, affichait la dégaine arrogante du loubard confirmé. Ses épaules légèrement voûtées lui donnaient vaguement l'air d'un rapace. Ses cheveux crasseux lui tombaient dans le cou et ses joues n'étaient qu'une masse rougeaude, bouffie d'acné. Il avait toujours eu une prédilection pour le style rocker, le plus grand regret de sa brève existence étant de n'avoir pas de moto – mais ça, il se promettait d'y remédier. Il se sentait l'étoffe d'un vrai dur et ne laissait passer aucune occasion de rouler des mécaniques. Ce qu'il ignorait, c'était que le petit brun un peu nunuche qu'il asticotait presque quotidiennement dans la cour du collège avait fini par s'en plaindre à sa mère. S'il avait su que le môme était le neveu d'un braqueur de banques de renom, il aurait sans doute mesuré ses ardeurs, mais, n'étant pas au parfum, il s'était consciencieusement appliqué à lui empoisonner la vie. Pourquoi ? Eh bien… rien ne l'en empêchait, pourquoi s'en priver ?

Il arrivait en vue de chez lui, quand il eut la surprise d'apercevoir un jeune type vêtu d'un élégant pardessus, le genre chic et cher, adossé à sa porte d'entrée et qui semblait l'attendre. Passant automatiquement en mode loubard, Colin vint se planter devant lui, solidement campé sur ses deux jambes, les mains aux hanches.

— Qu'esse-tu fous là, toi ?

Danny Boy le toisa de la tête aux pieds comme s'il hésitait à le classer dans le règne animal, végétal ou minéral.

— C'est justement ce que j'allais te demander. C'est bien toi, Colin Baker ?

L'interpellé hocha lentement la tête, l'air soudain moins faraud. Il commençait à se demander de quoi il retournait. Pas sûr que ce type soit porteur de bonnes nouvelles, mais il préférait rester optimiste…

— Ben, ça tombe bien, parce que j'ai un message pour toi de la part d'un ami commun.

Baker savait que la moitié du quartier surveillait la scène. Il écarta les bras pour inviter son interlocuteur à poursuivre.

— Tu veux le recevoir là, tout de suite ? le message, je veux dire… précisa Danny.

Colin hocha la tête. Sa pugnacité naturelle reprenait le dessus.

— Vas-y, accouche ! râla-t-il. J'ai pas toute la nuit !

Le poing de Danny s'abattit sur son nez, l'étalant pour le compte. Colin s'effondra sur lui-même, en se protégeant la tête de ses bras. La trempe fut administrée en un clin d'œil, mais avec toute la férocité et l'ostentation requises – conditions nécessaires pour donner à l'avertissement un maximum d'impact. À l'issue de cette petite démonstration de force, Danny n'était même pas en nage.

— C'est signé Frankie Daggart, de la part de Bruce, son neveu. Je te conseille de lui fiche la paix, à ce gamin. Tu m'entends, sale petite frappe ?

Frankie avait assisté à la raclée, de sa Jaguar bleu nuit. Il n'aurait pas pu le dérouiller lui-même, ce petit con de Baker. Ça n'était plus de son âge et ça aurait été franchement disproportionné. Déléguer le boulot à Danny Boy, un garçon imposant quoique nettement plus jeune, c'était l'idéal. Il avait un sacré atout dans la manche, ce gamin : il se battait à mains nues, comme un homme – et un homme expérimenté, qui plus est. Il semblait posséder d'instinct ce sang-froid et cette précision qui ne s'obtiennent d'ordinaire qu'au terme d'une longue pratique. Il savait se battre, ça sautait aux yeux. Il ajustait magistralement ses coups, avec un aplomb et une absence d'états d'âme que Frankie n'avait encore jamais observés jusque-là, et surtout pas chez un gamin de cet âge. La mode était aux armes, mais rien ne valait une bonne mise au point à mains nues, d'homme à homme. Ce garçon était une perle. Il lui revaudrait ça.

Sur le chemin du retour, comme Frankie le ramenait à la casse, Danny eut la surprise de l'entendre s'esclaffer :

— Ce cher Bruce... Dieu le bénisse, mais quelle lopette ! Et pédé comme un phoque, avec ça... L'un dans l'autre, c'est un brave petit gars, remarque.

Danny en resta interloqué. S'il avait eu connaissance de ce détail, il n'aurait peut-être pas pris le job. Les homos lui filaient la chair de poule. Pour lui, c'était un continent noir. Mais il réserva ses commentaires. L'important, pour l'instant, c'était de se mettre Frankie dans la poche – ni plus, ni moins.

*

Annuncia dormait. Pour une fois, elle était allée se coucher sans faire d'histoires. Après sa grande frayeur, elle s'était laissé glisser dans un sommeil salutaire qui était le seul remède à ses maux. Dès que l'entaille de son front avait cessé de saigner, Jonjo avait compris que ça n'était pas bien grave. Ça saignait toujours beaucoup, les blessures à la tête. Une fois la plaie refermée, il avait été presque déçu de voir que ce n'était qu'une petite coupure de rien du tout.

Après avoir passé la serpillière dans la cuisine, sa mère lui avait préparé un bon thé bien sucré, en s'efforçant de le calmer et d'arrondir les angles. Sur bien des points, Jonjo ressemblait à Danny – mais, Dieu merci, sans ce don qu'il avait pour transformer la remarque la plus anodine en déclaration de guerre. Angelica aimait ses enfants, mais elle avait beau savoir ce qu'ils avaient encaissé de la part de leur père, Dan restait son homme, envers et contre tout. Quand on se mariait à l'église, c'était pour le pire et le meilleur, et jusqu'à ce que la mort vous sépare. C'était l'essence même du catholicisme... Surtout quand ça l'arrangeait !

Jonjo écoutait les explications de sa mère qui le bordait. Il ne fallait surtout pas dire à son grand frère ce qui s'était passé, lui murmurait-elle d'une voix apaisante, quoique mal assurée. Mais Jonjo n'était pas dupe : si elle parlait si bas, c'était pour éviter que Danny Boy l'entende, s'il était rentré à ce moment-là.

— Ça ferait des drames à n'en plus finir, tu comprends, mon chéri ? Tu ne voudrais tout de même pas me voir obligée de jouer les arbitres entre papa et Danny Boy, une fois de plus ?

Elle essayait de lui expliquer la situation de son point de vue, tout en lui démontrant que ses paroles pouvaient déclencher des catastrophes, si l'envie de moucharder le prenait.

— Et Annie, m'man ? Elle, elle ne se gênera pas pour cafter...

Ange ferma les yeux, soulagée d'un grand poids. S'il s'en inquiétait, c'était qu'il n'avait pas l'intention de parler.

— T'inquiète. La petite princesse, j'en fais mon affaire.

Jonjo eut un pâle sourire.

— Mais pourquoi il est comme ça, papa ? Pourquoi il ne s'occupe jamais de nous ?

Elle l'embrassa sur le front et lui caressa les cheveux avec un soupir.

— Ça, mon chéri, si je le savais... le dalaï-lama pourrait prendre sa retraite !

Jonjo se retrouvait entre le marteau et l'enclume, comme d'habitude. C'était le lot des puînés, toujours coincés entre l'aîné et le petit dernier, et souvent livrés à eux-mêmes.

— Tu sais, il ne pense pas la moitié de ce qu'il dit. Ton père est très malheureux. Il a honte de ce qu'il a fait. Ça le ronge de se dire que Danny a dû assurer la charge de la famille et se débrouiller pour faire bouillir la marmite à sa place...

— Tu parles ! s'esclaffa Jonjo, avec son ironie coutumière. C'était pas dur de faire mieux que lui !

Ange joignit son rire au sien et se détendit, heureuse de pouvoir partager cet instant de complicité avec son fils.

— N'empêche qu'au départ il aurait voulu être un bon père. Il ne demandait pas mieux, quand il était jeune. Mais tu sais, la vie décide à notre place. Elle finit toujours par avoir le dessus. Elle nous envoie au tapis, surtout quand elle nous prive de tout ce que les autres semblent avoir en abondance. Mais quoi qu'il ait pu faire, Jonjo, il reste ton père. Et tu lui dois le respect.

Elle sourit à cet adorable gamin dont l'enfance avait été gâchée par l'intérêt excessif de son père pour les femmes et les courses de chevaux, par toutes ces passions dévorantes qui avaient éloigné Big Dan de sa famille. La misère disposait d'armes puissantes pour couper les ailes aux gens, en leur faisant fuir la réalité : l'alcool, la drogue, le jeu, les filles... Mais ça n'était qu'un symptôme. La vraie cause de leurs malheurs se trouvait ailleurs. C'était ce qu'ils s'efforçaient d'oublier, ne fût-ce que quelques heures. Ça les envahissait, ça les rendait sourds et aveugles, ça les rongeait de l'intérieur. Comme un cancer.

Big Dan Cadogan avait entendu sa femme à travers la cloison. Pour la première fois depuis des années, il aurait aimé pouvoir pleurer. Après tout ce qu'elle avait enduré, elle trouvait encore l'énergie de plaider sa cause auprès de ses enfants, ces pauvres gosses qu'il avait si souvent négligés, parfois des mois d'affilée, tout comme elle. À son insu, Ange était l'incarnation de son incapacité totale à s'investir dans quoi que ce fût d'utile. Le symbole même de son échec.

Danny Boy l'écorcherait vif, en apprenant son dernier exploit – et, en un sens, il l'acceptait d'avance. De toute façon, c'était inévitable, alors autant crever l'abcès.

Si ses mésaventures avec les frères Murray lui avaient appris quelque chose, c'était bien ça.

*

Michael buvait les paroles de Danny. Ils s'étaient installés devant des cappuccinos, dans un café de Mile End Road, et fumaient clope sur clope. Ni l'un ni l'autre n'aimait spécialement ça, c'était juste pour se donner une contenance et singer les grands. Il régnait une atmosphère d'étuve dans ce café. Les vitres étaient pleines de buée et l'air brassait des relents de graillon.

Denis, le patron, était un petit gros originaire de Chypre à l'épaisse tignasse teinte en noir, au sourire étincelant et à l'œil baladeur. Il vendait le meilleur shit de ce côté-ci de Marrakesh Market – d'où l'importance de sa clientèle et son attitude aussi relax qu'accommodante ; mais ça, il le devait peut-être au fait de consommer une bonne part de son stock. Les jeunes l'adoraient. La journée, l'établissement était pris d'assaut par une foule bigarrée – des vieux, des ouvriers, des immigrés. Mais, à la nuit tombée, c'était le royaume du juke-box. Un paradis pour les adolescents, qui venaient bavarder autour d'un café et s'entraîner à jouer aux adultes. Quitter l'école à quatorze ans était une sorte de rite de passage pour ces gamins, et le peu d'argent que leurs parents ne ponctionnaient pas sur leur salaire, ils le dépensaient, judicieusement mais trop vite, pendant le week-end. Le vendredi et le samedi soir étaient donc le domaine réservé des jeunes loubards en herbe. On pouvait les classer en deux catégories, selon leur comportement et la façon dont ils gagnaient leur croûte – le futur gibier de potence, ou les petites stars montantes de l'industrie locale. De temps à autre, on voyait émerger un vrai crack, quelqu'un qui semblait destiné à se faire un nom et qui, plus que de la crainte, inspirerait un jour du respect.

Denis leur apporta des cafés et, tirant bruyamment une chaise de sous la table, s'assit près d'eux. Il était minuit passé et les clients ne se bousculaient pas. Il se pencha sur la table.

— Dis donc, Danny... fit-il, mine de rien. Paraît que t'aurais la possibilité d'écouler des trucs ?

— Et alors... ? fit Danny, désinvolte.

— Je pars un mois à Chypre. Ma femme va accoucher – celle qui est restée là-bas, je veux dire. Je vais devoir y aller... Si seulement ça pouvait être un garçon, cette fois, avec l'aide de Dieu ! Marianna va tenir le commerce avec sa sœur, mais il me faudrait quelqu'un pour approvisionner mes habitués en mon absence, si tu vois ce que je veux dire... ajouta-t-il avec un grand clin d'œil.

Évidemment, qu'il voyait. Le sourire de Danny Boy en disait plus long que tout un discours.

— Ça serait juste pour quelques semaines et vous seriez bien payés. Alors, qu'est-ce que vous en dites, les gars ?

Michael regarda Danny, lequel soupesait l'information.

— Et nous, combien on se fait ? répliqua-t-il à mi-voix.

— Mille tickets, payable à mon retour.

Michael fronça les sourcils.

— Mais qu'est-ce que ça représente, tes « habitués », Denis ? Quelle quantité ils achètent, combien de fois par semaine ? Combien d'allées et venues ça représente, pour nous ?

Danny ne put réprimer un sourire puis haussa les épaules, le regard soudain plus aigu.

— Vas-y, Denis. Réponds à Mike. C'est pas pour rien qu'on l'appelle la Calculette, hein ?

Un peu surpris par toutes ces questions, Denis finit par sortir de sa poche de pantalon un petit calepin écorné qu'il balança sur la table. Michael l'intercepta et le feuilleta rapidement, en tâchant de se faire une idée du volume des opérations.

— Qu'est-ce qu'il fabrique, Dan ?

Denis commençait à s'énerver. Michael ne faisait pas partie du deal. Il n'avait jamais entendu parler de lui.

Danny soupira bruyamment.

— Il enregistre tout, mon pote. C'est son taf, tu piges ? Sa spécialité. Ouvre bien tes yeux et tes oreilles, parce que si tu bosses au-dessous de ton potentiel ou si t'essaies de nous avoir, il va s'en apercevoir d'un coup d'œil, ce petit enfoiré !

Denis s'abstint de répondre et Danny garda le silence, tandis que son ami calculait les bénéfices qu'ils pouvaient se faire avec le bizness de leur nouvel allié. Au bout d'une dizaine de minutes, il finit par rendre le calepin à Denis.

— Alors, Mike, verdict ? fit Danny sur le ton du plus total désintérêt, comme si tout ça l'emmerdait profondément.

Michael secoua la tête.

— Ça ne vaut pas le jus, Dan. Pas à moins d'une brique par semaine et par tête de pipe, en tout cas... Ça représente des tas de livraisons dans le Smoke et, comme on n'a pas le permis et qu'on n'est pas des voleurs de bagnoles, on va passer notre temps en bus et en métro. Vu les journées qu'on y perdra, et vu le facteur risque, c'est minimum une brique chacun et par semaine qu'il faut compter – soit, pour un mois, deux fois quatre briques.

Denis était écroulé de rire devant leur numéro. Il savait que Danny était un type sûr. Il s'était renseigné, et tout le monde s'accordait à le lui recommander. Mais de les voir palabrer ainsi entre eux, soupesant le pour et le contre, c'était à mourir de rire. Le frère de Marianna le ferait pour moins cher, mais en carottant quelques grammes sur chaque commande – et ça, à la longue, ça incitait les clients à changer de crémerie. Et puis, il préférait tenir sa famille anglaise en dehors de tout ça. Après tout, ce Danny Cadogan travaillait pour les frères Murray.

— Et on veut une part sur chaque client qu'on t'amène. En cas de problème, on gère. On ne te pique pas tes clients, on ne marche pas sur tes plates-bandes. T'as ma parole.

Ça allait lui coûter bonbon, mais, à son retour, il n'aurait pas perdu un seul client et les gamins disparaîtraient comme ils étaient venus. C'était un bon arrangement. Profitable pour tout le monde.

— Marché conclu.

— La moitié du fric d'avance, le solde à la livraison.

Michael avait parlé avec le plus grand sérieux. Denis leur tendit sa grosse patte à serrer, littéralement tordu de rire.

— Putain, vous êtes des marrants, vous. Ramenez-vous demain soir, que je vous explique les détails, OK ? En attendant, passez votre commande, aux frais de la maison.

Il en riait encore en quittant la salle, tout en subodorant qu'ils deviendraient un jour ses supérieurs – Danny, en tout cas. Celui-là, il était déjà sur la pente savonneuse qui menait à la perdition, la voie express

130

du fric et de l'enfer personnel. Ce garçon ne serait pas à prendre avec des pincettes, d'ici quelques années. Et malheur à quiconque s'aviserait de se mettre sur son chemin...

Les deux adolescents se regardèrent un moment, enchantés de la tournure que prenaient les choses.

— Bien joué, Mike ! fit Danny. Dis donc, t'es une pointure en calcul mental ! Rien que pour ça, je te file le tiers de la transaction. Ça te va ?

Michael hocha la tête en souriant. C'était un tiers de plus que ce qu'il escomptait ! De toute façon, même à l'œil, il l'aurait fait. Il s'était dit que Danny s'annexerait le fixe hebdomadaire qu'il avait judicieusement demandé au Grec, et qu'avec un peu de chance son copain lui en reverserait un petit pourcentage.

De son côté, Danny avait compris qu'un cerveau comme Michael valait son pesant d'or. Michael était un artiste, à sa façon, et il lui était totalement dévoué. Lui, il décrocherait les jobs, et Michael calculerait les bénéfices. Le duo idéal. Ils étaient potes depuis l'école primaire, il pouvait se fier à lui les yeux fermés. Et ça, dans le monde d'adultes où ils cherchaient à faire leur trou, c'était plus important que tout.

*

Big Dan était dans la cuisine, son mug de thé vide posé devant lui. La radio diffusait du Del Shannon en sourdine. Il attendait le retour de son fils. Tout son corps, noué et meurtri, lui faisait un mal de chien. Il n'en pouvait plus de la fatigue et de la douleur qui étaient devenues ses compagnes quotidiennes. Pourtant, il se sentait chaque jour un peu plus fort, même s'il savait qu'il ne se remettrait jamais totalement de son traumatisme physique et moral.

Le besoin de sortir pour aller jouer ou placer un petit pari devenait lancinant. Ça le rendait irritable et lui faisait mesurer le temps perdu à rester coincé dans cette saloperie d'appartement. Il aurait voulu aller taper le carton avec ses potes, ou se remonter le moral à coups de pintes ou de parties de jambes en l'air. Sa femme lui avait pourri l'existence. Et plus les choses s'étaient aggravées, plus il s'était trouvé de raisons de ne pas rentrer à la maison. La vie de famille lui donnait une telle impression d'étouffement que ses fugues étaient devenues pour lui un besoin quasi vital. Alors, quand Angelica s'était mise à bosser, ça lui avait ouvert des horizons, en lui démontrant qu'ils étaient tout à fait capables de s'en sortir sans lui.

Maintenant, d'accord, il reconnaissait qu'il s'était raconté des histoires et que la haine de son fils était amplement justifiée. Il comprenait même sa réaction par rapport à cette fameuse dette, ces fichues six cents livres. Maintenant qu'il y repensait, à jeun et l'esprit plus clair qu'il ne l'avait eu ces quinze dernières années, il ne pouvait s'aveugler sur ce qu'il était devenu. Mais, même en battant sa coulpe et en assumant sa part de responsabilité dans cette lamentable saga, il se sentait incapable de vivre une heure de plus dans cette baraque. Pas tant que son fils lui empoisonnerait la vie comme ça, en tout cas. Il devait prendre la tangente. Pour Ange, pour les deux cadets – et, bien sûr, pour lui-même.

Dégrisé et penaud, il voulait bien reconnaître qu'il avait fait subir un enfer à sa famille. C'était même tellement clair, à ses yeux, que les pires jours de son enfance et les méfaits de son propre père lui revenaient en mémoire. Dans sa jeunesse, il avait fini par coller une bonne trempe à son propre père, lui aussi. Il avait sondé ses points faibles et systématiquement appuyé là où ça faisait mal, exactement comme Danny le faisait avec lui. Il avait à présent la preuve que les fautes des parents finissaient toujours par retomber sur leurs enfants, jusqu'à la troisième et même la quatrième génération. C'était comme si son père, en plus de lui léguer son nom, s'était ingénié à revivre en lui ! Et voilà que, mystérieusement, son propre fils en faisait autant... Le vieux se serait bien marré, s'il avait pu voir ça !

Et que Dieu protège la malheureuse qui devrait s'appuyer sur Danny Boy. Il ferait son malheur, tout en étant la première victime de sa lourde hérédité. Sa mère à lui n'avait jamais eu une once de fibre maternelle. Elle les avait largués le bec dans l'eau, sans un regard en arrière. Elle se barrait, parfois des semaines ou des mois, quand l'existence lui pesait trop. Alors qu'Ange – Dieu la bénisse, la pauvre vieille – avait toujours été une perle de loyauté, surtout vis-à-vis de lui. C'était justement ce qui l'avait perdue...

Danny contempla le corps brisé de son père, autrefois si athlétique et si robuste. Sa mère était à son chevet. Elle leva vers lui des yeux effarés, comme chaque fois qu'elle le regardait, ces derniers temps.

— Laisse-le dormir, fils. Va te coucher. Laisse-moi régler ça avec lui.

Danny regarda son père émerger du sommeil et reprendre lentement pied dans la réalité. Il en avait pris un sacré coup. Décati et hagard, Big Dan s'était transformé en vieillard du jour au lendemain. Danny était le premier à s'étonner du peu de réaction que la décrépitude de son père provoquait en lui – mais bon, ça devait être naturel, vu le nombre de beignes qu'il lui avait filées, année après année, les trempes, les mensonges, les arnaques, les innombrables violences physiques et morales qu'il lui avait fait subir. Jamais il ne lui pardonnerait la haine virulente qu'il avait instillée en lui, dès son âge le plus tendre – pas plus que l'humiliation qu'il leur avait infligée en jouant leur pain quotidien, sans le moindre souci des conséquences. Ça, pas question. Son père n'était qu'un incapable, doublé d'un misérable parasite. Et il le détestait.

Quant à Angelica, elle était constamment sur les dents, et ça avait le don de le fiche en rogne. Elle passait son temps à louvoyer, elle avait même essayé de prêcher la concorde. Elle qui avait toujours tout fait pour leur faire haïr leur père – et Dieu sait que ça n'avait pas été difficile –, elle exigeait à présent qu'ils lui pardonnent, ce qui relevait tout simplement de l'impossible.

Plantée au milieu de sa cuisine dans sa vieille robe de chambre matelassée, sa mère faisait dix ans de plus que son âge. Et la faute à qui ? Au pauvre type qui lui tenait lieu de mari.

— Va te coucher, m'man, tu veux ?

Ange avait reconnu le ton sournois et insinuant que son fils prenait en présence de son père, un ton qui frisait l'insulte et était reçu comme tel. Elle ouvrit la bouche pour répliquer, mais hésita à l'attaquer de front. Son homme n'était pas en état de se défendre. Il était à bout de forces.

— Putain, m'man… va donc te mettre au pieu, et restes-y !

Danny lui empoigna le coude et la raccompagna d'autorité jusqu'à la porte de la cuisine. Ange ne lui opposa aucune résistance. Quelque chose, dans la voix et l'attitude de son fils, la faisait capituler d'avance.

Comme il ouvrait la porte de sa chambre pour la pousser à l'intérieur, il lui glissa :

— Je t'en prie, m'man ! Reste en dehors de tout ça, pour une fois.

Puis il claqua la porte sur elle, d'un geste dont le caractère ferme et définitif n'échappa à personne.

Son père le vit revenir d'un œil méfiant. L'appartement était trop petit et trop mal isolé pour qu'on pût y faire quoi que ce soit en secret. Sa lucidité toute fraîche forçait Big Dan à se voir lui-même d'un œil nettement moins complaisant. Il avait fini par s'aviser que, vu l'épaisseur des murs, tout le voisinage avait pu suivre leurs bagarres et leurs prises de bec, année après année.

Danny écrasa d'un regard de pur mépris ce colosse réduit à l'impuissance. Toute la frayeur qu'il avait pu lui inspirer s'était depuis longtemps dissipée. Il ne lui restait plus que de la haine.

Big Dan était parfaitement maître de ses émotions. Il se sentait comme investi d'une sorte de mission.

— Ça ne peut pas continuer, Danny. Personne n'a rien à y gagner.

Un sourire glacial étira les traits de son fils, qui se mit à lui ressembler à un point inquiétant. C'en devenait presque surréaliste. Big Dan se revit tout à coup au même âge, robuste et sain, et prit la mesure du gâchis : une vie entière foutue en l'air par des années d'ivrognerie et de déconnade. Et tout ça pour quoi ? Pour en arriver à ce putain de moment de vérité, qui valait son pesant d'humiliation et de souffrance, cette scène invivable qu'il aurait dû voir venir depuis longtemps, mais qui le prenait pourtant au dépourvu.

— Tu crois peut-être que je ne m'en étais pas aperçu tout seul ? fit Danny, en se fendant d'un sourire carnassier.

La vue de la splendide denture de son fils rappela douloureusement à Big Dan tout ce qu'il avait perdu au fil des ans, et pas seulement sur le plan physique. Il n'était plus qu'une pâle caricature du jeune homme qui avait engendré ces trois gosses, auxquels il ne s'était jamais intéressé et dont il ignorait presque tout...

Mais jusque-là, ça ne lui avait jamais fait ni chaud ni froid.

— Sérieux, fils. Il va falloir...

Danny secoua lentement la tête. Son regard fixe ne laissait filtrer aucune émotion – un signe inquiétant dont les gens ne s'apercevaient généralement que trop tard. On lui aurait donné le bon Dieu sans confession, comme à tous les beaux gosses du monde...

— Boucle-la, putain ! cracha-t-il avec une hargne qui les cloua sur place, l'un comme l'autre. J'ai jamais été ton fils ! Celui de ma mère, peut-être. Mais toi, t'as jamais rien été pour moi.

— Je suis ton père, que ça te plaise ou non. Et tu peux me croire... j'en suis pas particulièrement fier. Mais là, c'est pas à nous que je pense, Danny. C'est aux autres.

Son index noueux, noir de nicotine, s'était pointé en direction du couloir.

— Putain ! Tu manques vraiment pas d'air !

— Ça, jamais, fils ! J'ai toujours été gonflé à l'hélium et, de ce point de vue, t'as plutôt l'air de tenir de moi, quoi que t'en dises. Mais tout ça, c'est fini, sale branleur. Je vais me barrer, si c'est ce que tu veux. Sauf que je me barrerai quand je l'aurai décidé. Pour que tu ne puisses pas te vanter de m'avoir chassé de mon propre toit.

Danny Boy contempla son géniteur d'un air de profond dégoût et répliqua, un ton au-dessous et, cette fois, avec gravité :

— Pour le bien de ma mère, je suppose...

Big Dan grimaça un sourire et fit le gros dos. Puis il tâcha de se hisser sur ses pieds, en écartant les bras en un geste de réconciliation.

— Je vais me barrer, fils. Très loin d'ici, répéta-t-il, le plus sérieusement du monde.

Danny Boy ouvrit les bras en parodiant son père.

— Non mais, regarde-toi ! Le grand Monsieur Moi-Je, ou plutôt, de notre point de vue, le grand Monsieur Personne... Parce que c'est ce que t'es, pour nous : un grand zéro. La seule chose qui justifiait ta présence sous notre toit, c'était ma mère. Mais pour moi, elle non plus ne vaut plus un clou.

— Tu l'adores, dis pas le contraire !

— Ah, tu crois ? Je me suis posé la question, ces derniers temps. Maintenant, rassieds-toi et arrête tes conneries. Tu ferais bien de m'écouter, parce que j'ai un bon conseil à te filer. Un conseil que je suivrais, si j'étais toi. Ça y est, tu m'écoutes ? Eh bien, souviens-toi qu'ici, maintenant, tu es chez moi – et je te déconseille de l'oublier !

Chapitre 6

Big Dan ne savait plus comment réagir face à Danny. Il contempla longuement ce produit de son irresponsabilité paternelle, ce fils qui avait tant de bonnes raisons de le haïr. Il regrettait de n'avoir pas pris la peine de mieux le connaître, finalement, parce qu'il avait tout l'air d'être appelé à devenir quelqu'un. Ce gamin, qui n'avait pas hésité à lui faire casser la gueule, sans l'ombre d'un scrupule. Mais il était trop tard, maintenant. Rien n'épuiserait la colère et la haine de Danny.

Il secoua lentement la tête.

— J'attends rien de toi, fils. Et toi non plus, tu n'attends rien de moi. Mais écoute-moi bien : je vais pas continuer à subir tes ordres. J'aime encore mieux dormir dans le caniveau.

Big Dan avait parlé sans emphase, avec le calme et l'émotion de la sincérité. Malheureusement, ce sursaut d'honnêteté venait un peu tard.

Danny Boy s'assit en face de son père et s'alluma une cigarette. Big Dan sentait son courage fléchir de seconde en seconde, sous le poids de la culpabilité. Il commençait à prendre conscience de l'ampleur du fléau qu'il avait si imprudemment engendré et lâché dans la nature. Ce garçon était dépourvu de tout sentiment humain. C'était un jeune prédateur cruel et froid, qui se fichait du reste du monde. Il était bien placé pour savoir qu'il était inutile d'essayer de discuter avec lui : il se revoyait en lui, au même âge.

— Le caniveau, ouais. Ton territoire de chasse naturel.

C'était une constatation, impartiale et douloureuse. Big Dan se vit tel qu'il était, et la noirceur du tableau le fit frémir. Mais il en avait trop fait, toute sa vie, pour revenir sur ses erreurs. N'empêche, son fils l'inquiétait suffisamment pour qu'il prenne la peine de lui dire ce qu'il avait sur le cœur.

— Est-ce que tu te vois seulement, Danny Boy ?

Il avait encore deux ou trois choses à apprendre, ce garçon – des choses qui lui seraient utiles pour naviguer dans leur monde semé de chausse-trappes et de dangers.

— Dis-toi bien une chose, mon pote : tu es mon portrait tout craché. Tu es moi, fiston. Et tu sais ce qui me fiche le plus les foies ? Moi, je suis un vieux pochetron, un joueur, un déconneur de première, tout ce que tu veux – d'accord. Mais toi, c'est quoi ton excuse, hein ?

Il partit d'un éclat de rire sonore, jailli du fond de ses tripes.

— Oh, t'inquiète, fils. Je vais te débarrasser le plancher. Et tu peux garder toute la tribu, si ça te chante. Mais n'oublie pas : un jour, tu seras assis ici, à ma place. C'est ton avenir que tu as en face de toi. Comme moi, tu seras haï par les gens qui devraient le plus t'aimer. Bon, j'espérais que tu écouterais ce que j'ai à te dire, mais tu n'écoutes plus personne, pas vrai ? Monsieur Je-sais-tout. T'es qu'une tête de lard, un vrai petit con, comme moi à ton âge, et comme mon père avant moi. Je n'ai donc qu'une chose à te demander, d'accord ?

Il poussa un long soupir, comme si tout ça était au-dessus de ses forces – et ça l'était.

— Prends soin d'eux. Moi, je ne peux pas. J'ai tout foiré, exactement comme tu te prépares à le faire. Mais essaie quand même d'assurer un minimum. J'ai essayé, crois-moi... et c'est plus dur qu'il n'y paraît.

Danny reconnaissait bien là son père. Toujours à l'affût du premier prétexte pour refiler le bébé et se décharger de ses responsabilités sur le premier pigeon venu. Il se sourit à lui-même, le digne héritier de son père, et se força à garder son sang-froid. Pour l'instant, le vieux pouvait encore lui être utile. Il avait besoin de son expérience et de son flair.

— Ta gueule, minable. Écoute plutôt ce que moi, j'ai à te dire. Et, avant de nous plaquer une fois de plus, réponds à cette question...

— Putain, qu'est-ce que tu veux savoir ? Et pourquoi je te répondrais, hein ? Pourquoi je te ferais ce plaisir ?

Big Dan se remit à rire d'un rire méchant, dégoulinant de mépris.

— Pourquoi ? Parce que, si tu te défiles, je t'explose la gueule, p'pa. Et ça n'a rien d'une menace en l'air. Je n'attends que ça, un prétexte pour me débarrasser définitivement de toi. Commence donc par me prouver que tu as quelque chose à mettre sur la table. Un truc qui pourrait m'être utile. Parce que, si tu n'as rien à me proposer...

Pas la peine de lui faire un dessin. Son père n'avait que trop bien capté le message. Danny Boy lui offrait une porte de sortie. L'atmosphère de la cuisine s'était chargée d'une violence sourde. Son fils n'attendait qu'une excuse pour péter les plombs. Un mot malheureux aurait suffi à déclencher les hostilités.

Big Dan Cadogan l'observa un moment. Il devait être le dos au mur, le môme, pour recourir aux conseils d'expert de son paternel. C'était l'occasion de se racheter. Il s'empressa de la saisir.

— D'accord. Qu'est-ce que tu veux savoir ?

— Louie Stein. Tu dirais que je peux lui faire confiance, ou pas ?

Cadogan soupira, pris de court. Qu'est-ce qui pouvait pousser son fils à se poser ce genre de question ? Danny avait piqué sa curiosité – une grande première. Tout à coup, il aurait donné cher pour savoir ce qui se tramait. Il regrettait de ne plus être en première ligne, ni vraiment au parfum.

— Lui faire confiance plutôt qu'à qui ? La parole du feuje contre celle de qui ?

Danny Boy eut un sourire paresseux. Subodorant que son fils se trouvait devant un dilemme, Big Dan tâchait d'en savoir plus.

— Putain, qui ça, à ton avis ?

Big Dan se carra contre son dossier. Il devait fournir une réponse aussi sincère et franche que possible s'il voulait venir en aide à son gamin – car, malgré l'arrogance du môme en question, il s'était soudain avisé que telle était son intention. Lui venir en aide, pour la simple raison que ça lui tenait à cœur. Et ça le troublait plus encore que ça n'aurait étonné son fils, s'il avait su.

— Eh bien, les frères Murray sont des charognards. Des putains de cloportes. J'ai payé pour le savoir, pas vrai ? À côté d'eux, Louie Stein, c'est la Sainte Vierge. Mais en quoi ça t'intéresse, là, maintenant ?

Danny Boy ignora la question. Il n'avait pas l'intention d'entrer dans ce genre de détail avec son vieux.

— Est-ce qu'on a déjà soupçonné Louie Stein d'avoir balancé qui que ce soit ?

Son père haussa les épaules et secoua la tête.

— Pas à ma connaissance. N'oublie pas que Louie fait tourner sa boutique tout seul depuis des lustres, alors que les frères Murray ne seraient rien sans des types comme moi, et je t'inclus dans le tas, mon garçon. J'essaie pas de me justifier, mais honnêtement, je ne me souviens de rien et les Murray nous ont pilonnés pour six cents malheureuses livres. Je dis bien « nous », mon pote, parce qu'une fois qu'ils ont estimé que je les leur devais, toi aussi ils t'ont considéré comme leur pigeon, tout gamin que t'étais. Je sais que tu vas faire ton chemin et j'espère que t'auras plus de chance que moi. Mais dis-toi que les Murray sont capables de te descendre sans sourciller. Ça les ferait même plutôt marrer...

Big Dan se hissa laborieusement sur ses pieds. Son corps, comme embrasé de douleur, lui faisait un mal de chien. Les craquements de ses articulations résonnaient dans la pièce.

— Tu m'as balancé, fiston, et je ne te jette pas la pierre. C'était ce que t'avais de mieux à faire pour protéger ton frère et ta sœur. Je suis mieux placé que quiconque pour te comprendre. Mais te figure surtout pas, pas une seconde, que les Murray te respectent. Ils ne respectent rien ni personne. Ils ne savent qu'exploiter les gens. À côté, Louie, c'est une crème. Alors, tu peux lui faire confiance, oui. Les yeux fermés, même. Il doit bien avoir quelques ripoux à sa botte, ça, sûrement – dans sa branche, on n'y coupe pas, pas vrai ? Mais, à vue de nez, je dirais que s'il a eu vent de quelque chose, il va te mettre la pression pour te prévenir et t'inciter à faire gaffe.

Danny Boy hocha la tête. C'était bien la réponse qu'il attendait. D'instinct, il se serait fié à Louie, mais il avait besoin de vérifier l'exactitude de ses premières impressions. Il était encore jeune et manquait d'expérience. Il avait tout à apprendre, concernant leur monde. À presque dix-sept ans, il tenait à être considéré comme un membre à part entière de l'équipe gagnante. Mais il avait assez de jugeote pour comprendre qu'il était encore trop novice pour prétendre à un tel rôle. D'accord, il avait eu le nez creux en faisant confiance à Louie, mais ça ne signifiait pas pour autant que c'était dans la poche et qu'il était sur la voie du succès.

— Tu te rends compte que c'est la plus longue conversation qu'on a eue de toute notre vie, papa ? Tu ne trouves pas ça triste ?

Big Dan regarda son fils droit dans les yeux, et eut l'impression de se voir comme dans un miroir... quel miracle, cette sagesse de l'escalier ! Il les perdait, au moment même où il comprenait enfin combien ils étaient formidables. Il découvrait qu'il aurait dû s'estimer heureux d'avoir une telle famille. Mais il était trop tard pour se racheter, ou pour leur avouer qu'il remerciait le Ciel de les avoir engendrés. Il en aurait chialé. Dire qu'il avait des gosses géniaux et qu'il n'avait jamais pris la peine de s'en soucier, trop occupé qu'il était à jouer et à courir les putes, à oublier leur existence, des fois qu'il aurait eu à faire face à ses obligations...

Danny Boy observait les efforts que faisait son paternel pour garder le contrôle de ses émotions. Il poussa un soupir. Cet homme incarnait tout ce qu'il haïssait le plus au monde et ce qu'il était résolu à ne pas devenir, quoi que lui réserve la vie, mais il ne pouvait plus le laisser quitter la maison, à présent. Après tout, n'était-ce pas ce qui lui avait valu la considération des gens, son sens des valeurs familiales ? Il l'avait recueilli, ce vieux connard. Il l'avait laissé vivre sous leur toit, après tout ce qu'il leur avait fait. Dans le code de l'honneur en vigueur dans l'East End, la famille, ça restait la famille. Même si c'était le plus gros bobard de tous les temps !

Et puis, s'il laissait filer Big Dan, qui sait ce qu'il irait raconter, quand il se remettrait à picoler, à jouer et à perdre ? Quand il aurait à nouveau besoin de fric pour sa gnôle ou ses paris ? Son père, c'était une épine dans son pied, sans l'ombre d'un doute. Mais c'était aussi une vraie mine de sagesse, s'agissant du gotha et de la philosophie du milieu. Rien que pour ça, il était prêt à l'entretenir et à le supporter. Il allait exploiter le filon.

— Je te remercie de tes conseils, p'pa. J'apprécie ton aide. Tu peux rester ici. On est d'accord ?

Paupières closes, Big Dan accepta son destin. La grande différence, entre eux, c'était que son fils avait la tête sur les épaules. Malgré son jeune âge, il savait se conduire en adulte ; plus précisément, il avait su se faire considérer comme tel par la plupart des gens auxquels il avait eu affaire. Toutes ces années où il avait brutalisé et tyrannisé sa famille, où il les avait négligés chaque fois que ça l'arrangeait, toutes ces putains d'années lui revenaient en pleine poire, et il n'y pouvait rien. Ce monstre était sa créature. Et il en était réduit à ne plus pouvoir se tailler sans son autorisation préalable.

Comme il se levait pour quitter la pièce, Danny Boy tira de sa poche une demi-bouteille de Black & White, qu'il posa délicatement sur la table, devant son père.

— C'est toi qui as commencé, p'pa, dit-il d'une voix sourde. Oublie jamais ça, OK ?

*

— T'es sûr que ça va, mon garçon ?

Louie avait parlé à mi-voix, mais avec une pointe de nervosité qui n'avait pas échappé à Danny. Ces derniers temps, la voix du vieil homme accusait un léger chevrotement presque imperceptible pour les non-initiés. Danny ne savait pas trop comment y réagir, et ça l'empoisonnait. Il eut un petit sourire et souleva ses épaules musclées.

— Ça va, Louie, ça va. Lâche-moi un peu.

Louie garda le silence et se contenta de servir le thé, tandis que Danny laissait ses yeux errer dans la pièce. Il survola du regard les photos de pin-up dénudées, scotchées à la porte du bureau, qui restaient là par habitude. Louie n'attachait aucun intérêt particulier au beau sexe. Il avait femme et enfants, et ça lui suffisait. En tant que père de cinq filles, de surcroît, les photos de filles plus jeunes que les siennes le mettaient plutôt mal à l'aise. Mais la plupart des types auxquels ils avaient affaire passaient leur temps à zieuter les nanas, à y penser ou à en parler entre eux. Ça faisait partie du tableau d'ensemble. Lui aussi, le sexe l'obnubilait – quoi de plus normal, à son âge ? La seule vue d'une machine à laver en plein essorage lui filait la trique… Mais leurs clients, eux, avaient besoin d'expédients pour bander – à moins que leurs femmes aient gagné le gros lot, évidemment. Ils n'arrêtaient donc pas de bavasser, de tirer des plans sur la comète. Leur imagination, c'était tout ce qui leur restait. Comme il les plaignait… Lui, pas de danger qu'une femme lui dicte sa conduite, ni ce qu'il devait faire de ses loisirs – encore moins de son putain de fric ! Il était trop malin pour se laisser prendre à ce petit jeu. C'était à cause de toutes ces conneries qu'il s'était retrouvé avec sa famille sur les bras. Parce que son père avait toujours fait passer son plaisir avant ses gosses.

En lorgnant du côté d'une brunette, une gamine dont la pose suggestive, le mascara et les paupières charbonneuses ne faisaient qu'accentuer le jeune âge, il s'étonna de la bêtise des hommes – les hommes d'âge mûr, s'entend, comme son père ou les Murray, qui ne s'intéressaient qu'à eux-mêmes. Ce genre de fille, ça n'était qu'une branlette ambulante, un cul et des seins, une image destinée à servir *ad nauseam* jusqu'au prochain millénaire. La nana serait à la retraite que ses photos continueraient à s'étaler partout, comme ça. Un cul et des seins. Les femmes, ça n'était jamais que ça. Des culs, des seins. Celle-là, au moins, elle devait avoir une bonne raison d'exhiber les siens. Un gosse, probablement. Les femmes étaient prêtes à faire toutes sortes de choses réprouvées par la morale pour leurs gosses, tandis que les hommes semblaient jouir d'une impunité sans bornes.

Bon, les photos, d'accord... mais ça n'était rien à côté du vrai truc. C'était tout un monde qu'il avait découvert ! Des filles pas farouches, toujours partantes... Les genoux qui flageolent, les souffles qui s'emballent avant et après, et même ce léger dégoût qui l'assaillait, les rares fois où la fille tentait de lui faire la conversation, tout en se rajustant. À ce moment-là, en fait, il n'avait plus qu'une idée en tête : se casser au plus vite.

Louie lui sourit. Il n'avait pas oublié les années où il ne débandait pas, lui non plus. Du temps où il avait encore toute la vie devant lui, où les étés semblaient toujours trop courts et jamais assez ensoleillés...

— T'as peut-être du mal à le croire, mon gars, mais le jour viendra où le monde ne sera plus ton terrain de chasse. Où les filles des photos cesseront d'être des conquêtes possibles, pour devenir des fantasmes de baise que tu te détesteras d'avoir. Un jour, en te réveillant, tu t'apercevras que trente ou quarante ans auront passé. Si tu n'y prends garde, tu finiras comme moi.

Danny lui sourit. La blancheur de ses dents et la ligne énergique de sa mâchoire rappelèrent à Louie combien il était jeune. Un gamin, vraiment. Il aurait tout donné pour pouvoir échanger sa place contre la sienne.

— T'inquiète, mon vieux Louie, ça pourrait être pire ! Imagine que je finisse comme mon père...

La boutade n'amusa pas le ferrailleur, qui se contenta de secouer la tête et répliqua abruptement :

— Ça, ça ne risque pas ! Pas si j'ai mon mot à dire, en tout cas.

La réaction de Louie, qui n'imaginait même pas qu'une telle chose puisse jamais lui arriver, fit plaisir à Danny. S'il avait une angoisse c'était bien de finir comme son père, et ça n'était un secret pour personne.

Le vieil homme alluma un cigare sur lequel il se mit à tirer bruyamment, savourant l'amertume du tabac et le moelleux de la fumée. Puis il se rassit en face de Danny et le toisa des pieds à la tête, depuis ses pompes jusqu'à la racine des cheveux – pas d'inquiétude, se dit Danny en attendant patiemment la suite. Louie cherchait juste à le mettre en condition.

— Est-ce que t'as bien suivi mon conseil, concernant les Murray ?

Son jeune ami était encore novice quant au bon usage du milieu, et ça ne pouvait pas durer. Il fallait l'affranchir. Constatant que sa question resterait sans réponse, il lui souffla lentement sa fumée à la figure. Son conseil avait contrarié le gamin, non sans raisons. Pourtant, Louie ressentait un étrange besoin de se justifier. Il s'était plus ou moins persuadé que c'était parce qu'il aimait ce petit. Mais il y avait autre chose.

— Écoute, Danny. Si je t'ai dit ça, c'était pour éclairer un peu ta lanterne, d'accord ? Récemment, j'ai eu l'occasion de bavarder avec quelques pointures qui m'ont recommandé d'ouvrir l'œil et de surveiller mes arrières. Je me suis borné à te repasser le tuyau. Les Murray sont des poids lourds, dans leur genre. Ils tiennent la plupart des ripoux de leur secteur, et la majorité des gens avec qui je bosse ou avec qui je bois se fient à leur avis – tu vois où je veux en venir ? Si tu es décidé à faire carrière dans la branche, tu vas devoir apprendre très vite à distinguer les brêles des vrais joueurs. Alors, serre les fesses, baisse la tête et garde ton clapet fermé. Si tu sais naviguer, tu t'en sortiras toujours.

Il tira de nouveau sur son cigare et lui balança un nuage de fumée si épais que le gamin dut agiter la main devant son nez pour ne pas tousser.

— Une dernière chose, fiston. Évite de mordre la main qui te nourrit.

Ça, c'était une vraie mise en garde. Un avertissement amical, mais un avertissement tout de même. Louie était froissé. Il l'avait traité comme son propre fils et s'attendait à ce qu'il se fie à lui les yeux fermés. Il avait très mal pris les hésitations de son poulain. Belle leçon de stratégie. Louie était au parfum, ça coulait de source. Danny aurait dû le comprendre d'instinct. Bon, il se sentait rappelé à l'ordre, mais il en était plutôt reconnaissant. Ça voulait dire que Louie le considérait toujours comme un membre de son écurie.

Danny but son thé à petites gorgées et entreprit de digérer tout ça avec sa placidité habituelle. De son côté, Louie Stein admira le sang-froid avec lequel le gamin avait encaissé ses reproches à peine voilés.

— T'es un brave gosse, Dan, et c'est bien ce qui joue en ta faveur. Mais n'essaie pas de pousser le bouchon. T'es un sacré lascar, un marrant, tout nouveau sur le macadam, et les gens t'apprécient. Mais les mômes comme toi, ça se ramasse à la pelle. Si tu ne me crois pas, t'as qu'à demander aux Murray...

Louie se remit à tirer sur son gros cigare. Ça le faisait larmoyer, mais il adorait ça. Churchill fumait les mêmes, sauf qu'il devait les avoir à l'œil. Les siens, Louie les touchait à moitié prix grâce à un Grec de sa connaissance, un nabot qui compensait sa disgrâce physique par une tchatche intarissable. Après une vie passée à cultiver ses relations dans le milieu, en se gardant le plus possible des querelles de personnes, il connaissait tout ce qui valait la peine d'être connu et ne répandait jamais les bruits dont il ne pouvait vérifier le bien-fondé. Dans sa branche, c'était une garantie, et le malaise dans lequel son conseil avait plongé le gamin l'avait mis en rogne. Plus d'une fois, il avait pris des risques pour lui filer un coup de main, à ce petit. Bien sûr, il pouvait comprendre les réticences de Danny : c'était encore un blanc-bec, incapable de distinguer sa tête de son cul. Pourtant, une part de lui-même se retenait de lui coller une beigne.

Danny se leva et serra la main qui le nourrissait, lui et sa famille, en affichant un sourire de circonstance – l'expression adéquate, à ses yeux, du repentir qu'il supposait de mise. Mais les dégâts étaient faits, comme ils le savaient tous deux.

*

Mary Miles revenait de l'école en compagnie de Jonjo Cadogan. Ils gloussèrent en passant devant l'immeuble de la fillette. Elle était censée être à la messe, et lui à l'entraînement de foot. Ils s'étaient si souvent cachés derrière ce genre de mensonge qu'ils n'avaient même plus l'impression de mentir. Comme ils approchaient du terrain vague qui tenait lieu de parc dans le quartier, ils virent arriver Gordon Miles, le frère cadet de Mary, sur sa vieille bicyclette.

— Non, mais regardez-moi ce tas de ferraille ! ricana Jonjo. T'as pas honte de te trimbaler avec ça ?

Jonjo ne faisait aucun effort d'amabilité avec cet intrus qui venait mettre le nez dans leurs petites affaires, à Mary et à lui. Non que Mary lui ait jamais laissé espérer qu'elle partageait ses sentiments, mais, quand il était avec elle, il détestait en bloc tous les indésirables, fût-ce le frère de sa belle. Il était fou d'elle, à un point qui lui faisait parfois peur. La plupart du temps, sa compagnie lui suffisait et il n'en demandait pas plus. Mais quand quelqu'un venait troubler leurs tête-à-tête, ça le mettait hors de lui. Pourtant, on ne pouvait pas dire qu'il était vraiment jaloux de Gordon. C'était le frère de Mary, après tout... Sauf qu'il lui collait tout le temps aux semelles. Un vrai crampon.

Gordon lui répondit d'un sourire entendu. Il avait les cheveux du même blond-roux que sa sœur, et le même sourire canaille. Ils étaient tous beaux à croquer, dans cette famille – et Dieu sait qu'ils en jouaient ! À neuf ans à peine, Mary était déjà ravissante, et son frère mettait un point d'honneur à garder l'œil sur elle. Elle en connaissait déjà un sacré rayon sur l'art d'embobiner les hommes de sa vie, pour les plier à ses quatre volontés.

Gordon arrêta son vélo à leur niveau, empêtré dans son grand corps dont les mouvements heurtés lui donnaient l'air encore plus godiche que d'habitude. Sa bécane était un vrai monstre, un assemblage de pièces et de morceaux récupérés çà et là. Mais elle avait le mérite de rouler. Les gens pouvaient bien rigoler, Gordon s'en contrefichait. Il avait des roues, lui, ce qui n'était pas le cas de tout le monde !

Malgré son jeune âge, il avait compris que, dans la rue, le culot était la clé de la survie. Or, du culot, il en avait à revendre. Il sourit à nouveau, histoire de montrer à sa sœur qu'il ne se formalisait pas des remarques désobligeantes de son cher voisin et ami.

— Non, j'en ai pas honte, Jonjo. Au contraire. Mon vélo est peut-être moche, mais au moins j'en ai un, ce qui m'en fait toujours un de plus que toi !

Jonjo encaissa la boutade de bonne grâce. Il savait reconnaître quand il s'était fait clouer le bec. Évidemment, quelle que soit l'allure de l'engin, c'était toujours mieux que rien.

— Hé, Gordon, on peut plus rigoler ? T'as perdu ton sens de l'humour, ou quoi ?

Gordon secoua la tête d'un air maussade.

— J'ai pas vraiment le cœur à rire, non. En tout cas, pas avec des types comme toi.

Il transperça son adversaire d'un regard incendiaire et ajouta en haussant le ton :

— Alors, tu viens, Mary ? Y a maman qui te cherche partout.

La fillette poussa un gros soupir. Si sa mère était en rogne à cette heure, ça voulait dire qu'elle était déjà bourrée. C'était synonyme d'ennuis en tout genre et d'heures gaspillées en psychodrames et récriminations. Ça signifiait aussi qu'elle devrait s'expliquer avec les flics quand ils arriveraient – ce qui était couru d'avance. Pour ça, on pouvait se fier à sa mère, c'était même le clou de son numéro.

Les flics commençaient à s'habituer aux appels de la petite, chaque fois que sa mère pétait un câble. Mais ils comptaient sur elle pour la calmer et régler les querelles. Mrs Miles se débrouillait généralement pour s'engueuler avec toutes les familles du voisinage. Elle les provoquait, sans penser une seconde aux conséquences de ses actes, et se lançait dans des engueulades sanglantes qui se terminaient invariablement par un affrontement physique. Ces bagarres étaient devenues sa soupape de sécurité, sa façon de supporter la folie ordinaire. Mais elles faisaient d'elle la risée du quartier et, du même coup, empoisonnaient l'existence de ses gosses. Car Mary et ses frères devaient vivre avec les rancunes personnelles de leur mère, avec ses fredaines et ses divagations d'ivrogne, dont la fréquence allait croissant. Sans compter qu'ils devaient affronter les sourires goguenards de leurs copains de classe qui étaient au courant, comme tout le voisinage.

Les parents, c'était une vraie plaie, et Mary préférait ne pas y penser. Pour elle, le futur, ça n'existait pas. Elle avait appris à vivre dans l'instant présent. Sauf que là, elle allait devoir rentrer avec Gordon et se mettre à la recherche de leur mère, enquêter pour savoir à qui elle s'en était prise et tâcher d'arranger les choses. C'était vraiment pas juste. Elle qui ne demandait qu'à mener une existence normale...

— Où elle est, Gordon ? À la maison ?

— Si on veut, ouais, répondit son frère avec un sourire en coin. À la maison Parapluie, disons. Les flics l'ont coffrée pour injures et menaces de mort avec usage d'une arme à feu.

Jonjo éclata de rire. Rien de tout cela n'avait de quoi les étonner. Quel numéro, cette Mrs Miles ! Un one-woman-show sur pattes ! Tant qu'elle était à jeun, c'était une femme charmante, mais dès qu'elle avait un coup dans l'aile, ça devenait un vrai Godzilla en jupons. Elle était en conditionnelle pour son dernier raid – après s'être payé un esclandre au pub, elle avait crié à l'erreur judiciaire en prétendant qu'il y avait confusion sur la personne. Avant ça, elle avait écopé d'un sursis avec mise à l'épreuve pour trouble de l'ordre public et attentat à la pudeur, délit qu'elle avait perpétré en s'imposant sur la scène du night-club local : elle avait commencé à s'effeuiller après en avoir chassé la vraie strip-teaseuse, qui s'était rendue coupable d'avoir accepté de boire dans le verre de Mr Miles, alors que sa légitime était à portée d'oreille...

Jonjo était navré pour son amie, mais Mary ne s'étonnait plus des débordements maternels. Mrs Miles était un cauchemar ambulant, une pocharde qui voyait des insultes et des affronts partout – avec elle, un simple bonjour pouvait prendre des allures de déclaration de guerre ! Elle avait aussi en sa possession un pistolet à air comprimé sur lequel aucun membre de sa famille proche n'avait jamais réussi à mettre la main. Même fin soûle, elle parvenait à planquer cette saloperie en lieu sûr avant qu'on la rattrape. Le lendemain, une fois dessoûlée, elle était le repentir personnifié. Sauf que les pochardes avaient plus mauvaise presse que les pochards, dans le quartier. Même si son homme était un fieffé voleur, menteur ou arnaqueur, une femme se devait d'incarner les vertus domestiques. Les femmes étaient tenues pour totalement responsables de leurs actes ; les hommes pas toujours, ou beaucoup moins.

— Pour attaque à main armée ? Où est-ce qu'elle a pu trouver un flingue ?

Gordon secoua la tête. Il n'avait plus le cœur à sourire.

— Ça, mystère.

— Bon, Jonjo... je crois que je vais y aller, fit Mary. À demain, d'accord ?

Jonjo eut un hochement de tête admiratif devant un tel stoïcisme. Si la mère de Mary était déclarée coupable, elle risquait de passer un an ou deux sous les verrous.

— À demain, Mary. Et bonne chance, hein !

La fillette eut un petit rire sans joie.

— Bof, la chance, chez moi, on sait pas trop ce que c'est !

Chapitre 7

— Je mène une chienne d'existence, Danny. Je t'apprends rien : c'est ton œuvre. Mon homme, ton propre père, tremble pour sa vie sous son propre toit. J'aurais jamais pensé voir ça de mon vivant !

Pour n'importe qui d'autre, les lamentations d'Ange Cadogan auraient eu quelque chose de pathétique. À l'entendre, son mari était plus blanc que neige. Totalement innocent des charges qui pesaient contre lui ! Danny Boy n'en croyait pas ses oreilles.

— T'as jamais eu besoin de personne pour foutre ta vie en l'air, m'man ! Et t'as tout fait pour bousiller la nôtre.

— Ma vie ? Mais je l'ai sacrifiée pour vous, mes enfants !

— Oh, change de disque, tu veux ? Ça commence à bien faire, ton couplet de mère martyre. Avec toi, on a toujours manqué de tout. Viens pas dire le contraire !

Il tourna les talons, refusant d'en écouter davantage.

— T'avise pas de me tourner le dos, mon garçon !

Danny poussa un soupir excédé. Il aurait aimé lui rendre la monnaie de sa pièce et la faire souffrir comme elle les avait tous fait souffrir !

— Tu nous larguerais sans la moindre hésitation, sur un simple coup d'œil de ton mec. Ne te voile pas la face, m'man ! Ça fait des années que ça dure. Tu ne t'intéresses à nous que quand tu te retrouves seule.

Mais dès que le mari prodigue est de retour, c'est comme si on n'existait plus.

C'était la vérité, même si c'était dur à entendre. Ange le savait, et ça la mettait en rogne, face à son fils. Danny, son aîné, qui avait sauvé la maison du naufrage.

— Sale petit bâtard ! cracha-t-elle, ivre de rage et de honte.

— Arrête, m'man, fit-il en levant la main. Arrête ! C'est un vrai fumier, le vieux. Et ça ne date pas d'hier, t'en sais quelque chose. Essaie pas d'excuser sa conduite, ni la façon dont il nous traite, et ne m'entreprends plus jamais sur ce terrain-là. Surtout pas ce soir !

Pâle de colère, il avait brandi l'index sous le nez de sa mère. Il devait fournir un effort surhumain pour prétendre ignorer ce qu'elle attendait de lui. Ce n'était certes pas la première fois qu'ils jouaient à ce petit jeu, tous les deux. Sauf que, cette fois, elle ne s'en tirerait pas à si bon compte. Il en avait soupé, de sa mère et de ses faux-fuyants.

Elle secoua la tête, accablée, les yeux assombris de chagrin. Il y vit briller des larmes, à présent sincères.

— Je t'en supplie, mon fils. Fais ça pour moi... C'est mon mari... et c'est toujours ton père, après tout, non ?

Elle le suppliait, une fois de plus. Elle tentait de jouer sur la corde sensible, son arme suprême. Ça aurait pu le faire capituler, s'il avait été assez bête pour se laisser endormir par des mots creux. Mais il avait appris à faire la sourde oreille à ses jérémiades. Il la détestait d'avoir une fois de plus sacrifié au rituel du mélodrame familial – comme s'ils avaient eu besoin de ça ! Comme si elle avait pu croire une seconde qu'il serait assez pomme pour l'écouter et se laisser manœuvrer, après tout ce qu'elle lui avait fait.

— J'ai dit qu'il pouvait rester, mais je le hais toujours autant. Alors, ne me force pas à te haïr, toi aussi. Il s'en bat l'œil, de toi, comme de toute la famille. Cesse donc d'en faire ton héros ! Il ne l'a jamais été, et ne le sera jamais.

Le visage de sa mère se tordit en un rictus de rage. Sa voix s'était chargée de rancœur.

— Bien sûr ! Maintenant que t'en as fait un infirme ! Il ne lui reste plus rien au monde, il n'a plus que nous !

Danny Boy secoua la tête, consterné. Elle espérait vraiment lui inspirer de la sympathie pour son salaud de père... Elle dépassait les bornes. Trop, c'était trop !

— Ouais, m'man. Je l'ai mis hors d'état de nuire. Mais ça, c'est plutôt une bonne nouvelle, pas vrai ? C'est nous qui aurions fini en miettes, si on l'avait laissé faire. T'as déjà oublié les branlées qu'il te filait ? Et tu crois qu'il serait venu pleurer sur notre sort, si on était restés sur le carreau ? Du temps où il était au sommet de sa forme, il ne se serait pas gêné pour nous envoyer à l'hosto ! Rappelle-toi... à coups de poing ou de pied, avec tout ce qui lui tombait sous la main. Un jour, je l'ai même vu t'écraser son mégot sur la figure ! J'étais là, j'ai tout vu. Alors, qu'il aille se faire foutre, et toi avec !

Il fit un pas dans sa direction et, pour la première fois de sa vie, Ange recula devant son fils. Danny aurait presque pu sentir les relents de sa peur. Loin de le décourager, ça ne fit que le conforter dans ses certitudes. Sans lui, toute la famille aurait sombré, corps et biens. Sa mère commençait à lui taper sérieusement sur les nerfs, en lui rappelant à quel point les femmes peuvent être veules et perfides. Pour qui elle le prenait, à la fin ? Pour un pantin qu'elle pouvait manipuler à son gré ? Elle croyait vraiment qu'il serait assez con pour gober toutes ses salades et laisser ce parasite reprendre sa place chez eux, en leur imposant ses quatre volontés, comme avant ? C'était lui, Danny Boy Cadogan, qui avait assumé le rôle de l'homme dans la maison. Il avait payé les factures, la bouffe, tout. Il avait bien fallu… ! De toute leur vie, ils n'avaient jamais connu une telle abondance. C'était pourtant un sacré avantage, non ? Et elle, elle n'avait qu'une idée : récupérer cet homme qui les avait fait morfler. Elle préférait rester à la botte de ce fumier que de prendre fait et cause pour ses enfants et d'être enfin heureuse avec eux, sa seule vraie famille.

Ça, c'était une putain de révélation.

Et ça faisait mal.

Tout ce foin pour continuer à se faire baiser ? Parce que, franchement, il ne voyait pas d'autre raison. Ils n'avaient jamais rien reçu de leur père, à part des trempes et des injures. Quant à leur mère, elle avait passé sa vie à éviter les coups et à tenter de les protéger de la brutalité de son ivrogne de mari. Et maintenant, elle faisait mine de croire qu'ils étaient le couple de l'année ! Deux tourtereaux… Il avait sacrifié sa jeunesse pour la famille et elle lui demandait de passer l'éponge, comme si de rien n'était, et de prétendre que tout baignait dans l'huile ? Putain, elle avait vu la Vierge, ou quoi ? !

Une chose était sûre : son homme lui manquait. Mais en quoi, au juste ? Sûrement pas pour sa conversation, encore moins pour son putain de larfeuil ! Avant, ils n'entendaient parler de lui que lorsqu'il avait bu tout son fric ou qu'il avait parié une fois de trop. Ils le voyaient rappliquer, fin soûl et prêt à en découdre. Il leur tombait dessus, tel un fléau de Dieu, et leur balançait des gnons et des jurons à la gueule. Elle, il la battait comme plâtre, avant de l'emmener au pieu entre deux baffes et deux menaces. Et eux, qui écoutaient tout ça, planqués sous leurs couvertures en attendant leur tour...

En fait, elle ne pensait qu'à sa pomme. Elle et ses petits besoins. Son os à ronger. Quelle honte... Pour la première fois de sa vie, sa mère avait de quoi vivre, et largement. Plus la peine d'aller frotter les parquets des autres. Mais ça ne lui suffisait pas ! Le chauffage, le gaz, l'électricité, de quoi boire et manger à satiété, voire quelques parties de bingo quand l'envie l'en prenait... Mais non ! Tout ça, c'était du second choix. Le principal, il ne pouvait le lui offrir. Ce qu'elle voulait, c'était récupérer son homme. Le faire revenir dans son lit, quoi qu'il ait pu leur faire, à elle ou à ses gosses ! Parce que au fond elle s'en contrefichait. Allez donc leur faire confiance, à ces putains de bonnes femmes !

Dire qu'il l'avait entendue se plaindre de leur père toute sa vie – cet incapable, ce bon à rien à qui il ne fallait surtout pas ressembler... Et lui qui l'avait écoutée pendant toute son enfance. À l'époque, ce que disait sa mère, c'était parole d'évangile. D'autant que, s'agissant de son père, c'était la pure vérité – il avait eu tout le temps pour constater à quel point il était dangereux et malfaisant. Plus personne dans la famille n'avait de temps à perdre avec lui ; sauf peut-être sa petite sœur... mais elle, elle ne comptait pas. L'amour de Big Dan pour sa fille crevait les yeux, mais qu'il aime sa fille, c'était quand même la moindre des choses ! En tout cas, c'était bien le seul argument en sa faveur !

Et maintenant, à en croire sa mère, leur père était le Messie incarné, en plus grand et en plus beau. Une pauvre victime, un brave homme à qui le destin n'avait jamais donné sa chance... Putain, de quelle bouche d'égout croyait-elle que ses fils étaient sortis ? Il avait payé toutes leurs dettes, chose dont son minable de père n'avait jamais été capable. Si ça, ça ne voulait pas dire qu'il était le chef de famille, lui qui tenait ce putain de bastringue à lui tout seul ! Sa mère pouvait toujours se considérer comme liée à Big Dan, rien ne l'obligeait à penser comme elle...

Et puis, son homme, elle l'avait récupéré, non ? Mais seulement parce qu'il n'avait nulle part où aller. Alors, ils n'allaient tout de même pas se mettre à genoux devant lui, merde ! Eux, ils n'étaient pas amnésiques ! Elle avait peut-être décidé de réécrire l'histoire, mais eux, leur mémoire était en parfait état de marche, merci. Il allait l'utiliser, ce vieux connard – mais si elle s'imaginait pouvoir se la jouer famille heureuse, elle se foutait le doigt dans l'œil, et il allait se faire un plaisir de lui mettre les points sur les « i ». Elle avait récupéré son bonhomme, d'accord ; mais pas question qu'il mène la barque !

— J'ai dit qu'il pouvait rester, m'man. Pour toi. Mais ne me fais pas ce genre de plan, ça ne marche pas. Les petits sont sous ma responsabilité, maintenant. Tout comme toi. Et t'es priée de mettre ça bien au point avec le vieux. J'ai rien à me reprocher, moi, et t'aurais du mal à en dire autant. On le connaît trop bien, ce vieux salaud. Tu peux dire ce que tu veux, il nous en a trop fait.

La pâleur de sa mère ne l'affectait plus. Sa colère avait tout balayé. Angelica le débecquetait, avec ses éternels louvoiements, à s'escrimer à parer son époux d'un tas de mérites qu'il n'avait pas et n'aurait jamais.

Angelica avait beau se demander d'où venait la colère de son fils, au fond, elle ne s'en étonnait pas. Elle avait toujours relégué ses enfants au second plan, toujours préféré son homme à leur bien-être. En un sens, Danny avait raison, mais ça ne changeait rien à ses sentiments.

— Te voilà prévenue, m'man. Me pousse pas à bout, et ne me force surtout pas à choisir. La loyauté, tu sais peut-être pas ce que c'est, mais moi, si. C'est un truc qui vous passe complètement par-dessus la tête, à toi et à ce connard qui ose se dire mon père !

Elle acquiesça d'un air maussade.

— Il peut quand même rester, hein ?

Danny hocha la tête, les poings serrés, ivre de dégoût. Le débat était clos. Inutile d'épiloguer.

Ce ne fut qu'au moment où sa mère tourna les talons que Danny s'aperçut qu'elle était enceinte. La découverte de cette ultime trahison fut un tel choc qu'il se sentit à deux doigts d'exploser.

*

Louie sentait que son protégé lui cachait quelque chose, mais il avait beau le questionner avec tact, Danny s'emmurait dans son silence. Louie avait d'abord pensé à une histoire de fille. Le gamin était assez porté sur la chose et semblait avoir pas mal de succès auprès du beau sexe. Il y en avait toujours une ou deux pour venir traîner du côté de la casse sur son trente et un et toutes voiles dehors. Mais, le plus souvent, c'était à peine s'il daignait les remarquer. Il savait déjà y faire, le gamin – c'était du moins l'impression qu'il donnait. Tout en le regardant discuter le prix d'un stock de tuyaux de cuivre avec un ferrailleur itinérant, Louie regretta que la vie de Danny soit assombrie par les soucis. Ce petit faisait beaucoup plus que son âge, comme s'il portait le monde sur ses épaules d'adolescent. Ça ne pouvait pas durer.

Il avait énormément changé, ces dernières semaines, et pas forcément en mieux. Pour tous ceux qui le connaissaient, ça sautait aux yeux. Or Louie connaissait Danny mieux que personne. Sous ses dehors bravaches, ça restait un gamin, un pauvre môme paumé qui tentait de protéger sa famille de la misère, en espérant que ses cadets pourraient prendre un meilleur départ que lui. Si les rumeurs qui couraient étaient fondées, sa mère attendait un autre enfant et le père jouait les grands invalides de guerre – en somme, on avait autant de chances de voir Big Dan se remettre un jour au boulot que le pape prêcher en faveur de la contraception !

Il fit signe à Danny de le rejoindre. Comment allait-il s'y prendre pour l'amener à parler de ce qui le préoccupait ? Et quelle serait sa réaction ? D'ailleurs, qu'est-ce qui lui donnait le droit de s'immiscer dans la vie privée de ce garçon ?

*

Michael calculait les gains de leur nouveau bizness. Ces dernières semaines, on leur avait confié le soin de récupérer quelques dettes, trop modestes pour justifier une intervention musclée. Danny Boy était considéré comme la nouvelle star du milieu, et les types qui lui donnaient ces petits jobs y voyaient un geste de solidarité et d'entraide. Après tout, il avait une famille à nourrir, et c'était une façon de lui mettre le pied à l'étrier. En réalité, ils lui faisaient collecter des dettes qu'ils auraient normalement laissé grossir, jusqu'à ce qu'une intervention plus violente s'impose. L'emprunteur ayant généralement tendance à laisser s'alourdir ses dettes, tôt ou tard ce qui devait arriver arrivait... Mais l'un dans l'autre, mieux valait un système de recouvrement rapide. Tout le monde y gagnait.

Michael savait qu'à force de réunir des petites sommes, les pennies, puis les livres se mettaient à croître et à multiplier... surtout dans leurs poches. Car, pour eux, une livre restait une livre.

Ils étaient donc devenus les nouveaux rois du quartier. Danny Boy Cadogan n'hésitait pas à faire le coup de poing pour trois ronds, et ça faisait de lui un champion. On savait qu'il empochait une partie des créances et, généralement, les débiteurs s'empressaient de s'acquitter de leur dû avant même qu'il ait à intervenir. Tout le monde y gagnait, là encore – et, comme son ami, Michael comptait bien en profiter. Ratisser un max de blé, c'était devenu leur règle d'or.

On leur avait aussi demandé d'approvisionner en herbe toute une nouvelle clientèle et ils avaient sauté sur le créneau. On ne parlait plus que d'eux, ils croulaient sous les propositions. Ils étaient devenus les coqueluches du secteur ! Les caïds du Smoke gardaient un œil sur eux, on les admirait, on les chouchoutait. Ils n'étaient encore que des mômes et ne menaçaient aucun équilibre, mais ils savaient se rendre utiles dès qu'un petit job se présentait. Eux qui en avaient si longtemps rêvé, ils voyaient leurs prières exaucées. Et ces petits poissons avaient bien l'intention de devenir grands...

*

Il faisait nuit noire et un vent glacé soufflait. Danny entendit les hurlements d'une lointaine sirène de flics. Il avait un bon coup dans l'aile et le froid lui coupait le souffle à chaque inspiration.

Il avait quitté la casse depuis plusieurs heures. Sentant que Louie s'apprêtait à lui servir un de ses laïus de Père-la-Vertu, il avait préféré prendre la tangente. Il avait beau l'adorer, ce vieux Louie, il n'avait aucune envie de déballer ses problèmes avec lui. C'était déjà la honte que tout le monde soit au courant des conneries de son père ; il n'allait pas passer le restant de ses jours à en discutailler !

Comme il approchait de Shepherd's Market, il se sentit en proie à une sourde colère. À dix-sept ans à peine, il portait le monde sur ses épaules. Mais il se servirait de son père pour consolider son statut. Un modèle de piété filiale. Eh ! C'était son père, après tout, non ? Son propre sang, sa propre chair... Puis, quand l'heure et le moment viendraient, il se ferait un plaisir de le fiche à la porte avec son pied où je pense, une bonne fois pour toutes.

Il rentrait d'un rendez-vous avec Derek Block, un petit malfrat de Silvertown qui l'avait chargé de collecter quelques dettes. Le marché conclu, ils avaient un peu forcé sur la bouteille. Derek Block devait avoir trouvé poilant de le voir se pinter, car il l'avait activement accompagné et encouragé. Sympa, ce Derek, somme toute – plus qu'il ne l'aurait cru. Parce que, dans le fond, c'était un sombre crétin, de première classe, même. Mais ça ne l'avait pas empêché de passer un bon moment avec lui.

Maintenant, il se retrouvait seul et, quoique bien lesté, il parvenait à marcher droit et à garder une relative dignité. Élégamment vêtu, comme toujours – costard sombre et pardessus qui le faisaient paraître plus que son âge –, il traversa Shepherd's Market en ruminant la trahison de sa mère. Sa mère, à nouveau enceinte.

Il commençait à se faire tard. Il lorgnait en douce les dernières filles qui arpentaient le bitume – la lie de leur petite communauté si étroitement soudée... Cette seule idée souleva en lui une nouvelle bouffée de colère et il s'appliqua à respirer bien à fond pour garder un minimum de calme. En fait, il les aimait bien, les putes. Elles étaient des proies faciles et, avec elles, les choses étaient claires. Pas besoin de faire des frais, si on n'en avait pas envie. C'était un simple échange de services. Il les payait pour qu'elles le grattent où ça le démangeait, sans qu'il ait besoin de feindre un quelconque sentiment. Et ses besoins sexuels étaient énormes. Plus grands que ceux de tous ses contemporains réunis ! Ces pauvres cloches qui n'auraient pas su reconnaître une cramouille, même si elle leur était tombée toute cuite dans le bec, et qui devaient se contenter d'en parler, jusqu'à leur prochain rendez-vous avec là Veuve Poignet... Pour lui, qui accumulait de telles réserves d'agressivité refoulée, rien ne valait le sexe.

Le marché était pratiquement désert. Il allongea le pas. Il n'aurait pas dû quitter le pub si tard... Il aperçut une fille dans un coin sombre. Toute jeune. Une débutante, manifestement. Elle avait le teint frais, et son regard n'avait pas encore cette lueur prédatrice que donne l'habitude du trottoir.

Comme elle lui adressait un sourire penaud, il lui fit signe de le suivre d'un signe de tête. Il entendait ses talons claquer derrière lui sur le trottoir, tandis qu'elle trottinait dans son sillage pour ne pas se laisser distancer. Il réprima un petit sourire. Il voulait l'éloigner de son territoire familier. Il était tard et elle devait avoir besoin de fric, avec sa minijupe en satin, sa chemise indienne délavée et sa veste afghane qui avait connu des jours meilleurs. Ses longues guibolles maigrelettes étaient nues et elle chancelait sur ses hauts talons qui l'empêchaient de marcher.

165

S'arrêtant sous une porte cochère, il la regarda franchir les quelques mètres qui les séparaient. Sous ses peintures de guerre, son visage trahissait la nervosité. Son accoutrement la rendait vaguement grotesque. Il lui sourit, elle se faufila près de lui.

Dans la pénombre, il vit qu'elle était, de fait, très jolie. Dix-sept ans tout au plus, et tout ce qu'il fallait, là où il fallait. Son sourire lui révéla de petites dents blanches et une confiance qui le laissa de marbre.

Il la contempla un long moment. Ses cheveux d'un blond filasse, ses grands yeux bleus écartés, son petit visage en forme de cœur, sa peau crémeuse encore parfaitement lisse, exempte de ces sillons révélateurs que les tapineuses semblaient afficher dès le plus jeune âge. Son maquillage outrancier ne parvenait qu'à la faire paraître plus jeune. Son sourire semblait sincère. Elle n'avait pas encore la tchatche et l'abattage qu'il fallait pour négocier ses charmes. Elle devait vraiment débarquer.

— Combien ?

Quand elle haussa ses minces épaules, elle eut carrément l'air d'une gamine, frêle et vulnérable.

— J'en sais rien. Combien c'est, d'habitude ?

Elle avait parlé d'une voix calme, en projetant un petit nuage blanc dans l'air froid. Sans répondre, il l'attira contre lui et se mit à la peloter sans ménagement. Elle ferma les yeux, paupières serrées, tandis que ses mains lui malaxaient les seins et que son genou s'insinuait entre ses cuisses. Puis, la poussant contre la porte cochère, il l'embrassa à pleine bouche, comme une vraie petite amie. Elle sentait le tabac et le chewing-gum Wriggley. Il n'embrassait jamais les pros, c'était une première.

Elle soupira quand il lui mit un doigt, mais il la bâillonna d'un baiser qui la fit suffoquer. Elle tenta de se dégager, mais il avait attrapé une pleine poignée de ses cheveux et l'immobilisait en lui tirant la tête en arrière. Elle crut que son cou allait rompre et fut prise de panique. Ce type lui voulait vraiment du mal !

Il lui mordit la lèvre inférieure, lui arrachant un cri de douleur. Le goût du sang ne fit qu'accroître l'excitation de Danny. Il avait relevé son T-shirt pour voir ses seins, qu'il se mit à sucer et à mordre jusqu'à ce qu'elle fonde en larmes. Il la souleva de terre et la maintint pour pouvoir la pénétrer d'un coup. En sentant sa fermeté, il comprit qu'il avait mis dans le mille. C'était exactement ce qu'il lui fallait : une chatte jeune et fraîche, bien excitante. Il était tellement absorbé par les émotions qu'elle éveillait en lui que l'idée ne l'effleura même pas qu'elle était tout simplement terrifiée et qu'il lui faisait mal. Il lui releva les jambes pour les nouer autour de sa taille et se mit à la frapper pour accélérer sa propre jouissance.

— Espèce de sale traînée, petite ordure !

Il lui répétait ça en boucle, comme un automate. Elle comprit qu'il n'avait même pas conscience de lui parler.

Le plaisir lui arracha un rugissement. Comme il revenait à la réalité, il entendit la voix de la fille qui lui criait d'arrêter. Elle se débattait maintenant, la douleur décuplait ses forces. Il lui attrapa les poignets et la projeta contre la porte. Le choc lui coupa le souffle, et son petit visage se tordit de douleur et d'effarement.

Elle le regardait d'un tout autre œil, à présent. Ce type était un vrai danger public. Sous son physique de prince charmant, il cachait des forces démoniaques. Elle renonça alors à toute résistance et attendit qu'il en ait fini. Quand il eut enfin son compte, il la tint longtemps serrée contre lui. Elle entendait son souffle rauque et haletant, près de son oreille. Son sexe lui faisait vraiment mal. Il avait dû la blesser sérieusement. Il lui avait écarté les cuisses si brutalement qu'elle avait l'impression d'avoir les hanches déboîtées, et il avait dû lui écorcher le dos, à force de la cogner contre la poignée de laiton de la porte.

Il la regarda à nouveau, de plus près cette fois. Il n'avait jamais ressenti ce genre de chose. La jeunesse et l'inexpérience de cette fille l'avaient plongé dans un état d'excitation qui dépassait tout ce qu'il avait connu.

Pour elle, la douleur frisait l'insupportable. Quand il la remit sur ses pieds, cette fois plus délicatement, elle fit la grimace et chancela. Elle ne tenait pas debout. Elle s'agrippa à lui, mais ses jambes flanchèrent et elle tomba à genoux. Elle perdait du sang. L'écoulement tiède qu'elle sentait entre ses jambes ne provenait pas que de lui.

Il la dévisagea, les idées plus claires, à présent. Il avait vraiment déconné avec cette fille. Elle restait prostrée par terre, pliée en deux. Il l'avait littéralement explosée. Se rajustant en hâte, il balaya les environs du regard pour s'assurer qu'ils étaient seuls. Pas de témoin. La rue était déserte.

La fille tentait de se relever. Elle s'accrocha à son pardessus pour se hisser sur ses pieds, son joli minois tordu par la douleur et l'effroi, terrifiée par ce qui venait de lui arriver. Une bouffée de son odeur parvint aux narines de Danny – un mélange aigrelet de cosmétiques, de sexe et de sueur, à vous retourner l'estomac. Ses jambes étaient bleuies et marbrées par le froid, et ses chevilles grises de crasse. Elle avait les cheveux gras et ses doigts, toujours agrippés à son manteau, étaient jaunes de nicotine, avec des ongles en piteux état dont le vernis s'écaillait. À présent qu'il avait eu ce qu'il voulait, il la voyait telle qu'elle était. Sale, négligée, les yeux cernés. Des yeux de junkie. Une petite fugueuse, la lie de l'humanité. La honte de s'être tapé un déchet pareil le submergea.

— S'il te plaît… aide-moi à me relever.

Sa bouche n'était plus qu'un trou d'ombre. Dire qu'il l'avait embrassée, avec ses dents jaunâtres et son rouge à lèvres baveux. Un arrière-goût de bile lui envahit la gorge. Il lutta contre une soudaine envie de gerber. Son poing s'abattit lourdement sur le front de la fille et, comme elle s'écroulait sur le trottoir, il se mit à la bourrer de coups de pied. La violence des coups la projeta sur la chaussée. Il la regarda alors ramper sur quelques mètres, dans une dernière tentative pour lui échapper, et lui balança la pointe de sa botte dans la nuque.

Elle ne criait plus, à présent. Elle ne pouvait plus émettre un son et son instinct lui soufflait que toute résistance était inutile. La fuite était son seul espoir.

Danny survola le secteur du regard. Tout était désert et la plupart des lampadaires étaient cassés. Les vieilles habituées connaissaient la musique ; l'obscurité, qui augmentait leurs chances d'attirer le client, était leur plus sûre alliée. Ses yeux revinrent sur la fille. Sa souffrance le laissait froid. Il la regardait comme s'il s'était trouvé à mille lieues de là et n'avait rien à voir avec tout ça. Il la rejoignit et s'agenouilla près d'elle. Elle pissait le sang – détail qui lui avait jusque-là échappé… Elle gisait sur le dos, dans une petite flaque sombre. Sa bouche s'ouvrait et se refermait comme pour le supplier de l'épargner. Mais aucun son ne franchissait ses lèvres. Rien. Juste du sang.

Il s'étonna un instant de constater que sa souffrance n'éveillait aucun écho en lui, puis se demanda si quelqu'un parviendrait à établir un lien entre eux. Il avait l'impression d'assister à l'agonie d'un chien galeux. Car elle agonisait. Personne n'aurait pu survivre aux coups qu'il venait de lui assener. Comme il achevait de remettre un peu d'ordre dans sa tenue, brossant d'un revers de main le devant de son manteau et lissant ses cheveux, il n'eut qu'un mouvement de dégoût. Comment pouvait-on tomber si bas ? Se vendre à n'importe qui en échange de quelques billets ? Qu'elles crèvent, elle et toutes ses semblables !

Les effets de l'alcool commençaient à se dissiper. Sa colère et l'explosion de violence qu'elle avait déclenchée l'avaient dégrisé. La fille avait perdu connaissance. Il l'acheva en lui piétinant la tête de ses grosses bottes noires si bien cirées, pour s'assurer qu'elle ne verrait pas l'aube du jour suivant.

Sur le chemin de l'appartement, il vit poindre les premières lueurs et s'émerveilla de la beauté du monde – ce monde peuplé de femmes comme sa mère et cette pauvre petite putain anonyme dont le chemin avait croisé le sien.

En tolérant la présence de son père sous le toit familial, il pouvait espérer nettement plus que des bons points. Il ferait donc cette concession sur l'autel de sa future carrière. Sa mère avait pris fait et cause pour cette ordure qui avait failli les anéantir. Franchement, il avait du mal à l'avaler. Son homme compterait toujours plus que ses enfants. Sacrée leçon… Il était toujours à moitié torché, mais la souffrance et la pitié qu'il ressentait pour lui-même lui firent monter les larmes aux yeux. Lui qui s'était tant décarcassé pour faire bouillir la marmite, pour limiter les dégâts provoqués par son père ! Et c'était comme s'il n'avait rien fait. Sa mère s'en contrefoutait. La seule chose qui l'intéressait, c'était le minable qu'elle avait épousé – bien plus qu'eux, ses propres enfants, qu'elle avait mis au monde.

Pendant que Danny Boy regagnait ses pénates au petit matin, Janet Gardner, une jeune fugueuse de seize ans originaire de Basingstoke, mourut seule sur la voie publique, avec sur le visage les traces de semelles de Danny Boy Cadogan.

Son petit ami et proxénète l'attendit vainement, ce jour-là, en se demandant ce qu'elle pouvait bien fabriquer avec son fric.

*

Ange n'était toujours pas couchée quand son fils finit par rentrer. Sa pire crainte était qu'il s'en aille définitivement en les laissant se dépatouiller tout seuls. Pour elle, cela signifiait qu'enceinte ou pas elle devrait à nouveau s'appuyer des journées de ménage, du matin au soir, tous les jours que Dieu ferait.

Quand elle l'entendit dans le couloir, elle se leva pour aller l'attendre sur le seuil de la cuisine. Sa silhouette épaissie et ses cheveux grisonnants trahissaient son âge et son état. Ils échangèrent un regard, puis elle sourit à son fils qui débarquait sans crier gare, et le serra dans ses bras.

— Où tu étais passé ? Je commençais à m'en faire.

Danny Boy eut un haussement d'épaules.

— Quelques affaires à régler, m'man. T'inquiète. J'ai abattu le plus gros.

— Tu veux que je te prépare de quoi déjeuner ?

Il secoua la tête d'un air triste.

— Non, j'ai juste besoin de pioncer un peu. Quelques heures, le temps de m'éclaircir les idées. La journée s'annonce chargée.

— Ton manteau est plein de sang. Enlève-le, je vais te nettoyer ça.

Le sang de la fille, d'un carmin sombre, n'avait pas eu le temps de sécher. Danny fut repris de nausée. Il avait encore dans les narines l'odeur douceâtre de ce corps féminin à l'hygiène douteuse. Avant de se les faire, il ne s'en rendait jamais compte, mais ensuite il restait imprégné de ces relents infects qui s'accrochaient à lui...

Il ôta son manteau et le tendit à sa mère qui le plia soigneusement sur son bras.

— Essaie un peu de voir les choses de mon point de vue... hein, Danny ?

Il ne prit pas la peine de lui répondre. Jonjo s'était levé et les lorgnait depuis la porte.

— Tu veux ma photo ?

— Eh ! Ta gueule ! répliqua le gamin.

Plié de rire, Danny le contourna pour entrer dans la chambre, tandis que Jonjo se faisait enguirlander par sa mère, à cause du gros mot.

Chapitre 8

— Ma légitime ? s'exclama Big Dan. Elle a le cœur plus sec que la chatte d'une pute ! Je vous jure, c'est pas un cadeau...

Il ponctua sa remarque d'un haussement d'épaules fataliste, à croire qu'il avait épousé un diable en jupons. Vu la réputation de son fils, ces propos tenaient du blasphème, mais justement, on ne pourrait qu'admirer son courage...

— Gardez tout ça pour vous, les gars... ajouta-t-il à dessein. Rappelez-vous ce qu'on disait pendant la guerre : les murs ont des oreilles !

À sa grande satisfaction, des rires scandalisés mais relativement complaisants fusèrent autour de lui. Il ne se faisait pas d'illusions : on ne le considérait plus, dans son propre monde, que parce qu'il était le père de son fils. Après tout, ça lui permettait de continuer à tirer les marrons du feu. Bien sûr, il ne se répandait pas sur la véritable nature de leurs relations. Le gamin comptait sur son expérience et sa connaissance du milieu, et ça suffisait amplement à lui donner un statut. Mais Danny ne supporterait sa présence que tant qu'il lui serait utile, alors Big Dan s'employait à recueillir un maximum d'informations ; dans le lot, il y en aurait bien une ou deux dignes d'intérêt.

L'essentiel, c'était de passer du temps entre hommes, dans la tiédeur du pub, et de focaliser l'attention.

Certes, on le considérait toujours comme un invalide – pour ça, Danny Boy avait fait ce qu'il fallait –, mais ça n'avait pas que des inconvénients. Désormais, il n'aurait plus une heure de vrai boulot à fournir. Il en aurait été bien incapable, de toute façon, même s'il l'avait voulu. Il n'était plus apte au travail manuel, et comme il n'avait jamais rien su faire d'autre... Alors, passer sa journée au pub à boire des coups, c'était ce que la vie pouvait lui apporter de mieux. Ça lui permettait de gagner sa pitance en tendant l'oreille et de recouper ses informations, en renforçant au passage la réputation de son fils, à l'aide d'habiles sous-entendus et de semi-vérités choisies. Depuis l'année précédente, depuis qu'Ange avait perdu le bébé, il avait fait tous les efforts possibles pour se rendre indispensable. Ça n'avait pas été sans mal, mais il avait persévéré, et il aimait croire qu'à défaut de respect mutuel il avait réussi à trouver un terrain d'entente avec Danny.

Entre eux, on ne pouvait pas parler d'affection, plutôt d'une sorte de statu quo. Il arrivait que les choses dérapent. Quand Danny Boy rentrait bourré, par exemple, et sautait sur la première occasion de lui voler dans les plumes. Mais, même dans ce cas, Big Dan ne mordait pas à l'hameçon. Il tenait sa langue et attendait que son fils ait lâché un peu de vapeur. Au moins, Danny Boy savait se montrer discret. Leur linge sale, ils le lavaient en famille ; en public, ils appliquaient les lois du savoir-vivre. Personne n'ignorait que son fils l'avait fait tabasser, bien sûr, mais sa générosité envers ce père traître à la famille l'avait propulsé au rang de légende vivante.

Et ça lui donnait de l'envergure, à ce sale petit enfoiré. Il prenait des airs magnanimes, mais il n'était qu'un petit profiteur comme tant d'autres, qui ne pensait qu'à se faire mousser. Big Dan était bien placé pour le savoir : son fils tenait de lui ! Ce gamin deviendrait un caïd, c'était certain, il l'était déjà plus qu'à moitié. On lui déroulait le tapis rouge où qu'il aille. Normal, personne ne tenait à se le mettre à dos ! Alors, comme il semblait disposé à passer l'éponge sur cette histoire, les gens s'alignaient sur ses positions. Après tout, le môme s'était laissé emporter par sa soif de vengeance, ça ne voulait pas dire qu'il aurait laissé quelqu'un d'autre lui infliger le même traitement. Big Dan restait son père, et ça, dans leur monde, ça voulait dire quelque chose, indépendamment des mérites de la personne en question.

Danny Boy se faisait des couilles en or, ces derniers temps. Ça marchait même du tonnerre, vu qu'il était dans les petits papiers de tous ceux qui comptaient. Ce n'était pas rien, vu son jeune âge. Il faisait même carrément figure d'héritier du trône. Un dauphin vicelard et plein de fiel, qui avait le chic pour se mettre du côté du manche. Ça devait être à cause de sa gueule d'ange… Ce bon sourire, cet air franc et ouvert. On lui aurait donné le bon Dieu sans confession.

Ils finiraient par comprendre, tous autant qu'ils étaient. Mais trop tard, évidemment. Tous, ils en viendraient à maudire le jour où ils lui avaient donné la permission de chasser sur leurs terres. Parce que ce petit enfoiré n'allait pas se gêner. La chasse, il avait ça dans le sang, c'était une seconde nature chez lui. Il les dépouillerait morceau par morceau, et sans se départir de son sourire satisfait… Danny Boy était un prédateur-né. Un charognard. Big Dan avait payé pour le savoir.

Quel que soit le boulot, quel que soit le moment, le gamin répondait présent. Sa carrure, sa discrétion et sa parfaite déférence lui assuraient ses entrées partout. Ça, il savait y faire, même Big Dan ne pouvait dire le contraire. Son sang-froid, cette maîtrise avec laquelle il parvenait à moduler sa violence, c'était un bonus supplémentaire. Il avait la fougue de la jeunesse, ça faisait partie de son charme.

En plus de ses talents de dealer de came, son aptitude à régler les problèmes en toute discrétion lui valait d'être souvent sollicité. Sans provoquer la moindre vague, il pouvait récupérer une dette, se procurer ou faire disparaître une arme, ou transmettre un message. Il s'adaptait à n'importe quelle situation, charmait par son intelligence et, quoi qu'il fasse, s'arrangeait toujours pour convaincre son employeur que c'était dans son intérêt...

Face à ce rejeton surdoué, Big Dan avait dû se rendre à l'évidence de sa propre nullité. Il en était réduit à mendier des pintes aux comptoirs en se targuant de collaborer avec son propre fils, et à prétendre que la correction qu'il lui avait infligée n'était qu'un détail sans importance. Comme si de s'être fait casser la gueule par son gamin, ça ne lui faisait ni chaud ni froid !

En le voyant soudain entrer dans le pub, il sentit son estomac se nouer, son pouls et sa respiration s'accélérer – symptômes classiques qu'il ressentait chaque fois qu'il se retrouvait en sa présence. Il le craignait plus que la plupart des gens, et non sans raison.

Danny Boy traversa la première salle du pub avec l'assurance du propriétaire, la tête haute et le menton en avant. Sa jeunesse et son costard sur mesure tranchaient sur la misère et la saleté ambiantes. Il avait le brillant d'un gangster chevronné, et quelque chose dans sa façon d'être évoquait les truands de l'époque héroïque. Il avait le physique du rôle. Un vrai petit caïd.

Les gens s'empressaient de le saluer, et il distribuait en retour signes de tête, poignées de main ou tapes dans le dos, selon le rang qu'occupait l'intéressé dans le milieu. Il connaissait la musique et tenait sa partie en vieux routier. Comme d'hab', il se servait de sa belle gueule pour masquer ses vrais sentiments, donnant à chacun l'impression d'être important et gratifiant d'un sourire ou d'un clin d'œil les femmes qui traversaient son champ de vision. Elles l'adoraient. Aucune ne résistait au magnétisme animal qu'il exerçait sur elles, le sombre attrait du danger. Certaines étaient même accros à ce genre d'hommes, en dépit des risques et du prix à payer. Car avec les types comme Danny, les vrais problèmes commençaient quand vous pensiez leur avoir mis la corde au cou. Les séduire, c'était une chose ; les garder, c'en était une autre. Les bénéfices secondaires étaient assez attractifs, car elles étaient nombreuses à faire des heures sup' dans l'espoir de tirer leur épingle du jeu. Une liaison durable avec une pointure du milieu, c'était un passeport pour une vie confortable – luxueuse même, si vous réussissiez à lui passer la bague au doigt. Deux ou trois enfants par là-dessus, c'était de l'or en barre et l'assurance d'un compte en banque toujours approvisionné – à condition que votre Jules ne se fasse pas serrer. La plupart des filles qui fréquentaient le pub étaient encore, techniquement parlant, des écolières, Danny Boy était donc dans son élément. Il se postait au bar, tout auréolé de son charme de beau ténébreux, et attendait qu'elles lui tombent dans les bras.

Comme il se commandait un verre, il se tourna vers son père, juché sur un tabouret à quelques mètres de lui, et lui demanda avec un grand sourire :

— Je te remets ça ?

Big Dan eut un hochement de tête nerveux qui le réjouit intérieurement. Danny Boy aimait mettre les gens dans leurs petits souliers, pour se prouver qu'il était devenu un type important, précédé d'une sacrée réputation. Le respect que lui témoignaient ses aînés était un baume pour son âme torturée. Un besoin vital, une drogue dont il ne pouvait plus se passer. Mais ce qu'il préférait, c'était tenir son père sous sa coupe et sentir ses efforts désespérés pour sauver la face, alors que, s'il avait encore une place dans le monde, c'était à la bénédiction de son fils qu'il la devait. Danny n'aurait eu qu'un mot à dire pour le faire sortir, ce vieil enfoiré. Et ce respect dont on entourait son père, juste parce qu'il était son père... un pur nectar ! L'ultime consécration, la confirmation de son nouveau statut. Sans compter que le vieux pouvait se rendre utile, il avait toujours eu le nez creux. Le statu quo qu'ils affichaient en public leur était donc mutuellement bénéfique.

Il décocha un regard narquois à Big Dan et décida de l'ignorer ostensiblement. Depuis qu'il était entré dans le pub, sa seule présence avait provoqué un changement d'atmosphère, et il s'en délectait. Rien ne lui échappait, pas même les brefs coups d'œil que lui glissaient les gens. Sans oser croiser franchement son regard, ils espéraient tout de même attirer son attention et, qui sait, ses faveurs. Quelle sensation grisante que ce pouvoir tout neuf. Il s'en sentait tout revigoré.

*

Lawrence Mangan – Lawrie, pour les intimes – ne disait jamais un mot de trop. Calme, d'apparence inoffensive, il pouvait se montrer d'une cordialité exubérante, sinon embarrassante, assaisonnée d'un sérieux grain de folie. Grand et costaud, des yeux bleu ardoise souriant en permanence, il était toujours sur la piste d'un pigeon à plumer. Il jouissait de l'estime générale et les flics eux-mêmes lui vouaient un certain respect : Mangan trempait dans à peu près tous les coups, mais on n'avait jamais réussi à réunir la plus petite preuve contre lui. Il n'avait jamais écopé du moindre putain d'avertissement – pas même d'une amende.

Il disposait d'une poignée de loyaux comparses qui savaient mieux que quiconque à quel point il pouvait être dangereux. Les rares personnes qui avaient été assez bêtes pour se le mettre à dos avaient eu la sale manie de disparaître sans laisser de traces. Définitivement.

Lawrence était donc passé maître en l'art d'éviter les ennuis. Conscient que, pour survivre, il ne fallait recruter que la crème de la crème, il s'arrangeait pour ne traiter qu'avec des gens de confiance et suffisamment intelligents pour comprendre qu'il valait mieux ne pas trop déconner avec lui. On ne comptait plus les types à qui il avait réglé leur compte personnellement, en vertu du principe que le seul vrai moyen d'assurer sa sécurité consiste à se charger soi-même du sale boulot. Il ne risquait pas de se balancer lui-même, pas vrai ? Au fond, on pouvait penser ce qu'on voulait de lui et de sa façon de vivre, les flics, en particulier – le plus dur, c'était de réunir des preuves…

Or il se trouvait confronté à un cruel dilemme. Jeremy Dawkins, l'un de ses vieux associés et amis, avait eu le malheur de se faire épingler. D'habitude, ce genre de chose ne l'empêchait de dormir, mais en l'occurrence ce salopard avait obtenu sa libération sous caution et était accoudé au zinc, la bouche en cœur et l'allure dégagée.

Jeremy s'était fait épingler avec un coffre plein d'armes et de munitions – de quoi tenir tête à toute l'armée du Royaume-Uni, du moins à leur en filer pour leur argent ; et, de fait, un certain nombre de ces flingues étaient passés par l'armée. Mais il y avait un hic, pour quiconque s'y connaissait un peu : vu son casier, Dawkins aurait eu plus de chances de se faire tailler une pipe par Doris Day que de trouver un juge susceptible de le libérer sous caution.

D'où les soupçons de Lawrence.

De deux choses l'une : soit son pote s'apprêtait à le balancer – ce qui était plus que probable, vu la sentence qui lui pendait au nez, si lourde que ses arrière-petits-enfants seraient gâteux avant qu'il ait pu revoir ses pénates –, soit il avait déjà ouvert sa grande gueule – ce qui, pour Lawrence, frôlait l'évidence. Jeremy devait donc succomber à un malheureux accident, mais Mangan devait rester au-dessus de tout soupçon.

De toute façon, Jeremy avait déjà fourni aux flics suffisamment d'informations pour aiguiser leur appétit et se retrouver dehors. Ce petit con n'était cependant pas assez bête pour leur avoir lâché le morceau avant d'être parvenu à un accord qui tienne vraiment la route, ce qui pouvait prendre un certain temps. Avec eux, il ne fallait surtout pas griller ses cartouches avant d'avoir obtenu de solides garanties. La flicaille n'avait jamais brillé ni par sa loyauté ni par son fair-play, surtout face aux récidivistes et aux criminels endurcis.

Bien sûr, on ne pouvait exclure que Dawkins ait eu un pot de tous les diables et qu'il ait dit la vérité en lui affirmant que son avocat avait fait des miracles. Mais Lawrence ne pouvait pas courir le risque. Jeremy ne le savait pas encore, mais ses jours étaient comptés.

Dire qu'à cause de ce petit faux-cul son avenir était menacé, à lui aussi. Il ne pouvait rien prouver, mais mieux valait prévenir que guérir. Il leva gaiement son verre pour porter un toast en direction de son associé, lequel lui retourna son toast et son sourire. Il fallait la jouer fine, car Dawkins était un fin renard, trop malin pour se laisser surprendre par un type de sa connaissance. Impossible, donc, de faire appel à un membre de sa garde rapprochée. Cette seule idée avait d'ailleurs quelque chose de tordu qui mettait Lawrence mal à l'aise. Il faudrait confier le problème à quelqu'un d'insoupçonnable… Il était évident que Dawkins n'avait pu se contenter de demander sa libération sous caution et d'appeler un taxi pour rentrer chez lui. Il avait un trop beau palmarès et se traînait un casier long comme le bras : sa seule chance d'échapper à la taule, c'était de donner quelqu'un en échange. Eh bien, foi de Lawrie, ce ne serait pas lui !

Ce qu'il lui fallait, c'était un petit nouveau, un jeune caïd à l'affût d'une occasion de grimper les échelons. Quelqu'un qui serait assez malin pour la boucler et suffisamment coriace pour liquider Jeremy sans en faire tout un plat. En fait, il lui fallait un nouveau Jeremy – l'idée lui tira un sourire.

Tout en écoutant les conversations et les éclats de rire qui fusaient autour de lui, Lawrence préméditait en silence le meurtre de son vieil ami. Ça devait être fait de toute urgence. Comme disait sa grand-mère : « Pas la peine de tortiller du cul pour chier droit… ! » Justement, il connaissait l'homme idéal à qui refiler le bébé, et le plus tôt serait le mieux…

*

Danny regardait son père parader au comptoir, surpris de ne plus rien éprouver à son égard, pas même de la colère. Ni pour lui ni pour personne, en fait. Sa mère elle-même avait fini par le décevoir pour de bon. S'il continuait à s'occuper d'eux, c'était pour la galerie, en fait. Il passait pour un brave petit gars et il tenait à ce que ça dure. On l'admirait pour sa loyauté, lui qui n'était loyal envers personne. Ça ne l'empêchait pas de dormir et sa conscience lui fichait une paix royale. Désormais, il n'avait plus qu'un but dans la vie : se faire un max de blé et prouver au monde qu'il était quelqu'un. En fait, ce qui le préoccupait par-dessus tout, c'était ce qu'on pensait de lui.

Ça schlinguait la bière et le vieux cendrier dans ce bar ; une odeur qui lui rappelait son père. L'atmosphère surchauffée ne faisait qu'accentuer les relents de fringues minables et d'after-shave bon marché. Pas de ça pour lui. Lui, il visait plus haut. Beaucoup plus haut.

Il aperçut Louie qui débarquait dans le pub, précédé d'un agréable courant d'air. Cette soirée allait être la bonne, le grand tournant qui infléchirait le cours de sa vie. Il descendit son verre et rejoignit discrètement la salle du fond, l'air de ne pas y toucher, mais bien conscient d'être l'objet de tous les regards. Ceux des filles, surtout, les rares nanas qui fréquentaient ce boui-boui. En franchissant le seuil de l'arrière-salle, pénétré de sa propre importance, il se rengorgea sous le feu croisé des regards.

— On t'a jamais dit que t'étais un sacré poseur, petit ?

Le reproche le fit rigoler.

Le papier peint se décollait, la moquette était usée jusqu'à la trame et il flottait dans la petite salle cette ambiance de désespoir qui imprégnait tout l'est de Londres, y compris les rades les plus sympas. Là où y avait de la thune à se faire, on ne le criait pas sur les toits.

Louie avait vu le gamin changer de jour en jour, et en un sens il le regrettait. Danny était un homme, à présent, et à partir de ce soir, s'il acceptait ce boulot, il ne pourrait plus échapper ni au rôle ni au mode de vie que le milieu lui imposerait. Il deviendrait un membre permanent du club. Car Louie s'apprêtait à offrir à son protégé la possibilité de s'assurer la crédibilité dont il le savait si friand. Lui, il gagnerait sur tous les tableaux, mais pour Danny Boy ça reviendrait à sceller son sort.

Méfiez-vous, quand vous faites un vœu... il pourrait bien se réaliser...

*

Angelica Cadogan buvait son thé en écoutant les « Maîtres du mystère » à la radio, quand son fils débarqua dans la cuisine en laissant s'échapper dans son sillage cette odeur caractéristique de la rue qu'elle aurait reconnue entre mille. Danny pouvait se nipper comme un prince et s'asperger d'after-shave, ce parfum lui collait à la peau.

Il avait ouvert un de ses tiroirs et farfouillait, calme et précis comme toujours, parmi ses ustensiles.

— Qu'est-ce que tu cherches ?

Il la regarda par-dessus son épaule en souriant.

— Si on te demande, j'étais à la maison ce soir. Je me suis couché vers les onze heures.

Elle ne prit même pas la peine de répondre.

— Pourquoi t'as besoin de tout ça ? demanda-t-elle en voyant son couteau à découper, son couteau à pain et son vide-pomme disparaître dans une serviette propre.

Danny éluda la question.

— Quand le vieux rentrera, tu n'auras qu'à lui dire que je suis allé me pieuter, d'accord ?

Il dissimula le petit paquet dans son manteau et se retourna vers sa mère.

— Pour le moment, il est au pub, plein comme une huître. Que je te prenne pas à lui raconter quoi que ce soit, d'accord ?

Ange hocha la tête, le regard lourd de reproches.

— Tu trouveras du fric dans le premier tiroir de ma commode. Prends un billet de cent livres et va t'acheter ce que tu veux, mais arrange-toi pour prendre les petits avec toi, et attends mon feu vert pour revenir. OK ? Fiche le camp et ne dis rien à personne.

Ange ne desserra pas les dents, ce qui eut pour effet d'agacer prodigieusement Danny.

Quelques minutes plus tard, alors qu'il refermait la porte derrière lui, elle poussa un grand soupir. Dans quel pétrin allait-il encore se fourrer ? Mais la trêve avait toujours cours. Ces derniers temps, elle préférait fermer les yeux sur les activités de son fils et faire comme si tout allait pour le mieux. Elle se préoccupait davantage de l'heure à laquelle son homme rentrerait, et dans quel état. Pour elle, c'était la seule manière de supporter tout ça. Tant qu'elle n'y pensait pas trop et qu'elle se concentrait sur ses deux cadets, ça restait à peu près vivable.

*

Michael avait parfaitement compris que ce qu'ils s'apprêtaient à faire achèverait de les catapulter dans le vrai monde. Jusque-là, il avait été le cerveau du tandem. Mais ce qu'on lui demandait maintenant, c'était de participer activement à l'ascension de Danny. Impossible de refuser sans se griller. Danny comptait sur lui, fallait que ça roule. Il allait devoir se mouiller, lui aussi. À partir de ce soir, ça ne rigolait plus.

Car ils jouaient leur avenir. Au fond, il avait confiance, ça ne pouvait que bien se passer – Cadogan y veillerait. Mais il n'y aurait pas de retour possible et Michael n'était pas certain d'être mûr pour ce genre de bizness. Il avait toujours fait gaffe de rester en coulisses et de ne pas trop s'impliquer dans le fonctionnement quotidien de leur petite firme. Leur succès, ils le devaient à la réputation de Danny ; lui, il n'était que le comparse. Le boss, le vrai caïd, c'était Danny. Il le méritait, parce qu'il n'avait laissé passer aucune occasion. Mais le fric, c'était Danny qui le gagnait ; lui, il s'occupait des aspects financiers. Leurs familles en dépendaient, désormais.

Ils avaient passé un deal avec le diable et, ce soir, cet enfoiré réclamait sa livre de chair fraîche.

Voilà ce que ruminait Miles, dans une cave humide du quartier de Bow Road, en attendant que Danny en ait fini avec sa dernière victime. Celle-là, elle ne s'en tirerait pas avec un avertissement et un simple nez cassé. Cette fois, ils étaient payés pour liquider quelqu'un.

Quel boulot effrayant... S'il n'avait pas été aussi effrayé par la colère de Danny et lié par ses obligations familiales, Michael aurait pris ses jambes à son cou.

— Il est toujours KO.

Danny semblait presque soulagé, même s'il n'était pas question pour lui de revenir sur sa promesse à Lawrence. Plus question de faire machine arrière, ils étaient allés trop loin. De toute façon, le type qui gisait là, dans la poussière, ne le leur pardonnerait jamais. Alors, c'était marche ou crève. Michael était terrifié ; s'ils merdaient maintenant, ils étaient morts.

Danny Boy jeta un coup d'œil à Jeremy, étalé sur le sol de béton, les mains liées dans le dos. Son visage n'était plus qu'une masse tuméfiée. Quand il reviendrait à lui, la douleur dans ses reins et son cou serait à peine supportable. Il avait les yeux et les oreilles en sang. Rien de tout cela, cependant, ne faisait ni chaud ni froid à Danny. Il n'avait plus de sentiments pour personne. Peut-être pouvait-il encore, à la rigueur, être intrigué par les réactions des gens et s'intéresser aux rouages et aux méandres de l'esprit humain… Enfin, quoi qu'il en soit, Louie leur avait fourni le local idéal ; ici, on pouvait faire tout le raffut qu'on voulait, personne ne pointerait son nez. Il ne craignait donc pas, comme Michael, de voir débarquer les flics ; c'était même le cadet de ses soucis. Lui, ce dont il avait peur, c'était de ne pas être à la hauteur. De foirer le boulot. De manquer de subtilité ou de trop finasser. Pour lui, c'était la seule chose valable.

Il s'alluma une clope et en tira une longue bouffée.

— Ça va, Mike ?

C'était une vraie question. Michael dut réfléchir avant de répondre.

— Pas vraiment, non. Mais je survivrai, comme d'hab'.

Danny éclata de rire.

— C'est toute la différence entre toi et lui !

S'accroupissant, il écrasa sa cigarette sur la figure de sa victime. Ramené à la conscience par la brûlure, Jeremy poussa un grognement sonore.

— Alors, mon grand, on se réveille ?

Danny lui parlait comme à un bambin dont il aurait eu la garde – avec entrain, son visage franc et ouvert ne trahissant aucune espèce d'émotion. Attrapant le vide-pomme, il le lui brandit sous l'œil droit.

— C'est ta dernière chance. Est-ce que t'as parlé aux flics de notre ami commun ?

Jeremy regarda la gueule d'ange qui se penchait sur lui et ses lèvres se retroussèrent en un rictus de haine.

— Va te faire foutre, enfoiré ! lui cracha-t-il au visage.

Se sachant mort, ou tout comme, il tenait à s'en aller aussi dignement que possible. Tout ça serait longuement rapporté, commenté et colporté par ceux à qui il avait eu affaire, et il voulait garder cette ultime satisfaction : partir la tête haute. Forcer leur respect.

Danny poussa un nouveau soupir et contempla son visage terrifié.

— Je vais donc devoir t'arracher l'œil dans une minute, dit-il d'un air chagrin. Après quoi, si tu insistes vraiment pour jouer les héros, j'enlèverai l'autre. Je vais te démonter pouce par pouce, morceau par morceau, jusqu'à ce que tu craches ta Valda. Alors, essaie pas de faire le mariole, putain ! T'es déjà mort !

Sans attendre la réponse de Jeremy, il enfonça le vide-pomme dans son orbite et lui arracha l'œil et une bonne partie de la pommette. Le bruit du métal raclant l'os était insupportable. Il y avait du sang partout. Les cris de Jeremy semblaient ne jamais devoir se tarir.

Michael assistait à la scène avec une fascination morbide, quand un haut-le-cœur plus fort que les autres lui retourna l'estomac. Il se plia en deux pour dégobiller par terre.

Danny se leva et s'alluma une autre cigarette, sans un regard pour son ami. Il s'approcha d'une petite table près de la porte, se versa un scotch bien tassé et posa son ustensile sur la table, après en avoir fait tomber l'œil d'une pichenette. Il le regarda rouler sur le béton et l'écrasa du talon dans la poussière.

Puis il porta son verre à ses lèvres et le vida d'un trait, avant de le remplir à nouveau.

— Tiens, bois un coup, espèce de gonzesse ! lança-t-il à Michael.

Jeremy s'était calmé. La douleur et l'idée de ce qui allait lui arriver avaient fini par infuser jusqu'à sa conscience. Il grimaçait, le visage noyé dans son propre sang. Il avait enfin pigé. Danny Boy Cadogan était un de ces oiseaux rares, un vrai maniaque qui aimait ce genre de boulot. Ce type jouissait des souffrances qu'il infligeait et était prêt à tout pour obtenir des réponses à ses questions.

Michael, en nage, descendit son whisky d'un trait. Danny pouvait sentir l'odeur de sa sueur, derrière celle du sang qui avait tout envahi. Il flairait aussi l'odeur de la victoire. Jeremy allait finir par lui cracher ce qu'il voulait savoir.

Il conduisit Michael jusqu'à un vieux fauteuil de bureau et le fit asseoir avec un luxe de prévenances. Le regard de son ami restait rivé à cet œil qui était encore en parfait état de marche une minute plus tôt... Il fut à nouveau pris de nausée.

— Ça va aller, mec ?

Michael fit « oui » de la tête, mais son estomac n'était pas de cet avis.

— Ah ! Fais pas tant de chichis, putain ! C'est jamais qu'une balance !

Avec un clin d'œil espiègle, il se retourna vers l'homme qui gémissait sur le sol et s'agenouilla près de lui.

Jeremy balbutiait des bribes de phrases sans suite en luttant pour se dégager de ses liens. La souffrance le faisait délirer et il avait désormais la certitude que ce gamin ne parlerait pas de lui avec respect. Au contraire. Il ferait de son exécution un sujet de plaisanterie, une blague salace. Il était foutu.

À force de tendre l'oreille, Danny finit par apprendre ce qu'il voulait savoir.

— Ben, tu vois... quand tu veux ! Ça semblait logique, non ?

Puis, toujours avec le sourire, il continua à torturer Jeremy, étudiant les sursauts de son corps agonisant, scrutant les marques de la terreur sur ses traits, se délectant de ses cris et de ses grognements quand la douleur l'empêchait de s'exprimer intelligiblement. Fasciné, il assistait, en direct et en gros plan, à la mort d'un homme. Ce minable allait quitter ce monde sous ses yeux ; non seulement les choses, mais tous les êtres qu'il avait connus... Ça le faisait bicher de détenir un tel pouvoir. Le droit de vie et de mort. Savoir qu'il pouvait à son gré lui laisser la vie sauve ou l'achever... Jusqu'à ce que, lassé de ce petit jeu et des supplications de Michael qui le pressait de conclure, il se décide à finir le boulot.

La leçon avait porté. Pas pour le cadavre qui gisait sur le sol grisâtre, non. Pour Michael. Il avait compris que cette nuit ne serait que la première d'une longue série et que Danny ne le laisserait plus jamais repartir. Il avait participé à l'opération presque autant que lui, ne fût-ce qu'en laissant les choses se faire. Il se pencha pour dégueuler, une fois de plus, sous les éclats de rire de son pote.

— Putain, Mike... Arrête donc de flipper. C'était une balance, ce mec. Il avait signé son arrêt de mort lui-même.

Il s'alluma une cigarette et refit le niveau dans son verre. Il avait les mains pleines de sang séché. Tirant avec entrain sur son Embassy, il enchaîna sans transition :

— Dis donc, t'as vu le décolleté de Caroline Benson, ce soir ? Super-poulette... je l'ai inscrite sur ma liste.

Michael ne trouva rien à lui répondre et préféra garder le silence.

*

— Là où il est, on ne risque pas de le retrouver, Mr Mangan.

Lawrence hocha imperceptiblement la tête, agréablement surpris par la déférence que lui témoignait ce gamin et par sa bonne conscience. Danny Boy affichait la satisfaction du devoir accompli et du travail bien fait.

— Bien joué, fiston. Maintenant que je sais exactement ce que ce salaud a dit aux flics, je vais pouvoir prendre le mal à la racine.

Danny garda le silence. Il savait reconnaître une bonne occasion de la boucler.

Mangan avait vu le corps avant qu'il ne le fasse disparaître et noté que Danny avait pensé à se changer, avant de se présenter pour prendre livraison d'un joli paquet de fric bien gagné. Il ne jugea pas utile d'insulter l'intelligence du jeune homme en lui rappelant que cette affaire était close, définitivement. Ça ne serait pas un problème, Danny Boy faisait désormais partie de son équipe.

Les gens tireraient d'eux-mêmes les conclusions qui s'imposaient – mais jouer aux devinettes, c'était une chose ; savoir au juste ce qu'il en était, c'en était une autre. Quant aux flics, on calmerait leurs scrupules par les moyens habituels – avec de l'argent, ou de quoi satisfaire leurs péchés mignons : le jeu ou les femmes. Pourquoi insisteraient-ils ? Sans leur témoin principal, ils étaient marrons. Il ne s'agissait donc plus que de limiter les dégâts. Et, dans tous les cas de figure, le nom de Mangan ne serait jamais cité.

Lawrence fit glisser une grande enveloppe brune sur son bureau. Danny s'émerveilla de l'épaisseur de la liasse. Un jour, ce serait son tour. Lawrence serait son égal, et non plus son employeur. Il se le jura.

— Je t'ai mis vingt mille. Dix mille pour tes honoraires et dix mille à titre d'avance. À partir de ce soir, tu bosses pour moi, fiston. Mais garde ça pour toi encore quelque temps. Tu recevras ta paie toutes les six semaines et je te contacterai quand j'aurai à nouveau besoin de toi. Ça te va ?

Danny prit l'enveloppe et l'empocha sans même l'ouvrir.

— Merci, Mr Mangan. Merci infiniment, fit-il avec tout le respect qu'imposait la réputation de son interlocuteur.

Ce dernier le regarda quitter la pièce en le jaugeant d'un œil de connaisseur : cette force tranquille qu'il dégageait, cette jeunesse et cette énergie, ces trésors de perversité... Danny Boy Cadogan serait un atout maître dans sa manche. Il appliquait les ordres sans se sentir obligé de discutailler des heures. Ce jeune homme n'avait-il pas tenu tête aux frères Murray, avant de les envoyer casser la gueule à son propre père ? Un modèle d'efficacité.

Quand il entendit la porte d'entrée se refermer sur le gamin, Lawrence Mangan passa sans hâte dans un autre bureau où l'attendait un vieil ami.

— Merci pour le conseil, Louie. Ce gamin est une perle. Un vrai petit dur.

Louie eut un haussement d'épaules nonchalant.

— C'est un brave gosse, oui. Mais si tu veux mon avis, tu ferais bien de le garder à l'œil. T'as vu l'état où il a laissé Jeremy, et sans se faire prier. Au contraire, s'il a péché, c'est plutôt par excès de zèle. Danny est un cabot vicelard. Veille à toujours bien remplir sa gamelle, et ça ira. Mais si tu t'avises de le laisser crever de faim ou de jouer avec ses nerfs, tu te retrouveras dans le pétrin en moins de deux.

Louie avait parlé avec un sourire triste. Il se souvenait du jeune garçon qui travaillait jadis pour lui à la casse. Ce gamin avait disparu, à jamais. C'était le côté sombre du monde où ils vivaient. Ce monde où Danny Boy Cadogan, grâce à l'auteur de ses jours, semblait bien parti pour se tailler une jolie place.

Chapitre 9

Quand Michael ouvrit les yeux, il faisait grand jour. Il les referma aussitôt, la lumière lui brûlait les paupières. Autour de lui régnait une ambiance d'après-midi. Inutile de vérifier sur le réveil, il devait être quatre ou cinq heures. La journée était déjà bien entamée.

Il sentit qu'on s'agitait à ses côtés – il n'était donc pas rentré seul – et cligna des yeux. La fille était roulée en boule, lovée tout contre lui. À son grand soulagement, il constata qu'il ne la connaissait ni d'Ève ni d'Adam et qu'elle était plutôt bien faite – longs cheveux blonds, minois enfantin, des épaules minces et une jolie paire de jambes. Il se creusa la tête en tentant de se rappeler quelque chose de la soirée de la veille, n'importe quoi... mais rien ne lui vint.

Il se glissa délicatement hors du lit, sans bruit. Il ne reconnaissait même pas les lieux. Mais ça n'était pas plus mal. Ça lui laissait une chance de prendre le large avant que les palabres habituels aient pu s'engager. La naïveté des filles le laissait pantois. Elles étaient capables de s'envoyer un parfait inconnu et s'attendaient à être traitées comme des duchesses au petit déjeuner. Il les méprisait toutes, en bloc.

Tout en se rhabillant, il glissa un coup d'œil vers la fille. Pas mal... Un peu plate peut-être, mais sûrement pas une de ces grandes gueules à côté de qui il s'était plus d'une fois réveillé. De vrais tas, pour certaines ; en tout cas, de sacrées roulures. Le pire, c'était qu'elles se racontaient des histoires, comme si le fait de s'être fait sauter leur donnait des droits. Quand elles vous abordaient en public, le chewing-gum et l'eye-liner en bataille, c'en devenait carrément embarrassant... Raison de plus pour s'éclipser en douce, sans attirer l'attention.

Michael enfilait ses mocassins quand il remarqua, avec un pincement au cœur, que la belle était bien réveillée et qu'elle le regardait.

— Alors, tu t'en vas ?

Une simple question, ni plus ni moins. Il hocha la tête, bien décidé à ne pas engager la conversation, sauf nécessité absolue.

— OK, on se revoit quand ?

Elle était chou, dans son genre. Le genre sympa, quoique un peu putassière sur les bords. Elle s'étira, comme à regret. Elle aussi devait être dans le brouillard à propos de ce qui s'était passé la veille.

— Je te rappelle un peu plus tard.

Elle lâcha un petit rire de gorge et s'assit dans le lit en continuant à s'étirer sans rien lui cacher de son joli corps, ferme et délié. Au point qu'il regretta soudain de filer si vite.

— J'ai pas le téléphone, chéri, lança-t-elle innocemment. Laisse-moi plutôt ton numéro, et on verra, d'accord ?

Il hocha la tête, sans cesser de se demander où il était et comment il avait pu atterrir là. À vue de nez, il aurait parié pour les quartiers sud. Il n'aurait su dire pourquoi... une impression, comme ça...

Il arrivait au bas de l'escalier, en vue de la porte d'entrée, quand il subodora qu'il se trouvait dans un squat. Danny Boy l'attendait, appuyé au montant de la porte qui donnait sur le living, son grand sourire aux lèvres.

— Alors, Michael ? T'as survécu ? Je commençais à me demander si tu t'en sortirais !

Douché et rasé, il était frais comme une rose. Michael admirait ce don qu'il avait pour sniffer du speed et s'imbiber d'alcool toute la nuit sans avoir l'ombre d'une gueule de bois. Tout semblait glisser sur lui.

— Ça pourrait aller mieux…

Danny lui sourit.

— Va surtout pas le prendre mal, Mike, mais on s'en serait douté.

Il lui fit signe de le suivre dans la cuisine et Michael dut prendre son courage à deux mains pour lui emboîter le pas. Dans le séjour se trouvait une brune, endormie à même le sol. Cette longue crinière noire lui évoquait quelque chose… Il l'enjamba pour passer dans la minuscule kitchenette, où des relents de poubelle et de linge sale lui assaillirent les narines, au point qu'il dut porter la main à sa bouche pour se retenir de gerber.

— Quel trou à rats !

Toujours souriant, Danny ouvrit la porte de derrière et sortit sur la dalle de béton lézardée qui tenait lieu de cour. Un vieux sofa finissait de s'y avachir – il avait connu des jours meilleurs, mais il avait le mérite d'exister. Ils s'y installèrent. L'air vibrait des bruits et des parfums du dimanche. Le bourdonnement des radios et les odeurs de viande rôtie déversaient leurs promesses dans l'air moite. Tout à coup, ils auraient pu dévorer un bœuf.

— T'étais complètement parti, hier soir. Tu te souviens de quelque chose ?

Michael secoua lentement la tête.

195

— Pas vraiment, non. La voiture est dehors ?

— Je veux, qu'elle y est ! Avec trente briques dans le coffre.

Danny partit d'un grand éclat de rire, tandis que Michael fermait les yeux pour laisser aux souvenirs de la nuit une chance de refaire surface. Puis il plongea la tête dans ses mains avec un grognement sonore.

— On ne l'a pas fait, hein ? gémit-il. Putain, Danny, dis-moi qu'on n'a pas fait ça !

Danny était écroulé de rire, un rire si communicatif que Michael s'esclaffa à son tour.

— Lawrence va nous massacrer...

— Pas du tout. Il nous a confié un boulot et le boulot est fait : le fric est dans la bagnole, la dette est soldée et on s'en est mis plein les fouilles. Tout le monde est content, non ?

— Quand même, trente briques !

Danny avait retrouvé son sérieux.

— On l'a gagné, ce pognon, Mike. Personne n'y trouvera rien à redire. Il était là, on l'a pris, point barre !

Danny était dans le vrai. Ils étaient allés collecter une dette pour Lawrence, le genre de job qui faisait leur pain quotidien, ces derniers temps... Or le type qu'on les avait chargés de taper venait de tirer le gros lot. Il avait dû rafler la mise à une table de jeu, ou quelque chose dans le genre, car non seulement il avait de quoi payer largement sa dette, mais il était tranquille pour plusieurs mois de pertes. Ils avaient donc, comme prévu, récupéré l'argent de Lawrence, mais fait main basse sur le reste, « à titre d'exemple et de dédommagement », comme ils s'étaient dit. Pleins comme des huîtres et raides défoncés, ils avaient dépouillé le gus en le menaçant d'un flingue et, en apercevant le pactole qu'il avait dans les poches, avaient jugé qu'ils avaient bien droit à un petit bonus, en échange du mal qu'ils s'étaient donné pour remonter sa piste dans tout le Smoke, à ce petit con de Jimmy Powell.

Ils l'avaient braqué, d'accord. Mais c'était de bonne guerre. Ils n'avaient fait que profiter de l'occasion bien connue – celle qui faisait les larrons ! Où était le mal ? Ils ne seraient ni les premiers ni les derniers à faire d'une pierre deux coups. Et puis Jimmy Powell aurait été mal placé pour s'en plaindre. C'était sa faute, s'ils étaient à ses trousses. Et la faute à pas de chance, qu'il ait disposé de quelques biftons en rab. Qui aurait craché sur quinze briques ? Ce gars n'était qu'un salopard qui mentait comme il respirait ; il les avait fait courir pendant des semaines ! Ils l'avaient amplement gagné, leur bonus.

Mais ça ne s'arrêtait pas là, Michael en était conscient. Pour Danny Boy, c'était le moyen de faire savoir à Lawrence que leurs conditions de travail laissaient à désirer. Non content de les affecter à ses basses besognes, Mangan ne perdait pas une occasion de leur rappeler leur statut de subalternes. Comme disait Danny, s'il s'imaginait qu'il lui suffirait de leur larguer des clopinettes pour s'assurer de leur loyauté, il se fourrait le doigt dans l'œil !

En fait, cette histoire était un test. Ils le savaient et Lawrence aussi. Ces dernières années, il leur avait délégué pas mal de son sale boulot et ils s'étaient fait un plaisir de se salir les mains à sa place. Mais maintenant, ils avaient vingt ans. Ils étaient des hommes, des vrais, et ils en voulaient plus. Ce n'était pas une question de fric, pour ça ils n'avaient qu'à claquer des doigts. C'était plutôt une question d'autorité : Danny commençait à renâcler. Il voulait rester libre. Avoir toute latitude de faire ce qu'il voulait, quand il voulait. Et Michael avait comme l'impression qu'il finirait par l'obtenir – et lui, il suivrait son ami, comme d'hab', aspiré dans son sillage. Il leur était déjà arrivé de franchir la ligne jaune, mais ils n'avaient encore jamais fait main basse sur une si grosse somme. Cette fois, c'était du sérieux. Du fric de gangsters. Et ils n'avaient plus qu'à prendre leur mal en patience.

Cette affaire était un vrai casse-tête. Un putain de pari sur l'avenir. Mais il ne restait plus qu'à attendre le résultat des courses.

Ni l'un ni l'autre ne se faisait d'illusions : c'était quitte ou double. Soit ils se feraient dérouiller au moment où ils s'y attendraient le moins, soit on leur reconnaîtrait enfin le statut dont Danny rêvait depuis toujours. Dans un cas comme dans l'autre, ils ne tarderaient pas à être fixés.

*

À seulement quinze ans, Mary Miles faisait tourner toutes les têtes, mais pour de mauvaises raisons. Et sa mère ne se gênait pas pour le lui faire remarquer. Comme si la pauvre Mary y avait été pour quelque chose ! Qu'est-ce qu'elle y pouvait, elle, si les hommes la regardaient ? Tous, sans distinction, petits et grands, jeunes et vieux. Elle aurait presque pu les sentir la dévorer des yeux. Pourtant, elle ne faisait rien pour les encourager !

Sa poitrine s'était épanouie dès ses douze ans, pratiquement du jour au lendemain. Toutes ses copines l'enviaient, à l'école. Mais plus elle devenait désirable, plus sa mère le lui faisait payer. Mary se sentait coupable et perdait peu à peu confiance en elle. Elle ne se trouvait même pas jolie, et écoutait d'une oreille incrédule les sermons de sa mère qui lui répétait qu'elle finirait dans le caniveau. Sa mère au vin mauvais, qui ne laissait jamais passer une occasion de la rabaisser... Dans le quartier, ses cuites monumentales étaient légendaires, mais ça ne l'empêchait pas de veiller avec la dernière sévérité à ne jamais la laisser traîner avec des copains. Son frère Michael, son frère adoré, était encore pire. Mais lui, au moins, s'il lui serrait la vis, c'était pour son bien.

Agenouillée à l'église, Mary sentait le regard de sa mère dans son dos. Elle priait de tout son cœur, comme d'habitude, en demandant toujours la même chose : la liberté. Le droit et la chance de s'affranchir de sa mère, mais aussi de toute cette misère. L'alcoolisme, la crasse, l'indigence générale, et cette constante obligation de vivre sur ses gardes. Mary exécrait les contraintes qu'on lui imposait, mais elle les acceptait, pour se simplifier la vie.

Ah ! sa mère... elle avait vraiment le don de la déprimer. Combien de filles, prétendument plus expérimentées, auraient pu comprendre une chose pareille ? Mary savait bien ce qui, en elle, attirait le regard des hommes. Il arrivait même que ça lui fasse de l'effet, et un effet qu'elle était loin de trouver désagréable. Après tout, sa beauté était sa seule arme dans la vie. Sans compter que ça faisait râler sa mère, ce qui était toujours ça de pris !

Mrs Miles aussi avait été une beauté, en son temps. Sa fille lui ressemblait, sur ce plan. Mary avait peut-être l'intention de profiter de la vie, elle, elle s'était juré de l'empêcher de marcher sur ses traces. Sa fille ne gaspillerait pas sa jeunesse avec un type quelconque qui profiterait d'elle sans contrepartie.

L'Église était devenue la seule consolation de Mrs Miles. Elle s'était jetée dans la religion avec un excès de zèle qui agaçait jusqu'au curé de sa paroisse, mais lui conférait un certain prestige aux yeux de ses amies.

Même fin soûle, elle ne manquait jamais la première messe du matin – sa façon à elle de se racheter une conduite. Quoi qu'on pût lui reprocher – l'ébriété réduisant ses souvenirs à l'état de brumes, elle était habituée aux reproches –, elle partageait équitablement ses faveurs entre l'église et la bouteille. C'était devenu une blague rituelle, dans le quartier, dont elle était la première à rire. À croire qu'elle n'avait même pas conscience du vieux fond d'hypocrisie sur lequel reposait sa vie.

Mrs Miles était résolue à ouvrir l'œil et à s'assurer personnellement que la petite ne se jetterait pas au cou du premier incapable venu. Avec un minimum de jugeote, Mary pouvait se trouver un type bien. Mais pour ça, elle devait être guidée et surveillée de près. Elle avait beau être en pleine montée de sève et tourner la tête à tous les mâles du quartier, elle devait à tout prix se dégotter quelqu'un qui lui apporterait plus que des marmots à torcher et des tonnes de tracas ! Quelqu'un qui saurait s'occuper convenablement d'elle et mettrait à ses pieds plus que sa fortune : la respectabilité, pour elle et sa famille. Mrs Miles aurait aimé lui faire comprendre qu'une fois dissipées les illusions de ce qu'on appelait si naïvement l'amour, la plupart des femmes se retrouvaient sur le sable. Le jour où vous vous réveilliez grosse, moche et triste, privée de l'éclat de la jeunesse, vous en étiez réduite à survivre au jour le jour – sauf qu'entre-temps vous aviez écopé de toute une ribambelle de marmots, et votre vie se réduisait à ça : vivoter jusqu'à votre dernier souffle.

Elle pouvait en parler, elle qui avait lutté pendant des années pour garder la tête hors de l'eau. Maintenant, elle dépendait de son aîné. Michael était un bon fils et un brave petit gars, mais sans Danny Cadogan, inutile de se bercer d'illusions : il figurerait aux abonnés absents depuis longtemps. Ni son mari ni lui n'avaient jamais eu de couilles... Toute façon, son fils pouvait bien merder, il lui resterait toujours Mary, sa si jolie Mary. Sa poule aux œufs d'or... Pour le moment, Mike semblait parti pour se faire une place au soleil ; sa fille avait d'autant plus de chances de décrocher le gros lot et de forcer le respect. Car, sans l'influence de son frère, sa beauté ne serait qu'une friandise pour le premier godelureau qui s'aviserait de lui conter fleurette.

L'amour et le désir, ça n'était pas la même paire de manches. Pour le comprendre, malheureusement, il fallait avoir quelques heures de vol et deux ou trois mômes sur le dos. Et là, trop tard pour rectifier le tir ! Vous vous retrouviez enchaînée à un type pour qui vous n'aviez plus le moindre respect mais dont vous aviez tout de même besoin, et pour les pires raisons... Le fric, bien sûr. La peur de la misère. L'angoisse de ne plus pouvoir payer le loyer. Votre vie ne tournait plus qu'autour de ce genre de détails. Eh bien, pas de ça pour sa fille ! Mary, c'était son trésor, et la messe quotidienne faisait partie du plan. Bien roulée et d'une candeur virginale, la petite était belle à croquer – à provoquer des embouteillages, même ! Pour l'instant, elle se rebellait contre la vigilance constante de sa mère, mais elle la remercierait un jour. La vie était assez dure comme ça. Pas question de gaspiller sa jeunesse avec un nullard qui finirait par la laisser tomber !

La messe commençait. Elle baissa la tête et demanda au Seigneur la protection et les conseils dont elle avait tant besoin. Dieu était bon, tout autant que sa fille était belle – et elle ferait tout pour qu'elle le reste longtemps ! Mary ne reproduirait pas ses erreurs et elle se trouverait un type qui lui offrirait tout ce qu'une femme peut désirer. Sa bonne fortune retomberait sur sa mère, et quoi qu'en dise le quartier, elle ne l'aurait pas volé !

*

Ange avait mis ses enfants sur leur trente et un pour les emmener au cinéma, comme Danny le lui avait demandé. Elle avait beau ne plus avoir de problèmes d'argent, ce genre de sortie restait exceptionnel. En fait, maintenant qu'elle en avait les moyens, elle n'avait plus envie de les emmener nulle part. Leur promettre monts et merveilles, c'était une chose – tenir ses promesses, c'en était une autre.

Danny Boy lui assurait un train de vie confortable et elle n'y trouvait rien à redire, bien sûr. Mais les humiliations et les brutalités que son homme essuyait constamment sous son toit lui empoisonnaient la vie. Jusque-là, elle avait tout supporté – pour rien au monde elle n'aurait voulu revenir au temps où elle faisait des ménages. Mais, ces derniers mois, en entendant parler de certains démêlés de son fils avec Lawrence Mangan, elle s'était surprise à échafauder, une fois de plus, des plans de vengeance.

Danny, c'était quelqu'un. Un type sérieux. Tellement sérieux, même, qu'il lui faisait peur parfois, quoiqu'elle eût rougi de l'admettre. Danny, son propre fils. Même elle, elle aurait été infoutue de dire de quoi il était capable. Qu'il se soit fait un nom, et que ce nom lui ait enfin valu le respect et la reconnaissance dont elle avait toujours manqué, ça n'était plus qu'un lointain souvenir. Ange avait oublié, avec une déconcertante facilité, quelle nullité profonde avait été son homme, du temps de sa splendeur. Elle réécrivait l'histoire à sa façon. Big Dan était une victime – une brebis égarée, certes, mais repentante. Un grand incompris. Depuis ses démêlés avec son fils aîné, il ressemblait à l'époux de ses rêves... Sauf qu'il n'était plus bon à rien, et pour personne. Plus vraiment, en tout cas. Disons qu'il n'était plus capable de lui faire l'amour, ni de près ni de loin ; pas même de faire semblant. Et en un sens, Ange se disait que ça n'était peut-être pas plus mal...

Il prétendait être devenu impuissant, mais la vérité, c'était qu'il ne voulait plus d'elle. En tout cas, plus depuis sa dernière fausse couche – Danny Boy ne s'était d'ailleurs pas gêné pour dire ce qu'il en pensait, de ce malheur. Comme, depuis, leurs liens charnels s'étaient peu à peu distendus, eh bien, il ne se passait plus rien entre eux. Ange se consolait en se disant que pour les autres aussi il était perdu. Car, sans parler du fait qu'il était handicapé à vie, son mari vivait dans la crainte perpétuelle de son fils, et ses angoisses l'avaient considérablement assagi. Courir la gueuse n'était plus à l'ordre du jour. Qui aurait voulu de lui, de toute façon ?

Ils se parlaient maintenant et leur relation ressemblait à ce dont elle avait tant rêvé autrefois. Mais ça non plus, ça n'était pas aussi paradisiaque qu'elle se l'était figuré. Autrefois, les frasques de son mari étaient leur principale cause de dispute. Elle n'en sortait jamais victorieuse, mais les réconciliations sur l'oreiller étaient torrides – ceci compensant cela ! Elle aurait aimé retrouver tout ça, mais c'était demander l'impossible. Au lieu de quoi, elle était coincée entre son homme, réduit à l'ombre de lui-même, et ce fils qui le tolérait à peine. À vrai dire, Danny Boy lui filait une trouille bleue à elle aussi. Il avait tellement changé, ces derniers temps...

En regardant ses deux cadets, elle maudit une fois de plus cette chienne de vie qui vous nourrissait de promesses et en tenait si peu...

*

Michael Miles était sur les rotules. Il s'installa à la table de l'impeccable cuisine d'Ange en bâillant bruyamment. Écumant, fou de rage, Danny Boy faisait les cent pas autour de lui. Mangan allait lui passer un savon et il prenait ça comme un affront personnel. Ce qui le fichait le plus en rogne, c'était de perdre la face : il avait merdé, et ça allait devenir de notoriété publique. Danny pouvait entendre pas mal de choses, mais mieux valait éviter de l'humilier publiquement. Ça, c'était vraiment l'erreur à ne pas commettre, et personne, dans son entourage, ne s'y serait aventuré.

Mangan croyait le connaître – croyait seulement. Et Michael sentait que ce jour-là aussi serait à marquer d'une pierre blanche. Danny était un bon pote, loyal et généreux, prêt à tout pour lui. Malheureusement, ces dernières années, il lui avait aussi prouvé qu'il était capable de tuer pour un oui ou pour un non. Sur un simple coup de tête. Danny jouissait de sa notoriété et il était déterminé à en tirer le maximum. Il était incapable d'encaisser la moindre critique, fût-ce d'un Lawrence Mangan qui assurait leur pain quotidien et était de taille à faire réfléchir à deux fois n'importe qui le connaissait de près ou de loin. Pour Danny, ça n'entrait même pas en ligne de compte.

— Je t'empêche d'aller te coucher, peut-être ?

Michael sourit sans conviction.

— Pas du tout, mon vieux. Mais je commence à être vanné.

Danny Boy hocha la tête et se remit à marteler le lino de ses grosses semelles, les poings serrés comme s'il s'apprêtait à recevoir, à la minute, toutes les calamités qui menaçaient de s'abattre sur lui.

— Calme-toi, Danny. Mangan n'est pas un crétin. On lui expliquera ce qui s'est passé et il comprendra l'aspect financier du problème. Promets-moi juste de ne pas tout envenimer en ouvrant ta grande gueule, OK ? N'oublie pas que nous avons plus besoin de lui qu'il n'a besoin de nous. Pour le moment, du moins.

Michael était bien le seul à pouvoir lui tenir ce genre de propos. À sa place, un autre se serait déjà fait démolir. Aux yeux des pontes, son caractère explosif contribuait à bâtir la légende. Car Danny appliquait l'ancien code de l'honneur, dans la grande tradition. Il avait l'insolence des gangsters de l'époque héroïque, ce besoin d'être apprécié pour ce qu'il était, cette détermination à se faire traiter avec tous les égards qu'il estimait lui être dus, non seulement de la part du public, mais de ses pairs. Sous certains aspects, il exigeait des gens, civils y compris, qu'ils respectent et appliquent la loi du milieu. Pour Michael, cette conception tribale remontait au Moyen Âge. Le respect, pour certains, c'était tout – et ça passait avant tout le reste. Ça flattait leur ego ; or, leur ego, c'était la seule chose qui les maintenait au-dessus de la mêlée.

— T'inquiète. Je sais me tenir. Je ne dirai rien, tant qu'il n'essaiera pas de m'entuber, en tout cas. Mais on a quand même le droit de gagner notre croûte, non ? Il devrait s'en douter, merde !

Danny pouvait se montrer carrément vieille école, à ses heures, sans jamais se demander si les gens, autour de lui, reconnaissaient ses critères.

Un coup discret fut frappé à la porte, évitant à Michael de répondre à cette épineuse question. Mangan était enfin arrivé. Il se leva pour aller lui ouvrir, l'estomac noué par l'angoisse. Danny était capable de démarrer au quart de tour et de prendre la mouche pour n'importe quoi ; Mangan aussi. Michael, sur les dents, déglutit et respira à fond, et afficha son plus beau sourire. C'était bien le moins.

Le regard de Lawrence Mangan fit la navette entre ces deux jeunes lascars qui risquaient de se rebiffer, s'ils n'obtenaient pas ce qu'ils estimaient être leur dû. Il leur décocha un de ces sourires en coin dont il avait le secret. Il avait parfaitement capté les ondes d'animosité que dégageait Danny. Curieusement, il admirait son aplomb, à ce gosse. Cette totale confiance en soi et ce monstrueux culot avec lequel il sévissait, quoi qu'en pense le reste du monde. Danny, c'était l'arrogance incarnée. Et sa morgue, sa meilleure arme. Plus d'un caïd lui faisait les yeux doux, convaincu de pouvoir tirer bénéfice de sa férocité naturelle. Et Danny, conscient de sa valeur, pavoisait.

Lawrence se souvint du diagnostic de Louie ; le vieux ne s'était pas gouré. Ce gamin finirait sûrement par décrocher ses galons et, ce jour-là, il ne ferait pas bon lui avoir mis des bâtons dans les roues. Il avait donc tout intérêt à s'assurer que le gosse se sente estimé et apprécié. Pour commencer, il allait passer l'éponge sur son dernier coup d'éclat. Le moment venu, il saurait quoi en faire, de ce gosse. Le mieux, pour l'instant, était de continuer à en profiter, de ce givré, jusqu'à ce que le vent tourne. Il serait toujours temps de prendre une décision plus… définitive.

Mangan avait grossièrement sous-estimé Danny Boy. Maintenant qu'il découvrait l'endroit où il vivait, il comprenait son immense besoin de se faire remarquer. L'appartement était un vrai trou à rats. Bien tenu, certes – récuré, briqué et astiqué ; mais un trou à rats quand même. Danny Boy Cadogan avait mis son propre père sur la touche et renouveler l'expérience sur quelqu'un d'autre ne lui poserait pas le moindre problème. Il voulait se faire un nom dans le milieu, rien ne l'arrêterait. Il atteindrait son but, coûte que coûte.

Une chape de silence, lourde de ruminations, s'était abattue sur la pièce. Michael prit sur lui de la rompre.

— Puis-je vous offrir à boire, Mr Mangan ? fit-il d'une voix calme et déférente.

Lawrence hocha la tête en souriant et l'atmosphère se détendit aussitôt.

— Bande de petits enfoirés ! ajouta-t-il d'un air guilleret. J'ai dû lui régler son compte, à Jimmy Powell. Ça l'a définitivement refroidi…

À ces mots, Danny comprit qu'il était tiré d'affaire et souffla un grand coup. Il aimait flirter avec les limites, et Lawrence Mangan n'était que le premier d'une longue série de gens dont il allait se faire un plaisir de tester la patience. Il avait franchi la ligne jaune en toute impunité ; chacune de ses missions lui rapportait un max de blé et il avait désormais la certitude que Mangan exploiterait son plein potentiel. Il allait donc bosser d'arrache-pied en attendant son heure. Le fric était un facteur clé dans ses plans, et il était bien décidé à en amasser suffisamment pour se débarrasser de tout ce qui pourrait lui faire obstacle – à commencer par ce type, là, dans sa cuisine. Quand son heure aurait sonné, il le sortirait du jeu et le dépouillerait de tous ses biens – sans faire de vagues, mais sans se priver d'appuyer là où ça faisait mal. Il allait s'en servir, de ce connard. Ce serait le meilleur tremplin pour sa carrière. Mais jusque-là, il se contenterait de faire ce que Mangan lui demanderait, avec le sourire et en lui témoignant le plus grand respect.

Tôt ou tard, la vie finirait par réaliser ses vœux ; il s'en faisait la promesse.

*

Big Dan Cadogan était parfaitement au courant des dernières incartades de son fils et ça commençait à l'agacer sérieusement, bien plus qu'il n'aurait voulu l'admettre. Où qu'il aille, on ne parlait que de Danny Boy. Le gamin était en passe de devenir une vraie légende. La jalousie rongeait son père comme un cancer.

Tout en feuilletant le *Racing Post* devant une tasse de thé, Big Dan lorgnait subrepticement son fils cadet qui s'accrochait aux basques de son aîné pour lui demander Dieu sait quelle faveur, comme si c'était lui l'homme de la maison – et à l'évidence, pour le fric et les questions matérielles, il l'était.

— Pourquoi tu me racontes tout ça, Jonjo ?

Danny Boy avait parlé d'une voix basse, chargée d'affection fraternelle. Ils avaient toujours été très proches, Jonjo et lui – enfin, autant qu'on pouvait l'être de Danny.

— Allez, quoi, Danny… ! Tous mes copains en auront un pour Noël.

Jonjo regardait son frère bien en face, en toute franchise, convaincu qu'il lui suffirait de demander pour être exaucé.

C'était le scénario habituel, surtout en présence de leur père. Jonjo savait que Danny Boy aimait faire étalage de sa générosité devant Big Dan, pour lui prouver qu'il subvenait largement aux besoins de la famille et qu'il pouvait même leur offrir le superflu. Ça le faisait bicher, de voir son père ainsi humilié.

— Je pense que tu as de bonnes chances d'avoir ta bécane pour Noël, Jonjo ; mais à condition que tu files un coup de main à maman dans la maison et que tu veilles bien sur ta sœur. Faut qu'on s'entraide dans cette famille, mon petit vieux. On ne peut compter que sur nous-mêmes.

Jonjo poussa un soupir de soulagement. Pour son vélo neuf, c'était dans la poche – il n'aurait qu'à se tenir à carreau d'ici Noël...

— Pour veiller, je veille, Danny ! Fais-moi confiance. Et même pour deux. J'essaie toujours d'en faire ma part, à la maison.

Ça, c'était une pique habilement dirigée contre son père et destinée à tirer un sourire à son frère.

Ange écoutait ça, le cœur lourd, navrée de constater à quel point son homme avait perdu l'estime et l'affection de leurs enfants. Ils avaient de bonnes raisons de ne plus l'aimer, leur tire-au-flanc de père, mais ce tire-au-flanc se trouvait être son mari – et pour elle, ça effaçait tout le reste, c'était tout ce qu'elle voyait.

Danny Boy abusait de la situation et elle ne savait plus que faire. Depuis qu'elle avait perdu son petit dernier, il avait clairement pris ses distances avec elle, et elle allait devoir lutter pied à pied pour reconstruire un semblant de relation, avant de pouvoir revenir à la charge, pour restituer à leur père sa place de chef de famille. La vie était plus dure de jour en jour. Les voies du Seigneur étaient impénétrables, comme disait sa pauvre mère... mais elle commençait à en avoir jusque-là d'attendre de voir où Il voulait en venir !

Sa fille fit irruption dans la cuisine toute pomponnée, l'œil vif et le sourire conquérant. La joie illumina aussitôt les traits de Danny Boy. C'était sa petite princesse, il y tenait comme à la prunelle de ses yeux. Elle ne manquait d'ailleurs pas une occasion de le leur rappeler, cette petite pétasse. Eh bien, elle avait plutôt intérêt à baisser d'un ton, parce qu'elle ne perdait rien pour attendre. Le jour où elle

209

lui rabattrait le caquet, attention ! Elle se ferait un plaisir de lui apprendre la politesse. À coups de taloches, oui !

Annuncia la toisait avec son insupportable insolence ordinaire, et Ange se retint de lui en retourner une bonne. Elle préféra la laisser se mettre à table et posa devant elle une assiette d'œufs au bacon. On aurait pu entendre l'air crépiter entre elles.

Danny Boy, qui les avait observées en silence pendant le rituel du petit déjeuner, se pencha en avant sans crier gare.

— Ça t'arrive de dire merci à ta mère ? aboya-t-il.

La hargne qui avait filtré dans sa question les fit sursauter toutes les deux.

— Ta mère t'apporte ton petit déjeuner, et toi tu te pointes comme une altesse royale, sans même un mot de remerciement. On n'est pas des chiens, dans cette famille !

— Excuse-moi, Danny... Merci, maman, balbutia la fillette en posant sur sa mère des yeux agrandis par la peur.

Inutile de tenter quoi que ce soit du côté de son père, il n'aurait pas levé le petit doigt pour l'aider.

Oubliant ses griefs envers sa fille, Ange s'efforça de calmer le jeu.

— Ce n'est qu'une enfant, Danny. Bien sûr qu'elle sait reconnaître ce qu'on fait pour elle... pas vrai, ma chérie ?

Jonjo repoussa son assiette et se rencogna contre le dossier de sa chaise, en priant pour que l'incident ne dégénère pas au point de lui coûter son cadeau de Noël. Quelle conne, cette Annie ! Pour faire tout merder, on pouvait toujours compter sur elle ! Une fois de plus, Danny Boy avait tourné casaque, histoire de leur rappeler, dès le saut du lit, qu'il ne fallait jamais se fier à l'eau qui dort.

Même Danny était désolé, à présent, d'avoir effrayé sa petite sœur. Mais s'il y avait un truc qui le fichait en rogne, c'était bien le manque de respect. Quant à sa mère, quoi qu'il pût en penser, ça restait sa mère. *Sa* mère, à lui. Et, rien que pour ça, le reste du monde était tenu de lui témoigner le respect qui lui était dû.

LIVRE II

*La haine met du temps à mûrir
La mienne n'a fait que croître
Depuis le premier jour ;
Non pas pour la terre brute...
Non...
Cette haine, je la voue à ma propre engeance.*

R. S. Thomas (1913-2000),
Ces autres.

Chapitre 10

1980

Le casino était relativement calme et Danny scrutait ses derniers clients d'un œil exercé, saluant les uns d'un signe de tête amical, ignorant les autres de sa morgue habituelle. Il savait qui ménager et qui snober impunément. Ça faisait partie du job. Il se conformait au personnage, sympa sans excès, avec tous ceux qui avaient un nom ou des relations. Mais pour lui ils étaient tous logés à la même enseigne et il ne se gênait pas pour les remettre à leur place, s'il estimait qu'ils avaient franchi la limite. Quant aux autres, hors radar, ils ne méritaient même pas sa considération.

À bientôt vingt-cinq ans, Danny Boy en imposait par sa belle prestance, sa carrure de lutteur et ses costards hors de prix. Les cheveux courts, coupés à l'américaine, il soignait la façade. Sous ses airs de boxeur de gabarit léger – plus léger qu'en réalité –, ses traits avaient gardé ce charme juvénile, presque enfantin, à peine marqués par quelques rides d'expression. On sentait toujours en lui ce fond de dureté, même quand il se marrait ou plaisantait avec les gens, et cette aura de danger intimidait la plupart de ceux qu'il côtoyait. Quand il laissait exploser sa colère, ce qui lui arrivait plus souvent qu'à son tour, vu la branche où il exerçait, ses crises prenaient des proportions cataclysmiques. La rage qui couvait en lui semblait lui faire vibrer tout le corps. Il avait alors tout à fait l'air de ce qu'il était : un malade mental, une vraie brute – mais une brute qui irait loin. Car, s'il ne se faisait pas serrer, il était bien parti pour rafler la mise.

Tout en se frayant un chemin dans le grand salon, Danny veillait au moindre détail. Rien n'échappait à son œil de lynx. Rassuré sur la bonne marche de la boîte, il se retira dans son petit bureau, situé à l'arrière, pour souffler un peu.

On était dimanche matin. La nuit s'achevait et il lui restait deux ou trois choses à régler avant de raccrocher. Il passa le lourd rideau de velours qui le séparait du cabinet de toilette attenant à son bureau, ôta sa veste, roula ses manches de chemise et fit couler l'eau jusqu'à ce qu'elle soit suffisamment fraîche, pour s'en passer sur le visage et le cou. L'eau froide le fit frissonner. Il se sécha avec une serviette en se frictionnant la peau. Il avait souvent recours à ce petit rituel pour se défatiguer, quand ses différentes responsabilités l'obligeaient à trop de nuits blanches. Ce rythme était épuisant, mais il lui convenait. Danny aimait avoir du pain sur la planche et que ça se sache. C'était une corde de plus à son arc déjà bien garni.

En entendant Michael entrer dans le bureau, il sortit du cabinet de toilette pour l'accueillir, affichant son éternel sourire. Michael fut, comme toujours, stupéfait de son insolente bonne mine.

— Alors, t'as le colis ?

Michael hocha la tête et leur servit deux scotchs, le temps que Danny Boy se rajuste.

— Et ta mère, ça va ? demanda ce dernier en enfilant sa veste.

Michael prit un petit paquet dans la poche intérieure de sa veste et le posa sur le bureau.

— Elle est toujours en vie. Les toubibs n'en croient pas leurs yeux. Mais elle ne tiendra plus bien longtemps. J'ai laissé les dix-huit colis à l'endroit habituel…

Il s'octroya une bonne gorgée de whisky. Sa mère. Elle avait beau être un cauchemar ambulant, elle restait sa mère. Le pire, c'était de se dire que tout le quartier était au parfum. Elle était à l'hosto, l'alcool ayant enfin eu raison d'elle. Elle gueulait et jurait tout ce qu'elle pouvait, tandis que son corps finissait de capituler sous le poids d'une vie d'ivrognerie.

— Elle est jaune comme un coing, putain. Mais ça ne l'empêche pas de réclamer à boire !

Danny garda le silence, ne sachant trop comment réagir face au drame que traversait son ami.

— Et Mary, comment elle prend ça ?

Michael haussa les épaules.

— J'en sais trop rien. Elle est arrivée au moment où je partais. Kenny l'a juste déposée. Il est reparti aussi sec.

Une note de colère mal digérée avait filtré dans sa voix. Michael ne supportait pas l'idée que sa sœur soit avec un type qui aurait pu être son père. Un minus, même pas digne de confiance. Kenny Douglas était un ruffian, une brute minable doublée d'un foutu coureur de jupons, qui se faisait de l'oseille en jouant sur l'intimidation et en exploitant des jeunes en mal de reconnaissance. Il n'avait jamais dû voir un poste de flics de l'intérieur, ce naze. Évidemment, il ne bossait qu'à l'esbroufe ! Mais les jeunes de son équipe étaient fiers de travailler pour lui, et tenaient à ce que ça se sache. Ça leur garantissait le respect de leurs pairs. D'autant que, en cas de coup dur, Kenny s'assurait que leurs familles ne manquent de rien. Ça lui permettait de se donner des airs de grand prince, à ce minable exploi-

217

teur. Alors, qu'il ait jeté son dévolu sur sa sœur, c'était le comble. Le hic, c'était que Kenny était toujours un nom du milieu, un caïd muni d'un carnet d'adresses bien garni – et un vieux pote de Lawrence Mangan, en plus, ce qui obligeait Michael à le traiter avec tous les égards.

— Quel connard, ce mec !

Danny ne releva pas. Il avait entrepris d'ouvrir le colis, dont il avait sorti un paquet d'amphétamines. Il le palpa, déchira un coin du plastique et y planta les dents. Au bout d'une seconde, une sensation d'engourdissement s'empara de ses lèvres et il se détendit un brin. C'était de la bonne. Ça partirait comme des petits pains.

C'était ça maintenant, le bizness : clubs, salles de jeu et drogues douces. Cette branche annexe de leurs activités leur avait déjà permis d'ouvrir ce casino, ainsi que deux autres bars. Pour le reste, ils gardaient profil bas, mais les initiés les observaient d'un œil alléché, comme il l'avait parfaitement escompté. On les avait même approchés pour des jobs sans passer par Lawrence, et ce, grâce à cette poudre blanche qui débarquait en abondance sur le marché. Danny avait désormais d'excellents contacts et les moyens de mener sa barque. Personne ne pouvait vendre sans son autorisation expresse et il s'était arrangé pour que tout le monde soit au courant. Quiconque essayait de le court-circuiter ne tardait pas à comprendre son erreur, face à un manche de pioche ou à une chaîne de vélo. Le retour de bâton était immédiat et sanglant. Normal, vu le genre de fumiers avec lesquels ils devaient traiter…

À présent, leur petite entreprise tournait pratiquement sans à-coups et leur rapportait un max.

Le speed allait faire leur fortune. Plus que quelques semaines de patience et ils se mettraient officiellement à leur compte. Ça ne se ferait sûrement pas sans heurts, mais ça leur permettrait de se propulser dans la stratosphère de l'industrie du crime. Danny Boy ne se tenait plus d'impatience.

*

Le regard de Mary se posa sur l'épave qui avait autrefois été sa mère et elle s'arma de patience. Cette vieille bique allait-elle enfin se décider à mourir et leur foutre la paix ? Mais non, il fallait qu'elle continue à déblatérer... Ce corps dévasté, autrefois si plein d'énergie et de promesses, était réduit à l'état de squelette. Sa peau pendait sur ses os. Elle avait l'air si frêle... Même ses cheveux, cette splendide chevelure autrefois luxuriante, semblaient capituler. Ils étaient à présent éclaircis et desséchés, et on aurait été bien en peine d'en définir la couleur. L'alcool était une vraie plaie, quand il détruisait l'âme des gens. Sa mère s'y était adonnée jusqu'à se transformer en cette caricature et son lent déclin n'avait pas été une partie de plaisir. Toute sa vie, elle avait été source de honte et de souffrance pour les siens, et maintenant qu'elle était à l'orée de la mort, elle ne faisait rien pour leur simplifier la tâche. Au contraire, elle semblait résolue à alourdir leur fardeau.

Mary aperçut Michael de l'autre côté de la porte et lui sourit tristement. Il avait une mine épouvantable. La mort de sa mère l'ébranlait sur ses bases. Il l'aimait toujours, malgré tout – et elle aussi, à sa façon. Mais trop, c'était trop. Il était temps qu'elle s'en aille, qu'elle les laisse ramasser les morceaux de leurs vies en miettes. Mary aperçut son reflet dans la vitre. Elle était ravissante et ne l'ignorait pas. Dire qu'autrefois sa mère avait été tout aussi belle... Maintenant, ça relevait de l'inimaginable. Elle n'avait même plus figure humaine. Toute sa vie, Mary l'avait entendue lui seriner que son physique était un trésor ; elle mesurait à présent combien sa mère avait eu raison de la mettre en garde. Elle n'était plus une gamine et savait à quoi s'exposait une fille qui n'avait pas la jugeote de penser à l'avenir. Si elle s'était maquée avec Kenny Douglas, c'était parce qu'il avait les moyens de lui offrir le confort auquel elle aspirait. Et bizarrement, elle regrettait que sa mère ne puisse pas continuer à en profiter.

Elle sortit rejoindre son frère dans le couloir.

— Ça va, toi ?

Il fit « oui » de la tête.

— Et Gordon ? s'enquit-il.

Elle poussa un soupir.

— Tu le connais, Mike. Il ne reste jamais plus de quelques minutes... et encore, quand il vient. Il ne supporte pas de la voir comme ça.

Michael se passa une main tremblante sur la figure. Il était à nouveau en nage et se sentait à deux doigts de craquer. Comme son frère et sa sœur, il aurait préféré que sa mère accepte son sort et abandonne la lutte, pour les laisser enfin reprendre le cours de leur vie. C'était si dur, de la voir se consumer ainsi, jour après jour ; ce sentiment d'impuissance qui les accablait. Il n'y avait plus rien à faire. On ne pouvait plus ni la soigner ni apaiser ses souffrances.

— Va prendre un café, Mary. Je reste avec elle. OK ?

Elle le regarda entrer dans la chambre. Comme elle se dirigeait vers l'ascenseur, elle sortit de son sac son briquet et ses cigarettes. Elle trouverait bien un banc pour s'en griller une, malgré ce froid de canard. Tout, plutôt que de rester là à regarder son frère souffrir.

Dans la chambre, Michael alla s'asseoir au chevet de sa mère et lui prit la main. Elle ouvrit les yeux et lui sourit. Les relents fétides de son haleine alourdissaient l'atmosphère. Son regard n'avait plus la vacuité enfantine de la veille. Elle avait toute sa tête, à présent, et semblait redevenue aussi froide et calculatrice que d'habitude.

— Mikey, mon petit Mike… Tu veux bien me donner un verre, fils ? Juste une goutte pour me réchauffer de l'intérieur, d'accord ?

Elle le suppliait comme elle l'avait déjà fait tant de fois. Elle était si forte à ce petit jeu, si habile, si manipulatrice. Même à l'agonie, elle pouvait encore compter sur son talent pour mettre à profit la culpabilité de son fils. Elle avait l'air vieille et vaincue, sur ses oreillers. On la relevait en position presque assise, à cause de ses problèmes thoraciques. Mais ses yeux gardaient une étincelle de vie. Et son regard implorait son fils de lui donner la seule chose qui eût jamais compté pour elle.

— Je n'y arriverai pas toute seule, Mike. J'ai besoin d'un remontant pour franchir le pas. S'il te plaît, mon chéri. Le coup de l'étrier, comme on dit… que je puisse m'en aller contente.

Elle se redressa sur ses oreillers, tâchant de s'asseoir convenablement pour mieux faire valoir son point de vue. Ça faisait des jours qu'elle le suppliait ainsi, à chacune de ses visites, pour qu'il lui apporte une dernière bouteille, le coup de grâce… Et cette fois, il la lui avait apportée. Il sortit de sa poche une flasque de Black & White et la leva pour lui montrer ce qu'il s'apprêtait à faire. Tandis qu'il versait le liquide ambré dans un gobelet verseur en plastique, elle se mit à sangloter.

— T'es un bon gars, Michael. Je savais bien que mon fils ne me laisserait pas tomber à la dernière minute.

À l'instant où il portait le bec de plastique aux lèvres de la malade, il entendit la porte s'ouvrir. C'était le père Galvin, le prêtre de la paroisse, un vrai colosse qui s'était lui-même illustré par son exceptionnelle capacité à tenir l'alcool.

— Ah, Seigneur ! Tu lui as apporté l'Eau sacrée ! C'est un acte de charité chrétienne, fils. Ça lui donnera le coup de fouet nécessaire pour s'en aller.

Il était venu lui administrer les derniers sacrements. Michael le regarda sortir son fourbi de sa mallette : des huiles et des essences aromatiques, dont les effluves mêlés à ceux du whisky présideraient aux derniers instants de sa mère... Quel meilleur cocktail pour mettre fin à ses souffrances ? songea-t-il. Comme l'avait dit le père Galvin, c'était sa dernière volonté, la seule chose qu'il pouvait faire pour elle. Un ultime acte de charité.

À son retour, Mary sourit en le voyant refaire le plein de whisky dans le gobelet. Leur mère se mit à en téter l'embout grisâtre avec l'entrain d'un nouveau-né. Les bruits de succion résonnaient dans le silence de la chambre d'hôpital.

Deux heures plus tard, elle sombra dans un lourd sommeil. Ses enfants commençaient à croire que c'était la fin et qu'elle ne se réveillerait plus.

Mais elle rouvrit les yeux.

— Ne gâchez pas votre vie comme moi, fit-elle d'une voix triste. Et veillez les uns sur les autres...

Puis, cette fois, ce fut fini.

Michael était aussi peu préparé que sa sœur au torrent de chagrin qui les submergea quand ils comprirent que leur mère était morte. Le prêtre lui donna une dernière bénédiction puis, versant dans un verre douteux ce qui restait du whisky, il déclara d'une voix sonore :

— C'est la fin d'une époque ! À une brave femme qui n'est jamais parvenue à dompter ses démons, en dépit de tous ses efforts, ajouta-t-il en levant son verre à la défunte. Je sais qu'elle sera dès ce soir à la droite du Père !

C'en était trop pour Mary, qui s'écroula en pleurant toutes les larmes qu'elle avait ravalées durant sa courte vie. Leur mère pouvait bien être ce qu'elle était, c'était la seule qu'ils auraient jamais. Et sa mort les laissait totalement désemparés – ne fût-ce que parce qu'ils avaient passé leur enfance à la souhaiter...

Les infirmières, quand elles débarquèrent, eurent le tact de ne pas voir la bouteille vide qui avait achevé la malade. Elles se mirent à s'affairer dans la chambre, pour faire le lit et la toilette de la morte. Elles s'extasièrent sur sa frappante ressemblance avec sa fille, sur la soudaine fraîcheur de son teint et la rapidité avec laquelle la mort avait lissé et effacé toutes ses rides...

*

Assis face à Lawrence Mangan, Louie avait allumé un de ces gros cigares cubains qu'il aimait tant. De lourdes volutes de fumée bleue s'enroulaient autour de sa tête et il se délectait de leur parfum pénétrant. C'était un vrai havane, même pas en vente en Angleterre. Un agréable bonus qu'il devait à ses petits trafics de contrebande.

Ils dégustèrent leurs cognacs en silence. Louie

attendait que Lawrence se décide à parler. Danny et Michael lui posaient des problèmes. Il était d'autant plus au courant que ça faisait des mois que son ami ressassait ses griefs. Jusqu'à présent, il s'était gardé de faire le moindre commentaire ou la moindre critique, se contentant de tendre l'oreille tandis que Lawrence vidait son sac. Mais il n'avait pas les yeux dans sa poche et on lui avait rapporté suffisamment d'éléments pour qu'il comprenne exactement ce que recouvraient ces jérémiades. La réaction de Mangan le décevait, mais ce n'était pas vraiment une surprise. On ne pouvait pas atteindre sa position sans connaître quelques zones d'ombre. Le problème, c'était qu'il récriminait contre les meilleurs éléments de son équipe, les plus rentables. Danny et son pote acceptaient des boulots à l'extérieur, sans lui demander son avis, et ça le défrisait. Comme tous les jeunes loups, ils avaient besoin de marquer leur territoire. C'était comme ça que ça marchait, dans le secteur. La plupart de leurs confrères s'en faisaient une raison, du moment qu'on leur payait leur dû, et préféraient garder les bons éléments de leur équipe.

Mais Lawrence, lui, ruait dans les brancards. Affligé d'une jalousie quasi maladive pour quiconque semblait réussir mieux que lui, il ne supportait pas l'idée qu'on puisse avoir de meilleurs plans que les siens et les exploiter avec plus de succès. Le profit, c'était pour lui et pour lui seul. Ah ! C'était pas pour rien que l'envie figurait parmi les sept péchés capitaux… Dans le milieu, c'était même la principale source de conflits.

— Cette espèce de sale petit connard, imagine qu'il ne s'est même pas pointé à l'heure ! Ça a achevé de me mettre en rogne, je vais te dire. Soit ils bossent pour moi, soit ils se démerdent tout seuls. Il n'y a pas de demi-mesure, Louie.

— Il fallait s'y attendre, répondit Louie en haussant les épaules. Comme si les jeunes pouvaient être autre chose qu'ambitieux…

Cette réponse et le geste qui l'accompagnait mirent un comble à l'agacement de Mangan. Il se hâta d'achever son verre et d'écraser son cigare, nettement plus petit et moins cher que celui de Louie, et poussa un soupir excédé.

— L'autre jour, j'ai eu cet enfoiré de Boris, le mac, au bout du fil. Eh bien, il a eu le culot de me laisser un message pour eux ! Moi, noter des messages pour mes employés ! Ils me prennent pour qui, là, pour un con ?

Louie soupira derechef. Il lui fallait un minimum de calme et de recueillement pour déguster ses havanes, et tout ce tintouin commençait à lui taper sur les nerfs. Il déposa délicatement son cigare au bord du cendrier.

— Quel mal y a-t-il à prendre un message pour quelqu'un ? grommela-t-il sans élever la voix. Ça n'a jamais tué personne, si ? Moi, tel que tu me vois, je prends des tas de messages, pour des tas de gens – toi le premier. C'est ce qui s'appelle être un pote, merde ! Tout notre taf repose là-dessus, sur ces putains de messages qu'on fait passer, codés ou en clair, pour conclure nos deals ou fixer nos rendez-vous à d'autres mecs à la coule, en croisant les doigts pour que les cognes n'y mettent pas leur grain de sel. Tu vois, mon pote, un message, c'est jamais qu'un message. Pas de quoi nous chier une pendule !

De toute sa vie, Lawrence Mangan ne s'était jamais fait remettre ainsi à sa place, surtout par quelqu'un comme Louie. Le choc était tel qu'il en resta sans voix plusieurs secondes, le temps que l'énormité de ce qu'il venait d'entendre achève d'infuser.

Ça ne faisait que confirmer ce que lui soufflait son instinct, depuis quelque temps. Les gamins mijotaient quelque chose. Louie lui-même avait dû choisir son camp – le leur, manifestement.

Louie observa les différentes expressions qui se succédaient sur les traits de son vieil ami. Il savait exactement ce qu'il pensait, et ça le blessait profondément. Il poussa un long soupir. Lawrence n'avait jamais été foutu d'apprendre à partager. C'était son plus gros défaut. Tout le monde savait qu'il avait dû balancer : on ne pouvait pas voir ses partenaires tomber les uns après les autres sans finir par se faire soi-même épingler un jour ou l'autre... Mais personne n'avait jamais pu apporter la moindre preuve, et Lawrence avait bénéficié du doute. Sauf qu'il passait désormais pour une balance plus que pour une pointure, et Louie avait comme l'impression que Danny Boy n'y était pas pour rien... Or, si le gamin faisait courir ce genre de bruit, c'était pour justifier un éventuel petit accident dont Mangan risquait d'être victime dans pas longtemps. Un putain de chien policier, ce Danny. Il reniflait les embrouilles patiemment, tout sourire, comme ces clebs reniflent l'odeur du cannabis sans faire de vagues. Mais, une fois qu'il était sûr de son fait, il n'y allait pas par quatre chemins. Car les arnaques, il avait horreur de ça, et malgré son jeune âge il se piquait de faire respecter les traditions. En soi, c'était une garantie de succès dans le milieu, et il était grand temps pour lui de marquer son territoire. Alors, pourquoi Mangan lui refusait-il ce droit ? C'était pure mesquinerie de sa part, vu la fortune qu'il avait accumulée grâce au petit.

Louie était pourtant prêt à faire l'impossible pour éviter le pire ; mais ça risquait d'être une perte de temps. Lawrence était un has been et sa date de péremption était largement dépassée. Il était bien le seul à ne pas le savoir... Boris ne lui aurait jamais laissé un message pour Danny, sinon, car ça revenait effectivement à le traiter comme un vulgaire lampiste. Quelques bruits avaient d'ailleurs commencé à courir, ces derniers temps, sur l'arrogance de Lawrence et sur sa radinerie... Il n'était pas du genre à laisser les autres s'engraisser en paix, disait-on. Surtout s'il pouvait les en empêcher.

Lawrence le dévisageait toujours d'un air ahuri.

— On peut savoir où tu veux en venir, Louie ?

Il était sérieusement offensé – ça s'entendait à sa voix : elle avait grimpé d'une ou deux octaves.

*

Michael était chez Danny. À travers les murs de la cuisine, épais comme du papier à cigarettes, il entendait Elvis Costello chanter un truc où il était question de surveiller les flics. Leur voisin avait l'air d'adorer ce morceau : ça faisait bien la sixième fois qu'il l'écoutait, à fond les ballons. Le mec devait être en proie à une sérieuse pulsion de mort, parce qu'à son retour Danny Boy n'apprécierait sûrement pas un raffut pareil...

Michael regarda autour de lui. Aucune comparaison entre cette jolie cuisine claire et proprette, et le bazar où il avait grandi. Chez lui, les lits n'étaient jamais faits, les draps jamais changés, la vaisselle jamais lavée ni rangée. Ils avaient passé leur enfance dans des odeurs de linge sale et de mélodrame perpétuel. L'ivrognerie de sa mère avait déteint sur leur vie ; sur celles de Mary et de Gordon, surtout. Ces dernières années, il avait insisté pour engager une femme de ménage. Au début, sa mère s'était montrée enchantée, mais elle les avait ensuite fait fuir les unes après les autres. En contemplant la table bien nette d'Ange Cadogan et son évier rutilant, Michael sentit son cœur se serrer à la pensée de ce que leur enfance aurait pu être. Il avait fait de son mieux, évidemment, mais rien ne remplace la présence de vrais parents.

Tout le monde était au lit, à part le père de Danny qui regardait la télé dans le petit living, bourré comme un coing. Michael s'interrogea sur cette tendance à sombrer dans l'alcool qu'avaient les gens de leur entourage. C'était un vrai cancer, qui rongeait tous ceux qui y touchaient.

Il terminait son café quand il entendit les pas de Danny Boy résonner dans l'escalier. Il s'alluma une cigarette et attendit l'éruption. Il ne fut pas déçu.

Jamie Barker était un type fluet ayant un net penchant pour le cannabis et ce qu'il est convenu d'appeler un « sourire permanent », souvenir d'une bagarre à Borstal où il s'était pris un coup de couteau en travers de la bouche. La cicatrice qu'il en avait gardée le faisait paraître soit un poil trop jovial, soit totalement monstrueux, selon l'heure du jour ou de la nuit. Il avait emménagé chez Jackie Bendix, sa tante maternelle, la voisine des Cadogan. Jackie devait s'être absentée car il avait fumé tout son soûl, et même un peu plus – il était complètement stone. Et, malheureusement pour lui, il avait décidé de mettre un disque, histoire de se distraire un peu.

Les coups frappés à la porte le firent sursauter. Persuadé que ça ne pouvait être que les flics, il bondit de son fauteuil et courut balancer par la fenêtre le paquet d'herbe qu'il venait d'acheter. Il avait à peine ouvert la porte qu'il se prit le poing de Danny Boy Cadogan en pleine poire. Il se recroquevilla sur lui-même et encaissa la volée de coups de pied qui lui pleuvait dessus dans un silence stoïque qui força le respect de son agresseur.

Après quoi, Danny empoigna sa longue crinière clairsemée et lui redressa la tête.

— Recommence à m'empoisonner la vie avec ta putain de musique, et t'es mort ! lui beugla-t-il au visage.

Puis il se rua dans la cuisine, attrapa l'appareil qui était à sa place habituelle, près de la fenêtre, et le balança par-dessus le balcon. Il atterrit en bas sur le béton du trottoir. À l'étage du dessous, une petite vieille sortit la tête par sa fenêtre et félicita Danny Boy.

— Il était grand temps que tu rentres chez toi, petit ! Ça commençait à me porter sur les nerfs, ce boucan !

Danny Boy lui retourna son sourire.

— Avec plaisir, Mrs Dickson, répondit-il, d'un ton plein de respect et d'affection. Y en a qui se sentent vraiment plus pisser, hein ? Comme si c'était un plaisir, de s'envoyer ça toute la soirée ! Rentrez vite, Mrs Nixon. Fait pas chaud, ce soir !

Mrs Nixon l'adorait, comme toutes ses voisines. Depuis que Danny Boy veillait au maintien de l'ordre dans l'immeuble, le tapage nocturne et les saletés n'étaient plus qu'un mauvais souvenir. Grâce à lui, ils vivaient dans une enclave de paix, un vrai petit paradis que tout le quartier leur enviait. Contrairement à ce qui se passait dans les autres immeubles, ici, on ne voyait jamais personne pisser contre les murs. Il n'y avait ni cambriolages, ni incendies inexpliqués, ni rassemblements de jeunes éméchés. Le bonheur.

Comme sa voisine refermait sa fenêtre, Danny se tourna vers le jeune homme qui se tordait de douleur sur le plancher crasseux du palier. Conscient que ses faits et gestes étaient épiés derrière toutes les portes de l'escalier, il le souleva délicatement et le transporta dans l'appartement, où il le balança sur le canapé. Puis, examinant sa tête ensanglantée, il décida qu'il n'y avait pas urgence et l'abandonna à son triste sort. Le seul objectif de ce petit esclandre avait été de soigner sa réputation auprès des bonnes langues de l'immeuble et d'entretenir son image de marque.

En arrivant chez lui, il trouva Michael assis dans la cuisine. Se souvenant que son ami venait de perdre sa mère, il le prit dans ses bras et le serra sur son cœur. Michael se mit à sangloter.

— On est de tout cœur avec toi, mon pote, lui murmura Danny à l'oreille. De tout cœur.

Big Dan, qui entendit ces paroles du living, fut une fois de plus stupéfié par la facilité avec laquelle son fils pouvait glisser d'un mode de fonctionnement à un autre. Un instant plus tôt, il tabassait le voisin à cause de ce qu'il considérait comme une insupportable ingérence dans son espace privé, et voilà qu'il passait, dans la foulée et sans le moindre heurt, du rôle de cerbère à celui de saint-bernard... Mais lui ne marchait pas. Il était bien placé pour savoir que, quoi qu'il fît, son fils trompait son monde. Il jouait toujours la comédie. Et quand les gens s'en rendaient compte, il était trop tard.

*

Mary Miles contemplait le plafond tandis que Kenny, son amant depuis maintenant deux ans, la besognait en soufflant comme un phoque. C'était bien la dernière des choses dont elle aurait eu besoin, en un jour pareil, mais les efforts maladroits qu'il avait faits pour la consoler avaient dégénéré et s'étaient terminés au lit – parfait pour Kenny. Pour lui, tout se réduisait toujours à une partie de jambes en l'air. Il subvenait totalement à ses besoins, la comblait d'argent et de cadeaux, dont une garde-robe de star qui faisait l'envie de toutes les filles du quartier, mais Mary ne parvenait pas à s'en contenter. Au contraire, ça la déprimait. D'autant que la mort de sa mère avait été une rude épreuve, bien plus rude qu'elle n'aurait pu se le figurer. La seule idée de l'avoir perdue pour toujours l'épouvantait. Elle avait beau leur avoir filé des cauchemars pendant le plus clair de son existence, Mary avait pourtant fini par l'apprécier et commençait à comprendre pourquoi elle se réfugiait dans l'alcool. Plus d'une de ses amies était déjà mère, et certaines attendaient leur second enfant. Elles avaient dû apprendre à vivre à la dure, sans le confort d'un salaire régulier, parfois même sans un homme digne de ce nom pour les aider à tenir jusqu'à la fin du mois...

Eh bien, pas de ça pour elle ! Elle en avait fait serment à sa mère... Finalement, Kenny n'était sûrement pas la passion de sa vie, mais au moins il prenait soin d'elle. Et, à sa façon, elle lui en savait gré.

Et puis Michael faisait son chemin dans le milieu. À eux deux, ils arriveraient bien à s'occuper de Gordon. En tout cas, ils feraient de leur mieux... Elle sentit les larmes lui monter aux yeux et cligna les paupières pour les refouler. Pleurer n'arrangerait rien et Kenny risquait de le prendre mal. Elle ne voulait surtout pas le forcer à écourter sa gymnastique sexuelle, tant qu'il ne serait pas repu. Elle sentait les relents âcres de sa peau gélatineuse. Même en sortant de la douche, il dégageait cette odeur de caniveau. Bah ! songea-t-elle. Elle aussi, sans doute... Mais au moins, son maquillage et son eau de toilette la masquaient assez bien pour qu'elle oublie d'où ça lui venait. Ce pauvre Kenny... En dépit de son fric, de sa grande gueule et de ses bagnoles, il n'aurait jamais l'air que de ce qu'il était. Un vulgaire truand. Tout en lui trahissait le marlou – sa façon de se saper, l'or qu'il portait au cou et aux poignets. Il pouvait bien claquer des montagnes de blé, rien ne pourrait masquer son goût de chiottes. Sa fortune lui allait comme des guêtres à une vache ! Il serait toujours plus à l'aise dans un tripot, ou accoudé à un bar, que dans un resto ou un night-club sélects. Comme disait sa pauvre mère, on pouvait toujours sortir un type de l'East End, mais pour sortir l'East End du type, c'était une autre paire de manches !

Comme il commençait à jouir, elle sentit les frissons qui annonçaient la fin du corps-à-corps et le serra plus fort contre elle, en nouant ses bras autour de lui pour mimer l'amour dont il avait tant besoin. Il aurait fallu être crétin pour s'imaginer que, sans son argent et tout ce qui allait avec, il aurait pu s'offrir la femme de ses rêves. C'était d'ailleurs la première raison qu'avaient les hommes de faire leur pelote : pouvoir s'exhiber au bras d'une femme séduisante. Il leur fallait ça comme vitrine, pour étaler leur réussite.

Elle n'avait en somme pas à se plaindre de cet arrangement : en retour, Kenny lui offrait tout ce qu'elle voulait, ou presque – et Mary Miles n'était pas du genre à se contenter de peu !

— Alors, poulette... ? lança-t-il soudain, d'une voix enrouée et pâteuse.

Mary eut un haut-le-cœur. Comme il toussait un bon coup pour se racler le gosier, elle ravala une féroce envie de le gifler, pour le dégoût qu'il lui inspirait. Mais elle se força à sourire, comme d'habitude, et le rassura d'un signe de tête. Il ne posait jamais trop de questions, de peur d'obtenir une réponse trop brutale qui aurait rompu le lien ténu qui la retenait dans son lit.

— Ça t'a plu ?

Elle hocha de nouveau la tête, un brin estomaquée par tant de candeur. À son âge plus que certain, il pouvait encore s'aveugler au point de ne pas savoir si sa partenaire avait ou non ressenti quelque chose qui pût ressembler à un orgasme, de près ou de loin ? Se redressant, elle s'assit dans le lit et attrapa un verre de cognac posé sur sa table de chevet, qu'elle descendit d'un trait dans l'espoir d'y trouver la paix du sommeil. L'idée ne lui vint pas que c'était exactement le genre de remède qui avait fait le malheur de sa pauvre mère, tant d'années auparavant – et pour les mêmes raisons.

*

— Merci, Louie. On te doit une fière chandelle !

Louie eut un frêle haussement d'épaules et Danny Boy remarqua que son ami prenait de l'âge. Ça le rendait triste de le voir comme ça, et ça lui donnait envie de le protéger, ce vieil enfoiré. Car, s'il avait réussi, c'était grâce à lui. Louie lui avait offert son premier boulot, à l'époque où son père merdait salement. Il l'avait pris sous son aile et Danny mettait un point d'honneur à lui renvoyer la politesse, d'une façon ou d'une autre.

— Je me suis dit qu'il fallait vous mettre en garde, les gars. Mais écoutez-moi bien... Je sais que vous mijotez quelque chose contre lui et, entre nous soit dit, je vous comprends. Vous savez que j'ai toujours une oreille qui traîne, alors je vais vous filer un bon conseil : le jour où vous déciderez de passer à l'acte, assurez-vous que les pointures se laissent dire, comme un fait avéré, qu'il était en cheville avec les flics. En plus de vous protéger de tout retour de bâton, ce qui n'est pas impossible, vu le statut de Mangan dans le milieu, ça vous vaudra la bienveillance des gens qui comptent. Bien sûr, vous risquez de vous coltiner les brêles habituelles, qui essaieront de faire des vagues. Mais, dans l'ensemble, c'est pas d'eux que viendront les ennuis. Si vous voulez grimper les échelons et poser des bases solides pour votre bizness de came, vous allez avoir besoin de la bénédiction de pas mal de monde.

Michael sourit. Il l'aimait bien, ce vieux Louie. C'était le bon sens personnifié et il ne confondait jamais conseil et prêchi-prêcha.

— J'ai pris de sérieux risques en prenant votre défense, les gars. Alors, à votre tour de me renvoyer l'ascenseur. Ne merdez pas, sur ce coup-là. Je compte sur vous.

— Pas de problème, Louie. C'est comme si c'était fait.

— Et pour ta mère, je suis vraiment navré, petit. C'était une femme… formidable.

Les efforts de Louie pour trouver quelque chose de positif à dire sur la mère de Mike les firent sourire.

— Ça peut se dire comme ça, ouais, répondit Michael.

Pour une obscure raison, cette réplique leur parut résumer la situation de façon si cocasse qu'ils éclatèrent de rire. Louie termina son verre. Ça faisait du bien d'évacuer l'excès de stress et de chagrin. Et si le rire pouvait les y aider, eh bien, qu'ils rient ! Rien ne pouvait être plus bizarre que les quelques jours qu'ils venaient de vivre…

Tout en les regardant se gondoler, Louie perçut les ondes de danger qu'ils dégageaient et la fougue de la jeunesse qui les confortait dans leur illusion de toute-puissance. Ils se croyaient invulnérables… Il fut à deux doigts de leur dire qu'ils étaient aujourd'hui la réplique exacte de Mangan dans ses jeunes années : un jeune loup persuadé que le monde n'attendait que lui, convaincu de n'avoir qu'à se baisser pour prendre ce que la vie avait à offrir de meilleur.

Mais ça aurait jeté un froid et le moment lui parut mal choisi.

Chapitre 11

Gordon Miles attendait devant son immeuble en compagnie de Jonjo Cadogan. Il n'arrivait pas à se faire à l'idée qu'il allait enterrer sa mère. Ça lui semblait irréel. Évidemment, il ne s'était jamais attendu à la voir faire de vieux os, vu ce qu'elle s'enfilait. Tout le monde savait que l'alcool l'userait plus vite que la vie elle-même. Mais ça restait un sacré choc. Elle avait tenu tant de place dans leur vie... Tout comme son frère et sa sœur, il avait parfois souhaité sa mort, et maintenant qu'elle leur lâchait enfin la grappe, il s'en voulait d'avoir eu ces pensées – même si, en un sens, elles n'avaient rien que de très normal.

Grand et bien bâti pour son âge, Gordon était, comme son pote Jonjo, une version un tantinet édulcorée de son frère aîné. Par ce froid de canard, emmitouflé dans le luxueux manteau en cachemire noir qu'il portait par-dessus son costard neuf, il paraissait nettement plus que ses dix-sept ans. Ils regardaient en silence l'attroupement qui commençait à se former : les gens venaient rendre un dernier hommage à cette femme qui avait passé sa vie à empoisonner la leur. Avec sa sœur, Gordon s'était demandé si les gens ne se déplaceraient pas juste pour s'assurer que la défunte était vraiment refroidie. Ça tombait sous le sens : une bonne partie de leurs voisins ne devaient pas être fâchés de la voir plier bagage. Tout bien pesé, et même si ça lui faisait un peu mal de se l'avouer, lui non plus, il n'était pas mécontent de l'accompagner dans son dernier voyage.

C'était un de ces jours de crachin, froids et humides. La pluie aplatissait les coiffures des femmes et transperçait les vestons des hommes réunis devant l'immeuble par petits groupes, la cigarette au bec. Ce n'était certes pas la première fois qu'il assistait à ce genre de scène. Dans le quartier, ça n'était jamais qu'un enterrement de plus. Un brin d'excitation, un brin de soulagement, de quoi alimenter quelque temps les conversations. Mais cet enterrement-ci, on n'avait pas fini d'en parler. On disait qu'à lui seul le prix qu'avait coûté le cercueil aurait suffi à combler le trou de la Sécu – tout ça pour une fieffée pocharde qui aurait pu en remontrer à tous les poivrots du quartier, et sans rouler sous la table encore ! Une vraie peau de vache qui n'avait jamais eu un mot aimable pour personne dans ses dernières années, pas même pour un malheureux clébard. Elle avait toujours laissé ses gosses s'éduquer seuls, livrés à eux-mêmes toute la sainte journée. Elle était devenue l'archétype de la mauvaise mère, l'exemple à ne pas suivre, l'incarnation du piège qu'était l'alcool pour les femmes.

Ce qui faisait jaser, c'était surtout le nouveau statut de Michael. L'aîné des Miles s'était fait un nom dans le milieu en bossant avec cet énergumène de Danny Boy Cadogan – un jeune homme au demeurant éminemment prometteur qui, non content d'avoir réduit son père à l'état d'infirme (tour de force que les esprits les plus tolérants avaient du mal à concevoir), avait réussi par sa seule vigilance à mettre fin à la délinquance et aux méfaits des gangs dans le quartier. Ça, ça lui avait valu l'admiration et la reconnaissance générales. Il lui avait suffi de quelques menaces bien senties et de quelques gnons pour accomplir ce petit miracle et venir à bout d'un problème sur lequel la police s'était vainement cassé les dents depuis la construction des immeubles, à savoir la fin de la guerre. Danny Boy avait donc accédé au rang de héros local, étendant son prestige à tous ses proches.

Un frisson d'excitation électrisa l'atmosphère quand une longue limousine noire s'arrêta au bord du trottoir, le temps de laisser descendre trois malabars en costard sombre qui affichaient des mines de circonstance. Kenny Douglas et sa suite. Ça faisait belle lurette qu'on n'avait plus vu sa couleur, dans le coin. Il opérait plutôt dans le secteur de Bethnal Green – un « cow-boy de Valance Road », comme on disait dans le quartier.

Douglas s'alluma une cigarette en promenant un regard méfiant sur l'assistance. Il était toujours sur le qui-vive, à l'affût de quelqu'un qui pourrait lui vouloir du tort – ce qui ne manquait pas dans le milieu, vu son arrogance et sa tendance à démarrer au quart de tour pour des broutilles. Il était plein aux as, ce n'était un secret pour personne, mais ça n'avait jamais été un Apollon. En fait, il avait surtout l'air du type qui n'a pas de temps à perdre en salamalecs. Les non-initiés percevaient distinctement ce parfum vague mais tenace de danger qui flottait autour de lui, et, d'instinct, s'écartaient de son chemin. Dans le monde où ils vivaient, ce genre d'influence était un atout. C'était même la clé du succès. Mais, devant toutes ces trognes grisâtres qui le lorgnaient comme une bête curieuse ou un oiseau exotique, il eut l'impression que le poids d'impuissance et de désolation que la misère répandait, partout où elle sévissait, s'abattait sur lui. Il s'était élevé au-dessus de tout ça, mais la scène lui rappelait douloureusement ses origines. Dans son enfance, il avait enterré son père dans des circonstances similaires, à cette différence près qu'ils n'avaient pas eu les moyens de lui offrir des funérailles décentes, à ce vieux con. Son père s'était retrouvé dans le secteur des indigents en compagnie d'autres loqueteux dans son genre. Ils n'avaient même pas eu de quoi lui offrir une pierre tombale digne de ce nom, juste un petit vase funéraire dans lequel personne n'avait jamais déposé aucune fleur. Son père n'avait pas fait grand-chose de son existence, à part s'attirer la haine de ses gosses et le mépris de tous ceux qui avaient eu affaire à lui. Pour Kenny, rien ne pourrait jamais effacer cette honte. La honte d'être l'héritier d'un pochetron.

S'il était venu à l'enterrement, c'était pour Mary, et uniquement pour elle. Il n'allait pas se gêner pour le faire comprendre à son frère aîné et à son acolyte – un jeune homme ambitieux, à ce qu'il semblait, aussi déterminé à faire son chemin qu'il l'avait été lui-même. Il se débrouillait bien, ce Cadogan ; personne ne pouvait dire le contraire. Il avait de bons atouts dans la manche et pouvait compter sur l'appui de plusieurs gros calibres. Mais c'était aussi une sale petite frappe qui finirait fatalement par caresser quelqu'un à rebrousse-poil. Ces derniers temps, Kenny les avait gardés à l'œil, Michael et lui. Ils formaient une bonne équipe et avaient monté une putain de bande, mais il se méfiait d'eux, et plus qu'il ne voulait l'admettre. Pour tout dire, même, ce Cadogan lui filait les foies. Il suffisait d'un atome de matière grise pour comprendre à qui on avait affaire. Ce regard de dingue, ça ne pouvait dénoter qu'un esprit tordu... Eh bien, il n'allait pas tarder à découvrir que ce petit con de Louie Stein n'avait pas l'envergure d'une vraie pointure, et c'était l'occasion rêvée de lui mettre les points sur les « i ». Du haut de ses vingt-cinq ans, cette grande gueule de Danny Cadogan n'était qu'une caricature de ses ambitions. Ce sale môme faisait dans le deal de came et la récupération de créances, et cherchait à percer sur le marché des stéroïdes, mais en fait, il n'était qu'une sentence de prison ambulante. Il avait peut-être fait tabasser son paternel, lequel l'avait bien cherché, mais ça n'impressionnait personne chez les vrais caïds. Ça ne prouvait qu'une seule chose : qu'il n'était qu'un putain de traître. D'aucuns prétendaient que c'était un type super et que son père n'avait eu que ce qu'il méritait. Mais, l'un dans l'autre, son seul mérite, à ce petit con, avait été de trahir son père – sa propre chair et son propre sang, fût-il le dernier des fumiers. C'était le monde à l'envers. Un vrai scandale. Ce gamin s'était fait gloire d'un geste odieux, parfaitement injustifiable.

Aujourd'hui, Danny Boy allait donc comprendre que sa prétendue réputation n'impressionnait pas les vraies pointures. Bien au contraire ! Kenny entendit son ventre gargouiller. Il aurait dû manger un morceau avant de venir, mais il avait décidé de communier. Sa mère serait présente à l'enterrement et ça lui ferait plaisir de voir son fils approcher de la sainte table. Sans compter que ça faisait plusieurs semaines qu'il n'avait pas mis les pieds à l'église. Excellente occasion pour se rattraper.

*

Mary était dans sa chambre avec sa cousine Imelda, qui lui fournissait un luxe de détails sur le buffet d'enterrement qu'on avait commandé au pub et qui avait coûté les yeux de la tête. Imelda était une fille un peu enveloppée, avec de très beaux yeux, des gros genoux et un début de moustache. Généreuse et serviable par nature, elle avait récemment débarqué chez les Miles pour veiller au bon fonctionnement de la maison et faisait des pieds et des mains pour se rendre indispensable, dans l'espoir de se faire une petite place parmi eux. Elle n'aurait plus à retourner chez elle, où son rôle se limitait à celui d'une bonne. Si Mary décrétait qu'elle pouvait rester, personne ne la contredirait. Mary était une pointure à part entière, depuis qu'elle était liée à Kenny Douglas. Imelda espérait donc que sa cousine userait de son nouveau pouvoir pour l'installer chez elle. Ici, sa vie était un vrai bol d'air et elle reprenait goût aux choses.

Mary se leva. Sachant d'où venait sa cousine et par où elle était passée, elle la comprenait.

— Cesse de t'en faire, Imelda. Tu resteras ici aussi longtemps que tu voudras, d'accord ?

Imelda lui tendit ses bras potelés, et Mary vint s'y jeter.

— T'es devenue une sacrée star, cousine, lui dit-elle, sincèrement touchée, en la serrant sur son cœur. J'ai aucune envie de les retrouver, cette bande d'enfoirés. La seule idée de retourner là-bas me file des boutons !

Mary étouffa un petit gloussement. Elle se serait crue incapable de rire de quoi que ce soit, mais finalement... elles éclatèrent de rire ensemble, soulagées du même fardeau – le fardeau de leur famille, d'un parent qui n'avait pas de vraie place dans leur cœur, mais qu'elles étaient obligées de supporter.

Mary se trouvait en meilleure posture. Elle allait enterrer sa mère – pas de gaieté de cœur, bien sûr – et n'attendait qu'une chose : que la cérémonie soit finie, pour pouvoir enfin tourner la page et voler de ses propres ailes.

Elles étaient toujours écroulées dans les bras l'une de l'autre quand Michael entra pour leur annoncer l'arrivée du corbillard.

— Il commence à y avoir pas mal de gens, dehors, fit-il avec soulagement.

Si personne n'avait pris la peine de venir constater l'ampleur de la dépense, leur mère aurait été capable de sortir de sa tombe et d'exiger qu'ils recommencent tout, depuis le début ! Elle avait toujours eu le sens du spectacle. Elle adorait le mélodrame, d'où qu'il vînt ; ses frasques quasi quotidiennes lui permettaient de monopoliser le centre de la scène. Et Michael ne regrettait qu'une chose : qu'elle n'ait pu assister aux préparatifs de son propre enterrement. Elle aurait adoré… Elle l'avait enfin conquise de plein droit, cette place tant convoitée que personne ne risquait de lui souffler ! La vedette, aujourd'hui, c'était elle.

Mary ne répondit pas. Elle était ravissante dans son tailleur Ozzie Clark noir à gros boutons, avec sa jupe droite et sa veste cintrée qui affinait encore sa silhouette gracile. Ses cheveux blonds étaient coiffés à ravir, cascadant sur ses épaules en une masse bouclée. Elle n'avait jamais été plus jolie. Ses grands yeux écartés, maquillés comme toujours d'une main experte, lui donnaient une innocence qu'elle avait depuis longtemps perdue. Michael était fier d'elle et de sa beauté, fier de pouvoir montrer à tous que, elle aussi, elle avait su s'élever au-dessus de sa condition, malgré la piètre opinion qu'on avait d'eux dans le quartier, malgré toutes les épreuves que la vie leur avait infligées. Et Dieu sait combien ils avaient dû se blinder, année après année, pour résister à leur mère et à ses facéties d'ivrogne.

Celui pour qui il s'inquiétait à vrai dire, c'était ce pauvre Gordon. Le petit dernier, l'enfant chéri. Il avait toujours été proche de sa mère... Mike se promit d'en parler à Danny. Ils pourraient peut-être lui confier un petit job, histoire de voir s'il pouvait se rendre utile.

Tandis qu'ils descendaient l'escalier, Mary sentit le regard de Danny Boy Cadogan se poser sur elle. Elle le lorgna avec le dédain habituel, alors que sa seule présence lui faisait battre le cœur. Depuis toujours, depuis la cour de l'école, elle en pinçait pour lui, mais le lui avait toujours caché. Car elle connaissait Danny Boy. Il aurait rigolé, s'il avait soupçonné ses sentiments, et elle ne supportait pas l'idée qu'il puisse se moquer d'elle.

Il la regardait avec une tristesse non feinte. Abaissant momentanément sa garde, elle lui décocha un sourire qui la transfigura. Danny sentit son trouble et se demanda ce qu'elle pourrait donner au lit. Quelque chose lui disait que ça devait être un régal de gourmet. Kenny ne devait pas être à la hauteur, il était trop vieux et rassis pour que leur couple soit vraiment fondé sur de l'amour ; de son côté à elle, en tout cas. Kenny devait n'être qu'une roue de secours et ne l'ignorait sans doute pas – ou alors, il était vraiment plus con que nature ! Danny sentit qu'il aurait pu la lui souffler d'un claquement de doigts. Il passerait à l'action, un jour ou l'autre, mais il attendrait son heure, celle où ça ferait le plus de dégâts. Il en aurait trépigné d'impatience. Mais, pour l'instant, il avait assez de jugeote pour comprendre que ça n'était ni le lieu ni l'heure de régler ce genre de compte, quand bien même ça le démangeait. C'était l'enterrement de la mère de Michael et il était déterminé à ce que tout se déroule sans accroc. En plus d'être son meilleur pote, Michael était le cerveau de leur tandem, et il avait besoin de lui. Bien plus qu'il ne voulait l'admettre.

— Allez, viens, ma cocotte... Je vais t'accompagner en bas.

Comme Danny Boy lui glissait le bras autour des épaules, Mary fondit en larmes. Il posa sa main libre sur sa nuque, l'attira à lui, et elle enfouit son visage contre sa poitrine comme l'avaient fait tant de femmes éplorées avant elle – tandis que, égal à lui-même, il en profitait pour la peloter d'une main experte. Il la trouva en tout point conforme à ce qu'il s'était imaginé. Supérieurement roulée.

*

Le pub était noir de monde et l'alcool coulait à flots. Avec la chaleur, la veillée mortuaire avait pris des allures de bacchanale, ce qui n'avait rien d'exceptionnel dans la communauté catholique irlandaise. Les gens pouvaient bien faire des mines, pour eux, un enterrement, ça servait surtout à fêter la mort : on célébrait le départ du défunt pour le paradis, une vallée bien plus riante qu'ici-bas – surtout pour une personne aussi perturbée que l'avait été Mrs Miles. Tandis que le volume de la musique montait insensiblement et que les voix se faisaient plus pâteuses, Danny Boy restait à côté de ses parents, surveillant d'un œil d'aigle ce qu'il considérait de plus en plus comme son pré carré. Les gens venaient le saluer et lui serrer la main, y compris les pères de ses anciens camarades d'école, ce qui n'échappait à personne.

Kenny Douglas commençait à être passablement éméché et son comportement agaçait Mary. Il aurait dû rester près d'elle, tranquille, l'entourer d'attentions et la consoler, en ce triste jour où elle enterrait sa mère. Mais il agissait comme si ce n'était qu'une beuverie comme une autre – picole et baston à volonté. Il aurait dû aller saluer son frère et Danny, dès le cimetière, mais il n'avait fait aucun effort de politesse – ce qui les avait prodigieusement irrités, Mary la première. Michael se sentait offensé, en tant que frère aîné ; Danny Boy, lui, était dans une rage noire. À ses yeux, son nouveau statut lui devait le respect de ses pairs, donc de tous les caïds.

Un certain nombre de pointures avaient d'ailleurs profité de l'occasion pour marquer publiquement leur solidarité envers ces deux brillantes étoiles montantes du milieu. Ils avaient présenté leurs condoléances, en se demandant quel rôle ils pourraient leur confier à l'avenir et ce que ces deux stars auraient à leur offrir, quand elles auraient fait leur trou dans la profession. On les sentait sur le point de frapper un grand coup, ces jeunes loups dont les dents rayaient le plancher. Ils finiraient par s'imposer et par percer, pour longtemps. Ce n'était plus qu'une question de temps. Tout le monde était donc prêt à les reconnaître.

Louie Stein était là, lui aussi. Il surveillait la salle de ce regard madré dont il avait le secret. Rien ne lui échappait. L'attitude méprisante de Kenny, qui les ignorait royalement, était une vraie déclaration de guerre. Une telle offense exigerait tôt ou tard réparation, et il avait sa petite idée sur l'identité du vainqueur, le jour où les comptes seraient soldés – ce qui ne pouvait tarder, vu la tournure que prenaient les événements. Il observait l'assemblée en s'émerveillant des effets délétères de l'orgueil, qui entraînait invariablement des catastrophes en chaîne. Kenny Douglas allait se casser la gueule de très haut et, comme le père de Danny, il ne serait pas près de s'en remettre.

Comme il levait son verre en direction de Danny Boy, il surprit le regard de dégoût que lui jetait Douglas et éclata d'un rire sonore, avant de lever ce même verre pour lui et ses copains. Lawrence Mangan non plus n'en perdait pas une miette. Pour autant que Louie pouvait en juger, le casting était parfait, et Cadogan allait pouvoir marquer convenablement son territoire. Ça faisait belle lurette que ça couvait ; mais là, c'était imminent. Quelqu'un allait découvrir à ses dépens ce dont était capable ce petit enfoiré.

Louie avait toujours observé que les enterrements, tout en rappelant aux gens qu'ils finiraient par passer l'arme à gauche, les confortaient aussi dans la certitude de leur immortalité : c'était une donnée de base, singulièrement dans ce milieu où les existences étaient si souvent écourtées pour des raisons aussi futiles qu'une bagarre idiote, engagée le mauvais jour avec la mauvaise personne. Dans leur monde, faire de vieux os en évitant les emmerdes exigeait un talent spécial qui n'était pas à la portée du premier venu.

La grande fiesta d'aujourd'hui allait une fois de plus en apporter la preuve et démontrer que la relève était assurée. La génération montante arrivait aux affaires, la main lourde et le sourire conquérant. Pas besoin de sortir d'Oxford pour le prédire... C'était une loi universelle. Un jour ou l'autre, même les plus grands acteurs devaient céder leurs premiers rôles à des types plus jeunes et plus fringants. Au Jeu de la Chance, la jeunesse avait toujours le dernier mot. Ils n'avaient rien à perdre et tout à gagner. Car le succès rendait frileux. La crainte de perdre ce que vous aviez mis des années à construire émoussait votre mordant, tout en vous berçant dans vos illusions de sécurité. Ça finissait par vous pousser à l'erreur. Or les Danny Boy Cadogan avaient le nez creux, ils reniflaient l'erreur comme un fauve flaire l'odeur du sang. C'était ce qui faisait tourner le monde et rendait le spectacle si fascinant.

Comme Danny lui décochait un clin d'œil complice, Louie sentit qu'il avait misé sur le bon cheval. Depuis le temps que ça le démangeait, ce gamin, d'engager le vrai combat. Eh bien, ça y était. Il allait enfin pouvoir en découdre.

*

Mary se refaisait une beauté aux toilettes, quand Kenny entra en chancelant. Il était ivre mort, bien plus qu'ils ne le pensaient l'un et l'autre, et cherchait la bagarre. Mary avait passé la journée à le fuir, préférant la compagnie de sa cousine ou de ces jeunes femmes mariées qu'elle dénigrait à longueur de temps – elles et leur dévotion pour leurs hommes qui n'avaient rien d'autre à offrir que des marmots et des tracas. Certains jours, son arrogance avait le don de le fiche en rogne – et justement, c'en était un.

Mary reconnut immédiatement les signes annonciateurs d'une engueulade et s'apprêta à faire front.

— Qu'est-ce qu'il y a, Kenny ? fit-elle avec un soupir exaspéré. T'as un problème ?

Toute son attitude dénotait l'insolence et l'hostilité. Elle aussi, elle avait bu plus que de raison. Mais elle avait une excuse : elle enterrait sa mère.

— Et toi, c'est quoi ton problème ?

Il était mûr pour pousser une bonne gueulante, comme chaque fois qu'il avait un coup dans le nez – sauf qu'aujourd'hui elle s'en contrefichait, de lui et de ses conneries.

— Lâche-moi, Kenny ! Je suis pas d'humeur.

Elle avait grondé ces mots d'une voix rauque et lasse, où il discerna l'écho de ses véritables sentiments. Elle ne l'avait jamais vraiment aimé – pas comme elle aurait pu le faire s'ils avaient été du même âge, en tout cas. Il était beaucoup plus vieux qu'elle, et ça commençait à peser sur leur relation. Comme tous les hommes qui en pincent pour des femmes plus jeunes, il devait se rendre à l'évidence : elle en voulait plus que ce qu'il pouvait lui offrir. Pis, elle ne voulait plus rien de lui, ses cadeaux n'avaient même plus l'attrait de la nouveauté. C'était fini, il le savait. Au début, tout allait bien. Elle était si jeune, si fraîche – et cette paire de nibards à damner un saint... Au début, elle n'était pour lui qu'une vitrine, un charmant accessoire qu'il aimait balader à son bras. Sauf qu'à présent il l'aimait. Vraiment. Et il ne la laisserait pas partir sans livrer bataille. Car elle était décidée à le larguer, il le savait. Elle ne s'était mise avec lui qu'à cause de sa mère ; c'était ça, la vraie raison, au départ. Et maintenant que sa mère n'était plus là pour lui rappeler combien la vie pouvait être dure sans le soutien d'un homme, elle se sentait capable de le plaquer. Elle en pinçait pour Danny Boy Cadogan, pas de doute. Il avait surpris ces regards de braise qu'elle lui lançait. Il y avait anguille sous roche, ça crevait les yeux.

Kenny fut pris d'une soudaine envie d'étrangler cette femme qui lui crachait son dégoût à la figure. Il aurait aimé pouvoir lui arracher son sourire insolent, lui faire payer toutes les fois où elle s'était laissé faire au lit en ravalant sa haine et son mépris. Depuis le début, elle lui avait joué cette comédie... Si elle s'imaginait qu'il allait s'écraser et quitter le terrain, la queue entre les jambes, en laissant la bite à Danny Boy Cadogan prendre la place de la sienne, elle se foutait le doigt dans l'œil, et jusqu'au slip ! Elle lui appartenait – elle lui avait coûté assez cher ! Alors, tant qu'il ne lui aurait pas donné l'autorisation expresse de s'en aller, elle n'irait nulle part.

— À qui tu parles là, hein, putain ? Pour qui tu te prends ?

La colère dégoulinait de lui comme une sueur froide. Mary le regarda droit dans les yeux, en partie navrée de ce qu'il l'obligeait à faire, en partie soulagée de pouvoir enfin mettre les choses au point. Enfin, elle avait l'impression d'être une fille de son âge, une fille splendide, qui plus est, resplendissante de jeunesse et de beauté. Elle avait tout ce qu'il fallait pour se trouver l'homme qu'il lui fallait vraiment, celui sur lequel son choix se porterait. Elle en avait soupé de Kenny Douglas et de sa mesquinerie, de sa vulgarité et de son regard de veau !

Cette fois, c'était fini. Fi-ni !

— Écoute, Kenny, on va pas se disputer un jour pareil. Je viens d'enterrer ma mère.

Il eut un sourire mauvais. Toute la rage qu'il ravalait d'ordinaire reprenait le dessus. Mary se mit à avoir peur. En voyant la panique envahir son visage, Kenny se sentit ragaillardi. Le courage lui revenait. Hors de question qu'elle le largue, et certainement pas pour ce petit con de Cadogan ! Elle ne le couvrirait pas de ridicule aux yeux de ses copains, elle ne lui ferait pas endosser le rôle du cocu. Elle se tirerait quand il lui dirait de se tirer – pas avant !

— Kenny, je t'en supplie. Ne fais pas ça. Tu pourrais avoir n'importe quelle fille...

Il la regardait toujours, en souriant.

— Mais c'est toi que je veux, Mary. Et tu n'iras nulle part, ma cocotte en sucre. Si tu t'imagines que je vais te laisser te tirer, réfléchis à deux fois, ma petite. Je préfère te voir morte !

Mary en eut le cœur glacé. Il ne parlait pas à la légère. Il avait pesé chacun de ses mots. Et il avait dû poster un de ses hommes devant la porte des toilettes, ce qui expliquait que personne ne soit entré depuis plusieurs minutes, et ça en disait long sur ses intentions. Il était venu régler ses comptes, qu'elle veuille de lui ou non. Elle était prise au piège. Il profitait de l'enterrement de sa mère pour mettre les points sur les « i » et proclamer les droits qu'il estimait avoir sur elle. Il l'avait achetée. C'était même à cause de ça qu'ils n'avaient jamais été heureux ensemble, pas vraiment en tout cas. Leur histoire n'était pas fondée sur la confiance mutuelle, mais sur les pires motifs, et Mary ne voulait plus, ne pouvait plus continuer comme ça. Sa mère n'était plus là pour l'y obliger. La seule personne dont elle devait se soucier, désormais, c'était elle.

Ce fut l'alcool qui répondit par sa bouche.

— Va te faire foutre, Kenny ! Comment tu pourrais me forcer à rester avec toi, hein ? ! Me confonds pas avec ta femme, putain !

— Laisse ma femme en dehors de tout ça. Et n'essaie pas de jouer au plus fin avec moi !

Elle se détourna pour s'admirer dans le miroir. Elle aperçut le regard qu'il lui lançait, un regard de douleur et de désespoir, et, l'espace d'un instant, ressentit un sursaut de pitié. La seule chose qui comptait, pour ce type, c'était l'opinion d'autrui. Ce que les gens pensaient de lui, ce qu'ils avaient à lui offrir et ce qu'il pouvait espérer en tirer. Kenny la considérait comme sa propriété, ni plus ni moins, une parmi tant d'autres. Il estimait avoir investi suffisamment de temps et d'argent ; et comme il en voulait pour son fric, il se croyait autorisé à faire d'elle ce qu'il voulait. Mais sa décision était prise : elle allait le quitter et il n'y pourrait rien. C'était l'occasion ou jamais, inutile de se le cacher. Elle ne pouvait pas reculer. Ce qui l'avait tant séduit en elle, c'était justement son indépendance ; si elle y renonçait maintenant, elle pouvait aller se creuser une tombe près de celle de sa mère, parce que ce mec se ferait un plaisir de l'y balancer.

Elle se recoiffa et arrangea ses longs cheveux blonds sur ses épaules gracieuses.

— Tu fais comme tu veux, Kenny, mais nous deux, c'est fini.

Il se rua sur elle et elle se protégea d'instinct le visage des bras. Il la frapperait au visage, elle le savait, car la défigurer était le plus sûr moyen de la détruire moralement. Il la martelait de ses poings, avec férocité, mais l'idée ne vint même pas à Mary d'implorer sa pitié. Si elle l'avait supplié d'arrêter, il aurait gagné cette manche et elle ne s'en débarrasserait jamais. Elle préférait donc encaisser. C'était sa seule chance pour qu'il lui fiche la paix. Mais elle devait d'abord le laisser décharger sa rage et son chagrin, le laisser lui faire mal. Pour mieux s'en débarrasser.

Comme il l'attirait à lui, elle sentit qu'il lui écartait les jambes et arrachait le confetti de soie qui lui tenait lieu de culotte. Quand ses gros doigts se forcèrent un passage en elle, elle se mit à hurler et à lui labourer le visage de ses ongles laqués de rouge. Elle se débattait avec l'énergie du désespoir. Un filet de sang, tiède et salé, s'égouttait de sa bouche. Une douleur lancinante lui cisaillait le corps. Kenny était comme fou et elle ne pouvait s'en prendre qu'à elle-même. Elle n'aurait jamais dû laisser les choses en arriver là. Elle lui avait délibérément menti, elle s'était servie de lui. Elle l'avait pressé comme un citron, et maintenant elle payait le prix de ses mensonges. Il avait fallu la mort de sa mère pour qu'elle comprenne enfin ce qui comptait vraiment, ce dont elle se privait dans la vie.

C'est alors que Michael et Danny firent soudain irruption et empoignèrent Kenny. Elle les regarda, bouche bée, le bourrer de coups de pied, ensemble, puis l'un après l'autre. Danny Boy semblait prendre plaisir à shooter dans la tête de Douglas comme dans un ballon de football. Son visage reflétait une profonde jubilation, comme s'il était enchanté d'avoir une bonne raison de laisser libre cours à sa rage. Mais Kenny avait dépassé les bornes et picolé au point de perdre tout sens des réalités. L'enterrement de sa mère, ce n'était ni le lieu ni l'heure de régler ses comptes.

Son amant suppliait qu'on l'épargne. En voyant Danny sortir un Stanley tout neuf de sa poche, Mary ferma les yeux. Cadogan allait taillader cet homme qui avait si longtemps partagé son lit. En voyant le sang de Kenny éclabousser les murs grisâtres, elle eut un haut-le-cœur qu'elle réprima aussitôt et se contraignit à garder son sang-froid. Tout cela prenait des proportions inouïes. Jamais ça n'aurait dû dégénérer de la sorte... Son frère, les yeux exorbités par la fureur, la prit dans ses bras et cria à Danny de tuer Kenny, de le massacrer, de saigner ce misérable porc. Et Mary sut que ce qu'elle avait provoqué n'en finirait pas de la hanter, encore et encore. Et pas seulement elle, mais eux trois.

Lawrence Mangan avait entendu les cris et le raffut, mais il se garda bien d'intervenir. Il avait compris. Ces deux gamins avaient décidé d'en découdre. Ils étaient prêts à prendre le monde entier à bras-le-corps pour s'octroyer ce qu'ils considéraient comme leur dû. Il saisit du même coup que, pas plus que Kenny, il n'était en mesure de s'y opposer. Ils avaient affaire à une nouvelle vague de malfrats, des petits salauds qui tuaient comme ça, sans état d'âme, pour un oui ou pour un non, pour la beauté du geste. Qui sautaient sur la moindre occasion de prouver qu'ils en avaient dans le bide, en s'arrangeant pour paraître dans leur bon droit. On aurait dû les rappeler à l'ordre depuis longtemps, Kenny comme Danny d'ailleurs, mais dans les règles de l'art – en privé, sans faire de vagues et sans attenter inutilement à la pudeur de quiconque…

Lorsque Michael et Danny émergèrent des toilettes des dames, ils étaient couverts de sang et convaincus que personne ne parlerait. Même les hommes de Kenny écraseraient le coup. Si ces cerbères avaient eu le sentiment qu'ils étaient dans leur tort, ils seraient passés à l'action pour défendre leur boss ; au lieu de quoi, personne ne leur avait rien demandé, et ils n'avaient rien demandé à personne – ce qui en disait long. Le pouvoir en place leur avait donné son feu vert. Ils nageaient dans le bonheur. Ça faisait tellement longtemps que Michael rongeait son frein devant les humiliations que devait subir sa sœur ! Enfin, il pouvait marcher la tête haute. Sa mère était morte, et avec elle l'idée que Mary devait coucher pour réussir. Il était un homme et, désormais, il avait bien l'intention de se conduire comme tel.

Pendant des mois, l'enterrement resta au centre de toutes les conversations, mais la police s'empressa d'oublier le meurtre de Kenny, dont la mort n'avait pas empêché grand monde de dormir. Les flics savaient pertinemment qui l'avait descendu, mais ils prenaient la chose avec philosophie. Ça faisait des années que ça lui pendait au nez, à ce pauvre Kenny…

*

Danny discutait avec sa mère. Ces derniers temps, c'était le grand amour, car elle avait une faveur à lui demander. Elle avait toujours besoin de quelque chose et, en général, il essayait de la satisfaire. Cette fois, elle voulait inscrire Annuncia dans une école de secrétariat et il ne demandait pas mieux que de payer les cours de sa sœur. Annie rêvait de devenir secrétaire dans une grande firme. Or il adorait aider les membres de sa famille à réaliser leurs rêves.

— Tu sais bien que je lui paierai tout ce qu'il lui faudra pour réussir dans la vie, m'man. Elle ne manque pas de jugeote, la petite. Si c'est le but qu'elle s'est fixé, elle le décrochera, ce job.

— T'es un bon petit, mon Danny.

Sa mère avait terriblement forci. Les seuls plaisirs qui lui restaient était ceux de la table. Ils avaient tous grandi et passaient de moins en moins de temps à la maison, mais elle continuait à cuisiner des plats gargantuesques qu'elle semblait être la seule à ingurgiter. Son père avait gardé un bon coup de fourchette, mais même lui, il avait du mal à venir à bout des portions qu'elle lui servait.

Mrs Cadogan traitait son fils avec respect, depuis la correction qu'il avait infligée à Kenny Douglas. La façon dont ils lui avaient fait payer, avec Michael, son attitude scandaleuse, le jour de l'enterrement, avait remporté tous les suffrages. On vantait leur courage et leur sens de l'honneur, surtout après les sévices infligés à Mary. Et personne, ni sur le coup ni ensuite, ne trouva rien à redire à la façon dont ils avaient réagi. Kenny Douglas avait déconné, dans les grandes largeurs. Alors, s'il y avait laissé la peau, eh bien, ce n'était que justice divine, ni plus ni moins.

Les flics ne s'étaient guère démenés pour élucider l'affaire et avaient conclu à un « homicide perpétré par un ou plusieurs inconnus » – selon l'admirable formule dont ils usaient pour les affaires dont ils subodoraient les dessous sans pour autant vouloir s'en mêler. À quoi les aurait-il avancés de coffrer ces deux jeunes marlous ? Somme toute, ils avaient réagi comme tout le monde l'aurait fait à leur place...

Le luxe d'égards et de prévenances dont Danny Boy Cadogan entourait depuis lors Mary Miles ne faisait qu'ajouter au romanesque de la situation. Ça avait laissé tout le monde baba et les auréolait d'un prestige qui valait son pesant d'or. Ils étaient désormais traités comme des membres de la famille royale, où qu'ils aillent. On leur proposait bien plus de travail qu'ils ne pouvaient en abattre et leur casino était en passe de devenir le repaire favori du Tout-Londres du crime. Leurs salaires grimpaient si vite qu'ils auraient été en peine de dire au juste combien ils gagnaient.

Leur carrière semblait donc toute tracée. Restait maintenant à mettre Mangan sur la touche. Nettement moins admiratif de leurs exploits que les autres, Lawrence le clamait à qui voulait l'entendre. On ne pouvait pas dire qu'il amassait les foules en affichant ce genre d'opinion et, rien que ça, ça aurait dû lui coller la puce à l'oreille. Mais non. Au contraire, il semblait mettre un point d'honneur à prouver qu'il avait raison. Il n'allait quand même pas leur faire des courbettes, à ces deux sales gosses ! Après tout, ils étaient ses employés, et ils avaient eu le culot de descendre une pointure... Un caïd jouissant de la considération du milieu, un de ses piliers, même ! Putain, c'était le monde à l'envers !

Les deux amis rongeaient donc leur frein et s'armaient de patience en attendant de pouvoir reléguer Mangan de façon plus... permanente. Danny était dans son élément, et la reconnaissance que lui témoignait sa mère suffisait à rembourser sa peine. Car Ange Cadogan était très fière de son fiston et le claironnait sur tous les toits. Le seul point noir, c'était qu'elle refusait de quitter l'immeuble. Il lui avait maintes fois proposé de leur acheter une vraie maison, mais elle s'obstinait dans son refus. Elle se plaisait dans le quartier. Ailleurs, elle se serait sentie comme un poisson dans un tas de ferraille... C'était comme ça, et il allait devoir faire avec, pour l'instant du moins.

Lui, il s'était installé dans un grand appartement sur King's Road. Il appréciait cette liberté toute neuve, mais il revenait régulièrement chez sa mère pour régler ses affaires et lui apporter son linge sale. Il en profitait pour accabler chaque fois un peu plus son père ; pour rien au monde, il ne se serait privé de ce petit plaisir... Il avait le vent en poupe, et il était bien décidé à faire tout ce qu'il fallait pour que ça dure.

Les bourres leur avaient concédé, à lui et à Michael, l'équivalent d'un permis de chasse permanent. Se sachant protégés en haut lieu, ils n'en avaient que plus confiance en eux. Ça leur coûtait un max de blé, évidemment – arroser des ripoux n'était pas à la portée de toutes les bourses –, mais ça le valait bien. Sans leurs appuis dans la Maison Poulaga, ils n'auraient jamais pu vaquer à leurs petites affaires, du moins pas aussi ouvertement.

En somme, Cadogan avait enfin conquis la place qu'il convoitait. Mais il y avait un hic : il n'était jamais satisfait, il lui en fallait toujours plus.

*

À son habitude, Louie observait et laissait venir avant de se prononcer. Sa vie durant, il s'était donné pour ligne de conduite de ne pas la ramener tant qu'il n'avait pas tous les éléments en main. Car la vie lui avait appris que les gens étaient naturellement portés à se vanter de leurs mauvaises actions, plus encore qu'à gonfler les bonnes. Mieux valait donc assurer ses arrières et rester à couvert tant qu'on ne savait pas dans quel sens le vent allait tourner.

Plus mûr et plus réfléchi, Michael semblait avoir pris d'un coup de la bouteille. Avec ses airs virils, Danny Boy avait toujours fait plus que son âge, alors que Michael avait ce genre de beauté que les vieilles dames appellent une beauté « juvénile ». Mais il semblait d'un coup avoir été dépouillé de son innocence, comme si, à la place, on lui avait accroché un masque suspicieux et hostile. Ça se voyait à cette manie qu'il avait de remettre en question les propos les plus anodins. Miles n'avait plus confiance en personne.

À les voir ainsi prendre pied dans le milieu de plus en plus solidement, Louie jugea qu'il était temps de les mettre au parfum. Ils devaient savoir exactement ce qu'on attendait d'eux. En un sens, il était désolé d'avoir à dissiper les illusions de ces deux jeunes hommes convaincus de ne travailler que pour leur pomme... Si seulement la vie pouvait être aussi simple... Mais il était impossible, dans leur monde, de bosser sans cracher au bassinet – sans se fendre, régulièrement, d'une généreuse donation à ceux qui vous autorisaient à travailler. Les gamins n'avaient pas encore bien pris la mesure des réalités économiques du milieu dont ils avaient entrepris la conquête. Louie devait donc se charger de leur en expliquer la hiérarchie et les règles – et de leur faire comprendre que ça n'était pas négociable. On leur avait longtemps laissé la bride sur le cou, mais ils allaient devoir rentrer dans le rang maintenant, et banquer comme tout le monde.

Futés comme ils l'étaient, ils devaient avoir subodoré ce genre de chose. Danny Boy serait sans doute le plus coriace des deux, mais il saurait s'écraser à bon escient, Louie en était persuadé, et se ranger à ce qu'on attendait de lui – en clair, prendre les choses avec philosophie et attendre son tour, comme ils avaient tous dû s'y conformer. Danny et Michael avaient réussi à faire leur trou dans ce monde où ils ambitionnaient tant de s'imposer. Ils allaient maintenant devoir prouver qu'ils en étaient dignes, ce qui était le plus délicat.

Louie avait toute confiance en eux – en Danny Boy, en tout cas. Ce môme avait de l'étoffe, il le savait depuis toujours. Il ferait son chemin. Du moins Louie l'espérait-il, parce que ça faisait des années qu'il tirait les ficelles en coulisse. Il ne s'attendait pas à ce qu'on lui tresse des couronnes, évidemment ; comme tous les gamins, ces deux-là estimaient que ce qui leur tombait dans le bec était dû. Mais il leur restait deux ou trois trucs à apprendre…

Chapitre 12

Jamie Carlton se marrait d'un rire communicatif, comme on dit, un rire sonore, profond, qui venait droit du cœur. Danny Boy disait même qu'il était le seul à savoir vraiment se marrer. Grand et maigre, avec une peau de bébé, Jamie n'avait, à vingt-quatre ans, toujours aucun besoin de se raser. Mais dès les premiers rayons du soleil, son teint clair virait au vermillon, et il ressemblait alors à un feu orange pour piétons... Jamie était le fils unique de Donald Carlton, un pilier du milieu, un fin renard au sourire matois qui avait toujours nourri quelques soupçons quant à sa paternité – mais qui, dans la mesure où il était marié à la mère, et sous peine de perdre la face, avait estimé de son devoir d'en exercer l'autorité. Donald Carlton avait donc toujours traité Jamie comme son fils et, alors que tout semblait le conforter dans ses soupçons, lui avait même assuré un revenu.

Le destin faisant bien les choses, Jamie était un bookmaker-né. Il aurait pu prendre des paris les yeux fermés – endormi, même –, et surveillait si étroitement son personnel qu'il ne manquait jamais un penny dans la caisse. Il espérait contre toute raison que les soupçons de son père étaient sans fondement, encore qu'il pût les comprendre. Sa mère, une femme ravissante, n'avait jamais été un modèle de vertu. On l'avait vue au bras de plus d'hommes que Danny LaRue*. Et ça, pour Jamie, c'était un sacré hic. Car il avait bien conscience de ne devoir sa position qu'au fait d'être un Carlton. Sa situation était donc des plus précaires, et le mot était faible. Il suffirait que son père émît ne serait-ce que l'ombre d'un doute sur les liens qui les unissaient, pour qu'il se retrouve à l'index, du jour au lendemain. Et ça, il était déterminé à ce que cela ne se produise jamais. L'idée avait donc germé dans son cerveau que si son père venait à disparaître, il serait à jamais délivré de cette épine qui lui empoisonnait la vie.

Donald Carlton étant un petit chauve basané et rondouillard, Jamie était mieux placé que quiconque pour comprendre qu'il pût remettre en cause leurs liens biologiques. Ne l'avait-il pas, dès l'âge de douze ans, dépassé d'une tête ? Il envisageait donc sérieusement de s'en débarrasser, pour protéger ce qu'il considérait comme son patrimoine. On pouvait dire ce qu'on voulait, ça n'était pas sa faute. Il n'était en rien responsable de cette situation. Lui, il s'était toujours appelé Jamie Carlton. Son père avait dûment signé son acte de naissance, et personne ne pourrait lui dénier son statut de fils légitime, point final. Sauf que les doutes de Donald Carlton menaçaient désormais de porter à conséquence : il fréquentait en effet assidûment une jeunesse de vingt ans, dotée d'une jolie paire de nichons et d'un utérus en parfait état de marche. Jamie se sentait donc de plus en plus conforté dans ses craintes. L'arrivée d'un bébé serait une catastrophe, surtout si ledit bambin avait la malchance d'hériter la sale tronche de son géniteur…

---

* Performeur d'origine irlandaise, célèbre dans les années 1970 pour ses talents de transformiste, et homosexuel notoire. (Notes de la traductrice.)

En un mot comme en cent, pour s'assurer de palper ce que le destin lui réservait, Jamie était prêt à sceller celui de son prétendu paternel. Il n'avait rien contre lui, naturellement, mais ne devait-il pas songer d'abord à couvrir ses arrières ? D'où l'amitié toute neuve qui le liait à Danny Boy Cadogan, un type aussi brillant qu'efficace, qui avait eu, lui aussi, quelques démêlés avec l'auteur de ses jours. Tout comme Danny, Jamie se sentait à bout de patience. Les proches, c'était un piège. Ils finissaient toujours par vous prouver que vous gaspilliez le temps que vous leur consacriez. La famille, c'était peut-être une valeur sûre – à condition de vivre à l'étranger... !

Jamie n'ignorait rien de la réputation de Danny. Comme la plupart des stars du milieu, Cadogan avait un talent spécial pour filer des sueurs froides à tous ceux qui l'approchaient. La peur, dans leur monde, était un instrument de travail, et l'image de marque de Danny reposait entièrement sur celle qu'il inspirait. Les flics eux-mêmes s'écartaient de son chemin et respectaient son nouveau statut, sans même s'attarder sur ses nombreux travers psychologiques – aussi évidents, pourtant, que son absence totale de scrupules et son inébranlable certitude d'être toujours dans son bon droit... Danny Boy Cadogan était ce qu'on appelait communément un agité du bocal, un allumé du cigare ; bref, un braque. Ce qui ne l'empêchait pas d'être un redoutable négociateur, capable de se conduire le plus normalement du monde tant que personne ne le faisait sortir de ses gonds. Ça faisait deux ou trois semaines que Jamie et lui se tournaient autour et s'observaient, et leur rencontre allait définitivement resserrer leurs liens.

Les Danny Boy Cadogan étaient indispensables au bon fonctionnement du milieu. Sans eux, le Smoke aurait implosé. Ils résolvaient les petits problèmes pratiques des autres caïds, qui pouvaient alors traiter leurs affaires en paix, derrière des portes bien closes. Comme le lui avait maintes fois répété Donald, son « père », les vrais pontes, on n'en entendait jamais parler, ils évitaient de faire des vagues et laissaient le devant de la scène aux flamboyants, à ceux qui avaient l'étoffe des héros.

Ce principe tendait à se confirmer chaque jour davantage. On était dans les années 1980, et les vieux de la vieille se sentaient de plus en plus assiégés par la génération montante, qui n'attendait que l'occasion de leur souffler leur place. Ces derniers bénéficiaient d'un surcroît de bienveillance de la part des médias et du grand public. La vague rock et punk avait préparé le terrain pour l'avènement d'une nouvelle race d'antihéros. Les gens étaient tellement écrasés d'impôts et de taxes en tout genre qu'ils étaient prêts à porter aux nues quiconque avait assez de couilles pour oser chatouiller celles du pouvoir. Le moindre braqueur de banque était considéré comme un Robin des bois et plus personne ne tiquait sur la façon dont vous gagniez votre croûte. Tout le monde profitait du marché noir. Les fringues de marque et autres denrées rares, qui auraient dû rester un luxe inaccessible, étaient à présent à la portée de toutes les bourses. Elles étaient vendues sous le manteau dans la plupart des pubs et des clubs ouvriers du Smoke, ou aux étalages des marchés. Ça rapportait des fortunes et tout le monde avait à y gagner, surtout les fournisseurs...

Jamie attendait de Danny Boy Cadogan qu'il le délivre de son paternel. La manœuvre offrait en outre l'avantage de dégager le terrain pour les jeunes loups, au rang desquels ils se comptaient l'un et l'autre. N'était-ce pas la loi de la jungle ? Chacun se tenait à l'affût du moindre maillon faible, et personne ne trouvait rien à redire à l'action violente. Mieux, dans les hautes sphères du milieu, les gros bonnets n'étaient pas contre une pointe d'audace, s'ils y voyaient leur profit. Car, dans leur monde, l'usage de la violence était la seule garantie de renouvellement. La communauté du crime devait assurer sa propre relève, ne fût-ce que pour pouvoir s'adapter à l'évolution générale.

Une fois le pacte scellé avec Danny, son père ne serait plus qu'un numéro dans les statistiques criminelles, un dossier vite refermé. Le lourd passé de la victime découragerait les autorités de s'y intéresser de plus près. Ça, et de confortables pots-de-vin, évidemment : tout le monde avait des factures à payer, des vacances à financer ou des dettes de jeu à éponger.

Jamie pressentait que Danny serait partant. Lui aussi, il rongeait son frein en attendant le moment de se hisser enfin au sommet, à la faveur de la vague montante. La came et les clubs étaient un passeport pour le succès ; ils étaient mieux placés que quiconque pour le savoir. Et ils étaient assurés d'obtenir la bénédiction des pouvoirs en place, qui fermaient les yeux sur leur bizness. L'un dans l'autre, ils avaient tous deux d'excellentes raisons de le mettre sur la touche, ce vieil enfoiré.

N'étant pas tombé de la dernière pluie, Danny Boy savait pertinemment pourquoi il était là, mais Jamie pouvait compter sur lui pour jouer le jeu avec tout le tact requis : feindre de renâcler devant la tâche, afficher des scrupules dont il n'éprouvait pas le premier, pour finir, après bien des hésitations et des tiraillements de conscience, par remplir le contrat qui mettrait fin aux jours de Donald Carlton et permettrait à son fils de monter en puissance. Ça n'était bien sûr pas de gaieté de cœur, car Carlton avait été un bon père, mais il ne tenait qu'à lui de surveiller ses arrières... Dans tous les cas, il aurait droit à un enterrement de première classe : cérémonie somptueuse, nec plus ultra en matière de corbillard et de cercueil, le tout arrosé d'une cuite générale dont on n'aurait pas fini de parler au siècle prochain. Jamie lui devait bien ça, à ce pauvre Donald.

Danny aurait pu écrire le scénario à sa place. À eux deux, ils représentaient une sacrée force de frappe. Ils étaient même tellement au diapason qu'ils eurent à peine besoin de donner le change. Respect et intérêt réciproque furent les maîtres mots de la rencontre, et Michael, qui les observait, admira une fois de plus le talent de Danny Boy pour établir les bons contacts, tout en laissant croire à son interlocuteur qu'il gardait le contrôle. Car il s'apprêtait à faire d'une pierre deux coups, et deux coups de maître. La mort de Donald Carlton serait le prétexte idéal pour descendre Mangan ; et comme il était de notoriété publique que les deux vieux truands étaient en cheville avec les flics et les plus hautes autorités du milieu à la fois, leur exécution passerait pour un acte de justice.

Bien sûr, ça ne tromperait personne. Mangan avait tapé sur les nerfs à pas mal de monde depuis l'élimination de Kenny Douglas, avec ses incessantes jérémiades sur la prétendue insolence de Danny. S'ils ficelaient correctement leur affaire, ils seraient catapultés au sommet de leur secteur d'activité, c'était même le but de l'opération. Danny avait passé la moitié de sa courte vie à attendre ce genre d'occasion, et il ne cracherait pas sur sa chance. Ce moment avait enfin fini par arriver. Restait à assurer leurs arrières, pour prévenir un éventuel retour de bâton...

*

Ange se faisait un sang d'encre. Elle ne comptait plus les bruits qui couraient sur son fils et les affaires non seulement louches, mais dangereuses, dans lesquelles il trempait. En soi, ces activités ténébreuses ne l'inquiétaient pas outre mesure – c'était une constante dans leur monde et elle leur devait le confort qu'elle appréciait tant. Ce qui l'angoissait, à vrai dire, c'était que son fils eût totalement ignoré ses conseils et les mises en garde de son père. Car Donald Carlton était loin d'être un crétin. Il connaissait la musique mieux que quiconque et il avait des oreilles pour entendre. Alors si elle, elle avait eu vent des projets de Jamie, elle voyait mal comment il aurait pu en être autrement de Donald. Fallait dire que son Danny Boy pouvait être un sacré faux cul, quand il s'y mettait. Elle avait donc décidé de tenir sa langue et s'était gardée de faire la moindre allusion à l'affaire en dehors de la maison.

Le seul problème, c'était Big Dan. Tout la portait à croire qu'il n'était pas emballé par le dernier contrat de son fils. En un sens, elle pouvait comprendre que son homme ait du mal à lui pardonner et à oublier ce qu'il lui avait fait endurer, ces dernières années. Sauf qu'il n'avait eu besoin de personne pour se mettre dans le pétrin et qu'elle n'allait pas passer sa vie à le plaindre. N'empêche, ça devait quand même être une épreuve, d'assister à l'ascension fulgurante de son aîné, lui qui avait si lamentablement foiré et n'avait jamais été capable d'assurer le strict minimum. D'autant que Danny Boy et Michael ne se gênaient pas pour parler affaires devant lui. Une manœuvre délibérée de la part de son fils, bien sûr... Ça le faisait bicher, de pavoiser sous le nez de son père, et l'idée ne l'effleurait même pas que Big Dan en avait peut-être eu sa dose... Pour tout dire, elle redoutait que son homme ne s'avise d'utiliser les informations qu'il détenait pour se venger de son fils, ce sale gosse qui, non content de lui prendre sa place sous son toit, lui avait volé la vedette dans la communauté où il avait vécu toute sa vie. Il souffrait de constantes humiliations. Les gens ne lui adressaient la parole qu'à contrecœur, et seulement parce qu'il était le père de son fils et que Danny Boy lui témoignait encore, en public, un semblant de respect. Le jour où le gamin déciderait de l'ignorer purement et simplement, tout le monde l'imiterait, c'était couru d'avance. Cela faisait trop longtemps que Big Dan était sur le qui-vive. Quoi de plus naturel, alors, que de considérer la disparition de son fils comme le remède à ses problèmes ? Le seul moyen d'assurer enfin sa propre sécurité et de pouvoir à nouveau marcher la tête haute... Donald Carlton lui revaudrait ça, et son époux serait à l'abri du besoin pour au moins quelques années... Ange était donc parfaitement consciente que, même si ça impliquait la mort de son fils, vu les circonstances, son mari n'avait que d'excellentes raisons de balancer Danny Boy à Carlton.

Un foutu dur à cuire, ce Donald Carlton. Ses états d'âme à propos de sa paternité faisaient le régal du quartier depuis pas mal d'années maintenant. Son gamin avait beau être le portrait craché de son grand-père maternel, Donald restait en proie au doute. Pas une femme ne pouvait ignorer combien les hommes tenaient à ce que les gosses qui portaient leur nom soient bien d'eux. Suspicieux par nature, ils relevaient la moindre ressemblance physique avec d'autres. Qu'il puisse y avoir un coucou dans leur nid, c'était leur obsession. Concernant son seul et unique fils, Donald

Carlton était plus que fondé à soupçonner un coup fourré. Aucune de ses maîtresses ne lui avait jamais fait de petit, et sa femme était restée stérile des années avant l'arrivée de Jamie. Il se baladait maintenant au bras d'une jolie petite que, d'après les commères du quartier, il ne manquait pas une occasion de sauter, dans l'espoir d'engendrer un nouvel héritier qui le consolerait du premier.

On pouvait parler de tragédie familiale – surtout pour son fils à elle ! Car Ange se retrouvait prise entre la chèvre et le chou : soit elle vendait la mèche à Danny Boy, en tâchant d'éviter toute allusion à son père, soit elle s'en remettait au destin. Elle devrait alors se tenir prête à enterrer soit son mari, soit son fils...

Elle acheva sa tasse de thé, plongée dans ses réflexions. En dernier recours, si elle devait choisir, Ange savait bien lequel de ses deux hommes elle déciderait de protéger. Parfois, la vie pouvait être une sacrée foutue salope. Elle était bien placée pour le dire, la sienne s'était déroulée, presque sans discontinuer, sur le mode de la catastrophe. Quelle chiennerie, d'avoir à faire un tel choix... Mais, après tout, existait-il, dans leur milieu, quoi que ce fût qu'on pût considérer comme juste ?

*

Mary observait son jeune frère se préparer un sandwich. Depuis l'enterrement et l'esclandre provoqué par Kenny, Gordon était à cran. Un vrai paquet de nerfs. Il passait le plus clair de son temps avec Jonjo Cadogan. En soi, ça ne l'aurait pas empêchée de dormir, s'il ne s'était pas mis à gober des pilules. Quand il ne se gavait pas de Drinamyl, le nouveau nom des

Purple Hearts, c'était de Mogadon, et il passait ses journées à pioncer. Les « *Moggies* », comme on les appelait, étaient des somnifères faciles à trouver, très appréciés par les junkies, qui s'en servaient pour se calmer avant ou après un shoot, c'était selon.

Comme Gordon se tartinait de la mayonnaise sur du pain, elle lui lança avec entrain :

— Tu ne sors pas, ce soir ?

Le vendredi, les ados du quartier ne pensaient qu'à ça. Gordon secoua la tête et elle fut saisie par sa ressemblance avec son frère aîné. Michael aurait pu passer pour son jumeau. C'était tellement frappant que ça en devenait étrange. Presque surnaturel…

— Non. Ce soir, c'est Jonjo qui vient. On va glander dans ma chambre en écoutant de la musique. Cool.

Elle hocha la tête, tandis qu'il la regardait d'un air détaché.

— Et toi, ça va ?

Elle sourit. Un vrai sourire, devant cette petite marque d'attention.

— Bien sûr que ça va. Je m'inquiète un peu pour toi, c'est tout.

Il lui retourna un sourire franc et honnête.

— T'inquiète, ça roule pour moi.

Mary hocha la tête. Inutile de se voiler la face. Gordon avait mal vécu les événements de ces derniers mois, et elle était déterminée à l'aider – à essayer, au moins. Tout comme leur défunte mère, Gordon avait tendance à tuer le temps pendant des journées entières, plutôt que de les vivre. Pour esquiver la réalité, même quand elle s'imposait à lui, sa politique préférée était celle de l'autruche. Mais lui, ça n'était pas dans l'alcool qu'il cherchait refuge. C'était dans la drogue. Elle allait devoir en toucher un mot à Michael et à Danny Boy, avant qu'il ne soit trop tard. Dans le secteur, la consommation de drogue était monnaie courante. C'était même un passage obligé. Pas évident, pour les jeunes de sa génération, de se trouver des raisons de faire quelque chose de leurs dix doigts ou de se dégotter un emploi. En fait, comme nombre de ses copains, Gordon n'y voyait aucun intérêt. Car, à moins d'avoir de la famille chez Ford, à Dagenham, ou dans la presse, les jobs intéressants et bien payés ne couraient pas les rues. La plupart des postes se repassaient de génération en génération, et, une fois dans la place, c'était la garantie d'un boulot à vie. Les syndicats s'étaient arrangés pour tout verrouiller.

Michael aurait pu lui filer de quoi s'occuper, mais il n'y tenait pas. Gordon n'avait en effet jamais été du genre dynamique. Ça ne l'avait jamais tenté, de se remuer pour se faire quelques livres d'argent de poche, ne fût-ce qu'en distribuant des journaux. Sa pente naturelle l'inclinait à vivre en parasite, et comme son QI n'était guère plus élevé que la taille de ses pompes… il se retrouvait pratiquement livré à lui-même.

Mais ça ne pouvait pas durer. Il allait devoir se prendre en main. Michael lui laissait trop la bride sur le cou.

— À quoi tu carbures ces jours-ci, Gordon ?

Face à son sourire narquois, elle dut se retenir de lui en retourner une.

— Tu te prends pour qui, là ? Pour la police ?

Elle partit d'un grand éclat de rire.

— C'est ce qui finira par t'arriver si tu ne fais pas gaffe, mon petit vieux ! Et le jour où les flics débarqueront ici pour te chercher, c'est pas seulement devant Michael que tu devras en répondre. Tu te feras allumer par Cadogan !

Elle laissa à la menace le temps d'infuser, avant d'ajouter :

— Alors, pour la dernière fois... qu'est-ce que t'as pris, et qui te l'a vendu ?

*

Michael vidait son verre à petites gorgées en observant Danny Boy qui avait mis le cap sur Pakash Patel, un adepte du body-building, assez beau gosse, avec des traits réguliers et une réputation de gros joueur payant vite et bien. À part ça, il était célèbre pour son goût immodéré du whisky et des blondes toutes en jambes. Et voilà qu'il se piquait de toucher maintenant à la drogue. Pas la came ordinaire, non. Les stéroïdes anabolisants.

La vogue du culturisme, qui avait fait fureur dans les années 1970, avait vu pousser les clubs de gym et de fitness comme des champignons. Tout le monde rêvait d'avoir des muscles à la Schwarzenegger sans trop se démener, et quelques injections vous garantissaient des biceps de gladiateur – mais aussi, hélas, une humeur de rhinocéros. Patel avait suffisamment de contacts pour aider Danny à se bâtir une bonne clientèle pour son deal de stéroïdes. Il avait dans sa famille quelques médecins et pharmaciens véreux, et le fait qu'ils aient tous plus ou moins trempé dans le trafic de médocs était un plus. Aucune loi n'empêchait les gens d'être en possession de stéroïdes ; ce qui était interdit, c'était de les revendre en quantité. Ces produits pouvaient donc être écoulés dans les gymnases presque librement, en toute discrétion. C'était le produit idéal : un minimum de vagues, pour un maximum de profit. Si on vous pinçait en possession de quelques flacons, il suffisait d'expliquer que c'était pour votre consommation personnelle, point final. Danny avait repéré le filon et décidé de l'exploiter à fond. Toute drogue était en soi une poule aux œufs d'or, mais celle-là était si facile à acheter et à écouler que c'en devenait un jeu d'enfant. Incroyable, que personne n'ait cerné le créneau !

Tout en discutant et en rigolant avec Pakash, Danny tentait d'évaluer quelle somme il pourrait lui ponctionner chaque semaine sans que le mec n'en prenne ombrage. Il avait déjà investi dans trois de ses gymnases. Leur partenariat était si discret que les inspecteurs des impôts se demanderaient encore d'où pouvait venir tout ce fric, longtemps après avoir pris leur retraite… Ni vu, ni connu. Danny négociait d'ailleurs ses contrats avec une vigueur décuplée par l'espoir de se hisser au firmament de son secteur, le crime organisé. Bref, il vivait une époque formidable.

Le large sourire de Pakash Patel dévoila une denture hors de prix – ces fameux bridges qui avaient fait la célébrité de son frère aîné, dentiste de son état –, et son costard proclamait au monde entier que, malgré tout le fric qui lui passait entre les mains, il n'avait toujours pas trouvé le moyen de se payer ne fût-ce qu'une once de style et de bon goût. Patel avait l'air d'un frimeur de bas étage et ça, pour Danny, c'était une tare – même si, pour le business, son côté *cheap* jouait plutôt en sa faveur.

À présent qu'il le pilotait à travers le casino jusqu'à la petite pièce qui lui servait de bureau, Dan n'en revenait pas de faire preuve de tant d'aplomb. Pakash allait lui rapporter une petite fortune et jouer le rôle de catalyseur d'un partenariat plus que rentable dont il serait, quoi qu'il arrive, le principal bénéficiaire – ça, il en faisait son affaire. Mais Pakash n'était pas tombé de la dernière pluie, il connaissait la musique. Il allait s'en mettre plein les poches et, au moins dans un futur proche, se placer sous sa protection, ce qui valait de l'or dans le quartier. Il pourrait en jouer pour maximiser ses gains, avec un minimum de risques et de stress.

Danny Boy était tellement sûr de sa supériorité stratégique qu'il fut pris au dépourvu quand Patel lui demanda ce qu'il en était des rumeurs qui couraient sur lui et sur Jamie Carlton. Et, pour la première fois, Michael le vit bafouiller en cherchant ses mots.

*

Donald Carlton s'était installé sur le canapé de sa petite amie, un grand verre de scotch à la main. L'appartement était plutôt riquiqui, comparé à l'immense villa qu'il habitait avec son épouse depuis maintenant trente-deux ans. Sa légitime, qui avait couchaillé avec la moitié de Londres et l'imaginait encore suffisamment naïf pour la croire quand elle lui jurait ses grands dieux qu'elle ne l'avait jamais trompé. Mais Donald avait les pieds sur terre. Il aurait dû la fiche dehors depuis des années, ça lui aurait énormément simplifié la vie. Cette femme était une vraie roulure. Un visage d'ange, mais le sens moral d'une chatte de gouttière. Jusque-là, pourtant, elle avait été la seule chose qui eût un peu de poids dans sa vie, et elle avait toujours eu l'art de lui faire avaler ce qu'il avait envie de croire. Mais là, il en avait soupé. C'était fini.

Ses amis et ses partenaires – des hommes en qui il avait placé sa confiance, voire son affection, et qui bossaient pour lui depuis le premier jour – souffraient de le voir ainsi humilié. Pour un peu, on aurait cru que c'étaient eux qui l'encaissaient, son humiliation. Jamais un mot contre sa femme, ni le moindre commentaire quand il avait décidé de la reprendre après sa énième escapade... Mais, cette fois, la coupe était pleine. Il ne ressentait plus rien pour cette traîtresse qui lui avait pondu un marmot en prétendant qu'il était le père, avant de faire courir le bruit qu'à peu près n'importe qui aurait pu l'être.

Donald avait rencontré sa nouvelle petite amie dans un night-club, à Ilford. Il faisait un saut au Lacy Lady pour récupérer une petite somme que lui devait un truand du coin, quand il avait repéré Deirdre Anderson, assise au bar. Ça avait été le coup de foudre. Le grand déclic. Aussi naturellement qu'une aiguille aimantée s'aligne sur le pôle. Deirdre était une petite blonde avec de grands yeux bleus et un corps souple et ferme, jolie comme un cœur. À sa façon de s'habiller et de parler, on voyait bien qu'elle ne sortait pas d'Oxford, mais Donald savait sans l'ombre d'un doute qu'elle en pinçait pour lui, tout autant que lui pour elle. Pour la première fois de sa vie, il se sentait comblé par le destin. Le contentement – un sentiment un tantinet sous-évalué de nos jours...

Dès qu'il avait une minute, il allait chez Deirdre souffler un peu et se détendre. Elle avait à peine plus de vingt ans, mais il était certain de sa sincérité. Elle l'aimait et lui était fidèle. Entre eux, toute question d'âge mise à part, c'était parti pour durer. Il avait enfin trouvé l'âme sœur.

Elle avait décoré l'appartement avec la subtilité et le bon goût d'un porc-épic au bord du coma éthylique. Mais, si surprenant que cela paraisse, ce papier peint gueulard, ces rideaux multicolores et ces meubles assortis ringards avaient sur lui un effet apaisant. Il se sentait chez lui. C'était un endroit authentique, vibrant, chaleureux, et la personne qui vivait entre ces murs lui était infiniment plus chère que tous les meubles, les tapis ou les rideaux hors de prix dont pouvait s'entourer sa femme. Ici, le temps s'arrêtait. Carlton découvrait enfin la douceur de vivre, le bonheur d'être là, tout simplement, sans rien qui vînt lui rappeler les trahisons de sa légitime.

Il poussa un petit soupir d'aise en entendant la voix de Deirdre qui était allée ouvrir à son invité. Donald descendit son scotch d'un trait et s'en versa un second avant de se carrer contre le dossier du gros canapé en fourrure acrylique vert pomme, beaucoup trop grand pour la pièce, curieux de savoir ce qu'on allait lui demander. Il s'appliqua à afficher la neutralité adéquate, avec le petit sourire approprié, pour accueillir Big Dan Cadogan qui entrait dans le salon à petits pas laborieux. Son corps brisé se déplaçait péniblement dans l'espace. Les séquelles de l'effroyable passage à tabac dont il avait été victime rappelaient à tous ceux qui auraient pu l'oublier ce qu'il en coûtait d'agir d'abord et de ne réfléchir qu'ensuite.

— Alors, Dan... quoi de neuf ?

Big Dan Cadogan se laissa péniblement choir dans un fauteuil et lui répondit avec la même jovialité quelque peu contrainte :

— Je vais te le dire, Donald, mais commence donc par me servir un verre.

L'atmosphère crépitait de non-dit et de méfiance mutuelle. Tous deux, ils avaient souffert par leurs fils et, tous deux, ils avaient appris à vivre avec cette souffrance. Mais ça ne rendait pas leur fardeau plus facile à supporter. Loin de là.

Deirdre était restée se faire un café dans la cuisine. Elle était heureuse de voir que son amant se sentait suffisamment à l'aise dans leur petit nid pour venir y traiter ses affaires, et attendait patiemment que Donald en eût terminé avec son visiteur pour aller le retrouver.

C'était une brave fille, gentille et accommodante. Elle avait accouché à dix-sept ans d'un bébé qui n'avait pas survécu, et ça lui avait appris à voir le bon côté des choses. La vie était trop courte pour qu'on la gaspille. L'essentiel était de faire pour le mieux avec ce qu'on avait, et de s'en réjouir. Le reste ne valait pas tripette !

*

— Pakash ne t'a répété que les bruits qui courent, Danny.

Louie Stein avait écouté la conversation en silence, comme toujours, et avec grand intérêt. Il hocha la tête en entendant la conclusion de Michael.

— Il a raison, Danny, fit-il avec tristesse. T'as vraiment merdé, et dans les grandes largeurs.

Il avait laissé tomber son verdict d'un ton cassant et définitif qui avait toutes les chances de lui porter sur les nerfs. Danny s'était laissé piéger et son plan avait été éventé. Il n'avait plus qu'à réparer les dégâts, et le plus tôt serait le mieux.

Danny Boy était suspendu aux lèvres de Louie comme ça ne lui était pas arrivé depuis longtemps. Comme par le passé, il était curieux d'entendre ce que son vieil ami et protecteur avait à lui dire.

— Je suis complètement grillé, sur ce coup-là, c'est ça ? La vérité, Louie…

Le vieil homme esquissa un sourire. Il avait pris de l'âge et son crâne chauve faisait maintenant penser à une tête de mort. Il appartenait à cette vieille garde qu'ils étaient bien décidés à mettre au rancart, non sans l'avoir d'abord dépouillée de tout ce qu'elle avait amassé, sa vie durant. Mais, contrairement aux autres truands de sa génération, Louie avait compris que ces deux jeunes loups avaient encore besoin de lui, et pour un moment. Ils lui demandaient toujours son avis et tenaient compte de ses conseils. Un jour, il se retrouverait sans doute dans le même bateau que Kenny, Mangan ou Carlton, mais il espérait alors pouvoir s'en remettre à la loyauté de Danny Boy, cette loyauté qu'il témoignait à ses amis et qu'il exigeait d'eux en retour. Il était convaincu d'avoir misé sur le bon cheval. Mais tout pari comporte une part de risque, et seul le temps lui dirait s'il avait fait le bon choix.

Il tira une longue bouffée de son cigare et en souffla lentement la fumée en regardant les volutes onduler autour de sa tête. Puis il se redressa sur son siège et, le regard fixé sur Danny Boy, entreprit de leur décrire le piège dans lequel ils s'étaient fourrés, avant de leur proposer une solution – celle qui leur permettrait de sauver les meubles en minimisant les dégâts. L'index pointé sur Danny, il lui parlait avec une franchise totale.

— Y a vraiment des jours où je désespère de vous deux, putain… Jamie Carlton est la plus grande gueule du quartier. Du genre qui préfère se faire découper en rondelles que de la boucler. Ce type souffre d'une violente diarrhée verbale, fondée sur la certitude erronée que tout le monde apprécie autant que lui le son de sa voix. Pour le moment, son point fort, c'est l'homme dont il porte le nom – celui qu'il a tellement envie de supprimer, justement… Le problème maintenant, c'est qu'au moindre pépin vous allez vous retrouver sur la sellette. Si Donald se fait renverser en traversant la rue, s'il glisse dans sa douche ou s'étrangle avec ses lacets de chaussures, on s'empressera de vous le coller sur le dos. Le milieu ne vit que de ragots et de bruits de chiottes. Mais, comme on est des durs, on appelle ça des « informations confidentielles ». Et c'est justement la collecte de ces « renseignements top secret » qui nous donne une longueur d'avance sur le reste de la population. Vous vous êtes bêtement affichés en compagnie de Jamie, et à plusieurs reprises. Les gros bonnets ont eu vent de la chose et, bien sûr, ça a donné lieu à palabres et discussions. Alors, si j'ai un conseil à vous donner, les enfants, c'est de finir le boulot. Soit ça, soit vous passez la main. Mais, dans un cas comme dans l'autre, vous allez devoir afficher clairement vos intentions et ce que vous espérez gagner dans l'affaire. Annoncez la couleur. Et allez-y franco… Quelle que soit votre décision, vous n'avez pas intérêt à faire les choses à moitié. Contrairement à Mangan, Donald est un homme apprécié. Il a toujours soigné ses relations avec ceux qui étaient en réalité ses prédateurs naturels, et fait en sorte de les laisser gagner. Et ça, fiston, c'est le grand secret, dans notre branche.

Danny et Michael avaient écouté en silence. En plus d'être toujours de bon conseil, Louie connaissait le terrain mieux que personne. Il n'avait pas son pareil pour collecter les informations, comme il disait. Il avait toujours une oreille qui traînait, car d'expérience il savait que le moindre ragot, qu'il soit futile, banal ou mensonger, recelait nécessairement un fond de vérité. Jacasser à tort et à travers, voilà ce qui perdait les gens. Combien avaient perdu la vie à cause d'un mot lancé à la légère ? Combien d'autres avaient disparu sans laisser de traces ? Dans le monde interlope et précaire qui était le leur, il suffisait d'un mot pour vous envoyer en taule ou pour rayer de la carte une affaire florissante du jour au lendemain.

Pour la première fois de sa vie, Danny hésitait sur la conduite à tenir, et Louie sentit une bouffée de tendresse l'envahir. Michael avait toujours eu un sens inné de la finance, mais la vraie star du tandem, c'était

Danny. Leur succès dépendait de sa réputation. Cette réputation de tueur capable de réagir au quart de tour, au besoin avec cette extrême violence qui décourageait ses concurrents. Danny Boy s'occuperait de lui dans ses vieux jours, il s'assurerait qu'on le respecterait encore. Louie lui avait déjà transmis une bonne part de son empire. Il comptait sur lui pour veiller sur sa femme et ses filles, et assurer le sort de sa famille quand il s'en irait les pieds devant. Danny avait la fougue de la jeunesse, mais aussi un respect viscéral des valeurs et de la tradition, qualités qui lui assureraient une longue et fructueuse carrière.

Danny avait patiemment écouté les conseils de son vieux mentor, mais la seule chose qui semblait avoir filtré jusqu'à son cerveau, c'était l'expression « y aller franco ». Si son rancart avec Jamie avait fait couler tant de salive, il fallait régler l'affaire dans les meilleurs délais. Inutile de remettre à demain ce qu'on pouvait fait le jour même.

Chapitre 13

Deirdre ronflotait doucement, couchée sur le côté, ses longs cheveux blonds cascadant sur ses épaules comme une couverture dorée. Elle avait repoussé le duvet au pied du lit. Assis dans un fauteuil, Donald la regardait dormir, heureux de l'avoir près de lui.

Depuis qu'elle était entrée dans sa vie, il s'était énormément assagi. Deirdre, c'était le rayon de soleil de ses vieux jours. Avec elle, il n'éprouvait plus le besoin d'épater qui que ce soit, ni celui de la surveiller d'un œil d'aigle. Il vivait leur aventure comme une libération et découvrait enfin à quoi devait ressembler une vraie relation de couple. À côté, celle qui le liait à sa légitime lui semblait bien malsaine. Il avait gaspillé ses plus belles années avec une femme qui n'avait pour lui aucun respect, aucune véritable affection, et ne s'était jamais gênée pour ternir sa réputation, alors qu'elle était la première à en tirer profit.

Et voilà que son fils s'y mettait lui aussi… Son fils, ou plutôt le môme qu'il avait élevé bien qu'il eût toujours su, dès le premier jour ou presque, qu'il n'était qu'un coucou dans son nid – un nid hors de prix, de surcroît. Ce sale môme qui avait décidé de le supprimer et engagé d'autres garnements dans son genre pour lui prêter main-forte dans sa conquête du pouvoir… ! Car Jamie avait bel et bien décidé de s'approprier par la force ce qu'il estimait lui revenir de plein droit. Et se débarrasser de son prétendu paternel, en l'expédiant boulevard des allongés, ne semblait pas le moins du monde le déranger.

Et ça, ça faisait mal. Car il avait toujours été un bon père. Il l'avait toujours protégé, ce gamin, sans jamais faire retomber sa colère et sa frustration sur lui. Il l'avait toujours tenu, finalement, pour une victime innocente de la situation, comme un simple témoin du naufrage de son couple. Et voilà que, pour protéger ce qu'il considérait comme son patrimoine, Jamie allait lui faire payer sa générosité et sa largeur d'esprit au prix fort. Le bon sens aurait pourtant dû lui souffler que, même avec l'intervention du Saint-Esprit, il n'avait jamais pu ni ne pourrait jamais être le père de personne. Jamie savait-il seulement qui était son véritable géniteur ? Sa mère ne devait même pas lui avoir avoué la vérité. En fait, elle devait elle-même l'ignorer. Elle s'était envoyée en l'air avec tellement de monde qu'il aurait pu être le fils d'à peu près n'importe qui dans un rayon de vingt kilomètres.

Évidemment, c'était son histoire avec Deirdre qui avait mis le feu aux poudres. Pas la peine de chercher plus loin la source des angoisses de son fils. Jamie redoutait la naissance d'un autre enfant qui serait son véritable héritier. Mais cela relevait de l'impossible, Donald en était conscient. S'il avait tiré autre chose que des cartouches à blanc, au cours de toutes ces années où il avait eu des maîtresses, il aurait fini par en avoir la preuve, inévitablement. Il s'était depuis longtemps résigné – sans pouvoir le dire à Jamie, naturellement – à l'idée qu'il n'y aurait jamais que lui pour perpétuer le nom des Carlton. Jamie, ce sale petit ingrat qu'il avait été si fier de reconnaître, vingt et quelques années plus tôt... Et puis le temps avait passé, et il avait vécu tant d'années dans ce mensonge qu'il lui avait paru stupide de ne pas le laisser perdurer jusqu'à sa mort. Sa mort qui, à en croire son fils adoptif, semblait prochaine et, à ses yeux à lui, bien prématurée…

Il y eut du bruit dans le couloir – sans doute le chat de Deirdre qui entrait par la chatière. Donald se rencogna contre le dossier de son fauteuil et replongea dans la contemplation délicieuse du visage endormi de la femme qu'il aimait. Soudain, la porte de la chambre s'ouvrit à la volée, livrant passage à Danny Boy et à Michael qui se ruèrent sur lui tels deux archanges vengeurs. Il comprit alors, mais un peu tard, qu'il avait trop temporisé. Il n'y avait plus rien à faire. Les choses devaient finir comme ça. En un sens, il s'y attendait, c'était même ce qui l'avait tenu éveillé. Danny Boy affichait ce sourire qui lui donnait l'air d'un jeune homme normal, sain de corps et d'esprit. Comme quoi, il ne faut jamais se fier aux apparences…

Deirdre s'était réveillée et ouvrait des yeux de schtroumpfette terrorisée, écarquillés d'horreur comme dans un dessin animé. Donald, quant à lui, avait accepté son sort – presque avec soulagement.

— Alors, qu'est-ce qui nous vaut le plaisir, Danny Boy ? J'ai déjà eu la visite de ton père, qui m'a supplié de t'épargner, au cas où les choses tourneraient mal. Il m'a carrément demandé de te sauver la vie. Pas comme mon cher fils, hein, qui ne rêve que de me buter ! Mais tu n'as peut-être pas encore eu l'occasion d'en parler avec lui ?

Glissant un coup d'œil à la fille terrifiée, Danny lui fit signe de la boucler. Puis il empoigna Donald Carlton par sa chemise, le souleva de terre et le traîna dans le couloir avec une telle force que les pieds de Carlton laissèrent deux sillons sombres dans la moquette. Là, dans les effluves du parfum d'ambiance et sous les cris hystériques de Deirdre qui lui vrillaient les tympans, il l'abattit d'une balle à bout portant, en plein visage. La détonation fut moins assourdissante qu'il l'avait craint, mais Carlton perdait bien plus de sang que prévu. Il fallut quelques secondes à Danny pour comprendre que, si sa victime saignait tant, c'était que son cœur battait toujours. Il dut l'achever d'une seconde balle, dans la nuque, cette fois. Une pluie de fragments d'os et de matière cérébrale s'abattit sur le couloir, lui maculant les chaussures et le falzar. Il n'eut qu'un haussement d'épaules dédaigneux en regardant Michael, dont le teint avait viré au gris.

— Deux moins un, reste un ! fit-il avec un grand sourire, en traçant dans l'air une soustraction imaginaire.

Michael s'efforça de reprendre ses esprits et retourna dans la chambre où la pauvre fille sanglotait de plus belle, affalée sur le lit. Avant même qu'il ouvre la bouche, Danny l'avait dépassé, la tirait par les cheveux jusque dans le couloir et la balançait sur le cadavre de son amant.

— Maintenant, casse-toi ! vociféra-t-il. Va te planquer chez ta mère ou chez une copine, où tu veux, mais que j'entende plus jamais parler de toi ! Si tu dis un mot de ce qui s'est passé ici, je te flingue comme une chienne.

Il savait qu'il n'aurait pas à le lui rappeler. La fille ne raconterait rien à personne. De toute façon, si elle mouftait, elle ne vivrait pas assez vieille pour témoigner devant un juge. Il lui faisait une sacrée fleur et, comme elle était du coin, elle connaissait la musique. Tant qu'elle la fermerait, elle aurait la paix – et peut-être même quelques biftons qui trouveraient le moyen de lui parvenir, quand les choses se seraient un peu tassées. Elle ne serait ni la première ni la dernière à se retrouver prise entre deux feux.

Trois minutes plus tard, Deirdre avait décampé.

Michael et Danny Boy quittèrent à leur tour l'appartement, en verrouillant soigneusement la porte derrière eux. Si besoin, la flicaille n'aurait qu'à tout défoncer ; pas question de lui faciliter la tâche. Maintenant que leur ligne d'action était fixée, Danny tenait à ce que tout se déroule sans accroc et le plus vite possible. L'adrénaline lui courait dans les veines, il se sentait puissant, vivant. L'extrême violence lui procurait toujours ce genre de flash et il adorait ça – bien plus qu'il n'aurait dû.

Comme ils sortaient de l'immeuble, ils croisèrent un groupe de jeunes désœuvrés, de leur âge à peu près, qui les dévisagèrent au passage. Danny soutint leur regard. Ils étaient dépenaillés et visiblement raides défoncés – le comble de l'abjection. Danny ne pouvait s'empêcher de penser qu'il aurait pu être l'un d'entre eux, s'il n'avait pas eu l'énergie de s'imposer, professionnellement parlant. Cette idée le troublait, lui rappelant sans cesse ses origines et ce contre quoi il devait constamment se battre. Avec le départ prématuré qu'il avait dû prendre dans la vie, tout le promettait à l'échec. Son géniteur avait tout tenté pour l'empêcher de faire quoi que ce soit d'intéressant de ses dix doigts. Il n'avait jamais accordé la moindre valeur ni à l'avenir ni même à la vie d'aucun de ses trois enfants. Comme Jonjo et Annie, Danny Boy avait été conçu dans la plus grande indifférence, sans le moindre souci des conséquences de l'acte sexuel – en tout cas, sans amour. Tout comme l'avaient sans doute été ces jeunes skinheads, avec leurs blousons de cuir et leurs rangers. À les voir, ils semblaient avoir compris dès leur naissance qu'ils ne compteraient pour personne. Leur vie ne valait rien, et d'abord à leurs propres yeux. Le vide même de leur existence en était une preuve absolue. Ça n'était qu'une sale blague du destin, dont ils étaient fatalement les victimes, eux qui n'avaient jamais demandé à naître, et encore moins à naître là...

Michael avait actionné le système de verrouillage automatique des portières et s'apprêtait à monter en voiture, toujours estomaqué par les détonations et la totale indifférence de Danny face à la mort. Il ravala la peur que lui inspirait son ami, cette personne qu'il aimait plus que tout au monde. Leur avenir dépendait de cette nuit. Ce soir, ça passerait ou ça casserait. Il aurait préféré disparaître sans attirer l'attention, se fondre dans la nuit, mais ça n'était plus possible. Malgré toutes ses réticences, il était contraint de suivre Danny, jusqu'au bout.

Ce dernier salua les skinheads d'un grognement. Ils savaient à qui ils avaient affaire. C'était parfaitement méprisable — ça, et leur désir de lui ressembler, comme si ça pourrait jamais être à leur portée. Ces pauvres types qui ne seraient jamais, pour lui, que de la chair à canon... Mais il réprima sa haine et son mépris. Ils avaient entendu les coups de feu et étaient suffisamment avertis pour comprendre ce que ça signifiait. Il s'avança donc vers eux et les aborda, tout sourire.

— Salut les gars ! Vous auriez une clope, par hasard ?

Michael vit ces petits voyous s'empresser de fouiller leurs poches. L'occasion était trop belle de rendre service à Cadogan. Ils pourraient raconter qu'ils avaient passé un moment en sa compagnie — et la meilleure garantie, pour lui, de leur silence et de leur loyauté.

Pour Michael, la scène aurait eu quelque chose de cocasse, si elle n'avait pas été si triste.

*

Angelica cherchait le sommeil en vain. Son homme était sorti depuis des heures et ne revenait pas. En temps normal, ça ne lui aurait fait ni chaud ni froid, mais ce soir-là, elle le soupçonnait d'avoir rendu visite à Donald Carlton et craignait d'avoir de bonnes raisons de s'inquiéter. Big Dan était allé voir Carlton pour tenter de limiter les dégâts provoqués par sa grande gueule. Car c'était lui qui avait attiré l'attention du public sur les affaires strictement privées de son fils. Il avait eu beau lui jurer qu'il n'en avait pipé mot à personne, Ange ne le croyait pas. Big Dan n'avait jamais su résister au plaisir de cancaner avec ceux que Danny Boy évitait comme la peste. Mais ça, son fils ne pouvait s'en prendre qu'à lui-même. Il en avait trop dit devant son père, cette pipelette à qui, elle-même, elle ne confiait pas le moindre petit secret. Danny Boy prenait un malin plaisir à se faire mousser devant lui. Et que je te faisais miroiter son ascension fulgurante, ses relations haut placées, les montagnes de fric qu'il se mettait de côté ! De la part d'un gamin, ça pouvait se comprendre. On ne pouvait pas lui demander d'avoir la même maturité qu'un homme. Mais qu'il risque tout aussi bêtement, lui qui s'était fait une si jolie place au soleil, pour le seul plaisir de clouer le bec à un homme qu'il avait maté des années plus tôt, elle trouvait ça rageant.

Elle sortit de son lit et enfila sa robe de chambre toute neuve, une belle robe de chambre à fleurs qui la boudinait atrocement – mais ça, ça ne la dérangeait pas outre mesure : il y avait belle lurette qu'elle ne se souciait plus de son apparence. En traversant le couloir pour passer dans la cuisine, elle entendit des voix étouffées dans la chambre de sa fille. Comme elle poussait la porte, elle fut sidérée de trouver Annie, sa jolie petite Annie, si pure et si candide, vautrée sur son lit dans les bras d'un type à queue-de-cheval qui l'embrassait à pleine bouche. Il avait négligemment jeté son blouson de cuir sur le fauteuil en osier qu'elle avait repeint en blanc avec amour tant d'années auparavant, et son « boxer-short », comme on disait maintenant, gisait sur la moquette rose pâle qu'elle avait aspirée pas plus tard que le matin même. Quant à Annie, la chemise ouverte, elle était à moitié dénudée, son jeans roulé en boule près d'elle sur le couvre-lit crocheté.

La réalité mit un certain temps à infuser. Il lui fallut plusieurs secondes pour piger ce qu'ils fabriquaient au moment où elle avait poussé la porte, et cette prise de conscience la fit sortir de ses gonds. Comme si elle n'en avait pas assez avec un assassin sous son toit, elle devait maintenant supporter la présence d'une petite pute en herbe ! Elle alluma la lumière et fusilla du regard sa fille chérie surprise en pleine action, la bouche barbouillée de rose, les seins encore trépidants après la partie de jambes en l'air qu'elle venait de s'offrir allègrement. Angelica renonça à contenir sa colère, cette colère mythique qui était un trait de caractère fréquent dans leur monde. Quand elle se précipita sur sa fille, Roméo avait déjà bondi du lit et enfilé son pantalon et ses chaussures. Il n'était sûrement pas du coin, sans quoi aucune des promesses d'Annie n'aurait jamais pu le convaincre de s'aventurer chez Danny Boy Cadogan. Estomaqué, il vit la mère et la fille s'empoigner toutes griffes dehors et rouler sur le lit en proférant des horreurs à faire rougir un charretier. Quand Ange se mit à bourrer sa fille de coups qui auraient estourbi un homme, le malheureux prit ses jambes à son cou, laissant à sa dulcinée le soin de laver son linge sale en famille.

Annie avait éclaté en sanglots et le mascara dont elle s'était tartiné les cils lui brûlait les paupières. Elle avait capitulé face à sa mère. Elle était dans son tort, d'accord – mais elle se promettait de recommencer. Ils la tenaient claquemurée dans cet appartement, enfermée comme un animal. Ras le bol d'avoir à rendre compte de ses moindres faits et gestes. Ras le bol de sa mère qui devait lui en vouloir de sa jeunesse et de son succès. Ian Peck, son amoureux, n'était peut-être pas le gendre idéal, mais avec ses baisers et ses beaux discours il lui avait offert pour une soirée le sentiment d'être une adolescente comme les autres.

— Dégage, m'man ! Fiche-moi la paix !

Elle tentait de se défaire de l'emprise de sa mère encore agrippée à ses cheveux. Elle en avait perdu des poignées dans la mêlée et sa lèvre saignait. Elle tâchait de se redresser quand elle eut la surprise de voir Ange battre en retraite vers la porte. Angelica se retourna sur le seuil pour lorgner sa fille et, pour la première fois, eut l'impression de la voir telle qu'elle était.

— Espèce de petite traînée… C'était pour ça que t'y tenais tant, à tes cours du soir, hein ! ? Pour apprendre à putasser ! T'as rien appris, là-bas, qu'à te servir de ta petite langue !

Ange avait littéralement craché ces mots. Son cœur battait si fort qu'elle s'attendait à s'effondrer d'une seconde à l'autre, victime d'un arrêt cardiaque.

— Espèce de sombre salope ! T'as le culot de ramener ce minable chez moi, dans cette maison que je passe ma vie à astiquer pour toi, pour que tu t'y sentes bien, en sécurité – et qu'est-ce que tu fais, toi ? Tu bousilles tout, comme la sale petite garce que tu es !

Se ravisant, elle fondit à nouveau sur sa fille et, de toutes ses forces, fit pleuvoir une nouvelle volée de coups en visant les épaules et le visage pour que ça laisse le maximum de traces. Elle s'en souviendrait de cette soirée, la petite garce ! Car elle, elle n'était pas près de l'oublier !

La fureur lui faisait monter un arrière-goût de bile. Cette image révulsante – sa petite princesse dépoitraillée dans les bras de ce connard, son zob à la main – n'avait pas fini de la hanter. Quand bien même Annie déciderait de porter le hidjab, elle lui reviendrait chaque fois que son regard se poserait sur sa fille. Cette scène immonde resterait gravée au fer rouge, balayant tous les autres souvenirs de sa mémoire. Ça n'était pas seulement le fait qu'Annie ait ramené un mec dans sa chambre, c'était surtout qu'elle, sa mère, ne pouvait plus fermer les yeux. Sa fille chérie n'était pas une fille bien, mais une petite putain qui récidiverait à la première occasion. Elle adorait se faire peloter et sauter par ce genre de type, un minus quelconque qui ne voyait en elle qu'une conquête facile, un petit interlude sans conséquence pour se soulager les roustons à peu de frais ! À en juger par son absence totale de pudeur, Annie ne devait d'ailleurs pas en être à son coup d'essai. Une jeune femme, ça ne se dénudait pas comme ça ! Il n'y avait que les professionnelles pour le faire sans se gêner devant de parfaits inconnus.

Angelica sentit peu à peu sa colère s'essouffler et mit fin à l'avalanche de coups. Le visage et les bras de sa fille n'étaient plus qu'une masse sombre, tuméfiée. Elle la regarda comme une étrangère puis, secouant la tête avec dégoût, cracha à la figure de cette enfant qu'elle avait naguère tant aimée.

Prostrée sur son lit maculé de sang, le crachat de sa mère lui dégoulinant sur la joue, Annie pleurait comme elle n'avait jamais pleuré. Sans s'émouvoir, Angelica quitta la pièce et referma délicatement la porte. Un geste hautement symbolique : elle avait banni sa fille de sa vie. Sa fille qu'elle ne pourrait plus voir autrement que comme une souillon débraillée et dépoitraillée, elle qui avait tout fait pour préserver son innocence et sa pureté. Cette enfant qu'elle avait désespérément tenté de protéger de la violence des hommes comme son père.

Prise de soudains haut-le-cœur, Ange se précipita aux toilettes. Annie devait l'entendre vomir à travers la cloison. Eh bien, tant mieux ! Qu'elle l'entende !

Jonjo finit par lui apporter un gant de toilette mouillé qu'elle se passa sur le visage, et elle parvint enfin à laisser couler ses larmes.

*

Étendu sur son lit, le sourire aux lèvres et une cigarette à la main, Lawrence Mangan regardait la fille se démener avec zèle, comme si sa vie en dépendait. Un vrai canon, gâché par un maquillage outrancier dont seules les putains de luxe savaient se passer, sans doute parce qu'elles avaient conscience d'appartenir à l'élite. Mais pour le tout-venant du trottoir, ça semblait être un moyen de compenser l'absence de passion. Elles avaient ce côté irréel et stylisé des filles des magazines. Ça n'était pas des vraies femmes ; elles n'officiaient que pour l'argent...

Celle-là, elle pourrait déployer toutes les ruses qu'elle voulait, elle aurait du mal à le faire rebander, parce qu'il n'avait plus qu'une envie : la voir se casser, et pioncer. Il ne laissait jamais une professionnelle passer la nuit chez lui – des voleuses, toutes autant qu'elles étaient. La nature même de leur boulot les faisait renoncer à tout sens moral et elles finissaient par considérer le genre humain comme un vaste troupeau à plumer. Elles piquaient n'importe quoi – une petite cuiller, des boutons de manchette... Peu importait, du moment qu'elles soutiraient quelque chose. Ça lui était déjà arrivé et la coupable l'avait senti passer. Il l'avait rattrapée à sa porte, alors qu'elle tentait de se tirer avec sa montre, une Bulova en or massif – mais ça aurait tout aussi bien pu être un œuf Fabergé incrusté de pierres précieuses ! Ce qu'il voyait, lui, c'était qu'elle l'avait pris pour un con. Là, pas question d'écraser le coup. Ça l'avait mis dans une telle rage qu'il lui avait éclaté une bouteille sur le crâne et lacéré le visage à coups de tesson. Elle l'avait bien cherché, après tout. Ensuite, il avait chargé deux de ses hommes de se débarrasser du corps. Les gars s'en étaient acquittés sans piper mot et n'y avaient plus jamais fait allusion. Mais maintenant, il se méfiait.

Écartant la tête de la fille, il la repoussa d'un geste comme on chasse une mouche. Il en aurait fallu davantage pour offenser Linda Crock. C'était comme ça, avec les michetons. Une fois que vous leur aviez fait leur affaire, ils ne se gênaient pas pour faire retomber leur honte sur vous. Qu'il aille au diable, cet enfoiré ! De toute façon, elle avait eu son fric d'avance. Car Mangan avait mauvaise réputation. Il essayait toujours de monter à l'œil et tentait de les avoir à l'intimidation. Mais Linda ne s'en laissait pas conter. Elle traitait avec des macs depuis l'âge de quatorze ans, et il lui en fallait davantage que ce minable pour l'ébranler ! Alors, elle n'enlevait pas un gant sans avoir été payée d'avance !

Mais plus rien ne l'obligeait à feindre, à présent. Le bon côté de la chose, c'était que les mange-merde dans son genre, à ce Mangan, finissaient toujours par recevoir la monnaie de leur pièce. En se rhabillant, elle troqua son petit sourire sexy contre un air de souverain mépris qui fit clairement passer le message : il avait eu affaire à une actrice hors pair, qui l'avait consciencieusement roulé dans la farine.

Il la regarda se rajuster en silence et elle ne prit même pas la peine de lui dire au revoir en s'éclipsant. Il la croyait partie aux toilettes quand, au bout de plusieurs minutes, il s'avisa qu'elle était partie pour de bon. Cette arrogance avait quelque chose de vaguement offensant. Se faire snober par une fille qui se vendait à n'importe qui sans distinction d'âge, de forme ni même d'hygiène, et qui aurait taillé une plume au dernier des clodos pour peu qu'il lui allonge son fric, ça faisait un peu mal. Ça l'obligeait à se voir sous un angle nettement moins flatteur. La plupart des filles étaient au courant de ses exploits passés et s'arrangeaient généralement pour jouer le jeu jusqu'au bout, jusqu'à ce qu'elles aient de nouveau franchi sa porte, en tout cas…

Il ruminait toujours sa frustration quand il l'entendit frapper. Souriant, il se leva pour aller ouvrir. Elle avait dû oublier quelque chose, la garce. Eh bien, elle pouvait se préparer à filer doux, si elle voulait récupérer son bien… Une bonne leçon de politesse n'avait jamais fait de mal à personne… Il se composa un masque de circonstance, renfrogné et hargneux à souhait. Mais, à peine eut-il entrebâillé la porte, qu'il comprit que son pire cauchemar s'était réalisé.

*

— Ça va, Annie ?

Jonjo avait parlé d'une voix basse, alourdie par la fumette. Il devait être raide défoncé. Il entra dans la chambre de sa sœur, s'assit au bord du lit et contempla son visage dévasté à la lueur de l'ampoule du couloir. Il ne ressentait pas la moindre sympathie pour elle et ses problèmes : elle l'avait plus que cherché, et quand il avait enfin réussi à comprendre ce qui s'était passé, il avait été aussi débecté que sa mère. Mais il tenait à s'assurer qu'elle n'était pas blessée. Ange pouvait avoir la main lourde, quand elle y allait.

Il examina le visage tuméfié et poussa un soupir.

— Elle menaçait de le dire à papa ou à Danny Boy, mais j'ai réussi à l'en dissuader. Une chance, non ?

Annie hocha la tête et ses larmes se remirent à couler. La compassion que lui témoignait son frère l'ébranlait plus que tout le reste. Secouée de grands sanglots, elle se cacha le visage et se couvrit la poitrine pour se dérober au regard de Jonjo.

— Alors, qui c'était, ce mec ?

Mais Annie pleurait trop fort pour pouvoir articuler le moindre son. Il lui adressa un sourire triste puis, lui ôtant la main des yeux, la regarda bien en face et lui dit, en pesant chaque mot :

— Dis-le-moi, Annie. Si tu refuses, je vais devoir en parler à Danny Boy. Alors, tu décides : à qui tu préfères la raconter, ta petite histoire ?

Elle saignait toujours. Sa lèvre avait doublé de volume et du sang avait séché sur l'entaille. Elle sentait la brûlure des plaques chauves qu'elle devait avoir sur tout le crâne, et ça lui faisait un mal de chien. Le sol de la chambre était jonché de touffes de cheveux. Ce spectacle la fit à nouveau fondre en larmes.

— Je ne rigole pas, Annie. Qui c'était ?

Comme elle secouait la tête, il fut épouvanté par son état. Leur mère n'y était vraiment pas allée de main morte. Il ne lui donnait pas tort, mais sa sœur saignait de partout. Une de ses boucles d'oreilles avait dû être arrachée dans la bataille, car elle avait un lobe fendu. Ça mettrait un bout de temps à cicatriser.

— Grouille-toi, avant que je m'énerve !

Annie sanglota encore un certain temps, la main pressée sur la bouche.

— J'en sais rien, Jonjo, bredouilla-t-elle d'une voix entrecoupée. Je te jure... Je l'ai rencontré devant un café, à Bethnal Green.

Jonjo s'écarta d'elle, le dos voûté, ruminant son effarement et sa colère. Annie mesura à quel point il avait grandi et forci, ces derniers mois. Il n'avait pas encore rattrapé Danny Boy, mais c'était déjà une petite armoire à glace. Quand il se jeta sur elle pour la lorgner sous le nez, elle sentit couver en lui toute la violence dont ils étaient capables, dans cette famille, dès qu'ils se sentaient menacés ou trahis.

— Alors là, j'espère que tu rigoles ! T'es en train de me dire que t'as ramené un parfait inconnu sous notre toit, et que tu l'as laissé te tomber tes fringues et te sauter, ou pas loin ?

Sentant qu'il se retenait pour ne pas l'étrangler, elle s'efforça de le calmer. Pourquoi les événements de cette nuit, qui avait pourtant si bien commencé, s'achevaient-ils dans une telle explosion de brutalité et de haine ? Quelle mouche l'avait piquée, d'inviter ce type dans sa chambre ? Si seulement elle s'était contentée de l'emmener faire un tour à Vicky Park, comme d'habitude, ou dans une allée discrète ! Et d'abord, pourquoi elle faisait ça, hein ? Mais elle connaissait la réponse. Elle avait besoin de ruer dans les brancards, de se rebeller contre cette putain de famille. Ils n'avaient pas à la boucler comme une carmélite, bordel ! Tout ça à cause de ce putain de nom qui décourageait quiconque de s'intéresser à elle...

Elle préféra ne pas répondre et plongea son visage dans son oreiller, en se remettant à pleurer de plus belle, à s'en briser le cœur.

Jonjo la regarda. Il aimait sa sœur, mais là, elle dépassait les bornes. Il lui empoigna le bras et la força à lui faire face.

— C'est ta dernière chance, sale petite pouffiasse. Dis-moi son nom, ou je te jure que je te file une autre branlée, pire que celle que tu viens de prendre. Et fais-moi confiance, j'arrêterai pas avant de t'avoir tuée !

Ce n'étaient pas des paroles en l'air. Il levait déjà le poing, prêt à mettre sa menace à exécution. Avant même de comprendre ce qui se passait, Annie souffla :

— Il s'appelle Ian Peck. Il est de Romford.

Le poing de Jonjo s'abaissa lentement. Il lui lança un dernier regard, comme il aurait regardé une fosse septique bouchée, et se leva pour quitter la pièce. Sur le seuil, il se retourna.

— Ces enfoirés de Romford, fit-il avec un sourire en coin. T'as dû bien prendre ton pied, pas vrai ?

Elle se remit à pleurer et entendit la porte claquer derrière lui.

« Vivement que je me barre d'ici... Vivement que je me barre d'ici ! » Elle se répétait ces mots en boucle. Mais c'était impossible. Elle ne quitterait cette maison de fous que les pieds devant, ou au bras d'un mari – et tout bien pesé, cette dernière option lui semblait nettement préférable.

*

Mangan s'était fait avoir, mais il ne capitulerait pas sans avoir livré bataille. Ces deux jean-foutre qui venaient se pavaner chez lui, sous son propre toit – mais qu'est-ce qu'ils croyaient, ces petits cons ? Pour qui ils se prenaient ? Incroyable !

Comme il jetait un coup d'œil derrière eux, il reconnut deux autres de ses hommes. Eux aussi, ils avaient trempé dans le coup ! Ils observaient la scène d'un œil torve, sans lever le petit doigt. Ses employés, sur les bons et loyaux services desquels il pensait pouvoir compter, attendaient de voir dans quel sens le vent allait tourner. Toute velléité de résistance le quitta aussitôt. Son fric et ses relations ne lui seraient d'aucun secours. Personne ne lui viendrait en aide.

En voyant le sourire de loup de Danny Boy Cadogan, il comprit qu'il serait le seul témoin de sa propre mise à mort. Quand Danny Boy le poussa dans sa chambre, Michael Miles lui tendit un sac de voyage plein d'outils qu'il vida sur le lit. Et la réalité s'imposa à lui. L'exécution ne serait ni rapide ni indolore. Cadogan allait lui faire payer chacun des affronts, réels ou imaginaires, qu'il lui avait fait subir. Son exécution lui servirait de carte de visite – une mise en garde, un moyen de dissuasion théâtralisé. Elle marquerait l'avènement du gamin dans le milieu et son passage dans le camp des adultes.

Tandis que Mangan prenait enfin la mesure du pétrin où il se trouvait, Danny Boy lui donna un coup de cutter sur les paupières, ce qui eut pour effet de l'aveugler instantanément. Ses yeux se noyaient dans leur sang. Comme il tombait à genoux, ramenant d'instinct ses mains vers son visage, il s'entendit lui-même implorer grâce avec toute la servilité, l'humilité et l'apitoiement sur soi-même dont il était capable. Il se détesta d'une telle veulerie, mais il supplia longuement Danny Boy de l'achever et de le laisser partir comme un homme, de ne pas le torturer – il en avait lui-même torturé tant d'autres... Après tout, il était un caïd, son statut aurait dû lui valoir certains égards... Mais il finit par renoncer à plaider sa cause et se résigna à son sort en gémissant. Pourvu, seulement, que Danny Boy en finisse vite. Mais c'était demander l'impossible, il le savait. Car l'objectif de Cadogan était justement de créer un précédent pour marquer en profondeur, et durablement, son territoire. Ce serait son ticket d'entrée dans ce club auquel il rêvait tant d'appartenir, la garantie d'être désormais considéré comme un gros joueur avec lequel il fallait compter.

Puis, comme son sens inné de la contradiction reprenait le dessus, Mangan cria à tue-tête, toujours aveuglé par son sang :

— Regarde-moi bien, Cadogan ! Regarde-moi bien et longtemps. Un jour, tu seras ici, à ma place !

Danny Boy lui éclata de rire au nez.

— T'as les yeux comme deux œufs durs au ketchup, répliqua-t-il d'un air guilleret. Ça doit pas faire du bien, hein, Lawrence ?

Il le gifla à toute volée, en pleine face, et Lawrence sentit l'angoisse le prendre à la gorge.

— Faut pas cracher contre le vent quand on veut pas se prendre un mollard dans la poire, mon pote. T'as eu tort d'oublier ce vieux dicton...

Lawrence ne pouvait que se représenter Danny Boy, sa mâchoire énergique et sa carrure dont il n'avait même pas besoin de jouer. Il imaginait son regard vide, incapable néanmoins de dissimuler tout à fait son excitation devant le sang. Il était pourtant bien placé pour savoir que Cadogan savait user d'une violence extrême, même selon les critères du milieu, sans se départir de son incroyable nonchalance. Mais il n'avait jamais envisagé que les talents de son employé se retourneraient un jour contre lui. Et, à présent, il connaissait le goût et le parfum exacts de la haine et de la perversité qui l'avaient lui-même animé.

Danny Boy était un voyou, un vrai. Mangan l'avait gravement sous-estimé, et ce nouvel exploit allait fonder sa légende et lui assurer une place enviable dans le milieu. Car il leur en fallait, des Danny Boy. Cela faisait trop d'années qu'on n'avait pas vu passer quelqu'un de son gabarit. Un chasseur solitaire, un pervers dangereux, limite psychopathe, qui fichait les foies aux flics eux-mêmes, quand, pour ses amis et ses connaissances, ça n'était qu'un type sympa, affligé d'un caractère un peu éruptif, certes, qu'il avait parfois un peu de mal à contrôler, mais un tempérament imprévisible, tout au plus...

Ses yeux lui faisaient horriblement mal et son corps était secoué de spasmes si violents qu'ils lui bloquaient le diaphragme. Il suffoquait. Il entendait Michael fouiller l'appartement, sans doute en quête d'instruments pour leur faciliter la tâche, et songea que tout ce qu'il avait accompli dans sa vie allait être anéanti, sans rime ni raison, par ce tandem de petits salauds. Il ne laisserait d'autre souvenir que cette mort grand-guignolesque. Danny Boy savait exactement ce qu'il faisait. Si bien, même, que malgré l'angoisse, malgré la haine et la douleur qui le submergeaient en faisant vibrer chaque fibre de son corps, Mangan ne put se défendre d'éprouver pour lui une insidieuse admiration.

Quand il l'entendit ranger ses outils dans un certain ordre, il se mit à prier en silence pour que la mort ne se fasse pas trop attendre, cette mort qu'il savait désormais inévitable.

— On va bien s'amuser, Lawrence, lui murmura Danny à l'oreille. T'inquiète surtout pas, je vais m'arranger pour que t'en loupes pas une seule seconde. Je tiens à ce que tu assistes au bouquet final !

*

L'état dans lequel on retrouva le corps martyrisé de Mangan fit les délices de la presse. Pendant plusieurs semaines, l'affaire provoqua une véritable levée de boucliers, à cause de la gravité des faits et de l'impunité dont semblait jouir le crime organisé dans cette belle ville de Londres. Puis l'affaire fut détrônée par les exploits d'un pasteur lubrique ayant épousé une femme presque aussi vicelarde que lui…

Les détails les plus macabres de cette folle nuit ne firent qu'ajouter à la légende de Danny Cadogan. Il n'était plus seulement respecté, il était craint et reconnu comme l'un des chefs de file de cette nouvelle vague criminelle qui poussait la vieille garde hors de scène. La violence aveugle qu'ils déployaient pour atteindre leur but avait désormais tendance à se banaliser et Danny Boy Cadogan avait réussi à imposer son style, cette griffe reconnaissable entre toutes. Les Yardies*, les Grecs, les Turcs et les Chinois – tous le considéraient désormais comme une pointure, ainsi qu'une vaste majorité des criminels autochtones avec qui il frayait. Restait néanmoins un détail sur lequel personne ne tenait à s'appesantir. Les meurtres de Carlton et de Mangan, ces deux piliers du milieu, avaient ouvert la porte à une foule de jeunes postulants

---

* Jamaïcain récemment arrivé au Royaume-Uni.

de tout poil. Des petits malfrats ambitieux qui n'hésitaient pas à innover dans leur branche et faisaient rejaillir le fric autour d'eux avec une prodigalité d'enfants gâtés. Ils ne demandaient qu'à prendre des risques et ignoraient encore la peur de se faire pincer. À peine conscients des conséquences de leurs actes, ils étaient loin d'imaginer à quoi pouvaient ressembler dix ans derrière les barreaux. Ils étaient tellement jeunes qu'ils calculaient que, même s'ils s'en prenaient pour douze ans, ils seraient dehors avant la quarantaine, et qu'il leur resterait largement de quoi rattraper le temps perdu.

À eux deux, Danny et Michael faisaient souffler un vent nouveau sur l'establishment du crime, cette génération qui avait vu Londres sous les bombes. Ils veillaient à donner du boulot à la tranche d'âge la plus jeune et la plus fougueuse, et contribuaient à renouveler les effectifs du milieu, en assurant un indispensable apport de sang neuf. Au final, la stratégie sanglante de nos deux amis avait donc joué en leur faveur, et plus efficacement encore qu'ils ne l'avaient escompté.

Mais comme venaient de l'expérimenter leurs deux dernières victimes, ce genre de manœuvre pourrait aussi bien, à l'avenir, se retourner contre eux.

Chapitre 14

— Allez ! Fais pas ta timide !

Mary éclata d'un rire coquin dans les bras de Danny Boy, qui l'avait emmenée sur la plage de Brighton. Elle lui savait gré de leur amitié amoureuse, fondée sur la confiance, tout comme de sa patience : il acceptait de bonne grâce d'attendre qu'elle se sente prête à franchir le pas. Elle ne se prenait pas pour une oie blanche, loin de là... Les hommes, elle en avait eu plus que sa part, de tous les styles et de tous les âges. Danny semblait même n'attendre que ça – et elle avait tellement envie de lui plaire... Il était tout pour elle, depuis qu'il l'avait débarrassée du fardeau qu'était devenu Kenny. Plus besoin de mentir pour expliquer les plaies et les bosses, ou pour s'en dépêtrer quand il avait décidé de lui filer des angoisses. Fini, ces nuits atroces où il la tirait du lit par les cheveux à trois heures du matin. Avec Danny, elle se sentait en sécurité. Et même utile, désirée, appréciée. Bien sûr, elle avait eu vent de certaines rumeurs. On parlait de torture, de meurtres commis de sang-froid, de racket, de trafics louches – mais elle n'en voulait rien savoir.

De l'avis général, elle était bien la seule qui puisse réveiller la gentillesse et la générosité de cet homme dont on ne prononçait le nom qu'à mi-voix depuis la mort horrible de Donald Carlton et de Lawrence Mangan. On murmurait que les reins, le foie et la rate de

Mangan avaient réapparu dans le frigo d'une vieille caravane, abandonnée à Brighton après avoir longtemps rouillé dans la casse de Louie Stein. La nouvelle avait fait sensation, et achevé de graver le nom de Danny Boy Cadogan dans la mémoire collective sur la liste des plus sombres salauds. Il était craint et respecté, par ses employés comme par les rares employeurs qu'il daignait encore enrichir…

Son frère Michael appartenait maintenant lui aussi à la nouvelle génération de caïds : des jeunes loups qui ne craignaient pas d'afficher leur fric et leur pouvoir nouvellement conquis, s'enrichissaient à vue d'œil grâce à Danny et ne demandaient qu'à lui lécher les bottes. Danny avait vite compris le topo. Pour s'assurer la loyauté des gens, il ne fallait pas lésiner sur les moyens. Alors, en plus de leur garantir un niveau de vie plus que correct, il les encourageait à investir dans ses affaires légales. Lui, il se chargeait de trouver le blé, à Michael de le blanchir. Leur duo était un modèle du genre.

Michael n'avait jamais été porté sur la violence – il laissait ça à Danny. Pourtant, ça ne suffisait pas pour la détourner de lui. Au contraire. Elle aimait l'aura de danger qu'il dégageait, et malgré sa réputation de tueur, il savait se montrer tendre avec elle. Elle se flattait d'avoir dompté le fauve. Ce sentiment de sécurité et de pouvoir venait renforcer celui de son tout nouveau standing et suffisait amplement à son bonheur. Michael ne voyait certes pas la situation d'un très bon œil, et elle comprenait ses réticences, mais elle se hâtait de les balayer sous le tapis. Elle savait ce qu'elle faisait et, pour la première fois de sa vie, elle était amoureuse.

— Dis donc… Et si on se mariait ?

Mary ouvrit de grands yeux et Danny Boy s'esclaffa devant l'incrédulité que reflétait son visage.

— Tu crois vraiment, Danny ?

Il lui répondit d'un haussement d'épaules. Elle ne pouvait plus nier l'ascendant qu'il avait pris sur elle. Elle savait pourtant qu'il y aurait toujours d'autres femmes en coulisses, mais c'était une donnée de base du problème. Si elle voulait vivre avec lui, elle devait s'y faire. Les Danny Boy Cadogan côtoyaient quotidiennement des femmes qui ne demandaient qu'à se laisser utiliser et s'estimaient honorées d'avoir retenu leur attention, ne fût-ce qu'un bref moment. Il y en aurait forcément quelques-unes dans le tas qui parviendraient à le captiver un certain temps (soyons réaliste !) mais, ça aussi, c'était inévitable. Toute sa vie, Danny Boy n'aurait qu'à se baisser pour trouver des filles consentantes. Si elle voulait devenir son épouse et la mère de ses enfants, elle devait accepter ces conditions et apprendre à vivre avec. D'un autre côté, le sacrement du mariage lui garantirait son respect et sa parfaite loyauté. Une fois unis devant Dieu, ils le seraient pour la vie.

Elle pourrait toujours compter sur lui. Tout comme elle, il allait à la messe, communiait le dimanche et sentait planer sur chacun de ses actes l'ombre de l'Église catholique. La foi qu'il avait dans le saint sacrement du mariage imprégnerait chacune de ses journées. Sa piété le lui ramènerait, quoi qu'il advienne. Et c'était l'essentiel. Kenny avait au moins eu le mérite de lui faire comprendre ce qu'elle voulait : l'amour avec un grand A, de sa part à elle comme de celle de son époux. L'influence de sa mère s'exerçait toujours, bien sûr. Jamais elle n'aurait songé à épouser Danny s'il n'avait eu les moyens de lui assurer le standing auquel elle était habituée. Mais elle en pinçait pour lui depuis la cour de l'école et voilà qu'il était à elle. Son amour pour lui, c'était la cerise sur le gâteau !

Tandis qu'ils rêvaient de leur future vie commune, l'idée n'effleura pas Mary que Danny n'était peut-être pas tel qu'elle l'imaginait. Pour elle, il était un véritable héros romantique qui l'avait arrachée à son tortionnaire pour lui rendre sa respectabilité. Comme tant de femmes avant elle, elle avait décidé de voir en Danny Boy l'homme qu'elle voulait qu'il fût…

Elle l'aimait et elle échafaudait des projets d'avenir, sans se douter que son passé tumultueux ferait toujours obstacle entre eux. Elle le serra plus fort contre son cœur en lui susurrant des mots doux, persuadée de n'avoir jamais été aussi heureuse. Pour la première fois de sa vie, elle se sentait aimée et protégée. Elle filait le parfait bonheur. Blottie dans les bras robustes de Danny, elle oubliait jusqu'au vide douloureux qu'avait laissé la mort de sa mère.

Elle sentit sa langue s'insinuer entre ses dents et fut submergée de désir, comme toujours, tout en regrettant qu'il n'ait pu être son premier… Elle avait dilapidé son trésor le plus précieux, sa virginité, sous-estimé la valeur de ce qui ne pouvait s'offrir qu'une fois et que les hommes plaçaient au-dessus de tout. Quel dommage que personne ne lui eût expliqué ça dans son enfance… L'importance de ce symbole pour son avenir de femme, pour sa confiance en soi, pour son estime d'elle-même… Jusque-là, elle n'y avait vu qu'un fardeau qui l'embarrassait plutôt qu'autre chose, et dont elle s'était hâtée de se débarrasser. Cette virginité qui aurait dû être un merveilleux gage d'amour, réservé à celui qui aurait su l'apprécier vraiment, elle l'avait jetée aux orties. Plus rien ne pourrait la remplacer, et elle devrait vivre avec les conséquences de ses actes. Car elle avait déjà un passé, et c'était son problème. Elle regrettait amèrement d'avoir pris un si mauvais départ et ne demandait qu'à faire oublier à Danny Boy qu'il n'avait pas été le premier, qu'il n'était venu qu'après bien d'autres – et même une sacrée liste d'autres. Elle aurait donné n'importe quoi pour que cela fût à refaire.

À présent, comme tant de femmes avant elle, elle allait devoir essayer de faire pour le mieux avec ce qu'elle avait. N'avait-il pas tué pour elle, après tout ? Combien de femmes pouvaient compter sur un tel dévouement ? Aurait-il pu lui donner une plus grande preuve de loyauté ?

*

Tout sourire, Louie conduisit Danny Boy et Michael à son vieux bureau délabré. Il avait beau avoir fait sa pelote, le vieil homme continuait à bosser dans ce préfabriqué minable, installé depuis toujours au fond de la casse. La valeur de ses installations devait dépasser le million de livres – à lui seul, son concasseur coûtait plus cher qu'une baraque de politicard moyen –, mais il était de la vieille école. Il redoutait d'attirer l'attention en péchant par excès d'ostentation, comme il disait – péché que ces deux-là ne craignaient manifestement pas de commettre, avec leur Jaguar et leurs costards cousus main. Même s'ils ratissaient des fortunes avec leurs affaires légales – leurs night-clubs et leurs casinos, principalement –, cet étalage revenait à narguer les flics. Autant les défier d'enquêter sur eux. Évidemment, les ripoux du secteur avaient appris à fermer les yeux : ils ne crachaient pas sur un petit bonus pour payer l'école de leurs gosses ou pour s'offrir des vacances sous les tropiques... Mais, en dernier ressort, s'ils recevaient l'ordre de s'intéresser aux revenus de tel ou tel quidam, eh bien, ils s'exécuteraient. C'était dans la nature de la bête. Ils étaient flics avant tout et devaient justifier leur salaire en prouvant qu'ils faisaient leur boulot. Ils n'allaient quand même pas se griller eux-mêmes ! Alors, de temps à autre, ils étaient tenus de faire quelques bons coups de filet – et c'était précisément ce qui leur avait valu ce nom de « pourris ».

Mais, comme de plus en plus souvent ces derniers temps, Louie se garda bien de donner son avis aux deux jeunes loups. Il les avait exhortés à la prudence à de multiples occasions, et ses bons conseils ne lui avaient valu que des sourires polis, nuancés d'un agacement à peine voilé. À croire qu'en prenant de l'âge il s'était transformé en une caricature de lui-même dont l'expérience et les compétences n'étaient plus reçues comme les précieuses perles de sagesse qu'elles étaient. Alors, il préférait la boucler. Ces deux lascars ignoraient la peur du gendarme ? Libre à eux ! N'était-ce pas, d'ailleurs, le privilège de la jeunesse ? Pour sa part, il préférait éviter de tenter le diable en prenant des risques inconsidérés. Il était un père de famille avec cinq filles à charge, et ceci expliquait peut-être cela...

Il admettait pourtant que si tant de boulots juteux lui tombaient dans le bec, c'était grâce à Danny Boy. Son grand pari avait fini par payer. Et contrairement à tous les autres, lui, il l'aimait, ce gamin. Michael Miles, en revanche, c'était une autre paire de manches. Il n'avait pas encore statué sur son cas, mais il savait que Danny le garderait toujours avec lui. Cadogan était la force de frappe de leur tandem. Le muscle, pas le cerveau. Il pouvait même manquer de consistance et de suite dans les idées. C'était un chasseur, pas un gestionnaire. Il échafaudait les plans, mais le suivi, il le laissait à son pote Michael, le comptable. Miles adorait manipuler l'argent et, jusqu'à présent, il avait fait merveille – sur ce chapitre, à tout le moins. Les garçons avaient désormais pignon sur rue et leurs affaires légales valaient leur pesant d'or. Ils pouvaient même justifier du moindre centime… Chapeau, Michael !

N'empêche, ils étaient trop voyants. Dans leur branche, on finissait toujours par s'en mordre les doigts. Il y avait encore des lois, dans ce putain de pays, et des forces de l'ordre qui tentaient de les appliquer. Avec la lutte contre le grand banditisme et l'IRA qui provoquait de véritables boucheries, les flics se cherchaient des boucs émissaires. On faisait généralement porter le chapeau aux petits malfrats, qui constituaient la classe moyenne de la pègre. D'autant que les autorités prétendaient désormais que leurs traficotages (c'est-à-dire à peu près n'importe quoi, depuis les paris jusqu'aux marchandises volées) servaient à financer la cause irlandaise. Pure intox, comme le savaient tous les initiés. Les Irlandais étaient bien assez grands pour se démerder tout seuls ! Ils avaient leurs propres réseaux et le fric leur arrivait de partout, des États-Unis en particulier. Mais, pour les autorités, l'occasion était trop belle de se faire mousser. Jusque-là, la tactique avait payé, et le jeu tendait à devenir bien plus dangereux pour les traficoteurs qui n'avaient pas l'intelligence de se fondre dans le paysage.

Sans se départir de son petit sourire crispé, Louie ouvrit la porte du préfabriqué et, d'un coup de menton, fit sortir l'arpète qui remplaçait Danny Boy. Il alla s'asseoir derrière son bureau et tira de son dernier tiroir une bouteille de Bell's. Le temps que Michael et Danny Boy posent leurs luxueux pardessus et s'assoient à leur tour, il avait fait le niveau dans leurs trois verres.

Le sien était le mieux servi. Il y préleva une bonne lampée, avant de lancer avec entrain :

— Alors, c'est à quel sujet ?

Comme s'il ne le savait pas.

*

Annie regardait sa future belle-sœur examiner sa robe de mariage de l'œil acéré d'un expert en déminage devant une bombe à désamorcer. Comme Mary inspectait chaque détail, chaque couture, Annie sentit monter en elle une grande bouffée de ras-le-bol. Mary était une fille superbe, ça, rien à dire, et elle n'en prenait pas ombrage – elle-même l'était tout autant, à sa façon. Non, ce qui l'agaçait prodigieusement, c'était qu'il lui avait suffi de se pointer en tant que fiancée de son frère pour se rallier la sympathie générale. Évidemment, ça pouvait se comprendre – elle-même suscitait souvent le même genre d'intérêt. Mais jusqu'à un certain point seulement. Trop, c'était trop.

Annie pensait être sollicitée comme demoiselle d'honneur, ça lui semblait naturel. Mais, pour l'instant, elle attendait toujours et sentait que Mary hésitait à se prononcer clairement. Comme elle ne pouvait s'en prendre ni à sa mère ni à ses frères, elle ne détestait pas avoir un bouc émissaire tout désigné en la personne de sa future belle-sœur. Qu'ils la harcèlent pour ce qu'ils appelaient ses « écarts de conduite », c'était déjà dur à avaler, mais que cette sainte-nitouche qui collectionnait les « écarts », voire les « grands écarts », depuis l'école primaire soit accueillie comme une perlouze par toute la famille, c'était le pompon !

Depuis Ian Peck, sa mère et Jonjo ne lui adressaient pratiquement plus la parole. En fait, son frère ne laissait passer aucune occasion de l'écraser de son mépris. Il n'y avait plus que son père pour la soutenir un peu, mais lui, elle avait toujours été sa préférée. Heureusement, elle n'avait remarqué aucun changement du côté de Danny Boy, ce qui laissait supposer que personne ne l'avait mis au courant... Annie ne s'aveuglait pas. C'était une sacrée chance de n'avoir pas essuyé la colère de son frère aîné après celle de sa mère. Elle s'était tout de même pris la trempe de sa vie... Ange avait dû dire à Danny qu'elle avait sévi à cause d'un mot de trop, ou pour un dépassement de l'heure permise, un soir de bringue. Mais surtout pas la vérité. Sinon, Danny Boy aurait remis ça. Il n'aurait pas hésité à lui filer une bonne dérouillée, lui aussi, et sur ce terrain il pouvait faire nettement plus fort que sa mère !

Comme Ange aidait Mary à enfiler la robe, en tenant la masse de tulle blanc au-dessus de sa tête sans cesser de jacasser – le mariage, la cérémonie et les préparatifs, *ad libitum* –, Annie dut se mordre la lèvre pour se retenir de leur cracher à la gueule ce qu'elle avait sur le cœur. Elle préféra sortir discrètement du living et fila à la cuisine, où elle se força à retrouver un semblant de calme.

Trois mois s'étaient écoulés depuis la fameuse trempe. Elle avait eu tout le temps de mesurer la précarité de sa situation. Hors de la maison, son statut de sœur de Danny Boy lui assurait d'être traitée avec respect, mais ça faisait surtout le vide autour d'elle. Personne ne se risquait à la draguer ou à lui filer un rencard. Elle n'avait aucune marge de liberté. La période faste où elle pouvait sortir à son gré et se conduire comme n'importe quelle adolescente était bel et bien révolue. Maintenant, elle ressassait sa solitude et sa rancœur. Mais le pire, dans tout ça, c'était que sa mère ne la regardait même plus en face. Le malheureux accident qui avait déclenché tout ce tintouin avait laissé de sacrées traces... Annie se maudissait. Comment avait-elle pu être assez bête pour se fourrer dans un tel pétrin !

— Allez, ma biche, garde le moral. Ça n'est pas encore fait !

Elle se tourna vers son père et le découvrit tel qu'il était depuis des années – un pauvre infirme qui servait de vitrine à la violence de son fils aîné.

— Putain, p'pa... T'es pourtant bien placé pour voir que c'est fait, ou tout comme !

Big Dan se garda d'argumenter. Ça ne l'avançait à rien de discuter avec ses gosses. Ils vivaient tous dans l'ombre de Danny et les choses ne risquaient pas de s'améliorer. Pas plus que lui, Annie ne pouvait se rebeller ou partir en claquant la porte. Elle ne pouvait prendre aucune décision personnelle. Elle était prise au piège.

Ange fit irruption dans la cuisine. Elle aussi, elle souffrait de la guerre qu'elle menait contre sa fille. Ça lui brisait le cœur, il le savait mieux que personne, mais, comme à son habitude, elle faisait mine de rien. En fait, elle vivait dans l'attente des décisions et des instructions de Danny. Comme toute la famille, lui y compris.

*

— Si ça capotait, ce serait Jamie qui paierait les pots cassés, Louie. Tout ce que je te demande, c'est des garanties. Le nom de quelques investisseurs qui seraient intéressés par notre plan...

Louie était nerveux, mais pas au point de ne pas sentir les griffes de la colère se refermer sur son cœur. Danny Boy manquait du respect le plus élémentaire. Il aurait dû comprendre que non, c'était non. Pourquoi insister ? Pensait-il pouvoir si facilement lui faire changer d'avis ? Louie était vert de trouille, mais il ravalait sa peur. Il fallait résister, sous peine d'être pris dans le tourbillon Cadogan. Il était trop vieux pour ces conneries. À son âge, il n'était pas question de se lancer dans une nouvelle affaire – surtout si c'était pour se faire racketter par les flics. Le pactole que leur allongeaient les deux lascars ne suffirait jamais à arrêter les ripoux, le jour où ils leur mettraient la main au collet. Quand ils étaient eux-mêmes menacés d'aller en taule, les flics retournaient toujours leur veste, et tout l'argent du monde ne suffisait pas à acheter leur loyauté. Pour un flic véreux, la prison était un lieu peu recommandable. Leurs codétenus les haïssaient, infiniment plus que des flics réglo. Se faire coffrer par un flic incorruptible, ça faisait partie des risques du métier – mais quand c'était l'équivalent policier d'une balance qui vous faisait ployer, ça frisait l'insupportable. Après avoir accepté de manger dans la main de l'ennemi, ces fumiers ne se gênaient ni pour se défiler dès qu'ils sentaient planer sur eux la menace de la taule, ni pour mordre la main qui les avait nourris. Ça défiait l'entendement.

Un flic véreux finissait toujours par rentrer au bercail. La perspective de se retrouver en taule parmi des détenus de droit commun et de côtoyer des types qu'ils avaient autrefois traqués ou trahis était pour ses collègues la meilleure garantie d'obtenir sa coopération. Louie le savait d'expérience : à long terme, quand ça commençait à tourner au vinaigre, même un pont d'or échouait à vous assurer la loyauté d'un ripou.

— Tu ne manques pas de culot, petit enfoiré ! Pour moi, non, c'est non ! Combien de fois faudra-t-il…

Louie était hors de lui et sa colère l'emportait sur sa peur. Il ne s'agissait même plus d'un simple refus. Il s'agissait de se faire respecter. De ne pas se laisser déborder par son arrogance, à ce petit con qu'il avait formé, élevé et protégé depuis l'enfance, et qui considérait son accord comme un dû.

Quoique impressionné par l'aplomb de Louie, Michael était surpris par la netteté de son refus. D'un coup d'œil, il vérifia que Danny Boy était dans les mêmes dispositions. Mais son ami semblait ne pas vouloir imposer son point de vue. Une chance…

Danny se leva, consterné, au bord des larmes. Louie en aurait presque eu le cœur serré. Il commençait à comprendre… Danny Boy considérait la proposition qu'il venait de lui faire comme un cadeau, un ticket gagnant destiné à le remercier de tout ce qu'il avait fait pour lui. Ses yeux se dessillaient. Le jeune homme s'empressa néanmoins de sauver la mise en s'excusant. Il ne sacrifierait pas des années d'amitié sur un simple malentendu… Mais, en même temps, il avait du mal à contrôler ses réactions. Il avait beau savoir que ça n'était pas le moment, c'était plus fort que lui. Il avait besoin d'exhaler sa rage.

— OK, Louie. J'ai juste voulu te faire profiter de l'occase, rien de plus. T'aurais pu te faire un sacré paquet, tu sais, et j'aurais fait en sorte que ton nom ne soit jamais cité. Alors, pourquoi tu me snobes comme ça, putain ? Tu me prends pour qui, là, pour te permettre de me moucher comme une lopette ?

Louie s'était levé et tentait de lui prendre les mains, pour le calmer et le ramener à la raison. Danny perdait de plus en plus les pédales et il regrettait amèrement son erreur de jugement.

Bien qu'un peu moins râblé que Danny, Michael était quand même costaud. Il sauta à son tour sur ses pieds, écarta Louie et, empoignant Danny Boy par les épaules, le maintint à bout de bras pour l'immobiliser, ce qui requit toute sa force. Il fallait le protéger de sa fureur destructrice. S'il la laissait exploser, il allait tout casser dans le bureau. Michael regarda Danny droit dans les yeux et tenta de lui faire recouvrer son calme.

— Allez, quoi… vas-y, Danny ! Personne n'a voulu te narguer. Louie est un vieil homme qui a ses habitudes. Arrête ! Arrête… C'est un de tes plus vieux potes, non ? T'as oublié ? Tu peux lui faire confiance. Allez, calme-toi, mec !

Pâle d'inquiétude, Louie vit Danny Boy reprendre peu à peu ses esprits et ravaler sa colère, au prix d'un immense effort. Le vieil homme comprit qu'il n'avait plus devant lui le gamin qu'il avait élevé. Ce caïd qui passait pour un monstre de calme et de sang-froid cachait en réalité un gosse impulsif, presque incapable de se contrôler face à la menace ou la contrariété. Danny Boy Cadogan était un cas, un de ces authentiques psychopathes dont la santé mentale ne pouvait que se dégrader. Il en avait croisé quelques-uns dans sa vie, mais aucun d'aussi retors que lui. Danny Boy était imperméable à toute logique et ne voyait pas plus loin que le bout de ses désirs. C'était un vrai danger public et il devenait impossible de s'y fier.

Devant l'étrange scène qui se déroulait sous ses yeux – Michael s'efforçant d'amadouer Danny Boy par des paroles rassurantes qui finirent par faire leur effet –, Louie sentit que la messe était dite. Nul ne parviendrait à lui rendre son équilibre mental. Les dégâts étaient irréversibles. Il connaissait mieux que personne les responsabilités que Danny avait dû assumer dès l'âge le plus tendre : endosser le rôle du père, tenir tête aux frères Murray en leur faisant regretter leur témérité... Mais si Danny avait pu accomplir tout ça, c'était justement grâce à lui ; il avait fait passer le mot et pris le gamin sous son aile. À présent, Louie voyait se manifester une facette de son caractère qui ne lui était pas tout à fait inconnue. Sauf qu'il avait toujours cru qu'il ne s'en servait que contre ses adversaires – pas contre ses amis.

Quand Danny se tourna vers lui, ses yeux avaient retrouvé leur lueur habituelle. Son visage reflétait sa souffrance et le regret de s'être laissé emporter. Attrapant Louie, il le serra dans ses énormes bras, si fort que le vieil homme se sentit à deux doigts de tourner de l'œil.

— Bon Dieu de bon Dieu ! répétait-il en boucle, incapable de dire autre chose.

Michael les regardait, manifestement sous le choc et les yeux réduits à deux fentes, comme quelqu'un qui a réussi de justesse à dompter une bête sauvage, mais sait qu'il ne pourra plus la retenir bien longtemps.

Danny Boy sortit d'un pas chancelant du préfabriqué et rejoignit sa Jaguar bleu nuit. Là, penché sur le capot, il ferma les yeux et pria à voix basse pour trouver en lui la force de se maîtriser.

Michael poussa un grand soupir. Un silence lugubre s'était abattu sur le préfabriqué. Même la rumeur du trafic semblait suspendue, comme si le temps s'était arrêté.

La sonnerie du téléphone les fit sursauter. Louie laissa sonner. Quand le raffut s'arrêta, ils étaient à bout de nerfs, tous les deux.

— Oubliez tout ça, Louie. Il n'en pensait pas un mot. Il vous aime comme un père…

Louie s'abstint de répondre. Dehors, Danny Boy s'était allumé une cigarette dont il tirait de longues bouffées. Michael soupira à nouveau, mais cette fois de soulagement. Quand Danny Boy allait s'en griller une petite, c'était que le pire était passé.

— Ça lui arrive souvent, Michael ?

Michael esquiva la question d'un haussement d'épaules. Sa belle gueule trahissait sa détresse et sa confusion. Éloigné de Danny Boy, il paraissait nettement plus beau et plus viril, alors qu'en présence de son ami il semblait moins énergique, presque efféminé. Michael aurait été tout à fait capable d'en découdre, en cas de besoin – il était juste moins porté sur la violence. Il vivait dans l'ombre de Danny et c'était sacrément dommage, car cette ombre déjà immense s'étendait à présent de plus en plus loin.

— Réponds-moi, petit. Ça lui arrive souvent, de péter les plombs comme ça ?

Michael haussa à nouveau les épaules – sa réponse naturelle aux questions qu'on lui posait sur son partenaire. La boucler, c'était leur règle d'or. Mais il respectait Louie, et le vieux avait droit à une explication.

— Ça dépend, répondit-il après mûre réflexion. Il a pas mal de soucis en ce moment, vous savez… Tout s'accélère dans sa vie. Les affaires, le mariage… Mais vous le connaissez, Louie. Il n'en pensait pas un mot.

Les mains toujours agitées d'un tremblement perceptible, Louie récupéra son cigare dans le cendrier, le ralluma et répéta sa question en haussant le ton :

— Pour la dernière putain de fois : est-ce que ça lui arrive souvent ?

Michael s'essuya le front d'un revers de main.

— Une fois par mois, genre. Mais il peut se contrôler. Et moi, j'arrive à le calmer. Alors franchement, je ne vois pas pourquoi on en ferait un plat, hein ?

La menace à peine voilée n'avait pas échappé à Louie, qui en fut atterré. Il était tiraillé entre son respect pour la parfaite loyauté de Michael et une furieuse envie de lui en retourner une bonne – de *leur* en retourner une bonne, à ces deux garnements.

— Tu dois être enchanté qu'il épouse ta sœur ?

Michael lui fit signe de se taire : Danny revenait vers le bureau, tout sourire.

L'air repentant, il leur lança :

— Qu'est-ce que vous voulez que je vous dise, hein ? Si on veut pas se brûler, vaut mieux éviter de jouer avec le feu !

Ils éclatèrent de rire ensemble, mais ils savaient tous trois qu'une page venait d'être tournée. Danny Boy avait dépassé une ligne jaune invisible et Louie n'était pas près de l'oublier. Il avait suffi à Danny de quelques mots malheureux pour perdre la confiance de l'homme qui lui avait donné sa première chance dans la vie et à qui il devait pratiquement tout. Mais il ne pouvait contrôler sa colère. Il voulait être obéi vite et bien, sans une hésitation ni le moindre murmure. S'il estimait n'avoir pas obtenu la réponse qu'il escomptait, il perdait de vue la perspective d'ensemble et son objectif principal. Surtout quand il abusait des amphétamines, comme ce jour-là. Le vieux fond d'agressivité qu'il parvenait normalement à canaliser entrait alors en éruption, dans une dangereuse escalade.

— Tu sais que je t'aime, Louie…

Il avait préparé ses lignes de speed sur le bureau poussiéreux – six grosses lignes qui auraient suffi pour défoncer un régiment. Il roula en tube un billet de cinq livres et les sniffa, l'une après l'autre. Puis, le pouce appuyé contre sa narine gauche, il renifla si fort que sa tête fut projetée en arrière. Il se retrouva en pleine contemplation du plafond vérolé. Ses frasques n'étaient plus qu'un mauvais souvenir. Il avait retrouvé toute sa bonne humeur.

Mais Louie Stein n'était pas dupe. Cette colossale colère qui couvait constamment en lui ne pouvait que s'aggraver. Danny Boy était un terrain instable, un cinglé dangereux, pour lui-même comme pour autrui. Le pire, pour Louie, c'était qu'il ne pouvait rien y faire sans se mettre dans le pétrin. Ça avait beau lui briser le cœur, Danny Boy avait toujours eu une sérieuse case de vide – et son père y avait veillé, personnellement.

*

Mary et ses cousines papotaient en préparant le thé et les sandwichs. Ange adorait les entendre gazouiller dans la maison. Elle n'en revenait pas du plaisir que c'était de voir ce vieil appartement revivre, de l'entendre à nouveau résonner de rires et de babillages. C'était un baume sur la plaie qu'était devenue sa vie. Danny Boy lui-même semblait plus calme et plus heureux – encore qu'avec lui on n'était jamais sûr de rien ! Il pouvait être tellement bizarre... Mais quoi, il se décarcassait pour leur trouver de quoi vivre... Alors, elle passait sur tout le reste. Sa mauvaise humeur, les remarques au vitriol qu'il balançait, dès qu'il sentait quelqu'un résister à son autorité... La seule personne à qui il laissait faire à peu près ce qui lui plaisait, c'était son père, mais ce n'était qu'une façon de lui manifester son mépris. Le soin qu'il mettait à l'ignorer ostensiblement en disait plus long que tout un discours.

Tout en gardant un œil sur le groupe des jeunes filles, Ange songea que si Mary venait si volontiers chez elle, c'était qu'elle n'avait plus sa mère pour la conseiller, la pauvre petite – à supposer que la vieille pocharde ait jamais été capable de conseiller qui que ce soit, évidemment.

Ange chancelait sous le poids de ses responsabilités. Pourvu que ce mariage ait un effet bénéfique sur son fils, le stabilise un peu et le dissuade de passer la moitié de l'année chez ses vieux. Elle comptait sur sa future belle-fille pour la soulager d'une part du fardeau qu'était son fils, de ses humeurs et de cette colère monumentale qu'il se trimbalait.

Elle alla s'installer dans le petit salon, où Mary lui apporta un thé. Comme elle lui tendait la soucoupe et la tasse, Ange la regarda avec tristesse.

— Réfléchis bien, Mary, s'entendit-elle lui dire à voix basse, avant même d'avoir pu s'en empêcher. Mon fils est invivable et, Dieu me pardonne, je sais de quoi je parle ! Réfléchis à deux fois tant qu'il en est encore temps, ma petite fille. Tu viens juste de perdre ta mère…

Mary en resta interloquée. Ange Cadogan divaguait ! C'était sa jalousie qui parlait, une ultime manœuvre pour garder près d'elle son fils chéri ! Elle avait lu cette grande angoisse dans ses yeux et elle en était navrée. Elle aurait peut-être ce genre de réaction, elle aussi, quand son fils déciderait de quitter le nid… Et, à la décharge d'Ange, il fallait reconnaître que Danny Boy avait longtemps fait bouillir la marmite… Dans le nouvel esprit de générosité qui l'animait, Mary aurait presque pu comprendre la souffrance d'Angelica, de se voir ainsi détrônée dans le cœur de son fils.

Elle noua ses bras autour des épaules dodues de sa future belle-mère et l'embrassa gentiment.

— Ne vous en faites pas, Ange... lui glissa-t-elle à l'oreille. Je ne vais pas vous le voler. Il vous adore, et c'est justement ce que j'aime en lui... Son dévouement pour sa famille.

Ange garda le silence et se contenta de poser la tête sur la poitrine généreuse de la jeune femme, en sanglotant. Elles étaient toujours dans les bras l'une de l'autre, toutes barbouillées de larmes, quand Danny et Michael firent irruption dans la pièce.

Cette image s'ancra profondément dans la mémoire de Danny, avec un sentiment de profond malaise. Michael, lui, paraissait ravi de tomber sur une scène d'effusions, et Danny Boy s'appliqua à singer les réactions de son copain. Il l'avait fait tant de fois, par le passé... Face aux différentes situations de la vie, il lui était nettement plus facile de suivre l'exemple de Michael. Tout seul, il n'aurait pas su. Il n'avait pas de sentiments, à la possible exception de la jalousie et de la colère. Mais il avait tout de même assez de bon sens pour voir ce qui lui faisait défaut : les émotions les plus courantes, celles dont était tissée l'existence de la plupart des gens. Lui, ça faisait belle lurette qu'il ne ressentait plus rien de tout ça. Surtout pas la peur, le chagrin, l'empathie, la joie ou l'amour... En trouvant sa future femme et sa mère en larmes dans les bras l'une de l'autre, il ne ressentit qu'une bouffée d'exaspération, mais s'appliqua à sourire en singeant l'air attendri de Michael, comme on l'attendait de lui.

Elles avaient séché leurs larmes. Il leur fit un clin d'œil en souriant et elles quittèrent la pièce ensemble d'un pas léger, heureuses de se sentir sur la même longueur d'onde. Danny subodorait que ce soudain rapprochement cachait quelque chose et se sentait exclu de leurs manigances. D'autant qu'il aurait parié que sa mère ne voyait pas d'un si bon œil l'heureux événement qui se préparait... En fait, leur apparente complicité le prenait au dépourvu et l'inquiétait profondément. Ça ne lui plaisait pas, de les voir si copines. Loin de là ! Il aurait préféré qu'elles restent chacune dans sa petite boîte, à sa botte.

Michael, son copain de toujours, qu'il plaçait au-dessus de tous les autres, s'empressa de lui dire que sa sœur avait besoin d'une figure maternelle et qu'elle l'avait retrouvée en Angelica. Danny Boy abonda dans son sens, mais il n'en pensait pas un mot. Son credo à lui, c'était le vieil adage selon lequel il faut diviser pour régner. Il s'apprêtait donc à les diviser, car s'il y avait une chose qu'il était bien résolu à faire, en ce monde, c'était de régner sur sa femme.

Ils allèrent s'asseoir dans la cuisine.

— À propos, Michael... fit-il entre ses dents. J'ai décidé de mettre Louie à la retraite.

Michael le lorgna un bon moment en silence.

— Putain, Danny, arrête tes conneries ! Louie est comme un père pour toi...

Danny Boy eut un sourire désarmant. Sa gueule d'ange le faisait paraître faussement aimable et son sourire, qui ne montait qu'exceptionnellement jusqu'à ses yeux, aurait fait fondre un rocher...

— Jusqu'ici, question paternel, j'ai pas eu des masses de pot, pas vrai ? Dès le lendemain du mariage, je vais faire un putain de tri, tu peux te préparer !

Michael sentait venir l'embrouille depuis un certain temps. Danny n'aurait pas la patience d'attendre le moment opportun. Il allait shooter dans la fourmilière, et merde aux conséquences !

En le regardant rire et causer avec Mary comme s'il n'avait pas le moindre souci en tête, il se demanda pourquoi il lui vouait une telle loyauté. Danny était un type dangereux qu'on ne doublait pas impunément et il était probablement le seul, avec Mary et Ange, peut-être, qui fût capable de lui faire entendre raison. Et concernant Louie, il était bien résolu à lui faire changer d'avis. Louie était leur meilleur atout dans la profession. Il les avait aidés un nombre incalculable de fois.

Danny Boy filait un mauvais coton, ces derniers temps, mais il avait l'habitude de ses sautes d'humeur. Ça remontait à son enfance. Michael se dit qu'il valait mieux attendre la fin de la crise pour lui parler seul à seul et lui faire revoir sa position. Danny pouvait changer d'avis d'un instant à l'autre. Mais tout en préparant mentalement ses arguments, il s'avisa que son ami s'éloignait de plus en plus de la réalité ; une fois mariée, sa sœur aurait fort à faire... D'un autre côté, Danny était le ciment qui maintenait tout leur édifice. Qui aurait pu lui jeter la pierre, vu ce qu'il avait enduré... ? À sa place, n'importe qui serait devenu tout aussi soupçonneux et paranoïaque !

Michael Miles trouvait toujours de quoi justifier les plus abominables méfaits de son partenaire. Danny aurait eu un besoin urgent de se faire soigner, mais ça, Michael refusait mordicus de l'admettre. Dans leur secteur d'activité, les tares de Danny étaient les meilleurs atouts et, de toute façon, même s'il l'avait voulu, il était bien trop impliqué pour faire machine arrière.

Chapitre 15

Danny Boy gardait un œil sur le prêtre, qui avait déjà un pied dans les vignes du Seigneur – son haleine chargée de mauvais whisky faisait grimacer les invités dans un rayon de deux mètres –, et poussa un soupir de soulagement en le voyant gober deux ou trois pastilles, qu'il se mit à sucer énergiquement – une mesure d'urgence à laquelle il était manifestement habitué… C'était un bon gros nounours, l'archétype même du prêtre irlandais, un ivrogne bagarreur qui avait fini par succomber aux charmes de l'Église catholique.

Danny Boy se félicitait de s'être confessé à lui, la veille au soir. Il s'était libéré du fardeau de ses péchés, avant d'enfiler ses dix actes de contrition avec une ferveur qui en aurait laissé baba plus d'un. Danny était peut-être un fieffé filou, doublé d'un opportuniste-né, ça ne l'empêchait pas de s'en remettre à un pouvoir plus vaste que le sien. Il admirait la toute-puissance du Seigneur qui avait fondé Son Église sur que dalle, et tenait à en être – même si c'était une affaire strictement privée, un acte de foi silencieux qu'il ne laissait jamais empiéter sur sa vie professionnelle… Il s'était ensuite recueilli un moment dans la pénombre, devant les stations du chemin de croix. Il avait prié le Seigneur de lui accorder sa protection, ainsi qu'un bon retour sur investissement.

La vieille église était ravissante. Il avait mis deux

ou trois cierges pour les âmes qu'il avait personnellement délivrées de leur enveloppe charnelle et dont il se souvenait régulièrement dans ses prières. C'était peut-être un peu ridicule, mais Danny tenait à sa réputation de catholique pratiquant. Passer pour un pilier de sa paroisse renforçait sa crédibilité et son image de marque.

En dépit de tout ce qu'il avait sur la conscience, il éprouvait le plus grand respect pour l'Église et ses dogmes. Lui aussi, il luttait pour un monde meilleur – tout comme Jésus ! Même qu'il se faisait régulièrement crucifier pour ça, à gauche et à droite. Les flics, c'était déjà la plaie, mais les vieux truands à qui il avait eu affaire récemment en étaient restés à l'époque héroïque des années 1930 ! L'obstruction systématique qu'ils opposaient à toute innovation était à peine croyable. C'était à se demander comment ils avaient pu se maintenir si longtemps en place, sans que personne ne s'avise de les lourder. Dans leur monde, qui pouvait prétendre s'imposer durablement sans se diversifier ? La came en général, surtout les stéroïdes et les médicaments, ça rapportait gros, pour peu qu'on sache y faire. Les coupe-faim et les antidépresseurs comme le Valium ou le Mandrax, pris avec un cocktail d'amphétamines, faisaient un tabac auprès des nouveaux consommateurs. Les jeunes voulaient sortir et s'éclater jusqu'au bout de la nuit, et repousser les limites de leur résistance physique. La vogue du speed était partie pour durer, même si la cocaïne gardait ses partisans inconditionnels dans la classe aisée – depuis la fin du XIXe siècle, du temps où les fameuses « réclames » vantaient les vertus magiques du Coca-Cola… « 5 grammes de cocaïne au litre, vous ne fermerez pas l'œil de la nuit ! »

Le speed était donc entré dans les mœurs de la nouvelle génération – celle qui vivait de l'aide sociale. C'était moins cher que la coke, plus facile à fabriquer, et vous étiez sûr de pouvoir vous trémousser un moment. Quant à l'héroïne, c'était comme le LSD. Ça ne rapportait que dans certains secteurs, entre les mains de dealers compétents et auprès d'une clientèle avertie – à savoir, principalement, les propriétaires d'au moins un album des Pink Floyd, qui ne ressentaient pas l'irrépressible besoin de se tortiller toute la nuit. La plupart des héroïnomanes finissaient tôt ou tard par dealer – un vrai putain de gâchis, parce qu'ils consommaient deux fois plus qu'ils ne vendaient. Mais avec de bons dealers, il y avait un paquet de fric à se faire…

Danny devait sans cesse rappeler ces données de base à des gens qui auraient dû être plus au parfum que lui. Aucun des vieux cons censés trôner au sommet de la pyramide n'était en effet capable de lui citer la dernière drogue à la mode…

Ce soir même, il serait un homme marié, avec femme et enfants en perspective. Ça avait son importance, pour les huiles, qui y verraient un signe qu'il s'était assagi. Les gros bonnets se méfiaient en effet d'instinct des solitaires et des instables. Pour eux, un père de famille était forcément plus réfléchi, moins enclin à risquer de lourdes peines de prison. Danny n'y voyait rien à redire, ça se tenait. Quant au fait qu'il épousait une femme dont il venait de refroidir l'ex, ça ne présentait que des avantages dans le milieu, en plus de lui conférer une aura romantique…

Et voilà, le grand jour était arrivé ! Il allait enfin se marier. Il lui tardait d'entrer, dès ce soir, dans le vif du sujet… Les heures finiraient bien par passer. Même les condamnés à perpette voient le bout du tunnel ! Le temps passe, plus ou moins vite, et nous avec – tous les cimetières du monde sont là pour nous le rappeler !

Le marié arborait pour l'occasion un magnifique habit gris perle et son haut-de-forme assorti. Il ne s'y sentait pas très à l'aise, mais comptait sur sa prestance pour contrebalancer tout ça. Mary avait choisi de se marier en blanc, dans la grande tradition, et ses désirs étaient des ordres, il ne cessait de le lui répéter. Ça faisait un bout de temps qu'il rêvait de se la faire, putain, il en piaffait d'impatience. Il avait dessoudé Kenny et il lui tardait d'encaisser sa récompense. Il lui fallait une épouse et une famille. Ça se faisait, c'était même le but de la plupart des gens. La présence de Mary n'interférerait en rien avec ses activités. Il continuerait à mener ses petites affaires et elle s'occuperait de leur nouvelle maison. Elle se consacrerait à son foyer et à son mari, il lui ferait quelques marmots et elle lui serait foutrement reconnaissante de l'avoir sortie du caniveau où elle était tombée en partageant le lit d'un minus comme Kenny Douglas.

Quel pied, de pouvoir dire « ma femme » et « mes gosses » ! Ça suffirait à faire de lui un homme respectable et équilibré, à le parer de cette foutue normalité qui lui faisait si cruellement défaut.

*

Louie se tenait à quelques mètres de lui, avec sa femme. Ils faisaient un joli couple, tous les deux. Stella était une vraie dame, qui n'avait pas dû avoir une seule pensée salace de toute sa vie – pas même pour son mari ! La classe. Danny se surprit à regretter la façon dont il s'était conduit avec Louie, cet ami de toujours, comme disait Michael. Louie l'avait toujours aidé, et comment l'en remerciait-il ? En se mettant en rogne et en le menaçant. Il avait même pensé le supprimer...

Danny se méfiait de ses nerfs. La plupart du temps, il parvenait à les maîtriser, mais c'était parfois plus fort que lui, il fallait que ça sorte. Le plus inquiétant, c'était qu'il n'y avait généralement pas de quoi chier une pendule. Pourtant, sur le moment, il était capable de passer sa colère sur tout ce qui bougeait. Il fit un clin d'œil à Louie et le salua ostensiblement, d'un grand geste qui n'échappa à personne. C'était un ami cher, autant dire un membre de la famille, et il tenait à ce que ça se sache.

Michael, à ses côtés, se fendit d'un grand sourire. Son habit et son haut-de-forme n'étaient pas irréprochables, mais l'effet semblait presque voulu... Alors que tout le monde se rabattait sur les magasins de location, Danny, lui, était allé chez le meilleur tailleur de Savile Row se faire couper un habit sur mesure. Le vrai truc ! Et tout à fait le genre de détail qui vous posait un homme. Parmi tous les mecs de l'assistance, il avait l'air doré sur tranche, le Danny...

Comme Michael se penchait pour lui parler, Danny opina du chef en souriant pour confirmer qu'il l'écoutait. En fait, il quadrillait du regard la foule réunie dans l'église, en repérant au passage les pointures qui s'étaient déplacées. Personne ne manquait à l'appel, ce qui donnait l'exacte mesure du respect qu'on lui portait. Pour la première fois de sa vie, Danny Boy eut la sensation d'avoir accompli un sans-faute. Toutes les branches et toutes les spécialités du milieu, ainsi que les gangs « extérieurs » exerçant au nord de la limite de Watford, avaient envoyé des représentants. Ceux qui n'avaient pu faire le déplacement avaient délégué leurs premiers lieutenants. Même Jamie Carlton était là, ce qui ferait taire certaines rumeurs...

Danny se réjouit de ces excellentes nouvelles. Il allait en profiter pour mettre la pression sur ceux qui n'avaient pas encore investi dans ses affaires. Leur pognon était la meilleure garantie contre les tentatives d'extorsion de fonds, sous forme de pourcentage ou de racket. Et il était trop bien implanté dans le bizness pour qu'ils caressent l'idée de grandes manœuvres. Ils ne faisaient tout simplement pas le poids. La seule chose qui l'intéressait, venant d'eux, c'était leur fric. Et une loyauté à toute épreuve – le reste, c'était du pipeau.

Il évaluait déjà l'oseille qu'il allait se faire quand retentirent les premiers accords de la marche nuptiale. Affichant son plus beau sourire, Danny se tourna vers la nef pour admirer sa future, qui s'approchait nimbée de dentelle blanche et d'effluves hors de prix. Elle était à tomber à la renverse – ça, rien à dire. Pourtant, ça n'était jamais que du second choix... Il allait devoir la garder à l'œil, pire qu'un faucon, car elle avait sacrément roulé sa bosse, ça n'était un secret pour personne. Une fille accorte et délurée, cette Mary, qui ne crachait pas sur la rigolade. Un sacré bon coup, même, qui affichait un putain de palmarès, quoique pas des plus glorieux... Ce qui était plutôt emmerdant.

Mais pour l'instant, elle explosait de beauté tandis qu'elle s'avançait sur les vieilles dalles de granit parsemées de pétales de rose, à la rencontre de l'homme de sa vie, soulevant au passage des hoquets d'admiration chez les unes et des grognements lubriques chez les autres. Tous la jugeaient – la jaugeaient, même. Eh bien, ils ne devaient pas être déçus. C'était un pur canon – encore heureux, se dit Danny : à elle seule, sa robe avait coûté plus cher que le trou de la Sécu... La mariée avait l'air de débarquer d'une superproduction hollywoodienne – en plein dans le mille.

Mary avait voulu faire de son mariage l'événement de l'année. Pour le bal et la réception, ils avaient réservé un night-club – la musique serait grandiose. Les repas venaient de chez l'un des meilleurs traiteurs de Londres – le buffet du soir avait coûté presque aussi cher que celui du midi –, et ils avaient loué une Rolls pour la journée, à bord de laquelle, plus tard, ils rejoindraient l'aéroport de Heathrow, d'où ils devaient s'envoler pour l'île Maurice et leur lune de miel... C'était le mariage non pas de l'année, mais de la décennie ! Sans l'ombre d'un doute, pour Danny, la mariée était la plus jolie qu'il lui eût jamais été donné de voir. À la fois virginale et bandante – un exploit d'autant plus notable que la dernière fois que Mary avait eu l'air virginal devait remonter à l'école communale...

D'excellente humeur, Ange regardait ses fils guetter l'arrivée de la mariée. Big Dan avait revêtu pour l'occasion un frac un poil trop large pour sa carrure amoindrie, mais qu'il portait tout de même bien. Il avait été bel homme dans sa jeunesse et l'était toujours, pour peu qu'il fît un effort. Annie, en revanche, était maussade, furieuse qu'on ne lui ait pas proposé d'être demoiselle d'honneur. Ange pouvait le comprendre, d'autant que Mary n'y aurait pas vu d'inconvénient, si Danny n'y avait mis son veto. Il ne portait pas sa sœur dans son cœur, ces derniers temps – tout comme elle. Quelle graine de salope, cette petite garce ! Sa fille avait besoin d'un bon coup de semonce pour revenir à de meilleurs sentiments. Ça la ferait réfléchir un peu...

En survolant l'assemblée du regard, Ange fut impressionnée par le nombre et la classe des gens qui s'étaient déplacés pour son fils. La liste des invités avait dû faire pâlir son homme de jalousie, mais ça...

Elle était bien décidée à déguster pleinement son heure de gloire. Car si la vie lui avait appris une chose, c'était à profiter de tout ce qui passait à sa portée, et Ange n'était pas du genre à cracher sur les rares plaisirs qu'elle lui offrait !

*

— Alors comme ça, le 10 mai, on fêtera ton anniversaire de mariage ?

Mary hocha la tête en souriant à son frère Gordon, quand ce dernier, qu'elle trouvait jusque-là si élégant dans son habit gris perle, se mit à brailler d'une voix avinée :

— Ton super-mariage en blanc et tout et tout, hein, frangine ?

Elle sentait déjà ses joues s'embraser sous le regard narquois de Gordon. C'était pas le tact qui l'étouffait, celui-là. Dès qu'il avait un coup dans l'aile, il devenait imbuvable. Et, pas plus que leur mère, il n'avait jamais su se contenter d'un verre ou deux...

— Arrête, Gordon. Le moment est mal choisi. Danny Boy n'apprécierait pas ce genre d'humour.

Elle essayait de le mettre en garde, mais ses appels à la prudence lui passèrent au-dessus de la tête. Il grimaça un sourire d'ivrogne et Mary comprit qu'il était lancé. Elle aurait voulu lui arracher les yeux. Il fallait toujours qu'il en fasse des tonnes, qu'il bousille tout. N'importe quel autre jour, elle l'aurait plaint, mais pas aujourd'hui. Il aurait tout de même pu s'abstenir ! Elle fut prise d'une violente bouffée de rancœur. Il ne se gênait pas pour afficher sa haine, avec l'arrogance de quelqu'un qui n'aurait jamais eu affaire à Danny.

— T'as un peu mis la charrue avant les bœufs, hein, sœurette... ? Parce qu'y a vraiment que le métro qui ne te soit pas passé dessus ! Paraît que t'as tellement d'admirateurs au pub qu'ils ont filé ton nom à une des pissotières !

Elle le regarda bien en face et vit une lueur calculatrice et malveillante scintiller au fond de ses yeux. Il était fin soûl. Trop tard pour le raisonner. Mary survola la salle d'un coup d'œil. Le club était magnifiquement décoré de lis et de roses blanches, dans une harmonie ivoire et or. Une vraie splendeur – mais, comme toujours, son frère cadet n'avait pu s'empêcher de tout gâcher. Il se sentait tenu d'envenimer les choses, là où un clin d'œil aurait suffi. Dès qu'il avait un coup dans le nez, il devenait si haineux et vindicatif qu'il se prenait régulièrement des baffes de la part de ses victimes, prises au dépourvu. Il n'imaginait même pas que ses révélations puissent blesser, vexer ou humilier quiconque, et prétendait ne dire que la vérité – comme si ce genre d'argument pouvait réparer les dégâts causés par sa grande gueule ! Dans leur monde, la vérité n'était pas une valeur sûre. La plupart des gens n'avaient aucune envie de l'entendre. C'était une force dangereuse et destructrice, un luxe qu'ils ne pouvaient s'offrir. Ça, son alcoolo de frère aurait dû le savoir mieux que quiconque.

Il lui avait pourtant promis de ne pas trop boire avant la soirée. Mais elle devait se rendre à l'évidence : ce petit con était un alcoolique, doublé d'un toxicomane. Un soûlard endurci qui se contrefoutait d'elle comme de son mari. Ce n'était pourtant pas faute de savoir avec quelle impatience elle avait attendu le grand jour, et tout ce qu'elle y avait investi. Il devait bien se douter qu'elle comptait sur le soutien de sa famille pour que rien ne vienne troubler la cérémonie et que son mariage parte d'un bon pied. Une telle humiliation de la part de son propre frère était intolérable. Parfaitement injuste.

Elle avait peine à comprendre qu'il puisse prendre un tel plaisir à gâcher cette journée. Elle-même ne se serait jamais montrée aussi odieuse envers les siens. Pourquoi les blesser ? Elle les aimait, elle...

Elle sentit les larmes lui monter aux yeux devant l'énormité de cette trahison, mais cligna les paupières pour les chasser.

— Tu vas la boucler, ta putain de grande gueule, Gordon ! lui glissa-t-elle à l'oreille d'une voix sourde. Tu te crois où, là ?

Elle contempla avec une pointe d'étonnement ce visage si familier. Quel plaisir pouvait-il trouver à lui balancer son mépris ? Était-elle vraiment sa pire ennemie ? Comment pouvait-il crucifier sa sœur, étaler ainsi les tares de sa famille, en ce jour qui aurait dû être le plus beau de sa vie ?

Ce minus ne serait jamais qu'un grand zéro. Voilà pourquoi il se faisait une telle joie de cracher sur le bonheur d'autrui. Il ne se gênait pourtant pas pour empocher son fric et savait toujours où la trouver quand il avait besoin d'elle ; mais en fait, il la détestait de se montrer si généreuse. Au lieu de se féliciter d'avoir une sœur qui l'aimait et ne demandait qu'à lui venir en aide, il la haïssait de sa bonté et se haïssait lui-même de dépendre de ses largesses. Sans elle, il n'aurait pas survécu, Mary le comprenait plus clairement que jamais. Gordon était un incapable, un ivrogne d'une abyssale nullité, dépourvu de toute dignité et infoutu de piger les règles les plus élémentaires de la vie en société. Il s'était juré de saboter son mariage, sans le moindre état d'âme ni pour elle ni pour Danny Boy. Et cet esclandre risquait de l'empoisonner pour le restant de ses jours. De la part d'un quelconque quidam, à la rigueur, elle aurait compris. Mais venant de son propre frère... !

— Arrête, charogne ! Là, je ne rigole plus !

Gordon partit d'un éclat de rire aviné. En soi, il était assez bel homme, mais comparé à ses deux aînés, il n'avait l'air que d'un essai raté. Il en avait douloureusement conscience, et ça le poussait à provoquer des scandales, chaque fois qu'ils étaient réunis. Il ouvrit de grands yeux en une parodie d'innocence et porta à sa bouche des doigts jaunes de nicotine, avant de revenir à la charge :

— Oh, désolé, sœurette ! C'est pas la version officielle, c'est ça ? Tu te serais racheté une virginité ? Et Kenny, alors ? Danny Boy n'a pas pu l'oublier si facilement, vu les petits différends qu'ils ont eus, hein ? En tout cas, toi, tu t'en souviens sûrement, de ce vieux Kenny !

Trop, c'était trop. Même lui, du fond de sa soûlographie, il devait s'en rendre compte. Il était allé trop loin, et sa sœur n'était pas près de le lui pardonner. Elle lui ferait payer cette trahison.

Les gens se pressaient à présent autour d'eux. Ce n'étaient pas des proches, plutôt de simples connaissances que Danny s'était senti tenu d'inviter. Le sketch de Gordon tombait donc d'autant plus mal ; ces non-initiés n'étaient pas habitués à ses dérapages. Et ils ne le connaissaient pas suffisamment pour lui imposer silence avant que son beau-frère ne l'entende. Pour Mary, c'était le comble de l'embarras, que ces quasi-inconnus découvrent la face cachée de son petit frère. D'autant que tout serait répété, mot pour mot, dans le Londres interlope. Cette journée dans la préparation de laquelle elle avait investi tant de soin, de temps et d'énergie allait devenir un mauvais souvenir, un de plus dans sa collection pourtant déjà riche, surtout au chapitre de la famille. Il ne lui restait plus qu'à tâcher de limiter les dégâts, en sauvant la face. Elle afficha donc son plus beau sourire.

— Danny Boy va t'étriper, Gordon, grinça-t-elle entre ses dents. Il ne supportera pas tes conneries, lui ! Tu trouves ça malin, de cracher sur un type qui peut tuer pour obtenir ce qu'il veut, comme tu viens de nous le rappeler ? N'oublie pas qu'il pourrait très bien se venger d'un connard qui lui manque de respect !

Cette dernière mise en garde était destinée aussi bien à son frère qu'aux témoins de la scène. Il n'était peut-être pas inutile de leur rappeler de quoi Danny était capable, quand il s'estimait offensé. Mais elle fut prise d'une soudaine inquiétude : Gordon était une vraie plaie, mais elle ne voulait pas sa peau !

— Ça y est, t'as gâché ma journée, glissa-t-elle. T'es content, j'espère !

Il recula d'un pas, emberlificoté dans son habit gris de cérémonie et exulta :

— Content ? Mais je suis aux anges, sœurette ! C'est le couronnement de ta carrière !

Jetant un coup d'œil autour de lui sur la salle magnifique, il se mit à brailler de plus belle :

— M'man aussi, elle aurait été aux anges ! Et elle aurait été foutrement d'accord avec moi, si elle avait pu être là ! Tu te la pètes, tu fais mine de nager dans le bonheur. Mais tu m'épates pas, ma petite ! Moi, je sais ce que t'es : une pauvre conne !

Mary sanglotait, à présent. Gordon était tellement à côté de ses pompes que c'en était pathétique. Il l'accusait d'appliquer les conseils de sa mère et la soupçonnait d'épouser Danny Boy pour son fric. Sa mère aurait effectivement pu la pousser à un tel mariage – quitte à consacrer ensuite le reste de ses jours à le lui reprocher ! Chez eux, les divagations d'ivrogne de Gordon passaient généralement inaperçues, mais là, il l'humiliait en public. Un vrai one-man-show. Une mutinerie. Il ne l'emporterait pas au paradis. Juchée sur ses hauts talons qui lui mettaient les pieds au martyre, dans sa robe de dentelle et sous son long voile qui lui cascadait sur les épaules, elle se sentit soudain en proie à un terrible pressentiment, comme si cette mascarade n'était qu'un avant-goût de ce qui l'attendait. Ce fut si fulgurant et si précis qu'elle se sentit à deux doigts de tourner de l'œil – et elle n'aurait pas détesté le faire, pour échapper enfin à ce cauchemar.

Jonjo Cadogan accusait le choc. Il savait depuis belle lurette que son pote Gordon était une tête de lard. Mais l'entendre s'en prendre ainsi à sa propre sœur, c'était à peine croyable – et le jour de son mariage, avec ça ! Le jour où elle épousait Danny, son frère, où elle avait pris leur nom de famille. En lui, la colère commençait à l'emporter sur l'étonnement. Il comprenait, à présent, pourquoi Danny tenait tant à ce que leur nom ne soit prononcé qu'avec respect. Comme il disait, votre nom, en fin de compte, c'était tout ce qui vous restait quand vous vous retrouviez sur le sable. C'était votre seul bien, et si vous deviez un jour le donner à votre femme et à vos gosses, il fallait choisir : en être digne, ou vivre dans le déshonneur. On avait toujours le choix.

Danny Boy, lui, avait décidé de rendre son prestige au nom des Cadogan. Il l'avait donné à Mary Miles, et ce con de Gordon s'empressait de le piétiner ! Car Mary était une Cadogan, désormais. Sa honte, c'était aussi la sienne. Jonjo n'avait plus envie de rire.

— Espèce de pauvre tache ! grinça-t-il à l'adresse de son vieux copain. Espèce de sale petit con ! Tu crois que tu vas t'en tirer comme ça, après avoir balancé toutes ces saloperies ?

Armant son poing à sa hanche, il le lui balança en pleine poire, sans sourciller, et Gordon partit valdinguer les quatre fers en l'air. Il se précipitait sur lui pour lui en coller une autre, quand Mary le retint.

— S'il te plaît, Jonjo, emmène-le dehors. S'il te plaît... Je ne peux plus le voir.

Elle était pâle comme un linge et ne cherchait même plus à dissimuler son angoisse. La salle était noire de monde. Tous ces yeux qui la transperçaient de part en part...

— T'inquiète, Mary. Je m'en occupe. Je ne sais pas ce qui lui a pris, mais quand j'en aurai fini avec lui, il ne pourra même plus sortir un son !

Il était navré pour elle. Pour un peu, elle serait tombée foudroyée d'humiliation.

— T'inquiète. Tout le monde sait que ça n'était qu'un ramassis de conneries... D'ailleurs, on n'a pas écouté.

Jonjo faisait de son mieux pour lui remonter le moral, mais c'était peine perdue. Elle ouvrait la bouche pour lui répondre, quand elle vit Michael et Danny Boy arriver droit sur eux. Michael attrapa gentiment le bras de Gordon, le hissa sans ménagement sur ses pieds et l'entraîna en direction de la sortie, comme si de rien n'était. Jonjo fermait la marche.

Restée seule face à Danny, Mary se laissa aller contre sa poitrine et fondit en larmes. Sa journée était foutue. Elle était à cran. Le champagne avait émoussé sa résistance... Mais au lieu de la serrer dans ses bras comme il aurait dû le faire, Danny Boy la prit par les épaules et la repoussa brusquement.

— Alors, t'es contente ! cracha-t-il avec un rictus de dégoût. On n'a pas fini d'en parler, de toi et de ton palmarès ! Tu files la honte à ton propre frère. Putain de bonne journée, tiens ! Une vraie réussite ! Ma femme se fait traîner dans la boue par son petit connard de frère !

Mary n'en croyait pas ses oreilles. La tête sur le billot, elle ne comprenait rien à la colère de son mari, ni à sa trahison. Quoi ? Il donnait raison à son frère qui l'insultait le jour de son mariage ? Comment pouvait-il laisser croire à leurs invités que les injures de Gordon étaient fondées, ne serait-ce qu'un tant soit peu… Toute leur vie reposait sur ce genre de consensus. Sauver la face, quoi qu'il arrive. Croire ce qu'on veut bien croire. Réinventer l'histoire au fur et à mesure. Elle, quand les flics débarqueraient chez eux, en lui demandant où était son homme à telle date et telle heure, elle n'hésiterait pas à jurer ses grands dieux qu'il était à la maison, que ce soit vrai ou pas ! La colère de son époux ne pouvait qu'étayer les accusations de son frère. Et elle qui le suppliait de prendre sa défense… Mais elle n'aurait jamais dû avoir à le lui demander ! C'était son rôle, de la protéger et de la consoler.

— Mais non, Danny Boy ! Tu sais bien qu'il raconte n'importe quoi…

Danny Boy se délectait du spectacle, se repaissait de son humiliation. Ce qu'il cherchait, ce n'était pas tant une épouse qu'un bouc émissaire, quelqu'un qui puisse lui servir d'exutoire. Et Gordon venait de lui offrir un prétexte en or pour rabaisser le caquet à sa femme et inaugurer leur vie commune par une fausse note qui lui ôterait à jamais tout pouvoir sur lui.

Mary était d'une beauté renversante, un vrai canon, mais doublé d'une redoutable Miss-je-sais-tout. Danny Boy, qui se flattait de reconnaître une bonne occasion, se dit que celle-là était trop belle de n'avoir plus, à présent, et jusqu'à la fin de ses jours, qu'à jouer les bonnes cartes pour lui clouer le bec, à cette pétasse. Il sauta donc aussitôt dessus :

— Se faire allumer devant la moitié de la ville par son propre frère, le jour de son mariage ! ricana-t-il théâtralement, d'un ton dégoulinant de mépris. T'es vraiment la reine, toi !

Puis il la repoussa avant de quitter la salle à grands pas, sans un regard en arrière, en abandonnant sa femme à sa honte et à sa détresse.

*

Le lendemain, Londres ne parlait plus que de ça. Danny Boy n'avait pas daigné reparaître et, de guerre lasse, la jeune mariée avait fini par regagner seule le domicile conjugal. C'était une horrible claque pour elle, qui laissait tout le monde sans voix.

Chacun était rentré chez soi, après s'être vainement creusé la tête pour la consoler. Mais c'était peine perdue. Le mariage était fichu et le marié parti au diable – porté disparu, autant dire.

On s'était empressé d'annuler le voyage de noces. La réception avait été un désastre, mais Mary attendait toujours son homme dans la grande villa neuve qu'ils avaient meublée et décorée avec amour. Elle avait prié une bonne partie de la nuit, s'imaginant contre toute vraisemblance qu'il se raviserait avant le point du jour.

Elle avait fini par s'endormir à six heures du matin, ivre morte. Elle portait encore sa robe de mariée et n'avait pas renoncé à espérer qu'il lui reviendrait. C'était leur nuit de noces, non ? Elle avait toujours peine à croire qu'il ait pu être si dur avec elle, qu'il l'ait délibérément humiliée, comme ça, en public – tout en sachant qu'elle se trompait et s'était beaucoup trompée sur cet homme qui était désormais son mari, pour le meilleur et pour le pire.

*

Danny était fin soûl. La fille qu'il s'était levée, quelque part pendant sa nuit de beuverie, ronflait comme un sonneur à ses côtés dans une chambre d'hôtel inconnue. Elle ne lui avait pas paru si dodue, la veille... et il lui était arrivé de vider des pintes avec des mecs moins moustachus – mais, en toute honnêteté, et pour autant qu'il s'en souvienne, elle s'était bien défendue. Ils s'étaient payé un bon moment de rigolade. Sa lourde chevelure noire, déployée autour de sa tête, lui donnait un petit air exotique qu'elle était loin d'avoir au naturel. Il l'examina avec un intérêt sincère, s'émerveillant des distorsions que l'alcool pouvait induire dans un cerveau masculin. En temps normal, il n'aurait même pas accordé un regard à cette nana à qui il venait de consacrer sa nuit de noces ! L'idée le fit sourire.

Comme elle se retournait dans son sommeil, il découvrit son ventre fripé et comprit, dégoûté, que des gosses l'attendaient quelque part. Qui s'occupait de ses gamins, pendant qu'elle faisait la tournée des bars ? Il avait horreur de se réveiller aux côtés d'une mère de famille. Les choses n'en paraissaient que plus sordides. Ils avaient tout de même droit à une mère, ces pauvres gosses, mieux qu'une traînée ! Putain, est-ce que c'était demander la lune ?

Comme il se versait un scotch bien tassé, la fille s'ébroua – à croire qu'elle avait reconnu les glouglous de la bouteille. Comment pouvait-on s'abaisser au point d'accepter de se réveiller au pieu avec un parfait inconnu et sans la moindre gêne ? Il avait couché avec elle, lui aussi, mais ça, ça ne comptait pas. Lui, c'était un mec. Il était fait pour draguer et baiser tout ce qui bougeait, sans discrimination. Dieu avait expressément créé ce genre de gueuse pour subvenir à ses besoins. Mais les femmes, elles, étaient censées y mettre un minimum de formes…

Cette pensée lui rappela la sienne. Était-elle déjà réveillée ? Se demandait-elle pourquoi sa petite fiesta avait fini en eau de boudin ? Ce putain de mariage dont elle lui avait rebattu les oreilles… Quelle casse-bonbons… Et son connard de frère… Qu'est-ce qui lui avait pris de semer la merde comme ça ? Bof, Mary était un super-bon coup, pas de doute là-dessus, mais il aurait de toute façon fini par la larguer quelque part avant la fin de la journée. Elle avait besoin qu'on la remette à sa place, cette petite grue. Finalement, le frérot lui en avait fourni le prétexte sur un plateau d'argent !

Personne ne pourrait lui reprocher sa crise de rage, pas même Michael : c'était son petit frère à lui qui l'avait déclenchée. Tout se goupillait donc pour le mieux. Alimenter l'imagination des gens était une des clés du succès, et rien de tel qu'un bon petit scandale pour imprimer votre marque dans le folklore local. Personne ne lui en voudrait. Au contraire, même, les gens ne l'en respecteraient que davantage quand il accepterait de reprendre sa femme. Exactement comme pour son père, tiens, qu'il avait fait tabasser et réduire à l'état d'infirme. Eh bien, sa cote de popularité n'en avait pas souffert. Le fait qu'ils continuent à se fréquenter ne lui avait au contraire valu que des louanges. Un coup de maître, en termes de relations publiques ! Il allait devenir le point de mire du Smoke. Tout envoyer balader, le jour de son propre mariage – et pas la moitié d'un mariage, avec ça ! Dans dix ans, on n'aurait toujours pas fini d'en parler ! Lui, ça ne l'empêcherait pas de dormir, et la honte retomberait sur Mary – exactement le but recherché...

Elle n'allait pas tarder à comprendre dans quoi elle avait mis les pieds. Gordon avait fait son jeu et il ne l'en remercierait jamais assez. Bien sûr, Mary représentait son idéal féminin... Mais celui d'un sacré paquet d'autres hommes, aussi. Il était là, le problème. S'il ne l'avait pas encore touchée, c'était surtout parce qu'il n'avait pu se résoudre à passer après Kenny et une foule d'anonymes. Ça n'empêchait pas les sentiments, il voulait toujours la prendre pour femme, mais il ne se voilait pas la face : dans l'amour entrait forcément une bonne part de haine. Suffisait de le savoir.

Le souvenir de ses ébats avec la fille endormie à côté, quelques heures plus tôt, lui revint, la moiteur de ses cuisses empoissées par son sperme quand il s'était retiré d'elle, les relents qui lui avaient assailli les narines au réveil... Combien de fois Mary avait-elle vécu ce genre de situation, elle qui avait roulé sa bosse pendant des années ? Il la désirait, sans pouvoir se défaire de cette idée délétère : trop de mecs avant lui l'avaient vue comme un objet de plaisir. Et maintenant qu'il lui avait mis les points sur les « i », il se promettait de passer le restant de ses jours à lui faire regretter ses frasques. Il n'avait pas oublié la trahison de sa mère, sa grossesse quelques mois seulement après que son père avait failli anéantir leur famille. Qu'elle l'ait repris dans son lit, le vieux salaud, après ce qu'il avait fait, c'était le comble de l'ignominie. Quand elle avait perdu l'enfant, il avait senti se rompre les derniers vestiges d'amour qui le liaient à elle, et il avait fêté ça. Elle l'avait voulu, son homme – eh bien, elle l'avait et elle pouvait le garder ! Lui, il s'était assuré qu'ils paieraient cher leurs tripotages.

Encore tout gamin, il avait dû prendre les commandes de leur famille, eh bien ça n'avait pas empêché sa mère de laisser ce minus revenir sous leur toit, comme si de rien n'était. Elle l'aurait même laissé reprendre ses petites habitudes, sans se soucier que ses enfants se retrouvent à la rue. Les femmes étaient de vrais charognards, prêtes à se repaître sans vergogne du connard qui les nourrissait. Il était mieux placé que quiconque pour le savoir. Les démons de son père et l'égoïsme forcené de sa mère l'avaient obligé à risquer sa vie face aux frères Murray et à apprendre à gagner sa croûte tout seul. Six cents tickets avaient suffi pour détruire ses rêves de gosse. Six cents tickets ! Des clopinettes... Comme aimait le répéter son père, qui ne disait finalement pas que des conneries : « Épouse donc une putain : tu ne seras pas trompé sur la marchandise ! » Il avait suivi ce judicieux conseil et s'apprêtait à assumer les conséquences de ses actes.

Il en piaffait d'impatience.

*

Michael sirotait son café en fumant une cigarette turque dans le bureau du casino dont ils étaient propriétaires, Danny Boy et lui. Il accusait le choc du scandale de la veille et avait encore du mal à croire qu'il n'avait pas tout rêvé... Mais c'était vrai. Sa sœur était en miettes, anéantie par ce lamentable fiasco, et Gordon, à présent dessoûlé, se rongeait de remords. Son chagrin faisait peine à voir. Ça n'avait pas empêché Michael de lui filer la trempe de sa vie, bien sûr. Saboter sciemment le mariage de sa propre sœur, c'était un comble ! Mary, si rayonnante dans sa robe de mariée... Et Danny Boy, son ami de toujours, qui attendait le mariage avec tant d'impatience ! Ils avaient tous poussé un « ouf ! » de soulagement quand ce grand jour était enfin arrivé. Danny n'avait pas supporté ce qu'avait dit Gordon de la jeune mariée, mais qui lui aurait jeté la pierre ? Il avait trop de fierté pour s'écraser devant ce genre de performance. Qu'il ait quitté la salle après ça, rien de plus naturel... Tout bien pesé, il avait même plutôt bien fait, et Gordon pouvait s'estimer heureux qu'il ne l'ait pas étranglé sur-le-champ. Comme Michael s'était efforcé de l'expliquer à sa sœur, si Danny avait mis les voiles, c'était surtout pour ne rien commettre d'irréparable – ce qui serait forcément arrivé, s'il avait laissé libre cours à son « tempérament ».

Ça, Mary avait un peu de mal à l'entraver, mais Michael comprenait sa déception et son effarement. Elle avait juré de ne plus jamais adresser la parole à Gordon – jamais, au grand jamais ! À l'avenir, il y réfléchirait à deux fois, ce petit enfoiré, avant de dégobiller des tas de conneries sous l'emprise de l'alcool... Gordon attendait en tremblant la riposte de Danny Boy au torpillage de son mariage. Parce que s'il décidait de lui demander des comptes, ça allait chauffer. Gordon l'avait bien cherché. Parler ainsi à sa sœur, le jour où elle épousait un assassin notoire qui pouvait torturer quelqu'un pendant des heures et rigoler doucement en écoutant ses cris de terreur... Qu'est-ce qu'il avait dans le crâne, ce gamin ? C'était le pire désastre qu'il ait vu de sa vie et il n'avait aucune idée de la façon dont ça allait tourner.

*

Ce matin-là, en ouvrant les yeux, Mary Cadogan (puisque tel était son nom) découvrit dans sa chambre l'homme qu'elle avait épousé la veille, nu comme un ver, près de la porte de la salle de bains. En le trouvant là, elle se sentit défaillir. Elle se redressa laborieusement en luttant contre une violente migraine assortie d'une soif de chameau, et le vit, stupéfaite, entrer dans la douche en costume d'Adam, sans l'ombre d'une explication. Comme s'il ne s'était rien passé et que tout allait pour le mieux.

Il lui jeta un coup d'œil par-dessus l'épaule et l'interpella d'un ton léger :

— Si tu allais nous faire du thé, chérie ? Et enlève cette connerie de robe. J'ai l'impression d'avoir retrouvé miss Havisham* au saut du lit !

Il agissait normalement, comme si rien d'extraordinaire ne s'était produit. Complètement déphasée et toujours à demi pompette, Mary surprit son reflet dans le miroir de la coiffeuse. Elle avait une tête à faire peur. Son rimmel lui avait coulé jusque dans le cou et de grands cernes sombres se creusaient sous ses yeux. Elle avait vieilli de dix ans. Cette vision d'horreur lui rappela les événements de la veille et, une fois de plus, elle dut ravaler ses sanglots. Son haleine devait empester les lendemains de fête. Comme elle tentait de se lever, elle se sentit flageoler sur ses jambes. L'espoir l'effleura qu'elle allait enfin s'effondrer pour de bon, mais non. Elle semblait destinée à survivre. Elle s'extirpa à grand-peine de sa robe qu'elle abandonna par terre, en un tas de dentelle grisâtre et froissée, enfila le magnifique peignoir de satin qu'elle avait acheté en pensant à son cher époux, et entreprit de se démaquiller tout en restant à l'affût du moindre signal d'arrêt de la douche. Elle allait devoir affronter une bagarre, c'était quasi inévitable. Jamais Danny Boy ne

---

* Personnage de riche vieille fille, dans *De grandes espérances*, le roman de Charles Dickens (1861).

leur pardonnerait ce monstrueux cafouillage, à elle et à toute sa tribu. Elle alla s'asseoir au pied du lit, ce lit qu'elle avait cru destiné à abriter leurs roucoulades et leurs ébats... Les draps étaient chiffonnés et maculés de traînées de mascara, là où elle s'était recroquevillée en pleurant. La honte était en train de lui tomber dessus. L'humiliation. La claque.

Danny Boy lui avait demandé une tasse de thé exactement comme si de rien n'était. Elle connaissait sa réputation de violence et de brutalité, mais elle n'avait jamais cru devoir un jour en pâtir. Elle préféra donc rester assise au bord du lit en attendant qu'il sorte de la douche, prête à faire front. Quand il revint dans la chambre, encore ruisselant, elle eut peine à réprimer un mouvement de recul. C'était la première fois qu'elle le voyait nu, et elle prenait conscience de sa puissance physique. Un vrai colosse, tout en muscles, avec une peau de velours. En voyant ce à quoi elle allait devoir renoncer, elle se sentit à nouveau défaillir. Il était venu se planter devant elle. Elle leva les yeux vers ce beau visage qui hantait ses rêves depuis tant d'années et qui lui souriait, pour l'instant du moins, de ce sourire désinvolte, presque paresseux, sur la foi duquel on lui aurait donné le bon Dieu sans confession.

Il la contemplait sans colère, au contraire. Il avait l'air tendre, attentionné, même. Mais Mary n'arrivait pas à croire qu'il lui avait déjà pardonné le gâchis de leur mariage.

— Comment ça va, ce matin, cocotte ?

Elle eut envie de se pincer. Il s'enquérait de sa santé avec tant de gentillesse... Elle secoua tristement la tête.

— Je suis vraiment navrée pour hier soir, Danny. Tu peux pas savoir à quel point ! Quel petit con, ce

Gordon... Il ne savait même plus ce qu'il disait. Tu le connais – il est toujours soit à moitié stone, soit à moitié schlass.

Elle tentait encore de justifier la conduite de son frère, de l'excuser... Une chose de sûre, c'était que Gordon, lui, n'avait pas essayé !

Danny s'agenouilla devant elle.

— Mais il n'a dit que la vérité, cocotte, déclara-t-il d'un ton égal. Tu connais le vieux dicton... Y a que la vérité qui blesse ! J'ai épousé la dernière des putes, et je vais devoir faire avec, pas vrai ?

Il lui fit un grand sourire, dévoilant deux rangées de dents éblouissantes et une haleine à l'avenant, parfumée par le menthol de son dentifrice. Il lui avait balancé ça sans se départir de son sourire, mais la teneur de ses paroles acheva de briser le cœur de Mary. Il se releva, toujours calme et souriant :

— Maintenant, file nous faire ce putain de thé ! ajouta-t-il sans élever la voix. Et que je n'aie plus jamais à me répéter...

Chapitre 16

Mary attendait le retour de son époux avec une telle nervosité qu'elle en tremblait de la tête aux pieds. Elle claquait des dents de frayeur et un voile de sueur froide lui couvrait tout le corps, la rendant hypersensible au moindre contact. Elle aurait dû s'y attendre et, en un sens, elle s'y attendait depuis leur premier rencard. Mais justement, l'aura de danger qui enveloppait Danny Boy avait été l'un de ses charmes… Cet homme était une brute imprévisible et, même si elle avait un peu tardé à se l'avouer, sa force l'avait totalement fascinée. D'un coup d'œil au miroir de la salle de bains, elle s'assura qu'elle était irréprochable. Malgré la débâcle de son mariage, elle s'arrangeait pour paraître toujours à son avantage, comme si rien ne pouvait l'atteindre ni l'étonner. Mary avait mis ça au point du temps de Kenny. Les gens ne savaient de vous que ce que vous leur laissiez voir, comme le lui avait seriné sa mère dès son adolescence. Elle n'était alors qu'un joli brin de fille exceptionnellement développé pour son âge, mais aussi déjà beaucoup trop expérimenté… « T'es assise sur une mine d'or, ma petite, et tu as toutes les cartes en main. Alors, joue-les bien, et tu ne manqueras jamais de rien ! » Les paroles de sa mère résonnaient encore à ses oreilles, aussi claires que du cristal. Sauf qu'elle était tombée amoureuse de Danny bien avant ça. Des années plus tôt. Il avait été son premier amour, un amour de gosse. À présent, elle aurait été bien incapable de dire ce qu'il était – ni ce qu'elle était elle-même, d'ailleurs. La seule chose qu'elle pouvait affirmer, c'était qu'elle se sentait en danger à ses côtés. Il lui avait dévoilé son jeu, ses vrais sentiments, et elle en était restée pétrifiée d'horreur. Comble de l'humiliation, il n'avait pas douté une seconde qu'elle se plierait sans broncher à ses quatre volontés.

Son maquillage était parfait. Son teint de rose et ses beaux cheveux blond foncé, si bien coiffés qu'elle semblait sortir d'un salon professionnel, étaient une merveille. Même dans les pires moments de sa vie, Mary avait toujours eu une conscience aiguë de son apparence et de l'effet qu'elle produisait. Elle avait compris très tôt que l'image qu'elle renvoyait lui permettrait de traverser bien des déboires, tout en lui conservant un minimum d'estime de soi. Elle prit une profonde inspiration et s'exhorta au calme. Danny détestait la sentir nerveuse, et l'exaspération de son mari ne faisait qu'amplifier sa nervosité.

Elle ne savait jamais si, ni quand il rentrerait. De ce point de vue aussi, il n'en faisait qu'à sa tête. Mais quand il rentrait, il exigeait de la trouver fraîche et dispose, prête à l'accueillir, en pleine forme. Elle passait donc le plus clair de sa journée à se faire belle pour cet homme qui la méprisait. Pourtant, il ne lui rendrait jamais sa liberté. Car elle lui appartenait, désormais, et il était trop tard pour y changer quoi que ce soit. Danny Boy l'avait anéantie en quelques mots choisis, la poignardant au moyen des armes que Gordon, son propre frère, s'était fait un plaisir de fourbir pour lui. Mais ça, Gordon n'en avait même pas conscience. Et Danny, qui n'était pas du genre à passer l'éponge ni à tendre l'autre joue – au contraire, il se tenait à l'affût du moindre prétexte pour tourner les choses à son avantage –, avait trouvé l'excuse idéale pour justifier ses écarts de conduite.

Incontestablement, mari et femme faisaient la paire : ils étaient aussi calculateurs l'un que l'autre, et pour eux, la fin justifiait les moyens. Malheureusement pour Mary, ils ne s'étaient pas alliés, comme elle l'avait espéré, en vue d'un objectif commun. Mais l'idée ne lui serait jamais venue qu'ils finiraient par utiliser leurs ruses et leurs calculs l'un contre l'autre.

Danny Boy avait un talent spécial pour lui donner le sentiment de sa profonde nullité, et elle était à deux doigts de s'en convaincre vraiment. Comme elle se dévisageait dans son miroir, une fois de plus, elle se demanda comment elle avait pu tomber dans son piège. Elle en aurait presque regretté Kenny – un homme facile à vivre et plutôt souple d'esprit. Au début de leur histoire, Danny avait tout fait pour qu'elle se sente désirée et pour déconsidérer Kenny. Mais elle avait perdu toute confiance en elle, du jour au lendemain, exactement comme Danny l'avait escompté. S'il n'avait pas couché avec elle avant le mariage, c'était surtout parce qu'il se serait trahi. En fait, son seul objectif avait été de détruire son ennemi numéro un, à travers elle, et elle en avait payé le prix.

Il avait bien fini par la sauter, une semaine après le fiasco du mariage, mais avec une telle perversité et une telle brutalité qu'elle avait été incapable de marcher pendant plusieurs jours. La façon dont il s'était servi d'elle, comme il l'aurait fait de la dernière des filles publiques, avait définitivement sonné le glas de leur « amour ». En la baisant délibérément comme un chien l'eût fait d'une chienne, sans un atome de tendresse, d'amour, ni même de vrai désir, il l'avait blessée physiquement et anéantie moralement. Ça n'avait été qu'un acte de destruction systématique, d'asservissement et de haine. La trahison suprême de leur amour, l'acte de décès de leur vie conjugale. Sans doute tenait-il à lui prouver quelque chose : son mépris, son indifférence, aussi. Qu'elle ne lui était rien, et même moins que rien.

Et le piège s'était refermé. Danny, qui la savait trop fière pour admettre ses torts, s'y était employé, et elle avait désormais trop peur pour tenter de lui échapper. Elle s'était donc résignée à son sort, à cet état de servitude où son mari l'avait enchaînée, et vivait dans la terreur de son retour, une terreur paralysante. De toute façon, le quitter ne serait jamais une solution. Jamais. Il la tuerait plutôt – là-dessus, on pouvait lui faire confiance. D'un autre côté, pour une obscure raison, leur mariage revêtait une grande importance à ses yeux. Il semblait le chérir et le considérer non seulement comme quelque chose d'essentiel dans sa vie, mais comme la partie décente, honnête et pure de lui-même – ce qui était d'autant plus effrayant, après tout ce qu'il lui avait fait. L'humiliation publique, la déconfiture totale et, maintenant, la certitude que nul ne verrait plus jamais en elle que la femme de Danny Boy Cadogan, cette femme indigne qu'il avait épousée alors même qu'elle ne valait pas la corde pour la pendre...

Danny était un calculateur, doublé d'un fieffé vicelard, mais aussi un homme d'envergure qui jouissait de la considération générale et inspirait à tous respect et admiration. Et cet homme était son mari. Elle était définitivement liée à lui et il n'était plus en son pouvoir de dénouer ce lien. Lui seul pourrait le défaire, s'il décidait un jour que leur couple avait fait son temps.

Au quotidien, leur vie commune promettait d'être épineuse. Pour lui, elle n'était qu'un genre de trophée, et pour elle, il n'était qu'un maniaque. Ainsi, il ne se gênait pas pour la tirer du lit à trois heures du matin, en l'accusant de tous les maux. D'avoir des aventures avec ses copains, par exemple, alors qu'aucun d'eux, même le plus chevronné, n'aurait jamais eu l'audace de tenter quoi que ce fût avec elle. Il était le premier à savoir que ses accusations ne reposaient sur rien, mais comme tous ceux qui gravitaient autour de son mari, elle n'essayait même pas de discuter avec lui. Face à Danny Cadogan, vous n'argumentiez pas, vous vous contentiez de faire le nécessaire pour maintenir la paix. Elle s'écrasait donc et acceptait toutes ses lubies, dans l'espoir insensé que les choses finiraient par s'améliorer – mais rien ne pourrait le faire changer.

En fait, Danny avait besoin d'elle pour exhaler sa rage. Il avait besoin de son consentement, de ce chèque en blanc qu'elle lui signait, pour donner libre cours à sa colère. Alors, Mary avait appris à s'immuniser. Elle se refermait comme une huître et le laissait déverser sur elle son incommensurable haine, sans broncher ni jamais gémir. Au moins, ça le calmait. La capitulation totale de sa femme semblait suffire à son bonheur.

Le domicile conjugal était d'une propreté immaculée, mais il n'en attendait pas moins d'elle. Elle évitait de trop s'asseoir sur les canapés et les fauteuils, de peur de les défraîchir, de creuser les coussins ou de les tacher. La maison avait beau être immense, elle était parfaite ; une vraie maison témoin, mais avec moins d'âme encore. Aucun objet personnel, pas même une simple photo qui aurait pu l'aider à se sentir chez elle. Danny Boy lui avait interdit de voir celles du mariage ; à plus forte raison de les encadrer. Sur ce point au moins, elle avait contourné l'interdiction et demandé à Michael de lui faire un album de ce calamiteux jour J. Plus tard, se disait-elle, ces photos prendraient tout leur sens, pour leur progéniture. Elle voulait garder une trace de son ancienne existence, qui prouverait à leurs futurs enfants qu'autrefois leur mère avait été quelqu'un dans leur monde.

Car Danny souhaitait passionnément devenir père. Il voulait un fils. Et justement, son enfant, elle le portait. Elle en était tout émoustillée. Peut-être ce bébé parviendrait-il à les réconcilier ? Peut-être abolirait-il la marque infamante de ce mariage ? Mais quelque chose lui soufflait que, là encore, ses espoirs seraient de courte durée. Elle croisait les doigts pour que sa grossesse incite son mari à renoncer, du moins temporairement, aux agressions sexuelles et verbales répétées qu'il lui infligeait. Il ne lui parlait que sur ce ton de haine calme et souriante qui la dégoûtait, tout en l'agaçant prodigieusement. Elle n'aurait su dire à partir de quand cette violence ordinaire avait commencé à lui sembler normale. Elle avait depuis longtemps renoncé à lui plaire, mais restait persuadée que la venue d'un enfant mettrait fin au cauchemar qu'était sa vie conjugale.

En jetant un coup d'œil dans le miroir, elle vit qu'en se mordant les lèvres elle avait effacé le rouge qu'elle avait mis tant de soin à appliquer. Elle s'en remit une couche en retenant ses larmes. À quoi bon pleurer… ça ne pouvait que gâter son maquillage. Même si Danny ne débarquait qu'à cinq heures du matin, elle devait être là, fin prête, parfaitement vêtue et maquillée, avec le sourire ad hoc et la promesse d'une soumission totale. Et ce qu'il voulait, il l'obtenait toujours. Évidemment. Ça obligeait Mary à l'attendre, des heures et des heures ; mais si ça lui garantissait un minimum de paix... Alors, elle l'attendait. Elle attendait le retour de son mari en vidant quelques verres, pour se soutenir, pour ne pas sombrer. Elle restait assise là, toute seule, à surveiller la pendule. Parfois plusieurs jours d'affilée.

Elle le haïssait à présent, cœur et âme.

*

Danny Boy et Michael s'organisaient pour prendre livraison de quelques colis d'« aspirine » – nom de code sous lequel ils désignaient les anabolisants qu'ils distribuaient désormais en quantité dans tout le Sud-Est londonien. Les colis passaient inaperçus, dans leur emballage de papier kraft ; on aurait dit des cadeaux d'anniversaire. Danny Boy avait mis dans le mille avec ce bizness, une vraie pompe à fric. Car, en plus d'être devenus indispensables à leurs clients, ces produits étaient semi-légaux. En cas de saisie, personne ne pourrait prouver qu'ils n'étaient pas destinés à leur usage personnel. Mike et Danny se déplaçaient donc régulièrement pour aller les chercher.

Nul ne s'inquiétait de la santé des fondus de bodybuilding au point de s'assurer que l'usage de stéroïdes ne présentait aucun danger, mais Danny Boy, lui, savait à quoi s'en tenir. Comme n'importe quel professionnel de n'importe quel secteur, il connaissait ses produits. Les anabolisants provoquaient des bouffées de violence. Les consommateurs réguliers se berçaient d'illusions : sans ces « médicaments », ils n'auraient jamais pu développer la masse musculaire qu'ils convoitaient. Ils les achetaient et se les injectaient sans la moindre surveillance médicale, mais leur efficacité était réduite de moitié par rapport à celle des produits disponibles dans le commerce. Les pauvres types qui se bourraient d'anabolisants étaient des fêlés, des brêles qui rechignaient à investir le nombre d'heures d'entraînement nécessaires à la réalisation de leur rêve. Mais, une fois qu'ils avaient mis le doigt dans l'engrenage, ils revenaient régulièrement en chercher, parce qu'ils ne pouvaient plus s'en passer.

L'opération était donc juteuse, et le créneau en pleine expansion. Leur chiffre d'affaires grimpait à vue d'œil. Danny n'avait acheté ce stock que pour le tester dans le milieu et se faire une idée de la qualité du produit. On lui avait garanti que c'était de la bonne came et qu'elle valait son pesant d'or. Si ça se révélait exact, il en achèterait chaque semaine un plein camion, qu'il entreposerait dans la casse de Louie. Suffirait de lui offrir une bonne bouteille pour qu'il ferme les yeux...

Michael ne disait rien, à son habitude. Ils allaient se faire un max de blé avec ce nouveau projet, pas de problème. Leur amitié, en revanche, avait pris une sacrée claque depuis le mariage. Sa sœur comptait plus que tout, pour lui. Cela avait toujours été le cas, et rien n'avait changé. Elle était la prunelle de ses yeux. Depuis le mariage, Mary restait pratiquement invisible. Elle n'allait plus nulle part et on ne pouvait pas davantage la voir chez elle. Chaque fois qu'on lui rendait visite, elle était soit couchée, soit sortie faire des courses. Mais Michael n'était pas dupe : elle était là et refusait de se montrer. Il ne savait comment aborder le sujet avec Danny. Après tout, Mary était sa femme... et ne relevait plus de la juridiction de son frère... Restait que ça lui trottait dans la tête, avec pas mal d'autres problèmes. Il sentait qu'il devait y avoir quelque chose à faire, sans bien savoir quoi. Mais tant que sa sœur ne viendrait pas elle-même se plaindre, en lui demandant d'intervenir, il ne pourrait qu'ouvrir l'œil et attendre. Au fond, il ne tenait pas vraiment à la trouver à sa porte. Danny Boy n'était pas le genre de pèlerin à qui l'on pouvait faire entendre raison, et Michael se gardait d'argumenter avec lui. Du scandale de ce mariage qui avait poussé sa sœur à se retirer dans sa tour d'ivoire était issu un tel désastre...

À la place de Danny, Michael n'aurait pas juré pouvoir s'en dépêtrer aussi bien que son ami. Car après l'affront qu'il avait publiquement encaissé, Cadogan avait gardé Mary sous son toit, ce qui était tout à son honneur. Un autre l'aurait larguée aussi sec, le soir même. C'était du moins l'analyse la plus répandue dans le milieu, même si la plupart de leurs aînés en étaient déjà à leur deuxième mariage, voire au troisième – et même si certains avaient convolé en secondes noces avec des femmes au passé nettement plus chargé et plus trouble que celui de Mary. En la matière, la beauté et la jeunesse étaient les seuls critères, comme si le poste de l'intelligence avait été définitivement occupé par la première épouse, la principale – celle qui était restée à leurs côtés pour le meilleur et pour le pire, et dont le seul péché avait été de prendre de l'âge et quelques kilos, au moment même où le fric commençait à rentrer. S'afficher avec des tendrons, c'était le must par les temps qui couraient. Ça donnait aux intéressés l'illusion de leur propre jeunesse. Ils se sentaient revenir au sommet de leur forme. Sauf que, le jour où ils abandonnaient le domicile conjugal, ils comprenaient leur douleur et se repentaient de leur naïveté – trop tard. Ils avaient alors bel et bien la corde au cou. Car au quotidien, les canons de vingt-deux ans, c'était la plaie. D'ailleurs, une fois que vous les aviez baisées en long, en large et en travers, qu'est-ce qu'elles avaient pour retenir un homme ?

Gordon figurait toujours sur la liste noire de Michael. Et le fait que Danny n'ait rien fait pour se venger ne manquait pas de le perturber. Il ne pouvait pas laisser le gamin s'en tirer comme une fleur, après avoir semé une telle merde ! Il aurait dû au moins marquer le coup, exercer un semblant de représailles ; pas seulement pour Mary, mais pour eux tous. Pour la famille et sa réputation. Mais Danny n'avait pas levé le petit doigt, et ça mettait Michael sur les charbons ardents. Danny sentait son embarras mais semblait se retenir de pouffer de rire. Comme s'il jubilait en douce et se contentait de le tenir à l'œil, pour sonder ses réactions. Sonder leur amitié, cette amitié qui durait depuis des lustres mais qui avait toujours été à sens unique... Car si lui, il avait besoin de Danny, l'inverse était faux – Michael en était convaincu. Et ces coups d'œil qu'il lui jetait en coulisse avec une dignité calme, aussi exaspérante qu'hypocrite... Danny Boy avait toujours su jouer des émotions de ses adversaires. Sur ce terrain, c'était un foutu pervers. Il jouissait du malaise des autres. N'empêche, il était le seul homme qui lui eût jamais inspiré de l'admiration. Hors de question de se brouiller avec lui, et surtout pas à cause de son frère ou de sa sœur. Il avait payé pour mesurer à quel point Gordon pouvait être faux cul quand ça le prenait. Quant à sa sœur, il ne tenait pas à mettre le nez dans ses affaires – sauf cas de force majeure, évidemment, et en dernier ressort.

Danny Boy n'en était que trop conscient. Il savait que son ami se rongeait les sangs depuis le fiasco du mariage. Et aussi qu'il allait devoir la jouer fine. Mary avait toujours été très proche de son frère et il respectait ce genre de lien familial. Mais c'était une Cadogan, à présent. Et ça, le plus tôt Michael s'y ferait, mieux ça vaudrait.

Michael avait toujours eu un côté impressionnable. Incapable d'analyser clairement la situation, il hésitait sur le rôle à tenir dans ce petit drame familial. Danny était l'offensé, c'était certain. Pourtant, quelque chose lui soufflait que sa sœur avait fait l'erreur de sa vie. Danny Boy était un redoutable autocrate et, comme toutes les brutes professionnelles, il avait appris à faire en sorte que tout le monde ait l'air d'avoir tort, sauf lui. Pour la première fois de sa vie, Michael remettait en question la conduite de son ami, ainsi que sa part de responsabilité personnelle dans le conflit qui les déchirait. Pour la première fois, aussi, c'était sur lui que retombait la colère de Danny. Sur lui et sur les siens. Malheureusement, il n'avait pas les couilles de le remettre à sa place. Il savait qu'il n'avait pas à en rougir – personne n'osait le faire. N'empêche, il avait de plus en plus de mal à vivre avec ses propres compromissions. Et, comme sa sœur, la peur le rongeait, tel un cancer.

*

Louie croulait sous les soucis. Comme prévu, il avait organisé l'enlèvement de la marchandise et payé le petit ami de sa fille cadette, qui s'était chargé de la livraison. C'était un brave garçon, plutôt beau gosse, bien sous tous rapports et résolu à tirer le meilleur parti possible de ses talents, avec l'aide de son futur beau-père. Louie s'était arrangé avec son père pour qu'il rencontre sa fille et en tombe amoureux – une romance qui lui avait coûté plus cher que le déficit du commerce extérieur ! Il avait la tête sur les épaules, ce garçon, et savait reconnaître une bonne affaire quand il en voyait passer une – et celle-là, il avait sauté dessus. L'un dans l'autre, un brave gars qui ne voyait pas d'objection à se marier si ça pouvait lui garantir un bon job et une vie confortable... Louie croisait les doigts pour que sa cadette ne découvre jamais le pot aux roses. Ce n'était pas simple, pour une fille, de mettre la main sur un homme valable – surtout pour une demoiselle juive.

Louie n'en était toujours pas revenu d'avoir découvert qu'elle avait donné rencard à un minable de Grec rencontré au lycée technique. Après ça, ledit Grec avait eu le culot de venir frapper à sa porte, sapé façon touriste et exhibant à chaque sourire une série complète de couronnes à la manque – et ça, pour Louie, ça frôlait l'affront. D'où l'arrivée du nouveau Jules dans la vie de sa fille, à la suite du malencontreux accident de voiture dont avait été victime ce pauvre Grec ; accident qui avait nécessité, en plus de la collision initiale, tout un plan d'intimidation concocté par Danny Boy et reposant sur la menace d'y laisser aussi ses génitoires. Le Grec avait filé sans demander son reste, plus vite qu'un ripou avant une descente de la brigade des stups, laissant le champ libre au nouveau prétendant – un candidat juif et trié sur le volet.

Sa fille cadette était ce que Louie avait de plus cher au monde. La plus jolie des cinq – ce qui n'était pas une référence, évidemment... Louie avait toutes les raisons de penser que le rôle qu'il avait joué dans la découverte de son nouveau « fiancé » risquait de ne pas être à son goût. Et il était mortifié d'avoir dû, comme pour ses sœurs, manipuler la seule jolie plante de la nichée, celle qu'il aimait plus que toutes les autres réunies et qui aurait eu une chance de dégotter un mari toute seule. Les maris des quatre autres, il les leur avait achetés – et Dieu sait qu'elles avaient eu besoin d'un sérieux coup de pouce… ! À présent, il ne demandait plus qu'une chose, avec l'aide de Dieu : avoir des petits-enfants et, si possible, qu'ils ressemblent à leur père…

— Alors, tu m'offres une tasse de thé ? J'ai un rendez-vous galant et je ne suis pas en avance…

Danny s'adressait à lui avec sa gouaille habituelle, et Louie comprit à son sourire qu'il était venu lui demander quelque chose. Ça aussi, ça devenait une habitude. Le vieil homme sourit en retour. Il n'était plus sûr de rien avec Danny – surtout depuis ses récentes frasques. Il multipliait les aventures extra-conjugales sans prendre la peine de se cacher, et Louie préférait ne rien savoir. Depuis le scandale du mariage, les gens évitaient de lui parler autrement que pour échanger des banalités prudentes. En somme, on ne savait plus sur quel pied danser. Danny Boy traitait par le mépris le malaise qu'avait provoqué l'incident et, s'il avait été plus naïf, Louie se serait dit que le jeune homme se délectait de la notoriété douteuse qu'il lui avait value.

Les hommes dans son genre tiraient tout ce qui bougeait, sans discrimination, et il en allait de même pour leurs sentiments. Sauf que Danny Boy venait juste de convoler et que, pour le commun des mortels, c'était une raison suffisante d'être fidèle, au moins la première année. Mais comment trier le bon grain de l'ivraie, avant la nuit de noces ? Certaines femmes se transformaient en dragons dès qu'elles avaient la bague au doigt – ça, Louie en savait quelque chose. Certaines se croyaient même dépositaires d'une nouvelle virginité qu'elles défendaient bec et ongles. Le mari avait alors l'impression de s'être fait avoir, et c'était généralement le cas. Le lit conjugal se transformait en champ de bataille, ce qui revenait, pour ces jeunes mariées, à donner à leur époux un permis de chasse permanent. Fallait bien aller chercher ailleurs ce qu'ils ne trouvaient pas chez eux, pas vrai ? Comme disait sa mère, c'était dans la nature des choses !

Louie s'abstenait donc de tout commentaire et ne posait jamais la moindre question. Éviter d'en apprendre plus qu'on ne veut savoir est le meilleur moyen de se simplifier la vie. Dès lors que quelqu'un vous fait des confidences, vous êtes censé prendre parti et donner un avis sincère. Un point de vue, un conseil. Et ça, Louie n'y tenait pas. Pour les sentiments comme pour le reste, Danny n'était pas homme à écouter les conseils. Il n'avait ni la stabilité ni la maturité nécessaires pour vous faire part de ses problèmes et se souciait peu de ce que vous en pensiez. Quoi que leur réserve l'avenir, Louie avait donc compris qu'il devait garder pour lui ce qu'il pensait des problèmes relationnels de Danny, et priait pour que le jeune homme ne fût pas venu lui demander son avis – savait-on jamais ?... Mais Danny était trop orgueilleux pour prendre conseil auprès de quiconque, ou pour s'abaisser à reconnaître ses fautes ou ses erreurs.

Cadogan se laissa choir sur le vieux canapé en cuir et observa un instant la mine troublée de son vieil ami. Il se sentit immédiatement environné d'une bulle de paix et de sécurité. Il aimait retrouver ses anciens repères, le souvenir des premiers boulots et de ses premières paies obtenus grâce à lui. De cela, il lui saurait toujours gré. C'était à Louie qu'il devait son salut, à plus d'un titre, et au fond il n'avait jamais rien fait qui pût lui porter préjudice. Au contraire, il s'était toujours arrangé pour lui renvoyer l'ascenseur. D'ailleurs, s'il était là aujourd'hui, c'était pour le remercier de sa générosité et de sa confiance. Car Louie méritait son respect et comptait parmi les seules personnes à qui il pouvait se fier, en toutes circonstances.

— Alors, Louie, comment va ?

Louie avait le sourire, mais Danny Boy ne put s'empêcher de remarquer son manque d'allant. Qu'est-ce qui pouvait bien l'accabler comme ça ?

— Excuse-moi d'insister, fit-il avec toute la gentillesse dont il était capable. T'es sûr que tout va vraiment comme tu veux ?

Il semblait animé d'un intérêt sincère – ce qui eut pour effet de décupler l'inquiétude du vieil homme.

— Sûr, mon gars. Et toi ? répliqua Louie d'un ton qui se voulait léger.

Danny Boy s'esclaffa.

— Moi ? Je suis le roi du monde !

— Ah oui, vraiment, petit ?

Ça lui avait échappé. La question resta suspendue dans l'air et ils le regrettèrent aussitôt, l'un comme l'autre. Au bout d'un moment qui leur parut interminable, Danny finit par hocher la tête puis, avec un soupir, s'empressa de changer de sujet.

— Alors, dit-il avec une désinvolture délibérée, vaguement insultante, te revoilà avec un mariage sur les bras ! Ta cadette. Un vrai canon, à côté de ses sœurs, hein ? Qu'est-ce qu'il faut faire, cette fois, pour arranger le coup ?

La question de Danny Boy semblait refléter une vraie curiosité, sauf qu'il n'ignorait rien de la quête de Louie pour ses filles. Il savait que son vieil ami traquait sans relâche des braves garçons dignes de confiance, qu'il espérait pouvoir contrôler en échange d'une vie confortable.

— Je sais que tu les aimes, Louie. Je ferais exactement la même chose, si j'étais toi.

En l'espace de quelques secondes, Danny Boy était passé de la colère et du sarcasme à la cordialité. Dans un de ces revirements dont il avait le secret, il avait sauvé les meubles, tout en rappelant utilement à Louie combien il pouvait être dangereux. Le message était sans équivoque : il était prêt à tout pour parvenir à ses fins.

Ce garçon que Louie avait élevé comme son fils était devenu un danger public, sujet à d'imprévisibles lubies dont personne n'était à l'abri. Pourtant, pour peu que ça l'arrange, Danny pouvait aussi être la gentillesse et la drôlerie incarnées. Il se posait à présent en allié généreux, en vieil ami de la famille – un autre de ses nombreux personnages, ou une de ses étranges sautes d'humeur… Et Louie regrettait de s'être montré si bon. Big Dan Cadogan, son malheureux père, avait finalement eu raison de faire comme s'il n'existait pas. Mais ça, c'était une autre époque, autant dire les brumes de l'histoire. Un sourire plissa sa peau grisâtre. Mais ses yeux bleus délavés ne dissimulaient pas tout à fait ses sentiments. Danny Boy devait y lire la peur et le dégoût de ce qu'il était devenu en les manipulant, lui et ses relations, pour percer dans les plus hautes sphères du milieu avant qu'aucun d'eux (et surtout pas lui-même) n'ait bien mesuré ce dont il était capable.

— Ça se fera à la synagogue, Danny. L'endroit le plus indiqué pour un mariage juif…

Ils s'esclaffèrent ensemble. C'était sa femme qui avait insisté pour un mariage religieux. Lui, il se souciait peu de ce genre de détail, ce n'était un secret pour personne. Il avait claqué plus de dix briques pour la première, créant ainsi un précédent, un critère absolu que sa femme et ses filles entendaient faire respecter, si possible en plaçant chaque fois la barre un peu plus haut, non seulement en termes de dépenses, mais aussi et surtout en matière de « style ». Sauf que le style et elles, ça faisait deux. Elles ressemblaient à des fleurs de banlieue qui auraient décroché le gros lot ! C'était à se tordre de rire.

— T'as raison, va ! Moi aussi, je suis pour la synagogue. C'est la grande classe, comme l'église. Une fois marié devant le rabbin, c'est pour la vie. Et c'est bien ce qui compte, pour ta petite famille, pas vrai ?

Louie hocha la tête devant cette perle de sagacité. Finalement, cette entrevue semblait vouloir se poursuivre mieux qu'elle n'avait commencé...

Danny Boy se redressa alors sur son siège et rajusta son costume d'alpaga hors de prix.

— Changeons de sujet, enchaîna-t-il gaiement. T'en voudrais combien, de ta casse ?

La question était si incroyablement déplacée que Louie douta d'avoir bien entendu. Son visage déjà fripé se tordit en une grimace d'incrédulité et de dégoût.

— Pardon ?

Danny Boy secoua la tête, feignant de désespérer de son vieil ami, comme s'ils avaient depuis longtemps débattu le problème et qu'il ne s'agissait plus que de régler leur accord.

— J'ai dit : combien t'en voudrais, de cette casse, Louie ? répéta-t-il d'un ton plus lent et donc nettement plus sarcastique.

Il balaya les environs d'un ample mouvement de ses bras, incluant le préfabriqué et le terrain, comme s'il n'y avait rien de plus naturel que de se pointer chez un ami en lui demandant son outil de travail.

Et ça n'était même pas une vraie « demande », s'avisa Louie. C'était ça ou rien. Danny ne laissait aucune place pour d'éventuelles négociations. Il lui demandait son prix, point final, et ne se contenterait pas d'un simple « non ». En cas de refus, il ferait main basse sur ce qu'il convoitait, au besoin par la force. Il voulait la casse, et il l'aurait. Ça n'était plus qu'une question de temps. Ce que Cadogan voulait, il s'en emparait.

C'était bien le Danny Boy qu'il avait formé et protégé, et dont il avait plus d'une fois pris la défense, ces dernières années. Un être dont la nature excluait d'avance toute loyauté et tout ce qui ressemblait, même de très loin, à des sentiments pour ses semblables. Un garçon qui avait autrefois été son bras droit, qu'il avait parrainé dans le milieu et qui, s'était-il laissé dire récemment, s'apprêtait à le neutraliser de façon définitive.

La pilule était amère : Danny Boy ne méritait ni le temps ni l'énergie qu'il lui avait consacrés. Tout comme ses filles, il ne lui avait rapporté qu'une longue série de déboires. En plus, il le laissait tomber, et de façon spectaculaire, puisqu'il avait résolu de lui enlever ce qui était toute sa vie. Il y avait trimé de toutes ses forces dans cette casse, pour en faire une affaire rentable et pour s'assurer la bienveillance et le respect de ses nombreux rivaux. Danny Boy prétendait s'approprier son outil de travail, sans même se demander ce qu'il adviendrait de lui et de sa famille, et il ne tolérerait pas le moindre refus. Il piétinait tout ce qui se dressait sur son chemin – et vu la terreur qu'il inspirait, on s'écartait pour le satisfaire ; ça simplifiait la vie à tout le monde. Les gros calibres avec qui il traitait à présent préféraient fermer les yeux sur ses agissements. Pour eux, Danny Boy était de l'or en barres. La garantie de revenus réguliers.

Ce gamin édictait ses propres lois et pouvait demander et obtenir tout ce qu'il voulait avec un minimum de bruit et d'effort. Le pire, songea Louie, c'était qu'il avait jeté son dévolu sur sa casse comme un gosse convoite la sucette ou le vélo de son copain et décide de s'en emparer parce qu'il sait que rien ne l'en empêchera. Danny avait toujours eu ce côté cumulard, comme un collectionneur obsessionnel. Il voulait tout et finissait toujours par se l'approprier.

Le plus pénible, c'était d'avoir lui-même invité ce serpent dans sa vie, de l'avoir réchauffé, nourri, protégé et soutenu. Et tout ça pour quoi ? Pour qu'il puisse se pointer un beau jour en réclamant son bien sans le moindre scrupule ! Il prétendait le dépouiller, sans même penser à tout ce que son vieil ami avait fait pour lui.

Louie avait créé un monstre, prêt à exploiter froidement tout son entourage. Avec une nette prédilection pour ceux qui l'avaient aidé dans sa conquête du pouvoir.

*

Angelica se faisait un sang d'encre pour sa belle-fille. Mary avait toujours été si délurée, si pleine d'énergie... et elle n'était plus maintenant qu'un paquet de nerfs. Elle porta sa tasse de thé à ses lèvres. Elle n'en revenait pas de voir sa bru dans un tel état. Sous ses dehors pimpants qu'elle maintenait contre vents et marées, Mary était au bord de la dépression. Évidemment, le scandale provoqué par son frère avait dû l'affecter – et comment ! Danny lui-même lui avait paru ébranlé. Fut un temps, Ange se serait ralliée au point de vue de Gordon, et aurait considéré ses accusations comme fondées. À l'époque où elle était encore persuadée, comme toutes les mères du monde, que personne n'était à la hauteur pour son fils, et où elle avait eu vent des frasques de Mary.

Mais son point de vue avait changé. En quelques mois, elle avait assisté à la lente destruction morale de sa belle-fille, et ça la rongeait. Mary avait été trahie sur tous les fronts : non seulement par les siens, mais par l'homme qu'elle avait choisi d'épouser. Quoi qu'on pût penser des accusations lancées contre elle, Danny Boy aurait dû prendre sa défense. La pauvre s'étiolait chaque jour davantage. Elle avait le regard traqué d'un animal pris au piège, elle ne cessait de surveiller la pendule, et une impression d'abattement presque tangible se dégageait d'elle. Les yeux rougis et les traits tirés, elle était pâle à faire peur, comme un innocent qui attendrait dans le couloir de la mort. Ange se rappelait avec quelle perversité son fils, dès qu'il en avait eu l'occasion, les avait tourmentés, son père et elle. Ça ne lui ressemblait que trop de s'être trouvé en Mary une nouvelle victime à martyriser et à briser.

Qu'elle fût la sœur de Michael n'était pas un hasard. Ça devait faire partie de son plan. Danny adorait contrôler son monde, être aux commandes de la vie des autres et tout orchestrer dans les moindres détails. Sans demander leur avis aux intéressés, bien sûr, qui s'en rendaient toujours compte trop tard. Il savait se montrer redoutable, et prenait un malin plaisir à semer le chaos. C'était pourtant aussi ce qui fascinait tellement ses partenaires et les femmes qui lui sautaient au cou. Tous pensaient pouvoir garder le contrôle, mais cela relevait de la mission impossible. Car Danny Boy s'arrangeait toujours, son proverbial sourire aux lèvres, pour mettre les gens sur la touche et leur souffler leur place, tout en faisant croire aux huiles du milieu qu'il n'avait agi que dans leur intérêt. Son fils était un pur enfoiré, perfide et tortueux. Sa toile s'étendait peu à peu à tous ceux qui gravitaient autour de lui, et ça marchait à tous les coups, parce qu'il n'avait affaire qu'à des rapaces dans son genre, dont il savait détourner l'avidité à son profit.

Cette pauvre Mary n'était vraiment plus que l'ombre d'elle-même. Son regard faisait constamment la navette entre l'horloge et la porte. Elle vivait dans la peur, celle d'apprendre qu'il ne rentrerait pas, et celle plus forte encore de son retour.

— Vous êtes sûre que ça va, Mary ? lui demanda Ange avec une gentillesse qui démentait ses cogitations.

— Oui, oui, très bien ! répondit-elle aussitôt. Je suis un peu inquiète pour Danny, c'est tout.

Angelica eut un hochement de tête compréhensif, comme si la conduite de sa bru lui semblait parfaitement normale pour une jeune mariée. Les efforts de Mary faisaient peine à voir. Elle se donnait un mal de chien pour paraître indestructible, naturelle et détendue, mais elle vivait la mâchoire crispée, les dents serrées. Elle avait l'air tellement vulnérable... On sentait en elle la même détermination que chez sa mère, et elle avait le même genre de beauté capable de résister à des années d'alcoolisme... Il avait pourtant suffi de quelques mois pour transformer cette fille solide et indépendante en une neurasthénique qui prétendait aller pour le mieux dans le meilleur des couples. Au premier coup d'œil pourtant, il était manifeste qu'elle était à bout, prise en étau entre son désir pour son homme et la crainte de sa présence. Un dilemme qu'Angelica comprenait mieux que personne.

— C'est plutôt pour vous que je m'inquiète, Mary ! Mon fils est bien assez grand pour se débrouiller tout seul. Mais vous n'avez jamais l'air dans votre assiette. Est-ce que tout se passe bien, entre vous ? Est-ce que

Danny vous rend vraiment heureuse ? Vous pouvez me parler, ma chérie...

Ange regardait sa belle-fille bien en face, consciente néanmoins que la jeune femme ne parlerait jamais contre son époux, et à elle moins qu'à quiconque. Elle devait la soupçonner d'être télécommandée par Danny pour la prendre en flagrant délit de déloyauté.

Mary lui décocha un splendide sourire qui avait dû lui coûter un effort surhumain. Tout, en apparence, semblait aller pour le mieux. Elle semblait épanouie, elle était rayonnante, une vraie jeune mariée. Elle donnait parfaitement le change, si bien, même, qu'elle fit mine d'être sincèrement surprise par la question de sa belle-mère. Qui n'aurait pas senti la terreur secrète qui lui serrait le cœur aurait même pu se méprendre sur les motivations d'Angelica. Sa curiosité pouvait paraître déplacée, voire carrément inconvenante.

— Je vous trouve bizarre, Angelica. En général, c'est plutôt à leurs belles-filles que les mères font des reproches, pas à leurs fils. Danny n'apprécierait pas que vous me posiez toutes ces questions sur lui, vous savez. Il est comme moi, il préfère tenir sa langue... Avouez que ça lui a plutôt réussi, jusqu'à présent.

Angelica perçut la menace, à peine voilée. Mary avait décidé de ne se confier à personne, et surtout pas à elle. Danny Boy avait dû l'effrayer suffisamment pour qu'elle renonce à lui désobéir ou à médire de lui. Finalement, il n'avait que ce qu'il méritait : une poupée vivante qui savait parler, bouger, marcher. Et ça, elle n'y pouvait rien changer. Elle ne pouvait ni résoudre les problèmes de sa malheureuse belle-fille, ni lui apporter le moindre réconfort en la persuadant de partager ses malheurs. Mary était désormais prisonnière de sa propre maison, cette immense demeure dont elle était naguère si fière. Prise au piège de l'orgueil, elle traitait sa belle-mère par le mépris, comme une vulgaire domestique, une vieille chouette sans intérêt. Qui aurait pu imaginer que le destin de la belle Mary rejoindrait le sien de façon si troublante ? songea Angelica. D'autant que cette convergence, à ses yeux, n'avait rien de bien réjouissant...

Chapitre 17

Michael dînait seul, tranquille. C'était l'heure qu'il préférait, en tout début de soirée. Il avait fini de collecter les « loyers » qu'ils prélevaient régulièrement auprès d'affaires plus modestes que les leurs et placées sous leur sphère d'influence. Contrairement à la plupart des truands, qui considéraient ces gains comme quantité négligeable, pour Mike, les petits ruisseaux faisaient les grandes rivières. À la fin de l'année, ces « clopinettes » finissaient par constituer un joli paquet. Comme si, penny après penny, les livres faisaient des petits ! Tout le monde courait après le pactole – mais, à long terme et à bien y regarder, les petites sommes, c'était le début de la fortune. En plus, elles présentaient l'avantage de passer inaperçues – des flics, en particulier. Mais, dans le milieu, quelques ronds par-ci, par-là, on tenait ça pour un pourboire, à peine le prix d'un verre au pub. Un braquage, oui, ça vous posait son homme ! Un vrai bras d'honneur aux autorités, avec des sommes énormes à la clé... Pas vraiment discret, cependant, à moins, bien sûr, d'avoir graissé la patte aux flics pour qu'ils ferment les yeux – et là-dessus, ils assuraient, Danny et lui. Ces modestes « loyers » qui n'avaient rien pour attirer l'œil tombaient tout seuls, sans que vous ayez à arroser qui que ce fût. Avec leurs autres sources légales de revenus, ça aurait suffi à leur assurer, à Danny et lui, un niveau de vie qu'ils considéraient à présent comme leur ordinaire.

Pour les autres contrats, ils faisaient appel à des débutants comme paravents, des petits caïds en herbe qui se chargeaient de leur sale boulot en échange d'un peu d'argent de poche. Cela dit, ils auraient été tout aussi heureux de le faire à l'œil. Du moment qu'ils pouvaient se flatter d'appartenir à l'équipe de Danny Boy Cadogan... C'était le genre de référence susceptible de leur procurer d'innombrables avantages en nature. Un autre bénéfice non négligeable, c'était leur loyauté : par les temps qui couraient, plus haut les gens étaient situés sur l'échelle du crime, moins on pouvait compter sur eux, en cas d'arrestation ; les premiers à balancer étaient les prétendus caïds, les demi-pointures ayant un peu de blé devant eux et un début de statut dans la profession. Logique : ils avaient plus à perdre. Conséquemment, Danny était à l'affût de nouvelles recrues aux débuts prometteurs, qu'il engageait et mettait à l'épreuve.

Michael admirait ça, chez son collègue : l'infaillibilité de son flair. Danny avait compris qu'il avait besoin de gens pour se donner la peine de surveiller les « miettes » grappillées par-ci, par-là, et qu'additionnées ces miettes faisaient de sacrés paquets de fric. Bien sûr, sans son œil de lynx qui réglait et surveillait les opérations dans leurs moindres détails, la machine n'aurait pu fonctionner – comme tant d'autres choses, dans leurs affaires. Danny débordait d'idées, mais il lui manquait la cohérence et la concentration nécessaires pour en assurer le suivi quotidien. Il était incapable de fixer son attention sur un seul et même tir : sitôt qu'il avait mis la balle en mouvement, il s'en désintéressait et passait à la suivante. À charge, pour Michael, de s'occuper de tout, de la relève des compteurs à la répartition et à la distribution des gains et des primes. Et il s'en acquittait, avec un minimum de vagues, pour un maximum de bénef. C'était même devenu une sorte de réflexe, chez lui. Ce qui ne lui venait pas naturellement, en revanche, c'étaient les idées de départ. La gamberge, c'était le rayon de Danny. Après quoi, lui, il récupérait le bébé, dont son associé semblait se désintéresser totalement – jusqu'au jour où, sans crier gare, il l'interrogeait sur sa bonne marche et ses possibilités d'expansion.

Michael se débrouillait pour avoir toujours la réponse à ses questions. Il aurait presque pu lui dire, à la livre près, ce qu'ils avaient investi dans telle affaire et combien elle leur avait rapporté. Mais ce sens du détail, s'il était son atout maître à lui, était aussi le talon d'Achille de Danny. Michael se disait parfois qu'il aurait pu le virer sur un simple coup de tête, mais au fond il n'y croyait guère : il était la seule personne à qui Danny pouvait se fier, les yeux fermés. Car lui, il connaissait la pièce d'origine : le vrai Danny, celui qui avait encore toute sa tête, avant que les Murray et leurs menaces ne le propulsent sur sa brillante trajectoire professionnelle. Il avait pu mesurer en direct l'effet délétère de la trahison de Big Dan Cadogan sur son fils et sur sa famille. Son ami avait un besoin vital de se sentir entouré de plus d'égards, un vrai prince. S'il avait fait tout ça, c'était pour que plus personne ne crache jamais son nom avec mépris, ni recouvreur de créances, ni qui que ce soit d'autre. Alors, ce fameux respect, il l'avait imposé à tous, et partout.

Michael se sentait parfois crouler sous la tâche. Il était censé avoir en tête le détail de toutes les transactions en cours, alors que Danny n'essayait même pas d'assurer un minimum de suivi quotidien. Michael se consolait en se disant qu'il avait la haute main sur leurs finances. Il s'estimait heureux et lui savait gré de sa confiance. Sans Danny, il n'aurait sans doute pas fait tant de chemin. Mais ça le faisait tout de même un peu râler, que la plupart de leurs partenaires ne voient en lui qu'une sorte de chef comptable, alors qu'il était le grand argentier de leurs affaires. Car en général, c'était à Danny que les gens voulaient parler... Bah ! Après tout, quoi de plus naturel ? Danny Boy avait le charisme et la force de frappe qui inspiraient confiance dans le milieu, ce je-ne-sais-quoi qui le distinguait des autres étoiles montantes du secteur. Et cette longueur d'avance qu'il avait sur tous les autres, c'était précisément sa case de vide. Il n'avait jamais besoin d'en rajouter, comme certains. Pas la peine : ça crevait les yeux ! Cadogan était un vrai tordu, un givré capable de changer d'avis en une fraction de seconde et qui ne connaissait pas sa force. Danny ne se rendait même pas compte de l'effet de sa violence sur les gens ; son comportement semblait totalement hors normes et effrayant, même aux yeux de leurs propres partenaires, des criminels endurcis – lesquels continuaient pourtant à le supporter, tout en s'en méfiant comme de la peste.

Danny avait livré son père aux frères Murray – premier exploit dans sa brillante carrière, qu'il avait ensuite parachevée en mettant définitivement sur la touche tous ceux qui se risquaient à lui faire obstacle. Il avait déjà une jolie collection de scalps à sa ceinture, et pas des moindres ! Il avait défié de sacrées pointures, tel Donald Carlton, et leur avait fait mordre la poussière. Et lui, il s'était engouffré dans son sillage en se chargeant du suivi quotidien, sans poser de questions.

En fait, ils fonctionnaient un peu comme un groupe de rock : Danny Boy, la star, tenait le devant de la scène, tandis que lui, il était l'homme de l'ombre, le manager dont l'indispensable présence savait se faire oublier. Et si Danny n'avait pas épousé Mary, rien n'aurait pu remettre en jeu cette absolue loyauté. Car, quoi qu'on puisse lui reprocher, Mary serait toujours sa sœur ; et ça, Danny Boy avait intérêt à ne pas l'oublier. Après tout, Mary était sa femme, à présent, et il avait le choix : soit il demandait le divorce, soit il s'arrangeait pour faire son bonheur…

Michael ne supportait plus la profonde tristesse qu'il lisait dans le regard de sa sœur, et encore moins l'idée que Danny Boy pût en être la cause. Il se laissa aller contre le dossier de la banquette de cuir et s'efforça de ralentir un peu son rythme respiratoire. Il avait dîné dans un petit restaurant indien de Mile End Road, un endroit sympa où il se sentait bien. La bouffe était bonne et l'ambiance cosy. Il venait de convaincre les tenanciers de réceptionner à intervalles réguliers des colis qui pouvaient contenir à peu près n'importe quoi – des armes, comme de la came. Moyennant rétribution, évidemment. Ravis de faire partie de l'équipe, ils ne rechigneraient pas à la tâche. Ça leur assurerait le monopole dans le secteur, et puis c'était dans l'ordre des choses, ils l'avaient compris. Pour faire leur pelote, ils devaient s'investir – surtout leurs enfants, qui étaient nés sur place et étaient assez malins pour percevoir la logique d'ensemble de ces nouvelles alliances. Un jour ou l'autre, Michael savait qu'il se féliciterait de disposer de ce genre d'appui, car ces gens leur manifesteraient une loyauté sans faille. Comme disait Danny, on avait souvent besoin d'un plus petit que soi – amusante maxime, dans la bouche de quelqu'un qui larguait les gens après usage, comme des Kleenex usagés… Pour bien s'entendre avec Danny, le secret, c'était de se rendre indispensable. Même Big Dan avait fini par le comprendre…

Refermant les yeux, Michael tâcha de chasser les idées noires qui se bousculaient dans son esprit. Dès qu'il se relâchait un peu, la colère qui couvait en lui menaçait de déborder. Le genre de colère qui finissait par exploser, faute d'un exutoire, comme une bombe à fragmentation... Il aperçut tout à coup son frère cadet, Gordon, qui débarquait dans le resto, la bouche en cœur, son grand sourire aux lèvres, si semblable au sien, et cette démarche résolue qui proclamait sa certitude d'être sorti d'affaire. Les mois avaient passé, les couacs du mariage n'étaient plus qu'un mauvais souvenir, et Gordon devait estimer pouvoir compter, entre autres, sur son absolution. Michael le vit d'un œil méfiant mettre le cap sur sa table. Il était fringué comme un rescapé du Spandau Ballet* – veste de cuir et jeans serrés. Les racines des mèches décolorées qui striaient coquettement sa tignasse brune avaient repoussé, ce qui gâchait un peu l'effet du balayage, tout en lui donnant l'air d'un pilier de l'aide sociale. Un vrai traîne-patins, comme aurait dit leur mère. Certains jours, Michael avait carrément honte de lui. Comment son frère pouvait-il se trimbaler dans un tel accoutrement ? Jonjo avait à peu près son âge, pourtant, mais il était toujours propre sur lui... Évidemment, il était sous la coupe directe de Danny Boy, qui haïssait le laisser-aller, surtout celui des petits cons qui s'évertuaient à imiter les stars. C'était limite pathétique. Si vous vouliez être pris au sérieux, le minimum, c'était de vous débrouiller pour avoir le physique du rôle, non ? !

— Putain, qu'est-ce que tu veux encore, Gordon ? marmonna Michael.

---

* Groupe de rock britannique d'inspiration funk, jazz et rock, un des pionniers de la New Wave.

De près, Gordon avait l'air encore plus grisâtre et plus crade.

— C'est Jonjo qui m'a prévenu. Mary est à l'hosto. Elle a perdu son bébé.

*

Mary était seule dans une petite salle – la salle réservée aux patientes dans son cas, supposait-elle. On y était relativement au calme, en dépit des cris, atténués par la distance, des parturientes en salle de travail, à l'autre bout du service. Par la porte vitrée, elle voyait des femmes passer dans le couloir. Certaines allaient fumer en douce, d'autres se rendaient dans le petit salon de télévision. Enceintes, pour la plupart. Mary se rongeait de jalousie à les voir passer, précédées de leur ballon, avec leurs gros seins bas et leurs hanches de matrones. Pour un peu, elle leur aurait même envié leurs vergetures...

Elle, son petit avait décanillé sans crier gare. Un malheureux fœtus de trois mois qu'elle avait repêché dans la cuvette des W-C, avant de l'emmailloter dans du papier toilette. Elle avait gardé le paquet au creux de sa main pour le montrer aux toubibs, dans l'espoir qu'ils puissent faire quelque chose pour éviter que ça ne se reproduise. Elle n'avait même plus de larmes pour pleurer. Elle se sentait vidée de l'intérieur, comme si son embryon avait emporté avec lui ce qui lui restait de sentiments, et jusqu'à ses sensations. Son propre enfant avait préféré jeter l'éponge. Qui aurait pu le lui reprocher, hein ? Elle n'était qu'une moins que rien, indigne d'être mère.

Elle l'avait pourtant attendu, ce bébé. Elle espérait tant de lui, convaincue qu'il serait pour eux l'occasion de repartir d'un meilleur pied. Mais Danny Boy n'était pas passé la voir. Il n'avait même pas laissé de message. Il lui fallait porter seule le deuil de leur pauvre enfant.

Elle devait passer sur le billard le lendemain matin, pour le curetage. Les médecins tenaient à gratter les derniers vestiges de son bébé, les dernières traces de sa brève existence, s'il en restait quelque chose… D'après l'infirmière, c'était relativement courant, de perdre son premier. « Ça n'a rien d'exceptionnel », lui avait-elle dit, en l'exhortant à ne pas trop se frapper. Facile à dire… et bien moins à faire. Danny l'évitait comme la peste, ces derniers temps. Comment l'accueillerait-il à sa sortie d'hôpital, quand elle devrait de nouveau l'affronter ?

Ce pauvre bébé avait été son dernier rempart contre le désespoir. Elle l'avait chargé de tous ses rêves. Il ne l'aurait jamais abandonnée, lui ! Quoi qu'il advînt dans son couple, elle aurait toujours eu cet enfant sur qui reporter son affection et son amour déçu. Et voilà. Exit le bébé. Elle avait foiré, une fois de plus. Même ça, la fonction reproductive féminine la plus élémentaire, elle était infoutue de l'assurer. Il y avait des femmes qui accouchaient comme une lettre à la poste, sans la moindre nausée – presque sans douleur. Des souillons, de sombres salopes qui traînaient derrière elles toute une marmaille crasseuse et négligée. Des mères indignes, incapables de s'occuper correctement de leurs gosses, qui les laissaient jouer dehors jusqu'à pas d'heure, y compris à la nuit tombée. Ne pouvaient-elles mesurer le miracle que c'était, de les avoir, ces enfants… ? Et elle qui se retrouvait sur le sable, incapable d'en pondre ne fût-ce qu'un…

Les larmes finirent par lui monter aux yeux, brûlantes, salées. Elle les laissa couler. Elle sanglota tout ce qu'elle pouvait, et ça lui fit le plus grand bien.

Danny Boy ne viendrait plus, maintenant, elle pouvait pleurer tout son soûl sur le bébé qu'elle venait de perdre, sur son mariage et, par-dessus tout, sur la mort de sa mère, qui lui manquait tant. Quelles que soient les embûches de la vie, tant que vous aviez une mère, vous aviez toujours un lit qui vous attendait chez elle. Tant que la sienne avait été de ce monde, ses enfants avaient eu un refuge, quelqu'un sur qui compter. Mary comprenait à présent ce que les paroles de sa mère contenaient de vérité. Tous ces conseils dont elle lui avait rebattu les oreilles, année après année, quand elle lui serinait d'épouser un type bien, qui l'aimerait, s'occuperait d'elle et lui offrirait une vie décente. Elle comprenait, trop tard, qu'elle aurait dû l'apprécier et la chérir davantage, cette mère, quand il en était encore temps. L'aimer telle qu'elle était, avec ses tares et ses lubies d'ivrogne, parce que, quand on enterrait sa mère, c'était pour de bon. Et que rien au monde ne pouvait la remplacer.

*

Michael et Danny s'étaient retrouvés à la casse. Ils avaient payé à Louie le prix estimé par Michael et examinaient à présent les livres de comptes. Le vieux en avait deux séries distinctes, une pour son usage personnel, l'autre pour le fisc. C'est tout le charme des affaires qui se traitent en liquide : personne ne sait au juste combien vous gagnez, et nul n'est censé le découvrir – sauf si vous êtes assez con pour vous en vanter, évidemment.

Danny Boy avait toujours gardé un pied dans la ferraille. En soi, c'était très rentable, et comme couverture, y avait pas mieux. Personne ne s'étonnait de voir des camions aller et venir dans la casse à toute heure du jour ou de la nuit. C'était ce qui les avait décidés à reprendre l'affaire de Louie. Non qu'il y eût quoi que ce soit à redire à son travail, mais, en prenant de l'âge, le vieil homme était devenu méfiant et avait laissé passer des tas d'occasions. Louie rechignait désormais à expérimenter ce qu'il ne connaissait pas. Il n'avait plus l'âme d'un explorateur. Danny se demanda s'ils souffriraient un jour de ce genre d'allergie, eux aussi, mais chassa aussitôt cette pensée. Il saurait ouvrir l'œil et profiter de toutes les nouveautés qui passeraient à sa portée. Il n'arrivait même pas à s'imaginer vieux – sûrement pas à l'âge de Louie, en tout cas. Ça se perdait dans un avenir si lointain... L'idée le fit sourire.

— Ça va, Danny ?

La question de Michael le ramena à la réalité. Il resta un instant perplexe, tâchant de la remettre dans son contexte, puis s'esclaffa. Michael avait appris la fausse couche de Mary. Il devait considérer que la perte d'un bébé ne pouvait être qu'un sacré choc...

— Oh, ça va, ça va...

En voyant Danny esquiver la question, Michael se dit qu'il n'avait pas envie de s'épancher. Son pote n'était même pas allé voir Mary à l'hôpital – et, bizarrement, ça aussi, il pouvait le comprendre. Les hommes étaient nettement plus vulnérables que les femmes, de ce point de vue, et Danny portait le deuil à sa façon. C'était en tout cas ce qu'il avait expliqué à sa sœur pour la consoler. Mais, en fait, il n'y croyait guère... pas plus que Mary, d'ailleurs. Mais qu'est-ce qu'il y pouvait ? Il se sentait pris entre le marteau et l'enclume. Sans compter que Mary lui avait pas mal tapé sur les nerfs ces derniers temps, avec ses prophéties de malheur. Il n'avait pas été fâché de la laisser entre les mains expertes des infirmières et de sa belle-mère.

Ange et Annie avaient été parfaites. Annie, la dernière personne qu'il aurait vue jouer les consolatrices ! La preuve qu'on pouvait se gourer du tout au tout ! Carole Rourke, une de leurs copines d'enfance, était fidèlement venue tenir compagnie à sa sœur et, pour une obscure raison, Michael avait été profondément touché par ce témoignage d'amitié. Mary était à l'hosto depuis maintenant dix jours et semblait avoir du mal à se remettre. Mais Michael soupçonnait qu'elle n'était pas si malade et qu'elle retardait plutôt délibérément le moment de regagner ses foyers. Bien sûr, la perte du bébé l'avait rudement secouée, mais ce qui la fragilisait le plus, c'était la peur de retrouver sa grande bicoque déserte. En ce qui le concernait, plus tôt elle rentrerait, le mieux ce serait, pour tout le monde. Danny aussi avait perdu un enfant, dans l'affaire – tout le monde avait l'air de l'oublier.

— Je vais confier la casse à Jonjo, histoire de voir comment il s'en sort, fit Danny.

Michael hocha la tête, il s'y attendait plus ou moins. Jonjo n'était pas un mauvais bougre. Il n'était peut-être pas le couteau le plus affûté du tiroir, mais on pouvait compter sur lui…

— Ça nous permettra de nous concentrer sur nos autres affaires, tout en conservant la casse comme base de repli. Les casinos deviennent un peu voyants. Ils nous rapportent un max, mais leur clientèle a tendance à attirer l'attention. D'où l'intérêt de la casse. Un endroit discret, situé sur une grande route, autour duquel il est presque impossible qu'on vienne fouiner sans qu'on en soit aussitôt avertis. Ne serait-ce que les chiens, ça fait réfléchir…

Ils rigolèrent dans leur barbe. Ils avaient engagé un jeune mec du quartier, flanqué de trois gros dobermans, et le payaient à se tourner les pouces en gardant un œil sur ses clébards, lesquels déambulaient librement dans l'enceinte. En cas de visite, le gars sifflait ses chiens et les enfermait dans leur enclos. Trois bêtes superbes, aussi puissantes qu'affectueuses, mais peut-être pas ce qui se faisait de plus sociable, et qui valaient leur pesant d'or : depuis leur arrivée, la fauche de pièces détachées avait cessé du jour au lendemain – même si Michael soupçonnait que le changement de propriétaire n'y était pas pour rien. Jusque-là, personne n'avait mesuré quelle quantité de matos disparaissait. Louie avait toujours vécu sur le principe que ses habitués étaient par principe réglos. Eh bien, pas tant que ça ! Danny était furax que tout ça ait échappé à son œil de lynx, lui qui avait tenu et fait tourner cet endroit pendant tant d'années, sous les ordres de Louie.

Grâce à cet investissement, ils étaient autonomes et complètement opérationnels, pour les pièces détachées comme pour les livraisons. Chargements et déchargements pouvaient désormais se faire dans l'enceinte, en toute discrétion, et plus besoin du feu vert de Louie. Danny et Michael avaient conscience d'avoir franchi un cap. Ils manipulaient des sommes considérables, de vrais pactoles qui en auraient fait rêver plus d'un. À leur échelle, il était indispensable de faire fructifier le fric qui leur passait entre les mains. À quoi bon, sinon, se donner la peine de le gagner. Car le fric allait au fric, ils le savaient à présent...

*

De retour chez elle, Mary avait invité Carole à prendre le thé et son amie promenait autour d'elle des yeux ébahis. Elle n'avait jamais vu une cuisine aussi belle, sauf peut-être à la télé. Des placards en chêne massif, plusieurs plans de travail en granit poli, et tous ces appareils high-tech... Mary n'avait pas eu le cœur de lui avouer qu'elle osait à peine les déplacer et que, si la plupart des robots et des mixers avaient l'air flambant neufs, c'était qu'ils l'étaient ! En redécouvrant sa cuisine à travers les yeux de Carole, elle tâcha de se représenter l'image que les gens pouvaient avoir d'elle et de sa vie de rêve. S'ils avaient su... Elle vivait comme une invitée dans sa propre maison et s'y sentait encore moins chez elle que son amie. En dehors des tâches ménagères de base, comme la lessive ou le ménage, cette maison était pour elle une sorte de *terra incognita*. Danny la traitait comme une simple employée payée pour se taire et obéir, et elle avait pris l'habitude de faire comme si tout allait pour le mieux. Elle était trop fière pour laisser tomber le masque. Carole semblait heureuse de la voir si bien installée. Quelle chance d'avoir cette jolie maison, si bien équipée, pour venir s'y reposer et se remettre du choc qu'avait dû être la perte du bébé ! C'était comme avoir gagné au Loto ! Elle était vraiment vernie, d'avoir déniché cet oiseau rare : un mari formidable qui lui offrait une existence dorée, à elle et aux nombreux enfants qu'elle ne manquerait pas d'avoir.

Carole se félicitait d'être allée la voir à l'hôpital, dès qu'elle avait appris la triste nouvelle. Elle avait voulu montrer à son amie qu'elle pensait toujours à elle et partageait son chagrin. Au départ, elle n'avait eu l'intention de rester que cinq minutes, le temps de s'assurer qu'elle allait mieux et ne manquait de rien, mais Mary avait été si heureuse de sa visite, si touchée par ce témoignage d'affection, qu'elles n'avaient pas vu le temps passer. Elles avaient bavardé plus d'une heure. Et elle avait été plus ravie encore de retrouver Michael, l'idole de son enfance.

Carole était une belle plante, avec des hanches épanouies et une poitrine à l'avenant, capable d'attiser la convoitise de plus d'un homme. Quoique très jolie, elle brillait surtout par sa modestie et sa discrétion – tout l'opposé de Mary, en somme, qui ne pouvait qu'aimanter les regards. Elle avait un visage délicat, de hautes pommettes, des yeux d'un bleu profond et de longs cils recourbés. Ses cheveux étaient d'un blond foncé tout aussi naturel que le reste de sa personne. Elle les portait à l'épaule, légèrement incurvés vers l'extérieur, comme les actrices des années 1960. Très peu maquillée, ce qui lui allait fort bien, sa générosité l'illuminait d'un éclat intérieur, comme un phare. Les deux amies étaient aussi différentes que le jour peut l'être de la nuit, mais elles étaient restées aussi proches que dans leur enfance. D'ailleurs, sans vraiment se l'expliquer, Carole avait senti la fêlure chez Mary. Son amie n'était pas tout à fait aussi heureuse qu'elle aurait dû l'être. Elle mettait ça sur le compte de la fausse couche, mais il devait y avoir autre chose. Un problème plus profond.

Comme elles achevaient leur thé, elle nota que Mary réprimait un petit sursaut en entendant s'ouvrir la porte d'entrée. Quelques secondes plus tard, l'impressionnante carrure de Danny Boy Cadogan s'encadra dans l'embrasure de la porte. Il se fendit d'un large sourire en reconnaissant Carole.

— Regardez-moi qui est là ! Comment tu vas, ma chère Carole ?

Il était sincèrement enchanté de la retrouver. Comme Carole se levait pour aller à sa rencontre, il la prit dans ses bras et la serra longuement sur son cœur. La jeune femme, qui semblait minuscule entre ses énormes paluches, se mit à babiller avec un entrain dont Mary avait perdu jusqu'au souvenir.

— Quelle belle maison, Danny ! On croirait vivre un rêve !

Mary vit son époux se rengorger sous cette avalanche de compliments. Pas plus qu'elle, il ne voyait le luxe qui l'entourait, un luxe qu'il n'avait jamais apprécié à sa juste valeur – mais ça ne l'empêchait pas d'être ravi de l'effet que la maison produisait sur leur invitée. L'émerveillement de Carole lui rappelait le chemin parcouru. Il revenait de si loin...

Danny Boy ne lâcha Carole qu'à regret. Son contact était chaleureux et agréable, et ses courbes voluptueuses, un plaisir pour les yeux comme pour les mains. Il la tint à bout de bras pour mieux l'examiner. Ses bonnes joues vermeilles et lisses, nettes de tout fond de teint ; ses lèvres naturellement pulpeuses, son sourire facile, ce regard à la fois amical et pénétrant qui le captivait déjà du temps où ils étaient ensemble à l'école et où il ne se sentait pas digne de lever les yeux sur une telle perle. À l'époque, il n'avait jamais le temps ni l'occasion de papillonner autour des filles, comme les autres ; il était déjà occupé à réparer les bourdes de son père et à assurer le quotidien de sa famille. À présent, face à Carole, il mesurait certes ce qu'il avait perdu, mais aussi les progrès accomplis. C'était vrai, il y avait de quoi en rester baba, et Carole Rourke était bien la seule personne à lui inspirer une telle fierté depuis des lustres !

Son visage ouvert et franc avait quelque chose de rafraîchissant, comparé à celui de Mary. La seule vue de la silhouette longiligne de sa femme et de son maquillage savamment appliqué lui rappelait la vie de carton-pâte qu'ils vivaient, jour après jour. Carole, elle, sentait le shampooing aux œufs et le savon à l'huile d'olive. C'était une femme authentique, sans un atome d'esbroufe. Il regretta soudain de pas rentrer auprès d'elle, le soir. Elle, si fraîche et naturelle, avec ce parfum propre et net qu'elle laissait dans son sillage : une odeur de femme bien. Il crut reconnaître Topaze, du catalogue Avon, un parfum fleuri, tout simple, que Mary aurait préféré mourir que de porter. Pour lui, il n'y avait rien de mieux. Carole, c'était la vivacité et la franchise mêmes. Et il aurait mis sa main au feu qu'elle était toujours vierge... À côté, cette pauvre Mary avait l'air d'une déclassée.

— Assieds-toi, Danny. Je vais refaire du thé, lui souffla son épouse.

Il les rejoignit à la table, content de lui et, pour la première fois depuis qu'il l'avait achetée, fier de sa maison.

*

— C'est un vrai salaud, Ange. Je ne t'apprends rien, je crois...

Ange priait en silence en préparant le thé. Son homme cherchait à mettre la perte du bébé sur le dos de Danny Boy, mais elle refusait de le suivre sur ce terrain. C'était la faute à pas de chance, comme aurait dit sa mère. La pauvre Mary était victime d'un coup du sort, point final – d'ailleurs, elle avait bien le temps d'en avoir, des enfants... Mais Big Dan n'en démordait pas. Le comble, de la part d'un type qui avait tant de fois, et sans le moindre état d'âme, brutalisé ses propres gosses et tapé sur sa femme, quand elle tentait de les protéger !

— Quel tordu ! Je voudrais retrouver la forme,

tiens, rien que pour lui mettre mon poing dans la gueule !

Jonjo laissait traîner une oreille. De toute façon, vu la taille de l'appartement, il était quasi impossible de ne pas entendre les conversations. En général, ils s'efforçaient plutôt de ne pas écouter, Annie et lui, en montant le son de la radio ou de la télé. Mais là, le sujet l'intéressait. Maintenant qu'il bossait pour son grand frère et disposait enfin du pouvoir que vous confère le respect d'autrui, il se sentait des obligations envers lui. Il fit irruption dans la cuisine.

— Putain, t'es qui, toi, pour baver sur Danny !

Ange en resta sans voix, tout comme son mari, mais retrouva sa langue la première.

— Boucle-la, Jonjo ! Assieds-toi et baisse d'un ton, pour t'adresser à ton père !

Jonjo était un grand gaillard, à présent. Un grand gaillard à l'histoire bardée de gnons et de beignes de son père...

— Reste en dehors de ça, m'man ! Et oublie pas de qui tu causes, toi non plus. Si on avait dû compter sur cette tache pour survivre, on en serait à faire les poubelles, à l'heure qu'il est. Il nous a toujours laissé tomber – même toi, t'as pas pu l'oublier !

Jonjo cherchait la bagarre, et ça n'était pas surprenant. Mais Big Dan ne l'entendait pas de cette oreille. Jadis, il se serait fait un plaisir de rappeler à Jonjo qui était le maître à bord, mais plus maintenant. Il n'en avait plus ni la force ni l'envie. Il s'abstint donc de mordre à l'hameçon et de lui faire ravaler ses incivilités. Jonjo était devenu une force de la nature. Un vrai danger.

— C'est grâce à Danny que je peux enfin gagner ma croûte ! Je n'ai plus à dépendre de personne. Alors, que je te reprenne plus à lui casser du sucre sur le dos !

Ne prononce plus son nom en ma présence, espèce de vieux fumier. Sale vieille sous-merde !

Jonjo n'en pouvait plus de se contenir. Il avait besoin d'exhaler sa rage. Ses parents échangèrent un coup d'œil complice. Ils le prenaient pour un môme ! Ils croyaient peut-être pouvoir lui imposer silence d'un mot ou d'un regard ? ! Sa mère ne levait jamais le petit doigt pour empêcher son père de l'humilier – au contraire, elle l'aurait plutôt encouragé. Toujours de son côté, surtout quand il avait tort. La coupe était pleine !

— Arrête tes conneries, Jonjo. Ta mère t'a dit de t'asseoir...

Big Dan essayait de la jouer désinvolte. Non, mais qu'est-ce qu'il imaginait ? Qu'ils étaient potes ? Comme s'il y avait encore quelque chose entre eux !

Sous les yeux effarés de sa sœur qui les observait depuis le couloir, Jonjo se rua sur son père et se mit à le bourrer de coups. Et, tandis que ses poings s'abattaient sur le vieil homme, il se sentit enfin aux commandes de sa destinée. Sa colère et sa haine, si longtemps contenues, se déchaînaient malgré les efforts désespérés de sa mère pour les séparer – mais à la voir prendre, une fois de plus, fait et cause pour ce vieux salaud, il sentit redoubler sa fureur. Il la repoussa brutalement, l'envoyant valdinguer contre la table. Ange manqua de s'affaler et ne se rattrapa que de justesse. Jonjo aurait dû se calmer, venir en aide à sa mère et s'excuser. Mais il en était incapable. Surtout dans cette cuisine, équipée de neuf grâce à la générosité de son frère aîné. Cette cuisine qu'il voyait toujours telle qu'autrefois : abîmée, délabrée, vétuste. Le frigo éternellement vide. Les Noëls sans rien à se mettre sous la dent – sans même parler de cadeaux, ni de sapin ! Les lugubres anniversaires, sombres rappels du cynisme de ce sale type et de son obstination à boire ou à jouer jusqu'au dernier sou qui lui tombait entre les pattes ! Ce fumier qui ne s'était jamais soucié de les protéger ni de les mettre à l'abri du besoin, comme tout père pour ses gosses... Toute cette vieille haine accumulée le submergeait soudain, lui interdisant de revenir en arrière.

Quand sa mère parvint enfin à les séparer, Big Dan n'était plus qu'une masse meurtrie, prostrée sur le carrelage. Jonjo resta planté au milieu de la cuisine, les phalanges en sang, le front ruisselant de sueur. À voir la pâleur d'Annie qui sanglotait dans son coin, il comprit qu'il était allé trop loin. Il aurait dû s'arrêter. L'homme qu'il haïssait n'existait plus. Big Dan n'était même plus un homme, et le spectacle de sa défaite n'avait rien d'apaisant. Au contraire, il ne faisait qu'exacerber sa solitude et sa détresse. L'auteur de ses jours n'avait jamais eu le moindre intérêt pour lui, et n'en aurait jamais. Sa révolte même ne pouvait qu'amplifier la haine qu'il s'inspirait à lui-même.

Avec des trésors de tendresse, Ange avait réussi à relever son homme et à le faire asseoir sur une chaise. Jonjo bouillait intérieurement, le cœur broyé par cette injustice. C'était pour lui – pour son enfant ! – qu'elle aurait dû avoir ces égards. Mais elle avait toujours fait passer leur père avant eux, quoi qu'il arrive. Il pouvait les couvrir de honte ou les maltraiter, elle sacrifiait toujours tout pour ce vieux dégueulasse. Ses enfants, elle ne s'en inquiétait que lorsqu'il la laissait tomber...

Mais Jonjo était un homme, maintenant. Plus jamais il ne supporterait ça de personne. Grâce à Danny Boy, il avait désormais un statut et un boulot qui lui plaisaient. Du jour au lendemain, grâce à son frère, la vie lui avait offert tout ce qu'il en attendait : la considération et le respect. Avec son nouveau job, il avait enfin trouvé cette estime de soi dont il avait tant manqué. Et, pour lui, tout avait changé. Il avait redressé les épaules et marchait la tête haute. Pour la première fois de sa vie, Jonjo était fier de lui. S'il n'avait tenu qu'à son père, ce vieux salaud qui avait toujours tout fait pour l'enfoncer, ce genre de satisfaction lui serait demeuré à jamais inconnu...

Voilà... il lui avait enfin rivé son clou. Il lui avait montré de quel bois il se chauffait. Mais dérouiller un invalide, incapable de se défendre... évidemment, il n'y avait pas de quoi se vanter.

Enfin, avec un peu de chance, il pourrait tourner la page.

Chapitre 18

Mary était belle et consciente de sa beauté. En dépit de tous ses malheurs, il lui restait toujours ça. Les têtes qui se retournaient sur son passage. Cela n'avait rien à voir avec de la vanité – simple constatation, plutôt. Son reflet dans la glace l'apaisait. Elle restait fraîche et pimpante, même après une nuit blanche. Et qu'elle ait le cœur brisé ou étouffe de haine à l'encontre de son mari, elle se débrouillait toujours pour être séduisante. Un vrai défi pour Danny Boy, à qui ça devait porter sur les nerfs... Mais en voyant son frère faire la cour à Carole, elle ressentait ce qui ressemblait fort aux premiers signes de la jalousie.

Michael était tombé raide dingue de son amie, et Danny Boy aussi. Carole était une des seules personnes au monde qui ait réussi à inspirer un réel intérêt à son mari. Il fallait d'ailleurs le voir pour le croire – et encore... elle avait parfois du mal à s'en convaincre. C'était bien son époux, son Danny Boy, qui donnait la réplique à Carole avec une bonne humeur qu'elle aurait crue inimaginable de sa part et qui ne semblait lui coûter aucun effort ! Elle adorait son amie, bien sûr, mais ne pouvait réprimer une pointe d'envie, devant un tel talent : il avait suffi à Carole de quelques mots choisis pour apprivoiser Danny. Elle pouvait lui parler de tout et de rien, il restait suspendu à ses lèvres. Il riait avec elle, heureux... De vrais éclats de rire, sincères, spontanés. Rien à voir avec les rictus et les ricanements qu'il lui réservait en privé. Quand Michael aurait épousé Carole, ce qui ne saurait tarder, elles pourraient se voir à leur guise, pratiquement chaque jour. En un sens, c'était une bonne nouvelle, mais d'un autre côté, ça avait quelque chose de malsain. Car Danny Boy était toujours là pour faire advenir le pire...

Danny observait ces deux femmes si différentes l'une de l'autre. Carole était l'antithèse de Mary. Elle ne se tartinait pas de maquillage hors de prix et ne touchait pas au whisky. Avec elle, Michael avait décroché le jackpot, et, même s'il l'enviait un peu, il s'en réjouissait pour son ami. Carole était une vraie perle. Pas besoin de la surveiller, et elle ferait une mère formidable. Contrairement à la plupart des femmes qu'ils côtoyaient, elle n'avait jamais ressenti le besoin d'étaler ses appas et d'en faire profiter tout le quartier. Autrefois, on appelait ça une « fille bien ».

Tandis que le pub se remplissait lentement mais sûrement, Danny gardait un œil sur la jeune génération du secteur, en se félicitant que ses regards baladeurs n'échappent pas à sa femme. Mary était à nouveau en cloque. Cette fois, il espérait que le locataire réussirait à s'accrocher, mais il ne le criait pas sur les toits. Le jour où elle parviendrait à en pondre un, si elle y parvenait un jour, on fêterait ça dignement. Mais, jusque-là, il s'en battait l'œil.

Son regard s'attarda du côté du bar, où trois hommes semblaient l'attendre. Trois pointures, des piliers du milieu. Il aimait ça, cette peur et ce respect qu'il inspirait autour de lui – surtout aux anciens pontes, à ces hommes qui avaient longtemps régné sur leur petit empire et s'étaient montrés suffisamment malins pour comprendre qu'ils avaient trouvé leur maître. Leur allégeance faisait les délices de Danny. Les indices de leur déclin étaient pour lui un nectar dont il ne pouvait plus se passer. Il était arrivé au sommet et comptait bien s'y maintenir. Pas question d'abaisser sa garde en attendant qu'un jeune loup vienne à son tour lui chier dans les bottes ! Son empire à lui était bâti pour durer. Il n'abdiquerait que le jour de sa mort, pas avant. Les vieux de la vieille avaient commis l'erreur de se croire indéboulonnables. Maintenant, ils étaient bien obligés de mettre chapeau bas devant lui, s'ils voulaient continuer à gagner leur croûte. Et Danny adorait ça.

Une petite brune avec les cheveux tartinés de gel et de longues pattes d'échassier le couvait d'un œil provocant. Il connaissait ce genre d'oiseau. Il lui adressa un sourire complaisant, adouci par la promesse qu'il lisait sur son visage juvénile, se leva et mit le cap sur le bar, entraînant tous les regards dans son sillage, comme il s'y attendait. À cause de sa haute taille, bien sûr, mais il n'était pas le seul gros gabarit du coin, loin de là. Non, ce qui fascinait en lui, c'était cette aura de danger qu'il dégageait – d'autant qu'il s'agissait d'une menace bien tangible qu'il avait les moyens de mettre à exécution.

Il accueillit d'un sourire les trois hommes venus spécialement du South End pour le rencontrer. Ils avaient l'air dans leurs petits souliers – ça aussi, ça le ravissait. Le plus imposant des trois était un certain Frank Cotton. Un costaud, toujours bel homme, qui avait été athlétique en son temps. Mais les années avaient arrondi ses angles et Frank commençait à bedonner. À bientôt cinquante piges, il avait encore suffisamment d'envergure pour créer l'événement partout où il descendait, mais, ces derniers temps, il avait quelque peu relâché la pression. Sa pelote faite, la crainte des vraies vagues et du vrai grabuge le retenait de trancher dans le vif, y compris quand ça s'imposait. Ses cheveux filasse tiraient sur le gris. Il avait les yeux outremer et des rides d'expression qui soulignaient son rire. Il ne crachait ni sur les blagues ni sur une bonne partie de poker et était capable de meurtre comme d'amitié. Comme Danny Boy, on l'avait plus d'une fois soupçonné de « faire disparaître » ceux qui le gênaient, mais personne ne s'était jamais risqué à l'en accuser ouvertement, pas même la flicaille. Ce qu'on subodorait et ce qu'on pouvait prouver, ça faisait deux.

Frank avait d'abord redouté que Danny leur fasse grise mine, et semblait heureux qu'il ait accepté de les rencontrer. Lenny Dunn et Douglas Fairfax, ses deux compères, étaient pour leur part sur les charbons ardents. C'était sidérant, la façon dont les gens démarraient au quart de tour devant ce qu'ils prenaient pour du mépris ou de l'arrogance. Surtout les petits. Plus ils se situaient bas dans la chaîne alimentaire, plus ils étaient chatouilleux. Mais, de son côté, Danny Boy avait appris la patience. Il savait à présent attendre, avant de porter un diagnostic et de prendre les mesures adéquates. Comme ce genre de mesure impliquait souvent l'usage d'une arme, avec ou sans passage à tabac préalable, la patience était la seule stratégie intelligente, si on avait un minimum de jugeote. Lenny et Dougie étaient deux bouledogues bâtis en force, déplumés du caillou et dénués de tout sens de l'humour. Mais c'étaient des bosseurs, et ils rapportaient à Frank leur poids en cacahuètes – l'ultime critère. Danny leur avait donc proposé de partager quelques-uns de ses bons créneaux. Frank n'était pas assez naïf pour croire qu'il n'attendait rien en contrepartie, mais semblait enchanté de cette collaboration.

Il était l'efficacité même et avait l'air plus que motivé. Que demander de plus ? Ça restait à voir, naturellement !

Comme Cadogan les abordait en souriant, Frank et ses deux acolytes eurent l'occasion d'observer de près son imprévisible personnalité – ce qui, précisément, inclinait Frank à la prudence. Il savait d'expérience que les Danny Boy étaient des types dangereux. Pour la plupart ils n'étaient que des voyous ; or les voyous n'étaient pas réputés pour leur gestion des affaires courantes. Ils manquaient généralement de la cohérence et de la concentration nécessaires. Frank avait entendu dire que Danny Boy pouvait monter un coup en un clin d'œil et flairait les bons plans à cent pas. Michael et lui étaient les seuls gros joueurs avec qui il n'avait pas encore pactisé. Il avait longtemps retardé ce moment, mais projetait à présent de se lancer sur le marché de la came. Il avait donc besoin des contacts de Danny, ainsi que de sa kyrielle de flics véreux, pour étendre ses affaires. À sa connaissance, dans le secteur, personne ne pouvait vendre ou acheter plus de trois kilos sans la permission expresse de Danny, et ce dernier pouvait vous dénicher à peu près n'importe quoi, des banals stéroïdes aux produits les plus rares, de la meilleure jamaïcaine aux grands crus népalais. Danny Cadogan tenait le marché et Frank n'y voyait aucun inconvénient – au contraire ! Ce qu'il visait, lui, c'était le détail. Il ne tenait pas à manipuler de grosses quantités ; car, qui disait grosses quantités, disait aussi grosses sentences, en cas de pépin. Mieux valait se cantonner prudemment à la distribution et laisser les tuiles aux autres. Frank avait pour principe absolu de toujours mettre au moins trois intermédiaires entre les flics et lui.

Tandis qu'ils échangeaient des poignées de main et commandaient les consommations, Frank ne put se défendre d'une certaine admiration pour la placidité de Cadogan. C'était un danger public, ça, pas le moindre doute, mais quand il voulait, il pouvait être d'agréable compagnie. Un type charmant. En voyant arriver Michael Miles, il se détendit un brin. Michael était le cerveau de l'équipe. Un esprit rationnel, un virtuose des chiffres qui, à en croire la rumeur publique, transformait en or tout ce qu'il touchait. Il semblait nettement plus fréquentable que son vieux complice. Mais Frank le savait : il fallait se garder de juger les gens sur leur mine. Dans leur branche encore moins qu'ailleurs.

*

— Un vrai connard !

Michael soupira. Il n'était pas d'humeur. Il avait rendez-vous avec Carole dans un restaurant à Ilford et avait déjà dix minutes de retard. Mais ça, évidemment, Danny Boy s'en battait l'œil.

— Écoute, Dan. Frank est un type bien et il va nous rapporter un max de blé. Tu l'as dit toi-même... C'est un malin et il connaît la musique. Chaque fois qu'on se voit, il reconsidère son investissement à la hausse. Alors, arrête tes conneries, au moins pour ce soir, hein ? J'ai rencard avec Carole et je devrais y être depuis dix minutes. Je comptais lui demander sa main...

Michael se fendit d'un large sourire, mais, à sa grande surprise, la nouvelle parut laisser Danny sans voix. Son pote affichait un air sidéré. L'espace de quelques secondes, il se demanda même si Danny ne désapprouvait pas son choix – ce qui aurait été étrange, vu son amitié pour Carole. Le premier instant de surprise passé, Danny le prit dans ses bras, en une vigoureuse accolade.

— Formidable, Mike ! Ça, c'est vraiment la meilleure nouvelle depuis très longtemps !

Devant cet enthousiasme soudain, Michael s'autorisa à souffler un peu. Danny Boy adorait Carole et ne s'en était jamais caché. À ses yeux, elle était ce qui se faisait de mieux, et il ne laissait pas passer une occasion de le souligner. N'empêche que sa première réaction, ce silence interloqué, avait désarçonné Michael, et le faisait douter de la véritable nature des sentiments de son ami. Mais non, l'affection de Danny ne pouvait être feinte – pas plus que celle de Carole pour lui. Et c'était de l'affection, rien de plus.

— Tu t'es déniché un putain d'oiseau rare, mon vieux !

Son bonheur semblait plonger Danny dans l'euphorie, mais il le repoussa :

— Allez ! s'écria-t-il. Grouille-toi, le boulot attendra. Y a qu'à laisser Frank mijoter un peu, le temps que je prenne une décision définitive !

La joie de Michael retomba instantanément. Écartant les bras dans un geste de découragement, il lui sourit d'un air navré.

— Arrête, Danny Boy. Tu peux pas continuer à descendre les gens les uns après les autres. Frank ne t'a rien fait et c'est une putain de mine d'or.

Le visage de Danny s'était refermé et le masque de hargne qu'il affichait à présent aurait filé des frissons à une brute endurcie.

— Il se prend pas pour de la merde, ce connard. Tu vas voir comme je vais lui rabattre le caquet !

Michael comprit que sa soirée avec Carole était râpée. Il téléphona au resto pour s'excuser. Carole, toujours égale à elle-même, prit la chose du bon côté. Elle n'ignorait pas la nature de leurs activités et était assez intelligente pour comprendre qu'il y avait des imprévus dans ce genre de boulot. C'était une des choses qu'il aimait, en elle. À sa place, Mary aurait fait tout un fromage. Du temps de ses fiançailles avec Danny, elle l'aurait harcelé jusqu'à ce qu'il vienne, quitte à provoquer des meurtres en cascade pour un simple rendez-vous manqué ! Carole encaissa la nouvelle sans sourciller et lui répondit en riant que ça ne posait aucun problème. Ils se verraient un peu plus tard dans la soirée, voilà tout.

Quand Michael raccrocha, Danny Boy lui adressa son plus beau sourire.

— Elle a pas fait de drame, hein ?

— Non, Danny. Elle sait ce qu'il en est.

— Moi, si j'étais toi, je filerais tout de même la retrouver. Notre discussion peut attendre. Je suis sûr qu'elle n'y voit rien à redire non plus, quand tu te tires en douce, au petit matin, les godasses à la main, comme un locataire qui a des loyers en retard !

La comparaison fit rigoler Michael.

— Écoute, Danny, je vais te dire un truc, mais tu le gardes pour toi, d'accord ? C'est top secret... Carole est toujours vierge, putain ! Avec elle, c'est la bague au doigt, ou rien !

Danny avait beau s'y attendre – il en aurait mis sa tête à couper –, il en resta à nouveau bouche bée. Il était heureux pour Michael, mais ne pouvait totalement ignorer le petit démon intérieur qui le narguait. C'était lui qui aurait dû avoir cette chance ! S'il avait désiré Mary, c'était parce qu'elle était avec quelqu'un d'autre ! Encore une fois, il guignait le bien d'autrui. Il avait vraiment l'esprit tordu...

Il eut honte de sa réaction envers son ami et cette pauvre chère Carole, et chassa ses idées noires.

— Ça, c'était couru d'avance, bordel de merde ! J'aurais même pu te le dire : Carole, c'est vraiment quelqu'un. Ça me fait plaisir pour toi, mon vieux.

Et il le pensait, mot pour mot. Dans la vraie vie, il n'aurait jamais levé les yeux sur une fille comme Carole – l'idée même d'une aventure sans lendemain l'aurait horrifiée et il l'aimait trop pour la faire souffrir. Et voilà qu'elle était la fiancée de son meilleur pote. Il était ravi de voir qu'ils avaient tous deux trouvé chaussure à leur pied. Carole n'était pas un canon au sens courant du terme, mais c'était une femme, une vraie. Une perle qui avait tout pour faire le bonheur de son homme. Celui qui l'épouserait serait sacrément verni. C'était une vraie dame et il l'aimerait toujours, de loin. Que son meilleur ami l'épouse, finalement, était un soulagement. Elle resterait ainsi hors de sa portée, et lui éviterait de succomber à la tentation. Car ça coulait de source : tout ce qu'il voulait, il finissait par l'obtenir, tôt ou tard. L'idée que, de son côté, Carole ne le désirait peut-être pas ne l'avait même pas effleuré.

Michael revint à la charge.

— En ce qui concerne Frank Cotton, je veux ta parole, Dan. Pour nous, ce type, c'est de l'or en barres. Sa cote est au plus haut, sans compter que c'est un type très bien. S'il lui arrivait quoi que ce soit, on se ferait des tas d'ennemis.

Danny lui fit son plus beau sourire – dents blanches, haleine fraîche, rides d'expression parfaitement réparties –, un sourire digne de Hollywood. Il était irrésistible et Michael s'étonna une fois de plus qu'une telle perversité pût se planquer sous tant de charme.

— Ouais, mais il se prend pour les couilles du pape, ce connard ! Alors que je l'enfonce sur à peu près tout. C'est moi qui le paie, ce crétin qui se permet de me rire au nez ! Ce genre d'erreur, on ne la commet pas deux fois. Se foutre de moi est un sport à haut risque.

Michael s'assit sur l'antique canapé que Louie avait eu la bonté de leur laisser, en poussant un soupir sonore qui se répercuta sur les murs de la petite pièce. Il avait peur. Frank n'était pas quelqu'un à prendre à la légère. C'était un type sympa, efficace et fiable, avec qui ils accumulaient des fortunes, mais surtout, c'était un grand nom du milieu. Un vrai ponte. Voilà ce qui défrisait Danny. Et cette fois, Michael était vraiment inquiet. Danny était capable d'aller rôder autour de chez Frank et de le descendre comme ça, sans autre forme de procès. Juste parce qu'il se sentait menacé par ses relations et son carnet d'adresses. Frank était un homme apprécié et estimé de tous. Il avait certes un peu trop tardé à faire affaire avec eux, et Danny s'était senti dédaigné, mais, à part ça, il s'était toujours montré d'une parfaite courtoisie. En fait, Danny ne cherchait qu'un prétexte. Il avait décidé de rayer Frank de la carte et voyait des offenses là où ça l'arrangeait. Michael sentit les signes avant-coureurs d'une bonne migraine. Il avait déjà les tempes prises. C'était l'excès de stress, le poids des soucis, et ça ne risquait pas de s'arranger…

— Arrête, Danny ! Pourquoi il irait se foutre de ta gueule ? Frank est un ami, qui n'a que de l'estime et du respect pour toi. Avec sa cote d'enfer, si tu le descends ou que tu lui cherches noise, on n'a pas fini de payer les pots cassés, mon pote. En termes de fric, d'abord – mais surtout en termes d'appuis. Putain de merde ! Il est marié à la sœur de Barry Clarke, un de nos meilleurs alliés ! Tu crois pas que tu devrais laisser pisser, du moins pour l'instant ?

Danny regardait les chiens s'affairer de l'autre côté de la fenêtre. L'avis de Michael était frappé au coin du bon sens, mais ça n'était pas ce qui le chiffonnait. Non, ce qui le faisait gamberger, tout à coup, c'était ce nom, Barry Clarke, qu'il avait lancé... Ça avait déclenché en lui un déclic, une sensation bizarre – et soudain, il sut. Il tenait un super-plan. Le moyen de faire d'une pierre deux coups, deux gros coups bien sordides et bien tordus. Son sourire était revenu.

— OK, Michael. Vas-y, maintenant ! Grouille-toi d'aller retrouver Carole. Je ne tenterai rien contre qui que ce soit dans les jours qui viennent. Tu as ma parole. Cochon qui s'en dédit, et tout et tout !

Il partit d'un éclat de rire enfantin et le salua à la mode scout, comme un gamin. En un instant, il avait retrouvé son allant, comme si tous ses soucis s'étaient évaporés. Son visage était celui d'un tout jeune homme, un écolier un tantinet monté en graine...

— Rentre vite, toi aussi. Mary doit t'attendre.

Danny Boy se contenta de hocher la tête d'un air morose, et ils se séparèrent sans ajouter un mot.

*

Le ventre rebondi de Mary émergeait de l'eau de son bain et elle s'efforçait de ne pas le voir. Elle s'était servi un grand verre de vin blanc de Rhénanie, qu'elle dégustait en tendant l'oreille. Normalement, elle était tranquille. On était mercredi et, généralement, Danny ne rentrait pas, ce soir-là. Mais avec lui, rien n'était jamais sûr, il pouvait débarquer à tout moment. Et s'il voyait son verre, elle n'aurait pas fini d'en entendre parler. C'était pourtant le seul moyen qu'elle avait trouvé pour se calmer les nerfs. Comme sa mère… Elle se laissa aller dans l'eau tiède avec un soupir d'aise. Cette salle de bains était vraiment surdimensionnée, comme tout le reste dans la maison.

La bouteille qu'elle venait d'ouvrir semblait lui faire de l'œil. Elle vida son verre d'un trait. Le bouquet acidulé du Liebfraumilch* risquait de lui provoquer d'atroces brûlures d'estomac, mais tant pis. Le pire eût été de s'abstenir ! Elle se resservit en riant aux éclats. Les miroirs qui tapissaient les murs alentour lui renvoyaient son reflet. Une fois de plus, elle fut saisie par sa beauté. Elle avait rassemblé ses cheveux en un gros chignon au sommet de sa tête. Sa peau était d'un velouté parfait et son maquillage, comme toujours, impeccable. Elle était pourtant déjà à moitié ivre. Ce devait être un trait de famille, ce penchant pour la bouteille… un gène qu'elle avait hérité de son père et de sa mère, deux sacrés artistes en la matière ! Ses seins étaient plus épanouis, maintenant… mais on ne pouvait pas dire que Danny Boy s'en était ému le moins du monde. Il la prenait toujours par-derrière, comme une chienne en chaleur. Jamais une caresse, jamais la moindre marque de tendresse. Il tirait son coup, vite fait sur le gaz, en concluant sur un grognement – et, à sa grande honte, elle devait admettre qu'elle parvenait à s'en contenter. Elle avait appris qu'il fréquentait une fille, une de plus, une petite grue de dix-sept ans avec autant de cervelle qu'une perruche, mais un corps de déesse. Elle l'avait même aperçue. Une vraie blonde, avec de grands yeux bleus inexpressifs qui vous fixaient d'un regard vacant, comme ceux d'une mongolienne. Elle tentait parfois d'imaginer ce que cette petite pouvait penser d'elle.

---

* Le « Lait de la Vierge ».

Elle devait lui envier son statut d'épouse, sa belle maison, le solitaire qu'elle avait au doigt...

Sa main était machinalement venue se poser sur son ventre. À cinq mois de grossesse, elle n'avait jamais été aussi bien en chair. Ce bébé allait tout arranger. Cette fois, c'était une certitude. Mary se mit à fredonner un petit air guilleret pour elle-même, le verre posé en équilibre sur son ventre et une cigarette entre ses doigts si joliment manucurés. Quand, tout à coup, elle sentit qu'on la regardait du seuil.

— Espèce de sombre salope ! Putain de sac à vin !

Sa cigarette tomba dans l'eau et Mary se figea en découvrant Danny, paralysée par la peur dont les ondes électriques crépitaient dans la buée au-dessus de la baignoire. Son visage s'étira en un masque d'effroi, tandis que sa bouche se plissait en un « o » parfait.

Danny Boy s'avança vers elle à pas comptés. La masse de son corps, raidie par la colère, lui rappela sa force et la puissance dévastatrice de ses coups. Lui arrachant des mains le verre de cristal, il l'envoya valdinguer contre les carreaux en miroir qui volèrent en miettes et retombèrent sur elle en une pluie d'éclats. Il bouillait et Mary le sentit à deux doigts d'exploser. Les vibrations de sa colère lui parvenaient par à-coups, comme des vagues de chaleur.

— Tu oses picoler avec mon enfant dans le ventre ! Après tout ce qui s'est passé ! Ordure ! Fille d'alcoolique !

Incapable d'esquisser le moindre geste ni d'émettre le moindre son, elle restait là, fascinée, tandis qu'il se penchait sur elle, le visage tordu par la fureur. Quand il l'empoigna, elle eut un mouvement de recul et leva les bras pour se protéger. Elle s'attendait à ce qu'il la gifle ou la tire hors de la baignoire par les cheveux, et rien n'aurait pu la préparer à ce qu'il fit : il lui saisit les chevilles et la souleva par les jambes, lui plongeant la tête et tout le buste sous l'eau. Privée d'air, au bord de l'asphyxie, elle se débattit avec l'énergie du désespoir. Projetant de l'eau partout, elle s'efforçait de se relever, pour capter une bouffée d'air. Elle sentit l'eau du bain lui brûler les narines, pénétrer dans sa gorge. Ses forces la quittaient. Autour d'elle et en elle, tout s'obscurcissait. Elle allait renoncer, quand il la souleva et lui sortit la tête de l'eau. Elle inspira en suffoquant, les poumons en feu. C'est alors qu'il lui replongea la tête sous la surface, en hurlant des injures. Cette fois, elle se sentit sombrer et pria pour ne plus jamais se réveiller.

*

Ange était inquiète. Et, comme toujours quand elle s'en faisait, elle s'était lancée dans un grand ménage et s'activait aux fourneaux. Du temps où les enfants étaient petits, elle disait en rigolant que si elle avait l'appartement le plus rutilant de l'immeuble, c'était grâce à ses soucis. Il était loin, ce temps-là. Tout juste si elle savait vraiment ce qu'étaient les problèmes, à l'époque. Eh bien, voilà au moins une chose qu'elle aurait apprise ! Son homme n'avait jamais été un cadeau, mais à côté de ce qu'elle endurait maintenant, elle en venait presque à regretter le passé. Big Dan avait tellement changé...

Elle se faisait un sang d'encre pour ses fils et pour la petite roulure qu'était devenue sa fille, mais sa principale source d'angoisse restait son homme. Depuis que Jonjo l'avait agressé, Big Dan avait perdu tout ressort. Il n'avait plus goût à rien, n'allait même plus au pub et passait ses journées dans son fauteuil, à fumer clope sur clope. Ange se débrouillait pour l'approvisionner en tabac et en bibine, histoire de lui adoucir un peu l'existence, mais on sentait qu'il n'y croyait plus. Ça se lisait dans ses yeux. Tout juste s'il mangeait. Elle devait insister, ruser, user de persuasion et de cajoleries, voire de menaces. Son homme s'étiolait sous ses yeux et elle ne savait plus que faire.

Selon le toubib, il s'agissait d'une dépression, vraisemblablement aggravée par les séquelles physiques de son « accident ». Mais qu'est-ce qu'ils y connaissaient, les toubibs ? Ce qui avait brisé son homme, c'était la haine de ses fils. Et ça, elle n'y pouvait rien.

Jonjo le haïssait autant que Danny Boy, ce qui n'était pas peu dire, et s'en contrefichait comme de sa première chemise. Pour eux, leur père n'était qu'un parasite, une bouche inutile, un déchet. En un sens, elle comprenait leur point de vue ; il les avait tellement exploités et battus, toute leur enfance. Mais c'était leur père, quand même. Et elle, c'était son mari. Rien que ça, ça aurait dû y faire quelque chose, non ? Eh ben, non. Pour eux, leur géniteur, ça n'était plus rien. Ils s'en battaient l'œil. Et elle se retrouvait avec deux incontrôlables garnements sur les bras : Danny Boy, ce fléau de Dieu, cette terreur notoire dont le seul mérite était d'aller à la messe tous les dimanches ; et le cadet, qui ne demandait qu'à suivre son exemple. Pour couronner le tout, la petite semblait partie pour décrocher le titre de l'année. Comme si elle s'imaginait pouvoir échapper à tout contrôle ! Ce n'était vraiment pas une vie, pour une mère. Oh, elle s'efforçait de sauver la face. Pour rien au monde, elle n'aurait admis que ça ne tournait pas rond chez les Cadogan. Surtout pas en public ! Murmurer contre les siens, quoi qu'ils aient pu commettre, c'était le fin fond de la honte, et son instinct la forçait à les protéger et à tout faire pour leur bien, quoi qu'il arrive. Y compris veiller sur son ordure de gamine.

Son homme rêvassait, les yeux perdus dans le vide, à son habitude. Elle sursauta quand il prit la parole, d'un ton déterminé où couvait une colère froide.

— C'est pas des humains qu'on a mis au monde, Ange. C'est des animaux. Autant t'y faire... Cesse donc de te ronger pour eux !

Il la regardait bien en face. Pour la première fois depuis des années, il s'adressait vraiment à elle, pas seulement pour lui donner la réplique ou faire mine de s'intéresser à ses ruminations, mais pour lui dire quelque chose. Quelque chose d'essentiel. Elle mit cette soudaine lucidité sur le compte d'un besoin subit d'exprimer ses sentiments et d'établir un vrai contact avec elle.

— Non, Dan. Ce sont nos fils, nos enfants. La chair de notre chair.

Il secoua la tête d'un air mélancolique, et sa trogne tuméfiée reprit cet aspect flasque et déjeté qui ne le faisait que trop ressembler au pitoyable minus qu'il avait toujours été. Il ne répliqua pas. Pourtant, il aurait pu s'étendre des heures sur le sujet, et ça faisait des années qu'elle attendait ce moment. Alors, pourquoi s'étonner qu'il arrive ? Elle tenta de lui faire changer d'avis et s'escrima à lui rendre un semblant de courage.

— Me laisse pas tomber, Dan. Ne baisse pas les bras !

Il lui sourit, d'un sourire qui accentua chacun des sillons que la vie avait creusés dans son visage.

— Tes fils... ? Tu parles ! s'esclaffa-t-il d'une voix éraillée. L'aîné n'est qu'une sale petite brute, c'est pas moi qui vais te l'apprendre. Tu préférerais crever que de l'admettre, mais ça fait des années qu'il te torture, toi aussi. Et il continue avec cette pauvre fille, à qui il fait une vie d'enfer. Mais tu refuses toujours d'admettre qu'il a une case de vide, hein ! Il m'a eu, Ange. Et je ne veux pas, je ne peux pas continuer comme ça. Il n'est plus la chair de ma chair. Il ne m'est plus rien du tout. S'il devait mourir demain, je dirais « ouf ! » Et pour les autres, pareil. Ils ne valent pas mieux. C'est une portée de chiots que t'as mise au monde !

Les paroles de son homme la frappèrent de plein fouet, ce qui était le but recherché. S'il appuyait là où ça faisait mal, c'était surtout pour lui démontrer que, quoi qu'on puisse lui reprocher, elle restait la fautive. C'était si facile de rejeter la faute sur elle et sur ses enfants. Jamais il n'assumerait la moindre responsabilité dans leurs travers.

— Ce sont nos enfants, Dan, et c'est toi qui les as faits tels qu'ils sont ! Ta fille la première, la seule dont tu te sois jamais occupé. C'est elle qui en a hérité, de ton foutu caractère ! Elle couche avec qui veut bien d'elle. Rien ne l'arrête, pas même la réaction de son frère ! Je t'ai sacrifié mes plus belles années, Dan. Toute ma vie, je me suis démenée pour faire de nous une vraie famille, même après tout ce que tu m'as fait voir. Alors, viens pas me reprocher le manque de moralité que tu as transmis à tes enfants, ni tous les défauts qu'ils ont hérités de toi. Tu oublies que c'est toi qui nous as laissés sans un rond, toi qui as poussé ton fils aîné à devenir le caïd qu'il est aujourd'hui – toi et ton égoïsme qui nous ont menés au point où nous en sommes ! Danny Boy t'a remplacé depuis longtemps à la tête de la famille. Il n'a fait que ce que tu aurais dû faire pour nous. Alors, arrête un peu de me refiler le bébé ! Une fois dans ta vie, assume enfin les conséquences de tes actes – ou, plus exactement, les conséquences de ton refus d'agir !

Une colère sourde avait percé dans sa voix, comme Big Dan s'y attendait.

— La colère t'étouffe, Ange. Et cette colère, tu la leur as transmise. Car dis-toi bien qu'aucun d'eux n'éprouve la moindre compassion ni pour toi, ni pour moi, ni pour personne.

— Et d'où tu crois qu'elle vient, cette colère, hein ? À ton avis, qu'est-ce qui t'a mis dans ce triste état ? Honnêtement, tu n'essaies tout de même pas de me faire porter le chapeau ?! À moi qui ai toujours tout fait pour améliorer les choses et maintenir la paix ! Qui t'ai toujours accueilli à bras ouverts, malgré tous tes torts ! Je n'ai jamais cessé de t'aimer, Dan. Jamais ! Je t'ai toujours soutenu, quoi qu'il arrive, y compris maintenant. J'essaie encore de te faire prendre conscience de la chance que tu as, de te montrer que nous avons besoin de toi. Alors, viens pas me dire que je suis la cause de toutes nos souffrances. Tu perds ton temps. Ça ne prend plus ! C'est de ta faute, si nos gosses sont devenus des voyous, pas de la mienne ! Moi, si je suis coupable de quelque chose, c'est d'avoir dû bosser toute la sainte journée pour pouvoir les nourrir. J'ai jamais joué un sou, moi ! J'ai jamais dépensé mon salaire avec les copains dans les pubs, ni avec les pires putes que j'aie pu dégotter. Ça, c'était ta partie, mon cher... ! Ne nous voilons pas la face, Dan : tu n'as jamais été capable que de jouer, de boire et de courir les putes !

Cette tirade pesait son poids de vérité, mais Cadogan rechignait à laisser le dernier mot à sa femme. Il tenait à se venger de chaque pique, de chaque regard de mépris. En l'occurrence, il était bien décidé à lui démontrer que, s'il lui tirait sa révérence, ce serait sans la moindre culpabilité.

— Oh, Ange ! Tu vas finalement obtenir ce que tu voulais : ton cher fiston pour toi toute seule. Les enfants le voient comme le sauveur de la famille, et ne compte pas sur moi pour les détromper. Je t'ai toujours laissé ce rôle de victime que tu affectionnes tant. Tu as beau me rendre responsable de ta chienne de vie, tu en es en bonne partie responsable. Tu aurais pu me larguer, y a des années de ça. Vous donner à tous une chance de repartir de zéro. Mais tu ne l'as pas fait, et je peux te dire maintenant combien je le regrette. Ça nous aurait foutrement simplifié la vie, tous autant qu'on est.

Ange s'apprêtait à lui répondre quand des coups résonnèrent à la porte. Elle traversa d'un pas pesant son appartement rutilant, en se demandant quelle nouvelle catastrophe la guettait derrière cette porte fraîchement repeinte. Personne ne venait frapper chez eux sans raison. Il s'était toujours produit un malheur. Elle ouvrit donc, avec ce masque de résignation qu'elle s'était composé au fil des ans, informant les visiteurs qui avaient le courage de l'affronter qu'elle était prête à encaisser. Ce jour-là, pourtant, les larmes aux yeux et la gorge nouée, elle ne chercha pas à donner le change. La coupe était pleine.

Tout comme son homme, elle en avait jusque-là.

Chapitre 19

Arnold Landers avait raccompagné Annie jusqu'à sa porte, et la jeune fille s'arracha avec peine de ses bras athlétiques. Sa puissance physique et l'énergie qu'il dégageait entraient pour une bonne part dans la fascination qu'il exerçait sur les femmes – ça, et sa réputation de charmeur et de tête brûlée… En dehors de son net penchant pour les lolitas blanches et les grosses chaînes en or, Arnold était surtout un garçon charmant, inspirant à la fois la sympathie et le respect. Sauf qu'Annie avait le malheur d'être la seule fille pour qui il eût jamais éprouvé un réel sentiment. Sa silhouette juvénile, alliée à cette joyeuse désinvolture qu'elle lui opposait, la lui rendait irrésistible. Annie Cadogan était la première fille qui lui eût jamais donné du fil à retordre, et il avait dû faire ses preuves pour la conquérir. Naturellement, il n'ignorait pas de qui elle était la sœur, mais il n'était pas homme à se laisser impressionner, au contraire. Pour lui, qu'elle ait de qui tenir, c'était un « plus ». Il appréciait qu'elle ait de solides attaches, et il avait bien l'intention de se faire accepter par sa famille. Quoique à moitié jamaïcain, Arnold était rasta d'adoption. Sa mère, une rousse flamboyante, l'avait élevé dans la tradition catholique ; mais à l'instar de Bob Marley, il avait préféré se rallier à sa couleur de peau, le signe le plus manifeste de son patrimoine génétique. Il n'avait jamais vraiment réfléchi aux implications de sa religion ou de son mode de vie, et sa rencontre avec Annie le forçait à revoir totalement ses conceptions de l'existence. Annie, c'était sa drogue. Il était conscient de prendre un sacré risque avec elle, mais il savait aussi que, sans elle, sa vie ne vaudrait pas la peine d'être vécue. Il l'avait dans la peau, pour longtemps, ce qui était pour lui une sensation toute nouvelle, et il espérait bien que sa passion finirait par être payée de retour…

Elle lui décocha un sourire qui lui fit chavirer le cœur, et il le lui retourna, charmé. En elle, il aimait tout : ses jolies dents, le bleu de ses yeux, ses longs cheveux blonds, toujours aussi soyeux malgré les balayages successifs… Il y passa tendrement la main, savourant son bonheur et le pouvoir qu'elle exerçait sur lui. Il n'était pourtant pas dupe. Annie avait un peu trop de kilomètres au compteur à son goût et, à la longue, ça risquait de devenir source de friction dans leur couple. Mais pourquoi s'appesantir là-dessus ? L'essentiel, c'était ses sentiments, ce désir profond, troublant, qu'elle lui inspirait. L'amour, avec un grand A.

– Reste avec moi cette nuit, Annie. Ras le bol, de tout faire en douce. Notre histoire commence à tenir la route, non ? Pourquoi on ne vivrait pas ensemble, tout simplement ?

Annie eut un haussement d'épaules embarrassé. Elle ne se sentait pas dans son assiette, ce soir-là. Elle l'aimait bien, mais peut-être pas vraiment autant qu'il l'espérait. En fait, elle craignait d'avoir eu les yeux plus gros que le ventre. Arnold était un homme splendide, sexy et séduisant, mais il était aussi du genre à suivre l'exemple de Danny Boy, en matière de vie conjugale. Il était bien capable d'exiger d'elle une soumission totale, de contrôler ses moindres faits et gestes. Et comme chef de famille, elle le soupçonnait de pouvoir faire pire que Big Dan, ce qui n'était pas peu dire ! Mais Arnold ne renoncerait pas à elle sans s'être battu bec et ongles. Alors, pour l'instant, elle avait surtout envie de se retrouver seule. Elle avait besoin d'y voir un peu plus clair, dans ce nouveau pétrin où elle s'était fourrée.

— Je te l'ai déjà dit, Arnold, je suis beaucoup trop jeune pour prendre des décisions qui engagent toute ma vie. Allez, laisse-moi rentrer, maintenant. Mon père va râler.

Une vraie gamine ! Devant une telle candeur, il en aurait presque oublié le palmarès de cette pro de la turlutte, capable d'officier tout en roulant un joint... Comme Annie se retournait pour mettre la clé dans la serrure, il ne put réprimer un petit sourire. Elle avait vraiment l'art de l'embobiner. Il fit demi-tour en direction de sa voiture.

Annie s'interrogeait encore sur ses problèmes de cœur quand elle poussa la porte de la cuisine. Aussitôt, elle comprit la raison de son malaise et poussa des cris si perçants qu'Arnold rebroussa chemin en courant. Un instant plus tard, il découvrit à ses côtés une scène d'horreur qui n'en finirait pas de bousculer leur vie...

Big Dan Cadogan s'était fait sauter la cervelle. Le sang et les débris humains recouvraient tout, les murs et les meubles. La scène était si horrible et inattendue qu'il en resta une bonne minute sans voix et, malgré ses nerfs d'acier, faillit apporter sa contribution au carnage en gerbant tripes et boyaux. Puis, s'avisant que sa chère et tendre avait sous les yeux les restes sanguinolents de son père, il l'entraîna hors de la pièce et enfouit son visage contre sa poitrine, comme s'il avait pu effacer de sa mémoire les images qui s'y étaient gravées.

Annie était toujours cramponnée à lui quand Jonjo arriva, quelques minutes plus tard. L'idée ne leur vint pas de téléphoner à la police, ou d'appeler une ambulance – c'était Danny Boy qu'ils devaient prévenir. Comme Jonjo restait planté dans la cuisine, aussi sidéré que sa sœur, Arnold en conclut que c'était à lui de prendre les choses en main, du moins dans un premier temps, et c'est ce qu'il fit, sans même mesurer que cela le propulserait d'un coup au cœur du clan Cadogan.

Il commença par éloigner Annie et Jonjo de la scène du drame et partit à la recherche de Danny Boy, non sans avoir, d'abord, récupéré et mis en lieu sûr la lettre qu'avait laissée Big Dan avant de mourir et qu'il avait repérée au milieu des débris sanguinolents.

*

Malgré sa mine défaite, le jeune interne des urgences ne pouvait s'empêcher d'admirer la beauté de Mary. La perte de son bébé l'avait secouée, mais le suicide de son beau-père semblait l'avoir anéantie. Le jeune toubib avait noté qu'elle avait paru presque terrifiée en apprenant la nouvelle. L'état psychologique de sa patiente l'inquiétait : il comprenait que son mari ait dû rester auprès de sa mère et de sa famille pour les soutenir, mais il ne pouvait s'empêcher de plaindre la pauvre Mary. Une seconde fausse couche, et cette fois à un stade bien plus avancé que la première… Mr Cadogan n'aurait pas dû la laisser seule face à une telle épreuve. Tout en lui présentant ses condoléances, il nota qu'elle avait le regard vide, inexpressif, comme si elle était morte à elle-même, coupée de ses émotions, comme si son corps et son esprit avaient eu deux existences distinctes.

Il la laissa en compagnie de son frère et de sa fiancée, heureux de pouvoir la confier à des mains amies, mais toujours incapable de s'expliquer ce malaise qu'elle déclenchait chez lui. Sous cet apparent détachement, il sentait quelque chose qui ne collait pas, une souffrance, une blessure échappant à toute tentative d'explication. Comme il refermait la porte, il l'entendit sangloter et s'en félicita. Elle avait fini par lâcher un peu de pression. Ça valait mieux. Elle avait les nerfs tendus à craquer. Faute d'exutoire, elle risquait de s'effondrer totalement – le cas n'était que trop classique.

— Comment tu vas, Mary ?
La voix de Carole s'était voilée d'inquiétude.
Mary leva les yeux vers son amie, vers ce visage si franc et ouvert, tout de bonté naturelle. Elle enviait à Carole sa facilité à se laisser porter par la vie, sans se poser de questions. Elle ne pouvait s'offrir le luxe de lui révéler les raisons profondes de sa détresse – en lui racontant, par exemple, le naufrage perpétuel qu'était son couple. Mais ça la rassurait de voir qu'elle était accourue à son chevet et prenait ses problèmes à cœur. Piètre consolation, peut-être, mais dont elle se contenterait. Dans son cas, la vérité n'était pas bonne à dire. Tous ceux qui comptaient préféraient n'en rien savoir.

Elle était lessivée. Si seulement elle avait pu boire autre chose que cet insipide jus d'orange coupé d'eau qu'elle tétait dans son gobelet, comme par habitude. Elle sourit à son amie et poussa un soupir.

— Comment est-ce que Danny prend la mort de son père ?

Michael les avait laissées seules et elle s'était senti le courage de demander des nouvelles de son mari.

— Pas très bien, ma chérie. Personnellement, je le trouve un peu trop calme. Mais bien sûr, face à un suicide... C'est tellement brutal, tellement imprévu. Big Dan s'est tiré une balle dans la bouche, comme tu sais...

Carole hésita à poursuivre. Elle aurait peut-être mieux fait d'épargner ce genre de détail à la pauvre Mary. Son amie était en miettes, mais elle s'en faisait tant pour Danny, qui venait de perdre et son père et son enfant... Michael non plus ne savait pas trop sur quel pied danser avec sa sœur, et Carole aurait aimé pouvoir alléger un peu son fardeau... En ce moment, son fiancé devait assurer seul le suivi quotidien des affaires. Il lui faudrait tenir le coup jusqu'à ce que tout ça se soit tassé, ce qui pouvait prendre un certain temps.

— Comment a réagi Ange ? Et les autres ?

Mary avait posé la question par acquit de conscience et parce que c'était ce qu'elle était censée faire. Mais les états d'âme de sa belle-famille ne l'intéressaient guère. L'absence même de Danny était un soulagement.

— C'est Annie qui a découvert le corps. Mon Dieu, quel choc ça a dû être pour elle ! Quant à Ange, elle est effondrée, tout comme Jonjo. Quoique lui, il m'a semblé que c'était surtout la culpabilité qui le rongeait. Il n'a jamais été particulièrement proche de son père, je crois ?

Mary secoua la tête d'un air navré et les deux femmes observèrent un moment de silence. Puis Carole prit la main de son amie et la pressa sur son cœur.

— Écoute, Mary. Je m'inquiète vraiment pour toi. Ils ont dit que tu avais fait un malaise dans ton bain. Tu es sûre que ça va mieux ? Est-ce que les médecins savent ce qui a pu provoquer ça ?

Mary retira sa main aussi délicatement qu'elle le put pour ne pas froisser son amie.

— Non, Carole, ils n'ont aucune explication. Ils disent que ce sont des choses qui arrivent, sans raison précise. D'ailleurs, je ne crois pas qu'ils aient vraiment cherché les causes de ma précédente fausse couche. Entre nous, vu ce qui nous tombe sur la tête, je ne vais pas m'attarder sur la mort d'un fœtus. À quoi bon me torturer inutilement ?

— As-tu tout ce qu'il te faut, ma chérie ? murmura Carole en hochant la tête.

La question était lourde de sous-entendus. C'était la première fois que Carole osait glisser une allusion à son problème, et Mary y vit une occasion inespérée. Saisissant la balle au bond, elle s'en remit à la loyauté de son amie.

— Oui, ma chérie, tout va bien. Si tu pouvais juste me rendre un petit service et m'apporter une bouteille de vodka… ? Il me faudrait quelque chose qui m'aide un peu à surmonter mon stress, après tout ça. Ici, ils essaient de me refiler des antidépresseurs, mais je me méfie de l'accoutumance, avec ce genre de médicaments. Ce dont j'ai vraiment besoin, c'est d'une bonne nuit de sommeil. Et pour ça, rien ne vaut un bon verre.

Carole avait plus d'une fois, déjà, noté le goût de son amie pour l'alcool, mais elle lui trouvait tant de circonstances atténuantes ! N'ayant pas elle-même ce genre de penchant, elle ne voyait pas d'inconvénient à lui rendre ce petit service. Elle ne demandait qu'à lui être agréable.

— Merci, Carole. Je te remercie infiniment.

Ravie de voir comme il lui avait été facile d'embobiner son amie, Mary enfonça le clou :

— Surtout, ne dis rien à personne, ajouta-t-elle d'un air tragique. Je préfère ne pas montrer à quel point je suis déprimée. Danny Boy en a déjà assez sur les bras, et je ne veux pas l'inquiéter...

Carole hocha la tête, tout en se demandant si elle avait fait le bon choix. Mary était consciente qu'elle buvait déjà trop... Mais quoi ! elle aussi, elle en avait « assez sur les bras », pour reprendre ses propres termes. En se donnant la mort, son beau-père les avait laissés dans un beau pétrin, et il ne s'agissait pas seulement de l'accablement horrifié qui s'était abattu sur toute la famille. Pourquoi Mary se serait-elle privée du réconfort de quelques verres, après avoir traversé une telle série d'épreuves ? Carole n'y faisait jamais allusion, mais elle subodorait que ça ne devait pas être rose tous les jours, entre Danny et elle... Michael le lui avait plusieurs fois laissé entendre, sans lui cacher son inquiétude pour sa sœur.

Mais, en ce moment, Michael croulait sous le travail, et Carole ne voulait surtout pas ajouter à son stress. Elle le sentait parfois à deux doigts de la crise de nerfs. Il se rongeait les sangs pour Danny Boy et appréhendait sa réaction aux récents événements. Pour Danny, la mort de son père était un affront personnel, et Michael, qui se retrouvait seul face à leurs responsabilités, subissait le contrecoup de toutes ces catastrophes. Il était sur les genoux, lui aussi, et à chaque jour suffisait sa peine.

Alors qu'elle quittait l'hôpital, elle eut la surprise de croiser la mère de Danny en grand deuil, comme si elle avait été sur le chemin de l'église. Ange venait probablement voir sa belle-fille et ne reconnut pas Carole, qui en fut plutôt soulagée : elle n'aurait su comment réagir. Pour une catholique pratiquante, le suicide était l'ultime péché. En choisissant la mort, le suicidé renonçait à tout espoir de rédemption... Que pouvait-elle dire ou faire ?...

Carole se hâta de rentrer chez elle en se demandant dans quoi elle mettait les pieds, avec Michael. Elle avait beau l'aimer, elle s'interrogeait parfois sur son mode de vie et ses choix professionnels. Ne dépassaient-ils pas, de beaucoup, ce qu'elle était capable d'assumer ? Quand ils seraient mariés, sa position d'épouse l'amènerait peut-être à apprendre des choses qu'elle préférait ignorer. Tout comme Mary, elle savait que son futur mari n'était pas un ange. Elle devait l'accepter tel qu'il était et se préparer à vivre sous la menace constante d'en être séparée du jour au lendemain, sur simple décision d'un tribunal. Elle eut un frisson d'appréhension en pensant à tous les dangers auxquels elle s'exposait, mais s'empressa de chasser ces idées noires.

L'essentiel, c'était de vivre avec lui.

*

Michael se versa un scotch bien tassé et l'avala d'un trait, savourant l'exquise sensation de brûlure de l'alcool. Il avait vraiment besoin d'un remontant. Il se carra dans son fauteuil et promena son regard autour de lui. Le bureau de la casse, ce trou à rats qui leur tenait lieu de quartier général et où ils passaient le plus clair de leur temps, avait l'air plus lépreux encore que d'habitude. Danny Boy y passait parfois en galante compagnie. Incroyable, qu'un type si propre sur lui puisse se sentir à l'aise dans un endroit pareil... Il trompait régulièrement sa femme, mais ça, c'était dans l'ordre des choses, et Mary s'était mariée en toute connaissance de cause. D'ailleurs, sur ce plan-là, elle avait plutôt une longueur d'avance... Et puis Mary était la fille de sa mère : si elle avait épousé Danny, c'était en partie pour le standing qu'il lui assurait. Et pour assurer, il assurait. Sa sœur vivait comme une reine, entourée de tout ce qu'une femme pouvait désirer. Évidemment, elle devait aussi faire la rude expérience de la frustration. Les choses ne vous tombaient pas toujours toutes cuites dans le bec. Elle n'arrivait pas à mener une grossesse à terme, et ça, pour Danny, c'était une épreuve. Il avait beau avoir déjà plusieurs gamins hors mariage – à en croire la rumeur, en tout cas –, ça le rongeait, de ne pas avoir d'enfant légitime.

La pièce empestait la vieille clope et cette odeur aigrelette de poussière et de crasse accumulées... En trente ans, l'endroit n'avait jamais vraiment dû être nettoyé. Dehors, les chiens rôdaient en grognant. Il aurait vraiment fallu avoir un grain pour se risquer dans l'enceinte sans se faire annoncer. Dès que quelqu'un approchait de la clôture, ils entraient en transe. Impeccables, comme gardiens... Michael refit le niveau dans son verre et alluma une nouvelle cigarette, qu'il fuma lentement, à l'affût des bruits de la nuit. Le murmure de la circulation n'était plus qu'un vague bourdonnement. L'heure de pointe était passée et la rumeur décroîtrait d'heure en heure. Chaque fois qu'il venait ici se mettre au calme, il mesurait le chemin qu'ils avaient parcouru. À sa façon, il était devenu un homme riche et respecté, le grand argentier de l'entreprise. Et ça lui convenait. Il aimait cette vie et il était résolu à tout faire pour que ça continue. Son seul vrai souci, c'était Danny Boy et son caractère. Car les choses ne s'arrangeaient pas. Danny était de plus en plus ombrageux, cherchait la petite bête, voyait des affronts partout. Et comme Miles était le seul à savoir atténuer un peu sa parano, les gens passaient par lui, désormais, pour certaines transactions… Quant à cette histoire avec Frank, un vrai nid d'emmerdes. Danny avait développé contre lui une véritable allergie, aussi disproportionnée qu'absurde. Le problème, c'était que Frank n'était pas n'importe qui. On ne pouvait le traiter qu'avec déférence et avec le sourire, car il avait des tas de copains bien placés.

Mais Danny Boy avait la haute main sur le plan des affaires. Il monopolisait le marché de la came et, de tout le Smoke, ils étaient les seuls caïds à pouvoir garantir à leurs investisseurs un retour correct et régulier. À force d'arroser à peu près tous les flics ripoux du secteur, leurs marchandises étaient devenues quasi intouchables, et le surnom avait fini par leur coller à la peau. « Les Intouchables », voilà comment on les appelait, Danny et lui. Car, en plus des deux cadres de la Police métropolitaine qu'ils avaient dans la manche, ils en tenaient un troisième, un collaborateur d'une nouvelle branche de la Flying Squad, spécialement chargée de traiter avec cette nouvelle race de truands que l'on surnommait les « super-balances ». Le problème n'avait cessé de s'aggraver depuis les années 1970, au point de devenir une source majeure de conflit dans les rangs des affranchis. Jusque-là, dans le milieu, on se sentait plutôt solidaire. Mais ces balances d'un nouveau style avaient rendu les gens méfiants. La plupart du temps, c'étaient de petits truands que les sentences écrasantes distribuées par les tribunaux effrayaient tellement qu'ils ne demandaient qu'à balancer tout ce qu'ils savaient, sur tout et n'importe quoi, pour sauver leurs fesses. Au moindre geste de l'Old Bailey*, ils couraient se mettre à table. Pour eux,

---

* Tribunal criminel de Londres.

pas question de faire leur temps comme des hommes. Ils auraient donné n'importe qui, en échange d'une remise de peine ou d'une promesse de conditionnelle. Une vraie plaie, pour les affranchis.

La stratégie de Danny Boy reposait sur la certitude que personne ne se risquerait jamais à le donner aux flics. Sa réputation était si bien établie dans le folklore local qu'il prétendait en rigolant qu'il aurait pu braquer tous les pubs du coin en plein jour, sans que personne ne l'ouvre. La terreur qu'inspirait son seul nom et les malheurs de son père, un des plus beaux fleurons de sa couronne, suffisaient à dissuader les candidats potentiels de déposer contre lui. Pour le milieu, en tout cas, sa réputation restait des meilleures – rien d'étonnant à cela : il avait systématiquement rayé de la carte tous ceux qui s'étaient dressés sur son chemin.

Michael avait beau se féliciter de la garantie que représentait le nom de son ami, il sentait que ses abus ne resteraient pas éternellement impunis. Si « intouchable » qu'il soit, Danny Boy finirait forcément par tomber sur un os, en froissant une personne de trop – chose que lui, il s'évertuait à éviter. Voilà pourquoi il se méfiait tant de la hargne que manifestait son partenaire envers Frank Cotton. On s'était fait des ennemis mortels pour dix fois moins que ça, dans le milieu, et Cotton pouvait se prévaloir d'un crédit et d'une bienveillance généraux que Danny Boy aurait dû lui envier, plutôt que de les sous-estimer. De solides liens de partenariat auraient été un gage supplémentaire de sécurité et de protection, dans leur lutte quotidienne contre le risque de se faire épingler – alors que la zizanie et la malveillance étaient autant de raisons de balayer le code de l'honneur sous le tapis. Ça tombait sous le sens. Qui aurait accepté de plonger plusieurs années pour protéger quelqu'un qui ne lui était même pas sympathique ?

Quelqu'un qui la bouclait et purgeait sa peine sans moufter pouvait compter sur l'appui total du milieu. Et sa famille ne manquait de rien. En revanche, se mettre à table, c'était s'exposer à une foule d'ennuis. Quand on déliait sa langue, on avait donc intérêt à faire tomber le plus possible de têtes ; ça réduisait d'autant le nombre des ennemis et les risques de se faire flinguer, ou découper à la machette. En dernier ressort, le système reposait sur la solidarité, et Michael ne pigeait pas comment Danny Boy pouvait rester sourd et aveugle à un argument aussi définitif. Se faire des ennemis était un sport dangereux, et Danny avait beau être un pilier du milieu, personne n'était éternel. Sa position de force pouvait très bien basculer du jour au lendemain, s'il n'apprenait pas d'urgence à maîtriser sa colère.

Les phares de la Mercedes de Danny illuminèrent les murs du bureau et les chiens donnèrent de la voix. Michael reconnut le grincement des lourdes grilles. Il refit le niveau dans son verre et rassembla toute son énergie pour affronter le débat, qui s'annonçait houleux. Loin d'être bête, Danny était conscient que son ami ne visait que leur intérêt commun. Restait que ce genre de discussion n'était jamais une partie de plaisir.

*

— Vous avez bien meilleure mine que je ne pensais, Mary !

Angelica faisait de son mieux pour sourire, mais ses efforts produisaient un effet presque contraire. Elle avait vraiment l'air de ce qu'elle était : une femme au bout du rouleau. Sûr qu'elle l'avait aimé, cet homme qu'elle venait de perdre pour de bon. Ça ne faisait de doute pour personne. Seulement, à part elle, nul n'avait jamais compris pourquoi. Ange lui avait toujours trouvé des charmes qui échappaient à tous ceux qui connaissaient l'oiseau, y compris ses propres enfants.

Mary avait vu arriver d'un œil méfiant cette femme qui tremblait devant son propre fils. Mais elle ne pouvait s'offrir le luxe de refuser le moindre secours, toute visite était la bienvenue. Elle allait avoir besoin d'un maximum d'alliés et croisait les doigts pour qu'Ange soit venue en amie.

— C'est bien le problème, Ange ! J'ai toujours bonne mine...

Elle avait parlé avec mélancolie, sans ce léger roucoulement qui lui donnait d'habitude son côté si sexy – une voix d'effeuilleuse qui devait mettre les nerfs de son époux à rude épreuve et réduisait les reines du porno au rang de rosières ! Ça lui venait naturellement, comme ça, sans effort particulier...

Ange avait pris vingt ans en une nuit. Elle avait posé sur sa belle-fille un regard sceptique, à croire qu'elle la rencontrait pour la première fois. En un mot, elle la jaugeait.

Les deux femmes gardèrent un moment le silence. Mary se sentait mal à l'aise, elle n'avait jamais été exposée à ce genre de regard – pas de la part d'Ange, en tout cas. Ange était quelqu'un à qui elle parlait volontiers, mais qui ne comptait pas beaucoup pour elle, ou pas vraiment. Son propre fils ne la respectait guère, et qui aurait pu l'en blâmer ? Toute sa vie, elle avait accueilli à bras ouverts un homme indigne, qui détruisait une famille qu'elle prétendait défendre et chérir... Angelica Cadogan s'était maintes fois fait repasser, et dans les grandes largeurs ; mais ça ne lui avait apparemment pas suffi, puisqu'elle avait toujours rouvert son lit à cet homme qui avait forcé son propre fils à devenir un voyou. Les effets de sa clémence excessive envers Big Dan avaient été autant de coups de pied dans les dents de Danny Boy, qui avait tout sacrifié pour les protéger, les nourrir et les loger. Sans lui, ils en auraient été réduits à la soupe populaire. Il les avait définitivement mis à l'abri du besoin. Si sa mère n'avait plus eu à aller astiquer les planchers et faire la lessive chez les autres, c'était à lui qu'elle le devait. En fait, il avait tenu auprès d'elle le rôle du mari dont elle avait toujours rêvé. Il avait fièrement assumé les responsabilités d'un chef de famille, et jeté toutes ses forces dans la bataille.

Ange avait déclenché une série d'événements en cascade qui s'étaient traduits par d'insondables ravages. Mais tout à coup, cette belle-mère que Mary avait royalement ignorée, et dont elle ne se souciait que quand ça l'arrangeait, lui apparaissait d'une importance cruciale. Car elle avait l'affection de Danny Boy.

— Est-ce qu'ils ont trouvé une cause, cette fois ? Ils vous l'ont dit ?

La note de compassion et d'intérêt sincère dans la voix d'Ange fit monter les larmes aux yeux de Mary, émue et soulagée.

— Non, Angelica. C'est exactement comme l'autre fois. Ce genre de chose arrive sans qu'on sache trop pourquoi.

Ange hocha la tête en soupirant. Elle avait l'air d'une grosse marionnette, engoncée dans son manteau d'hiver, avec son rouge à lèvres soigneusement appliqué. La situation avait un côté bizarre que Mary n'aurait su définir.

— Mais vous tremblez, ma pauvre Mary ! Regardez vos mains... Vous tremblez comme une feuille...

Tandis que les yeux de sa belle-fille s'abaissaient vers ses longues mains pâles posées sur le drap, Ange contempla cette beauté que son fils haïssait presque autant qu'il l'aimait. Elle le connaissait, son Danny Boy. Elle savait, elle, à quel point il pouvait ressembler à son père. Ils avaient tellement en commun – bien plus qu'aucun des deux n'aurait voulu le croire.

— Je sais que vous buvez, Mary. Vous vous cachez pour boire. Dites-vous bien qu'à votre place n'importe qui en ferait autant... Cela dit, mon fils a beau n'être qu'une brute, il a quand même le droit d'avoir une descendance. Alors, vous avez intérêt à rectifier le tir, ma petite. Débrouillez-vous pour lui donner un héritier, si vous ne voulez pas vous retrouver sur le trottoir, avec son pied où je pense. Mais pour l'instant, je veux que vous veniez à l'enterrement. Demain, votre place sera près de moi, à l'église. Nous allons faire front ensemble, comme une famille unie, éprouvée par le deuil. Je pense que nous devons au moins ça au défunt.

Mary hocha la tête, ne sachant plus que penser de sa belle-mère et de cette autorité qui semblait lui être venue du jour au lendemain.

— Je suis vraiment désolée, Ange. Pour votre mari...

Sa belle-mère l'interrompit d'un geste.

— Ne dites rien que vous ne pensez pas. Il est parti, et nous, on est restés. À mes yeux, c'est tout ce qui compte. Je n'ai que faire de vos condoléances, si elles ne sont pas sincères. Demain, vous vous lèverez pour venir à l'église, avec moi et avec votre mari – et ne touchez pas à l'alcool d'ici là ! Votre pauvre mère, que Dieu l'accueille en Son saint paradis, a vécu toute sa chienne de vie avec cette malédiction au-dessus de sa tête. L'alcool, c'est le refuge des mal-aimés et des faibles.

Ange s'essuya la bouche d'un revers de main comme pour en chasser l'âpreté des mots qu'elle venait de lui assener. Mais elle n'avait dit que la vérité. Au fond, elle connaissait son fils, et savait qu'il martyrisait cette malheureuse. Elle commençait même à se demander s'il n'était pas pour quelque chose dans les fausses couches à répétition de sa femme. Mais elle se détestait d'avoir ce genre de soupçon, parce que le seul fait de l'envisager revenait à lui donner un début d'existence. Elle chassa donc ses idées noires, comme elle l'avait toujours fait.

— Vous êtes une épine dans son cœur, cocotte. Ça le ronge de l'intérieur. Il vous a désirée au point de tuer pour vous, mais, comme pour tout le reste, une fois qu'il a obtenu ce qu'il voulait, il s'est escrimé à le détruire, sans réfléchir une seconde. Maintenant, mon choix est fait, et j'ai décidé de vous soutenir. Mais vous allez devoir faire votre part du chemin : diminuer l'alcool et prendre soin de votre santé. Dès qu'il aura un enfant de vous, un enfant légitime, né dans les liens du mariage, vous le verrez revenir dare-dare. Il ressemble beaucoup plus à son père qu'il ne veut l'admettre. Si vous lui donnez un enfant, il ne vous laissera jamais tomber. Car il ne supporte pas l'idée qu'un autre homme puisse mettre la main sur ce qui lui appartient, même si lui-même le délaisse. C'est son caractère. Alors écoutez-moi bien, ma puce. Faites-lui un enfant et vous aurez toujours un moyen de pression sur lui. Vous aussi, vous avez besoin d'une épée à maintenir au-dessus de sa tête. Arrangez-vous pour qu'il vous considère comme un atout, quelqu'un d'indispensable à son avenir. Ça le forcera à prendre soin de vous. Si vous ne m'écoutez pas, Mary, vous allez vous retrouver sur le carreau. Commencez donc par venir à l'enterrement, demain, et faites en sorte que mon fils se comporte convenablement avec vous. Reprenez le contrôle de votre vie, et il pourrait bien vous surprendre. Sinon, faites-moi confiance, il saisira chaque occasion de vous fouler aux pieds...

Jamais Mary Cadogan n'avait entendu sa belle-mère parler aussi longtemps et avec une telle autorité. À croire que la disparition de Big Dan lui avait permis de renouer avec le monde extérieur. Elle avait enfin brisé ses chaînes.

— Ne laissez pas mon fils vous traîner dans la boue, Mary. Ne le laissez surtout pas prendre le contrôle sur votre vie. Il vous rend malheureuse – ne me dites pas le contraire, ça fait longtemps que je le sais. Je le connais mieux qu'il ne se connaît lui-même. Croyez-moi, cessez de lui donner des verges pour vous battre. Voilà, j'ai dit ce que j'avais à dire. À vous d'agir en conséquence...

Comme elle se levait, Mary eut le sentiment d'avoir redécouvert cette femme. Ange avait enfin pris sa pleine mesure. Elle avait perdu le seul être au monde auquel elle avait vraiment été attachée, mais c'était une délivrance : maintenant que son époux n'était plus, elle allait pouvoir souffler. Il ne la trahirait jamais plus. Il était enfin à elle.

Près de la porte, Ange se retourna vers Mary qui la regardait de son lit d'hôpital – et ses traits s'adoucirent.

— Il n'acceptera jamais que vous le quittiez, et vous n'arriverez jamais à le comprendre. Alors, débrouillez-vous avec ce que vous avez. Faites-vous une raison, comme nous toutes – là-dessus, votre mère n'aurait pu qu'approuver…

Ses paroles résonnèrent longtemps, bien après son départ. Mary sanglotait encore quand l'infirmière vint lui faire sa piqûre pour qu'elle puisse enfin trouver le sommeil.

Chapitre 20

Danny Boy survola du regard l'église bondée, en se félicitant que les funérailles de son père aient rameuté les foules. C'était pour lui, et lui seul, que tous ces gens s'étaient déplacés – sûrement pas pour ce misérable cloporte qu'il avait réussi à écraser. La mort de son père le laissait de marbre : cela faisait belle lurette qu'il ne lui était plus rien. Son père n'avait jamais été qu'une plaie, et son suicide, cette ultime preuve de sa lâcheté, ne le surprenait pas. C'était même plutôt une bonne nouvelle. Il n'avait donc aucune raison de se montrer affecté par la disparition d'un homme qui, à ses yeux, était déjà mort depuis des années. L'ampleur de la mobilisation pour le service funèbre, en revanche, c'était autre chose : ça lui mettait du baume au cœur, tout en lui donnant l'exacte mesure de l'estime qu'on lui portait. Car si ce minus n'avait pas été son père, on l'aurait mis en terre sans même trois pâquerettes cueillies derrière le garage du coin ! Or, en l'occurrence, l'église avait vu déferler assez de bouquets, de gerbes et de couronnes pour fleurir la moitié du cimetière. Danny avait songé, avec un sourire cynique, que leur poids suffirait à le maintenir dans son trou, ce vieil enfoiré, des fois que lui prendrait l'envie de jouer les revenants... Il était du genre à resquiller jusque dans l'au-delà, le fumier !

Il dut baisser la tête pour cacher le rictus qui lui crispait les lèvres. Une image lui était revenue, celle des frères Murray sur le seuil de sa porte – et, avec elle, une bouffée de cette rage mêlée de terreur qui l'avait pris à la gorge, face à leurs manœuvres d'intimidation. Ils avaient cru qu'il s'écraserait mollement et qu'ils pourraient terroriser impunément sa famille. Ce jour-là, il avait dû puiser en lui-même le courage de les écarter de son chemin. Ce faisant, il avait découvert un véritable gisement, une nappe de violence en sommeil que les menaces des Murray avaient brusquement fait jaillir. Il s'avisa tout à coup que c'était à son père qu'il devait cette découverte. S'il avait vécu dans une famille décente, son potentiel ne se serait jamais manifesté. Sans les dettes catastrophiques de Big Dan, il aurait continué à trimer comme n'importe quel imbécile, en jonglant pour boucler ses fins de mois. Il aurait attendu les prochaines élections pour mettre son bulletin dans l'urne et aurait fini comme son paternel, dans la peau d'un vieux pilier de bar, à philosopher sur le zinc.

Il voyait à présent à quoi il avait échappé. La balle de la médiocrité lui avait sifflé aux oreilles. Les conneries de son père l'avaient obligé à saisir la vie à bras-le-corps. Au départ, il était destiné à mener l'existence terne de tous ses copains d'école, ces braves cons qui pointaient chaque matin et passaient leur existence à suer, jour après jour, le fric dont d'autres, plus malins, se gobergeaient. Une chienne de vie...

Danny récitait les réponses de la messe sans penser à ce qu'il disait. Ce qui comptait, pour lui, c'était la communion. Et ces derniers temps, il ne s'en privait pas. C'était devenu une vraie manie. Il lui arrivait même d'aller à la messe de six heures, pour s'imprégner de l'atmosphère de l'église, de ce calme d'avant l'aurore. Il appréciait la compagnie des grenouilles de bénitier qui fréquentaient l'office à cette heure matinale, avec leurs tronches désabusées et l'écœurante odeur de leurs vêtements usés jusqu'à la corde. Ces vieux étaient pour lui une leçon vivante, l'exemple à éviter. Ils le confortaient dans la foi inébranlable qu'il avait en lui-même et en sa destinée.

La tête inclinée, il priait de tout son cœur, et Dieu le comprenait. Tout comme le Christ, lui aussi, il avait été éprouvé. Il avait connu les tourments qui trempent le caractère et font les grandes âmes. Jésus était passé par là. Il avait été injurié et foulé aux pieds, mais Il avait su s'élever au-dessus de Ses humbles origines, pour étendre Son pouvoir au monde entier. Bien sûr, dans deux mille ans, nul ne parlerait plus de Danny Boy Cadogan – mais peut-être sa mémoire ne disparaîtrait-elle pas tout à fait avec lui... Déjà, il était entré dans la légende en s'octroyant un statut hautement symbolique. Et, comme le Christ, il avait été abandonné par son père et avait connu la peur et la trahison – sauf que le sien, de père, n'avait jamais pensé qu'à ses fesses. Pauvre Jésus-Christ... Il n'avait eu affaire qu'à des cons, une bande de lâches et de débiles qui comptaient sur Lui pour résoudre leurs problèmes et démêler l'écheveau de leurs petites existences. Il avait dû Se démener, Lui aussi, pour leur offrir quelque chose en quoi avoir foi. Parce que, pour la plupart, la vie se résumait à trouver quoi faire de leurs dix doigts et amasser un peu de liquide...

La voix du prêtre se fit plus sonore, comme toujours quand il lisait l'Évangile. Il avait beau y avoir d'innombrables maisons dans le royaume du Père, se dit Danny, il avait comme dans l'idée que l'Éternel n'était pas prêt à laisser son paternel venir foutre sa merde… Hitler et Dutroux eux-mêmes devaient être mieux placés sur la liste d'attente !

Près de lui, la main dans la main, Mary et Angelica semblaient absorbées par leurs prières. Elles étaient comme cul et chemise, ces derniers temps. L'ombre des cils de Mary balayait ses pommettes. Elle avait un beau visage, expressif et énergique – une belle gueule, comme les actrices du muet. Quant à sa tenue de deuil, rien à dire. Tailleur noir hors de prix, brushing impeccable, d'un gonflant parfait. Toujours au sommet de sa forme, la salope. Danny fut pris d'un nouvel accès de cette rage haineuse qui le tenaillait de plus en plus souvent. Sa femme avait toujours l'air si posée, si maîtresse d'elle-même. Mais, en fait, elle n'était qu'une caricature, une poupée Barbie. Elle affichait une bonne mine insolente – alors que, dans son dos, on prenait les paris sur le nombre d'années durant lequel son foie résisterait, avant de déclarer forfait. Elle pouvait s'asperger de parfum, rien ne pouvait masquer les relents de duplicité que ce vieux trou dégageait. Cette femme n'était qu'un boulet, une sangsue, un carcan sur ses épaules. Il détourna le regard pour ne pas être tenté de lui en expédier une bonne. Le seul bruit de son souffle suffisait à éveiller en lui un tourbillon de rage. Pourquoi diable l'avait-il épousée ? Il aurait dû faire comme tous les autres : la jeter après usage, comme une vieille serpillière.

Il s'avisa qu'il grinçait des dents et s'appliqua à desserrer les mâchoires, en relâchant l'un après l'autre les muscles de son visage. Une bonne partie de l'assistance avait les yeux fixés sur lui, il ne devait donc accorder aucune espèce d'attention à cette pocharde. Question de réputation… Il regarda du côté de sa petite sœur – ravissante, elle aussi, d'autant qu'elle s'était habillée un minimum, pour une fois. Contrairement à Jonjo, s'occuper d'elle n'était pas si facile. Depuis son plus jeune âge, son frère avait compris que son aîné savait, mieux que lui, ce qu'il lui fallait. Au fond, c'était un brave petit – pas comme Annie. Une vraie plaie, cette gamine. Elle devait tenir ça de son père… Elle se croyait au-dessus de tout et de tout le monde. Eh bien, elle pouvait s'attendre à quelques surprises dans un avenir proche…

Il sentit sa colère s'embraser et dut se vidanger les poumons plusieurs fois, bien à fond, pour retrouver un semblant de calme. Sa rage atteignait son point d'ébullition. Sa main glissa machinalement à la rencontre de l'enveloppe qu'il cachait sous son pardessus. Elle était toujours là, dans sa poche intérieure, mais il ne pouvait s'empêcher de la palper, de temps à autre. La lettre qu'elle contenait avait failli le faire s'étrangler de rage. Son auteur s'était donné la mort juste après l'avoir écrite – ça, pas la peine de s'y appesantir. Il était pourtant bien placé pour savoir que ce n'était pas la loyauté qui l'étouffait, le vieux salaud. Alors, il avait peine à comprendre pourquoi il se sentait à ce point trahi. C'était inexplicable : pourquoi souffrir de s'être fait doubler une énième fois par un fumier dont il se contrefoutait ? Mais ça dépassait les bornes. Que son père ait pu balancer son propre fils, qu'il ait pu écrire cette lettre qui l'aurait envoyé au trou jusqu'au prochain millénaire, lui, la chair de sa chair, c'était vraiment le fond de l'ignominie ! Dans leur monde, c'était pire que d'assassiner père et mère, et le scandale éclaboussait toute la famille. Moucharder passait pour une tare héréditaire et jetait le doute sur tous les autres membres de la tribu, qui devenaient à leur tour suspects et indignes de confiance.

Se faire sauter le caisson plutôt que d'assister aux conséquences de ses actes, voilà qui était typique de la vieille lavette qui l'avait engendré. Car si Danny n'avait pas été protégé en haut lieu, cette déclaration écrite, semée de noms et de dates, aurait suffi à sceller son sort. Big Dan avait rédigé une véritable anthologie de son passé criminel. Le vieux salaud avait essayé de le dégommer, et putain ! il avait bien failli réussir. Ça devait faire un bout de temps qu'il préparait son chef-d'œuvre. Mais il n'avait pas trouvé le courage d'affronter le carnage que sa trahison aurait pu et dû provoquer. Il s'était fait sauter la cervelle, au cas où son plan aurait foiré et se serait retourné contre lui – ce qui s'était produit, évidemment… Et comment !

Danny espérait que, d'où il était, le vieil enfoiré assistait à son propre enterrement, et que toute sa misérable vie se déployait devant lui. Il avait claqué une fortune pour pouvoir l'enterrer en terrain consacré – mais ça, c'était surtout pour sa mère. On avait fourni au prêtre des certificats médicaux garantissant que le défunt souffrait d'une grave dépression. Pour qu'on puisse l'enterrer chrétiennement, deux toubibs avaient déclaré que Big Dan n'était pas en pleine possession de ses moyens. Car Ange était comme les *shawlies* de son enfance, ces vieilles Irlandaises qui passaient leurs pauvres existences à veiller leurs morts et ceux des autres, en marmonnant des prières pour les âmes du purgatoire, persuadées que toutes les âmes devaient en passer par là, quoi qu'elles aient pu faire ou pas. Elles faisaient dire des kyrielles de messes et de services funèbres pour les délivrer de leurs péchés et leur permettre d'entrer au royaume des cieux. Le pape avait eu beau s'élever contre ce genre de pratiques, les vieilles superstitions avaient la vie dure, et celle-là sévissait toujours chez pas mal de catholiques, dans le monde entier. Des tas de gens passaient un temps fou à prier pour leurs chers disparus, dans l'espoir de leur éviter les flammes de ce qui n'était somme toute qu'une sorte d'antichambre de l'enfer. Danny Boy, lui, préférait prier pour que son paternel aille directement au diable. Qu'il y brûle jusqu'à la fin des temps et même après, si possible !

Comme le Christ, il avait été trahi par ses proches, mais, jusque-là, l'épreuve du tribunal et de la prison lui avait été épargnée. Même si son Ponce Pilate l'attendait au tournant quelque part, il ne faisait pas l'ombre d'un doute qu'il l'avait échappé belle... Danny croyait aux principes de la religion catholique qui lui avaient été inculqués à coups de taloches par les prêtres et les bonnes sœurs de son enfance. Sa vie était déjà toute tracée ; quoi qu'il fasse, son destin était scellé d'avance, comme le dénouement d'un roman. Il avait été prédestiné à l'exercice du pouvoir, et les vices de son père, sa lâcheté, son démon du jeu n'avaient été que les détonateurs de cette révélation. Les tares de son père avaient fait le lit du destin. Mais Dieu était bon, Il vous montrait toujours le droit chemin. Suffisait d'être réceptif à Ses signes. Comme il le voyait à présent, son père n'avait été qu'un catalyseur qui lui avait permis de s'élever vers de plus hautes sphères. Il regrettait juste d'être obligé de sacrifier aux convenances pour ménager l'opinion publique – parce que, si ça n'avait tenu qu'à lui, il l'aurait carrément largué dans le caniveau, cet enfoiré... à sa vraie place ! Cet enterrement grandiose, c'était en quelque sorte son dernier acte de contrition. Il payait pour ce qu'il avait fait à son père. Alors, avec toute la pompe que pouvait lui offrir son argent sale, il enterrait ce salaud qui, comme on le murmurait sous le manteau, s'était rongé de remords au point de ne plus se supporter un jour de plus. Un pieux mensonge que Danny Boy s'était empressé de corroborer. Ça lui allait comme un gant ! Il n'en paraîtrait que plus noble et plus généreux. Une fois de plus, son prestige en sortirait grandi.

Le premier coup du glas résonna et Danny Boy battit sa coulpe. S'abîmant dans les images consolatrices de la religion, il s'avança jusqu'à l'autel, devant lequel il s'agenouilla pour recevoir l'hostie, sa partie préférée du rituel. Le sacrifice, sa raison de vivre. Comme le pain azyme se dissolvait sur sa langue, il se sentit à nouveau délivré du mal. La Vérité et la Vie se répandaient en lui. Sous le feu des regards de la foule venue lui rendre hommage, il eut soudain l'absolue certitude d'avoir atteint son but. Il était devenu une vraie pointure. Cet enterrement en était la preuve.

Il était désormais intouchable.

*

Mary était assise près d'Annie, qui dévisageait les gens autour d'elle avec son effronterie coutumière. La mort de son père l'affectait visiblement, mais ça ne l'empêchait pas de chercher un moyen de tourner la chose à son avantage.

Annie avait impérieusement besoin de faire remonter sa cote auprès de son frère. Il la saluait et lui adressait toujours la parole, mais elle n'était pas dupe. L'indifférence de Danny Boy, sa froideur à son égard ne pouvaient signifier qu'une chose : il l'avait reléguée au dernier rang de ses préoccupations. Elle avait eu quelques aventures de trop et ne s'était pas gênée pour dire tout haut ce qu'elle pensait de lui. Pourtant, elle n'aurait jamais cru qu'il lui ferait une chose pareille. Agir comme si, elle non plus, elle ne lui était plus rien. Or ça, pas question ! Pas question d'aller pointer tous les matins ! Elle avait développé une allergie naturelle au travail. Trimer pour gagner sa vie, c'était le cauchemar. Rien n'aurait pu être pire. Danny Boy se devait donc de subvenir à ses besoins. Elle, la cadette, le bébé de la famille... En public, il était bien obligé de donner le change, en jouant les chefs de famille modèles, puisque c'était ce que tout le monde attendait de lui. Mais elle n'était qu'une bouche inutile. Elle ne contribuait en rien aux revenus ou au bien-être de la famille – un point crucial, chez eux. Il lui fallait donc quelque chose, un argument, un angle d'approche qui puisse faire changer sa position. Elle devait d'urgence se remettre dans les bonnes grâces de Danny Boy – sans quoi, il était bien capable de lui couper les vivres !

Elle le voyait, un peu plus loin, en grande conversation avec Arnold. Leur connivence avait quelque chose de déprimant – ça, et le fait que sa relation avec lui fût pour l'instant la seule chose qui pût parler en sa faveur... Car si elle n'avait pas eu Arnold dans sa manche, Danny l'aurait peut-être déjà chassée ! Elle ne pouvait compter ni sur sa mère, définitivement à la botte de son fils, ni sur Mary, qui vivait dans la terreur de son époux... Pris d'assaut par une foule compacte, son frère recevait les condoléances. Michael écartait d'office le menu fretin, ne laissant arriver jusqu'à lui que ceux qu'il jugeait dignes du temps qu'il leur consacrerait – et même ceux-là étaient traités avec une réserve condescendante. Des gens qui s'étaient bâti un nom et une fortune du temps où Danny n'était encore qu'une étincelle avinée dans l'œil de son père se disputaient à présent son attention, se bousculaient pour échanger quelques mots avec lui, pour s'afficher en sa compagnie et proclamer qu'ils faisaient partie du club. Annie détestait son frère et le pouvoir qu'il avait pris sur les gens – sur elle, en particulier. Elle le détestait d'en être réduite à quémander son attention.

Alors, après tout, si son aventure avec Arnold Landers lui permettait de retrouver la considération de son frère aîné, eh bien, pourquoi pas ? La mort de son père les avait tous laissés dans une grande précarité. Plus que jamais, ils dépendaient du bon vouloir de Danny Boy. Son frère venait d'enterrer le dernier chaînon qui le reliait à son passé de misère, à toutes les humiliations qu'avait encaissées leur famille ; et ça semblait lui avoir donné la force nécessaire pour imposer définitivement son autorité. Il jouait donc les parrains, paradait, se rengorgeait, enchanté d'avoir pleinement atteint ses objectifs, d'être ce qu'il avait toujours rêvé d'être. Il semblait ravi d'inviter Arnold Landers à prendre part à ses entreprises. Arnold serait pour lui le meilleur passeport pour le sud de Londres. En bon natif de Brixton, ce dernier ne demandait qu'à approvisionner sa communauté – en échange d'un confortable pourcentage, évidemment.

Comme le regard d'Arnold s'attardait sur elle, Annie lui décocha un petit sourire qu'il lui retourna, tout content de se voir ainsi lancé sur la piste de la fortune grâce à sa belle. Il l'adorait et elle lui offrait des liens familiaux si prometteurs… presque autant que son corsage, c'est dire ! Car Arnold n'était pas aveugle. Il savait reconnaître un plan juteux quand il en voyait passer un, et Danny Boy Cadogan pouvait lui paver la voie vers le pactole. Comme il se trouvait en plus qu'il était au mieux avec sa sœur… tout se goupillait pour le mieux. Il aurait fallu être un sacré crétin pour ne pas saisir l'occase ! Lui qui avait des tas d'ambitions, il s'affichait tout à coup en compagnie de Danny Boy Cadogan – son beau-frère, autant dire ! Danny le présentait à des huiles qu'il ne connaissait jusque-là que par ouï-dire, ou pour les avoir aperçues de très, très loin. Il avait tout à coup l'impression d'être passé dans la cour des grands.

C'étaient les années 1980. Les pouvoirs publics avaient beau prôner haut et fort l'égalité des chances, c'était du flan. Le marché de la came lui-même était contrôlé par une poignée de pontes triés sur le volet et à la peau majoritairement blanche. Pour Landers, l'amitié de Danny Boy représentait l'occasion d'égaliser le score, en marquant des points pour son camp. De s'octroyer un territoire bien à lui, tout en soldant les comptes. Il hochait donc la tête et souriait de toutes ses dents, en s'appliquant à montrer à tous qu'il était le plus heureux des hommes – ce qu'il était, positivement.

*

La veillée funèbre battait son plein et les chants irlandais avaient enflé au point de couvrir les conversations. Ça faisait des années que le Shandon Club d'Ilford n'avait pas connu une telle affluence. La salle était pleine comme un œuf et l'alcool coulait à flots, aux frais de Danny Boy. Même Jonjo restait baba devant l'entrain avec lequel sa famille levait le coude. Son père venait d'être mis en terre, et ça ne semblait faire ni chaud ni froid à personne. Pas à lui, en tout cas ! Il n'éprouvait pas l'ombre d'un regret.

Il mit le cap sur les toilettes et referma soigneusement la porte derrière lui. Puis il s'assit et tira son matériel de sa poche de costard – une petite boîte de fer-blanc qui avait jadis contenu le kit de réparation de son vélo et qu'il ouvrit d'un geste théâtral, avant d'en extraire une seringue et un paquet d'héroïne. Il n'en faisait qu'un usage ponctuel, pour se détendre un peu et surmonter le stress. C'était du moins ce qu'il se répétait. Et même si cette journée ne revêtait pour lui aucune importance particulière... Car ça faisait longtemps qu'il n'en avait plus rien à cirer, du vieux con. Ces temps-ci, à vrai dire, c'était plutôt Danny Boy qui l'inquiétait. Il se mit à chauffer l'héroïne brute dans une petite cuiller et se sentit en proie à une délicieuse effervescence. Retenant son souffle, il fit monter dans la seringue le liquide brun qui lui apporterait quelques instants d'oubli et de répit, une trêve dans cette vie qu'il haïssait au point de vouloir parfois en finir, noua un lacet de cuir autour de son avant-bras et le maintint entre ses dents. Il parvint enfin à trouver une veine. L'injection faite, il tira le piston de la seringue pour y faire refluer le sang, d'un rouge épais, puis, retenant à nouveau son souffle, renvoya le tout dans son flux sanguin, droit vers son cerveau. Le flash fut plus rapide que prévu, et son euphorie, de plus courte durée. Quelques minutes plus tard, il se sentait d'attaque. Pas question d'être complètement stone, non – il s'était injecté dans les veines juste de quoi se sentir bien, ce qui faisait une sacrée différence.

Il resta un moment assis sur le siège des toilettes, environné d'un cocon de paix. À présent et pour quelques minutes, il se fichait du reste du monde. Il laissa dodeliner sa tête et, enfin délivré de toute espèce de souci ou de sentiment pour quiconque, s'abandonna à ses sensations. L'héroïne avait pris les commandes. Il ne faisait plus qu'un avec l'Univers. Il avait oublié l'enterrement de son père. Il n'entendait plus que le martèlement de la musique et le cliquetis assourdissant de tous ces verres, vidés par des gens qui lui étaient parfaitement indifférents. Le monde lui apparaissait soudain d'une réalité bien relative...

Tandis qu'il se glissait hors des toilettes, il entendit une exclamation familière et reconnut la voix de Danny Boy. La remarque que son frère lui lança lui fit bien plus d'effet qu'elle n'aurait dû. Parce que, dans la vraie vie, son frère venait de passer les dix dernières minutes à le chercher dans toute la salle...

*

Ange broyait du noir. Elle s'était installée dans un coin en compagnie de sa fille et de sa belle-fille. La mort ignoble de son époux lui avait brisé le cœur, et elle refusait de voir plus longtemps son fils aîné transformer la veillée funèbre en rendez-vous d'affaires. Sa fille, cette sale petite punaise, le craignait de plus en plus, tout comme son épouse légitime, d'ailleurs. Oh, elle ne s'était jamais fait d'illusions : son fils n'était qu'un ruffian, une brute dangereuse. Et elle avait bien conscience de ne s'être jamais autant occupée des deux autres. Elle avait joué son rôle de mère du mieux possible, bien sûr, et diligemment fait tout ce qu'elle était censée faire. Pour elle, comme pour toutes les femmes de sa génération, l'opinion des gens était d'une importance capitale. Mais, en toute honnêteté, son fils aîné était le seul à avoir bénéficié de son amour et de son attention. Et voilà qu'il lui apparaissait tel qu'il était. Un pervers cruel et cynique. Ange mesurait l'ampleur de sa responsabilité dans cette métamorphose. Danny Boy était devenu un monstre, un salaud dénué de sentiment, même envers elle. Elle appréciait le respect que lui valait désormais le fait d'être la mère de la nouvelle star. Elle se délectait en particulier de l'empressement de certaines personnes qui la méprisaient naguère et se bousculaient à présent pour venir la saluer. Mais maintenant que Big Dan n'était plus, Ange se rongeait de culpabilité. « On ne peut pas avoir le beurre et l'argent du beurre », lui avait répété sa pauvre mère, et elle avait ignoré cette grande vérité, à ses risques et périls. Le beurre que leur avait offert son fils, ils s'en étaient tous gobergés, son homme le premier. Maintenant, elle allait devoir payer pour ses erreurs, au prix fort.

Ce qui se passait autour d'elle l'affectait cruellement. Cette journée était une démonstration de force pour Danny, l'apothéose de sa carrière. Elle, en revanche, elle croulait sous le fardeau que lui avait laissé l'homme qu'elle avait tant aimé et qui était mort comme il avait vécu : sans une seule pensée pour elle ni pour la famille. Et ça, ça faisait très mal.

Le gratin du milieu se pressait autour de son fils. Cette fois, le point de non-retour avait été atteint. Elle avait l'impression d'être parvenue au terme de sa vie, telle qu'elle l'avait toujours connue, et de se trouver au seuil d'une nouvelle existence, imposée par Danny. Son fils prodigue qui la terrorisait. La mort de son père n'était que l'occasion de réunir ses amis et partenaires pour discuter autour d'un verre. Une date comme une autre dans son calendrier social, alors qu'elle venait de perdre l'amour de sa vie, son époux devant Dieu et les hommes. Quelqu'un dans l'assistance aurait dû avoir le courage et la décence de le rappeler à son fils. Tout en offrant à son défunt mari des funérailles de rêve, il la traitait comme une ennemie. Personne n'ignorait que tous ces fastes n'étaient pas déployés pour célébrer la mémoire de Big Dan, ni même pour consoler sa veuve. À en juger par l'ambiance générale, cette journée tenait plutôt de la mascarade.

Témoins, les refrains irlandais endiablés et les bonnes bouteilles qui se vidaient à une allure vertigineuse. Certes, c'étaient des éléments incontournables en ce genre de circonstances, mais le sentiment d'ensemble n'était ni le recueillement ni les regrets pour le défunt. Son fils avait organisé cette grande fiesta en l'honneur de sa carrière, pour fêter son succès. Et Ange en avait gros sur le cœur. Car, quoi qu'il fasse, Danny Boy resterait son fils à jamais. Elle devrait continuer à faire front à ses côtés, jusqu'à son dernier jour. C'était ce qu'on attendait d'elle, et il lui faudrait s'y conformer si elle voulait garder son mot à dire, pour l'avenir de ses deux cadets.

*

Danny Boy afficha un sourire de comédie en voyant arriver Frank Cotton droit sur lui, la tête haute, avec l'autorité et l'élégance d'un homme qui se sait protégé par sa réputation et la place qu'il occupe. Ils échangèrent une vigoureuse poignée de main. La paume de Frank était fraîche et douce dans la sienne – la main d'un type qui n'a jamais eu, de sa vie, à fournir une journée de vrai boulot. Le contact de cette peau fraîche rappela à Danny sa propre adolescence. Ces tas de ferraille qu'il transbordait du matin au soir, les courbatures, la douleur qui lui tenaillait les muscles et les os, la morsure du vent glacé. Il se sentit plus que jamais en proie au dégoût et à l'aversion que lui inspirait Frank Cotton. Ce type était un pur crétin, complètement imbu de lui-même. Tout juste s'il ne le dévisageait pas en ricanant. Et en plus, il se payait le luxe de le snober en public, le jour où il enterrait son père !

Michael, qui les observait à distance, non sans inquiétude, repéra immédiatement le changement atmosphérique qui s'était produit en Danny. Ça s'était fait en un clin d'œil, comme d'habitude. Il ferma les yeux un instant, le temps de rassembler son courage, avant de les rejoindre pour tenter de redresser la barre – ce qu'il fit habilement, avec un maximum de discrétion. Pour un œil extérieur, son intervention n'avait rien que de très naturel, mais elle était mûrement calculée.

Évidemment, Frank Cotton avait compris la manœuvre. Il admira l'ingéniosité et le tact de Michael, lequel, de son côté, lui sut gré de lui simplifier la vie. Il eut même une pointe de regret, à l'idée que ce n'était pas de Frank qu'il était l'associé. Tout aurait été tellement plus facile ! Tout en gardant l'œil sur Mary qui venait de refaire le plein dans son verre, Michael vit alors Danny Boy tourner le dos avec mépris à Frank Cotton, lequel prit parfaitement la mesure du défi qu'il venait de lui lancer – défi qui n'avait pas dû échapper aux témoins de la scène, pour peu qu'ils aient les yeux en face des trous, se dit Michael en souhaitant intérieurement pouvoir disparaître, se dissoudre dans l'air une bonne fois pour toutes… Il ne lui restait qu'à limiter les dégâts, comme toujours, pour atténuer les conséquences professionnelles d'une telle insulte.

Danny s'éloignait à grands pas raides, comme s'il avait été la victime de l'affront. Il jouait la comédie, comme il savait si bien le faire, préparant sa prochaine manœuvre stratégique avec une précision toute militaire. Michael poussa un soupir et courut sur ses traces, dans l'espoir de lui faire entendre raison.

Frank Cotton, en revanche, était furax. Fait exceptionnel chez cet homme qui se flattait de savoir garder son calme face à des gens comme Cadogan. Ces types n'étaient pour lui qu'un mal nécessaire. Il était déjà désagréable d'être à la merci de tels sagouins, mais que Cadogan prétende lui demander des comptes, c'était le pompon ! Danny Boy avait imposé son monopole sur la rue, et il ne le contestait pas. Au contraire, il l'avait depuis longtemps accepté et admirait même la manœuvre. Mais que cette petite frappe attende qu'il se prosterne devant lui… eh bien, il risquait d'attendre longtemps ! Rien à voir avec un petit excès d'exaltation à mettre sur le compte de la jeunesse. C'était un véritable guet-apens, sciemment prémédité. Danny Boy ne lui laissait donc pas le choix.

Frank n'était venu à cet enterrement que contraint et forcé. Poussé par des raisons purement stratégiques – les seules qui vaillent, dans leur monde. Pour témoigner sa considération à Danny. Rien de plus, mais rien de moins, et la coupe était pleine. Il devenait urgent de remettre les pendules à l'heure – et ses amis ne pouvaient ni ne devaient intervenir dans le conflit. L'occasion elle-même, les funérailles de Big Dan Cadogan, n'était pas d'une solennité suffisante pour exclure une bagarre rangée. Au contraire, de l'avis de tous, cet enterrement n'était qu'une sorte d'invitation à en découdre. Il se retrouvait soudain dans le rôle du favori, du champion sur qui tout le monde comptait pour créer un incident mémorable. Une bonne partie de l'assemblée n'aurait pas détesté voir Danny Boy mordre la poussière. D'un autre côté, si Danny Boy sortait vainqueur de l'affrontement, personne n'y trouverait rien à redire. Tous, ils tenaient à tirer leur épingle du jeu, quelle qu'en soit l'issue. Alors, ils avaient beau prendre parti pour Frank, aucun d'eux ne se serait risqué à l'admettre tant que leur champion n'aurait pas mis définitivement le jeune challenger sur la touche. Un certificat de décès leur suffirait. Après tout, ils étaient là pour se faire du blé, pas pour rigoler.

Frank sortit du club les sourcils froncés, tenaillé par une violente envie de meurtre. Cette fois, il fallait que ça passe ou que ça casse. Il avait laissé les choses aller trop loin et il était trop tard pour faire machine arrière. Ce jeune jean-foutre avait besoin d'une bonne leçon et, pour tout dire, il lui tardait de lui mettre son poing dans la gueule.

Sous la morsure de l'air glacé, il éprouva cette poussée d'adrénaline familière, celle qui précède le combat. Il désirait l'affrontement, à présent. Il allait infliger à ce sale petit enfoiré une correction qu'il n'oublierait pas de sitôt. Il avait vraiment essayé d'établir avec lui des relations pacifiques, mais toute collaboration professionnelle avec Danny Boy était impossible. Cadogan était trop con pour ravaler son orgueil. Pourtant, tôt ou tard, on était contraint de travailler avec des gens qu'on n'aimait pas, et l'incompatibilité d'humeur n'avait jamais empêché personne de bâtir des relations professionnelles fructueuses. Après tout, les affaires étaient les affaires, et il fallait bien les faire tourner, ne fût-ce que pour assurer le salaire de vos équipiers. Ça relevait du simple bon sens ! Ce garçon ne comprendrait jamais rien au monde réel. C'était ça, son problème. Il avait peut-être fait main basse sur le marché des stéroïdes et de la came, mais ça ne l'autorisait sûrement pas à lui chier dans les bottes. Frank se préparait à le lui démontrer, et pas plus tard que tout de suite.

Il mit le cap sur Danny Boy, prêt à en découdre. La carrure de Frank avait de quoi impressionner, surtout quand on savait qui il était et ce dont il était capable. Derrière lui s'enflait la rumeur des gens qui sortaient du club et s'attroupaient devant l'entrée, guettant le début des hostilités. Le sourire de Danny Boy s'élargit à l'approche de son adversaire. Un vrai sourire, rayonnant et sincère, comme s'il retrouvait un ami perdu de vue depuis des années. La confusion qui se peignit sur les traits de Frank avait quelque chose de cocasse. Un peu plus loin, Cotton aperçut Michael Miles, qui le regarda un moment en secouant lentement la tête, avant de disparaître dans la pénombre. Il en resta un moment interloqué. Sachant qu'il passait pour l'offenseur, il regretta tout à coup d'être sorti sans arme. Ce jeune enfoiré était de taille à en découdre, ça n'était pas un secret… Mais lui aussi, il savait se défendre et, contrairement à Danny Boy, il était dans son droit. Il n'avait jamais offensé personne, lui ! Pour la nouvelle vague, les caïds en place étaient des lavettes, ou de sombres crétins. Ça commençait à bien faire !

Comme il ouvrait la bouche pour interpeller Cadogan, il eut à peine le temps de voir scintiller la trajectoire du marteau de tapissier qui lui arrivait dessus. Ce premier coup lui emporta l'œil, lui défonçant l'orbite et une partie de la pommette. Frank tomba à genoux et ne sentit heureusement pas la pluie de coups qui continua à s'abattre sur lui à un rythme soutenu, assurant son admission dans le plus grand cimetière de l'Est londonien.

Danny s'acharna sur son adversaire longtemps après qu'il eut cessé de remuer. Il frappait, et frappait encore, en proie à une sorte de transe, oubliant totalement l'attroupement d'invités qui avaient les yeux fixés sur lui. Le silence était assourdissant, et la colère de ses pairs presque tangible.

Michael assistait de loin à ce terrible gâchis. Danny Boy avait définitivement fait table rase de tous les appuis dont ils auraient pu bénéficier. Il avait laissé l'enterrement de son père dégénérer en un absurde règlement de comptes, et ça, il ne l'emporterait pas au paradis. Les amis et collègues de Frank Cotton l'avaient vu se faire massacrer sous leurs yeux. Aucun d'eux n'avait tenté de lui venir en aide, mais ça ne signifiait nullement que son sort leur était indifférent.

Quand Michael parvint enfin à entraîner Danny Boy à l'écart, il aperçut trois des plus grands noms du Smoke faire signe à leurs gardes du corps d'aller ramasser Frank pour l'emmener à l'hôpital le plus proche. Les trois caïds échangèrent ensuite des regards lourds de sous-entendus et Michael craignit que c'en soit fini pour Cadogan. Mais Danny s'avança vers eux, en tirant de sa poche intérieure une enveloppe qu'il agita sous leur nez.

— Il l'avait bien cherché, dit-il avec une tristesse de circonstance. Tenez ! Voilà une déclaration qu'il a signée pour les flics, et où il m'accuse de tous les maux de la terre.

Sortant alors la lettre de l'enveloppe, il la déchira en mille morceaux qu'il répandit sur le trottoir crasseux, avant de regagner le club en compagnie de Michael. Au loin fusaient déjà les hurlements d'une sirène qui semblait se rapprocher d'instant en instant, bientôt suivie de plusieurs autres.

Danny Boy s'engouffra dans les toilettes pour se passer un peu d'eau sur la figure, se laver méticuleusement les mains et remettre de l'ordre dans sa tenue.

— Et si quelqu'un s'amusait à ramasser les morceaux, pour reconstituer le puzzle ? s'enquit Michael.

Danny Boy eut un sourire en coin.

— Tu crois quand même pas que j'aurais été assez bête pour y laisser la signature de mon vieux, si ? La lettre porte celle de Frank.

Michael ne prit pas la peine de relever.

— Je t'avais bien dit que je ne pouvais pas l'encadrer ! jubila Danny en soutenant le regard de son ami dans le miroir.

Michael poussa un soupir exaspéré et prit son courage à deux mains :

— Tu n'aurais pas pu faire l'effort de le supporter, ne serait-ce que cinq minutes ? Il te fallait un massacre de plus ! T'as plus besoin de moi, Danny. Tu n'écoutes pas un mot de ce que je te dis. Tu viens de nous coûter un putain d'allié, avec tes conneries. Tu l'accuses d'être une balance, faux en écriture à l'appui ! T'as plus toute ta tête, Dan ! Cette fois, t'as vraiment pété un câble !

Il avait hurlé ces derniers mots. Il laissait enfin éclater sa colère, sans même se soucier de la réaction de Danny. Lequel se marrait doucement en se regardant dans la glace, comme si tout ça n'était qu'une banale discussion. La scène avait quelque chose de surréaliste.

— Boucle-la, espèce de gonzesse. Ça faisait des lustres que je la préparais, ma petite mise au point de ce soir. T'as plutôt intérêt à me couvrir sur ce coup-là, mon pote. Il n'était pas question que je laisse ce connard fêter tranquillement son prochain anniversaire – pas une seconde, tant qu'il me serait resté un souffle de vie. J'ai jamais pu encaisser les lopettes, encore moins les cons. N'oublie jamais ça, mon petit Michael. Tiens, demande à ta sœur ! Allez, remets-toi et retournons fêter l'enterrement de mon père, d'accord ?

— Tu parles pas comme ça de Mary !

Danny Boy lui décocha un de ces sourires qui poussaient les femmes mariées à l'adultère et les pucelles à l'ultime sacrifice, celui de leur virginité. Il avait vraiment quelque chose de diabolique.

— Et qu'est-ce que tu peux y faire, hein ? ! Je vous porte à bout de bras, toi et toute la bande. La prochaine fois que t'as une objection, commence par te deman-

446

der qui paie les factures de ta putain de tribu, et à qui doit aller ta loyauté. Si tu crois que je t'ai pas vu te défiler, tout à l'heure, sale petit faux cul. Mais à partir d'aujourd'hui, j'ai les mains libres. Plus rien ne m'arrêtera, et j'ai décidé d'y aller franco. Alors tes conseils, tu peux te les carrer, fumier de traître.

Il acheva de se refaire une beauté, tout en sifflotant une version personnalisée de *Forty Shades of Green*.

Michael Miles baissa les bras. Danny Boy avait fini par brûler ses vaisseaux, qui hélas étaient aussi les siens. Il avait toujours su que sans Cadogan il n'était pas grand-chose, mais à présent, même avec lui, il avait le sentiment d'être moins que rien.

LIVRE III

Douceur et violence naissent du foyer.

John FLETCHER (1579-1625),
 Wit Without Money.

Chapitre 21

— Tu veux bien te sortir de ce putain de plumard, Jonjo ? Danny Boy va arriver !

La voix de sa mère, tendue à craquer, avait fini par communiquer son anxiété à son fils. Jonjo se hissa sur ses pieds en vacillant, encore à moitié stone. Il se sentait lessivé, écrasé par cette fatigue extrême où le plongeait la drogue. Cette sensation profonde qui lui liquéfiait les os, il commençait pourtant à l'aimer, et la seule chose qui pouvait le faire sortir du lit, d'habitude, était l'envie de remettre ça. Une fois ses provisions épuisées, il renaissait de ses cendres et, en quelques minutes, il était levé, habillé, prêt à partir à la recherche de son dealer. Mais, dès qu'il avait refait son stock de poudre, sa belle énergie le quittait, et il s'emmurait de nouveau dans sa phobie des intrusions du monde extérieur.

Les drogués constituaient un thème de prédilection des récriminations de Danny Boy. Il les détestait. Pour lui, ce n'était qu'une bande de larves qui prenaient la came comme prétexte pour vivre en marge du monde réel. Pour se procurer leur dope, ils n'avaient pas besoin qu'on leur tienne la main – mais pour gagner leur croûte, plus personne ! Ils préféraient s'en prendre aux petites vieilles, ou vivre aux crochets de l'aide sociale. Une honte ! Et puis il fallait être taré pour s'inscrire sur les listes des assistantes sociales et leur balancer son adresse. Pourquoi leur donner des bâtons pour vous battre ? Pour pouvoir sucer le fric de l'État, c'est-à-dire des pauvres pommes qui payaient leurs impôts ? Quelle mascarade ! Pourtant, les bons plans ne manquaient pas, il suffisait de se baisser. Danny avait donc formellement interdit à ses employés d'aller se jeter dans les griffes de l'État. On était bien plus susceptible d'être surveillé ou dénoncé quand on touchait des allocs. À ses yeux, l'aide sociale était une véritable humiliation, réservée aux gens désespérément honnêtes. Pour les affranchis, en revanche, c'étaient des clopinettes qui ne justifiaient pas qu'on s'emmerde à remplir des paperasses. Ça n'avait que des inconvénients et il fallait être un vrai mange-merde pour ôter le pain de la bouche des retraités. L'aide sociale, c'était pour les vieux et les invalides. Plus il y avait de pique-assiettes, moins il restait de fric pour eux ou les gosses malades, les vraies mères célibataires et les parents d'enfants handicapés.

Danny Boy Cadogan avait des idées bien arrêtées sur les gens qu'il classait parmi les « mange-merde » – ça, Jonjo était bien placé pour le savoir. Son frère subvenait totalement aux besoins de leur mère. Ange n'avait plus à vivre au jour le jour, ni à prier pour gagner au Loto. Elle était comme ce brave vieux coq en plâtre... Alors, si Danny apprenait qu'il s'était inscrit au RMI, ça le ferait grimper aux murs. Jonjo, lui, en bon junkie, trouvait tout mandat bon à prendre, quel qu'en soit le montant, puisque ça lui permettait de s'acheter de la came. Il n'y avait pas de petite allocation !

Il s'était donc inscrit comme demandeur d'emploi et touchait quelques subsides, en priant pour que son frère aîné n'en ait jamais vent. Danny Boy lui versait une petite somme chaque mois, mais elle fondait comme neige au soleil – comme tout le reste, d'ailleurs. Il claquait tellement de fric qu'il avait des dettes partout. Il y avait le *brown*, bien sûr, mais il devait aussi s'acheter les capsules de Librium, qu'il mélangeait à l'héro pour atténuer les tremblements provoqués par la drogue. Il casquait aussi pour le sulfate d'amphétamines qui lui donnait le coup de fouet nécessaire pour sortir de la maison, quand Danny lui filait rencard quelque part. Il se demandait parfois si son frère ne s'apercevait pas de quelque chose, mais se rassurait vite : si son frère avait su qu'il carburait au *brown*, il l'aurait déjà senti passer. Personne ne le moucharderait, parce que aucun de ses fournisseurs ne voulait être tenu pour responsable de son approvisionnement. Il avait notamment une ardoise chez deux ou trois petites frappes du quartier qui n'avaient pas l'air très pressées de réclamer leur dû... De ce point de vue, Jonjo ne craignait rien. Il était conscient qu'ils ne lui filaient sa came que parce qu'il était le frère de Danny Boy, mais il ne voyait aucun inconvénient à tourner cet argument à son avantage. Sauf que le nombre des pigeons qu'il pouvait impunément gruger était forcément limité. Il en serait bientôt réduit à aller voir les Turcs, et là, ce serait une autre paire de manches. Car eux, ils n'en avaient rien à battre, de ses relations familiales. C'étaient de purs givrés, très capables de lui casser la gueule.

Jonjo était donc sur les dents, une fois de plus. Comme tous les junkies, il avait pris le pli de vérifier si son fric était toujours à l'endroit habituel, comme s'il craignait qu'il ne s'évapore. En entendant la voix de sa mère à travers sa porte, il passa la main sous son matelas et déboula sur le palier.

— Ça va, ça va ! vociféra-t-il. Je suis pas sourd, putain de merde ! Boucle-la, espèce de vieille cinglée !

Comme il battait en retraite dans sa chambre, il entendit sa sœur qui montait l'escalier quatre à quatre et se prépara à faire front. Annie les lui brisait, ces temps-ci. Elle avait décidé de se remettre dans les petits papiers de Danny Boy et ses manœuvres avaient l'air de fonctionner. Depuis toujours, elle savait qu'il se camait, mais jusque-là, elle ne risquait pas de moufter : Jonjo en savait assez sur elle et sur ses frasques pour la couler. Car en plus de filer le parfait amour avec son cher et tendre Jamaïcain, elle avait aussi un Blanc dans la manche. En fait, depuis la mort du vieux, elle s'envoyait méthodiquement tout ce qui passait à sa portée, après avoir eu l'amabilité d'offrir une vodka orange – voire, en fin de mois, une limonade ! Sa sœur était une petite roulure de première.

— Dégage, Annie ! Fous-moi la paix ! lui cria-t-il en la voyant entrer dans sa chambre.

Sa sœur fulminait. Le souffle court et rauque, elle reconnut aussitôt les relents douceâtres qui flottaient dans la pièce, cette puanteur aigrelette qui vous prenait à la gorge. L'odeur du toxo. Elle toisa son frère de la tête aux pieds, inspectant sa grande carcasse dont la maigreur était d'habitude masquée par d'amples vêtements.

— C'est toi qui as intérêt à la boucler ! Si Danny Boy savait ce que tu fabriques, il t'écraserait ! Tiens ! j'entends justement sa bagnole qui s'arrête devant la porte...

De pâle, Jonjo vira instantanément au livide. Il se précipita sur ses fringues, qu'il entreprit d'enfiler en toute hâte, sous les ricanements de sa sœur.

— Ha ha ! Je t'ai bien eu !

Annie se gondolait de rire. Il ferma les yeux quelques secondes avant de se ruer sur elle, et la pourchassa jusque dans l'escalier. Ange était en bas, dans la cuisine. Jonjo s'arrêta sur le seuil. Leur mère semblait si petite, si décatie, avec ses yeux cernés et ses cheveux ternes de plus en plus blancs. Elle avait l'air usée et fragile à faire peur. Il franchit la porte et s'avança vers elle pour la prendre dans ses bras, mais elle le repoussa :

— Je sais très bien ce que tu fabriques là-haut, et tu me fais honte. Mon fils, un drogué ! Je te préviens... Tu arrêtes ça tout de suite, ou je me charge de le dire à ton frère. Il te tuera !

Jonjo baissa les bras, accablé.

— Me fais pas marrer, m'man, souffla-t-il en secouant la tête. Je me fous de ce qui me tuera. Ça ou autre chose...

Annie avait clairement entendu. Elle accusa le choc et vint passer son bras autour des épaules de son frère, toutes chamailleries oubliées.

— Fiche-lui la paix, maman ! lança-t-elle. On a tous besoin de quelque chose pour survivre, face à ce malade.

— Il est ce qu'il est, mais au moins il se drogue pas ! répliqua Ange.

Annie secoua lentement la tête, consternée devant tant de bonne conscience.

— Alors là, tu t'avances un peu ! Je crois savoir qu'il a quelques failles, lui aussi, de ce côté-là. Mais lui, tu courrais lui acheter sa came, s'il te le demandait, pas vrai ? Ton fils, c'est pire qu'une drogue. Pire qu'une guerre. C'est un rouleau compresseur qui écrase tout autour de lui. Il a tué mon père – oui, ton propre mari ! Pense à ça, au lieu de nous chercher des poux, hein, vieille peau de vache !

Angelica se redressa de toute sa hauteur, ce qui n'était pas beaucoup, face à ses enfants. Elle toisa sa fille lentement, comme si ses yeux étaient las de tout ce qu'ils voyaient.

— Toi, un de ces jours, tu vas recevoir ton dû, petite salope. Et tu fermeras ta grande gueule, une bonne fois pour toutes !

Annie entraîna son frère hors de la cuisine.

— Vas-y, boucle-la, toi, vieille garce ! Y a plus grand-chose qui puisse encore nous faire du mal, et toi moins que le reste. T'as abandonné la famille à ton fils chéri ! Tu l'as laissé tuer mon père et nous détruire nous. J'espère que t'es fière de ton œuvre ! Une pute et un junkie – c'est ça, ouais ! Et j'espère que t'oublies pas l'assassin !

Ange bouillonnait devant les vérités que sa fille lui jetait à la figure. Elle qui luttait pied à pied pour qu'ils restent une famille... Elle n'avait plus aucun pouvoir sur Danny Boy, mais ça, ils refusaient de le voir. Ils le connaissaient, pourtant. Ils savaient comment ça marchait, avec lui. Personne ne pouvait le contrôler ! Elle n'avait qu'un but : les protéger, éviter qu'il ne leur tombe dessus. Alors, pourquoi lui refilaient-ils toujours le mauvais rôle ? Ils ne pouvaient accuser personne d'autre qu'eux-mêmes... Elle qui ne pensait qu'à les aider, qui n'avait voulu que leur bien, leur bien-être et leur sécurité, toute sa vie...

Tout en formulant ces vœux pieux, Ange savait qu'ils resteraient lettre morte. Danny Boy s'en chargerait personnellement. Car Danny Boy veillait à tout.

*

— Putain, Michael, arrête de faire la gonzesse !

Danny marchait de long en large dans le bureau du casino, sanglé dans un costard qui avait dû coûter une fortune. Ses cheveux, toujours impeccables, luisaient dans le soleil matinal. L'œil rivé sur lui, l'inspecteur David Grey n'appréciait guère la façon dont Danny Boy encaissait le scoop du jour : il était soupçonné du meurtre de Frank Cotton, entre autres, et ils allaient devoir faire jouer tous leurs appuis pour étouffer le coup, lui et ses collègues.

— Vous m'excuserez, Danny Boy, mais vous ne pouvez pas continuer à buter des gens pour un oui ou pour un non, en pensant que vous vous en sortirez toujours. Cette fois, va falloir vous faire oublier, et ça commence à urger.

Danny Boy lorgna l'inspecteur comme s'il découvrait tout à coup sa présence, notant au passage le cheveu rare, les tempes dégarnies, le costard lustré aux manches et les ongles rongés qui lui donnaient l'allure d'un vendeur d'encyclopédies. Dans le monde réel, le sien, Grey était à peine digne de son attention. Que ce guignol s'imagine pouvoir le critiquer, lui et ses actions, c'était à peine croyable, et Danny Boy se demanda pourquoi il supportait la présence de ce loquedu sur son territoire.

Reconnaissant les signes de la tempête, Michael s'efforça de calmer le jeu. Manquait plus qu'un flic sur la liste des personnes portées disparues ! Un ripou, d'accord, mais un flic tout de même... Si Danny perdait la boule au point de dessouder ce connard qui ne devait pas avoir grand-chose dans le caillou, à en juger par son imprudence, ils se retrouveraient happés par un trou noir d'où tout l'argent du monde ne pourrait les sortir.

— Allons, Dave. Ne nous emballons pas.

Grey se leva. C'était un type costaud, doté d'une forte personnalité. Et c'était bien ce qui l'avait précipité sur la mauvaise pente : sa passion du jeu et des femmes. Il aimait se frotter au monde interlope. Il avait toujours les meilleures places aux matchs de boxe et suffisamment de blé pour vivre un peu sa vie, quand l'envie l'en prenait. Il s'était offert une baraque, une belle bagnole et projetait de s'acheter un pied-à-terre sur la côte. Mais il avait porté le bon diagnostic : Danny Boy allait devoir faire profil bas.

— Vous ne pouvez pas continuer à descendre tous ceux qui vous gênent. C'est fini, ce temps-là. Plus personne n'a ce genre de pouvoir. Si quelqu'un de chez nous venait à vous prendre dans son collimateur, je ne pourrais rien faire. Mes pouvoirs ont leurs limites et il sera difficile de vous éviter la taule, si vous n'apprenez pas à contrôler vos humeurs. La prochaine fois que vous voudrez régler vos comptes, choisissez au moins un endroit discret. Votre cave, votre garage ou un de vos entrepôts ! Où vous voudrez, putain, pourvu que ce soit sans témoins – si vous voyez ce que je veux dire...

Danny Boy soutint longuement le regard du flic et Michael se dit que cette journée promettait d'être la pire de sa vie – ou alors, la dernière de celle de Grey. Connaissant Danny mieux que personne, il avait toujours soupçonné que son cerveau ne fonctionnait pas comme celui de tout le monde. Il ne se souciait de rien et faisait ce qu'il pensait devoir faire – plus exactement, ce qu'il estimait que l'univers attendait de lui.

Car Danny Boy se voyait comme un rebelle. Un chasseur solitaire, doublé d'un grand philosophe, intimement persuadé que ses conceptions de l'existence étaient les seules valables. C'était un déséquilibré et l'inspecteur Grey aurait dû en tenir compte. Il était bien placé pour le savoir, lui qu'ils payaient pour réparer les dégâts provoqués par ses crises de rage, en neutralisant leurs effets au niveau des forces de l'ordre du secteur, dont tous les membres ou presque lui étaient redevables. Grey aurait dû le savoir, que Danny n'était pas un homme à qui on pouvait faire entendre raison. Ça n'était même pas la peine de discuter avec lui : il attendait des gens qu'ils fassent ce qu'il exigeait quand il l'exigeait, surtout s'il les payait pour ça.

Comme la plupart des flics ripoux, David Grey croyait pouvoir rester maître du jeu, dans ce partenariat dont il tirait la majorité de ses revenus. Sauf qu'à la seconde même où il avait empoché sa première enveloppe, il s'était retrouvé plus bas qu'une crotte écrasée sous sa semelle. Un flic incorruptible, ça forçait le respect – ça, personne ne le contestait. Personne n'en raffolait, non plus, évidemment, mais au moins les positions étaient claires. Par contre, un flic véreux, c'était le fond de l'abjection, surtout s'il se mêlait de donner son avis sans attendre qu'on le lui demande. L'attitude de Grey frisait donc la mutinerie. Il était payé pour assurer leur tranquillité, pas pour leur tenir des conférences sur la législation en vigueur. S'il croyait s'en tirer comme une fleur, cet imbécile, c'était qu'il avait vu la Vierge !

Danny Boy avait sorti une bouteille de cognac dont il se versa un grand verre. Même à une heure aussi matinale, l'alcool ne semblait pas produire le même effet sur lui que sur le commun des mortels. Il aurait pu descendre une bouteille de gnôle et continuer à conduire, à parler affaires ou à négocier sans perdre un iota de son mordant et de sa précision. L'alcool était une de ses faiblesses – tout comme la coke et le speed qu'il s'envoyait dans les naseaux. Il commença par descendre son cognac presque d'un trait puis, pivotant vers Grey, lui balança son verre de cristal au visage, qui vola en éclats en heurtant la tête de l'inspecteur. La force du choc fit dégringoler Grey de son siège. Comme il restait par terre, étourdi, pissant le sang par la grosse entaille qui s'était ouverte derrière son oreille, Danny se pencha sur lui.

— Quel mot tu comprends pas, dans l'expression : « Je paie pour tes services » ? lui demanda-t-il gentiment, comme à un gosse.

Michael avait bondi sur ses pieds, attentif aux réactions de Danny Boy. Grey gisait à terre, replié en position fœtale, les bras levés pour se protéger la tête comme s'il attendait un autre coup. Il commençait enfin à comprendre à qui, ou, plus exactement, à quoi il avait affaire. Il venait d'avoir un aperçu du traitement que Danny Boy réservait à ses ennemis et n'oublierait plus, à l'avenir, quel rôle il jouait dans le film. Pour Cadogan, il n'était qu'un pion sur son échiquier. Il pensait pouvoir se servir de lui, le temps d'atteindre ses objectifs, puis tirer sa révérence, mais il voyait à présent ses projets disparaître sur fond de soleil couchant – tout comme ses espoirs de quitter le navire quand bon lui semblerait. Il était foutu. Même s'il avait la chance de sortir vivant de la pièce, ce qui n'avait rien d'assuré, sa vie et sa carrière telles qu'il les connaissait venaient bel et bien de prendre fin.

*

Mary eut un haut-le-cœur, mais ce n'était pas la nausée matinale qu'elle espérait, celle des femmes enceintes. C'était un pur effet de sa gueule de bois. Elle se leva, se dirigea d'un pas chancelant vers le percolateur et se versa un café bien serré, dont l'arôme l'aida à ravaler sa nausée. La cuisine était baignée d'une jolie lumière d'automne. Elle versa une cuillerée de sucre dans sa tasse et revint s'installer à la grande table de bois méticuleusement récurée, où elle s'assit avec précaution. Pendant les trois mois qui s'étaient écoulés depuis l'enterrement de son beau-père, sa vie n'avait été qu'une escalade d'horreur, et elle passait ses journées à rêver, les yeux grands ouverts, à la mort de son mari. Qu'elle fasse la vaisselle ou son lit, qu'elle soit dans sa chambre ou devant la télé, cette idée la hantait. Son scénario préféré, celui qu'elle se repassait en boucle, généralement après son premier verre, commençait par des coups violents frappés à sa porte au beau milieu de la nuit : la police venait lui annoncer que son époux s'était pris plusieurs balles dans la peau. Et elle se plaisait à se répéter que Danny n'avait aucune chance de s'en tirer – bien qu'elle n'ait pas juré qu'il ne ressusciterait pas pour le seul plaisir de revenir la buter… Elle se délectait d'imaginer ses propres réactions : le deuil qu'elle afficherait pour la galerie, et sa jubilation secrète. Ces idées macabres lui donnaient la force de ne pas sombrer.

Comme elle versait une bonne rasade de vodka dans son café, elle sentit son stress se dissiper peu à peu. L'image de Danny Boy gisant à la morgue lui revint à l'esprit. Ce visage, cette bouche sensuelle qui savait si bien cacher sa cruauté sous un sourire charmeur n'étaient plus qu'un trou béant, une masse sanguinolente… Ce fantasme lui arracha un soupir d'aise et elle dégusta la fugace sensation de liberté qu'il lui apportait.

La nausée contre-attaquait. Ravalant sa bile, Mary se pétrit la gorge du bout des doigts. Ses doigts fuselés chargés de bagues, qui s'ornaient de longs ongles ovales parfaitement manucurés et laqués de rose. À son poignet gracile brillait une montre incrustée de diamants. Avec son teint de porcelaine et sa magnifique chevelure qui cascadait sur ses épaules, elle avait tout d'une femme heureuse, à l'abri des soucis.

Toute sa vie, elle avait entendu sa mère lui répéter qu'elle devait faire fructifier ses charmes et dégotter une pointure qui l'entretiendrait comme elle le méritait. « Une fois que tu lui auras passé la corde au cou et que tu lui auras fait un ou deux marmots, tu seras vernie pour le restant de tes jours. Tu auras une belle maison, de l'argent en veux-tu, en voilà, et toute la considération qui va avec… » Elle avait satisfait à la première condition. Elle s'était bel et bien déniché un caïd – et même un putain de caïd, celui qui passait pour le plus dangereux du pays ! Mais elle butait sur la seconde. Les enfants la fuyaient, soit parce qu'ils sentaient sa peur de leur père, soit parce qu'il les chassait de son ventre à force de mauvais traitements. « Ne finis pas comme moi, ma fille… » lui serinait sa mère. C'était devenu pour elle un véritable mantra. N'avait-elle pas pris, autrefois, la ferme résolution d'échapper au piège de l'alcool, qui avait été fatal à sa propre mère ?

Eh bien, ça aussi, c'était raté.

Elle leva en un toast silencieux sa tasse de café amélioré.

— Mission accomplie, m'man ! Je suis devenue ton ombre. Exactement comme toi, le fric en plus !

Ses éclats de rire résonnèrent longtemps dans la maison déserte. Un spasme douloureux la plia en deux, ivre de chagrin pour sa mère, cette pauvre femme qui avait empoisonné la vie de sa fille avant même qu'elle n'ait commencé.

*

Michael et Danny discutaient toujours pour savoir ce qu'ils allaient faire de Grey, quand ils se garèrent devant une petite maison HLM sur Caledonian Road.

C'était une belle journée, froide mais ensoleillée. Ils étaient chapeautés et gantés, et leurs souffles s'élevaient en panache blanc dans l'air glacé. Alors qu'ils s'éloignaient de la BMW, ils reçurent les salutations de tous ceux qui se rendaient au boulot. Malgré sa réputation sulfureuse, Danny Boy passait toujours pour un type bien. Un homme respectable, juste et bon.

— Grey peut s'estimer heureux que je ne les lui ai pas fait avaler ! Pas question de laisser les flics mettre un pied dans la porte, Michael. Surtout pas les ripoux. Celui-là, il peut s'attendre à un sacré retour de bâton, mais pour l'instant, il te voit comme son sauveur. Alors, à l'avenir, c'est à *toi* qu'il aura affaire. Arrange-toi pour presser le citron au maximum, si tu vois ce que je veux dire. Et maintenant, boucle-la cinq minutes. J'ai besoin de me concentrer sur les problèmes en cours...

Comme ils arrivaient devant un pavillon, la porte d'entrée s'ouvrit sur une petite vieille au sourire inoxydable, appuyée sur une canne. Son affection évidente pour Danny Boy se lisait dans ses yeux. Il la serra contre son cœur sur le petit perron et elle se mit à jacasser à perdre haleine, d'une voix éraillée par toute une vie de tabagie et de vache enragée.

— Entrez, entrez, mes chers petits ! J'ai un bon frichti sur le feu ; je sais que vous avez toujours eu un bon coup de fourchette, tous les deux...

Grâce au chauffage central que Danny Boy avait fait installer quelques années plus tôt, il régnait à l'intérieur une chaleur tropicale. La petite maison était impeccablement tenue et les peintures avaient été refaites, même si la déco était un brin datée. Ils arrivèrent dans la cuisine en remontant la piste des œufs au bacon, après avoir laissé leurs pardessus sur le canapé du salon. Danny Boy se frotta les mains.

— Ne dites surtout pas à ma mère à quel point je raffole de votre cuisine, Nancy ! s'écria-t-il d'une voix primesautière. Elle en ferait une maladie…

Nancy Wilson avait peine à se retenir d'éclater d'orgueil. Son fils Marcus avait déjà tiré dix-huit mois d'une sentence de douze ans à Parkhurst, et il encaissait, sans moufter. C'était un brave homme, digne de confiance, et Danny lui prouvait sa reconnaissance en s'occupant des siens. Sa mère n'avait jamais vécu dans une telle opulence et elle lui en savait gré.

Marcus avait un fils, Joseph, qui allait sur ses dix-huit ans et dont la mère, une fille superbe, issue d'une famille honorable, était morte une dizaine d'années plus tôt. Nancy avait donc élevé le gamin, tandis que son fils unique se débrouillait comme il le pouvait pour joindre les deux bouts. Il avait fini par se faire serrer pour un vol à main armée, commis pour le compte de Danny Boy. Marcus et sa famille se retrouvaient donc sous la responsabilité de ce dernier, ce qui expliquait ses visites régulières à Mrs Wilson. Danny Boy mettait un point d'honneur à se déplacer personnellement. Il savait que sa conduite serait remarquée et commentée, et que ça ajouterait à son prestige. La touche personnelle, c'était sa carte de visite. Ça lui assurait la considération générale – surtout celle de la vieille garde. Sans compter qu'il se sentait vraiment redevable envers Marcus Wilson, qui aurait pu le balancer au cours de l'instruction, en échange d'un allégement de peine – les tribunaux avaient la main lourde, ce qui n'inclinait pas les condamnés à la loyauté. Wilson avait écopé de douze ans, dont il purgerait les deux tiers avant d'être remis en liberté pour bonne conduite. Ça lui faisait huit ans minimum à tirer. Danny Boy éprouvait la plus grande gratitude pour ce genre de loyauté.

— Vous avez comme toujours une mine superbe, Mrs Wilson. Comment va la santé ?

Nancy posa deux mugs de thé devant eux et retourna à ses fourneaux avant de répondre :

— Très bien, fils, très bien. Marcus m'a dit de vous dire bien des choses, et surtout de vous remercier pour votre aide et pour toutes vos…

Michael l'interrompit, conformément au rituel des congratulations.

— Et vous, dites-lui bien à quel point il nous manque. Danny Boy me le faisait justement remarquer, dans la voiture.

Nancy Wilson parut requinquée par ces quelques mots. De toute sa vie, elle n'avait jamais été entourée de tant d'égards et de prévenance. Tout le monde demandait des nouvelles de sa santé. Quand elle allait au marché de Crisp Street, on lui faisait fête – et tout ça à cause de ces deux beaux messieurs, assis à sa table.

Elle ne les en aimait que plus, Danny Boy surtout. Son fils savait qu'il s'occupait d'elle et en était extrêmement soulagé. Grâce à ses relations, il avait aussi pu obtenir une cellule individuelle, et Marcus pouvait compter sur un confortable bonus, à sa sortie, et sur la certitude d'être désormais traité en VIP par toute la bande. Sa sécurité serait mieux assurée que celle du capitaine des pompiers pendant le feu d'artifice ! Lui non plus, il n'avait jamais été si bien loti.

Tandis que ses deux prestigieux invités engloutissaient leurs œufs au bacon, Nancy refit le niveau dans leurs mugs et leur tartina des toasts, heureuse d'être en si bonne compagnie. Danny Boy lui avait même payé un abonnement pour le taxi. Elle n'avait plus à attendre le bus pour rendre visite à son fils, ni à faire la queue à l'aide sociale pour qu'on lui rembourse le prix du voyage. Plus besoin de poireauter des heures pour présenter ses billets de bus ou de train à cette petite punaise qui la traitait comme une merde ! Maintenant, le taxi venait la prendre à sa porte, ils s'arrêtaient pour déjeuner quelque part, et le chauffeur lui tenait compagnie sur le ferry pour aller sur l'île de Wight – et là non plus, elle n'avait pas à faire la queue. Un vrai petit miracle, pour une femme qui s'était fait marcher sur les pieds toute sa vie ! Elle ne perdait pas une occasion de raconter à son fils qu'elle était traitée comme une reine, et ça le tranquillisait.

— Et Joseph ? Comment il va, votre petit-fils ?

Nancy attendait cette question. Elle tira une chaise et s'attabla en face d'eux avant d'y répondre. Son visage parcheminé avait pris un air sombre.

— Mal, Danny Boy. Il va me rendre folle, ce petit.

Danny Cadogan posa soigneusement son couteau et sa fourchette sur son assiette et la regarda avec une attention concentrée.

— Pourquoi ?

Une pointe d'inquiétude avait percé dans sa voix. Nancy Wilson s'alluma une Benson & Hedges – elle connaissait l'art de ménager ses effets, l'ayant appris auprès de son défunt mari, qui, de sa vie, n'avait jamais rien su « ménager » d'autre...

— Il est dans un état lamentable. Toujours à courir après sa prochaine piquouze... Vous ne saviez pas ? Ah, je pensais que vous étiez au courant.

Danny et Michael en furent saisis.

— Pas lui, pas Joe ! Il a toujours eu la tête sur les épaules, ce petit. Pourquoi irait-il faire une chose pareille ?

Nancy prit son souffle avant de lâcher dans un soupir :

— C'est Jonjo qui l'y a poussé, Danny. Je pensais que tu étais au courant. C'est même pour ça que je voulais t'en parler. Jonjo est toujours à traîner dans le coin – ils font la paire, lui et Joe... Évidemment, Danny, tu penses bien, ton frère est le roi du quartier ! Sans compter qu'il a quelques années de plus que mon petit. J'ai jamais été du genre mamie poule mais, la semaine dernière, j'ai découvert qu'ils utilisaient la maison comme planque. Chez moi, oui, ma putain de maison ! J'ai trouvé un colis au fond du placard de Joe, en passant l'aspirateur. Alors, je compte sur toi pour leur sonner les cloches, Danny Boy. Je tiens pas à voir débarquer la flicaille avec un mandat de perquisition, et je ne veux surtout pas que mon petit-fils claque tout son blé pour cette saloperie. J'ai rien dit à son père, tu penses bien. Pas la peine de l'inquiéter inutilement – quelqu'un qui est pour encore quelques années au placard, moins on lui en dit, mieux ça vaut. Toute façon, qu'est-ce qu'il y pourrait, hein ?

Danny accusait le choc. Il lui restait comme un doute sur ce qu'il venait d'entendre et il lui fallut quelques secondes pour digérer l'information. Après quoi, il reprit ses couverts et se remit à manger.

— Je suis vraiment désolée de t'apprendre ça, Danny Boy, mais fallait que tu sois au courant. Je suis vraiment à bout de nerfs. Vous entendriez la façon dont il me parle ! C'est toujours « putain de merde » par-ci, « putain de merde » par-là – et Jonjo ne vaut guère mieux. Je l'ai dit à ta mère, l'autre jour, au bingo, et tu sais pas... maintenant, elle m'adresse même plus la parole ! Elle fait celle qui me voit pas. Moi, j'essayais juste de la prévenir... Une femme avertie en vaut deux, pas vrai ?

Danny Boy lui décocha un grand sourire, mais à la façon dont ses phalanges avaient blanchi et à la lueur malveillante qui couvait dans son regard, Michael vit que ça n'augurait rien de bon.

— Pas de problème, Nancy. Ne vous en faites surtout pas. Tout va rentrer dans l'ordre, je m'en occupe personnellement. À propos, c'était pas un pudding que vous aviez en train ?

Nancy poussa un soupir de soulagement. Danny Boy allait prendre les choses en main. Aucun problème ne lui résistait, et les siens seraient résolus en un rien de temps. Après tout, il lui devait bien ça, non ?

— Mais bien sûr. Il vous attend. Je l'ai fait tout exprès pour vous !

Michael, lui, n'avait plus envie d'avaler quoi que ce soit. Carole était dans le vrai : il vivait constamment sur les nerfs. Il était de jour en jour plus à cran. Les risques que lui faisait courir la personnalité instable de son partenaire l'empoisonnaient peu à peu. Le pire, c'était qu'il se rongeait les sangs bien plus que Danny ne le méritait.

*

Quand Jonjo était sur les dents, ça se voyait. Il attendait la voiture qui devait venir le prendre pour l'emmener sur le lieu de travail qu'on lui avait affecté, et le fait que le travail en question eût parfaitement convenu à un débile doté d'un QI de hérisson n'arrangeait rien à l'affaire – d'autant qu'un hérisson, même pas très futé, aurait eu le bon sens de mettre ses fesses au chaud... Vu son état de santé, le froid de canard qui sévissait en ce début d'hiver était une circonstance sacrément aggravante. En fait, le mensonge qu'était sa vie commençait à prendre des proportions océaniques – si énormes, même, qu'il peinait à se trouver des excuses. Comment avait-il pu être assez bête pour accepter ça ? Danny Boy continuait à le traiter comme un charlot, et il avait bien conscience d'en être un. Humiliation intolérable pour son ego, qu'il avait tout aussi surdimensionné que celui de son aîné – sauf que, à lui, se faire un peu de fric moyennant un minimum d'effort aurait suffi. Jonjo était un cossard. Un vrai propre à rien. Un parasite dans toute sa splendeur. Au fond, il n'avait que trop conscience de ses failles, et en souffrait. Mais il était incapable de résister à l'attrait de cette poudre magique qui lui permettait de s'affranchir de tout ce qui ressemblait de près ou de loin aux contraintes du monde réel... Il aimait la vie qu'il menait, ou, du moins, en prenait son parti, ce qui n'était peut-être pas la même chose...

Il aurait refusé mordicus de l'admettre, mais il était le digne fils de son père. Danny Boy le surveillait d'un œil d'épervier – et ça aussi, il préférait feindre de l'ignorer. Il avait horreur de ramper devant son frère, et surtout de vivre avec l'idée que tout le quartier était au courant. Il détestait faire parler de lui parce qu'il était un Cadogan et que Danny Boy avait jugé bon de le mettre au boulot. Un boulot de lampiste distingué, mais passons... Il faisait ce qu'on lui disait de faire, là où on lui disait de le faire, et se grouillait de passer à autre chose. Ce qui expliquait, en retour, qu'on ne lui ait jamais rien confié d'important. Personne ne l'avait jamais considéré comme un rouage vital de l'empire Cadogan. Il détestait ça, bien sûr, mais se félicitait secrètement d'échapper aux obligations que ça aurait impliqué : si Danny Boy lui avait donné de vraies responsabilités, il lui aurait été beaucoup plus difficile de tirer au flanc et de refiler le boulot aux sous-fifres qui avaient pour mission de le surveiller...

Quand il entendit la clé de Danny Boy tourner dans la serrure de l'entrée, il fut sincèrement soulagé ; il allait enfin savoir ce qu'il allait faire de sa journée...

La haute silhouette de Danny vint s'encadrer à la porte de la cuisine.

— Excuse-moi, mec, lui lança-t-il. J'ai eu des trucs à faire. Ça va, toi ?

Contournant brusquement son frère cadet, il mit le cap sur leur mère, qu'il embrassa sur la joue.

— La pierre tombale de papa vient d'arriver d'Italie. Je l'ai reçue hier. Faudrait que t'ailles la voir pour vérifier qu'elle te plaît. Michael t'attend dehors, il va t'y emmener. Évidemment, ça coûte la peau des fesses, mais tant pis. Faut ce qu'il faut. Pour l'inscription, t'auras qu'à me dire...

Ange sursauta de joie en entendant ces mots. Sa pire angoisse était que la tombe reste sans inscription. Danny Boy eut un sourire navré en voyant que sa mère le connaissait si mal. Jamais il n'aurait toléré une chose pareille...

— C'est du marbre noir, m'man. Y en a pour plus cher que la dette nationale. Sans vouloir t'inquiéter outre mesure, elle est assez grande pour recevoir ton cercueil, à toi aussi – le plus tard possible, évidemment. J'espère qu'elle te conviendra.

Comme Ange enfilait son manteau, Danny se précipita pour l'aider, avec une prévenance qui aurait pu faire oublier la colère abyssale qui couvait en lui constamment. Quelques instants plus tard, il referma la porte d'entrée derrière elle et rejoignit son frère cadet, qu'il regarda longuement dans le blanc de l'œil.

— Espèce de petit trou du cul ! finit-il par lâcher, d'un ton presque guilleret. Je veux ton matériel, ton stock de poudre, et que tu ramènes tes fesses. Dans l'ordre !

Annie entendit le remue-ménage de sa chambre, mais elle eut le bon sens de monter le volume de sa radio. Pas question pour elle de mettre son grain de sel dans ce nouveau mélodrame familial – pas même lorsque lui parvinrent les supplications de Jonjo et les chocs sourds qui ponctuaient son atroce plaidoyer. Pour une fois, elle était parfaitement d'accord avec Danny Boy. Il avait décidé de prendre les mesures qui s'imposaient face aux problèmes de toxicomanie de Jonjo. Ça promettait d'être bref, mais intense ; pour ça, on pouvait faire confiance à son caïd de frère ! Et dès que la nouvelle se répandrait qu'il était au courant de ses problèmes d'addiction, ça provoquerait de facto son exclusion définitive de la communauté des camés.

Car Annie avait beau détester cordialement Danny, elle savait que sa seule réputation, si elle restreignait leurs libertés, leur en assurait d'autres dans la communauté.

Chapitre 22

Carole était magnifique. Elle n'avait peut-être pas la taille mannequin, mais la robe qu'elle avait choisie sur les conseils de Mary était de toute beauté. Le corset et la jupe mettaient en valeur ses principaux atouts, tout en masquant ce qu'on appelait affectueusement ses « rondeurs de future parturiente ». Car des enfants, elle en voulait. Des tas ! Michael et elle ne rêvaient que de bâtir une vraie famille, une petite tribu bien à eux, étroitement unie. Elle jeta un coup d'œil à son amie, dans le groupe des dames d'honneur, et Mary sourit en retour à cette femme si jolie en ce grand jour, en s'étonnant furtivement de ne ressentir aucune jalousie pour sa silhouette voluptueuse, son gracieux port de tête, ses bras à la fois fermes et potelés...

Mary était resplendissante, dans sa robe de cocktail, mais il ne serait pas venu à l'idée de Carole d'en prendre ombrage. Après tout, Mary était la sœur de Michael, sa future belle-sœur... Au contraire, même, elle lui savait gré de l'avoir si bien guidée dans ses choix. Car elle n'était pas encore, comme les autres épouses de malfrats, rompue aux règles tacites de leur monde. Elles, elles avaient appris à fermer les yeux sur les activités de leur mari, et le fric était leur seule religion. Elles jaugeaient un homme sur sa réputation et ses revenus potentiels – un caïd, un vrai, brassant des millions, voilà ce qu'était leur idéal masculin ! Et comme elles avaient côtoyé l'univers carcéral dès leur plus jeune âge, elles ne craignaient pas de s'unir pour la vie à un homme violent, pervers ou asocial. Dans leur monde, ces défauts passaient pour des qualités – en tout cas, pour une garantie de revenus réguliers –, et moyennant le nombre adéquat de zéros, même un type d'âge plus que mûr, affligé d'une brioche et d'une sale trogne grêlée, devenait un bon parti. Ces femmes mettaient dans leurs affaires de cœur le même cynisme que leurs homologues masculins dans leurs affaires tout court. Elles se mariaient la tête froide et les yeux grands ouverts, avec comme principal critère les avantages substantiels qu'elles pourraient en tirer, pour elle et leur famille.

Carole, elle, aimait sincèrement Michael Miles, et cet amour était réciproque. Elle aimait aussi beaucoup Danny Boy, qui l'honorait de son affection et de son estime. Elle s'en félicitait chaque jour, sans pouvoir cependant se défendre d'être intimidée par l'envergure de sa personnalité. Avec elle, il était toujours adorable et très respectueux. Restait qu'il avait une façon bien à lui de résoudre certains problèmes – mais qu'y faire, sinon l'accepter ? Mary était de nouveau enceinte et, cette fois, son amie semblait y croire. Carole savait par Michael que Danny Boy avait à peine mis les pieds chez eux, ces dernières semaines, et l'idée l'avait effleurée que c'était peut-être précisément ce qui expliquait que la grossesse de Mary ait tenu le coup. Danny Boy avait beau être la gentillesse incarnée, il n'avait rien d'un modèle de vertu, et Mary ne devait pas y pouvoir grand-chose...

Près d'elle, dans le groupe de dames, Annie lui sourit. Elle était vraiment ravissante et Carole avait peine à admettre qu'une telle beauté se laisse aller à batifoler de la sorte – elle soupçonnait même Michael d'avoir succombé une fois ou deux… Annie usait de son corps comme d'une arme, ce qui n'était pas sans danger. Les mœurs de son frère et le respect qu'il lui témoignait en public auraient dû inciter pas mal de gens à voir en elle un parti enviable ; sans compter qu'une nuit dans ses bras ne devait pas être une épreuve… Mais sa réputation désastreuse faisait d'elle un produit de second choix, et le nom qu'elle portait n'y changeait rien. Annie était une sorte d'accidentée qui, plutôt que d'attendre l'ambulance qui se déciderait à la conduire devant l'autel, se relevait chaque fois et se rajustait, en quête du prochain « carambolage ». Au fond, elle devait être profondément malheureuse, et cette fureur autodestructrice n'avait rien que de très banal, chez les jeunes. Mais les femmes étaient très vite jugées sur leurs mœurs. On voyait des adolescentes accepter la compagnie d'hommes qui auraient pu être leur père, tant elles étaient désireuses de paraître plus que leur âge et d'être traitées en adultes. Pour certaines, devenir mère était même le seul moyen d'avoir enfin une identité…

Quant à Arnold Landers, il avait beaucoup d'allure, dans son habit de cérémonie. Il contrôlait toute la zone sud de Londres, ce qui ne devait pas être du gâteau, et Michael et Danny le tenaient en grande estime. Pourvu qu'Annie comprenne enfin où était son intérêt et saisisse sa chance avant qu'il ne soit trop tard… Pourvu, surtout, qu'Arnold parvienne à la ramener dans le droit chemin. Il n'était pas du genre à fermer les yeux sur ses frasques – mais peut-être n'était-il pas au courant… ce qui ne risquait pas de tarder, vu la façon dont Annie continuait à se comporter. Il allait déchanter sur son compte – et peut-être plus vite qu'elle ne l'imaginait !

Carole avait été élevée dans une famille catholique et, contrairement à la plupart de ses amies, prenait très au sérieux les préceptes de la religion. Bien sûr, elle avait été courtisée, comme les autres – et même assiégée. Mais elle n'avait jamais ressenti le besoin de faire étalage de ses charmes ni de s'exhiber dans des tenues provocantes. Bien lui en avait pris, car elle n'aurait jamais pu prétendre épouser une perle comme Michael... Tous les deux, ils voyaient ces femmes « libérées » telles qu'elles étaient, et non telles qu'elles auraient voulu être. Il leur semblait absurde qu'elles favorisent l'image qu'elles donnaient d'elles-mêmes et de la vie qu'elles prétendaient vivre, plutôt que la réalité de leur quotidien. Carole n'aurait jamais troqué son existence contre la leur, ce mensonge permanent auquel, malgré la souffrance, ces femmes ne changeaient rien. En un sens, elle pouvait comprendre leur position, mais ça avait le don de l'agacer. Un caïd était certes un bon parti, et les trois quarts des femmes de l'assemblée devaient considérer qu'elle avait tiré le gros lot, il n'en restait pas moins que des liens très forts s'étaient tissés entre elle et son futur mari. Et c'était l'essentiel.

Depuis leurs fiançailles, on lui témoignait un respect inédit. Des gens qui naguère la regardaient à peine faisaient maintenant des détours pour venir l'assurer de leur amitié et souligner les relations, si minces fussent-elles, qu'ils pouvaient entretenir avec sa famille. Ça frisait parfois le ridicule, mais leurs protestations d'amitié semblaient si sincères et spontanées que Carole, de bonne nature, ne se sentait pas le cœur de les froisser. Elle répliquait donc sur le même ton et les saluait avec chaleur. Michael lui conseillait d'ignorer tous ces gens et de laisser couler – facile à dire. Au moins, à partir d'aujourd'hui, elle pourrait choisir ses amis et laisser tomber les autres. Son nouveau statut lui permettrait de faire son choix sans blesser personne. Elle jouissait d'une excellente réputation et passait, dans le quartier, pour une fille sympathique, aimable et ne refusant jamais son aide. Son mariage avec le bras droit de Danny Boy venait confirmer sa place dans la communauté, tout en la propulsant nettement au-dessus de sa condition. Mais ça, elle n'en mesurait pas encore les effets… Et la seule chose qui comptait à ses yeux, c'était leur bonheur, à elle et Michael, et elle avait la certitude que leur vie commune serait à la hauteur de ses ambitions.

Cela faisait déjà quelques minutes qu'elle attendait, confiante, devant l'église. Jamais Michael ne ferait quoi que ce soit qui pourrait la blesser. Elle commençait juste à se demander si l'enterrement de sa vie de garçon ne l'avait pas mis en retard… Mais Gordon vint bientôt lui annoncer qu'il était arrivé et que l'on n'attendait plus qu'elle.

Elle se rasséréna aussitôt et veilla à ne pas laisser sa respiration s'emballer. Reconnaissant les premiers accords de la musique qu'elle avait choisie, le thème d'*Autant en emporte le vent,* elle s'avança dans la grande nef au bras de son père. Elle marchait la tête haute et le cœur grand ouvert, prête à recevoir tout cet amour qui l'attendait.

Partout, elle ne voyait que visages attendris et souriants. Les gens étaient sincèrement enchantés de son bonheur. Ils semblaient tous fonder sur elle de grands espoirs, comme si ce mariage avait eu le pouvoir de révolutionner la vie de son mari, le partenaire de Danny Boy Cadogan – le vrai cerveau du tandem, en fait, et surtout le seul être au monde capable de tempérer ses ardeurs… Une chose dont elle ne pouvait se douter, c'était que, le jour où Michael déciderait de porter le coup de grâce, personne ne s'y attendrait...

Du coin de l'œil, Carole vit que Danny Boy avait les yeux rivés sur elle. Gardant les siens fixés droit devant elle, sur Michael qui attendait au pied de l'autel avec un sourire plein d'amour illuminant son beau visage, si franc et ouvert, elle se garda bien de croiser son regard. Elle était radieuse, l'image même de la mariée telle qu'on peut la rêver. Vraiment superbe. Pour une fois dans sa vie, elle se sentait belle et, l'espace de quelques minutes, comprit ce que c'était que d'être dans la peau de Mary. D'aimanter tous les regards par la seule vertu de sa présence, d'en avoir conscience et d'en jouir.

Angelica pleurait. Pour elle, Michael était un ange. C'était le fils qu'elle aurait aimé avoir, elle qui ne voyait désormais plus en Danny Boy qu'un démon capable de les anéantir tous, sur un simple caprice. Elle se força à bannir ces idées noires. Elle avait décidé que, pour elle, ce mariage serait une pure source de joie.

*

Un nuage de fumée avait envahi le bar de l'hôtel. Les femmes et les enfants étaient dans la salle de bal, la sono jouait à fond et la lumière était assez tamisée pour mettre toutes les beautés en valeur, même les plus rassises. Le buffet était copieux et spectaculaire, et de jeunes serveurs en tenue blanche veillaient à renouveler régulièrement les plats. Après le grand banquet de l'après-midi, c'était un incroyable surcroît de luxe et d'abondance. Mais, comme pour tant de choses dans leur monde, les gens n'en attendaient pas moins. Tout, dans ce mariage, était une démonstration de puissance, depuis le lâcher de colombes dans l'église, jusqu'au *piper* qui avait mené le cortège au son de la cornemuse jusqu'au Park Lane Hotel. La grande classe, et un grand succès à mettre au crédit de Carole. Carole, la nouvelle reine du Tout-Londres interlope.

Les hommes étaient entre eux et passaient un bon moment. Michael avait tenu son rôle à la perfection. Il avait ouvert le bal et découpé la pièce montée, puis il avait fait le tour de la salle avec la mariée, distribuant bises, poignées de main et paroles de bienvenue. Maintenant, selon la coutume, il se détendait un peu à la table des garçons. En s'asseyant près de Danny Boy dans l'élégant bar de l'hôtel, il mesura d'un œil émerveillé le chemin parcouru, ces dix dernières années. Ils s'étaient hissés au sommet, et plus personne n'avait la moindre chance de leur souffler la place. Le seul danger qui pût encore les menacer était une irruption intempestive du sale caractère de Danny. Et Michael n'avait que trop souvent réparé les pots cassés... Danny, cependant, semblait avoir compris que personne n'était à l'abri d'une tuile, et décidé de se surveiller un peu. Sa réputation suffisait pour faire obéir les gens et leur imposer sa volonté. Il n'avait plus rien à prouver à personne. Même les caïds extérieurs au Smoke lui rendaient hommage, ces derniers temps. Dans la foulée, il s'était trouvé une nouvelle maîtresse. Un adorable petit bout de femme, avec un joli visage et de grands yeux bleus, qui semblait avoir entrepris de le civiliser un peu. Une « civile », comme on disait. Elle occupait un poste de secrétaire dans une firme de la City et Danny en était gaga. Ils filaient le parfait amour, à la barbe de son ex, qui était aussi la mère de son seul et unique enfant. Michael la trouvait plate comme une limande, mais c'était une personne charmante, avec de bonnes manières et une conversation agréable. En plus, elle ne voulait surtout pas faire carrière dans le milieu. Un bon dîner aux chandelles, quelques sorties par-ci par-là, elle n'en demandait pas plus.

Michael bavardait avec Danny Boy quand il vit débarquer au bar un grand chauve avec de longues dents jaunes, visiblement éméché, qui n'était pas de ses invités et qu'il ignora ostensiblement. Ils formaient une petite bande d'une quinzaine de convives, regroupés autour de deux tables au centre du bar. Les bouteilles de champagne et de cognac circulaient librement et les histoires salaces allaient bon train. Le type devait être un client de l'hôtel. Michael le vit se commander un whisky et venir vers eux. Comme il passait près de leur table, il heurta le coude de Danny Boy et renversa son verre sur sa veste. Ce dernier se leva en lorgnant la tache d'un œil noir, tandis qu'un silence de mort s'abattait sur la petite assemblée. Confus, le type se répandit en excuses maladroites, et chacun se mettait à redouter le pire, quand Carole surgit sans prévenir, pour jeter un coup d'œil à l'état de son mari. Son regard croisa celui de Danny Boy, et elle lui sourit avec une heureuse insouciance, sans la moindre idée du petit drame qui menaçait d'éclater.

— Je te confie mon époux, Danny ! Essaie de freiner un peu sa consommation d'alcool !

Elle échangea un sourire avec Michael et repartit comme elle était venue. Comme son époux revenait aux problèmes en cours, il eut la surprise de découvrir un Danny Boy souriant et bonhomme.

— Pas de problème, mon gars ! lança-t-il. Ça peut arriver à tout le monde, et d'ailleurs, ça ne tache pas !

Puis Danny Boy fit signe au serveur, pétrifié derrière son bar.

— Vas-y, Johnny ! Ressers donc un verre à ce monsieur. Et mets ça sur ma note ! dit-il en faisant un signe de la main au grand chauve et en se rasseyant, au soulagement général.

Michael n'en revenait pas. Danny lui fit un grand clin d'œil, et Michael comprit, les larmes aux yeux, que malgré tout le mal réel et imaginaire qu'on pouvait dire ou penser de lui, cet homme était son ami. Il avait ravalé sa colère et s'était retenu de coller une raclée à cet inconnu pour lui apprendre les bonnes manières – alors que, dans des circonstances ordinaires, il aurait mis un point d'honneur à le faire, quitte à gâcher la soirée. Ses réactions étaient des réflexes autant dire instinctifs. Rien à voir avec la morgue d'un ivrogne telle que l'auraient pratiquée la plupart des hommes à leur table. Pour Danny Boy, le manque de savoir-vivre revenait à tuer quelqu'un. C'était un manque de respect non seulement envers la personne concernée, mais d'abord envers soi-même. Tous, autour de la table, avaient saisi l'importance du symbole. L'histoire n'avait pas fini d'être racontée, et Michael savait qu'il fallait y voir une ultime preuve de loyauté et d'affection de la part de Danny. Pour lui, certes, mais aussi et surtout pour la mariée.

*

Jonjo rigolait et Annie aimait l'entendre rire. Assise à ses côtés, elle écoutait les blagues que leur vieux voisin Siddy Blue leur balançait à jet continu, mais commençait à accuser une certaine fatigue. Il se faisait tard, la fête touchait à sa fin et les enfants s'endormaient, allongés sur les banquettes, sous des manteaux. Le DJ passait des slows et la piste de danse était clairsemée. Quelques couples y étaient enlacés, certains unis par une passion toute fraîche, d'autres déjà usés de s'être trop vus.

Siddy avait de l'abattage et un immense répertoire. C'était un échalas d'une cinquantaine d'années, couronné d'une épaisse tignasse rousse. Danny Boy riait à s'en décrocher la mâchoire. Siddy était une vraie mitraillette et alignait les blagues à perdre haleine. Son numéro était devenu une telle attraction qu'aucune fête digne de ce nom ne se concevait sans lui.

— Et celle-là, tu la connais, Danny Boy ? C'est un flic qui frappe à la porte d'un appart', à Wanstead Flats, en criant : « Ouvrez ! Police ! » La porte s'ouvre sur un môme de douze ans, tenant d'une main un verre de scotch, de l'autre une nana, et avec un putain de joint au bec. « Est-ce que ton père est là ? demande le flic. Et le môme de répondre : « Hé ! gros couillon ! Il a l'air d'être là, à ton avis ? »

Comme toute l'assistance s'écroulait de rire en chœur, Danny Boy se tourna vers son frère cadet et lança d'une voix sonore :

— Mais c'est mon frangin, ce môme dont tu parles, Siddy ! Il n'a jamais craché sur la fumette !

De la main, il ébouriffa les cheveux de Jonjo, qui souffla un grand coup. C'était la première fois depuis des mois que Danny Boy lui adressait la parole. Du jour où il avait découvert qu'il était accro et l'avait emmené à l'hosto, Danny avait fait comme s'il ignorait jusqu'à son existence. Enchanté, Jonjo se mit à son tour à rire à gorge déployée. Danny Boy avait passé l'éponge, et lui, il faisait à nouveau partie de la famille. Ce n'était pas par hasard que Danny avait choisi comme sujet de plaisanterie la source même de leur brouille : ça signifiait qu'il avait tourné la page. Danny lui donnait une seconde chance et Jonjo se sentait immensément soulagé.

Michael vint à leur table leur annoncer qu'il s'en allait.

— Faut que j'aille faire visiter la suite de la lune de miel à ma femme… !

Danny se leva et lui donna une longue accolade. Tout en le serrant dans ses bras, il répéta, d'une voix brisée par l'émotion :

— Tu t'es trouvé une vraie perle, mon pote. Une vraie putain de perle !

— Je sais, Danny Boy, répondit Michael en regardant son vieil ami. C'est le plus beau jour de ma vie !

— Putain, profites-en bien, Mike ! agrémenta Siddy, qui tenait à mettre son grain de sel. Parce que, dans dix ans, ça sera une putain de corvée, de la sauter !

Il partit d'un grand éclat de rire, ravi de sa bonne blague, quand soudain Danny se rua sur lui en renversant la table, pour l'arracher de sa chaise. Siddy avait commis une erreur. Mais quoi, ça faisait partie du rituel des mariages, non ? C'était le genre de grivoiseries que les mecs se racontent entre eux, pour rigoler. Parce que ce sont des mecs, qu'ils sont bien ensemble et qu'ils veulent marquer le coup ! Généralement, ça ne provoquait que des rires avinés et des commentaires goguenards sur les pièges du mariage. Personne n'y voyait malice !

Danny Boy était dans une fureur noire. La blague lui rappelait douloureusement son mariage. Autant agiter un chiffon rouge sous le nez d'un taureau… Car lui aussi, il aurait voulu épouser une perle comme Carole. Mais c'était impossible, il le savait : il détruisait tout ce qu'il touchait, et cette seule pensée suffisait à attiser sa colère. Il n'avait pas eu la chance de devenir le type bien qu'il aurait dû être. Ça, son père y avait veillé, et lui, il ne s'en était jamais remis. Il n'était plus qu'une boule de haine et de désespoir, et cette rage le rendait imperméable à tout sentiment, à toute émotion, à tout ce qui aurait pu l'empêcher de s'abandonner à la violence, dès qu'il sortait de ses gonds. Il détestait s'appesantir sur le désert glacé qu'était devenue sa vie, sauf dans les moments où, comme maintenant, son désespoir devenait tellement criant que lui-même ne pouvait plus continuer à l'ignorer.

Comme il tombait à bras raccourcis sur son vieil ami et voisin, un attroupement aussi horrifié qu'excité par cette soudaine montée d'adrénaline se forma autour d'eux. Michael et Arnold finirent par l'empoigner pour le séparer de sa victime. Siddy gisait à terre, prostré, le nez en sang. Heureusement, ses plaies n'étaient que superficielles. Le vrai choc, c'était le torrent de cris et de jurons que vomissait Cadogan.

— Espèce de vieux dégueulasse ! Dire des saloperies pareilles d'une fille si bien !

Il ruait encore dans le vide quand Michael et Arnold l'entraînèrent hors de l'hôtel. Il avait cassé la table et le bar était jonché de débris de verre. Les femmes rassemblaient les enfants, les hommes cherchaient les vestes et les manteaux pour quitter les lieux. Personne ne tenait à prendre part à la querelle, Danny était impossible à retenir quand il était en pleine crise.

De loin, Mary avait assisté à la scène. Elle avait vu Michael et Arnold emmener son mari, et avait été à deux doigts de se joindre à eux pour tenter de ramener Danny à la raison. Mais elle s'était ravisée : c'était inutile et elle n'arriverait à rien. Alors, pourquoi s'en mêler ? Elle ne se leva qu'en voyant arriver Carole dans sa robe blanche tachée de sang, les joues barbouillées de larmes.

— Ils l'ont balancé dans une voiture et ils sont partis avec lui, Mary ! Il était comme fou, il se débattait pour revenir, en menaçant tout le monde. Le directeur de l'hôtel a dû appeler la police, et une ambulance pour ce pauvre Siddy. Michael et Arnold ont emmené ton mari je ne sais où. Ils sont tous partis, tous ! Mon Dieu... Qu'est-ce que je vais faire, Mary ? Il a tout gâché... !

Mary soupira en pensant à son propre mariage.

— Bienvenue dans mon univers, Carole, dit-elle tristement.

*

Denise Parker dormait à poings fermés quand elle entendit frapper à sa porte. Elle se hâta d'enfiler son peignoir et, traversant son petit vestibule, lança du couloir :

— Qui c'est ?

— C'est nous, Denise. Ouvre, s'il te plaît !

Elle ouvrit, l'air soucieux, et s'effaça pour laisser passer Danny Boy, flanqué de Michael et d'Arnold. Danny tenait à peine sur ses jambes.

— Qu'est-ce qui se passe ? fit-elle platement, en levant un sourcil parfaitement épilé.

Michael lui répondit d'un mouvement d'épaule. L'idée ne serait même pas venue à Denise de ne pas les laisser entrer. Comme son fils se mettait à pleurer, elle referma la porte et courut le rassurer. L'appartement, magnifiquement aménagé, faisait sa fierté. La chambre de son fils était une vraie bonbonnière, décorée d'un papier peint hors de prix et meublée d'un joli berceau commandé chez Harrods. Elle consola rapidement le bambin, puis revint dans le salon où Danny Boy, visiblement pas dans son assiette, s'était laissé choir sur le canapé. Michael posa deux ou trois petits paquets de poudre sur la table basse.

— Il s'est envoyé une bouteille entière de Courvoisier et assez de speed pour défoncer l'armée du Cambodge. Il nous a demandé de le déposer ici.

Denise hocha la tête comme si ça allait de soi. Arnold n'était pas aussi blasé, s'agissant de la situation. Il avait sa petite idée sur la question, mais préférait la garder pour lui. Sa priorité, c'était de se tirer de ce bourbier, sans froisser Danny Boy.

— Laisse-le ici, Michael. Je m'en occupe, dit Denise qui s'était déjà accroupie près de Danny, lequel lui souriait comme si tout cela n'était qu'une bonne blague.

Une fois dehors, Arnold et Michael échangèrent un coup d'œil entendu.

— Grouille-toi de rejoindre la mariée, souffla Arnold, conscient de la nervosité de Michael.

Miles hocha la tête avec lassitude. Le jour se levait. Il lui tardait de retrouver sa femme, effectivement. De la retrouver, elle et la tiédeur de leur lit.

— Tu nous as rendu un sacré service, Arnold. On n'est pas près d'oublier ça.

Arnold s'abstint de répondre et monta en voiture.

— Il ne pense pas la moitié de ce qu'il raconte, ajouta Michael, comme ils s'éloignaient. Il a pas mal de problèmes à régler avec son passé.

Arnold garda le silence. Il n'en revenait pas du monument de loyauté qu'était l'homme assis près de lui. Personnellement, il n'aurait sûrement pas pris la chose aussi bien. Passer deux heures à calmer Danny Boy Cadogan dans un bureau préfabriqué glacial, cerné par une bande de chiens enragés dans la casse alentour, ça n'était pas précisément l'idée qu'il se faisait d'une nuit de noces. Avec Michael, ils l'avaient forcé à ingurgiter d'énormes quantités d'alcool et écouté déblatérer tout son soûl, depuis la hausse du taux de chômage jusqu'à la surpopulation carcérale... Réduits au rôle d'infirmiers psychiatriques, ils avaient attendu que leur « patient » accepte de se « soigner » à coups de gnôle et de narcotiques. Pour Arnold, c'était une putain de révélation, et il avait acquis la certitude que Cadogan était un malade mental. Un cinglé, doré à l'or fin. Mais il préférait garder son diagnostic pour lui. Car une chose était sûre : leurs relations, à ces deux-là, étaient beaucoup plus énigmatiques qu'aucune relation de couple...

— Qui c'est, cette femme ? demanda-t-il.

— Bof, fit Michael avec un haussement d'épaules. Personne.

Ils n'ouvrirent plus la bouche du trajet.

*

Denise souriait et couvait Danny du regard. Qu'il débarque ainsi chez elle, en pleine nuit, voilà ce qu'elle appelait une preuve d'amour. L'idée ne l'effleurait même pas qu'il abusait d'elle. Elle était tellement heureuse qu'il soit là ! Au matin, tout le quartier le verrait sortir de son appartement. Si ça, ça n'était pas une ultime marque d'attachement...

Denise était folle de cet homme. Elle aimait tout, en lui : sa force, son nom, son pouvoir, et jusqu'à sa férocité. Elle, la mère de son putain de fils unique dont, la plupart du temps, il semblait se foutre complètement. N'empêche, quand les choses tournaient au vinaigre, c'était chez elle qu'il trouvait refuge. Même s'il débarquait ivre mort, elle prenait ça pour un compliment. Car il tenait à elle, elle en était persuadée. C'était sa femme qui s'acharnait à les séparer et à les empêcher d'accomplir leur destin. En tout cas, elle lui avait donné un fils, contrairement à cette garce. Danny Boy junior. Tout le portrait de son père. Un futur colosse, doté des mêmes beaux yeux bleus d'Irlandais et de son épaisse tignasse brune. Dans la rue, de parfaits inconnus se retournaient, en s'extasiant sur sa beauté. Ça faisait des mois que Danny ne leur avait pas donné signe de vie, et elle était au courant de sa liaison avec la secrétaire. Mais comme cette petite grue vivait toujours chez ses parents, il ne pouvait pas compter sur elle !

Non, son dernier recours, c'était bien elle.

Elle l'embrassa à pleine bouche sans se laisser rebuter par son haleine d'ivrogne ni par l'amertume de sa salive. Elle glissa sa langue dans sa bouche et l'y promena passionnément, comme il aimait. Il émit un petit grognement qui provoqua en elle un sursaut d'euphorie. Lui aussi, il la désirait.

— Oh, Danny Boy ! Tu m'as tellement manqué...

Elle était plus sûre d'elle, à présent. Elle avait repris la main. Il ouvrit les yeux et promena son regard autour de lui, dans cette pièce qui avait été aménagée à ses frais. À travers les brumes épaisses qui obscurcissaient son cerveau, il comprit qu'il avait encore déconné, et que le démon avec qui il devait composer, jour après jour, avait de nouveau fait des siennes. Mais la caresse de cette main qui s'insinuait dans son futal et lui pétrissait le sexe n'était pas si désagréable... Il ferma les yeux et laissa monter la sensation. Mais, fin soûl et défoncé, il avait du mal à sentir quoi que ce soit... Il la repoussa sans ménagement et, se redressant, éclata de rire. Il venait de comprendre enfin où il était.

— Apporte à boire, cocotte. Je vais préparer une petite ligne, d'accord ?

Denise lui sourit, heureuse de le voir émerger de sa torpeur.

Elle alla lui chercher une canette de bière dans le frigo. Comme tant de femmes dans sa situation, elle se tenait sur son trente et un, à toute heure du jour ou de la nuit. Elle ne sortait que parfaitement pomponnée, coiffée et maquillée, y compris pour aller faire son marché. Elle se brossait soigneusement les cheveux avant de se mettre au lit et ne dormait qu'en sous-vêtements sexy. Il pouvait se pointer à n'importe quelle heure, ce salopard, elle paraîtrait à son avantage. Tout en versant la bière dans un verre, elle jeta un coup d'œil au miroir posé sur le bord de la fenêtre. Plutôt pas mal, vu l'heure. Denise avait été une fille ravissante, mais elle avait brûlé ses vaisseaux pour cet homme qui l'avait mise en cloque et s'était empressé de les oublier, elle et son rejeton. Comme bien d'autres avant elle, elle s'était gravement méprise sur la différence entre le sexe et l'amour. Et maintenant, à cause de l'enfant, elle se retrouvait privée des deux. Les hommes prêts à mettre le nez dans les affaires d'un Danny Boy ne couraient pas les rues. En un sens, sa vie avait pris fin le jour où elle avait décidé de garder le bébé. Si elle avait su la moitié de ce qu'elle savait à présent, elle l'aurait balancé dans les toilettes, ce petit salopiot. Mais non, elle l'avait gardé et il était toujours avec elle – tout comme son père, quoique sans doute plus pour longtemps. Mais chaque fois qu'il débarquait chez elle sans crier gare, comme ça, elle reprenait espoir. Il lui laissait croire qu'elle avait encore sa chance, avec lui. Qu'il reviendrait un jour, pour de bon.

En l'entendant sniffer une grosse ligne de poudre, elle sentit qu'il la regardait. Elle aimait capter son attention. Il ne se gênait pas pour la baiser à couilles rabattues, chaque fois qu'il venait, et elle savait qu'elle n'aurait pas dû se laisser faire. Mais il était tellement beau… Elle n'avait jamais su lui résister. Il pouvait se conduire comme un cinglé, voire un sadique, pour elle ça faisait partie de son charme. Elle aimait le voir s'apprivoiser un peu à son contact – pas tout le temps, bien sûr, mais dans des moments comme celui-ci. Quand il lui disait qu'il l'aimait, qu'elle apaisait à la fois les besoins de son sexe et de son cœur – pas en ces termes, naturellement, mais elle avait appris à lire entre les lignes…

Comme elle venait s'asseoir à ses pieds, il laissa courir sa main dans ses longs cheveux blonds. Cette caresse délicate suffit à Denise. Elle était à lui, et lui à elle. Il la fit pivoter et s'agenouiller devant lui, et elle entendit craquer le cuir du canapé, tandis qu'il se soulevait pour ôter son pantalon. Électrisée, elle le lorgnait d'un œil avide. Il s'était rassis, les cuisses écartées, le sexe dressé, gorgé de sang. Elle eut les narines assaillies par des relents de sueur et de sperme, avant qu'il ne la force à le prendre dans sa bouche, sans autre préambule, et, comme d'habitude, elle accepta de le sucer comme si sa vie en dépendait. Elle s'en fit même une telle joie que son amant en fut soudain lui-même électrisé. Mais ce n'était plus elle qu'il voyait, c'était sa mère, en cloque et sans le sou, accueillant son père à bras ouverts – son père, ce vieux salaud qui les avait vendus et trahis autant qu'il avait pu. C'était Mary, une autre roulure qui avait vu passer plus de bites que Liz Taylor. C'était Carole, la femme que Michael venait d'épouser. Se sentant près de jouir, il lui enfonça son sexe dans la gorge jusqu'à la faire suffoquer. Les borborygmes de noyée que poussait Denise ne firent qu'augmenter son plaisir. Elle commençait à avoir des haut-le-cœur quand il eut enfin son compte, le souffle court et le sang lui cognant aux oreilles – une sensation qui avait l'avantage de lui rappeler qu'il était encore en vie. Le cœur battant, il la regarda descendre une bonne rasade de bière pour se rincer la bouche.

Il s'étira, soudain claqué, et, tandis que Denise préparait d'autres lignes, la lorgna d'un œil méchant.

— Espèce de salope, persifla-t-il. T'es un putain d'aspirateur, hein... prête à sucer n'importe qui pour un peu de poudre !

Au regard de haine qu'elle lui lança, il vit que l'injure avait fait mouche. Cette haine qui lui donnait toujours le sentiment d'avoir mis dans le mille, avec les femmes. Elles étaient toutes les mêmes... Elles se servaient de vous. Car, plus vous les respectiez, plus vous leur en donniez, plus elles vous piétinaient – comme sa mère, qui lui avait toujours préféré ce salaud de malheur. Il se haïssait quand il était comme ça, vulnérable, travaillé par ses mauvais souvenirs. Il se détestait de penser qu'il s'était fait gruger par sa propre famille, que rien de ce qu'il avait fait pour eux n'était jamais assez bien. Qu'au seuil de la mort son propre père avait tenté de le faire plonger avec lui. Le monde était plein de gens qui ne pensaient qu'à vous presser comme un citron. Ça faisait toujours plaisir de voir que les Denise et les Mary de cette saloperie de décharge étaient trop connes pour piger ça...

— Me parle pas sur ce ton, Danny Boy ! Personne me parle comme ça !

Elle s'était redressée, furieuse, les narines pleines de poudre. Elle se releva et le surplomba de toute sa hauteur, prête à se battre pour retrouver un semblant d'estime de soi. Et là, il jeta l'éponge. Il l'aimait, quand elle était comme ça. Il reconnaissait en elle la mère de son fils. Il l'aimait dans sa colère et sa révolte, son courage à se dresser encore contre lui. En un instant, son attitude envers elle avait radicalement changé. Il souriait, à présent.

— Et où il est, mon fils, hein ? Fais-nous voir un peu ce gamin qui me coûte la peau des fesses !

Elle capitula aussitôt, comme prévu et comme toujours, dès qu'il montrait un semblant d'intérêt pour son enfant.

Mais il ne ressentait rien de tel. Rien. Ni pour elle ni pour quoi que ce soit qu'elle ait pu engendrer. Mais ça, elle n'en savait rien et il se gardait bien de le lui dire. Elle avait parfaitement joué son rôle. Maintenant, il ne rêvait plus que d'un bon roupillon, avec le petit déjeuner au réveil, si possible.

Il ne demandait pas la lune, si ?

Chapitre 23

Danny Boy contempla sa fille en souriant. Mary avait fini par accoucher, à terme, d'un bébé magnifique. Un bébé robuste, plein d'énergie et de santé. Après tous ces ratés, c'était presque trop beau. Il avait presque cessé d'y croire… Faut dire que Mary y avait mis le temps ! Danny s'était bien sûr empressé d'oublier le rôle qu'il avait joué dans ses précédentes fausses couches, préférant se voir comme la victime du mélodrame qu'était devenue sa vie conjugale : un pauvre homme privé de descendance, à cause d'une femme incapable de mener une malheureuse grossesse à son terme… Jusqu'au jour où le Créateur lui avait envoyé ce petit bout de perfection, pour contrebalancer ses déconvenues. Comme si cette enfant avait été spécialement destinée à survivre, là où tous les autres avaient lâché la rampe. Secrètement, il savait qu'un fils n'aurait pas fait l'affaire. Pas aussi bien qu'une fille, en tout cas, et sûrement pas à la place d'aîné. Une fille, c'était exactement ce qu'il lui fallait. Car les femmes, il les adorait – et il savait les tenir.

En plongeant son regard dans ces yeux promis à devenir aussi bleus que les siens, Danny ressentit, pour la première fois depuis des années, un petit sursaut d'émotion véritable. De l'affection – de l'amour, même, pour ce petit paquet qui était tout à lui. Il aurait presque pu sentir leur parenté, comme un lien sensible et vivant, tendu entre eux. Ce petit corps, ces jolis petits membres si parfaits. Un vrai miracle, insoupçonnable. Le contact de cette peau translucide ne ressemblait à rien de ce qu'il avait jamais éprouvé. Les mouvements des petites mains l'hypnotisaient, et il les contemplait, subjugué. Les doigts miniatures, si petits, si parfaits, qui se refermaient déjà sur le vide pour le saisir. Ça le ravissait. Un jour viendrait où ces jolies petites mains pourraient se refermer sur des tas de choses… Cette enfant était bien le seul être féminin pour qui il eût jamais ressenti le moindre respect, et qui eût à ses yeux plus d'importance que sa propre vie. Et ça, c'était une putain de révélation, qu'on puisse aimer quelqu'un d'autre plus que soi-même. Ça avait même quelque chose d'effrayant.

La petite bouche s'ouvrit pour émettre un piaulement qui le pénétra jusqu'au fond du cœur, éveillant en lui le besoin primaire de la protéger, en même temps qu'un terrible sentiment de possession. Il voyait cette enfant comme il n'avait jamais rien vu, dans toute sa perfection. Une petite existence parfaite, parfaitement pure, douce et tiède. Une petite personne qu'il avait engendrée et qui dépendait totalement de lui. Contrairement au fils de Denise, elle était issue de son mariage et il se sentait totalement lié à elle. Profondément. Authentiquement. Mary elle-même, épuisée par l'accouchement et privée de ses éternels artifices, lui apparaissait comme la plus belle des jeunes mamans. Il ressentit soudain pour elle une affection qu'aucune femme n'avait su lui inspirer.

Elle eut un sourire nerveux qui eut pour effet de le refroidir momentanément car, pour la première fois depuis des lustres, il aurait vraiment voulu qu'elle se sente aimée et protégée. Il eut envie de la réconforter.

Mais ça, en toute honnêteté, il n'avait jamais su le faire. Mary était pourtant une brave fille et, à sa façon, elle représentait un atout pour lui. Sauf que, contrairement à ce bébé qui exigeait déjà son attention et sa considération en hurlant, Mary avait baissé les bras. Elle s'était écrasée devant lui sans opposer la moindre résistance, ou presque. Il n'avait même pas eu besoin de lutter contre elle...

Il revint donc à la petite et la serra sur son cœur. Il venait de franchir un cap. Ça, c'était du vrai, du solide. Une discipline où il pouvait viser le sans-faute. Il veillerait à ce que sa fille ne manque jamais de rien. Elle était devenue le centre de l'Univers. Voilà, il s'était enfin découvert un talon d'Achille : cette petite personne exigeante et bruyante, ce petit paquet d'humanité. Ce serait désormais son point faible, cette enfant et le besoin qu'il ressentait de la protéger et d'écarter d'elle tout danger.

Il avait bâti un rempart en lui-même, bien des lunes plus tôt. Il avait été stérilisé par la haine et l'indifférence de son père, mais cette petite était pour lui une vraie renaissance. Un enfant, ce n'était pas un simple accessoire, ça ne se réduisait pas à une source de dépenses supplémentaires... Lui, il ne serait jamais comme son père, jamais. Il remuerait ciel et terre pour ses enfants et pour Mary. Car, en tant que mère de ses enfants, elle était désormais au-dessus de tout reproche. Ce bébé était la plus belle chose de sa vie. Finalement, les mômes, c'était ce qui vous restait quand vous aviez tout perdu. Ils étaient authentiques, et c'était la seule chose que vous pouviez réellement considérer comme vôtre, dans ce puits d'emmerdes qu'était l'existence. Lui qui avait si longtemps prié pour recevoir un signe, quelque chose qui lui apporte la preuve que sa vie valait la peine d'être vécue... Et voilà. Il l'avait, sa réponse. C'était cette petite avec ses yeux bleus qui le fixaient d'un regard hypnotique.

Son visage s'était éclairé d'un sourire radieux et sincère. Il se sentait pénétré de la force de sa fille, tout autant qu'épouvanté par le pouvoir que ce bout de chou détenait sur lui. Ce n'était pas un hasard si elle arrivait dans sa vie au moment même où il atteignait un sommet dans sa carrière. Ce bébé était la cerise sur son gâteau. Attrapant Mary de son bras libre, il les serra toutes les deux sur son cœur. Pour la première fois depuis des années, il se sentait en parfaite harmonie avec lui-même.

Quand Mary donna le sein à la petite, il ressentit pour elle une passion dont il se serait cru incapable. De son côté, Mary avait si longtemps désiré l'amour de son homme, c'était si fort de l'avoir, à présent, et à profusion ; elle en était si reconnaissante, qu'elle ne songea pas un instant aux conséquences de cette ferveur toute neuve.

*

Arnold et Michael écoutaient attentivement les explications de Danny Boy concernant leurs nouveaux partenaires espagnols. Danny ne se tenait plus d'excitation. Non seulement cette nouvelle entreprise lui rapporterait des fortunes, mais elle le placerait au sommet de la pyramide du crime. Contrôler Marbella revenait à régner sur un véritable empire. Son influence égalerait celle d'un Premier ministre. Il déciderait qui s'occuperait de quoi et, plus important encore, il détiendrait les clés de l'ensemble. Oui, il allait diriger la firme qui régissait le « rêve espagnol », depuis le prix que les émigrés payaient leurs bagnoles, jusqu'à la valeur de leurs villas – lesquelles ne pourraient bientôt plus être bâties qu'avec son autorisation expresse ! Il déciderait à la fois de ce que les gens s'enfileraient dans les narines et de ce qu'ils trouveraient au supermarché du coin. À un niveau ou à un autre, Michael et lui toucheraient un dividende sur tout ce qui serait acheté ou vendu sur le territoire. Leur pouvoir s'étendrait jusqu'au Maroc, et même au-delà. Il serait aux commandes de tout – oui, tout ! Sainsbury et Harrods pouvaient aller se rhabiller ! Tout ce dont vous aviez envie ou besoin, pour peu que vous soyez prêt à mettre le prix, il se chargeait de vous le fournir – d'un claquement de doigts !

Autant faire tourner la planche à billets… Rien que le casino de Marbella lui rapportait déjà par semaine plus que toutes leurs affaires londoniennes réunies. Cette fois, Michael s'était vraiment surpassé. Allié à sa poigne de fer, le tact de son associé leur avait permis de boucler le contrat en douceur et avec un minimum de stress. Certes, ils avaient dû surmonter certains obstacles – en clair : écarter les gens qui étaient précédemment aux commandes –, mais cet épisode appartenait déjà au passé.

Danny Boy était résolu à ne pas reproduire les erreurs de leurs prédécesseurs : à savoir, ponctionner trop durement les gens qui se chargeaient du vrai boulot. Personne ne pouvait survivre en opprimant les travailleurs de base, ceux qui se coltinaient les vrais problèmes, jour après jour, et s'appuyaient le boulot chiant, pénible et peu gratifiant. La moindre des choses, c'était qu'ils oublient leurs soucis en voyant leur paie, non ? Ça, Danny l'avait compris depuis longtemps : dans toute dictature, le soutien de la base était un facteur vital. Sans ses hommes, il était foutu. Il s'abstiendrait donc de reproduire les conneries des Connors et consorts. Le succès leur était monté à la tête et ils avaient commis l'erreur fatale de leur laisser mettre un pied dans la porte, à Miles et lui. Tout avait commencé avec la came. Une fois ce bastion pris, il n'avait eu qu'à attendre son heure, jusqu'au jour où il avait pu les virer. Privés du commerce des armes et de la came, les Connors n'étaient plus rien. Des fantoches dénués de toute envergure, réduits à prendre des avions de ligne pour se rendre à Gibraltar, comme n'importe quels touristes ! Avec pour corollaire que la flicaille avait pu les suivre à la trace – d'autant plus facilement que Danny Boy avait pris soin de balancer qui de droit aux services concernés... Une petite dénonciation bien orchestrée pouvait rapporter gros. Les Connors avaient réussi à échapper aux mailles du filet, avant de disparaître comme par miracle. Et vu qu'aucun corps n'avait jamais refait surface, les autorités en avaient conclu qu'ils avaient pris la fuite. En abandonnant femmes et enfants...

L'Espagne était un marché immense, en pleine expansion. Tenir le marché espagnol, c'était avoir de facto sa place dans l'élite de la pègre européenne. Les schleuhs eux-mêmes n'avaient jamais réussi à prendre pied à Marbella, et ça n'était pas faute d'avoir essayé. Les Espagnols les détestaient au moins autant que les Anglais, et pas seulement à cause d'une ou deux guerres mondiales ou de quelques matchs de foot. Non, les Boches avaient toujours manqué des réflexes et de la vivacité d'esprit que requiert ce genre d'entreprise. Mais les Espagnols aussi avaient péché par manque de rapidité et de prévoyance, en sous-estimant grossièrement le besoin vital de soleil qu'avaient les Anglais en hiver. En fait, à part les Arabes, tout le monde s'était planté, en Espagne. Et les Connors les premiers : ils n'avaient pas préparé leur expansion comme ils l'auraient dû, et avaient préféré déléguer le boulot – le genre de chose qui revenait à confier les clés de la Barclays à des braqueurs sur les dents, à l'affût de la première occasion pour se barrer avec l'oseille. Ça aussi, ça tombait sous le sens...

Bref, il leur avait suffi, à Miles et lui, de se pointer avec le fric et les contrats ad hoc, pour être accueillis à bras ouverts. Maintenant, ils n'avaient plus qu'à se tourner les pouces en admirant le paysage.

L'arrivée de sa fille avait fait renaître Danny de ses cendres. Il avait retrouvé la niaque de ses premières années. Pour elle, il était prêt à conquérir ciel et terre. Son héritière recevrait le monde sur un plateau – un plateau doré à l'or fin et serti de pierres précieuses. Tel était son nouveau credo.

— À propos, fit-il en souriant à ses deux acolytes, j'aimerais avoir une discussion avec le jeune Bishop. Il a besoin de quelques bons conseils, ce petit.

— Je te le fais venir, ou tu préfères passer au casino ? lança Arnold en se levant.

Le sourire de Danny Boy s'élargit.

— Amène-le-moi ici, à la casse. Ça sera parfait. Je préfère éviter que ce que j'ai à lui dire s'ébruite...

Ces derniers mots firent tiquer Michael. Le suivi des opérations, c'était son pré carré. D'habitude, une fois les choses lancées, Danny ne s'occupait plus de rien. Michael détestait qu'il empiète sur ses plates-bandes, d'autant qu'il en serait de l'Espagne comme du reste : il l'oublierait dès que tout roulerait.

— C'est un de mes meilleurs éléments, riposta-t-il. Qu'est-ce que tu lui veux ?

Danny eut un haussement d'épaules.

— C'est quoi, ton problème ? J'ai un truc à lui dire, c'est tout.

— On peut savoir quoi, au juste ?

Michael était en rogne et ne faisait rien pour le cacher. Il était bien le seul au monde à pouvoir s'exprimer impunément, face à Cadogan – Arnold était bien placé pour le savoir, cela faisait belle lurette qu'il observait le tandem de très près, et il se flattait d'avoir fait le tour du problème. Danny décocha à Miles un de ces sourires de derrière les fagots qu'il gardait pour les occasions où il préférait ne pas dévoiler ses batteries.

— Mais t'es qui, Michael ? La Maison Poulaga ? Et moi, tu me prends pour qui ? Maintenant, même si je le voulais, je pourrais pas te le dire. Alors tu vas devoir attendre, comme tout le monde !

Arnold souriait. Il avait peine à penser à autre chose qu'au fric qui lui tomberait dans les poches quand leurs projets espagnols se concrétiseraient. Pourtant, dans le bonheur il ne lui échappa pas que Norman Bishop émargeait assez bas dans la sphère de Cadogan. Le vent tournait. Il préféra cependant garder son avis pour lui. Après tout, il ne jouait encore qu'un rôle périphérique dans cet univers où il ambitionnait de se faire une place. Avant d'imposer ses règles, il fallait délimiter son territoire. Ensuite, il veillerait à ce que son nom soit synonyme de fair-play et de juste rétribution. Tel était le but qu'il s'était fixé. Et pour l'atteindre, il avait besoin de ce gros givré. Il avait beau aimer et estimer Michael, c'était de Danny Boy que tout dépendait. Seul Cadogan lui permettrait de s'enrichir à la coule pour un maximum de blé. Danny savait utiliser le fric pour se rallier les gens et s'assurer leur loyauté. Car le fric parle à tout le monde. Pas seulement aux affranchis ou aux parrains ; à tout le monde…

Michael bouillonnait. Sentant sa fureur, Arnold évita de croiser son regard et, le cœur lourd, partit chercher Norman Bishop.

Ange regardait sa belle-fille pouponner. Quelle adorable petite fille… Elle avait de qui tenir ! Annie aussi contemplait la scène avec un sourire inconscient, presque félin, tenaillée qu'elle était par un besoin animal, féroce, d'engendrer à son tour. Ce bout de chou, avec son innocence et ses beaux yeux bleus, avait éveillé en elle un instinct jusque-là inconnu. Elle décida sur-le-champ d'en avoir un bien à elle. Elle allait donner un fils ou une fille à Arnold. Ses écarts de conduite ne seraient bientôt plus qu'un mauvais souvenir, et à voir la bienveillance de Danny Boy pour son jeune amant, il était de son intérêt de boire la coupe jusqu'à la lie… Et de prendre garde, sous peine que tout ne se termine dans la fange.

Carole était repartie, Ange et Annie s'apprêtaient à en faire autant. Radieuse, épanouie, les yeux brillants d'espoir, Mary avait l'air en pleine forme. Danny Boy avait fini par lui revenir et semblait avoir renoncé à la harceler et à la torturer, pour devenir enfin un vrai mari, prévenant et attentionné. Mary se reprenait à espérer. L'arrivée de cette jolie petite fille avait mis fin à ses malheurs.

Pourtant, la porte s'était à peine refermée sur ses visiteuses, qu'elle posa le bébé dans le berceau près de son lit puis, ouvrant un grand sac qu'elle gardait à portée de main, en tira une bouteille de vodka. Elle s'en versa une généreuse rasade dans son verre à dents et la siffla en quelques gorgées, terrifiée à l'idée de voir surgir son mari. Aussitôt grisée, elle se laissa aller contre ses oreillers. Elle n'avait pas la force d'en faire beaucoup plus.

Cette petite occupait désormais la première place

dans la vie de Danny. Mary était donc forcée de se tenir à carreau. À bien y réfléchir, cet enfant sur qui elle avait tant compté pour lui rendre son mari risquait d'avoir l'effet inverse sur leur couple. Car Danny n'allait plus se gêner pour passer au crible ses moindres faits et gestes. Ce serait comme d'être sous un microscope, en pire... Pas la peine de songer, ne serait-ce que de temps en temps, à un petit verre pour arrondir les angles... Même ça, ça lui serait interdit. Son emploi du temps allait être décortiqué et surveillé pour le bien de sa fille... Elle aurait aussi vite fait de signer son arrêt de mort ! Mais pleurer ne l'avancerait à rien.

Des cris plaintifs s'élevèrent soudain du berceau de la petite... cette enfant qu'elle aimait, mais qui pouvait devenir la perte de sa mère. L'idée la frappa alors, avec une surprenante clarté, que cette naissance venait de marquer une frontière. Sans le vouloir, son bébé avait bouleversé sa vie.

Plus tard, penchée sur sa fille endormie, elle observa sa minuscule poitrine qui palpitait à chaque souffle et comprit quel était le vrai rôle d'une maman. Le grand secret de la maternité, c'était de vous occuper de votre enfant, en dépit de son géniteur et malgré la crainte ou la haine qu'il pouvait vous inspirer. Un enfant, c'était pour la vie – avec un peu de chance, c'était lui qui vous enterrerait. Même sous la coupe d'un Danny Boy Cadogan, qui ne laissait passer aucune occasion de rappeler qui était le maître, une mère devait être prête à donner sa vie pour celle de son enfant, pour assurer son bonheur et l'entourer d'amour.

Tout en contemplant sa fille, Mary ne parvenait pas à s'ôter de l'idée qu'elle avait mis un sacré fardeau sur ces petites épaules, en la personne de ce père aussi instable dans ses relations affectives que dans ses affaires. Un homme imprévisible dont l'amour pouvait être aussi dangereux que la haine. Elle lui avait donné pour géniteur une brute sanguinaire qui n'hésiterait pas à se servir d'elle pour torturer sa mère jusqu'à son dernier jour...

Mary pleurait à chaudes larmes quand les infirmières arrivèrent dans la chambre, et cette fois rien ne put la consoler. Elle était de nouveau tombée dans le panneau. Personne ne le voyait encore, mais elle, ça lui crevait les yeux.

Le bonheur qu'elle avait osé entrevoir l'entraînait à présent dans un abîme de désespoir et d'incertitude. Elle en venait à douter de son propre bon sens : comment diable avait-elle pu s'imaginer que la naissance de la petite arrangerait quoi que ce soit ? Sa vie était foutue, sans rémission possible – quel que soit le nombre de bébés que Danny l'autoriserait à mettre au monde.

*

Norman était dans ses petits souliers et Arnold trouvait qu'il en rajoutait un peu, dans le genre cordial et enjoué. Les types comme lui avaient beau apprécier Bob Marley, ils n'avaient guère d'amis noirs. Ils la ramenaient sur le thème « touche pas à mon pote », mais changeaient de ton, face à un vrai Black pur et dur. Ils accusaient le choc, tout à coup, pris de méfiance pour cette portion de la population qu'ils avaient côtoyée sans vraiment la fréquenter. Ah, vive l'enseignement catholique, qui garantissait aux petits Danny Boy un environnement multiracial leur assurant une chose qui manquait cruellement aux autres classes de la société : l'occasion de se faire des copains entre parias de l'Empire britannique ! C'était plutôt marrant, d'un certain point de vue, mais c'était aussi très triste. Triste et révoltant. Arnold se sentait plus anglais que bien des gens. Il était noir, certes, mais il était né et avait grandi dans ce pays, qu'il aimait. Tout comme Danny Boy et Michael, il était fils d'immigrés – et d'immigrés irlandais, encore ! Comme tous les ressortissants britanniques, il était le bienvenu où qu'il aille, et il en voulait à tous les Norman du monde de lui faire sentir qu'il n'était pas leur égal.

Il s'était un tantinet laissé emporter par son animosité, quand il avait enfourné manu militari le jeune type dans sa voiture. La brusquerie de ses manières avait provoqué une dégradation notable de l'atmosphère. Norman pétait littéralement de trouille – réaction incompréhensible pour Arnold, qui ne l'avait en rien menacé, même si ça l'avait un peu chatouillé. Il avait donc choisi de faire comme si Bishop n'était pas là et, lorsqu'ils arrivèrent à la casse, ce petit con avait perdu tout intérêt pour lui. Des malfrats, tous autant qu'ils étaient… qu'est-ce qui autorisait Norman à l'écraser de son mépris ?

Les chiens se mirent à hurler quand il se gara devant le bureau. La nuit était tombée et Norman sentait qu'il se tramait quelque chose. Mais il avait compris qu'il valait mieux s'abstenir de tout commentaire. Arnold attendit patiemment que le gardien vienne chercher les chiens pour mettre pied à terre et ouvrit la portière avec un geste un rien trop appuyé, levant toute ambiguïté dans l'esprit de Bishop : il venait de se faire un ennemi mortel.

Un silence de plomb régnait dans le bureau. Danny Boy invita Arnold et Norman à entrer en souriant de toutes ses dents et Norman décida de faire front –

avait-il vraiment le choix ? Il s'avança donc dans la pièce d'un air avantageux et essaya d'y aller à l'esbroufe. Arnold se dit qu'il avait quelque chose à cacher... mais quoi ?

Danny Boy lui donna l'accolade, lui servit un verre et lui offrit un siège, comme il l'aurait fait pour un visiteur de marque ou un membre estimé du milieu – ce qu'il était, jusqu'à preuve du contraire. Mais Cadogan ne faisait jamais rien sans raison.

Curieux de savoir ce dont il retournait, Arnold prit place près de Michael, qui lui parut vaguement mal à l'aise. Norman non plus n'était pas des plus relax. Sans doute commençait-il à comprendre dans quoi il s'était fourré. Mais ça, Arnold s'en lavait les mains. Quoi qu'il puisse advenir de ce type, cette nuit-là, ça n'était pas son rayon. Quand on se croyait assez malin pour doubler Danny Boy, fallait assumer, et si Norman avait tenté un coup foireux, il avait amplement mérité ce qui allait lui tomber dessus. Dès son plus jeune âge, Arnold avait appris qu'il était parfois bon de savoir se fondre dans le paysage. Il attendit la suite sans moufter.

— Alors, comment va, Norman ? attaqua Danny Boy, avec un grand sourire.

Il avait vraiment l'air d'être le plus heureux des hommes.

Norman eut un sourire crispé. Il en avait entendu parler, de cette casse, mais n'y avait jamais mis les pieds. Tout le monde savait qu'une invitation dans ce bureau n'augurait rien de bon. Généralement, les gens qui visitaient l'endroit avaient la sale manie de disparaître. Des tas de gens avaient « disparu », ces dernières années, et on murmurait que Danny Boy n'y était pas pour rien. Ce genre de ragots circulait sous le manteau, mais il était communément admis qu'au moindre soupçon Danny avait tendance à vous rayer de sa liste, c'est-à-dire de la surface du globe.

— Et toi, Danny Boy ? répliqua Norman d'un ton raide.

— Au poil, Norman ! répondit Cadogan, toujours tout sourire. Je vais à la messe, je viens d'avoir un bébé, j'ai une femme charmante... Je suis un homme foutrement verni !

Norman acquiesça d'un hochement de tête. Un peu jeune pour le poste qu'il occupait, il avait bénéficié d'appuis efficaces – on s'était porté garant de lui, dans sa famille, en jurant qu'il ferait l'affaire. Personne n'aurait pu songer que ce jeune crétin oserait gruger Cadogan. C'était tout bonnement inimaginable. Qui aurait été assez con ?...

— J'entends dire que t'es un putain d'élément pour mon équipe, Norm. Je suis aux anges. T'as vraiment mouillé ta chemise et tu nous as rendu des putains de services, à moi et à Michael. On est toujours un peu débordés – pas vrai, Mike ? On ne peut pas avoir l'œil partout, du moins pas autant qu'on aimerait. Ce qui fait qu'on doit compter sur des gens comme toi. N'est-ce pas, Michael ?

La tête de Danny Boy pivota brusquement vers son vieil ami et Michael sut que Bishop était cuit. Il ne quitterait pas la pièce vivant. Danny avait été tuyauté et Michael aurait donné cher pour savoir par qui. Norman appartenait déjà au passé. Danny lui donnait la réplique de cette voix basse typique, où perçait une pointe de bienveillante curiosité. Il lui posa quelques questions d'un ton si aimable que Norman aurait pu y voir une vraie marque d'intérêt... mais un bref coup d'œil à Michael et Arnold aurait suffi à l'assurer du contraire : Cadogan se payait sa tête.

— Est-ce que tu vas à la messe, Norman ? Moi oui, et Michael aussi. Si on y va, c'est qu'on a pris Dieu pour modèle. Il est notre but, ce que nous aspirons à devenir.

Norman garda le silence. Il se sentait en mauvaise posture et cherchait désespérément un moyen de se tirer d'embarras.

— Vas-y, Danny Boy, lança-t-il enfin. Qu'est-ce que je t'ai fait ? On dirait que t'as quelque chose à me reprocher. T'as pourtant toujours gagné un max avec moi, non ?

Norman avait décidé d'attaquer pour mieux se défendre, en espérant que ses appuis suffiraient à assurer sa sécurité. Les Bishop étaient une vieille famille du sud de Londres. Ils avaient pignon sur rue et contrôlaient une partie du marché. Sans eux, Danny et Michael auraient mis beaucoup plus de temps à se faire une place dans le bizness. Mais inversement, sans Cadogan, les Bishop n'auraient jamais pu développer de façon aussi fulgurante leur clientèle. Et Norman avait bêtement confondu sa position de force avec une garantie d'immunité...

Michael et Arnold attendaient que Danny Boy passe à l'action. Mais il était assez pervers pour commencer par jouer un peu avec sa victime.

— Est-ce que tu me prendrais pour un con, par hasard, Norman ? lui demanda-t-il en levant les mains vers le ciel. Allez... Tu sais comme moi que t'as essayé de me rouler. Alors, pas la peine de tourner autour du pot ! Ne coupons pas les cheveux en quatre...

Michael observait la scène, le cœur serré. Ce petit sketch n'était destiné à personne d'autre qu'à lui. Danny Boy faisait durer le plaisir, pour le mettre en garde.

Norman ne répliqua pas. Il s'attendait au pire et ne voyait plus aucun moyen de l'éviter. Danny Boy se fichait bien de ses relations. Aucun membre de sa famille ne débarquerait dans cet infâme cagibi pour le tirer de ses griffes. Il s'était fait prendre la main dans le sac et n'avait plus qu'à accepter son sort.

— Imagine que je sois ton confesseur, Norman. Pas Michael, à qui tu aurais dû rendre compte normalement – mais moi, Cadogan. Tu pourrais me dire, par exemple : « Bénissez-moi, mon père, parce que j'ai piqué dans la caisse… » Parce que c'est bien ce que t'as fait, hein ? Tu t'es salement sucré sur le fric des paris ! Eh bien, figure-toi que j'ai mis le nez dans les livres de comptes, contrairement à mon cher ami, ici présent. Et moi, je ne te fais aucune confiance, Norman. Alors, ta pénitence, ce sera deux *Notre père*, trois *Je vous salue Marie* et la corde pour te pendre. À propos, c'est tout vu, avec tes oncles. Eux aussi, ils trouvent que t'es un sale petit con – alors, t'attends surtout pas à voir débarquer la cavalerie. Tu m'as taxé un pour cent de mes revenus, en plus du salaire royal qui t'a été versé rubis sur l'ongle. Pour moi, c'est une vraie claque. Ça revient à me traiter de poire en pleine gueule, tu trouves pas ? Par la même occasion, tu t'es permis d'entuber mon meilleur pote, mon propre beau-frère – lequel se fiait à toi, les yeux fermés ! Alors, à ton avis, comment je dois le prendre ?

Arnold et Michael comprirent que ce jeune homme, avec sa coupe négligée et ses problèmes d'arithmétique, allait être sacrifié pour que Danny Boy puisse leur administrer une petite démonstration. Car, même s'il laissait à Michael la gestion de leurs finances, Danny s'estimait aussi capable que lui de surveiller leur chiffre d'affaires. Bref, il voulait leur rappeler qu'il exerçait un contrôle bien plus rigoureux qu'ils ne l'imaginaient.

Le regard de Danny Boy s'était posé sur son ami, que la révélation des agissements de Bishop avait plongé dans l'embarras. Michael avait accordé sa confiance à quelqu'un qui n'en était pas digne. Une erreur qui risquait de lui coûter cher. Danny Boy tenait à lui mettre le nez dedans, en lui rappelant que, s'il n'était peut-être pas aussi doué que lui pour jongler avec les chiffres, il savait ouvrir l'œil. Miles se serait damné pour savoir qui avait mouchardé au casino. Tout venait de là, c'était certain... Mais quelles raisons aurait-il eu de se méfier de ce gamin, vu ses recommandations ? N'empêche, Danny Boy voulait lui montrer qu'il était le plus malin. Et la leçon ne valait pas que pour lui, mais pour tous ceux qui bossaient pour Danny.

Arnold observait tout ça avec grand intérêt et n'eut qu'une imperceptible grimace quand Danny Boy sortit un marteau de tapissier d'un tiroir de son bureau. Après quoi, sans la moindre hâte et sans cesser de pérorer, il le vit ôter sa veste, puis sa chemise, pour ne pas les tacher – le tout sans quitter des yeux le jeune homme, pâle de terreur. Secouant la tête d'un air d'incrédulité feinte, il le morigéna pour son inconséquence et ce qu'il considérait comme une impardonnable faute de goût. Quand, sans se départir de son sourire, il abattit le marteau sur la rotule de ce pauvre Norman, Arnold se dit que le jeune homme devait regretter amèrement d'avoir mis le nez dans la tasse.

À l'extérieur, les hurlements des chiens surexcités couvraient les cris du supplicié. Et bientôt, ses gémissements puis ses râles, joints à l'odeur du sang, achevèrent de les déchaîner.

Chapitre 24

— T'es sûre que ça va, mon cœur ?

La petite était au sein et Mary acquiesça d'un signe de tête en réprimant un frisson. Danny n'avait jamais été du genre prévenant, surtout pas dans l'intimité, et l'intérêt qu'il lui manifestait soudain, lui qui avait feint de s'occuper de son père pour mieux le torturer, avait quelque chose de sinistre.

Comme Danny Boy traversait la chambre pour la rejoindre, elle ne put retenir un mouvement de recul. Sa tête s'enfonça dans ses épaules et elle leva la main pour se protéger le visage – comme si cela pouvait suffire... Loin de le dissuader, ce geste agaça prodigieusement Danny. Quelle comédienne ! Toujours à l'affût du mélodrame... Elle s'en tirerait pas si facilement.

Avec un sourire pour le petit minois du bébé, il planta ses yeux dans les siens et se grisa de sa peur, de ce tremblement intérieur qu'il provoquait en elle. Il savait qu'en sa présence – et pis, en son absence – elle ne pensait à rien d'autre qu'à ses sautes d'humeur. Il poussa un soupir excédé et alla s'asseoir sur la causeuse, près de la grande fenêtre de leur chambre – un meuble qu'il avait toujours vu comme une touche ironique, dans la déco de leur boudoir. Il s'alluma un cigare Portofino et regarda Mary allaiter l'enfant, le visage crispé par l'effroi. Elle avait les nerfs si tendus qu'il aurait pu y jouer un petit air, eût-il été d'humeur mélomane, songea-t-il avec cynisme.

Il observait sa femme comme il aurait regardé les babouins au zoo. Il l'aimait, pourtant. Il ressentait pour elle un regain de la tendresse qu'elle lui inspirait, du temps où il s'était fixé comme mission de l'enlever à cet amant qu'il trouvait tellement au-dessous d'elle (ou, plus exactement, au-dessous de lui). Mais elle ne le méritait pas. Cette femme n'était qu'une vulgaire roulure qui, sans son intervention, aurait échoué dans le lit du premier venu – à condition que ce dernier accepte de l'entretenir, bien sûr... Ce genre de certitude, c'était la pire des fondations pour un couple, quand on s'appelait Cadogan. Certes, lui non plus, il n'était pas un ange, mais c'était justement grâce à ça qu'il pouvait leur offrir un tel standing. Cette peur qu'il répandait autour de lui... Il ne voyait donc vraiment pas pourquoi il aurait eu du respect pour une femme qui n'avait rien de respectable. Elle, dont le seul mérite avait été de se trouver au bon endroit au bon moment, et maquée avec un type qu'il avait décidé d'éliminer.

Mais elle était plus que désirable, ces derniers temps, avec ses seins gonflés de lait et son teint diaphane. Elle n'avait gardé aucune trace de sa grossesse. Pas une vergeture. Son corps restait parfait, souple et ferme, et sa peau veloutée. Une femme et une mère formidable. Une vraie Walkyrie ! Jamais elle ne se retournerait contre lui, quoi qu'il arrive. Ça n'était tout simplement pas dans sa nature. Mary était fondamentalement loyale et, du point de vue de leur couple, ou de ce qu'il en restait, c'était l'essentiel.

Elle parvenait même à l'exciter encore. Or, pour lui comme pour la plupart des mecs, rentrer chez soi chaque soir et prendre le même repas en face de la même personne, ça virait vite à la corvée. S'envoyer la même bonne femme deux fois de suite, c'était carrément le fond de l'abomination. Dieu aimait châtier et Il pouvait avoir la main lourde, Danny avait payé pour le savoir. Mais le commandement qui prohibait l'adultère, c'était une vraie blague, de la part de quelqu'un dont le Fils avait été jeté en prison, passé à tabac et crucifié pour racheter les péchés du monde. L'interdit de l'adultère et du vol, c'était pour les débiles ! Pour les gens qui n'avaient aucun respect d'eux-mêmes et ne se seraient pas gênés pour pécher à tour de bras, sans ça. Dieu savait parfaitement de quelle fourberie le pécheur de base était capable, voilà pourquoi Il avait réglementé les transactions humaines. À la possible exception de celles de l'Église, bien sûr – quoique, celles-là, Il aurait eu de bonnes raisons de s'en occuper... En tout cas, la plupart de Ses commandements n'étaient plus adaptés à l'époque. Ça ne signifiait pas qu'ils étaient lettre morte, ça non, mais ils ne s'appliquaient plus qu'aux lopettes et aux brêles, pas aux pointures comme lui. Les types qui disposaient d'un minimum de jugeote.

Sans compter qu'il y avait toujours la clause d'exemption : pourvu qu'on ait la foi (et Dieu sait qu'il l'avait) et qu'on regrette sincèrement ses fautes (et il les regrettait, ô combien !), on était couvert à cent pour cent. C'était l'avantage, avec le catholicisme – « la meilleure religion du monde ! », comme le bramait son vieux quand il rentrait bourré. Vous pouviez picoler, jouer et vous enfiler tout ce qui passait. Moyennant la dose adéquate de repentir, vous pouviez assassiner, semer le chaos et convoiter ce qui vous plaisait – à savoir, dans son cas, les femmes de ses voisins, pour de bonnes parties de jambes en l'air... Un vrai délice dont il ne serait jamais rassasié... Il n'y en avait pas deux pareilles et elles étaient trop nombreuses de par le monde pour qu'un homme, un vrai, puisse se contenter d'une seule. On en voyait fleurir une nouvelle récolte pratiquement tous les ans, dans les bars et les clubs. Des jeunettes toutes fraîches qui ne demandaient qu'à être cueillies. Un supplice de Tantale, pour quiconque savait y faire. Les mâles étaient génétiquement conçus pour répandre leur semence, et les femmes, des êtres capables de la pire duplicité. Un quart de ses congénères ne vivaient-ils pas avec des coucous dans leur nid, des gosses qu'ils devaient élever et nourrir comme s'ils avaient été les leurs ? Impossible de compter sur elles. Menteuses et calculatrices, toutes autant qu'elles étaient. Inutile de chercher plus loin ce qui l'avait décidé à effrayer suffisamment la sienne pour lui enlever toute envie de papillonner ou de tenter quoi que ce soit contre lui...

Tout ça ne l'empêchait pas de rester fidèle à sa foi catholique. Il n'était pas du genre à transiger, mais il y avait tout de même des jours où la stricte observance des Commandements était au-dessus de ses forces, surtout avec une telle radasse !

Danny avait aussi l'intime conviction que Dieu ne pouvait se défendre d'une certaine admiration pour lui. Il en était aussi sûr que du nom qu'il portait. Dieu veillait sur lui, personnellement. Il le comprenait et l'estimait – c'était là un point essentiel, parce que Dieu était le seul autre mâle avec lequel il se sentait sur un pied d'égalité, voire qu'il supportait de placer au-dessus de lui-même. C'était en tout cas le genre de certitude que lui inspirait la vue de sa fille. Cette petite était la preuve de l'existence de Dieu. Lui seul avait pu faire un si joli petit miracle !

Sa bouche minuscule tétait goulûment le sein de sa mère, en produisant d'adorables petits bruits de succion. Mais Danny aurait pu jurer qu'en rentrant d'Espagne il la trouverait au biberon.

— J'espère que t'as vraiment arrêté l'alcool, cocotte…

Mary confirma d'un timide signe de tête, les bras noués autour du bébé en un geste protecteur. Les derniers mots de son mari l'avaient glacée.

— Pas ce soir, Danny. S'il te plaît, ne recommence pas avec ça.

Elle le suppliait d'une voix tremblante, voilée de nervosité. Comment pouvait-elle lui demander ce genre de truc ? Croyait-elle vraiment qu'il accordait le moindre intérêt à ce qu'elle pouvait penser, vouloir ou désirer ? Pour toute réponse, il se contenta de la regarder en se mordillant la lèvre, les yeux scintillant d'un éclat de rire contenu, comme si elle venait de lâcher une blague irrésistible.

La braise de son cigare jetait une lueur menaçante dans la pénombre de la chambre et Mary se sentit céder à la panique. Danny était capable de le lui coller sur la figure, sur le dos ou sur les seins. Ça n'aurait pas été la première fois. Il la frappait de préférence sur les bras et les jambes, sur le ventre ou le dos, à des endroits qu'elle pouvait cacher – ce qu'elle faisait. Pour une femme, admettre ce genre de sévices était un aveu de défaite. Elle craignait aussi la réaction de Michael – mais lui, ce qu'il soupçonnait et ce dont il avait la preuve, ça faisait deux. Mais elle adorait son frère et ne ferait jamais rien pour le dresser contre son ami. De toute façon, avec Danny, personne ne pouvait avoir le dernier mot. C'était un cinglé de la pire espèce : le genre moralisateur, un maître de l'autojustification. Il ne voyait jamais rien de mal à ce qu'il faisait et savait mieux que les autres la façon dont ils auraient dû vivre ou réagir à leur environnement. Selon lui, il n'existait qu'une bonne façon de vivre – la sienne.

Danny alla se rasseoir sur la causeuse, qui paraissait minuscule sous son grand corps. Il se tenait en équilibre sur l'accoudoir, comme d'habitude. La chambre était un modèle du genre, dans les tons ivoire et crème, dégoulinante d'ors et d'abondance. Tout ce luxe aurait dû suffire à son bonheur, mais en fait il détestait ça. Il détestait faire étalage de son fric, comme s'il était tenu de se justifier. Il aurait été bien mieux chez sa mère. Ange avait beau être indigne de confiance, elle au moins, elle savait ce qu'il lui fallait. Il avait longtemps vécu heureux près d'elle, dans leur minuscule appartement – jusqu'au jour où elle avait décidé de reprendre le vieux et où tout avait basculé. Il avait enfin compris le rôle qu'elle lui faisait jouer. Celui de la vache à lait, de la poire qu'elle gardait pour sa soif, du père de substitution pour les gosses que lui avait faits ce salaud, ce grand zéro qui l'utilisait comme un vulgaire Kleenex.

La toxicomanie de son frère découlait en droite ligne des frasques de leur père. Ça n'était jamais qu'une faiblesse du même ordre que celles de Big Dan, à la différence que Jonjo préférait la seringue aux pintes et aux cartes. Les héroïnomanes étaient de vrais dégonflés. La schnouf, c'était l'équivalent de tous ces tranquillisants que s'envoyaient les bonnes femmes pour pouvoir supporter leur chienne de vie. Celles qui regardaient *Dallas* et écoutaient « *Top of the Pops* »... Après tout, pas sûr que l'héroïne soit le pire de ces maux...

Ça avait été une vraie claque, de découvrir que son frère était héroïnomane, ça avait bouleversé son système de valeurs. Heureusement, Jonjo n'avait plus touché au *brown*, depuis sa cure de désintox. Danny y voyait une victoire personnelle, la preuve que les camés pouvaient s'en sortir, à condition d'en avoir la volonté. Fallait quand même être le dernier des minables pour se laisser aller au point de perdre tout contrôle sur sa vie – et de casquer pour s'offrir ce putain de privilège ! Si Jonjo avait eu besoin d'un petit coup de fouet, de temps en temps, une ligne de coke ou de speed, voire un petit shoot de stéroïdes... à la rigueur, il aurait pu le comprendre. Mais le *brown*, c'était la claque. Une putain d'offense à ses convictions les plus profondes.

Avant même d'avoir fait quoi que ce soit de sa vie, Jonjo était devenu une épave. Et pour Danny, il n'était plus question de lui faire confiance. Quand on y avait goûté, c'était fini, on replongeait toujours tôt ou tard. C'était une constante pour ainsi dire commerciale... Quand on lisait les articles du *Sunday* sur tous ces gosses de riches, Blandford et consorts, qui gaspillaient leur vie, des vies dorées qui valaient pourtant la peine d'être vécues, on se mettait à la place des parents. Ils devaient se sentir foutrement inutiles et paumés, avec toute leur fortune qui n'avait servi qu'à permettre à leurs gamins de sombrer plus vite et plus loin dans la nullité. Tout ce fric, des siècles d'efforts, pour aboutir à quoi ? À une génération qui clamait sur tous les toits que le fric ne signifiait rien pour elle. Mais ils oubliaient un détail : s'ils pouvaient s'offrir le luxe de le mépriser, ce fric, c'était parce qu'ils l'auraient toujours à portée de main. Leurs ancêtres devaient se retourner dans leur tombe, à ces petits fumiers !

Danny exécrait le monde et ce qu'il était devenu. Ses valeurs, surtout. Les Falkland* ? Simple manœuvre de diversion, destinée à faire oublier la hausse du taux

---

* Au mois de juin 1982, Margaret Thatcher fonda sa décision de répliquer à l'invasion des Malouines par l'Argentine sur le droit à la légitime défense, et sur la défense de la démocratie et du droit fondamental des habitants des Malouines, citoyens britanniques, à échapper au contrôle d'une dictature.

de chômage ! Comme nombre de ses collègues, cependant, il adorait Thatcher, qui avait considérablement simplifié (bien involontairement, sans doute) la circulation des biens et des capitaux – et, partant, la tâche de ceux qui avaient de l'argent sale à blanchir. Vous pouviez désormais acheter un bien immobilier en liquide, l'hypothéquer et emprunter de l'argent propre pour investir dans des affaires, fussent-elles d'une stabilité toute relative... Du moment que vous fournissiez un titre de propriété, personne ne vous posait la moindre question. Les boîtes concernées pouvaient fermer le matin et rouvrir l'après-midi – personne n'en était vraiment propriétaire, tout était en leasing et tout le monde s'en foutait. Suffisait de changer le nom sur le formulaire et d'aller retirer le fric à la banque. Un jeu d'enfant !

Thatcher avait mis à la portée de tous les tours de passe-passe financiers autrefois réservés aux classes supérieures, et la City était devenue le plus florissant des paradis fiscaux. Vous pouviez désormais acheter votre logement HLM et, ce faisant, vous propulser automatiquement dans la classe moyenne. Elle avait ainsi créé de toutes pièces une nouvelle race de conservateurs : rien de tel qu'un prêt à rembourser pour empêcher les gens de se mettre en grève ! Aucune banque n'aurait accepté des remboursements de quelques livres par mois, comme les services sociaux municipaux le faisaient pour les arriérés de loyer... Les bailleurs de crédits immobiliers n'en avaient rien à foutre, de vos problèmes. Avec eux, vous vous retrouviez sur le trottoir en moins de deux. Normal, ils avaient l'avantage d'être plus propriétaires que vous de votre baraque ! Une foutue bande de canailles et de pignoufs, tiens !

Danny considérait à présent le marché espagnol comme acquis. C'était un bon plan ; excellent même, à long terme. Capable d'assurer son avenir, et au-delà. Ça, c'était aussi sûr que le fait que sa légitime n'était et ne serait jamais une vraie blonde platine ! Il avait bien fait de sauter sur l'occasion et de déléguer les postes subalternes à des gars de confiance. Il s'était fait quelques ennemis au fil des ans – c'était quasi inévitable, avec son caractère –, mais il savait aussi se montrer bon prince. Les bon salaires faisaient les bonnes équipes. En plus, au cas où le temps viendrait à se gâter, ses hommes pouvaient compter sur son soutien. Et ça, quels que soient les sentiments que Danny pouvait leur inspirer par ailleurs, c'était pour eux un genre de Sécu. Danny Boy et Michael avaient toujours donné l'exemple, sur ce point, et les gens faisaient la queue pour venir bosser avec eux. C'était excellent pour leur image et ils n'avaient qu'à attendre que les meilleurs viennent leur proposer leurs services.

Il s'étonna une fois de plus de la bizarrerie qu'était sa vie conjugale. Comment avait-il pu épouser une femme si belle, pour qui il éprouvait si peu d'intérêt ? Si Mary n'avait pas réussi à mettre au monde un enfant viable (et qui, heureusement pour elle, ressemblait à son père...), il n'aurait même pas pris la peine d'aller la voir. Il se serait déjà envolé pour l'Espagne depuis plusieurs semaines. Mais cette petite le fascinait. Jamais il ne s'était senti aussi attaché à qui que ce soit, et ça le réjouissait presque. Elle avait le don de lui faire fondre le cœur... pour l'instant du moins.

— Tu te souviens de l'époque de nos fiançailles, chérie ? Tu te rappelles comme on pouvait rigoler ?

Mary hocha tristement la tête et Danny crut voir une lueur d'espoir briller dans ses yeux. Quel brave toutou, elle revenait toujours vers son maître, encaissant rebuffade après rebuffade sans se décourager. Une loyauté au-dessus de tout soupçon, vraiment.

— Je t'aime, chérie. Tu sais comme je vous aime, toi et la petite. Mais en ce moment, j'ai pas mal de soucis pour assurer notre avenir. Comme tu sais, je dois gagner notre croûte.

Mary hocha la tête sans abaisser sa garde. Cette bonhomie pouvait se dissiper d'un moment à l'autre et se transformer en haine. Tout ce que faisait ou disait son mari ne visait jamais que ses propres desseins. Ah, elle aurait voulu le voir tomber raide mort. Qu'il s'en aille enfin, pour qu'elle puisse le nourrir au biberon, ce foutu bébé, comme n'importe quelle femme ! Mais elle s'appliqua à garder une expression d'une parfaite neutralité et ne desserra pas les dents, pour lui laisser l'initiative de la manœuvre. Elle avait appris depuis longtemps à ne pas l'aborder de front. Avec lui, pas la peine de discuter. Aucun argument ne pouvait le convaincre. Et quand il était remonté, le seul fait de croiser son regard équivalait à une déclaration de guerre.

— Ça va aller, avec le bébé, pendant mon absence ? T'es sûre que tu ne vas pas te soûler du matin au soir, en oubliant de t'en occuper ? Tu ne t'attends pas à ce qu'elle change ses couches toute seule, hein ? Si seulement je savais que je peux partir tranquille…

Ces paroles avaient fait monter les larmes aux yeux de sa femme. Danny savait qu'elle s'angoissait pour la santé du bébé, et son attitude et ses remarques acerbes amplifiaient démesurément sa crainte de mal faire. Tant mieux. Folle d'anxiété, elle attendrait son retour avec trop d'appréhension pour pouvoir se concentrer sur quoi que ce soit d'autre.

— Tout se passera bien, Danny. Combien de temps tu comptes rester en Espagne ?

Cette garce devait croiser les doigts pour qu'il y reste le plus longtemps possible... et même pour qu'il oublie carrément de rentrer ! Pourtant, au lieu de s'énerver, Danny se sentit pris d'une bouffée d'affection. Il lui arrivait de la malmener un peu, et il avait le don d'oublier ses torts, mais dans des occasions exceptionnelles, comme à présent, il se le reprochait et s'en sentait coupable. Il avait tort de la bousculer. Dieu condamnait ce genre de chose. Or Danny se souciait du salut de son âme. Il avait bien conscience de la traiter durement, de temps en temps, et il s'en repentait. Mais c'était plus fort que lui. À sa décharge, il fallait dire que Mary avait le chic pour scier la branche sur laquelle elle était assise. Qu'elle était agaçante, à se croire toujours au-dessus de tout le monde... Elle aurait bien fait d'en rabattre un peu !

— Qu'est-ce que ça peut te faire, combien de temps je pars, hein ? Pour qui tu te prends, pour la police ? Je rentrerai quand je rentrerai, point barre. Et tu seras la première prévenue. Pourquoi tu me poses la question – t'as quelqu'un en vue, c'est ça ?

Il savait pertinemment que ça ne tenait pas debout, mais le seul fait de le dire à haute voix en faisait un argument, et un argument solide, qui lui donna tout à coup l'impression d'être plus près de la vérité qu'il ne se le figurait.

Il vint s'agenouiller près du lit. La petite s'était assoupie, confortablement nichée dans les bras de sa mère. Le paradis sur terre. Subjugué par tant de perfection, Danny effleura de ses lèvres la jolie petite tête et respira son parfum de bébé. Puis, comme Mary le repoussait doucement, il la regarda se lever pour aller déposer l'enfant dans son berceau – le plus beau et le plus cher de la gamme Harrods, spécialement livré à domicile, avec toute la pompe et le tralala requis... Mary ne se serait pas contentée de moins, pour elle et sa descendance. Puis elle regagna son lit, le visage crispé par l'anxiété, dans l'attente de ce qui se préparait. Il se déshabilla rapidement, abandonnant ses vêtements là où ils tombaient, et elle le regarda faire en silence, effarée. Danny avait une conscience aiguë de sa force physique. Son corps était son meilleur outil et faisait l'admiration des hommes comme des femmes – sauf de la sienne, qui l'évitait comme la peste.

Comme il venait s'allonger contre elle, il la sentit se contracter. Il l'embrassa alors à pleine bouche, la langue dardée contre ses lèvres, en lui écrasant les seins. Il se sentit emporté par ce pouvoir qu'elle éveillait en lui, tandis qu'il lui écartait les jambes, sans se laisser arrêter par ses protestations de douleur. Elle eut beau le supplier d'attendre encore quelques semaines, le temps que son épisiotomie cicatrise, il fit la sourde oreille et la pénétra avec brutalité. Il la chevaucha longuement en la secouant, comme sur des montagnes russes. Il savait que c'était mal, mais ça ne faisait qu'ajouter à son excitation. Il avait résolu de lui rappeler qui était le maître, avant de partir en Espagne. Histoire qu'elle n'oublie pas de sitôt ce qu'elles lui devaient, elle et sa fille.

Quand il en eut fini, Mary pleurait en silence. Il contempla son joli visage, barbouillé de larmes. Les draps étaient pleins de sang. Il ne s'était pas trompé sur son compte : sans l'arrivée du bébé, elle se serait retrouvée sur le trottoir, tôt ou tard. Ces affaires avec l'Espagne le rendaient nerveux. Il allait devoir faire quelque temps la navette, et sa femme s'en réjouissait un peu trop à son gré. Il était temps de lui rappeler de quoi il était capable, quand on le cherchait.

Elle gisait, recroquevillée sur elle-même, et pleurait doucement, l'air si vulnérable avec ses beaux cheveux déployés autour d'elle. L'espace d'une minute, il la vit comme la mère de son unique enfant et se reprit à l'aimer. La mère de sa fille, son seul enfant légitime, qui serait baptisée, adulée et soignée comme une altesse royale – qu'en un sens elle était, puisque son père s'était taillé un petit royaume dans le monde du crime. Restait le problème de ce mariage ; une grossière erreur. Il regrettait amèrement de ne pas avoir réfléchi davantage, avant de s'encombrer à perpétuité d'un tel boulet.

Mais ce qui était fait était fait. C'était sa femme, il n'y avait pas à revenir là-dessus. C'était comme ça, dans leur monde. Il pouvait faire ce qu'il voulait avec qui il voulait, elle, elle était obligée de s'aligner sur ce qu'il décidait. S'il la plaquait un jour, ce serait son problème à elle. Sa vie serait fichue. Plus personne ne voudrait la toucher, pas même avec des pincettes.

Mary, elle, savait bien qu'il ne la quitterait pas. Jamais Danny ne relâcherait sa surveillance, fût-elle déjà dans son cercueil. En tant qu'époux, il estimait avoir des droits : il était son légitime propriétaire – en pratique, effectivement, ça se réduisait à ça. La crainte, pourtant, qu'il puisse l'abandonner avec le bébé, la plongeait dans le désespoir. Mais non, c'était impossible. Comment pourrait-il renoncer à l'enfant ? Si elle devait quitter la maison, ce serait seule, sans le bébé. Et elle ne survivrait pas une semaine, car Danny n'était pas du genre à pardonner. Il l'attendrait au tournant. Sans sa bénédiction, elles n'iraient pas bien loin, elle et sa fille – il était même capable de les liquider toutes les deux, si la fantaisie l'en prenait. De toute façon, s'il les quittait, qui serait assez téméraire pour lui demander des comptes ? Sûrement pas ses frères – elle le savait mieux que quiconque. Elle se retrouverait seule sur le sable, face à lui. Personne ne lui viendrait en aide.

Sans lui, elle était finie, et cette idée en soi était un supplice. La naissance du bébé n'avait été qu'une preuve supplémentaire de l'exorbitant pouvoir qu'il exerçait sur sa vie comme sur celle de sa fille. Il allait désormais s'appliquer à tout régenter dans leur existence, comme il l'avait toujours fait pour elle et pour tous ceux qui gravitaient autour de lui.

Mais ce n'était pas tout. Cette terrible confrontation avec son mari avait prouvé à Mary à quel point elle pouvait être lâche. Elle était prête à tout pour avoir la paix. De toute façon, à quoi bon engager un bras de fer avec lui ? Elle n'était que la sœur de son ami, un ami auquel il tenait plus que tout, y compris sa propre famille. Ça, ça lui faisait mal, parce qu'elle lui était encore attachée. Il devait le sentir, d'ailleurs, pour prendre un tel plaisir à la rabaisser. Au moins sa position d'épouse du chef lui valait-elle la déférence et la considération des gens...

La vie était tellement dure. La naissance de sa fille, à qui elle n'avait même pas osé donner un prénom sans la permission expresse de son mari, n'avait fait qu'exacerber sa terreur. L'arrivée du bébé la livrait pieds et poings liés, sans recours possible, à cet homme qui lui vouait, à elle comme à toutes les femmes, une haine tenace, et qui trônait à présent au sommet de la hiérarchie du crime. Il était devenu le Boss. Le caïd des caïds.

Le nom de Danny et sa réputation n'étaient évoqués qu'avec une crainte respectueuse dans certains milieux, par des gens qui ne pensaient qu'à prendre sa place tout en sachant que ce rêve était hors de leur portée et ne se réaliserait jamais, parce qu'ils n'avaient pas le cran nécessaire. Ce genre de projet exigeait plus de temps et d'énergie que ne pouvait en fournir le commun des mortels.

Dieu merci, les Danny Boy étaient une denrée rare. Des erreurs de la nature, de dangereux salauds qui ne pensaient qu'à eux-mêmes et à l'impact de leurs actes sur les autres. Des types qui régnaient par la terreur en s'imposant, eux, et leur ego démesuré, et en jouant de l'aversion naturelle qu'ils ressentaient à l'égard de leurs semblables. Des criminels endurcis, dénués de tout scrupule, pour qui la vie humaine n'avait aucune valeur, parce qu'à leurs yeux leurs victimes n'avaient que ce qu'elles méritaient. Pas plus compliqué que ça...

Mary souffrait le martyre. Son épisiotomie s'était rouverte et la douleur frôlait l'insoutenable. Elle pissait le sang et se serait damnée pour un verre de vodka – ce qui la déprimait encore plus que tout le reste. Il avait vraiment réussi, ce fumier.

Il l'avait brisée, dans son corps comme dans son âme.

*

Danny Boy était sorti sur son balcon ensoleillé. D'un luxe écrasant, son hôtel était à la fois chic et cher, mais d'une parfaite discrétion. Devant lui s'étendaient la plage baignée de soleil et les eaux bleues de la Méditerranée. Il apercevait une famille, là-bas, sur le sable. Les enfants couraient dans les vagues sous l'œil vigilant des parents. Il se dégageait de cette scène une paisible joie de vivre dont il n'aurait pas soupçonné qu'elle pût exister. Danny Boy se sentit profondément ému par tant de bonheur tranquille : passer un bon moment, profiter du soleil et de l'air pur en compagnie de ceux qu'on aimait. Rien qu'à les regarder s'amuser, il se sentait en paix avec lui-même.

Son nouveau projet lui tenait à cœur et il allait y jeter toutes ses forces, avec une énergie qui laisserait sur place tous ses concurrents. L'Espagne était un marché d'avenir, destiné à devenir un paradis pour l'argent sale – un paradis sur lequel il régnerait, lui. Tout lui appartenait. Tout, des complexes immobiliers aux bars et aux clubs en vogue, de Marbella à Benidorm. Aux yeux de la plupart des gens qui venaient se planquer ici pour échapper aux autorités du Royaume-Uni, il était le principal bienfaiteur. Ici, il était dans son élément. On le traitait comme une altesse royale en visite officielle.

Grâce à la mondialisation galopante, l'Europe s'offrait à lui et n'attendait que d'être conquise. Ces putains de Turcs, de Grecs et d'Arabes se livraient une guerre sans merci pour vendre leur came à un public qui ne soupçonnait rien. D'Athènes à Marrakech, British Telecom et British Airways faisaient fleurir le bizness. On pouvait même dire que sa mainmise s'étendait au monde entier. L'Amérique du Sud, cet inépuisable trésor... Les Colombiens avaient déjà conquis le marché américain et s'apprêtaient à approvisionner le reste du monde occidental. La cocaïne s'imposait partout comme la drogue branchée, prisée des plus grandes stars. Elle passait pour un stimulant presque dénué d'effets secondaires ! Grâce au miracle des communications modernes, elle s'était démocratisée et quiconque avait un minimum de moyens pouvait s'en procurer. Les années 1980 avaient vu l'avènement des coiffures choucroutées et du crédit revolving. Les apprentis dealers eux-mêmes empruntaient, avec une témérité qui les laissait babas, Michael et lui. Eux, ils ne demandaient pas mieux que de prêter du blé, évidemment – c'était excellent pour les affaires ! Malheureusement pour leurs débiteurs, à la différence de la Lloyds ou de la Barclays, ils avaient tendance à confisquer, exproprier et saisir nettement plus vite et plus brutalement que le strict nécessaire...

C'était une époque passionnante, à plus d'un titre. Et c'était le bon moment pour réfléchir. Du jour au lendemain, des gens qui n'avaient pas les capacités mentales pour gérer des fortunes se retrouvaient les poches pleines d'argent. Ils s'armaient jusqu'aux dents et prenaient la mauvaise habitude de consommer leurs produits, ce qui permettait à Danny Boy de récupérer sa mise, tout en encaissant les bénéfices des prêts qu'ils avaient consentis à des taux prohibitifs, évidemment – et, pour peu que la fantaisie l'en prenne, de supprimer ses clients qui étaient devenus de facto, quoique à leur corps défendant, des concurrents.

Du gâteau.

Sa tendance naturelle à prendre le contre-pied de tout faisait de ce nouveau projet une source de revenus aussi lucrative qu'agréable. Il fournissait aux amateurs tous les moyens – le fric et la marchandise – pour lancer leur propre bizness, puis il exigeait d'être remboursé au moment où ils s'y attendaient le moins. Danny Boy adorait l'Espagne. Seule ombre au tableau : il dépendait du bon vouloir de ses fournisseurs de came. Sur ce point, il n'avait pourtant pas le choix : il devait se plier aux lois du marché, comme tout le monde. Mais ça l'empoisonnait. Alors, même s'il devait y laisser sa peau, il avait décidé de devenir le premier étranger à financer ses propres récoltes. Il ne se contenterait pas de le pourchasser, ce putain de dragon* – il aurait sa peau !

Incapable de se contenter de ce qu'il avait, tout comme d'écouter les conseils avisés qu'on lui donnait, il s'était persuadé qu'il pourrait exiger et obtenir un pourcentage de la récolte elle-même. Il l'avait déjà fait pour l'herbe jamaïcaine et pour l'opium turc. Le monde appartenait désormais aux acheteurs, et il était devenu si petit qu'on pouvait atteindre n'importe quel coin en quelques heures. Danny Boy n'avait donc nullement l'intention de se contenter d'un rôle mineur. Il s'apprêtait à investir des sommes colossales qui feraient de lui le tout premier joueur de la scène européenne.

Comme toujours convaincu d'avoir un talent inné pour flairer les bons plans, il avait lancé le processus contre l'avis de Michael. Les années 1980 touchaient à leur fin, et il se moquait du mécontentement que provoquaient ses manœuvres. Il s'était hissé au sommet. Il était le Big Boss, le ponte des pontes.

Danny Boy n'avait cependant pas prévu que ses actes seraient mal compris et mal interprétés, non seulement par son personnel mais par ses partenaires. Il se croyait invulnérable et, d'une certaine manière, il l'était. Mais son plus grand « talent » consistait à se faire des ennemis là où il aurait eu besoin d'alliés, ainsi qu'à éliminer tous ceux qui pouvaient le menacer lui, ou sa quête du bonheur. Sa totale indifférence aux problèmes d'autrui n'arrangeait rien, et il vivait entouré d'ennemis mortels qui lui faisaient de grands sourires, en attendant le jour où il finirait par trébucher.

---

* Expression du vocabulaire des héroïnomanes, « *to chase the dragon* » signifie consommer de l'héroïne en inhalant les vapeurs produites par sa combustion.

Quelques coups discrets furent frappés à la porte de sa suite. Il traversa le salon pour aller ouvrir et eut la surprise de découvrir Carole sur le seuil. En la voyant entrer sans un mot, la mine défaite, il comprit qu'il était arrivé quelque chose.

— Qu'est-ce qui se passe ? Qu'est-ce que tu fiches ici ?

Elle poussa un soupir.

— Assieds-toi, Danny, répliqua-t-elle. Il y a eu un accident.

Elle lui avait pris la main et l'entraîna vers le somptueux canapé qu'il admirait quelques instants plus tôt. Il s'assit, à nouveau subjugué par l'affection qu'elle lui inspirait. Carole était probablement la seule personne au monde qui pût lui annoncer une mauvaise nouvelle sans craindre sa colère, ce qui expliquait sans doute sa présence.

— Quoi ? C'est ma mère ? Il lui est arrivé quelque chose ?

Il ne voyait que ça pour justifier qu'elle ait fait un tel voyage.

Elle secoua lentement la tête.

— Non, Danny. C'est ta fille. Elle est morte dans son sommeil. Le syndrome de la mort subite du nourrisson. Ce n'est de la faute de personne. On l'a retrouvée inerte dans son berceau. Je suis vraiment navrée, Danny Boy.

En le voyant grimacer d'horreur, accablé, elle regretta de ne pouvoir atténuer l'impact de cette affreuse nouvelle. Mais il n'y avait rien à faire. La perte de cette enfant si longtemps désirée devait être la plus terrible des épreuves. Et tout d'abord pour cette pauvre Mary, qui ne s'en relevait pas.

Carole était presque aussi désolée que Danny. Il savait que sa compassion était profonde et sincère, que ce malheur l'affectait, elle aussi. Elle avait bien fait de venir le lui dire elle-même : il n'aurait supporté de l'entendre de la bouche de personne d'autre.

— Tu vas devoir rentrer, Danny. Mary est anéantie. Elle a fait une hémorragie. Elle est à l'hôpital.

Il eut un imperceptible hochement de tête.

Mais le mal était fait, et ne pouvait plus se réparer. Il était en proie à une culpabilité dévorante. Il n'avait même pas permis à Mary de reconnaître officiellement l'enfant ; il voulait le faire lui-même, quelques jours plus tard, à son retour. Il avait pris un plaisir pervers à contraindre sa femme de parler de sa fille par périphrases, sans pouvoir la nommer. Et Mary n'avait pas osé exiger qu'il se décide... Son enfant était morte sans avoir été baptisée, ni même avoir reçu de nom. C'était pour lui un chagrin immense, dont la profondeur le surprenait lui-même.

L'idée qu'il avait gravement lésé sa propre fille, cette innocente, s'imposa à son esprit et, pour la première fois depuis bien des années, il fondit en larmes.

LIVRE IV

*Sois pécheur et pèche fortement
Mais aime le Christ plus fortement encore
Et réjouis-toi en Lui*

Martin LUTHER (1483-1546)

Chapitre 25

Jonjo était fumasse et postillonnait dru, ce qui était plutôt mauvais signe. Sa faible capacité de concentration et son caractère soupe au lait avaient fait sa réputation. Si on ne lui disait pas ce qu'il voulait entendre, il laissait exploser sa colère, et dans les grandes largeurs.

Il avait pourtant mûri et n'avait plus grand-chose à voir avec l'adolescent qu'il avait été, ce junkie qui vivait dans l'attente de son prochain fixe. Il était devenu un vrai poids lourd, et son attitude avait donné du fil à retordre à plus d'un juge – d'ailleurs, il ne devait d'avoir évité la prison qu'à quelques solides appuis. Jonjo était devenu quelqu'un, en somme, avec qui il fallait compter. Il avait été plutôt soulagé que les gens passent l'éponge sur ses péchés de jeunesse. Sa longue traversée du désert n'avait rien de glorieux. Mais la page était tournée, et sa période junkie, loin derrière lui. On le considérait maintenant comme le bras droit de son frère, ce qui n'avait rien pour lui déplaire. Ce frère grâce auquel il avait rapidement guéri, grandi et, à force de volonté, discipliné ses tendances naturelles. Il était devenu un adulte respecté, aux réactions aussi imprévisibles et dangereuses que celles de Danny. Du jour au lendemain, ou presque, toute sensibilité semblait l'avoir quitté, et il aurait pu passer pour un clone de son aîné. Son double, pour ne pas dire sa doublure, surtout quand il avait un verre dans le nez.

Sa tendance à fuir la réalité, autrefois son talon d'Achille, avait cédé la place à une intraitable âpreté. Jonjo était devenu une sombre brute, dénuée de sentiment pour ceux auprès de qui on l'envoyait collecter une dette ou faire une démonstration de force. Il assumait totalement cette violence, dont il usait et abusait. Il s'était finalement aligné sur le mode de vie de Danny et avait été le premier surpris de découvrir que ça lui convenait parfaitement. Car ça lui valait non seulement l'approbation de son frère, mais aussi un niveau de vie insolent. Inspirer la peur lui plaisait. La violence était de toute façon le seul moyen de s'en sortir, et l'argent coulait à flots désormais. Et il ne concevait plus de vivre sans les égards dont il était entouré.

Il grimaça un sourire pour le tandem de vauriens qu'il avait en face de lui. Deux petits dealers sans envergure, des personnages mineurs de la scène londonienne qui venaient pourtant de commettre un crime majeur, en commandant de la came au-dessus de leurs moyens, histoire d'avancer à des copains et d'en tirer de substantiels bénéfices. Du fond de leur imbécillité crasse, ils s'en étaient remis à des gens à qui ils pensaient pouvoir se fier, en croisant les doigts pour récupérer leur mise. Mais ils s'étaient plantés. Jonjo en était sincèrement désolé pour eux, mais ils s'étaient engagés à payer la marchandise. Il en allait de leur honneur. Même quand la police saisissait les stocks, il fallait payer. C'était la règle du jeu. Combien de ses amis avaient investi des fortunes dans des cargaisons d'herbe qui n'étaient jamais arrivées ? Face à un tel revers, vous n'aviez qu'à encaisser le coup avec un haussement d'épaules fataliste. Les gains, dans le bizness, étaient proportionnels aux risques. C'était quitte ou double, chaque fois.

À l'avenir, ils s'arrangeraient pour ne traiter qu'avec des gens vraiment fiables. Lesquels, avant de s'engager, verraient un peu plus loin que le bout de leur nez et y réfléchiraient à deux fois. Quand on avait deux sous de jugeote, on commençait par réunir de quoi payer rubis sur l'ongle ! Ça évitait pas mal de soucis, surtout dans le genre de ceux que Jonjo pouvait provoquer. Les excuses n'y changeaient rien. D'ailleurs, même s'il avait voulu, il n'aurait rien pu faire. Danny ne voulait pas en entendre parler et, partant, lui non plus. Une dette, c'était une dette, et ils allaient devoir cracher au bassinet. Pas plus compliqué que ça.

Le vrai but de l'opération, en fait, était de faire passer le message dans les rangs : aboulez l'oseille et bouclez-la. Tout en réglant ses comptes avec ces deux zouaves, il laissa ses pensées dériver vers sa mère qui l'attendait pour dîner. Le rôti devait déjà être au four... Il avait remarqué que son travail était plus facile quand il se concentrait sur les aspects les plus infimes du quotidien, et le rôti qui dorait chez sa mère était plus tangible à ses yeux que le sort des deux minus qui tremblaient devant lui.

Comme il donnait des ordres à ses hommes pour qu'ils emportent leur bagnole et tout ce qui pourrait se revendre vite et bien, Jonjo se remémora une fois de plus qu'il aurait pu être à leur place, à ces deux zozos, si son frère ne l'avait pas remis dans le droit chemin. Ouais. Il était sacrément verni. Pas comme ces deux pauvres connards qui chialaient déjà comme des veaux, alors qu'il n'avait pas encore passé la première !

*

Carole était vannée, mais heureuse. Les enfants étaient au lit et elle attendait le retour de son mari d'un moment à l'autre. Michael venait de passer plusieurs jours à Marbella – Danny Boy n'aimait plus y aller seul. Ni là ni ailleurs, du reste. C'était bizarre, cette manie de se faire accompagner partout, jusque pour faire des courses ou acheter à boire. Ce n'était pourtant pas par crainte de se faire agresser – ç'aurait été un comble ! L'idée fit sourire Carole. Qui aurait été assez bête pour s'en prendre à Danny Cadogan ? Non, il devait avoir ses raisons, mais elles lui échappaient.

Angelica s'était installée à la table de la cuisine.

— Je vous sers une autre tasse de thé, ou quelque chose d'un peu plus fort ? lui demanda Carole en lui pressant affectueusement l'épaule.

Ange n'aurait pas été mécontente de passer au whisky, et Carole le savait si bien qu'elle avait déjà sorti la bouteille. C'était désormais un petit rituel bien rodé, mais elle n'en attendait pas moins la confirmation de la vieille femme pour lui servir un verre.

Ange sourit et attaqua son whisky. C'était curieux, comme elles étaient devenues proches, toutes les deux. Angelica passait beaucoup de temps chez elle, désormais. Carole n'y voyait pas d'objection. Au contraire, même : si Ange lui rendait visite, cela signifiait que Danny Boy avait renoué avec ses vieux démons.

Sa vieille amie était un don du ciel pour cette pauvre Mary et elle ne supportait plus son fils qu'à petite dose. Dieu sait pourtant si elle l'adorait, son Danny Boy ! Mais comme tous ceux qui avaient affaire à lui, elle avait régulièrement besoin de prendre ses distances. Michael aussi – mais lui, il aurait refusé mordicus de l'admettre. Sa loyauté le lui interdisait.

Carole refit le niveau dans son verre.

— Et Danny Boy ? lui demanda-t-elle, l'air de ne pas y toucher. Toujours pas rentré ?

Ange fit « si » de la tête, embarrassée à l'idée de mettre les pieds dans le plat, alors que Michael n'avait pas encore regagné ses pénates.

Non sans un certain agacement, Carole comprit ce qui lui avait traversé l'esprit. Comme si on pouvait soupçonner Michael de la tromper ! Il avait ses défauts, certes, mais l'infidélité n'en faisait pas partie. Pour elle, c'était aussi sûr que le jour suit la nuit. À côté de Mary, avec ses deux filles et son époux intermittent, elle avait la belle vie. Michael était un mari idéal et un bon père, un chef de famille responsable qui se débrouillait pour passer un maximum de temps avec sa femme et ses enfants.

Danny Boy avait beau adorer ses petites, il n'avait jamais pardonné à Mary la mort de leur premier enfant, pas plus que ses fausses couches successives. Il gâtait abominablement ses filles ; pour se faire pardonner, sans doute, de ne pouvoir leur offrir une vraie vie de famille, harmonieuse et stable... C'était du moins ce qu'elle subodorait, quoique Mary ne lui ait jamais rien dit de tel. Carole sentait que tout n'allait pas pour le mieux chez les Cadogan, et elle aurait juré qu'Ange, qui devait être au courant de bien des choses, partageait son point de vue...

Elle lui versa un troisième whisky.

— Vous êtes une vraie amie, Ange, lui dit-elle avec un sourire entendu. Vous me soutenez bien plus que ma mère.

Le compliment était sincère et ce genre de protestation d'affection mettait du baume au cœur de son amie. Depuis son dernier clash avec sa fille, Ange s'était un peu repliée sur elle-même. Carole serait volontiers allée dire deux mots à Annie, de femme à femme, mais elle avait finalement préféré s'abstenir. Pas facile de ravaler ses sentiments, surtout vis-à-vis de gens qu'elle voyait plus souvent que sa propre famille, mais le silence était d'or. Une fois prononcées, rien ne pouvait plus effacer vos paroles, et vous deviez vivre avec...

Ce jour-là, pourtant, elle brûlait de dire à Angelica ce qu'elle pensait de la situation. De lui donner son avis, franc et sincère. Mais elle se retint, en se rappelant que, comme le lui avait plus d'une fois fait remarquer son mari, ça n'était pas ses affaires.

*

Comme d'habitude, Leona et Lainey refusaient d'aller se coucher et, comme d'habitude, Mary était à deux doigts de capituler. Elle allait baisser les bras, quand Danny Boy surgit dans le hall de marbre de leur nouvelle résidence et aboya d'un air féroce :

— Au lit, toutes les deux, et vite !

Les petites filèrent sans demander leur reste.

Mary alla les border et leur souhaiter bonne nuit, sans cesser de se demander ce que faisait Danny à la maison. Il n'était même pas habillé. Il était rentré un peu plus tôt que d'habitude et, au lieu de se préparer pour sortir, était resté à traîner en T-shirt et pantalon de jogging. Il regardait la télé en lui dictant ses ordres – lui faire du thé, du café ou des sandwichs ; lui apporter une bière, un cognac, des cigares... Ça durait depuis qu'il était rentré, quelques heures plus tôt. S'il avait poussé un coup de gueule pour envoyer les petites au lit, c'était surtout parce qu'il avait l'intention de passer la soirée tranquille, à la maison. Mary n'en était pas mécontente, au fond – au moins, les filles étaient dans leur chambre.

Elle n'avait aucune autorité sur elle, plus depuis le jour, en tout cas, où leur père, devant elles, l'avait tabassée au point de lui faire quasiment tourner de l'œil, sous prétexte qu'elle avait haussé le ton pour se faire obéir. Les fillettes sentaient que la peur torturait leur mère et s'en servaient contre elle. La pilule était amère, mais elle ne les en blâmait pas. Pour survivre dans cette maison, on apprenait à faire feu de tout bois. C'était de la mère de Danny qu'elle tenait ce genre de philosophie...

Elle allait regagner la cuisine quand il la rappela. S'apprêtant à recevoir un sermon, un de plus, elle le rejoignit dans le vaste salon où il s'était écroulé sur un canapé en soie japonaise, devant un match de football.

Elle se tenait devant lui comme une enfant fautive, les nerfs mis à rude épreuve par l'atmosphère délétère qu'il faisait régner autour de lui.

— Qu'est-ce que tu veux, Danny ? demanda-t-elle en souriant, à l'affût du moindre signe d'agressivité physique ou verbale.

Il la regarda un long moment, avant de laisser tomber d'une voix égale :

— Tu ne devrais pas leur permettre de te parler sur ce ton, chérie.

Elle n'eut qu'un haussement d'épaules, comme si sa remarque n'appelait pas de réponse.

Danny avait beau savoir qu'il en était le principal responsable, le manque de respect de ses filles envers leur mère le contrariait. Et, plus généralement, que Mary ait tant de mal à s'imposer. À ses yeux, elle aurait dû faire preuve de plus d'autorité. Il lui arrivait même de regretter qu'elle n'ait plus l'énergie de se rebeller – l'énergie de la passion. Certes, il lui en avait fait passer le goût, depuis belle lurette, et il se demandait parfois pourquoi il se montrait si odieux avec elle... Ah, si seulement il avait pu tout recommencer à zéro, le monde serait devenu un vrai paradis… Mais ce qui était fait était fait.

Il tapota le coussin de soie, près de lui, pour l'inviter à s'asseoir, et elle obéit aussitôt. Une vraie poupée – jolie, évidemment… Elle avait gardé cette incroyable beauté, aussi séduisante qu'irritante. On aurait dit une marionnette, avec sa coiffure et son maquillage impeccables. Et ce sens inné du détail… Ça, elle savait s'arranger et s'habiller avec un goût parfait. Il lui avait d'ailleurs confié sa garde-robe, pour être sûr d'être toujours d'une élégance impeccable. Elle avait toutes les qualités requises pour faire une épouse exemplaire, mais il s'en battait l'œil, franchement. Elle était sa légitime, point final, et c'était tout ce qu'il lui permettait.

Après la mort du bébé, il l'avait physiquement évitée pendant des mois. Puis, avec le concours des techniques médicales de pointe, elle avait réussi à mettre au monde deux gamines. Elle était chaque fois malade d'inquiétude à l'idée qu'il préfère un garçon. Il s'était bien gardé de la détromper. Au contraire, à chaque naissance, il lui avait marqué sa frustration. Mais finalement, vu ce qui était arrivé à son père, il n'était pas fâché d'avoir des filles… Son fils, s'il en avait eu un, serait vite devenu son rival et aurait fini par prendre le parti de sa mère, comme la plupart des garçons. Non, vraiment, il était enchanté de ses filles. Avec elles, il jouait sur du velours.

Il s'avisa soudain que Mary n'avait pas desserré les dents depuis plusieurs minutes et sentit son malaise s'imposer à lui, comme un brouillard vivant, doué d'une vie autonome. Sa femme lui apparut tout à coup telle que les autres la voyaient. Ses hautes pommettes, ses yeux magnifiques, soulignés de longs cils sombres. Des yeux dont le regard aurait électrisé n'importe lequel des hommes qu'elle aurait voulu séduire – encore que, à sa connaissance, personne n'osait lui dire bonjour sans l'autorisation expresse de son époux...

— Ma parole, cocotte. Tu ferais bien de leur serrer la vis. Montre-leur un peu qui commande, ici !

Il tâchait de détendre l'atmosphère. Quelques années plus tôt, elle lui aurait su gré de ses efforts. Mais là, elle n'eut qu'un pâle sourire.

— Qui commande, ici ? Mais elles le savent parfaitement, Danny ! lâcha-t-elle, sans penser aux conséquences. Elles le savent aussi bien que nous.

La tristesse de ce constat le terrassa quelques secondes et il la prit dans ses bras. Quand elle était comme ça, il sentait qu'elle en avait jusque-là et qu'elle ne restait que parce qu'elle avait trop peur de lui pour s'en aller. Il détestait ça. Il aurait voulu qu'elle l'aime, qu'elle tienne à lui. Il en avait besoin.

Il embrassa ses cheveux, humant le parfum frais de sa peau, heureux de la serrer dans ses bras.

— Allez, Mary... tu sais bien que je t'aime, chérie.

Il l'étreignit plus fort, mais ce n'était jamais qu'un effet de sa possessivité, une manifestation de ce droit de propriété qu'il se sentait sur elle.

— Le pire, c'est que c'est vrai, Danny, fit-elle avec un sourire navré. Tu m'aimes. C'est même ça, le problème.

*

Michael écoutait Arnold, sidéré.

— Écoute, soupira-t-il au bout d'un moment, même pour rire tu ne peux pas raconter ce genre de salades sur Danny ! C'est le patron, les gens lui répètent tout. Si quelqu'un lui rapportait ce que tu viens d'insinuer...

Il laissa sa phrase en suspens.

Arnold était une montagne de muscles et il avait fait ses preuves. Il vivait avec la sœur de Danny, il était le père de ses enfants – de son point de vue, il avait même convenablement contribué à l'avenir de l'humanité –, et était à la tête d'un réseau de gens efficaces, à qui il pouvait se fier les yeux fermés et qui l'avaient suivi quand il avait rejoint Cadogan et sa bande. Et justement, ses acolytes lui avaient transmis quelques informations des plus intéressantes dont il voulait avoir le cœur net. De toute urgence. Il faisait confiance à Michael plus qu'à aucun autre et les deux hommes s'entendaient sur bien des points. Au fil des années, leurs liens d'amitié s'étaient renforcés, au point qu'il leur était arrivé de faire bloc à l'insu de Danny, pour tenter de le détourner de certains de ses projets les plus dévastateurs. Voilà pourquoi Arnold n'avait pas hésité à faire part à Michael de ce qui le tracassait. Miles aussi avait besoin de la vérité – autant que lui, sinon plus : il risquait bien plus gros, si tout cela venait à éclater au grand jour.

Le long silence de Michael lui fournissait matière à réflexion. Il devait y avoir une certaine part de vérité dans ces accusations... Arnold croisait les doigts pour s'être trompé, mais il avait un mauvais pressentiment. C'était trop énorme pour avoir été inventé de toutes pièces.

— Sûrement pas Danny Boy, Arnold... Qui a bien pu te raconter ça ?

Arnold poussa un soupir. Ses dreadlocks n'avaient jamais été aussi longues. Ses yeux bruns, pétillants de vivacité, reflétaient son inquiétude. Ce genre de question exigeait une réponse.

— À ma connaissance, malgré les démêlés qu'ils ont eus, Danny et lui, David Grey joue toujours les intermédiaires. Sauf qu'il aimerait pouvoir mettre les bouts. Il ne veut plus continuer comme ça. Le problème, c'est que, selon lui, Danny aurait éliminé ses ennemis en les balançant un à un, discrètement, parfois des mois à l'avance, histoire que ça passe inaperçu. Il s'arrange généralement pour avoir à faire très loin quand se déclenchent les opérations, ce qui fait qu'au moment des descentes il ne vient à l'idée de personne que ça puisse être lui. Les flics lui signent un putain de chèque en blanc en échange des informations qu'il leur livre. Il pourrait tous nous buter sans que l'idée effleure la maison Poulaga de l'accuser de quoi que ce soit. Putain, réfléchis, Michael ! Pourquoi Grey serait-il allé me raconter ça si ce n'était pas vrai ? Qu'est-ce qu'il avait à y gagner ?

Pendu aux lèvres d'Arnold, les accusations de ce dernier se plantant dans son crâne comme des clous de quinze centimètres, Michael n'arrivait tout simplement pas à y croire. Pour lui, ça relevait de l'inconcevable. C'était un putain de ragot, et dangereux avec ça. Le genre qui pouvait leur coûter cher, s'il tombait dans des oreilles malveillantes.

Il secoua la tête avec une détermination d'airain.

— J'y crois pas une seconde, mec ! C'est un tissu de conneries. Grey n'est qu'un fumier de ripou qui ment comme il respire. Je ne veux même pas en entendre parler, OK ? Tu devrais te douter que les flics essaient de nous manipuler et semer la zizanie. Une bande de faux derches ! Si Danny Boy apprend que t'as écouté ce minable et ses conneries, il n'hésitera pas à te buter, et personne ne lui donnera tort. T'as beau être son beau-frère, c'est pas ça qui l'arrêtera. Putain, tu te fais des couilles en or grâce à lui, et t'as le culot de colporter ce genre de salades ?

Arnold sentit un frisson glacé lui parcourir l'échine. Il ne s'attendait pas à une réaction si radicale. Au contraire, il pensait que ces informations feraient réfléchir Michael, comme elles l'avaient fait réfléchir lui-même. Mais Miles semblait tellement remonté qu'il commençait à s'interroger sur les bases de leur amitié. Danny Boy et lui étaient copains depuis la maternelle et, face à un tel tandem, il ne serait jamais qu'une pièce rapportée. Il avait bavassé avec un flic qu'il avait cru sur parole – et que, pour tout dire, il croyait encore... Mais la question ne se posait déjà plus. Restait à limiter les dégâts, en convainquant Michael qu'il se rendait compte de son erreur et s'en mordait les doigts. C'était son seul espoir de se tirer sans trop de casse du mauvais pas où l'avaient mis ses confidences, en priant pour que Miles ne coure pas les rapporter à Danny Boy – auquel cas, Annie aurait vite fait de se retrouver veuve, et ses enfants orphelins. Il s'était gravement mépris, en s'imaginant qu'ils étaient assez copains, Miles et lui, pour pouvoir se parler franchement. Il venait de perdre une bonne occasion de la boucler, et cette fâcheuse erreur pouvait l'envoyer *ad patres...*

— Hé, Michael... oublions ça, d'accord ? C'est qu'un ramassis de conneries. J'ai dû faire un brin de paranoïa.

— T'inquiète, répliqua Michael avec un geste excédé. Ça restera entre nous. Mais si j'étais toi, je n'en parlerais plus, à personne. Si j'apprends que tu continues de baver sur Danny Boy, je me chargerai personnellement de te faire la peau. Vu ?

Arnold se maudit de n'avoir pas su tenir sa langue. Quand Michael le congédia, il s'éclipsa sans demander son reste, épouvanté par les répercussions potentielles de son bavardage.

Après son départ, Michael se carra dans son fauteuil et prit le temps de digérer ces révélations. Au fond, c'était probablement vrai. Lui-même, il s'était souvent posé la question, sans jamais se résoudre à trancher ni, encore moins, à demander des comptes à l'intéressé…

Au début de leur carrière, il avait soupçonné Danny de fricoter avec les flics, quand ce dernier avait accusé Louie Stein de jouer les mouchards. En dépit des rumeurs qui couraient sur Big Dan, lequel n'hésitait pas, disait-on, à balancer quand ça l'arrangeait, Michael s'était détesté de nourrir de tels soupçons. Personne n'en avait jamais eu la preuve, alors il avait laissé couler. Mais ses doutes l'avaient assailli de plus belle quand Danny avait insisté pour buter Frankie Cotton. Un homme loyal, apprécié et soutenu, qui aurait dû être intouchable. Danny n'avait strictement aucune raison de le haïr de la sorte, ses reproches ne reposaient sur rien… Si ce n'est qu'il devait se sentir menacé, et à plus d'un titre. Il l'avait donc liquidé avec son tact habituel, en l'accusant de l'avoir donné, lui aussi, et « preuves » à l'appui…

Michael avait trouvé étrange, à l'époque, que Danny se soucie aussi peu des conséquences d'un tel passage à l'acte. Il avait tenté de l'en dissuader, mais en vain, comme si le deal était conclu. Il avait alors chassé ces idées noires, en se persuadant que tout cela n'était que le fruit de son imagination. Pourtant, ses doutes avaient refait surface quand Danny avait fourni la déclaration de son père à la police. Pas une copie, non, l'original. Quelqu'un l'avait donc interceptée pour lui. Big Dan n'avait pu adresser ses déclarations qu'au sommet de la hiérarchie. Il avait fait une déposition, l'avait reconnue et signée. Personne ne pouvait récupérer ce genre de document dans les méandres de l'administration. Personne, à moins d'offrir en échange quelque chose de substantiel...

À moins que Danny ait lui-même été victime d'une manœuvre... Mais ça, Michael n'y croyait pas trop. Probabilité quasi-zéro. Big Dan Cadogan avait vraiment dénoncé son fils, et sa seule erreur avait été de ne pas soupçonner que son héritier était déjà une « super-balance » en herbe...

L'inspecteur Grey s'était pris une trempe, mais Danny Boy l'avait maintenu dans son rôle d'intermédiaire. À présent, il devait se rendre compte qu'il avait mouillé, à son insu, dans la machination. Il en était même un rouage, et Danny aurait beau jeu de le donner à ses supérieurs. Un flic véreux n'a jamais empêché la police de Londres de dormir, mais tout de même, servi sur un plateau...

Michael en avait l'estomac retourné. Si ses soupçons s'avéraient, il devrait se rendre à l'évidence que Danny Boy l'avait balancé, lui aussi. Il était son partenaire, le supposé cerveau de l'affaire... Quelle était sa place sur la liste ? Était-il le prochain que Danny ferait tomber quand ça servirait ses projets ? Il n'était peut-être qu'un futur taulard en sursis...

Pour Arnold, c'était une quasi-certitude, mais Michael craignait de se compromettre en en parlant autour de lui. Pour retrouver l'origine de la fuite et assurer ses arrières, il fallait la jouer fine.

Quand même, difficile de voir Danny Boy comme une vulgaire balance... L'idée avait même quelque chose de choquant. Il referma les yeux et fronça les sourcils. À sa tempe gauche battait cette pulsation sourde, annonciatrice d'une de ces migraines carabinées dont il n'avait toujours pas réussi à se débarrasser.

*

— Merci, Carole ! Merci de m'avoir ramenée en voiture...

Carole serra la vieille femme sur son cœur et l'embrassa affectueusement. Contrairement à la plupart des gens, elle n'éprouvait aucune réticence à son égard. Au contraire, même, elle l'aimait bien.

— Venez, Angelica. Je vous accompagne jusqu'à votre porte.

Elle la prit par le bras et lui fit remonter l'allée. Au grand soulagement d'Ange, la lumière de l'entrée était restée allumée. Elle avait toujours un peu de mal à trouver la serrure, dans le noir.

Comme elle gravissait les marches du perron, la porte s'ouvrit sur Danny Boy.

— Bonsoir, m'man. Je commençais à m'inquiéter. Je craignais qu'il ne te soit arrivé quelque chose.

Cette marque de prévenance tira un sourire à sa mère, tandis qu'il l'aidait à entrer.

— La bouilloire est sur le feu, maman. Et toi, Carole... tu restes prendre le thé ? demanda-t-il en se tournant avec un grand sourire vers l'intéressée.

Elle agita les mains en un geste de regret.

— Non, merci. Je dois rentrer. Michael a encore une de ces migraines... Tu sais comme ça le fiche par terre.

Danny Boy hocha la tête avec une compassion nuancée d'une pointe d'ironie.

— Ce brave petit Mike...

Carole regagna sa voiture en riant, il agita la main en un salut théâtral et claqua la porte. Puis il rejoignit sa mère dans la cuisine, s'installa à la table et s'alluma une cigarette. Manifestement, quelque chose le chiffonnait, se dit Ange en l'observant du coin de l'œil tout en préparant le thé. Il tirait de brèves bouffées furibardes sur sa cigarette. Ses traits s'étaient crispés en un masque de colère froide et on le sentait à deux doigts d'exploser.

— Il paraît que c'est toi qui gardes les petites quand ma femme est de sortie ? Fais pas l'innocente, maman. Lainey m'a tout raconté. Moi qui me casse le cul à gagner sa croûte... dès que j'ai le dos tourné, madame en profite pour aller traîner en ville et, pour couronner le tout, ma propre mère lui sert de baby-sitter !

Il avait bondi sur ses pieds. Ange battit en retraite, sa peur l'emportant sur sa pugnacité naturelle. Il l'avait brisée, elle aussi, tout comme Mary. C'était triste à dire, mais elle tremblait devant lui. Elle avait beau l'aimer, elle lui en voulait terriblement de la façon dont il avait fait main basse sur leur vie à tous.

Danny s'écarta, vaguement honteux, sans doute, de la terreur qu'il inspirait à sa propre mère. Ange servit le thé et enchaîna, en évitant de le regarder :

— Elle voulait juste passer la soirée chez Carole, histoire de papoter un peu, et comme ça me faisait plaisir de m'occuper des petites... Je ne vois vraiment pas où est le mal !

Elle était redevenue égale à elle-même. Elle faisait front. Une légère ironie avait teinté ses derniers mots, exprimant bien sa totale indifférence aux arguments qu'il pourrait lui opposer. Elle fit lentement tourner sa cuiller dans son thé, en laissant le silence traîner en longueur. Puis elle prit son courage à deux mains et le regarda bien en face, avec le sourire.

— Carole se sentait un peu seule, sans son homme. Alors j'ai suggéré à ta femme d'aller la voir. Ça lui fait le plus grand bien de mettre un peu le nez dehors.

Danny comprit qu'il n'était plus en position de force. Sa mère avait osé prendre le parti de Mary contre lui – ça, c'était nouveau !

— T'as qu'à demander à Carole, si tu me crois pas !

Il ne desserrait pas les dents et la lorgnait d'un œil perplexe, l'air de se demander quoi en faire. Mais Ange commençait à en avoir jusque-là, de ces histoires. Elle décida de ravaler sa peur.

— T'es bien le fils de ton père, toi ! railla-t-elle. Jaloux comme un pou !

Danny Boy se laissa aller contre le dossier de sa chaise.

— Sans blague ? Et ça le prenait quand, au juste ? Avant ou après avoir claqué tout son fric ? Après, je dirais. Quand il était bien soûl. Parce que, tant qu'il lui restait un rond, il avait plutôt tendance à te fuir, non ? Ce brave Big Dan qui a joué nos vies sur une partie de poker ! Qui m'a obligé à trimbaler de la ferraille à un âge où j'aurais dû être encore à l'école ! Explique-moi pourquoi mes gosses mangent à leur faim, si je lui ressemble tellement ! Et pourquoi tu vis dans cette jolie maison, tes factures payées d'avance et le frigo toujours plein ? Hein ? Comment ça se fait que je ne sois pas bourré du matin au soir, en oubliant que j'ai une famille, hein ? Vas-y, m'man, dis-moi comment ça se fait !

Que répondre ? Elle garda le silence. Comme toujours, la vérité la laissait sans voix…

— Tiens, puisqu'on en parle… S'il était tellement jaloux, pourquoi tu le reprenais chez nous après les crasses qu'il nous faisait ? Souviens-toi, la fois où il m'a laissé seul face aux frères Murray, avec cette putain de dette suspendue au-dessus de ma tête – j'ai bien dit de *ma* tête, hein ; pas de la sienne ! Il s'est trouvé une planque chez une de ses vieilles maîtresses, pendant que, moi, je me débrouillais pour devenir adulte, comme ça, d'un claquement de doigts, et gagner de quoi survivre ! Allez, vas-y, m'man ! J'aimerais bien avoir la réponse à ce putain de problème. Commence par m'éclairer sur ce point. Ensuite, tu pourras répondre à ma première question : qui t'autorise à garder mes filles pour que leur mère aille se bourrer la gueule en ville ? Parce que c'est bien ce qu'elle est allée faire, hein, on le sait tous les deux !

Voilà qu'il se drapait dans sa dignité froissée, à présent. Face à ce dragon qui lui demandait des comptes avec tant d'arrogance, Ange se demanda comment elle avait jamais pu l'aimer. Pis même, comment elle avait pu le considérer comme la prunelle de ses yeux...

Chapitre 26

Sans bien pouvoir se l'expliquer, Annie sentait que quelque chose clochait. Arnold était sur les charbons ardents, Michael semblait presque trop calme et Danny Boy, quoique égal à lui-même, paraissait plus bizarre, tordu et secret que d'habitude. Il n'avait qu'une chose en tête : savoir si Mary lui avait confié ses filles pour sortir, combien de temps, de jour ou de nuit... Il semblait comme investi d'une mission et la harcèlerait, tant qu'il n'aurait pas obtenu les réponses à ses questions.

Plusieurs fois, déjà, Annie lui avait donné sa parole : Mary ne lui avait pas confié les enfants. De guerre lasse, elle avait même juré sur la tête des siens. Il avait alors levé un sourcil.

— Ne jure jamais, Annie. Jamais sur la tête de tes gosses ! Y a qu'une pute pour faire une chose pareille.

Au fond, la vérité ne l'intéressait pas.

— Mais pourquoi je te mentirais, Danny ? avait répliqué Annie en désespoir de cause. Hein ? Dis-moi un peu ce que j'ai à y gagner !

Il l'avait longuement dévisagée, comme si ça avait été elle, la folle. Puis il l'avait plantée là. Par moments, elle s'étonnait que personne n'ait jamais songé à le faire interner. Il n'avait plus toute sa tête, c'était évident. C'était un déséquilibré, un dangereux sadique – elle en savait quelque chose. Et pourtant, elle l'aimait, malgré tout ce qu'il avait pu faire. Parce qu'il serait toujours là pour elle et pour sa famille. Toujours.

Arnold rentra et Annie l'accueillit d'un sourire. Il avait si bien su se faire aimer, au fil des ans, qu'elle n'imaginait plus sa vie sans lui. Ils avaient deux adorables petits garçons maintenant, qu'Arnold chérissait l'un comme l'autre, même si ses liens génétiques avec l'aîné restaient hypothétiques. Annie elle-même aurait été bien en peine de dire qui était le père, mais le gamin était assez métissé pour calmer les doutes d'Arnold – ce qui, à ses yeux, était amplement suffisant. Le cadet, en revanche, était tout le portrait de son papa, jusqu'au bout de ses dreadlocks miniatures ! Avec ses yeux bleu acier et ses lèvres fines, il ressemblait à Damian Marley enfant. Il était beau comme un ange, et n'en avait que trop conscience…

Mais Arnold lui avait paru perturbé, ces derniers temps, et elle se faisait du mauvais sang. Il était d'une distraction… À peine s'il desserrait les dents. Il présentait les symptômes classiques d'un type qui a une aventure – sauf qu'il passait le plus clair de son temps à la maison.

Elle sortit des verres et leur servit à boire.

— Danny Boy est toujours persuadé que cette pauvre Mary se fait sauter. J'ai fini par lui rire au nez. Il m'a vraiment gonflée, avec ses soupçons débiles !

Elle ponctua sa remarque d'un grand éclat de rire, en se remémorant la scène. Elle s'attendait à ce qu'Arnold l'imite et approuve sa réaction, mais il garda le silence.

— Qu'est-ce qui ne va pas, chéri ?

Il la regarda et comprit à quel point il l'aimait, elle, sa grande gueule et son exubérance. Elle et leurs enfants. Mais il était tenaillé par la peur d'avoir bêtement brûlé ses vaisseaux. Si infime soit-il, il y avait un risque pour que Miles le trahisse. Au fond, il avait la quasi-certitude du contraire, mais rien ne lui permettait de l'exclure tout à fait. Cette peur diffuse serait toujours là. Il avait troublé une amitié à laquelle il tenait beaucoup, en lançant ces accusations – lesquelles devaient receler plus d'une once de vérité... Il allait devoir dire à David Grey de garder ses distances et le menacer de rapporter aussi sec à Danny les bruits qu'il faisait courir sur lui, s'il ne la fermait pas. Pourvu que la menace soit un rappel à l'ordre suffisant... Car si le moindre soupçon effleurait Danny sur ce que racontait Grey, ce connard serait un flic mort. Il craignait aussi que l'inspecteur n'aille jacasser à tort et à travers, en glissant son nom dans la conversation. Bref, il était dedans jusqu'au cou. Pourquoi n'avait-il donc pas fermé sa grande gueule ? Qu'est-ce qui l'avait poussé à commettre cette erreur idiote : penser, ne fût-ce qu'une seconde, que la loyauté de Michael lui reviendrait à lui, plutôt qu'à Danny Boy !? Il ne serait jamais qu'un étranger, et le fait d'être le mari d'Annie ne suffirait pas à le tirer de ce mauvais pas. Au moins, il savait à quoi s'en tenir maintenant... Il ne lui restait plus qu'à serrer les fesses en surveillant ses arrières...

Annie, qui voyait les expressions soucieuses se succéder sur le beau visage de son homme, se demanda ce qui pouvait le tracasser à ce point ; d'autant qu'il ne semblait nullement avoir l'intention de la mettre au parfum... Contrairement à Arnold, elle savait de longue date à quoi on s'exposait quand on avait affaire à ses salauds de frères. Combien ils étaient dangereux pour le monde extérieur. Danny Boy, en particulier, était d'une rare férocité. Il avait beau être son frère, elle s'était toujours méfiée de lui et ne s'y fierait jamais.

*

Mary s'était allongée sur le sofa. Son dos lui faisait un mal de chien et elle avait trop bu pour espérer que ça passe inaperçu. Elle allait devoir se prétendre malade, une fois de plus – mais, même du fond de son ébriété, elle avait conscience d'avoir invoqué ce prétexte trop souvent, ces derniers temps. Personne ne la croirait. Les larmes lui montèrent aux yeux. Danny l'avait encore agressée, la veille au soir. Il l'avait forcée, par terre, dans la cuisine, en lui crachant qu'elle n'était qu'une éponge imbibée d'alcool, une caricature qui faisait rire tout le monde. Elle était restée prostrée sur le carrelage, heureuse malgré tout de ce bref moment de répit, du contact frais des carreaux de terre cuite sur sa peau. Ce qui l'avait mis hors de lui, c'était qu'elle n'avait pas l'air ivre, alors qu'il savait qu'elle avait bu. Elle avait pourtant préparé un super-dîner. Les filles s'étaient régalées et avaient repris de tout, et le repas s'était déroulé sans fausse note... Dieu, qu'elle avait mal au dos. Cela devait être son foie. Et ses paumes, rouge vif, qui la démangeaient terriblement... un autre symptôme révélateur de l'excès d'alcool. C'était pourtant le seul moyen qu'elle avait trouvé pour supporter l'existence. Quelques verres de scotch ou de vodka, pour la soulager de son fardeau. Dieu merci, elle s'occupait bien des petites, lesquelles prenaient peu à peu conscience de ses problèmes. Elles étaient grandes maintenant, et leur père avait plus de mal à les contrôler. Elles commençaient même à entrevoir les perspectives d'avenir qu'il imaginait pour elles, et ça ne les réjouissait guère.

Elle entendit la porte d'entrée et reconnut les pas de son mari dans le vestibule. Aussitôt, la peur la tétanisa et elle ne perçut plus que le martèlement sourd de son cœur dans ses oreilles. Elle attendit en silence qu'il entre dans le salon, prête à encaisser ses commentaires et ses sarcasmes. Mais, pour une fois, elle attendit en vain.

Il avait décidé d'être bon prince – ça lui arrivait, de temps en temps. S'agenouillant près d'elle, il lui piqua un petit baiser sur les lèvres. Il était d'une beauté à vous briser le cœur... et malgré la haine farouche qui couvait en elle, elle imagina comment les autres devaient le voir, les femmes surtout. La plupart des gens le considéraient comme un type bien et elle ne pouvait se défendre d'une certaine admiration pour ce don qu'il avait de tromper son monde... Elle la première, elle s'était si longtemps laissé berner !

— Encore cette fichue migraine, chérie ?

Elle hocha imperceptiblement la tête, sans relâcher sa vigilance. Il pouvait encore lui tomber dessus dans les vingt prochaines secondes...

— Tu as besoin de quelque chose ? Tu veux que j'aille te chercher une aspirine ou un gant de toilette mouillé ? Et un grand verre de vodka, ça te dirait ?

Elle referma les yeux et attendit un sermon qui ne vint pas. Il était allé lui servir un verre, qu'il posa délicatement sur la petite table vitrée, près de l'accoudoir du sofa. Elle fixa l'alcool d'un œil perplexe, muette d'angoisse.

— Vas-y, bois un coup, dit-il en lui décochant un de ces sourires matois dont il avait le secret. Je ne dirai rien – je te le jure sur la tête de Leona.

Il avait l'air si sincère, si compréhensif, si attentionné...

Elle secoua lentement la tête. Des gouttelettes de condensation avaient perlé sur les parois du verre glacé et le parfum engageant de la vodka lui chatouillait les narines. Mais elle résista. Danny soupira bruyamment. Elle était parfaite, décidément. Parfaite jusqu'au bout des ongles. Lisse, pimpante, pomponnée. Impeccable. Trop belle pour être honnête.

— Écoute, chérie… j'ai décidé de te laisser boire, aujourd'hui. Alors, à ta place, j'en profiterais !

Attrapant le verre, il le lui mit dans la main. Il était froid et glissant, et elle dut le retenir à deux mains pour ne pas le laisser échapper. Après quoi, toujours aimable et souriant, Danny Boy l'aida à le porter à ses lèvres, sans cesser de l'encourager, à grand renfort de mots doux et de propos attentionnés. Elle en prit une gorgée et savoura le goût de l'alcool sur sa langue.

— Vas-y, mon chou ! Envoie-toi ça derrière la cravate. Je vais t'en servir un second.

Elle descendit le verre lentement, en suivant avec délice la brûlure du liquide glacé qui se répandait en elle. C'était comme de retrouver un vieil ami. Puis elle leva les yeux vers lui avec un petit sourire hésitant.

— Pourquoi tu fais ça, Danny ?

Ses mots s'étaient imperceptiblement télescopés. Pas suffisamment pour attirer l'attention d'un étranger, mais pour quiconque la connaissait, c'était un signe infaillible.

Il haussa les épaules avec une nonchalante désinvolture.

— Je vais t'en chercher un autre, d'accord ?

Comme il quittait la pièce, elle referma lentement les yeux. Il lui mijotait quelque chose, c'était certain. Elle tenta de se redresser pour se mettre en position assise, mais, ne parvenant pas à prendre appui sur l'accoudoir, elle dut s'y reprendre à plusieurs fois, en se félicitant silencieusement de ce que Danny ne fût pas là pour la voir. Elle finit par y arriver, en plantant ses talons dans l'accoudoir d'en face et en s'y arc-boutant.

Quand son mari revint avec un autre verre, elle était assise et l'attendait de pied ferme. Il lui fit à nouveau boire le verre, puis s'installa près d'elle sur le gros canapé de cuir et lui passa le bras autour des épaules.

— Regardez, les filles, dit-il doucement. Regardez votre ivrogne de mère dans toute sa splendeur...

Mary aperçut alors ses deux filles qui la regardaient, assises en silence sur le canapé d'en face. Elles avaient été témoins de toute la scène. Son besoin d'alcool. Son humiliation.

Elles en restaient interdites, les yeux agrandis d'effarement.

Mary fondit en larmes et poussa un long cri d'animal traqué. Les petites ne détournèrent pas les yeux. Elles l'observaient toujours, avec ce mélange d'effroi et de chagrin que leur inspirait le calvaire de leur mère.

Danny, lui, était secoué de rire, comme s'il venait de faire la meilleure blague de l'année.

— Vas-y, cocotte, finis ton verre... N'hésite pas ! J'ai attendu plusieurs minutes à la porte pour voir si tu remarquerais la présence de tes filles, ou même la mienne – et généralement, je ne passe pas vraiment inaperçu, pas vrai ? Mais tu n'avais d'yeux que pour ce verre, hein...

Mary était au bord de l'hystérie. L'humiliation était si cruelle qu'elle aurait voulu tomber raide morte. Elle sentait une chandelle de morve s'étirer au bout de son nez ; son maquillage ne résisterait pas longtemps au cataclysme, mais elle ne pouvait refréner ses sanglots. C'était plus fort qu'elle, comme si des vannes s'étaient soudain ouvertes, et qu'elle pleurait enfin pour toutes ces longues années où elle avait serré les dents et ravalé ses larmes.

— Arrête, maman ! s'écria Leona. Arrête, j'ai peur.

La voix de la petite avait grimpé dans l'aigu. La souffrance de Mary se communiquait à ses filles. Elles aussi, elles étaient au bord des larmes.

Quand elles se mirent à hurler avec leur mère, Danny Boy partit d'un énorme éclat de rire. Cette magnifique demeure qu'il leur avait offerte résonnait de son rire de cinglé, mêlé des cris de désespoir de sa femme et de ses filles.

Ce fut à cet instant précis que le déclic se produisit. Mary sentit que ça ne pouvait pas continuer. Trop, c'était trop. Il fallait que ça cesse.

*

Jonjo s'offrait une pinte. La première de la journée – la meilleure. Un peu comme le premier fixe, du temps où il carburait au *brown* – sauf que, au lieu de s'envoler vers le septième ciel, il n'allait jamais plus loin que les toilettes, maintenant... Quand il avait bu, il pouvait pisser pour toute l'Angleterre ! Il avait découvert presque par hasard qu'il tenait bien l'alcool et s'était lancé dans ce nouveau hobby avec un enthousiasme dont il était le premier surpris. Jusque-là, préférant la poudre, l'alcool ne lui servait qu'à patienter jusqu'à son prochain shoot. Mais à présent, ça produisait sur lui un effet génial. Toutes ses sensations lui paraissaient aiguisées, jusqu'à la musique du juke-box qui lui parvenait plus vive et plus percutante. Il adorait ça. Jonjo l'ignorait, mais il appartenait à cette vaste catégorie de personnes des deux sexes qui ne devraient jamais boire – l'alcool faisait ressortir ses côtés les plus négatifs ; pis : ça lui ôtait toute conscience du danger.

Comme il survolait du regard la clientèle du Blind Beggar, son sourire s'épanouit. Pour l'instant, il se sentait bien. Mais plus tard, quand il aurait descendu dix pintes de plus tout en restant convaincu qu'il n'était pas ivre, sa mauvaise humeur prendrait le dessus, à la faveur d'un minuscule incident. Quelqu'un qui lui demanderait de se pousser, une fille qui le rabrouerait, un chauffeur de taxi qui refuserait de le laisser monter en le voyant dégueuler sur le trottoir – et là, il aurait la soudaine conviction que le monde entier avait décidé de lui pourrir la vie. Il serait persuadé de n'avoir affaire qu'à une bande de salauds, jaloux de sa félicité, et déciderait tout à coup de régler ses comptes en s'en prenant au premier venu et en lui fichant sa pinte ou son poing dans la gueule. Ça pouvait être n'importe qui, selon le panel de victimes dont il disposait. Personne ne lui avait encore arrangé le portrait, mais ça, il ne le devait qu'à la réputation de son frère et ne l'avait pas encore compris. Pour l'instant, il nageait dans le bonheur et se laissait agréablement dériver sur la première vague euphorique de la bière, en se demandant s'il n'allait pas bientôt passer au whisky, histoire de varier les plaisirs.

Dehors soufflait un vent glacé. Autour de lui, ça papotait et ça rigolait. Les clients ôtaient leurs gros manteaux d'hiver et s'installaient au bar ou aux tables, s'apprêtant à passer une bonne soirée entre potes. La salle baignait dans une douce tiédeur, mélange de chauffage central et de bonne ambiance. Jonjo décida de s'offrir une pinte de plus avant d'aller rejoindre son frère dans un club où ils avaient leurs habitudes, au sud de Londres. Il commençait à se faire tard, mais pas question de partir avant d'en avoir descendu une dernière, pour la route…

Quand Danny Boy et Michael débarquèrent, deux heures plus tard, Jonjo se dit que, finalement, ce devait être le lieu de rendez-vous prévu, et entreprit d'expliquer ça à son frère – sauf que, comme il ne tarda pas à le remarquer, Danny Boy lui prêtait une oreille plutôt distraite. C'était agaçant, mais il décida de ne pas mordre à l'hameçon et s'abstint d'élever la voix.

Danny était de mauvais poil, et Michael, encore pire. Jonjo se dit qu'il n'avait vraiment pas de pot. Lui qui ne demandait qu'à rigoler et à profiter de la vie, partout où il allait, il ne tombait que sur des têtes d'enterrement ! Qu'est-ce qu'ils avaient, tous, à être tellement moroses ?

*

Angelica se préparait un chocolat chaud quand la porte de derrière s'ouvrit sur Danny. Il soutenait Jonjo, qui vomissait des jurons. Ange ne fit aucun commentaire. Elle se contenta de tendre l'oreille, tandis que Danny Boy allait mettre son frère au lit. Le raffut qu'ils firent en montant l'escalier lui fit grincer des dents, comme le crissement d'une craie sur un tableau noir. Les vociférations de Danny achevèrent de lui mettre les nerfs en pelote.

Elle s'installa à table, s'alluma une cigarette et attendit patiemment qu'il redescende. Elle lui avait préparé une tasse de chocolat à lui aussi. Il appréciait de boire quelque chose de chaud, par ce froid polaire.

Quand il la rejoignit dans la cuisine, elle lui indiqua une chaise et le vit avec plaisir s'asseoir en face d'elle.

— Merci, maman. C'est exactement ce qu'il me fallait.

Il aspira quelques gorgées de chocolat chaud, avant de reprendre la parole.

— Putain de merde, j'ai dû le ramener sur mon dos... C'est un monde, hein ? À peine on le sort de la poudre qu'il replonge dans la gnôle – exactement comme le paternel ! Quand c'était pas une chose, c'en était une autre !

Elle ne répondit pas. Depuis un moment, elle était plutôt réservée avec lui. Danny le remarqua mais préféra faire mine de rien. Il avait quand même du mal à admettre qu'il terrorisait sa propre mère. Il sentait la peur qu'il lui inspirait et ça lui foutait le bourdon.

— Il a besoin d'une bonne correction, m'man ! Tu peux compter sur moi pour lui remonter les bretelles !

Ange se fendit d'un petit sourire contraint. Danny posa délicatement sa tasse sur la table et la regarda bien en face.

— Tu peux me parler, s'te plaît, m'man ?

Elle semblait si vieille et si frêle que l'idée lui vint qu'elle n'en avait plus pour longtemps. Peut-être les quitterait-elle sans crier gare... Elle avait terriblement maigri, ces derniers mois, et ses cheveux avaient blanchi d'un coup. Elle n'essayait même plus de les cacher. Ses rides s'étaient creusées. Rien qu'à la regarder, il sentait le poids des années s'appesantir sur ses épaules. Lui non plus, il ne rajeunissait pas...

— Que je te parle ? Mais de quoi ?

Elle s'adressait à lui comme à un inconnu, d'un ton machinal. À croire qu'elle se prêtait à ses caprices pour avoir la paix. La femme qui l'avait mis au monde. Qui l'avait élevé...

Il fut pris d'une soudaine envie de fondre en larmes dans ses bras, la tête sur sa poitrine, comme quand il était môme et qu'il avait du chagrin. Elle avait toujours été là pour lui. Elle l'avait consolé, rassuré,

559

l'avait serré sur son cœur. Elle l'avait accueilli avec tendresse, même à une époque où il se sentait seul au monde et pensait n'avoir personne d'autre. Elle l'avait nourri, lui avait appris à parler et à marcher. Elle avait travaillé d'arrache-pied, toute la sainte journée, pour pouvoir l'habiller et payer le loyer. Et de tout ça, l'idée ne lui était jamais venue de la remercier. Il l'avait parfois rudoyée et il le regrettait à présent. Il n'aurait pas dû être si dur avec elle... Mais quelque chose était mort en lui, quand elle avait laissé son mari revenir dans sa vie et dans son lit, après tout le tintouin qu'il avait provoqué et tout ce qu'il avait dû faire, lui, pour en réparer les conséquences.

Mais à présent, il regrettait sincèrement de l'avoir tant malmenée. Elle, sa mère. Cette femme qu'il aimait et qui l'avait aimé – moins que son homme, évidemment, et c'était bien le problème. Mais en un sens, il la comprenait. Il savait que ça n'avait rien de personnel, qu'elle n'avait jamais voulu lui nuire en quoi que ce fût. C'était juste qu'elle avait fait passer ses besoins à elle avant tout le reste, par pur égoïsme.

— Excuse-moi, m'man. Je suis désolé de t'avoir fait souffrir – pour le père, tout ça, et pour le reste. Je regrette, vraiment.

Il poussa un soupir lourd de chagrin. La tristesse de sa mère était communicative. Il en avait le cœur serré. Il aurait voulu la voir se secouer, prendre sa vie en main. Qu'elle comprenne l'étendue des dégâts causés par l'inconséquence de leur père, et reconnaisse les séquelles qu'il en avait gardées. Qu'elle admette, enfin, tout ce qu'elle lui devait, à lui.

— Tu vois, j'ai tout fait pour que nous puissions vivre à notre aise, sans manquer de rien. Je voulais qu'Annie et Jonjo soient autre chose que des petits loqueteux, des pauvres mômes dont la mère devait aller faire des ménages chez des connards. Je voulais qu'on soit considérés à notre juste valeur, pour une fois, et plus comme les gosses du poivrot ou du joueur de l'immeuble. Je voulais qu'on nous respecte, comme des gens normaux.

Ange en eut les larmes aux yeux, d'entendre cet aveu. C'était donc elle qui avait fait de Danny ce qu'il était devenu... À dire vrai, elle soupçonnait depuis longtemps que son influence n'avait pas toujours été bénéfique dans la vie de son fils. Elle s'était servie de lui comme de tous les autres, à un moment ou à un autre. Pour obtenir ce qu'elle voulait.

Elle lui prit la main et la serra dans les siennes, en la posant sur son cœur.

— Je ne sais pas ce qu'on serait devenus sans toi, Danny, dit-elle d'une voix entrecoupée, en secouant la tête. Tu nous as tous portés à bout de bras, mon fils. Je ne suis pas près de l'oublier.

L'amour qu'elle avait pour cet enfant lui brisait le cœur.

Il noua ses bras autour d'elle et, pour la première fois depuis des années, elle se laissa aller avec plaisir à son étreinte. L'espace d'un instant, elle avait entrevu en lui le petit Danny Boy, cet enfant adorable qui faisait la joie de sa mère, ce charmant gamin qui s'était évanoui du jour au lendemain et qu'elle n'espérait plus revoir. Elle était accablée de chagrin devant la dangereuse brute qu'il était devenu, ce misérable que la vie avait meurtri si profondément. Quelque chose s'était brisé en lui, autrefois. L'amertume et la soif de vengeance avaient eu raison de lui. Il était devenu un monstre de mépris et de cruauté ; c'était même ce qui avait fait de lui le caïd qu'il était. Comme tous ses pairs, il portait en lui une énorme réserve de haine inassouvie. Sans ça, il n'aurait pu coiffer les autres au poteau. Mais Danny Boy avait laissé cette haine envahir sa vie et contaminer tout ce qui aurait pu faire son bonheur. Son fils était devenu un prédateur qui dévorait tous ceux sur qui il estimait avoir des droits, y compris cette pauvre Mary et ses petites. Angelica s'en sentait responsable – en partie du moins. Mais, au fond, elle savait que c'était sa faute. Elle se jura de tout faire pour tenter de les aider, à l'avenir, lui et sa famille. Elle leur devait bien ça.

*

Michael se promenait dans le casino en saluant ses meilleurs clients – les autres, il se contentait de les toiser d'un œil blasé, surtout les nouveaux. La salle était noire de monde. Les canapés de cuir étaient pris d'assaut par de charmantes jeunes femmes en robe du soir, qui attendaient de rencontrer le joueur de leur vie – un gagnant, si possible ! Les gros joueurs adoraient se sentir encouragés par la présence d'une jolie femme – pas la leur, évidemment… Tout ça, c'était la marque d'ego envahissants. Ça l'avait toujours fait marrer, ce besoin d'afficher son fric et son pouvoir, de sentir le regard admiratif de ces filles qui, en comparaison, ne possédaient pas grand-chose. Personnellement, il n'y voyait aucun inconvénient. Il fournissait les « dames de compagnie », au même titre que les tables de roulette ou les salles de poker. Pour lui, elles faisaient partie du paysage et c'était tout bénef.

L'odeur du casino lui chatouillait les narines. Un mélange particulier d'eaux de toilette et de parfums hors de prix, sous lequel se devinaient les relents plus interlopes du fric. Car l'argent avait bel et bien une odeur. En une journée, un billet de cinq livres pouvait changer de mains plus souvent que la seringue d'un junkie… Le rapprochement le fit sourire, mais c'était vrai. Un bifton pouvait sortir le matin du porte-monnaie de la reine et se retrouver le soir dans la poche crasseuse d'un maquignon. Michael avait beau aimer l'argent, c'était indéniable : le fric puait. Au point qu'il pouvait même servir de vecteur à certaines maladies, comme la gale. Rien que ça, pour lui, c'était une bonne raison de payer par carte…

Comme il promenait son regard autour de lui, il remarqua une jolie brune, mince, avec une bouche généreuse, qui piquait dans le tas de jetons de son voisin chaque fois qu'il avait la tête tournée. Il fit signe à un serveur et lui demanda qui elle était. L'homme n'en avait aucune idée. Tant mieux, se dit Michael : ça signifiait qu'elle ne faisait pas partie de ses employées. Elle avait dû entrer avec le type qu'elle plumait, ou embobiner un habitué.

Il alla s'accouder au bar pour mieux la surveiller. Elle avait le poignet fin et gracile – ce qui, bizarrement, le fit sourire –, de longs cheveux bruns et des yeux gris taillés en amande. D'une élégance irréprochable dans son fourreau de velours bleu nuit, elle semblait avoir entrepris de dépouiller méthodiquement le joueur qu'elle accompagnait. Elle l'embrassait, se lovait contre lui, l'applaudissait avec ravissement chaque fois qu'il plaçait ses mises. Une professionnelle, sans l'ombre d'un doute. Elle subtilisait les jetons et les glissait dans son petit sac à main avec une discrétion et une sûreté de geste qui trahissaient une longue pratique.

Michael la suivit quelque temps des yeux et découvrit bientôt qu'elle délestait aussi un autre de ses voisins – lequel, en revanche, l'intéressait au plus haut point : c'était un habitué, l'un de ses meilleurs clients, qui se trouvait en outre appartenir à cette sous-espèce rare de gens si fortunés qu'ils peuvent se permettre de perdre des sommes énormes sans en faire tout un plat. De ceux dont la fortune n'a d'égal que le désœuvrement et qui poursuivent un vieux rêve : faire sauter la banque.

Comme la fille s'en rapprochait de plus en plus, Michael mit le cap sur elle d'un pas nonchalant. Son premier chevalier servant ne semblait pas ravi de ce changement stratégique et commençait à lorgner ses piles de jetons d'un œil soupçonneux. Elle lui avait subtilisé la quasi-totalité de ses jetons de cinquante livres, et il se demandait où ils avaient bien pu passer. Un perdant aurait accusé le monde entier, excepté lui-même – en plus, il ne pouvait rien prouver.

Avec son plus beau sourire, Michael attrapa la fille par le bras.

— Excusez-moi, mademoiselle. Puis-je vous parler un instant ?

Elle le dévisagea en secouant lentement la tête.

— Je ne vois pas de quoi, non.

Elle avait la voix grave et mélodieuse. Elle se détourna de lui comme s'il lui avait fait une proposition indécente. Le sourire de Michael s'élargit et la fille parut impressionnée par son sang-froid.

— Écoutez, ma chère, vous êtes ici dans mon casino. Si j'ai besoin de vous parler, je n'attendrai pas d'avoir votre permission, dit-il en élevant imperceptiblement le ton.

Elle se retourna alors et lui décocha un sourire ravageur qui aurait pu faire une très jolie pub pour Colgate.

— Vous en aurez pour longtemps ? s'enquit-elle d'un ton où avait percé un certain dédain.

Il fit « non » de la tête et elle eut assez de jugeote pour le suivre sans discuter davantage. Il referma la porte du bureau derrière elle.

— Rendez-moi l'argent, lui dit-il froidement.

Elle lui sourit sans s'émouvoir.

— L'argent ? Je ne vois pas de quoi vous parlez.

Michael soupira bruyamment, avant de se fiche en rogne.

— Ouvrez votre putain de sac avant que je ne le prenne moi-même et ne vous le fasse avaler ! Considérez-vous comme avertie : je n'aime pas qu'on prenne mes clients pour des pigeons. Ouvrez ce sac, ou je vais me fâcher.

Elle le regardait en souriant. Sous la lumière crue du bureau, elle lui paraissait moins jeune qu'il ne l'avait d'abord pensé. Trente ans, minimum. Cette virtuosité dénotait une femme d'expérience. Il était exceptionnel de voir ce genre d'artiste s'aventurer dans le casino. En général, leur nom et leur image de marque dans le milieu, à Danny et lui, suffisaient à dissuader le menu fretin comme les criminels les plus endurcis et, pour un peu, Michael se serait senti offensé. Il préféra écraser le coup et éviter les vagues. Rien de tout ça n'en valait la peine.

Comme elle entrouvrait son joli sac de daim bleu sombre, il vit qu'il était plein de jetons. Elle devait avoir plus de dix briques, là-dedans. Pas mal. Il la délesta rapidement de son butin.

— Si je vous revois dans l'établissement, je vous fiche à la porte, c'est compris ?

Elle hocha la tête sans se départir de son insolent petit sourire. Pour elle, tout cela n'était qu'une aimable rigolade. Elle était vraiment ravissante... Quel dommage qu'elle soit si effrontée ! Sans compter qu'elle devait aussi faire commerce de ses charmes. Elle avait cet air déluré d'une affranchie qui sait se vendre.

— Le problème, avec votre « établissement », comme vous dites, c'est qu'il n'y a aucune espèce de surveillance. J'ai pu y entrer sans problème. Vous devriez songer à engager des portiers dignes de ce nom. Je pourrais vous arranger ça... Je travaille pour Ali Fahri.

Michael hésita sur la conduite à tenir : devait-il lui en retourner une bonne ou éclater de rire ? Il opta pour la seconde solution.

— Et on peut savoir qui c'est, ce fameux Ali Fahri ? s'esclaffa-t-il.

N'ayant jamais entendu ce nom, il supposait qu'il ne devait pas avoir grand intérêt.

— C'est ton pire cauchemar, chéri, roucoula-t-elle, en se levant et en quittant la pièce.

Amusé par son aplomb, Michael se servit un cognac et s'empressa d'oublier l'incident. Mais elle avait marqué un point : comment avait-elle pu échapper à la vigilance de son équipe ? Il allait devoir leur dire deux mots et leur rappeler pourquoi il les nourrissait... C'était agaçant. Ce genre de petite crapule aurait dû se faire intercepter bien avant d'arriver dans le grand salon. Mais elle avait réussi à passer entre les mailles et leur avait damé le pion.

*

Danny Boy broyait toujours du noir lorsqu'il se gara devant chez Louie. Il laissa s'écouler quelques minutes avant de descendre de voiture, pour contempler la maison, une jolie maison ancienne. Ça n'était ni un palace ni une villa pour milliardaire, mais un endroit chaleureux et accueillant où il devait faire bon vivre. Rien à voir avec l'immense palais qu'il habitait, lui, et qui devait faire rêver la plupart de ses connaissances. Il la détestait, cette saleté de bicoque.

Comme il remontait l'allée de gravier, Louie vint lui ouvrir et le fit entrer dans un vestibule un tantinet surchauffé. Danny Boy poussa un soupir d'aise.

— T'as encore laissé ton thermostat sur vingt-huit, Louie ! Je reconnais que ça n'est pas désagréable quand on arrive du froid, mais seulement les premières minutes. Après, on étouffe !

Louie éclata de rire et le pilota jusqu'à la cuisine. Une bouteille de cognac et un plateau de sandwichs les attendaient sur la table. Danny attaqua les sandwichs avant même de s'asseoir et s'en cala un entre les gencives, en se tortillant pour s'extirper de son lourd pardessus.

Louie remplit deux grands verres.

— Toi et ton estomac ! T'avais pas quatorze ans que tu mangeais déjà comme quatre ! lança-t-il, guilleret.

Danny Boy joignit son rire au sien.

— Je me rappelle, oui... T'apportais toutes sortes de trucs kasher et je m'en mettais jusque-là. Depuis, je vais dîner chez Bloom dès que j'en ai l'occasion, en souvenir du bon vieux temps. Mais ça n'est jamais aussi bon que la cuisine de ta femme.

— Ça, une bonne cuisinière, ça vaut toutes les poules du monde ! répliqua Louie avec un grand sourire. Mon père me l'a toujours dit, et souviens-toi : moi aussi, je te l'avais dit ! Les bons coups, ça se trouve à tous les coins de rue, tandis qu'un cordon-bleu, c'est beaucoup plus rare et ça dure plus longtemps – sans compter qu'à long terme, ça tient mieux au corps !

Ils se marrèrent avec un bel ensemble.

Danny Boy aimait la compagnie de son vieil ami. Avec Louie, il pouvait abaisser sa garde. Il le connaissait depuis toujours – depuis qu'il avait débuté dans la vie, à tout le moins. Et Louie restait à l'affût des rumeurs, lui rapportant fidèlement tout ce qui pouvait lui être utile.

Danny passait le voir au minimum une fois par mois, sous des prétextes professionnels, mais il avait toujours plaisir à passer une heure en sa compagnie. Il n'oublierait jamais tout le bien que lui avait fait ce vieux croûton. En prenant de l'âge, il comprenait l'importance du rôle que Louie avait joué dans sa vie. Il avait honte à présent de l'arrogance dont il avait fait preuve en s'appropriant son outil de travail, comme ça, d'autorité. Il lui en avait donné un bon prix, bien sûr, mais il avait eu l'occasion de comprendre, depuis, que pour Louie, cette casse, c'était toute sa vie. Quand il avait parlé de vendre pour prendre sa retraite, ça n'était que du vent. Depuis qu'il ne bossait plus, Louie avait pris un sérieux coup de vieux. Il s'était ratatiné d'un coup, et était devenu plus minuscule et plus fouineur encore, comme s'il s'accrochait désespérément à la vie et aux affaires courantes. Danny se demandait parfois s'il deviendrait un jour comme lui – mais il en doutait. Lui, il avait le pep nécessaire pour se maintenir au sommet de la vague. Il régnait sur tout ce putain de Smoke et le marché espagnol était à ses pieds. Il n'avait donc rien à craindre, il était plus que capable de déjouer les plans de ses concurrents.

— Alors, Louie, quoi de neuf ?

Louie eut un haussement d'épaules un poil trop désinvolte, ce qui signifiait qu'il avait un petit ragot bien juteux à lui révéler, mais ne cracherait le morceau qu'en temps utile, au bout d'une bonne demi-heure de conversation. Danny Boy connaissait les règles du jeu et ne voyait aucun inconvénient à les appliquer. C'était une de ses qualités, ce talent de prêter l'oreille aux bavardages d'un air intéressé, un petit sourire de Méphistophélès aux lèvres. Louie devait souffrir de sa solitude, ces temps-ci. Il ne demandait qu'à lui être agréable.

— Est-ce que t'as entendu parler de ce qui est arrivé aux frères Williams, à Dulwich ?

Danny secoua la tête d'un air surpris.

Louie eut le sourire triomphant d'un écolier qui vient de rafler toutes les billes de ses petits copains.

— Ils se sont fait dépouiller ! Mais alors, quand je dis dépouiller ! Ils se sont fait braquer le bouclard ! Pas seulement la caisse, hein, les vrais bureaux, derrière, avec les coffres. Là où ils mettaient le fric des paris et organisaient le blanchissage de fonds…

Danny ne souriait plus. Celui ou ceux qui avaient commis ce putain de tour de force avaient totalement négligé de lui en parler – et ça voulait dire qu'ils lui devaient un pourcentage. Franchement, il ne leur aurait jamais donné son feu vert. Les frères Williams étaient de vieilles connaissances avec qui il faisait souvent affaire. Son agacement s'accrut d'un coup : ils avaient dû le soupçonner d'être derrière ce sale coup ! Automatiquement, puisqu'il était censé toucher sa part de tout ce qui se faisait dans le Smoke…

— Ça s'est passé quand ?

Louie aussi avait percuté.

— Putain, Danny Boy… Tu aurais dû être consulté. Ça n'était pas un petit butin. Plus d'un quart de million ! Et les frères Williams ne sont pas assurés, tu penses… c'est pas une banque ! Ça remonte à hier après-midi. Juste après le rush du matin. Le coup a été parfaitement préparé et exécuté. Les mecs ont déboulé avec des flingues et des cagoules. Ils connaissaient parfaitement les lieux. Ils devaient avoir une taupe, sinon comment ils auraient su où était le fric ? Même moi, j'ignorais qu'ils le planquaient derrière la cheminée. Il y avait quelques briques descellées et ils sont allés droit dessus, à ce qu'il paraît. Des vrais fumiers. C'est quoi ces manières ? Autant voler sa propre famille !

Danny secoua la tête. Il n'en croyait pas ses oreilles.

— Ce putain de culot ! Je vais aller voir Eli Williams pour lui faire mes amitiés. Faudrait pas qu'il croie que j'y suis pour quelque chose.

Louie haussa les épaules en refaisant le niveau dans leurs verres.

— Le mieux, ça serait de remonter jusqu'aux coupables. C'est ton boulot, pas vrai ? Si tu laisses pisser, tu vas passer pour une lopette.

Danny hocha la tête d'un air perplexe. Il fallait être raide dingue pour s'en prendre aux frères Williams, trois Jamaïcains irlandais caractériels, dont la magnifique denture n'avait d'égal que le sale caractère. Ça le faisait vraiment râler, qu'ils puissent penser qu'il était au courant. C'était plutôt bizarre, d'ailleurs, que personne ne lui en ait parlé ; au moins un de ses employés aurait dû avoir eu vent de cette histoire. Putain, les coupables, quels qu'ils soient, pouvaient prévoir un long congé maladie. Quand il leur mettrait la main dessus, ils auraient de la chance s'ils parvenaient un jour à marcher droit.

— Alors, c'est quoi cette grande nouvelle ?

Louie le fixait d'un regard où Danny lut de l'inquiétude.

— Vas-y, Louie. Qu'est-ce qui ne va pas ?

— Les Fahri sont de retour, fit le vieil homme en secouant la tête.

Déconcerté, Danny Boy étouffa un petit rire.

— Et on peut savoir qui c'est, ces putains de Fahri ? demanda-t-il poliment.

Louie refit le plein de cognac dans son verre.

— Les Fahri, Danny Boy, répondit-il avec gravité, c'est notre pire cauchemar.

Chapitre 27

Danny Boy, qui n'avait rien d'un gringalet, était le premier à reconnaître qu'Eli Williams était une armoire à glace. Rares étaient ceux qui le surpassaient par la taille, mais Danny n'était pas du genre à s'arrêter à ça. En fait, il avait toujours apprécié Eli. Ils avaient des tas de points communs, leurs relations avaient toujours été excellentes et leur collaboration fructueuse, dans une foule d'affaires qu'ils préféraient ne pas ébruiter...
Eli avait une grosse tête ronde, couronnée d'une luxuriante collection de dreadlocks, et son teint chocolat au lait et ses pommettes hautes lui donnaient un faux air de Bob Marley qui faisait son succès auprès des filles. Car Eli était un foutu tombeur qui ne donnait pas dans la discrimination : du moment qu'elles étaient jolies, bien roulées et consentantes... Ça ne l'empêchait pas d'aimer sa régulière et ses enfants, mais, dans un monde où le sexe était omniprésent, il aurait été bête de cracher dessus...
Il s'habillait relativement classique mais fumait joint sur joint, comme d'autres se grillent des Marlboro, sans jamais perdre sa clarté d'esprit. C'était un génie du calcul mental, capable d'additionner des colonnes de chiffres en quelques secondes. Un vrai prodige. Dans une autre vie, il aurait fait de solides études dans un bon lycée, puis dans une grande uni-

versité, et ses talents lui auraient garanti un brillant avenir. Mais, comme pour pas mal d'enfants surdoués, ses dons étaient passés inaperçus, à cause de son insolence, notamment, et de son habileté à donner le change. Il avait donc fini par appliquer ses prodigieuses capacités au négoce de la came – cinquante grammes, d'abord, puis cent, puis une livre, puis un kilo... Ces revenus, ajoutés à ceux de ses activités de bookmaker, lui assuraient un train de vie confortable.

Eli était à l'aise avec tout ce qui s'exprimait en chiffres. Comme l'avait si bien résumé un flicaillon, des décennies plus tôt, il en avait dans le cigare. Avec ou sans ses dreads, il demeurait cependant pour les flics une énigme vivante. Son intelligence aurait dû faire son succès. On aurait dû lui fournir les moyens de la cultiver et de la mettre au service du bien commun. Au lieu de quoi, il avait échoué dans un collège d'enseignement général, où sa féroce perspicacité avait effrayé ses profs. Ces derniers considéraient le collège comme la seule voie de salut pour les enfants défavorisés dans son genre, exclus d'emblée de l'ascenseur social, et l'intelligence d'Eli leur avait donné un fâcheux sentiment d'inutilité. Ils s'étaient donc évertués à l'ignorer, jusqu'à ce que, tout seul dans son coin, il se retrouve à crever d'ennui en classe, en attendant que ses camarades l'aient rattrapé. Mais ça... Voilà comment Eli était devenu le cadavre dans le placard de son collège, l'un de ces malheureux surdoués qui ne parviennent à s'intégrer nulle part et finissent par échouer lamentablement, à cause des effets conjugués du contexte et de leurs origines sociales. Alors, comprenant qu'il méritait beaucoup mieux qu'un boulot de magasinier et n'aurait jamais la chance d'utiliser ses talents à des tâches plus exaltantes, il avait fini par s'investir dans l'industrie du crime.

À part ça, c'était un type charmant à qui Danny ne souhaitait que du bien et ne voulait surtout pas laisser croire qu'il avait trempé de près ou de loin dans les récents événements. Jamais il n'aurait couvert un braquage aux dépens d'un de ses alliés. Ce genre d'embrouilles, en rendant impossible d'office toute réconciliation, ne pouvait que perturber le bizness. Ils étaient donc aussi résolus l'un que l'autre à mettre la main sur ces petits cons de voleurs. Qu'il se soit d'ailleurs trouvé des gens assez inconséquents pour prendre un tel risque relevait de l'inimaginable. Les coupables auraient dû se douter qu'après un tel affront Danny remuerait ciel et terre pour récupérer leur nom, leur adresse et leur téléphone. Il avait carrément mis leur tête à prix, à ces connards – un prix si élevé que leur grand-mère elle-même avait de quoi succomber à la tentation. Il avait commencé par traiter la question par le mépris puis, de guerre lasse, avait fini par afficher son mécontentement en offrant une forte récompense pour toute information. L'audace de ces gens le foutait en rogne. C'était une insulte personnelle et pour l'autorité qu'il était censé exercer dans le milieu. Bref, il avait ce qui s'appelle communément « les boules ».

— Écoute, Eli, dit-il avec une irritation contenue, l'index pointé en avant. Quelqu'un va finir par nous les donner, c'est moi qui te le dis ! Ils ne nous glisseront pas éternellement entre les doigts. De toute façon, ils ne peuvent pas le claquer pénards, ce fric. Réfléchis : tous ceux qu'on soupçonnera d'avoir des revenus inexpliqués seront interrogés comme des terroristes irlandais se pointant dans un pub – lesquels, comme tu sais, ont filé en taule sans passer par la case départ... Les six de Birmingham et les quatre de Guilford*, ça te rappelle rien ? Te bile pas, le problème sera résolu plus vite que les mots croisés du *Sun* !

Eli haussa les épaules et répliqua, avec une virulence qui n'était que trop compréhensible :

— Je veux leur peau, Danny ! J'étais là, tranquille, avec ma fille de trois ans sur les genoux, quand ils m'ont mis un flingue sous le nez. À moi ! Comme si je n'étais rien, personne. Tu comprendras qu'on ait une dent contre eux, mes frères et moi. C'est une question d'honneur, mec. Une question de respect. On n'est pas vraiment du genre à s'écraser comme ça !

Danny Boy ne pouvait qu'approuver. Il aurait eu exactement la même réaction.

— Faudrait être aveugle pour pas le voir, Eli, répondit-il en hochant la tête. Ça n'est que justice...

Il lui décocha un exemplaire de ce sourire à la fois féroce et gouailleur qui avait tant fait pour sa carrière.

— Mais y a quand même un truc : je tiens à être là quand tu les interrogeras. Je veux entendre ce qu'ils auront à dire pour leur défense, ces enfoirés.

Pour la première fois depuis le début de la conversation, Eli sourit à son tour.

— Ça, tu peux compter sur moi ! Tu seras de la fête !

Danny hocha la tête en silence. Qui donc pouvait bien être assez téméraire pour se lancer dans ce genre d'opération ? Les gars devaient être raide défoncés, il ne voyait pas d'autre explication. C'était une putain

---

* Célèbres exemples de condamnations expéditives prononcées en 1974 et 1975 contre des citoyens lambda, accusés à tort d'être les auteurs d'attentats à la bombe contre les forces britanniques, en pleine guerre contre l'IRA. L'erreur judiciaire ne fut reconnue qu'une quinzaine d'années plus tard.

d'énigme : qu'est-ce qui avait bien pu leur faire croire qu'ils pourraient s'en tirer à si bon compte ?

— C'étaient des Blancs ou des Noirs ? Tu as pu voir ?

— Ils portaient des gants et des cagoules, et ils n'ont pas prononcé un mot. Ils parlaient par gestes, en agitant leurs armes.

Le coup avait été parfaitement orchestré. Il n'y avait que des pros pour prendre ce genre de précautions. Ne pas parler, pour ne pas trahir sa voix ou une trace d'accent qui aurait permis d'éliminer des suspects possibles... C'était plutôt inquiétant et ils n'avaient rien à se mettre sous la dent, aucune piste. Pas le moindre indice.

D'un autre côté, les gens qui avaient les couilles de les défier, lui et les frères Williams, ne couraient pas les rues. Il finirait par les coincer. Suffisait d'attendre ; tôt ou tard, ils se trahiraient. Entre-temps, il devrait s'investir à fond dans les recherches aux côtés des Williams. C'était à lui de régler le problème, et il refusait de se laisser impressionner. Aucun de ses contacts n'avait la moindre piste. Nada. Niente. Un vrai mystère. Agatha Christie elle-même en aurait avalé son dentier. Mais il allait la sonder, cette fosse à purin, même si c'était la dernière chose qu'il ferait sur cette terre.

Le seul fait d'avoir envisagé de braquer les Williams, d'y avoir vu une option jouable, était un signe : ces mecs avaient besoin de se faire soigner. Eli Williams et ses frères étaient des types réglo qui payaient rubis sur l'ongle et faisaient toujours en sorte de solder leurs comptes sans faire de vagues. Sage précaution, dans un milieu où ça n'était pas forcément la règle et où pas mal de gens se sentaient tenus d'étaler leurs griefs en place publique, comme s'il s'agissait de problèmes nationaux. Pas lui, évidemment, mais les autres... ceux qui estimaient avoir encore quelque chose à prouver. Le menu fretin qui voulait coûte que coûte démontrer qu'ils étaient des durs, des vrais, à des badauds ébaubis qui n'y voyaient qu'un sujet de conversation avec leurs potes du pub – ou, au mieux, dans le cas d'une hécatombe particulièrement sanglante, un souvenir croustillant à raconter à leurs petits-enfants. Car ce genre de connerie ne rapportait rien à ses auteurs. Ça donnait juste aux flics une bonne raison de les harceler légalement et d'obtenir des mandats contre eux. Du coup, leurs employeurs se retrouvaient sur la sellette. C'était un foutu jeu de dupes. Danny pouvait se permettre de descendre quelqu'un au vu et au su de tous, sans que personne ne moufte, mais aucun de ses subalternes n'aurait été assez con pour le faire – il se serait retrouvé tout seul face à la flicaille.

Les frères Williams étaient comme lui, ils évitaient de chier devant chez eux. S'ils se laissaient aller à une action violente, c'était en toute discrétion. Ils y mettaient les formes. Ils pouvaient s'offrir un petit tabassage en public, de temps à autre, mais seulement quand les circonstances l'exigeaient et pour l'exemple. Et, même dans ce cas, ils choisissaient un endroit sûr et des témoins triés sur le volet – susceptibles d'en parler, certes, mais membres du cercle.

Cette affaire sortait donc du cadre. Et le mystère s'épaississait. Celui ou ceux qui avaient organisé ça étaient en proie à une incoercible pulsion de mort, ou alors tellement sûrs d'eux qu'ils n'imaginaient même pas qu'on puisse s'en offusquer. À vue de nez, Danny penchait pour la seconde solution. Et si c'était le cas, ils se foutaient carrément le doigt dans l'œil ! Ni lui ni les frères Williams n'étaient du genre à se laisser marcher sur les pieds. Ça aurait dû suffire à leur filer des sueurs froides, à ces petits cons.

*

— Écoute, Danny. Y a quelque chose qui ne colle pas. Ça pue le coup fourré, cette histoire. Qui serait assez givré pour t'attaquer de front ?

Michael brossait Danny Boy dans le sens du poil, comme toujours quand il voulait obtenir quelque chose de lui. Son ami devait prendre conscience du danger. Car c'était grave, cette fois. Potentiellement dévastateur.

— L'idée ne t'a pas effleuré que ces types pourraient, en fait, nous viser, nous, dans cette histoire ? Parce qu'ils se sentent manifestement au-dessus des lois...

Danny Boy garda un moment le silence, le temps de digérer cette troublante possibilité.

— Tu crois vraiment ?

Ça semblait presque risible, mais Michael avait clairement entendu percer une note d'inquiétude dans sa voix. Danny prenait enfin les choses au sérieux, et c'était un sacré choc, lui qui se considérait bien au-dessus du commun des mortels. La situation risquait d'être plus grave qu'il n'y paraissait et Michael s'était empressé de battre le fer pendant qu'il était chaud.

Danny médita là-dessus un bon moment, avant de se décider à reprendre la parole.

— Les Fahri, ça te dit quelque chose ?

Michael reposa délicatement sa tasse de thé sur le bureau. Ça lui évoquait quelques souvenirs, effectivement.

— C'est marrant que tu me poses la question... L'autre jour, au casino, j'ai épinglé une fille qui m'en a parlé. Pourquoi ?

— Parce que, moi aussi, j'ai entendu ce nom, il n'y a pas longtemps. Dans la bouche de Louie. Une famille de cinglés, il paraît. Des Turcs, toute une tribu. Ali, l'aîné, a fait de la taule ; pas ici, en Belgique. Après quelques années de placard, il est de retour dans le Smoke. Le puzzle s'emboîte tout seul. Selon Louie, c'est un vrai dingue, qui se prend pour le nombril du monde.

Michael porta sa tasse à ses lèvres. Ce nom qui persistait à refaire surface sous leur nez, ça ne pouvait pas être une coïncidence…

— Moi non plus, je crois pas aux coïncidences, reprit Danny. Selon Louie, cet Ali était une pointure, en son temps. Un Turc à moitié naze, mais avec une paire de couilles grosses comme ça. Il avait tout pour se faire un nom dans le milieu, mais malheureusement – ou heureusement, c'est selon – il s'est fait serrer pour meurtre avant d'avoir pu percer. Il a descendu sa femme, après l'avoir mise sur le trottoir. Un Turc typique, plus vrai que nature, proxénète et dealer. Il a réussi à se faire libérer en appel. Son avocat a contesté les empreintes digitales, en disant qu'il n'y avait rien d'anormal à ce qu'il en laisse partout dans la baraque, vu qu'il était le mari de la victime ! Toujours selon Louie, le juge a touché un bonus pour le déclarer non coupable et le relâcher dans la nature… Franchement, quand Louie m'a raconté ça, j'y ai à peine fait gaffe – tu sais comme il est : bavard comme une vieille pie. Mais, à la réflexion, je me demande si on ne tient pas un suspect… Le minimum serait de lui rendre une petite visite, tu crois pas ?

Michael acquiesça d'un signe de tête.

— Toute façon, c'est un homme mort… ajouta Danny.

— Ça m'avait traversé l'esprit, convint Michael en souriant. Coupable ou pas, on va devoir s'en débarrasser. Il la ramène un peu trop, ce connard.

Danny partit d'un éclat de rire débonnaire, comme une personne normale qui vous remonte le moral d'un bon mot ou d'un sourire. Ça lui donnait l'air si sympathique, aimable et équilibré, que c'en était carrément bizarre. Michael l'aimait comme un frère – et même nettement plus, vu qu'il ne ressentait que du mépris pour le sien, de frère : en toute honnêteté, Gordon aurait aussi bien pu ne pas exister. Avec Carole et les enfants, Danny occupait constamment ses pensées. C'était même la première chose qui lui venait à l'esprit quand il ouvrait les yeux, le matin, et la dernière à le turlupiner quand il les refermait, le soir. Et voilà qu'ils allaient s'offrir un petit raid chez les Turcs, excusez du peu. Mais c'était un mal nécessaire, et l'avertissement ne serait perdu pour personne : tout le secteur serait au courant, tôt ou tard. Cet Ali Fahri avait mal choisi son moment pour revenir de Belgique, et il se faisait une bien trop haute idée de lui-même. À quoi rimait le braquage des Williams ? À une petite mise en jambes avant le grand raid décisif qu'il projetait de lancer contre eux ? La dernière chose dont ils avaient besoin, c'était de se laisser emmerder par un connard pareil !

— T'as son adresse ?

Danny Boy ouvrit les bras avec un grand sourire.

— Eh, tu connais Louie ! Dieu le bénisse, il se débrouille toujours pour mener sa petite enquête avant d'ouvrir son putain de clapet !

— Mieux vaudrait refiler le bébé aux Williams et les laisser se démerder, tu crois pas ?

Danny hocha la tête, l'air soudain dégrisé. Il n'aurait pas craché sur un peu d'action, mais mieux valait prendre la chose avec philosophie, Michael avait raison. Les Williams étaient la partie lésée, c'était à eux d'agir. Mais rien ne l'empêchait de les épauler un peu. Il n'aurait qu'à se montrer sur les lieux. De toute façon, braquage ou pas, Fahri devait être mis sur la touche. C'était ce qui s'appelait faire d'une pierre deux coups...

Arnold se tenait au pied d'un bloc d'immeubles, à Hackney, quand il aperçut, fendant la pénombre tels les yeux d'un démon, les phares de la Mercedes rutilante de Michael. Il le rejoignit tandis que Miles se garait près du trottoir.

— Comment va ? fit-il en s'installant sur le siège passager.

Michael hocha la tête. Entre eux, la tension ne s'était pas complètement dissipée, et Michael se sentait un peu gêné aux entournures.

— Pas mal, et toi ? Ça baigne ?

Arnold passa sa main dans ses dreadlocks – geste révélateur, chez lui, d'une certaine nervosité.

— Écoute, Mike. Est-ce qu'on peut considérer que j'ai rien dit, l'autre jour ? J'ai dû abuser de la fumette... et de toute façon, faudrait être con pour croire ce que raconte Grey. Un ripou qui cherche à se venger, pas très convaincant comme témoin, hein ?

Il s'esclaffa et Michael joignit son rire au sien.

— Laisse tomber, va, j'avais déjà oublié... Alors, t'as vu passer Ali et ses copains ?

Arnold se sentit soulagé d'un grand poids. Il vivait depuis plusieurs jours dans l'angoisse que Danny Boy ait eu vent de ses accusations. Il en avait perdu le sommeil. Qu'est-ce qui lui était passé par la tête, franchement ? Même si ce que lui avait dit Grey était vrai

– et il était toujours convaincu que ça l'était –, ce n'était pas à lui de répandre la nouvelle.

— Il est là-haut, au douzième. Il n'a pas bougé de la soirée. Il a un mec avec lui, un gros, un genre de garde du corps. Sinon, je n'ai vu passer que sa copine et une gamine.

Michael hocha la tête à la seconde même où Danny gara sa Range Rover noire, dont il s'extirpa avec un large sourire de fumeur de ganja et des airs de joyeux noctambule. Quand Eli et deux de ses frères émergèrent à leur tour, le joint à la main et la machette sous le manteau, il éclata de rire.

Arnold connaissait les frères Williams. Ils se saluèrent et échangèrent d'amicales poignées de main. Il faisait froid, et leurs souffles montaient dans l'air sous forme de brume glacée.

— Alors, il est chez lui ?

— Pour autant qu'on sache, ouais, fit Michael en hochant la tête. Mais il a pu se barrer par-derrière...

Le sourire d'Eli s'élargit. Depuis le temps qu'il attendait ça ! Se faire braquer, c'était déjà pas la joie, mais se faire entuber par un putain de connard de Turc, c'était le fond de l'abomination. Ce genre d'affront ne pouvait se laver que dans le sang. Mais d'abord, il voulait revoir son pognon.

Le hall de l'immeuble était plongé dans la pénombre – une constante, dans le quartier, où les petits loubards cassaient délibérément les lumières des parties communes pour pouvoir vaquer à leurs transactions. Ils arrivèrent à l'ascenseur, parfaitement relax. La soirée prenait même des allures de fiesta... Eli et ses deux frères, des jumeaux répondant aux noms d'Hector et de Dexter, passèrent les premiers, et Danny Boy n'y vit rien à redire. Il n'était là qu'en observateur, pour attester qu'il ignorait tout du projet de braquage et n'y avait pas trempé. Il tenait aussi à délimiter son territoire et à faire passer le message sur les coutumes de la place de Londres. Ali et ses petits copains avaient besoin d'une remise à niveau : sur les terres de Cadogan, impossible de pisser contre un mur sans autorisation expresse – Ali aurait d'ailleurs du pot, quand les Williams en auraient fini avec lui, s'il pouvait encore pisser dans une poche plastique, voire pisser tout court.

Ils débarquèrent au douzième étage et respirèrent un grand coup – ils avaient dû retenir leur souffle pendant le parcours en ascenseur, pour éviter d'inhaler les relents de vieille pisse et de désinfectant qui s'y bagarraient. C'était un point commun à toutes ces tours et Danny Boy n'avait jamais réussi à comprendre comment les habitants, qui avaient besoin de ces boîtes à savon pour regagner leurs pénates, pouvaient être assez cons pour pisser dedans... Même les chiens ne faisaient pas dans leur niche ! On aurait dû les leur couper, aux débiles qui confondaient les ascenseurs avec des urinoirs, et il s'en serait volontiers chargé, s'il avait habité là. La puanteur frisait l'intolérable. C'était ignoble, d'obliger des femmes et des enfants à vivre là-dedans, jour après jour.

Le palier aussi était plongé dans le noir. Même ici, ces connards avaient pété les lampes. Danny se posait vraiment des questions sur leurs capacités mentales. Comment pouvait-on considérer ça comme vivable, sinon comme normal ? Les mecs du secteur auraient dû assurer la sécurité de leurs femmes et filtrer l'accès de leurs immeubles pour en écarter les intrus. Avec un soupir exaspéré, il prit la tête de la petite troupe jusqu'au fond du palier et décocha un grand sourire aux frères Williams avant d'ouvrir la porte concernée, d'un coup de pied bien ajusté.

Aucune tête n'apparut, personne ne vint voir ce qui se passait. Ce genre de descente n'avait probablement rien d'extraordinaire, dans le coin. Comme ils se ruaient dans l'appartement, Danny vit arriver un type corpulent – le garde du corps, supposa-t-il –, qui s'écarta prestement de leur chemin et fila sans demander son reste. C'était un vrai blockhaus, presque aussi haut que large, qui ne tenait visiblement pas à être pris dans la mêlée. Danny et sa petite troupe ne purent que supposer qu'il savait certaines choses qu'ils ignoraient, car le gros n'avait eu l'air ni surpris ni effrayé par ce débarquement. Il s'était contenté de vider les lieux le plus vite et le plus discrètement possible.

— Hé, mon gros lardon ! lui cria Danny Boy d'un ton goguenard. N'oublie pas de te boucher le nez dans l'ascenseur. Ça schlingue, grave !

La bande éclata de rire. En débarquant dans le living, ils trouvèrent Fahri sur le balcon, le visage figé dans un rictus de terreur et serrant dans ses bras une toute jeune enfant.

Danny Boy leva le bras, arrêtant net les frères Williams qui sortaient déjà les machettes.

— Donne-moi la petite, mon pote.

Fahri secoua vigoureusement la tête.

— Si tu veux ma peau, tu vas devoir la descendre aussi !

Il avait jeté ces mots avec une férocité presque triomphante, comme s'il avait sincèrement cru que la présence de l'enfant le protégerait. Danny s'effaça et fit signe à Eli de prendre la direction des opérations.

— Où est le fric que tu m'as volé, espèce de connard ?

Eli avait parlé d'un ton égal, mais avec un sérieux qui aurait dû faire tilt dans l'esprit du connard en question, en l'avertissant que le temps allait se gâter. Ses frères avaient déjà commencé à fouiller l'appartement, éventrant sièges et matelas en quête de fric ou d'armes. Ils ne furent pas déçus. Derrière le canapé, ils découvrirent un sac de billets planqué contre le mur et reconnurent immédiatement leurs liasses aux bandes élastiques personnalisées. Tout avait l'air d'y être. Il y en avait pour des centaines de milliers de livres. C'était un vieux canapé, puant et graisseux, un monstre drapé d'une housse en Dralon vert, encore brodée de vestiges de franges, avec des accoudoirs grisâtres, lustrés par des années de crasse et de poussière. Tout était dans un état lamentable, depuis la moquette vétuste jusqu'aux interrupteurs auréolés de traces de doigts. Ils se trouvaient dans un logement HLM en sous-location – une vieille ruse pour ceux qui tâchaient de se faire oublier – et qui avait dû servir de planque à des junkies : par endroits, les murs étaient maculés de minuscules taches de sang, celui des défoncés en herbe qui apprenaient à se shooter, et toute la pièce portait des marques de brûlures, œuvres sans doute de junkies plus expérimentés qui préféraient garder leur sang dans leurs veines ou leur seringue, pour ne rien perdre de la came qu'il charriait...

En tout état de cause, le titulaire du bail avait décampé mais se faisait un plaisir de palper l'argent du loyer, en attendant le prochain chèque des allocs. Tout le monde faisait ça et c'était le principal moyen de se loger, dans le coin, surtout quand vous aviez besoin de vous faire oublier. Dans les HLM les plus déglinguées et les plus malfamées, c'était carrément devenu une habitude, des milliers de gens s'évaporaient de la sorte dans la nature, sans laisser d'adresse...

Ali avait lu du dégoût dans leurs regards. Que cette bande de lascars qui n'avaient pas l'air franchement amicaux ait réussi à remonter sa trace, ça n'était déjà pas le pied, mais se faire surprendre dans une telle tanière, c'était carrément la honte. Car Ali n'était pas n'importe qui. Il avait un nom, du fric et du prestige, mais aussi un bouton d'autodestruction intégré qui l'empêchait de réaliser pleinement son potentiel. C'était un Turc typique. Pour lui, la fille avec qui il couchait n'était qu'une copine de plumard, et les enfants qu'elle lui donnait un moyen de pression pour la retenir. Ses tas de rejetons n'étaient que des instruments pour affirmer son droit de propriété sur les femmes et marquer son territoire. Il se maudissait de s'être laissé surprendre là, dans cette bauge infecte, comme si ça avait été son cadre de vie normal. En Turquie, il vivait comme un prince, dans le luxe, et il refusait de laisser l'image d'un homme traqué, se terrant dans ce taudis infâme.

Il serra l'enfant contre lui – son petit otage, sa rançon personnelle – et, incapable d'assumer ce qui lui arrivait et allait lui arriver, maintenant qu'ils l'avaient épinglé, il se mit à hurler d'une voix suraiguë :

— Dégagez, cassez-vous de chez moi, sales cons de Blacks ! Je vais tous vous buter ! Putain, vous me faites pas peur. Tu le sais, toi, Danny Boy. Tu sais que je ne déconne pas. J'en suis capable. Je vais sauter avec la petite !

Il parlait à toute vitesse, comme un bonimenteur débitant ses salades, et un voile de sueur luisait sur son crâne dégarni. Son garde du corps s'était barré, préférant le laisser seul face à ses problèmes. Autant dire qu'il était mort. Mais ça ne l'empêcherait pas de tenter sa chance. Il avait survécu à la prison et à plusieurs mois de mitard. Ça aussi, il pouvait y survivre...

Les Williams, Arnold, Michael et Danny le contemplaient avec dégoût, quand la locataire de l'appartement fit son apparition. En découvrant sa porte arrachée de ses gonds et gisant dans le couloir, elle avait flairé les ennuis et, pâle d'inquiétude pour la fillette, était accourue. Elle balança sur une table basse les kebabs qu'elle revenait d'acheter et, d'un coup d'œil, jaugea la situation. Ali était foutu. Elle était allée lui rendre visite en taule, avait obtenu un droit de visite et misé sur sa grossesse pour le faire sortir du placard ; elle avait rêvé de pouvoir mener une vie agréable entre son homme et son enfant... et voilà qu'elle voyait s'écrouler tous ses projets. Car ces mecs n'étaient pas là pour rigoler. Ils la regardaient, surpris de la trouver là, comme s'ils se demandaient ce qu'elle foutait avec ce vieux sac à merde qui avait l'âge d'être son père et n'hésitait pas à prendre sa gamine en otage...

Le froid de la nuit les avait dégrisés. Ils avaient les yeux en face des trous, à présent, et voyaient exactement à quoi et à qui ils avaient affaire – et ça n'était pas reluisant. La fille, une petite blonde peroxydée, plutôt menue, avec des joues tartinées d'une généreuse couche de fond de teint pour planquer son acné, semblait à peine sortie de l'adolescence. Son arrivée les avait déconcertés, et ils ne demandaient qu'une chose : qu'elles dégagent, elle et la petite, le plus vite et le plus loin possible.

Tout à coup, elle poussa un hurlement strident qui leur vrilla le crâne. Danny Boy, dont la patience atteignait ses limites, se rua sur le balcon et, arrachant l'enfant des bras de Fahri, la passa à sa mère.

—Casse-toi ! s'écria-t-il. Prends ta gamine et casse-toi ! Ce fumier menaçait de la balancer par la fenêtre, mais si je revois ta couleur ici, je te jure que je m'en occuperai à sa place !

Comme la petite se mettait à hurler à son tour, sa mère ne se le fit pas répéter. Vider les lieux, elle ne demandait pas mieux – et en un seul morceau, de préférence.

Fahri la suivit du regard tandis qu'elle battait en retraite vers le couloir. Les kebabs gisaient, oubliés sur la table basse dans leur papier d'emballage. Le fumet rôti qui s'en exhalait aurait presque rendu supportable la puanteur ambiante. Les jumeaux reprirent les opérations de mise à sac là où ils les avaient laissées, dans l'espoir de mettre la main sur un autre magot – de la came, des armes... Ils ne mouraient pas d'envie de prendre part à l'exécution imminente d'Ali et préféraient laisser cette partie des réjouissances à leur frère. Ils comprenaient enfin combien la vie était un équilibre instable. Un mot de trop et votre existence pouvait basculer, du jour au lendemain. C'était une putain de révélation.

Eli Williams s'avança sur le petit balcon en brandissant sa machette au-dessus de sa tête et vit Fahri lever les bras pour se protéger le visage. Ce geste, après la scène qui avait précédé, acheva de le mettre hors de lui. Fahri n'avait même pas les couilles de faire front ! Il aurait pu essayer de lui prendre son arme, l'empoigner et se battre, mais il ne pensait qu'à se planquer, comme une gonzesse. Eli abattit sa machette de toutes ses forces et vit avec une fascination morbide la lame trancher sa main droite, au niveau du poignet, et le membre coupé atterrir avec un bruit sourd sur le sol de béton. Le sang giclait partout. Fahri regardait sa main, hébété, comme si elle avait appartenu à quelqu'un d'autre. La violence et la soudaineté de l'attaque le laissaient sans voix, et le spectacle de cette main mutilée, gisant sur le balcon crasseux, avait quelque chose d'inconcevable. Puis la souffrance explosa, tandis que chaque battement de son cœur faisait jaillir un geyser de sang, qui aspergeait tout. Aux alentours, les balcons et les fenêtres de l'immeuble s'illuminaient les uns après les autres. L'ultime humiliation de Fahri prenait des allures d'attraction publique.

— Bande de salauds ! Espèces de sales Blacks !

— Alors là, excuse-moi, Ali, lança Eli, mais je te trouve un peu raciste. Et les sales Blancs, alors... qu'est-ce que t'en fais ?

Il éclata de rire, ainsi que tous les autres, tandis que la désinvolture de sa remarque faisait monter les larmes aux yeux de Fahri.

— Vous êtes une bande de salauds !

Il avait crié toute sa haine et tomba à genoux dans une flaque de sang tiède. Il y en avait partout, sur lui et autour de lui. Il voulut se relever, mais dérapa lourdement et se ramassa sur les coudes. C'était un cauchemar, un vrai putain de cauchemar. Il faillit éclater en sanglots en revoyant sa main coupée et prit la pleine mesure de son malheur en entendant les cris s'élever des autres balcons, un chœur d'ovations encourageant ses ennemis, une cacophonie d'insultes lancées par de parfaits inconnus, convaincus qu'il était dans son tort, et qui jubilaient de le voir réduit à l'impuissance.

Danny Boy et les autres ne prêtèrent pas la moindre attention à ce raffut – ce qu'ils voulaient, c'était régler le problème. Personne ne serait assez bête pour prévenir la police – vu la façon dont ils avaient arrangé le Turc, qui pouvait dire ce qu'ils seraient capables de faire, si quelqu'un s'avisait de les balancer ? Fahri ne méritait pas qu'on prenne un tel risque pour lui. Leurs noms étaient déjà sur toutes les lèvres et les événements de la soirée ne tarderaient pas à entrer dans la légende urbaine, embellis et amplifiés par la rumeur : un nouvel échantillon des prouesses de Cadogan, parmi tant d'autres... Et pourtant, cette idée plombait le moral de Danny – même si, d'un autre côté, cela servait ses plans. La barbarie même de cette descente dissuaderait les flics d'y mettre le nez de trop près. Ça ne faisait pas un pli.

— Vas-y, Eli ! lança Danny Boy. On n'a pas toute la nuit !

Eli Williams abattit sa machette de toutes ses forces sur la tête du Turc, puis tenta de l'en extirper, en vain. Le crâne s'était fendu en deux, mais la lame, solidement plantée, refusait de bouger.

Ivre de souffrance, Fahri se mit alors à hurler comme un animal pris au piège et déversa sur eux un torrent d'injures en turc. Il parvint à se relever et fit même quelques pas, tandis qu'Eli s'efforçait encore de récupérer l'arme du crime en patinant dans le sang de sa victime. Et Fahri qui ne capitulait toujours pas... Il avait la vie dure, ce connard !

Danny Boy finit par s'en mêler. Soulevant Fahri comme un poids plume, il parvint à arracher la machette de son crâne béant, puis, dans la foulée et sans la moindre hésitation, balança le Turc du haut du balcon. Après quoi, ramassant la main mutilée, il lui fit prendre le même chemin, en la lançant de toutes ses forces, comme un ballon de rugby, et rendit sa machette sanglante à Eli.

— Tu pensais faire durer le plaisir encore longtemps, comme ça ? Putain de merde... à trois contre un, ça n'était pas sorcier, non !

Il mit le cap sur la porte, en proie à une fureur qui leur rappela qu'il aurait pu leur tenir tête à tous, sans même mouiller sa chemise... Puis, en une de ces sautes d'humeur dont il avait le secret, il ajouta :

— Alors, vous avez trouvé ce que vous cherchiez ? Vous l'avez, votre putain de fric ?

Les frères Williams hochèrent la tête en silence. Les événements de la soirée leur avaient un peu coupé le sifflet.

— Bien. Alors, ramenez-vous. On rentre à la casse.

Comme toute la bande se repliait vers la sortie, Danny récupéra les kebabs au passage.

— Hé ! on n'allait quand même pas laisser ça derrière nous, non ?! railla-t-il en inspectant le contenu des cartons. J'ai toujours eu horreur du gaspillage... !

Les jumeaux accusaient le choc et Eli ne savait que penser de la façon dont Danny avait pris les commandes. Il restait sur la désagréable impression de s'être fait manipuler. Bien sûr, ils avaient récupéré leur fric, mais, avec le recul, tout ça prenait à présent un petit air télégraphié et contraint. Ce pauvre type n'avait même pas un garde du corps digne de ce nom. Ce n'était qu'un minus qui ne méritait pas le quart de tout ce tintouin. Comment avait-il pu s'imaginer une minute pouvoir s'en prendre impunément à eux ?

Ils quittaient l'immeuble quand ils entendirent hurler les premières sirènes, au loin. Danny éclata de rire et, mordant à belles dents dans un kebab, s'exclama, la bouche pleine de salade et de viande reconstituée :

— Pas trop tôt, les gars ! Pour recoudre les morceaux, vous repasserez ! Toujours un quart d'heure après la bataille, ces petits cons ! Putain de service public...

Chapitre 28

Arnold Landers n'arrivait pas à trouver le sommeil, et ça commençait à perturber son quotidien. Certains jours, il était tellement vanné qu'il se demandait comment il arrivait à assurer. Annie s'en était rendu compte, et c'était un souci supplémentaire. Danny Boy l'avait enfin réintégrée au sein de la tribu Cadogan, il l'avait même accueillie à bras ouverts. Les deux hommes n'avaient jamais évoqué le sujet, mais Arnold savait que le frère et la sœur s'étaient tenus à distance l'un de l'autre pendant longtemps. En fait, si Danny était revenu à de meilleurs sentiments envers elle, c'était grâce à leur couple. Il ne cessait d'ailleurs de lui dire combien il lui était reconnaissant d'avoir pris Annie sous son aile et de l'avoir remise sur le droit chemin, à force d'égards et d'affection – en somme, d'avoir rendu à sa sœur son estime de soi. Mais tous ces compliments pesaient comme autant de fardeaux sur ses épaules, et il n'était plus très sûr de les mériter. D'autant que ça lui enlevait toute possibilité de reprendre sa liberté. Il n'y avait encore jamais songé, mais il détestait se sentir prisonnier. C'était un vrai poison, pour une relation. Il aimait Annie et tenait à elle, mais l'omniprésence de Danny en arrière-plan de leur vie conjugale lui rappelait combien sa position risquait de devenir précaire, si sa femme décidait de le larguer.

Au début, l'idée d'appartenir à la tribu Cadogan l'avait excité, mais ses yeux s'étaient dessillés. En fait, c'était pire que la taule. Avec ces gens-là, impossible d'avoir une opinion à soi. Pour prendre la moindre décision, il fallait tenir compte de l'avis et des réactions de la famille, de la façon dont les choses seraient perçues et des conséquences que cela pourrait avoir. Le plus terrible, c'était qu'ils s'attendaient tous à ce qu'il s'aligne automatiquement sur leur point de vue. Quiconque osait les contredire passait à leurs yeux pour un traître ou un dangereux anarchiste. Arnold regrettait amèrement le temps où la zizanie régnait entre Annie et son frère, et où elle ne perdait pas une occasion d'en découdre. Car maintenant elle se gargarisait de l'intérêt qu'il lui portait – et, de fait, il fallait reconnaître que Danny se souciait désormais de son bien-être.

Ces derniers temps, même Jonjo semblait plus présentable. Ce vulgaire jean-foutre, bourré ou camé en permanence, voire les deux. Ça n'empêchait pas Danny de lui confier des tas de responsabilités – responsabilités que lui, Arnold, était censé contrôler. En fait, il jouait les nounous – ce qui signifiait, en pratique, qu'il s'appuyait la majeure partie du boulot, gardait un œil sur les employés et veillait à la bonne marche de l'ensemble. Il était donc constamment sur le pied de guerre, mais n'occupait qu'une place subalterne. Danny Boy ne lui accordait jamais la moindre marque de respect ou de reconnaissance en public. Ils ne se parlaient que dans l'intimité des bureaux qu'ils avaient ouverts dans tout le Smoke. Mais se faire entuber de la sorte commençait à lui porter sur le moral. Si Jonjo avait eu un minimum de compétences dans son champ d'action, passe encore. Mais il n'y connaissait que dalle ! Des night-clubs au recouvrement de créances, en passant par les paris, il ignorait les rouages les plus fondamentaux de la machine ! Pour couronner le tout, il ouvrait sa grande gueule à tort et à travers, et ne sortait jamais que des conneries aussi profondes que son ignorance crasse.

Jonjo était un tel boulet qu'il n'avait aucune chance de rattraper son retard. Il devait donc le porter à bout de bras, se charger du vrai boulot et lui servir de garde-fou. C'était lui qui veillait à ce que rien n'interfère avec leurs bénéfices, lui qui supervisait le travail des bookmakers, légaux ou non, et se débrouillait pour que les clubs soient toujours prêts à recevoir le fisc ou un de leurs investisseurs... C'était grâce à lui que les dettes étaient collectées dans les temps, avec un maximum de rendement et sans casse inutile. Mais la coupe était pleine. Marre de se faire avoir en beauté !

Danny lui avait donné l'occasion de faire ses preuves et il estimait n'avoir pas démérité. Cadogan ne pouvait tout de même pas ignorer que son frère était un putain de maillon faible, qui, en plus, s'imaginait jouer un rôle de premier plan dans l'organisation. Sans Arnold pour lui torcher le cul, il aurait fait long feu ! Parce qu'il ne fallait pas se tromper : quand le Boss voulait que les choses soient faites, et correctement, c'était à lui, Arnold, qu'il les confiait. Seulement, il avait sa fierté et une réputation à défendre – et ça, ça excluait de se laisser traiter en larbin par un branleur de l'envergure de Jonjo Cadogan.

Puisque c'était comme ça, il allait tout déballer. Il avait amené dans l'organisation pas mal de gars compétents, sur la loyauté desquels il pouvait compter. En cas de besoin, il pourrait planter le clan Cadogan. Ça le rendait un peu nerveux, mais d'un autre côté, s'il ne faisait rien maintenant, il ne le ferait jamais. Il ne devait pas non plus laisser passer trop de temps, car

Jonjo se parait de son influence à la moindre occasion. À trop laisser pisser, le moment viendrait où il ne pourrait plus rectifier les choses. Il deviendrait moins consciencieux, moins loyal aussi – le genre de dérive qui, à terme, risquait d'attirer l'attention des flics. Or, une fois que la brigade antigang les aurait dans le collimateur, l'appui de tous les ripoux du royaume ne leur servirait plus à rien.

*

Mary ne pouvait empêcher ses mains de trembler. D'habitude, elle parvenait à se contrôler. Elle se concentrait pour retrouver un minimum de calme et ça marchait. Mais pas aujourd'hui. Au contraire, même, tous ses efforts pour se détendre ne semblaient qu'augmenter sa nervosité. Elle s'était pourtant « refait la façade », comme elle disait à propos de ses longues séances de maquillage. Sans ça, elle ne se serait pas sentie de taille à affronter la journée. Sans sa couche de fond de teint, ses sourcils minutieusement épilés et redessinés, elle se sentait nue, exposée. C'était comme une armure, un masque de guerre derrière lequel se dissimulait sa vraie personnalité. Ces soudains tremblements la laissaient cependant désemparée. C'était d'une telle violence… et ça échappait totalement à son contrôle.

Passant au salon, elle se dirigea droit sur le bar et se servit une double vodka. Ça semblait si anodin, de l'extérieur, ce liquide incolore et limpide, au fond du verre de cristal taillé ; on aurait juré de l'eau fraîche… Quand elle l'ingurgita, la brûlure familière de l'alcool presque pur se répandit dans son estomac. Mary grimaça. La vodka provoquait désormais d'atroces remontées acides qui lui brûlaient la gorge… Elle tira de sa poche une boîte de tablettes Rennie, dont elle croqua une petite poignée en toute hâte. La brûlure finit par se calmer, à son grand soulagement. Elle se resservit alors un verre, qu'elle descendit d'un trait. Les tremblements avaient cessé. Se sentant soudain environnée d'un cocon de paix, les yeux clos, elle porta à ses lèvres une longue main effilée, coûteusement manucurée et alourdie d'or et de diamants, en un geste de préciosité feinte. Elle étouffa un petit rot distingué et attendit que l'alcool fasse son effet. Ça prenait de plus en plus de temps, mais elle avait appris la patience. Quand, enfin, elle sentit l'alcool agir, elle en fut si soulagée qu'elle s'offrit un troisième verre pour fêter ça.

Elle était une alcoolique « fonctionnelle », comme elle disait. Elle avait lu des tas d'articles là-dessus. Sa mère n'était qu'une alcoolique « normale », pour ne pas dire banale ; mais elle, elle appartenait à une espèce rare et choisie. L'alcool ne l'empêchait jamais ni de cuisiner, ni de s'occuper de la maison, ni de faire ses courses, ni de donner leur bain à ses filles – voire, au besoin, de baiser –, le tout, sans la moindre trace de sentiment ou d'intérêt. Des foules de gens comme elle pouvaient aller au boulot, tenir leur boutique ou mener une opération à cœur ouvert avec plusieurs grammes d'alcool dans le sang. L'idée lui fit venir un sourire aux lèvres et elle s'en délecta. Elle n'avait guère eu l'occasion de sourire, ces derniers temps...

Puis, remontant dans sa chambre, à l'étage, elle laissa tomber son peignoir pour inspecter les bleus qui lui constellaient les bras – un souvenir de la dernière visite de son mari. Ils n'étaient pratiquement pas douloureux, ce qui était plutôt surprenant, vu l'étendue des dégâts. On était en plein été. La chaleur était caniculaire et elle ne pouvait sortir qu'en pantalon et en manches longues.

Elle s'assit au pied du lit, ce lit qu'elle se hâtait de faire dès son lever. Il était toujours irréprochable. Elle imaginait parfois Danny Boy s'amusant à lancer une pièce sur le couvre-lit pour voir s'il était correctement tiré et bordé, comme ces connards de sergents dans les vieux films d'après-guerre. L'ombre d'un sourire lui courut à nouveau sur les lèvres, mais elle se ravisa : en fait, ça n'était pas si drôle...

Elle resta ainsi un certain temps, assise au bord de son lit, à contempler la grande pièce qu'elle avait imaginée et décorée avec tant de soin, dans l'espoir que l'élégance du cadre inclinerait son mari à de meilleurs sentiments. Puis elle se leva. Même constellée d'ecchymoses, même après ses multiples grossesses, sa peau restait ferme et son corps robuste. Peut-être pas tout à fait autant qu'autrefois, mais sur ce point elle aurait damé le pion à la plupart des femmes de son âge. Elle ne se montait pas la tête, et il ne fallait y voir aucune arrogance de sa part. C'était la pure vérité. Il lui suffisait d'ouvrir un magazine et de se comparer aux célébrités qui s'y étalaient à demi nues. Cette pauvre Carole avait le ventre plein de vergetures et se trimbalait une brioche digne d'un bouddha rieur – mais ça n'empêchait pas Michael de l'adorer comme au premier jour. Tout comme son propre mari... Danny Boy avait toujours été baba devant Carole. Pour lui, peau d'orange ou pas, elle incarnait la perfection ! À croire qu'un bide en accordéon et des chevilles d'hippopotame étaient le nouveau must pour captiver un homme !

Après chacun de ses accouchements, le corps de Mary avait repris son aspect normal. Le léger affaissement de son ventre s'était effacé au bout de quelques jours, dès qu'elle était rentrée chez elle. La dernière fois, ça avait même fait tiquer sa sage-femme, une petite pétasse qui ne connaissait de la vie que ce qu'elle en avait lu dans les livres – des livres écrits par des mecs, bien sûr, voire pis, par un de ces cageots sur le retour qui considèrent la grossesse comme la meilleure excuse pour cesser de s'épiler et se sentent tenues de dicter aux autres ce qu'elles doivent ressentir, et de noter tout ça dans leurs foutus bouquins qu'elles n'auraient pu écrire sans leur cuisinière et leur jeune fille au pair ! Eh bien, cette petite punaise de sage-femme avait eu le culot de la trouver trop svelte après l'accouchement ! Trop mince, trop en forme pour une nouvelle maman ! Elle n'arrêtait pas de lui demander si elle était sûre que tout allait bien. Il lui avait fallu des trésors de patience pour se retenir de l'assommer, cette petite conne. Évidemment, chaque fois qu'elle était venue lui rendre visite à domicile, elle l'avait trouvée parfaitement pomponnée, maîtresse d'elle-même et de la situation. La dernière fois, elle s'était tout de même permis de claquer la porte derrière elle et de tirer tous les verrous le plus bruyamment possible, pour lui montrer de quel bois elle se chauffait, à cette garce...

Mary était toujours plongée dans la contemplation de ses multiples ecchymoses, quand elle s'aperçut que sa fille aînée la regardait du seuil. L'expression horrifiée que reflétait le visage de la fillette, à la vue de sa peau meurtrie, ne lui avait pas échappé. Elle enfila rapidement son peignoir et, se tournant vers Leona, lui sourit. La petite se précipita dans ses bras.

— Oh, maman... ! dit-elle d'une voix entrecoupée. Tu es encore tombée ?

Au tréfonds d'elle-même, Mary eut alors la certitude que sa fille savait. Qu'elle avait parfaitement compris ce qui se passait, dans les moindres détails, mais qu'elle avait déjà appris la langue de bois. C'était le seul moyen de survivre, dans cette maison. Elle la serra sur son cœur avec une absence de sentiments vrais qui la consterna.

— Ne t'inquiète pas pour moi, ma chérie, lui dit-elle d'une voix douce. Maman va très bien. Elle est un peu maladroite, bien sûr, mais ça n'est pas nouveau, n'est-ce pas ?

Le regard navré que lui lança Leona eut raison des derniers vestiges d'estime de soi que Mary avait réussi à préserver jusque-là. Au fond d'elle-même, elle sentit distinctement quelque chose se briser.

*

Arnold était à cran, mais déterminé à faire valoir son point de vue. Il avait retrouvé Michael et Danny Boy dans l'arrière-salle d'un pub dont ils étaient propriétaires, dans l'est de Londres. C'était une salle minuscule, dont le papier peint suranné ne faisait qu'accentuer l'étroitesse. Meublée en tout et pour tout de quatre chaises et d'un buffet qui avait survécu Dieu sait comment aux années 1960, c'était l'endroit idéal pour filer des rencards : la plupart des gens ignoraient jusqu'à son existence. Et comme le pub donnait sur une rue passante, il était facile, à la moindre alerte, de s'éclipser par la porte de derrière. Dans cet espace exigu, Danny Boy semblait encore plus grand et massif que d'habitude. Tandis qu'il remplissait leurs verres, Arnold le trouva étrangement renfermé et silencieux. Comme s'il s'attendait à entendre des choses qui n'allaient pas lui plaire… Mais Arnold rassembla son courage en se remémorant qu'il avait sa fierté, une réputation à défendre et, jusqu'ici, un palmarès tout à fait honorable. Il n'était pas une brêle et aurait pu se trouver du boulot n'importe où, dans le milieu – quoique, s'il quittait l'équipe Cadogan, ça risquait de ne pas être si simple... Si Danny décidait de le blackbouler, il pouvait dire adieu à sa carrière, en fait. Il ne se berçait pas d'illusions. Mais il était résolu à vider son sac, quitte à déménager, voire s'expatrier. Pas question de se coucher, cette fois. Il s'était trop longtemps écrasé. Il allait pousser sa gueulante, ne fût-ce que pour garder un minimum d'estime de soi et s'assurer un semblant de paix.

En acceptant le cognac que lui tendait Danny, il sentit la peur le prendre aux tripes. Danny avait souri et son amitié semblait sincère. Michael aussi l'appréciait, mais quand il aurait dit ce qu'il avait à dire, ce serait la réaction de Danny qui compterait. Michael attendait toujours la réponse de son partenaire avant de donner la sienne, et il s'alignait généralement sur son opinion. Il était pourtant la seule personne au monde dont Danny supportât les critiques. Michael était la voix de la raison, dans le grand foutoir qu'était sa conscience. Pourtant, Miles avait beau l'affronter parfois en privé, pour rien au monde il ne l'aurait contredit devant un tiers.

En fait, c'était Michael le plus fort, précisément à cause de ça. De plus en plus de gens s'adressaient à lui pour les nouveaux contrats. Ils commençaient par le sonder, avant de parler à Danny. Arnold n'aurait su dire si Michael s'en rendait compte, ou s'il était simplement trop malin pour le reconnaître – et, connaissant Danny, Arnold inclinait vers la seconde solution. Cadogan pouvait rester des mois sans présenter le moindre symptôme, mais quand ses troubles se manifestaient, n'importe qui pouvait en être victime. Après quoi, il redevenait aimable et souriant, comme s'il ne s'était rien produit. Mais les gens s'en souvenaient et évoquaient entre eux ses menaces déplacées, ses explosions de violence irraisonnée. Ils évitaient d'aborder le sujet en public, bien sûr, au cas où quelqu'un serait allé lui rapporter leurs propos. La réputation de Cadogan allait bien au-delà de son sens des affaires et de son flair pour dénicher les bons plans. Ce qui faisait son prestige, après toutes ces années, c'était surtout le fait qu'on ignorait, au fond, ce dont était capable ce cinglé. Pourtant, tout en le maintenant au sommet du hit-parade, son caractère dangereusement imprévisible lui attirait la méfiance de ceux-là même avec qui il devait bosser.

Arnold observait Michael, lequel s'était carré sur sa chaise et évitait de parler, tant qu'il n'avait pas entendu ce que les deux autres avaient à dire. Michael semblait avoir subodoré quelque chose, un conflit, un point de friction. Il faisait tourner son verre entre ses mains, en attendant qu'Arnold se décide à vider son sac. De son côté, Danny Boy observait Michael, et Arnold crut discerner un rien d'ironie dans son attitude. Enfin, Danny se tourna vers lui.

— Alors, quel est le problème ?

Il lui avait décoché un de ces fameux sourires angéliques. Si Arnold ne l'avait si bien connu, il aurait sûrement mordu à l'hameçon de sa petite démonstration d'entente cordiale. Il poussa un long soupir, descendit une gorgée de cognac et, plongeant son regard dans le sien, s'élança :

— Honnêtement, Danny, ça commence à bien faire. Tu préfères peut-être fermer les yeux, et c'est ton droit. Mais moi, c'est pas mon genre, de m'écraser.

Danny hocha la tête en silence et lui fit signe de poursuivre. Son visage restait indéchiffrable.

— Je ne crache pas sur le boulot. J'aime ce que je fais et je le fais bien, comme tu sais. Le hic, c'est que Jonjo me traite comme un connard. Il palpe son fric sans rien foutre. Que dalle, putain ! Il se contente de jouer les parrains. Il a vu trop de films de Scorsese, ma parole ! Tu le verrais se balader avec son manteau sur ses épaules, à la Al Pacino ! Il nous tire des fortunes, et moi, il me fait turbiner comme un larbin. Ça ne peut pas continuer. C'est une épreuve pour mon amour-propre, chaque jour que Dieu fait.

Arnold sentit une note pleurnicharde filtrer dans sa propre voix et se maudit intérieurement. Mais, maintenant qu'il avait plongé, il irait jusqu'au bout.

— Sans blague, il se balade vraiment avec un manteau sur les épaules, en plein mois d'août ? fit Danny Boy à voix basse.

Arnold confirma d'un signe de tête.

— Avec la chaleur qu'il fait, il doit être en nage, ce con ! Quel boulet, hein, Mike ? Il se prend pour le seul cerveau de ce putain de Royaume-Uni !

Michael partit d'un grand éclat de rire et Arnold ne put résister à l'envie de l'imiter. Danny Boy se rengorgea. Eh oui, il pouvait être drôle, à ses heures !

— Ouais, mon frère est le roi des crétins. Je lui ai offert cette ouverture sur un plateau, tout en sachant que ce serait à toi d'assurer. T'as bien dû essayer d'avoir une conversation sérieuse avec lui, une fois dans ta vie. Et tu as dû comprendre que ce n'était qu'un homme de paille. Une façade. Bien sûr que je l'aime – je l'adore, même. Mais en cas d'urgence, je pourrais me passer de lui, pas de toi. Toi, je ne pourrais pas me permettre de te perdre. T'as raison, Arnold. Je me charge personnellement de lui faire changer de ton. À partir de maintenant, tu es seul responsable. J'ai toute confiance en toi et je sais que, contrairement à Jonjo, tu ne feras jamais rien qui puisse nous mettre dans la panade. T'as trop de jugeote. Si tu t'es senti sous-estimé, j'en suis vraiment désolé, mais ça ne te visait pas personnellement. Pour tout te dire, j'espérais qu'à la longue tes compétences finiraient par déteindre sur mon crétin de frère. C'est dur de devoir admettre publiquement qu'on peut compter sur son frangin comme sur une théière en chocolat... Mais voilà, c'est la pure vérité. Jonjo ne sera jamais que le fils de son père. Une vraie tache, un propre à rien qui ne se sert de ses méninges que pour dénicher la voie du moindre effort.

Arnold se sentit délivré d'un grand poids. Pour un peu, il l'aurait serré sur son cœur, cet homme qui venait de lui remettre l'équivalent de la clé du Trésor. Il n'en revenait pas de la facilité avec laquelle son point de vue avait prévalu. Mais, d'un autre côté, il était désolé d'avoir dû casser du sucre sur Jonjo, et ne l'avait fait qu'à regret.

— Merci, Danny Boy. Je n'ai rien contre ton frère, tu sais...

Derechef, Danny lui adressa son plus beau sourire.

— Évidemment, que tu as quelque chose contre lui ! Quelque chose de sérieux, même. Mais t'as bien fait de vider ton sac. Et on peut raisonnablement penser que tu n'es pas le seul à avoir une dent contre lui. Les clients doivent être furax et ça n'est pas bon pour le bizness. Je ne vais pas lui couper les vivres, rassure-toi. C'est toujours mon frère, hein... mais je me doutais bien qu'il serait incapable de se faire un nom... C'est un éternel glandeur. Personne n'y peut rien, même pas moi. Comme dit ma mère, quand les andouilles voleront, Jonjo sera chef d'escadrille !

Ils se gondolèrent un moment à l'unisson, puis Michael se redressa sur sa chaise et prit la parole :

— Suffirait peut-être de lui filer la direction d'un club. Comme ça, il pourrait continuer à se la péter sans trop se torturer les méninges. À mon avis, il a toujours eu du mal à tenir la pression…

À en juger par le ton calme et posé sur lequel Michael s'était exprimé, Arnold comprit qu'il était de son côté. Ça aussi, c'était une bonne nouvelle, la cerise sur le gâteau.

— Ouais. Un club, ça serait l'idéal. Ça lui permettra de continuer à se balader avec son manteau sur les épaules en plein mois d'août, en jouant les affranchis… Y a qu'à lui coller une boîte de strip-tease, il aura de quoi s'occuper les mains. Je lui présenterai ça comme un genre de stage, en précisant que, cette fois, s'il n'arrive pas à s'aligner, il peut aller pointer au chômedu, avec les autres cons. Ce qu'il lui faut, c'est un bon électrochoc, comme aurait dit le vieux. Y a plus que ça qui puisse le faire redescendre sur terre !

Arnold était ravi. Il brûlait d'aller annoncer la bonne nouvelle à Annie, mais il jugea plus prudent d'attendre que Danny Boy lui donne son feu vert. Il ne voulait surtout pas le froisser, alors que tout se goupillait si bien – d'autant que Danny le bombardait de questions sur ses projets d'avenir. Pas seulement son avenir à lui, mais aussi sur celui de sa précieuse sœur, soudain si chère à son cœur. L'humeur de Danny Boy Cadogan changeait plus vite que la météo… Tous ceux qui avaient affaire à lui, de près ou de loin, auraient été bien avisés de s'en souvenir.

*

Jonjo était dans un club privé que Danny Boy avait récupéré des années auparavant, en règlement d'une dette – une toute petite dette, en regard de ce qu'il demandait comme remboursement. À son habitude, il était défoncé à la coke et jouait les durs. De toute façon, personne ne lui demandait jamais quoi que ce soit, et ça le faisait bicher de jouer du pouvoir que lui conférait son nom. Il l'aimait, ce pouvoir, et adorait n'en faire qu'à sa tête.

Au fond de lui, il savait pourtant que tous ces gens qu'il essayait d'impressionner se foutaient de sa gueule. Pour eux, il n'était qu'un guignol – un pur charlot – et c'était précisément ce qui le rendait si mauvais et lui faisait haïr son frère deux fois plus qu'il ne se détestait lui-même. Il trouvait dans l'abus de cocaïne et d'alcool l'échappatoire sans laquelle la vie lui aurait été intolérable. Mais toute la gnôle du monde n'aurait pu lui masquer la vérité – et ça n'était sûrement pas cette bande de connards qui lui feraient la leçon.

Tout en commandant une autre tournée générale aux frais de la maison, c'est-à-dire de son cher frère, il sourit aux gens alentour. Des petits malfrats de troisième zone, des gardes du corps qui jouaient les seconds couteaux et dont aucun n'avait eu les couilles de se faire un nom – un peu comme lui...

Donald Hart, un jeune homme doté d'un physique de jeune premier et d'un talent certain pour dénicher les combines, comptait parmi les rieurs. Tout à coup, Jonjo ne le trouva plus vraiment sympathique, avec ses dents blanches et son haleine fraîche. Il avait même l'impression que Hart se foutait carrément de sa gueule. Le type avait la carrure pour lui filer une trempe, et sans mouiller sa chemise... mais il se garderait de le faire, vu l'équilibre des forces. C'était du moins ce qu'il espérait.

— Putain, Donald, tu te fous de ma gueule, là ? Qu'est-ce qui te prend, de rigoler comme un demeuré ?

Donald sentit immédiatement le temps se gâter et s'efforça d'abord de maintenir la paix. Mais pas au-delà d'un certain point, tout de même, il avait sa fierté. Si Jonjo le cherchait vraiment, il finirait par le trouver, et il se fichait des conséquences. L'amour-propre, c'était à peu près tout ce qu'il avait, dans la vie, et ce n'était pas ce moins que rien qui allait le lui enlever – en tout cas, pas sans une putain de baston.

Il secoua la tête.

— Je ris quand je ris, Jonjo. J'ai pas à te demander la permission. Mais si tu as envie de te prendre quelques beignes, je suis ton homme. Où tu veux, quand tu veux.

Il avait posé son verre et s'éloignait du petit groupe en faisant rouler ses larges épaules, pour aller attendre son adversaire à l'écart.

Jonjo en resta bouche bée quelques secondes. À sa grande surprise, personne ne s'interposait, comme d'ordinaire dans ce genre de situation – ce qui donnait l'exacte mesure de leur loyauté, à tous ces soi-disant amis. Comme l'avait dit autrefois Danny Boy à leur père, à propos de ses trop nombreux copains de bringue : « T'as beau crier sur tous les toits que t'as des amis, faut que tu sois con pour le croire ! » Il comprenait enfin ce que son frère avait voulu dire. Les gens qui composaient sa petite cour n'étaient pas ses amis, mais des hypocrites qui profitaient de ses largesses et ne le supportaient plus qu'à peine. Ils n'auraient pas détesté le voir mettre en pièces par un type qui, lui, leur était vraiment sympathique. C'était leur son de cloche que Danny Boy entendrait, pas le sien.

Hart attendait, débordant d'impatience. Comme Danny Boy Cadogan autrefois, il préférait risquer sa peau que de passer pour un dégonflé, ou se laisser malmener en public sans exiger réparation. Et il avait bien l'intention de le démontrer par A plus B, et de la façon la plus douloureuse possible. Qu'est-ce qu'il avait à perdre, après tout ? Autant être pendu pour un bœuf que pour un œuf !

— Alors, Jonjo… on n'a pas toute la nuit, putain !

Jonjo Cadogan avait enfin trouvé son maître. En survolant du regard les visages autour de lui, il y lut l'impatience féroce de tous ces connards qui attendaient de le voir recevoir sa pâtée. Pour la première fois de sa vie, il ne pouvait compter que sur lui-même. Il eut une pensée émue pour Arnold qui avait si fidèlement surveillé ses arrières, jours après jour. Ce brave Arnold qui lui avait tant facilité la vie, alors qu'il n'avait rien fait pour lui simplifier la tâche – provoquant catastrophe sur catastrophe, sans s'inquiéter des conséquences. Pourquoi s'en faire – il était le frère de Danny Boy Cadogan, non ? Il n'y avait qu'un malade pour oser s'en prendre à lui…

Comme tous les lâches, il espérait encore se sortir de ce guêpier en misant sur son baratin, quand le premier coup lui percuta la mâchoire. Il s'effondra « comme une pauvre merde », pour reprendre les termes éloquents de certains témoins qui s'empressèrent d'ébruiter l'anecdote. Eh oui… ce qui lui pendait au nez depuis si longtemps avait fini par lui tomber dessus, et il n'y avait que pour lui que c'était une surprise !

Chapitre 29

— Qu'est-ce qu'il t'a fait, au juste, ce Donald Machin ? Il t'a foutu la branlée de ta vie, c'est ça ?

Jonjo hocha la tête. Il avait le crâne comme un ballon de foot – c'était du moins l'impression que ça lui faisait.

— T'es un putain de menteur, Jonjo. T'es gonflé, de venir me raconter des salades.

— Mais c'est vrai, Danny ! Il m'a sauté dessus comme ça, sans prévenir, au moment où je m'y attendais le moins…

Danny Boy leva une main lasse. Tout ça commençait à le barber prodigieusement.

— Moi, ce qu'on m'a dit, c'est qu'il t'a étalé d'une seule beigne, et que tu l'avais bien cherché.

Danny avait répliqué d'une voix neutre, et ce changement de ton n'augurait rien de bon. Tant que ses paroles gardaient un semblant d'expression, quelle qu'elle fût, tout allait bien. Sinon, vous étiez foutu. Et là, foutu, Jonjo l'était. Pris en flagrant délit de mensonge, il n'avait plus qu'à la boucler et à faire amende honorable.

Danny vint s'asseoir au bord de son lit, soigneusement fait par leur mère, et lui sourit en le regardant droit dans les yeux. Mais soudain il saisit son frère à la gorge et lui enfonça la tête dans l'oreiller. Il lui serra le cou jusqu'à la suffocation, puis relâcha sa prise.

— Tu me prends pour un con, Jonjo ? Hein ? Sinon, pourquoi tu me couvrirais de honte comme ça devant mes amis *et* mes ennemis ?! Même Arnold en a ras le bol de toi ! Ouais, ce brave Arnold que je payais pour veiller sur ta pomme. Tout le monde en a jusque-là, Jonjo. Moi le premier !

Jonjo se recroquevilla sur lui-même pour s'éloigner le plus possible de son frère. Sa colère était amplement justifiée et cela n'arrangeait rien, au contraire. Cette fois, son baratin ne suffirait pas à le tirer du pétrin.

Évidemment, si Arnold avait été là, la veille au soir, les choses n'auraient jamais dégénéré à ce point. Arnold aurait su désamorcer le conflit. Jonjo se mordait les doigts d'avoir sous-estimé ses talents. Il aurait dû l'apprécier quand il en était encore temps, au lieu de le traiter comme une sous-merde.

— À partir de maintenant, t'es sur la touche, Jonjo. Je te laisse juste un club à gérer pour sauver la face – la mienne, s'entend ! Parce que la tienne, je m'en fous royalement. T'as intérêt à te tenir à carreau, je te préviens. Continue tes conneries et tu vas te retrouver dans le ruisseau, pour très longtemps. Je ne vais pas te porter éternellement à bout de bras. T'as eu ta chance. Alors, estime-toi heureux que je t'en laisse une autre.

Danny quitta la pièce sans un regard, laissant derrière lui un sillage de rage froide qui fit longtemps crépiter l'atmosphère. Jonjo entendit ses pas dévaler l'escalier, puis la porte d'entrée claquer avec une telle violence que toute la maison en trembla sur ses bases.

*

— Bon, tu peux nous ramener chez maman, maintenant ?

Leona lui avait posé la question d'un ton presque

péremptoire. L'attitude résolue de sa fille tira un sourire à Danny Boy. Il en était fier, de cette petite, fier de constater qu'elle était capable de ce genre de loyauté. Elle devait tenir ça de lui... Il l'embrassa gentiment sur la joue, mais elle détourna la tête d'un air renfrogné. Il ressentit alors un petit pincement au cœur, comme si on l'avait transpercé d'une lame.

— Eh bien, tu ne veux pas m'embrasser ?

La fillette lorgna son colosse de père. Elle avait compris depuis longtemps qu'il régnait par la terreur mais, percevant l'inquiétude et la douleur dans sa voix, elle lui répondit avec sa spontanéité d'enfant :

— Non, papa ! Tu es dégoûtant ! Tu pues la bière et le cigare. J'aime mieux l'odeur de maman.

Elle respirait plus vite, à présent, et ses yeux s'étaient remplis de larmes.

Leona adorait sa mère, comme sa petite sœur. C'était dans l'ordre des choses, Danny le savait, mais ça le blessait profondément.

Il les avait emmenées chez sa dernière maîtresse en date, en espérant qu'elles s'y plairaient et seraient heureuses d'être débarrassées de ce mélodrame familial dans lequel elles vivaient jour après jour. Mais il en était pour ses frais. Ces deux-là, pour leur faire changer d'avis, il ne suffisait pas de quelques promesses ou de quelques joujoux.

— Restez encore avec moi, cette nuit... Demain, avec Michelle, on fera des tas de trucs formidables. Vous allez passer la plus belle journée de votre vie ! Pas vrai, Michelle ?

La jeune femme hocha la tête en souriant consciencieusement. Elle était jolie comme un cœur et d'une gentillesse exemplaire, mais les petites ne s'en laissaient pas conter.

— Non, fit Leona d'un air buté. J'aime pas cette maison, papa. Je veux rentrer chez maman, et Lainey aussi.

La cadette, trop effarouchée pour prendre la parole, se contenta d'approuver d'un vigoureux signe de tête. Cette maison lui faisait peur, avec ses couleurs criardes et cette dame qu'elle ne connaissait pas. Elle n'avait aucune envie d'y passer la nuit, et encore moins d'y habiter pour de bon.

— S'il te plaît, papa... On veut rentrer à la maison.

Danny comprenait leur réaction à un changement aussi brutal. Ses filles ne se sentaient pas chez elles avec lui, dans ce nouvel appartement. Ce rejet le contrarierait, mais son mécontentement ne suffisait pas à leur imposer le silence. Mieux, elles lui disaient franchement ce qu'elles pensaient de la situation, et elles n'appréciaient guère la manœuvre qu'il venait de tenter.

— Mais pourquoi ? demanda-t-il. Ça ne vous plaît pas, ici ? Vous préférez vivre avec une alcoolique, c'est ça ?

Les sourcils arqués en une mimique exaspérée, Leona rétorqua du tac au tac :

— Exactement ! Parce qu'au moins, cette alcoolique, c'est notre mère ! C'est avec elle qu'on habite, et on ne veut habiter chez personne d'autre, pas même avec toi. T'as qu'à venir habiter ici, toi, si tu veux ! Mais nous, on veut retourner chez nous, avec notre maman. Ce n'est pas parce que tu ne veux plus la voir que ça n'est plus notre maman !

Lainey hocha la tête d'un air sombre. À son habitude, elle préférait laisser sa sœur jouer les porte-parole, le temps d'avoir pris la température du bain.

— S'il te plaît, papa... on veut rentrer chez nous, dans notre vraie maison, confirma-t-elle avant de fondre en larmes.

Sa frimousse se tordit de chagrin, tandis que ses joues rebondies viraient au rouge pivoine.

— Maman ! Je veux ma maman ! Pas cette dame-là. S'il te plaît, papa, ramène-nous à la maison...

Capitulant, leur père les emmena jusqu'à sa voiture sans desserrer les dents. Il les installa sur le siège arrière et prit le temps de leur mettre leur ceinture. Elles se taisaient, à présent, leurs jolis minois crispés d'inquiétude, leurs yeux rougis encore brillants de chagrin.

Danny Boy s'installa au volant mais ne mit pas le contact. Il se retourna vers ses filles et leur demanda, avec toute la douceur qu'il put trouver en lui :

— Vous préférez être avec votre mère qu'avec moi, c'est bien ça ?

Leona était trop fine mouche pour mordre à ce genre d'hameçon. Du plus loin qu'elle se souvenait, elle avait appris à les reconnaître et à les éviter.

— Mais non, papa. Tu sais bien que non. Ce qu'on voudrait, c'est rentrer à la maison avec notre papa *et* notre maman. Mais cette dame-là, on n'en veut pas, et on n'en veut pas d'autre non plus. Nous, on a déjà une maman et on l'aime autant que toi. On a besoin d'elle, papa.

Il fit démarrer la voiture et les ramena à leur mère. En les observant dans le rétroviseur, il surprit le regard de soulagement qu'elles échangeaient et poussa un long soupir, impressionné par la façon dont elles se soutenaient mutuellement, par la loyauté et la fidélité qui les liaient l'une à l'autre, mais aussi à leur mère. Il avait beau s'escrimer à les séparer de Mary, il ne pouvait se résoudre à rompre ce lien. Pas tant que les petites l'aimeraient d'un amour aussi inconditionnel et profond.

Aucun des trois ne souffla mot du trajet. En voyant les petites courir vers Mary en lui tendant les bras, il resta muet d'admiration devant ce fil invisible qui relie une femme à son enfant, quoi qu'il arrive et qui qu'elle soit.

Michelle lui avait donné un fils, elle aussi, mais ce gosse ne l'intéressait pas vraiment, pas autant que ces deux merveilles. Pas plus que ses autres bâtards ce gamin n'éveillait grand-chose en lui. Il n'avait de véritable lien ni avec eux ni avec leurs mères, même la charmante Michelle. Elle n'y était pour rien ; c'était une fille superbe, mais comme tant d'autres. Dans son monde, les filles jeunes et jolies, ça se trouvait par paquets de douze, à chaque coin de rue. Et avoir le physique du rôle, c'était le strict minimum ! Quand on avait les moyens, pourquoi s'emmerder avec une moche ? Au fond, son ivrognesse de femme parviendrait toujours à lui tirer plus de réactions que la plus brillante de ses maîtresses. Cette vérité, il l'avait toujours niée, mais il devait bien la reconnaître. En voyant ces deux petites qu'il aimait de tout son cœur courir dans les bras de leur mère, réclamant sa présence et son affection, il s'étonna que Mary ait si facilement réussi à se faire aimer d'elles, tout comme elle avait réussi à se faire aimer de lui.

Parce qu'il l'aimait. Du moins, quand ça l'arrangeait.

Il battit en retraite vers sa voiture et démarra sur les chapeaux de roues, dans un hurlement de pneus et de gravier qui calma un peu la rage qu'il sentait gronder en lui.

*

Michael et Arnold étaient descendus dans un pub à Shepherd's Bush, sur North Pole Road. Ils fêtaient la récente promotion d'Arnold, et Michael avait manifestement l'intention de conseiller son ami sur la meilleure façon d'occuper le nouveau statut dont il jouissait dans la communauté du crime. C'était surtout l'occasion d'afficher publiquement leurs liens, lesquels n'avaient cessé de se renforcer ces derniers temps, et de s'assurer mutuellement de leur soutien. Ils étaient l'un et l'autre résolus à coopérer loyalement dans leurs futures activités.

— Il t'a vraiment fait une fleur, ce brave Donald... Même Danny en avait ras le bol, de son connard de frère.

Arnold acquiesça d'un signe de tête sous ses dreadlocks. Son épaisse toison ne l'empêchait pas de s'attirer quelques œillades bien senties de la part de la population féminine du pub. Michael se carra contre son dossier pour mieux observer le phénomène, d'un œil amusé. Danny Boy exerçait une attraction similaire sur le beau sexe. Dès qu'il arrivait quelque part, il aimantait tous les regards – sans doute à cause de son impressionnant gabarit et de sa démarche de grand fauve. Comme lui, Arnold avait toujours l'air à l'affût. Il dévisageait chaque femme avec, dans l'œil, cette petite lueur prédatrice qui leur disait qu'il les avait repérées et que ce simple détail pouvait leur changer la vie. Effectivement, ça pouvait la changer, quoique peut-être pas dans le sens où elles l'espéraient...

Arnold leva sa pinte de Guinness avec un grand sourire.

— J'arrive pas à croire que tout se soit si bien passé. Je m'attendais à ce que Danny Boy se foute en rogne et me vire.

— Il a toujours eu une sainte horreur des incapables, fit Michael en secouant la tête. Ça explique en partie qu'il occupe une telle place aujourd'hui. Pour rien au monde il ne soutiendrait un incapable, pas sciemment en tout cas. Il t'avait placé auprès de son frère pour que tu le gardes à l'œil et limites les dégâts. Il a dû apprécier ton efficacité. Et tu as attendu des années avant de te plaindre... Impressionnant, ta petite démonstration de patience ! On peut lui reprocher pas mal de trucs, à Danny, mais sûrement pas d'être un crétin. Ce qui m'inquiète, c'est qu'il donne des signes de crise, en ce moment. Ça lui arrive, plus ou moins régulièrement, et quand c'est parti, il n'y a plus rien à faire. Alors, prends ça comme un conseil d'ami... Tu t'imagines peut-être que tu connais sa face cachée, mais t'as encore rien vu.

Arnold poussa un long soupir. Pour lui, tout s'était parfaitement goupillé, et chaque jour que Dieu faisait il s'émerveillait de ce que lui offrait l'existence. Il toussota élégamment en portant la main à ses lèvres. Ce qu'il venait d'entendre ne le surprenait pas. Mais une chose semblait évidente : Michael voulait faire de lui son allié. Après son fameux dérapage, la fois où il avait accusé Danny Boy d'être une balance, il avait vraiment balisé. Il respirait plus librement, maintenant qu'il était enfin admis dans le saint des saints du clan Cadogan. Que Michael le choisisse comme bras droit serait une formidable ouverture. Mais, d'un autre côté, ce genre d'alliance n'était pas sans danger. Car se liguer, ça voulait dire se liguer contre quelqu'un...

Arnold hocha la tête et, fixant Michael droit dans les yeux, leva son verre pour sceller leur pacte. Son air, son attitude, tout confirmait qu'ils s'étaient compris. Il avait parfaitement saisi ce que Miles attendait de lui, et il ferait ce qu'il faudrait pour assurer leur sécurité et leur avenir.

Michael était inquiet : Danny Boy aimait jouer avec le feu et comptait sur ses tendances innées à la violence pour dissuader toute résistance. Mais cette violence, dévoyée et non contrôlée, risquait de les mener à leur perte. Il avait jusqu'à présent réussi à limiter les dégâts, mais il avait de plus en plus de mal à arranger le coup. Récemment, Danny avait liquidé un flic, et ça, même auprès des ripoux avec qui ils traitaient de façon quasi quotidienne, ça passerait mal. Or, sans le soutien tacite des autorités, impossible de gérer une organisation de l'ampleur de la leur. Tout le monde avait besoin de fric, par les temps qui couraient – et eux, du fric, ils en avaient à revendre. Depuis leur percée en Espagne, ils pesaient plus lourd que certaines multinationales. Ils évitaient d'étaler leur pognon, évidemment – pas la peine de se faire de la pub ! Ils connaissaient l'étendue de leur puissance financière, ça suffisait, et se gardaient d'attirer l'attention du fisc et autres pique-assiettes, qui auraient aussitôt exigé leur part du gâteau. Un jour, ils auraient les moyens de vivre comme de vrais nababs ; mais ça devait rester à l'état de projet, dans un avenir indéterminé. Quand ils seraient loin, hors de portée des tracas et des pouvoirs publics…

Malheureusement, certains flicards qu'ils arrosaient ne pratiquaient pas cette sage philosophie et avaient la sale manie d'afficher leur soudain afflux de liquidités – ce qui était le plus sûr moyen d'éveiller les soupçons de leurs collègues moins fortunés. Leurs dépenses ostentatoires risquaient de mettre dans l'embarras tout un tas de gens. Ils allaient devoir les rappeler à l'ordre. Une Mercedes rutilante, ça détonnait salement sur le parking du poste – tout comme une Rolex dans les bureaux... À moins d'avoir fait un héritage aussi soudain que considérable, comment un simple inspecteur aurait-il pu s'offrir ce genre de gadget ? Ça mettait tout le monde en danger, et ça n'était pas bon pour les affaires. Pourquoi ne pouvaient-ils pas empocher discrètement leur fric et le mettre à l'abri, en prévision de jours moins fastes ? Franchement, c'était incompréhensible. À croire que ces connards ne pouvaient pas résister à l'envie de faire bisquer leurs collègues ! Le problème, c'est que ce genre d'erreur pouvait coûter les yeux de la tête, à savoir plusieurs années à l'ombre. Vraiment, ces gus ne brillaient pas par leur jugeote...

Bien sûr, ils pouvaient se rendre utiles – ils ne se donnaient pas la peine de les arroser sans raison – et l'attrait qu'exerçait un soudain afflux de liquidités sur des gens qui avaient toujours vécu plutôt chichement était compréhensible. Ça leur montait à la tête ; ça n'était que trop humain. C'était même là-dessus qu'ils comptaient, Danny et lui, pour recruter leurs ripoux : l'effet de l'argent à haute dose. C'était avec ça qu'ils les appâtaient et, le plus souvent, c'était ça qui les menait à leur perte. L'argent leur brûlait les doigts, puis leur attaquait la cervelle s'ils n'avaient pas la prudence de se faire oublier. Tel était le danger de l'abondance : exciter l'envie des gens, tout en rendant les intéressés de plus en plus dépensiers. Michael avait maintes fois remarqué que les ripoux claquaient leur fric de plus en plus vite ; quand ils revenaient en demander, ils étaient toujours prêts à en faire davantage, histoire de ramasser deux ou trois briques de plus au passage. Franchement, il les préférait joueurs. Au moins, même si l'argent faisait long feu entre leurs mains, même s'ils n'avaient pas le temps d'en faire étalage, ils pouvaient toujours expliquer leur bonne fortune par la victoire d'un cheval ou par un coup de pot aux cartes.

N'empêche, dans l'ensemble, ça n'était pas une sinécure. Car Michael n'avait pas donné rencard à Arnold dans ce pub seulement pour fêter sa promotion. En fait, ils allaient devoir remonter les bretelles à l'un de ces zozos. Un type qui pouvait leur rendre encore quelques services, mais qui devenait dangereux pour lui comme pour les autres, et avait besoin d'un sérieux rappel à l'ordre.

Comme à point nommé, l'inspecteur Jeremy Marsh fit son entrée. C'était une grande asperge avec une tronche en lame de couteau, de grandes dents jaunes et un sens de l'élégance défiant l'entendement et le bon goût – il ressemblait à un maquereau daltonien, un jour de fête ! Depuis son brushing savamment gonflé jusqu'à sa chevalière en or massif achetée à crédit, il avait vraiment l'air de ce qu'il était : un pur crétin. Son costard, qui avait dû lui coûter une fortune, était ce qui devait se trouver de plus voyant sur le marché. En plus, il flottait dedans. En un mot, ça lui allait comme des guêtres à une vache. Michael aurait parié que la cocaïne qu'il s'enfilait dans les naseaux à haute dose n'y était pas pour rien. L'inspecteur avait l'allure générale et le regard vitreux des cocaïnomanes purs et durs, ceux pour qui la coke n'est pas un simple moyen d'améliorer leur quotidien ou de s'éclater dans les boîtes jusqu'au petit matin. Non, pour Jeremy Marsh, la poudre était une arme d'autodestruction.

Michael relevait sur lui tous les signes du grand paranoïaque. Ce type était inaccessible à toute tentative de soutien ou de conseil amical. Il avait entrepris de se saborder.

Se laissant choir sur une chaise en face d'eux, Marsh leur fit son plus beau sourire – une grimace qui étira sa bouche au maximum de son élasticité. Tel quel, il n'était déjà pas beau à voir, mais ses yeux hagards et ses suées de cocaïnomane achevaient de le rendre repoussant. Il était définitivement accro, ça ne faisait pas un pli. Il se trémoussait sur sa chaise et ses mains étaient parcourues de tremblements si violents qu'il échoua à s'allumer une clope en se commandant à boire.

Michael se pencha en avant.

— Au cas où tu ne l'aurais pas remarqué, Jeremy, on est dans un pub, ici. Il n'y a pas de service en salle. Tu vas devoir aller chercher ton verre au bar.

Arnold avait observé la scène avec intérêt – Michael n'en attendait pas moins de lui. Ce type était complètement à côté de ses pompes, ça sautait aux yeux. Et il puait le flic à plein nez, de sa coupe de douilles ringarde aux semelles de crêpe de ses croquenots. Un flic copain-copain qui venait visiblement aux nouvelles...

Sauf que l'attitude et la tête de Michael n'auguraient rien d'une petite bavette entre amis. Pas de signe guilleret en guise d'au revoir au programme. Miles était tendu, replié sur lui-même, comme s'il s'apprêtait à sauter à la gorge de Marsh qui, du fond de sa défonce, ne s'en apercevait pas.

— Bougez pas, fit Arnold en se levant. Je vais chercher les consommations. Qu'est-ce que vous prenez ?

L'inspecteur le lorgna comme s'il s'apercevait soudain de sa présence – ce qui, vu son état, ne devait pas être loin de la réalité. Il était vraiment dans le potage.

— Un cognac. Un double.

Il avait enfin réussi à allumer sa clope. Il la leva vers le visage de Michael, comme s'il venait de redécouvrir la théorie de la relativité au dos de sa boîte d'allumettes.

— Serviable, ce grand singe, hein ? Chez nous aussi, on en a une brochette, de ces basanés à dreadlocks. On dirait que vous pratiquez la discrimination positive pour les minorités ethniques, hein ! Tout le monde a besoin de main-d'œuvre à bas prix par les temps qui courent, pas vrai ?

Tout en parlant, Marsh ôtait de sa veste des poussières imaginaires. Les doigts de sa main droite étaient jaunes de nicotine et ses mouvements avaient l'exubérance mal contrôlée des camés.

— Ce « grand singe », comme tu dis, n'est autre que le beau-frère de Danny Boy, et c'est aussi un de mes meilleurs potes. Je ne sais pas ce que t'as sniffé aujourd'hui, Marsh, mais j'espère pour toi que ça contenait des analgésiques, parce que tu ne vas pas tarder à en avoir besoin, si tu continues sur ta lancée !

Jeremy Marsh fut instantanément dégrisé. L'idée qu'il venait d'insulter ses hôtes avait enfin filtré jusqu'à son cerveau et, avec elle, la certitude d'avoir produit une impression catastrophique. Il n'avait pas fermé l'œil de la nuit et n'était toujours pas redescendu. Le cocon d'invulnérabilité dont la coke l'avait environné jusque-là se dissipait à vue d'œil, remplacé par une angoisse en béton armé. Autour de lui, tout lui parut s'amplifier, depuis la rumeur des tables voisines jusqu'aux couleurs du juke-box et des machines à sous. Il semblait se tasser sur lui-même, ratatiné par la peur.

Arnold était de retour avec les verres. Comme il posait le cognac devant l'inspecteur, il eut la surprise d'entendre ce dernier le remercier d'un ton humble. Toute arrogance l'avait quitté, il semblait comme brisé. Arnold savait reconnaître un cocaïnomane à vingt pas et ne fut pas étonné de le voir descendre son cognac cul sec. Ce type avait dû s'enfiler une sacrée dose dans les naseaux, il était sur les charbons ardents. Et Michael avait dû lui dire quelque chose qui l'avait perturbé. En tout cas, la remarque avait fait mouche. Marsh n'était plus que l'ombre de lui-même et Michael semblait à deux doigts de déclencher un massacre.

Il allait se rasseoir quand Michael lui lança, avec le plus grand sérieux :

— Fous-le-moi dans la bagnole, ce *grand singe*.

Puis il se leva brusquement et quitta le pub sans un regard en arrière.

*

Danny Boy était hors de lui. Tout en attendant l'arrivée de son invité, il ressassait l'énigme absurde qu'était sa vie. La réaction de ses filles l'avait profondément ébranlé ; celle de la petite Lainey, surtout... La loyauté qu'il leur avait inculquée se retournait contre lui. Mary avait beau être une alcoolique invétérée, une sale garce, une vraie putain de plaie, ça n'empêchait pas ses filles de l'adorer. Et malgré tout ce qu'il avait à leur offrir, leur mère leur semblait plus fiable que lui. C'était à peine croyable !

En un sens, pourtant, il leur était plutôt reconnaissant d'avoir refusé d'emménager chez Michelle. Cette fille était un terrain miné. Beaucoup trop émotive à son goût. Pour tout dire, elle avait fait son temps et ne l'intéressait déjà plus. Et puis, elle portait les stigmates de la maternité – vergetures et ventre flasque, elle était bonne pour la retraite. Il paierait pour le petit, mais il ne la reverrait plus. Michelle n'était déjà plus qu'un souvenir qu'il aurait vite fait d'oublier.

Il adorait les femmes... Il n'avait jamais su leur résister. Mais, à part les premières semaines, il ne les aimait pas. Une fois conquises, elles perdaient tout intérêt. La seule qu'il ait jamais eue dans la peau, c'était Mary Miles – sans doute parce qu'elle le haïssait presque autant qu'elle l'aimait. Et si elle l'aimait, c'était parce qu'il était le père de ses enfants, ces pauvres gosses qu'il avait obligé son corps meurtri à produire à force de violences physiques et morales, ces gamines qu'il adulait aujourd'hui. C'était tout de même étrange, la profondeur des émotions que ces petites parvenaient à éveiller en lui. Et ce, pas seulement parce qu'il voulait supplanter leur mère dans leur cœur, même si ça entrait pour une bonne part dans l'intérêt qu'il leur portait, mais parce que toute jalousie à part, il se voyait survivre en elles. Des petits Danny Boy qui seraient un jour des femmes adultes et mettraient au monde d'autres gosses qui auraient eux aussi son sang dans les veines. Comme celle de Mathusalem, sa lignée perdurerait grâce à elles, génération après génération. Pendant neuf cents ans, peut-être... C'était proprement vertigineux.

Mais Dieu savait ce qu'Il faisait. Quand Il créait une nouvelle dynastie, Il l'enracinait dans deux fortes lignées. Lui-même était sacrément costaud, mais pas tant que Mary. En un sens, elle était la plus forte des deux. Il lui en avait fallu, de l'endurance, pour le supporter, lui et tout ce que ça entraînait. Il avait au moins l'honnêteté de lui reconnaître ça. Toutes les Michelle du monde, toutes ces petites nanas qui croisaient son chemin ne lui arrivaient pas à la cheville. Mary avait quelque chose qu'aucune d'elles n'aurait jamais : la force intérieure, la résistance farouche qu'il fallait pour survivre aux côtés d'un type comme lui. Même bourrée, même en miettes, elle tenait bon, fidèle au poste. Toujours là quand il rentrait, à n'importe quelle heure du jour ou de la nuit. Et c'était ça, cette loyauté forcenée, indestructible, qui l'empêchait de la massacrer, même s'il en crevait parfois d'envie.

Sans compter que sa femme en avait dans le cigare. Bien plus que la plupart des gens ne se le figuraient. En plus de sa beauté et de ce talent qu'elle avait pour se mettre en valeur, elle avait toujours eu l'intelligence de se tenir à l'écart de ses affaires. Il avait souvent observé ses réactions (ou plutôt, sa totale absence de réaction), quand une ou plusieurs de ses maîtresses se trouvaient dans les parages. Elle ne leur accordait pas un regard. Elle semblait se mouvoir à mille pieds au-dessus des autres et avoir trop de quant-à-soi pour remarquer même leur existence. Pas étonnant que les petites aient hérité de son cran.

Il se sentit en proie à un soudain accès de nostalgie. Il revoyait Mary à l'époque où il l'avait enlevée, cueillie comme une rose des mains de cet homme qui la foulait aux pieds. Elle avait toujours préféré le pognon à la romance – mais qui aurait pu le lui reprocher ? Dans le monde où ils vivaient, les hommes considéraient l'amour comme une denrée ordinaire, à la portée de toutes les bourses. Certains de ses collègues larguaient leurs femmes sans sourciller, des femmes parfois formidables, qui avaient lutté toute leur vie à leurs côtés, pour le meilleur et pour le pire. C'était dans la nature de la bête et les femmes le savaient avant de convoler. Voilà pourquoi elles s'efforçaient à garder la ligne et à être des parangons de vertus, domestiques et maternelles. Sans compter qu'elles devaient avoir de solides notions juridiques… ça valait mieux pour leurs époux : qui aurait voulu d'une bonne femme assez cruche pour laisser la flicaille franchir sa porte ?

Oui, malgré tout ce qu'on pouvait lui reprocher, il l'aimait, sa Mary. Il l'avait toujours eue dans la peau, bien plus qu'aucune autre. Quoi qu'il puisse faire ou dire, elle n'ébruitait jamais rien. Personne n'avait la moindre idée de ce qui se passait chez eux. Pas même Michael, son beau-frère, son meilleur ami. Personne ne savait ce que dissimulaient les grandes portes-fenêtres de leur villa. Il la traitait comme une merde, mais elle l'accueillait toujours dans son lit. Lui aussi, à sa façon, il avait déniché l'oiseau rare... Il fallait parfois essuyer ce genre de choc pour prendre conscience de sa chance.

Il se leva en voyant les phares d'une voiture s'arrêter devant le bureau. Les chiens s'étaient mis à hurler à tue-tête dans l'enclos où on les avait préalablement enfermés pour que son visiteur puisse descendre de voiture sans être mis en pièces par les fauves.

Quelques coups discrets furent frappés à la porte. Danny Boy sourit. Il appréciait les bonnes manières et avait toujours eu de l'estime pour les gars qui savaient faire preuve de cette décence de base qui faisait cruellement défaut à la plupart de leurs concitoyens. Il ouvrit la porte en grande pompe, avec un geste un peu théâtral.

— Entre, mon gars ! s'exclama-t-il d'un ton enjoué. Entre... et fais comme chez toi.

De la main, il lui indiqua un siège.

Donald Hart pénétra dans la pièce, visiblement dans ses petits souliers. Il avait soigné sa mise : non seulement ses fringues sortaient du pressing, mais il se mit en demeure de s'asseoir avec un air compassé. Son costard semblait aussi raide que son propriétaire ! Restait qu'il avait fait l'effort de se saper, et ça, Danny appréciait. C'était une marque de considération, et pas seulement pour lui : ça prouvait que l'intéressé se respectait. Ce genre de détail plaiderait toujours en sa faveur. Après tout, il était venu se prendre une putain d'engueulade et se faire sonner les cloches pour avoir mis Jonjo K-O. Mais il n'aurait pu lui faire meilleure impression, lui eût-il apporté la tête du chef de la brigade antigang sur un plateau d'argent – et avec son zob dans la bouche, encore !

— Alors, Donald... ça boume ?

Le jeune homme acquiesça d'un signe de tête.

Danny Boy l'aimait bien, ce petit. Il avait amplement prouvé qu'il ne se laissait pas marcher sur les pieds et, renseignements pris, il s'était bâti une petite réputation de démerdard, fiable et efficace. Il avait toute une tribu de frères et de sœurs à nourrir, avec un père jamaïcain qui s'était fait la belle en lui laissant sur les bras trois jeunes frères. Grâce à son fils aîné, sa mère – une femme formidable avec de très beaux restes, même si elle n'avait plus tout à fait la taille mannequin – s'en sortait de façon plus qu'honorable. Elle avait monté une petite boîte de services à domicile qui donnait du boulot à des tas de femmes dans le besoin. Donald lui avait fourni sa mise de départ et l'aidait à payer ses factures ainsi que le prêt de la maison. Mrs Hart était connue pour sa générosité, il lui arrivait même d'héberger des gens, si nécessaire. Bref, c'était une personne pleine de ressources et très polyvalente, qui avait su transmettre ses valeurs morales à ses gosses.

Danny Boy était impressionné, et plus que ça. Il admirait la détermination de ce jeune homme et la rapidité avec laquelle il s'était fait une place dans le monde. Il se revoyait en lui. En fait, la déculottée qu'il avait filée à Jonjo était un signe du destin. Ça leur avait permis de se rencontrer. Danny était donc prêt à l'aider. Que celui qui n'a jamais péché... comme disait le Livre.

En cassant la gueule à son frère, ce garçon avait péché – dans leur monde, c'était même un putain de péché, qui frisait l'impardonnable. Mais Danny ne lui jetterait pas la pierre, au contraire : il voulait récompenser son cran et sa franchise. Il savait ce que Donald avait dû endurer et admirait la façon dont il s'en était tiré. Et à sa place, d'autres se seraient abstenus de corriger Jonjo, par crainte des représailles. Lui aussi, il avait péché – il se posait même un peu là : c'était ce qui avait fait sa célébrité ! Un jour, il en irait de même pour ce jeune homme. Car, quand il en aurait fini avec lui, Donald serait un pêcheur de première classe, formule survitaminée !

Que la flicaille lui jette donc la première pierre ! Il aurait les moyens de s'arranger avec elle, comme toujours. Son fameux sixième sens lui soufflait qu'il pouvait se fier à ce gamin, et il était disposé à le combler de ses faveurs. Ça lui serait rendu au centuple.

*

Marsh n'avait pas donné signe de vie depuis un certain temps et Arnold commençait à s'inquiéter.

— Secoue-le un peu, pour voir s'il ne nous fait pas une overdose, ou quelque chose ! lança Michael, goguenard.

Il ne s'en faisait pas outre mesure. Les gros consommateurs peuvent passer d'une seconde à l'autre de la volubilité la plus exubérante à la déprime totale.

— Tu crois qu'il va bien ?

— Sûr, qu'il va bien. Son seul problème, c'est qu'il a les foies. Il sait qu'il a déconné ; il s'attend à se faire taper sur les doigts.

Contrairement à Arnold, qui s'inquiétait vraiment,

Michael prenait un malin plaisir à jouer avec les nerfs de l'inspecteur. Il avait appris à mesurer les avantages des menaces sur l'action directe. La crainte de ce qui risquait de vous tomber dessus était souvent pire que la chose elle-même. Naturellement, Marsh se prendrait aussi quelques vrais coups : que pesait une menace non suivie d'effets ?

Si les lois nationales n'étaient pas efficaces, c'était qu'elles n'étaient pas appliquées, ou pas vraiment – sur ce point, Michael et Danny étaient d'accord. Sauf en cas de gros sous ou de propriété privée, le système judiciaire laissait des tas de gens passer entre les mailles du filet. Cambrioleurs, voleurs à la tire, petits braqueurs – toutes sortes de malfaiteurs s'en tiraient comme des fleurs et se retrouvaient à l'air libre. C'était lamentable : la jeunesse n'avait plus ni repères ni limites. Du seul fait de leur âge, on laissait les ados agir en toute impunité ou presque, y compris en cas de meurtre – des meurtres que rien ne justifiait, du point de vue du milieu. Ces gamins tuaient parfois de parfaits inconnus pour leur faire les poches ou vider leur frigo, puis ils regagnaient leur jolie petite chambre, chez papa et maman. Et après ça, ils arrivaient encore à se faire plaindre ! C'était tout bonnement dégueulasse. Eux, au moins, ils ne butaient jamais personne sans raison – et l'intéressé ne tombait pas des nues ; il savait ce qui lui valait une telle correction... Braquez une petite vieille, filez-lui la trouille de sa vie et repartez avec sa pension du trimestre, vous vous en sortirez avec quelques mois de conditionnelle. Braquez une de ces putains de sociétés immobilières, et vous écoperez de douze ans ferme minimum. Ça ne tenait pas debout. La population commençait à tiquer. En taule, les petits braqueurs ou les cambrioleurs, c'était la lie. À la possible exception des casses commis dans des grosses villas ou des châteaux appartenant à des nantis, le cambriolage était considéré comme une activité honteuse, dans la fraternité du crime. Au même titre que de s'en prendre aux vieux ou aux infirmes. Fallait vraiment être un pignouf pour s'abaisser à ça ! La société aurait dû se protéger de ce genre de parasites en les mettant à l'ombre pour longtemps !

Et voilà que Michael et Arnold avaient sur les bras un pignouf d'un autre genre, en la personne de ce ripou cocaïnomane... Un flic véreux qui leur avait été présenté par son supérieur hiérarchique, un autre jean-foutre dont le seul mérite était d'avoir su reconnaître, comme eux, que la loi de leur beau pays en venait à favoriser les pires branleurs. Dire que l'État comptait sur de telles taches pour assurer la sécurité des braves citoyens de base, ceux que Michael et ses semblables n'avaient aucun intérêt à voler ! Il aurait été le premier à balayer devant sa porte et à faire son propre ménage, si le besoin s'en était fait sentir ; et c'était pourtant lui et ses pairs que l'on considérait comme le pire fléau social, pas les mange-merde du genre Marsh et consorts, ni les braqueurs de stations-service qui s'attaquaient aux gens de leur propre condition. Les flics véreux lui avaient toujours filé la nausée, surtout quand ils franchissaient les limites de la civilité, comme celui-là.

Qu'est-ce qui les confortait dans leur illusion d'invulnérabilité, ces petits cons qui s'écrasaient mollement en empochant leur enveloppe chaque semaine ? Car ça revenait, en soi, à renoncer à l'estime qu'ils auraient pu revendiquer en tant que flics réglo. Ils étaient vraiment plus bas que terre, ces connards, plus merdeux que des paillassons de seconde main – logique, puisqu'ils passaient leur vie à trahir ceux qu'ils étaient censés servir et protéger.

Michael engagea la voiture dans un chemin de terre. Comme ils roulaient au pas sous une lune blafarde, Arnold regarda autour de lui.

— On est où, là ?

Michael tourna dans une allée et gara la voiture sous un gros chêne.

— Dans une des propriétés de Danny Boy. La baraque est vide, on peut y faire autant de raffut qu'on veut.

Pivotant sur son siège, il s'adressa à Marsh :

— Ici, personne ne risque de t'entendre, mon lapin. Tu vas pouvoir gueuler à t'en dévisser le crâne.

Le flic était déjà vert de trouille – parfait. Michael l'extirpa de la voiture et le traîna dans la pénombre jusqu'à l'un des garages aménagés derrière la bâtisse. Une fois à l'intérieur, il alluma et fit signe à Arnold d'aller se poster près d'un établi qui se trouvait contre un mur. Arnold s'exécuta et attendit ses instructions, mais il n'était pas tranquille. Mettre une bonne trempe à un ripou, c'était une chose, le dessouder purement et simplement, c'en était une autre. Tout comme Marsh, il couvait d'un œil nerveux les outils qui s'alignaient sur l'établi, en rangées bien nettes. Poinçons, tournevis, ciseaux à bois... la panoplie complète du parfait petit tortionnaire – et, tout comme l'inspecteur, il commençait à comprendre que ça allait saigner.

Mais Michael affichait un grand sourire. Il tira une vieille chaise de cuisine au centre de la pièce et s'y installa à califourchon.

— T'as déconné avec moi, Marsh. T'es au courant ?

L'interpellé hocha vigoureusement la tête, les yeux exorbités par la peur et le manque de sommeil.

— T'as bêtement attiré l'attention sur ton nouveau standing. Tes collègues commencent à se demander d'où te vient tout ton fric – or ça, de mon point de vue, c'est à proscrire. Pour moi, t'es un danger public. Un boulet que je me traîne. J'ai reçu deux coups de fil de tes collègues m'avertissant de tes frasques. Alors, qu'est-ce que t'as à dire pour ta défense ?

Marsh était à peine capable d'aligner deux mots et n'avait plus un poil de sec. La sueur qui lui perlait au front lui faisait cligner les yeux. Sa chemise trempée dégageait une odeur d'écurie et de trouille qu'on sentait à plusieurs mètres, même dans ce garage puant la poussière, l'humidité et le cambouis. On aurait dit un personnage de film d'horreur qui voit l'assassin rappliquer dans sa direction en faisant démarrer sa tronçonneuse...

— Écoute, Mike, je suis vraiment désolé. Je comprends ta position, et je peux te jurer que c'est fini. Ça ne se reproduira plus. Tu sais bien que je peux vous être encore utile, à toi et à Danny ! Je vous ai déjà rendu de sacrés services, non ? Demande-lui, à Danny – vas-y, Mike, demande-lui ! Il te dira comme je l'ai aidé à régler ses problèmes. Demande-lui tout ce que j'ai fait pour lui...

Marsh en bafouillait de trouille. Arnold et Michael l'observaient avec un dégoût fasciné. Mais le flic avait l'air de détenir des informations grâce auxquelles il espérait se tirer d'affaire.

— Et qu'est-ce que t'as bien pu faire de si important pour nous, hein ?

C'était Arnold qui avait pris la parole. Il ponctua sa question d'un bon coup de poing, qui cueillit sa cible sur le côté de la tête. Marsh fit la grimace et rentra le cou dans les épaules. Son oreille s'était déchirée comme du papier de riz et un flot de sang se répandait sur ses vêtements. Il se mit à chialer en silence. Il était laminé.

— Alors, j'attends ! Qu'est-ce qui te rend si indispensable ?

Jeremy Marsh prit la mesure du problème. Il était dedans jusqu'au cou. S'il voulait sauver sa peau, il allait devoir se trouver un putain d'argument pour marchander. Le pire, c'était qu'il ne comprenait pas pourquoi Michael Miles faisait mine de n'être au courant de rien. Comme s'il ne pigeait pas en quoi il leur était utile.

— C'est pas possible que tu ne sois pas au parfum, Mike ! Danny Boy ne t'a vraiment rien dit ?

La question resta suspendue dans l'air et l'inspecteur commença à comprendre. Miles ignorait tout du rôle qu'il avait joué dans le plan d'ensemble de Cadogan – et ça, c'était un putain d'argument. Un moyen de pression, même !

Ragaillardi, il se redressa et lança d'une voix gouailleuse :

— Ben, c'est moi qui remplace Grey, maintenant, comme intermédiaire de Danny.

Chapitre 30

En se réveillant ce matin-là, Danny Boy reconnut l'odeur particulière du domicile conjugal, subtil mélange de parfum et de détergent. Il ouvrit les yeux et sentit contre lui, dans leur grand lit, le corps délié de sa femme. Il avait noué ses bras autour d'elle dans son sommeil. Elle devait être réveillée depuis longtemps déjà – Mary ne fermait pratiquement pas l'œil quand il dormait près d'elle. Il se dit qu'elle ne restait avec lui qu'à défaut de pouvoir s'en aller et trouva cette idée déprimante. La veille, il l'avait prise et avait joui d'elle de toutes les façons possibles et imaginables. Le détachement total avec lequel elle supportait ses assauts le stimulait furieusement... ça rendait les choses tellement plus excitantes ! Il se sentait dans la peau d'un chef d'orchestre, tandis qu'elle exécutait ses quatre volontés, faisait ce qu'il voulait qu'elle fasse, disait ce qu'il voulait qu'elle dise. Elle savait même feindre le plaisir. Il resserra ses bras autour d'elle et lui embrassa gentiment la nuque.

— Fais-moi une tasse de thé, chérie. Avec un nuage de Holy Ghost, si tu veux bien.

Il l'avait demandé si doucement que, l'espace d'un instant, Mary en oublia qui était son mari et fut touchée de ce semblant d'amabilité. Elle se leva et enfila son peignoir, tandis qu'il s'asseyait dans le lit sans la quitter des yeux.

Il se laissa aller sur les oreillers et, tout en gardant un œil à l'affût comme le prédateur qu'il était, décida de se montrer agréable et, pour aujourd'hui, de passer sur les failles de sa femme. Mary avait été au-dessus de tout reproche, ces derniers temps, et comme il venait de larguer sa dernière maîtresse, il se sentait un peu en manque de conjugalité.

L'histoire bégayait avec une régularité de métronome et Mary connaissait la chanson. Il allait revenir quelque temps à la maison et feindre de se réacclimater à la vie de famille, jusqu'au moment où il serait repris d'un besoin urgent de disparaître plusieurs semaines, voire plusieurs mois d'affilée. Il déserterait la maison en la laissant dans l'ignorance totale du moment où il déciderait de rentrer – et surtout de l'état dans lequel elle le retrouverait. Mais elle poussa un soupir de soulagement à le voir dans de si bonnes dispositions. Pour une fois, il semblait résolu à faire régner la concorde. Elle sentait son regard dans son dos tandis qu'elle relevait ses cheveux et les épinglait en chignon. N'importe quoi, le plus infime détail, pouvait le mettre en transe, le faire écumer de rage ou fondre en larmes. Avec lui, on ne savait jamais sur quel pied danser. Elle sentit le stress lui serrer le ventre, comme un étau.

Il la regardait toujours se coiffer quand les petites entrèrent dans la chambre. En découvrant leur père vautré sur ses oreillers, elles se figèrent sur place, mais une seconde plus tard Leona se précipita dans ses bras, suivie de près par la cadette.

— Papa ! Qu'est-ce que tu fiches ici ?!

Sa fille avait posé la question en toute candeur, de sa jolie petite voix flûtée, et Mary, craignant le pire, avait instinctivement rentré la tête dans les épaules. Mais Danny Boy était vraiment décidé à se montrer sous son meilleur jour, en ce beau dimanche matin ensoleillé... Il éclata de rire.

— J'avais trop envie de vous voir, mes petites chéries. Vous m'avez tellement manqué, toutes les trois !

Leona leva les yeux au ciel en une mimique cocasse, faussement exaspérée, qui acheva de faire craquer son père.

*

Carole s'inquiétait pour son mari. Il était rentré tard et avait préféré rester seul dans le noir, dans le living, plutôt que de la rejoindre au lit. Tant qu'il n'était pas près d'elle, elle ne dormait que d'une oreille. Elle l'avait entendu rentrer et, lasse de l'attendre, s'était levée pour voir ce qui n'allait pas. Il n'avait même pas jeté un coup d'œil dans la chambre des petites, ce qu'il ne manquait pourtant jamais de faire. Ni sotte ni aveugle, Carole était parfaitement au fait de l'existence que menait son mari, et connaissait sa chance. Contrairement à Danny, son Michael n'était pas un cavaleur, mais un homme stable et équilibré. Il n'avait jamais éprouvé le besoin de s'entourer d'une petite cour de conquêtes faciles et savait se contenter de son épouse et de leur vie de famille. Le comportement de Michael l'inquiétait d'autant plus qu'il sortait de l'ordinaire. Quelque chose devait le tracasser ; il lui fallait en avoir le cœur net. Elle vivait dans la crainte qu'il ne se retrouve derrière les barreaux. Il avait beau se sentir au-dessus de ce genre de pépins, dans leur monde, il n'y avait rien de sûr ni de définitif. Si, un jour, un flic décidait de les faire tomber, il y parviendrait – ne fût-ce que pour leur rappeler qui était le maître. Ils étaient devenus trop puissants. Leur arrogance finirait par les perdre. Leur secteur d'activité n'était pas des plus légaux. Mais Michael semblait ne pas voir que, en dépit de leur fric et de leur influence, rien ne les mettrait jamais totalement à l'abri des poursuites. Il suffisait d'un grain de sable pour gripper la machine. Les grosses sentences finissaient souvent par délier les langues ; Michael lui-même le lui avait expliqué, bien des années auparavant, et ça l'avait marquée.

Ce comportement inhabituel l'intriguait donc : qu'avait-il bien pu se passer ces dernières vingt-quatre heures ?

Elle posa la théière fumante sur la table du salon et vint s'asseoir en face de lui.

— S'il te plaît, Michael. Dis-moi ce qui ne va pas…

— Je ne peux pas, chérie. Mieux vaut d'ailleurs que tu n'en saches rien.

Il contempla sa femme un long moment. Sa robe de chambre ne parvenait plus à cacher les bourrelets qui s'arrondissaient autour de sa taille. Il regarda son visage épanoui, ses beaux yeux bleus cernés par le manque de sommeil, ses cheveux en bataille qui auraient eu besoin d'une bonne coupe – elle attendait toujours le dernier moment pour aller chez le coiffeur –, ses jolies mains, agitées d'un tremblement nerveux… Elle était inquiète, et il aurait voulu pouvoir la rassurer, se confier à elle, comme il l'avait toujours fait. Mais ça, c'était impossible. Il ne pouvait en parler à personne, pas même à sa chère Carole. Une vraie bombe menaçait de leur péter au nez et de provoquer des cataclysmes en chaîne, dont les effets délétères n'auraient pas fini de se répercuter. Plus personne ne saurait à qui se fier. Tout ne deviendrait plus que soupçons, menaces et règlements de comptes à n'en plus finir…

Cette accusation était si dangereuse, elle plongerait tant de gens dans la plus noire précarité, que toute leur organisation en serait sapée, littéralement, des affaires les plus juteuses et complexes, comme en Espagne, aux plus modestes.

Et, malgré toutes les preuves, Michael avait encore du mal à y croire. Depuis toujours, certaines choses l'avaient fait tiquer. Leurs ennemis qui disparaissaient à point nommé, par exemple. En général, Danny Boy entrait dans une de ses légendaires crises de rage et s'arrangeait pour supprimer un adversaire gênant, sous des prétextes réels ou imaginaires – ce qui lui avait d'ailleurs permis d'éviter que son secret ne s'évente. Mais personne de sensé n'aurait jamais pu le soupçonner, ni même l'accuser d'être en cheville avec les flics. C'était trop énorme et dévastateur. Traiter Danny Boy de balance relevait encore, pour Michael, de l'inimaginable.

Au fond, pourtant, quelque chose lui avait toujours soufflé que ça ne collait pas. Les gêneurs avaient un peu trop tendance à disparaître ou à se faire coffrer juste au bon moment, celui où ils pourraient s'annexer leurs entreprises. De fait, aux yeux des employés des firmes qu'ils avaient ainsi « redressées », ils faisaient figure de sauveurs. Pour eux, Danny Boy et Michael Miles, c'était Messie et Cie !

Et que Louie ait été l'instigateur du système tombait finalement sous le sens. Quand ils étaient gamins, le vieil homme entretenait déjà des relations privilégiées avec la Maison Poulaga. Danny avait dû y voir un putain de filon. D'autant qu'à la place d'honneur où il se trouvait, il se sentait au-dessus de tout soupçon.

C'était si gros que Michael se demandait par quel bout attaquer le problème. Si la nouvelle se répandait dans le milieu, ils en seraient tous affectés, comme l'avait justement remarqué Arnold. Aucun d'eux ne serait à l'abri d'un retour de bâton, plus personne ne leur ferait confiance. Ça dissoudrait les bases mêmes de leur communauté.

Danny ne lui avait jamais donné la moindre raison de penser qu'il jouait double jeu. Pas une fois il n'avait laissé échapper le moindre indice qui aurait pu éveiller ses soupçons. Mais, au fond, Michael avait conçu de sérieux doutes sur ce permis de tuer dont il semblait disposer, chaque fois qu'il se débarrassait d'un de ses adversaires. Danny avait beau être puissant et influent, c'était proprement incroyable d'avoir le cul tellement bordé de nouilles...

Quelques mois plus tôt, quand Arnold avait évoqué le sujet, il avait fait la sourde oreille et préféré tout balayer sous le tapis – car si les choses étaient venues à s'ébruiter, il aurait été confronté à une putain de décision. Il aurait fallu agir, mais il s'en était senti incapable. Il aimait Danny Boy comme un frère et ces révélations l'avaient mis K-O.

Tout ce qu'ils avaient bâti, année après année, leur réseau d'entreprises, l'ensemble de leur organisation – tout reposait sur du sable. Le double jeu de Danny Boy les condamnait à sombrer corps et biens, un jour ou l'autre. Si les flics étaient au courant de tout (et, pour que le plan de Danny Boy ait pu fonctionner si longtemps, ils l'étaient forcément...), aucun d'entre eux n'était plus en sécurité. Ils pouvaient à chaque instant y laisser non seulement leur oseille, jusqu'au dernier penny, mais leur liberté.

Michael commençait déjà à calculer le montant des fonds accessibles, ceux qu'il avait pris l'initiative de mettre à gauche et ceux auxquels il valait mieux ne plus toucher. Les flics devaient avoir accès à tous leurs comptes et suivre à la trace leurs moindres mouvements financiers. Ça ne faisait pas un pli. Il imaginait aisément l'étendue des dégâts et, s'il ne voulait pas se retrouver sans un sou devant lui, il devait jouer serré. Prévoir les obstacles pour mieux les éviter. Le hic, comme l'avait souligné Arnold, la veille au soir, c'était qu'il n'existait qu'un moyen d'assurer définitivement leur sécurité…

— Bois ton thé, mon chéri, souffla Carole. Il refroidit.

Il ne répondit pas. Il l'avait à peine entendue.

*

Annie était déjà levée, habillée et pomponnée. Elle se sentait en pleine forme et positivement ravissante. La radio s'égosillait et le joyeux bazar habituel régnait dans la maison. Les garçons étaient prêts à partir pour l'école, après avoir avalé en toute hâte, mais dans la bonne humeur, leur petit déjeuner. Annie ne jurait que par les corn-flakes et les céréales toutes prêtes. Pour elle, dès qu'un gamin était capable de verser des flocons d'avoine dans son bol, il ne fallait surtout pas lui enlever ce plaisir ! Les garçons avaient eu vite fait de prendre le pli, ce qui lui laissait le temps de petit-déjeuner en paix et de fumer sa première clope de la journée. Le soir, elle ne demandait qu'à leur cuisiner des banquets, mais à sept heures du matin, pas question de fourbir poêles et casseroles ! Elle n'était pas du matin, point final. Ses fils l'aimaient et l'acceptaient comme elle était. Sans compter que, finalement, ça les arrangeait : ils ne détestaient pas se débrouiller seuls, et leur jolie maman leur achetait toutes les céréales dont ils pouvaient rêver. Bref, tout le monde était content.

Ce matin-là, en arrivant dans la cuisine, ils avaient

trouvé leur père attablé. Ça ne les avait pas étonnés – la plupart du temps il rentrait à la maison quand, eux, ils partaient pour l'école. C'était la norme, ils ne l'avaient jamais vu faire autrement.

Arnold regarda s'agiter et gazouiller sa petite famille. Ils vivaient peut-être leurs derniers instants de bonheur... Car sa charmante Annie risquait de porter son deuil à très court terme. Quelques jours, peut-être. Michael pouvait se bercer d'illusions, ils allaient devoir prendre des mesures radicales pour se tirer de ce guêpier. Temporiser davantage ne ferait que tout embrouiller. Leur seul vrai problème, c'était d'agir sans éveiller les soupçons. Si Danny découvrait qu'ils l'avaient percé à jour, il les supprimerait sans le moindre scrupule, ne serait-ce que pour pouvoir couvrir ses basses magouilles. La nuit précédente, il s'était évertué à le faire comprendre à Michael : la différence entre eux et lui, c'était le mépris total de Danny pour tout et tout le monde. Suffisait de voir comment il exploitait les gens en général, et sa femme en particulier...

La loyauté de Michael était proprement déplacée. Danny ne jouait pas le jeu comme tout le monde et ne s'était pas gêné pour les gruger. Il n'avait jamais servi que ses intérêts personnels, jamais obéi qu'à ses propres lois. Son respect du code de l'honneur et sa loyauté n'étaient qu'une illusion. En fait, il ne donnait jamais rien à personne, à moins d'avoir la certitude d'être grassement payé en retour.

Dire qu'en plus Michael était son beau-frère... Si Mary nourrissait ne serait-ce que l'ombre d'un soupçon sur ce qui se passait dans leurs têtes, elle se rangerait automatiquement du côté de son homme. C'était couru d'avance. Elle était comme Danny Boy, de ce point de vue : elle se ralliait toujours au camp du plus fort... Enfin, c'est l'image qu'il en avait. Une icône, artificielle et guindée, beaucoup trop parfaite et froide à son goût, mais, aux yeux de son frère, la meilleure garantie de Danny. Tant qu'ils seraient liés par les liens du sang, Cadogan se sentirait au-dessus de tout soupçon, invulnérable.

Eh bien, en ce qui le concernait, lui, pas question d'attendre que ce fumier le balance aux keufs quand il aurait cessé de lui être utile ! Il allait frapper le premier, le plus fort et le plus vite possible. Il n'y avait pas d'autre moyen de s'en sortir. Danny Boy avait beau être son beau-frère à lui aussi, ça ne changeait rien. La tumeur était devenue maligne, il fallait l'exciser.

Les révélations de Grey l'avaient ébranlé, mais celles de Jeremy Marsh, la veille, avaient achevé de le convaincre. Évidemment, il avait fallu tenir l'oiseau en cage jusqu'à ce qu'ils aient fini de statuer sur la solution à appliquer...

En un mot comme en cent, c'était le foutoir.

*

Jonjo sourit à sa mère. Elle l'avait soutenu, ces derniers temps, au point de lui faire regretter de n'avoir pas fait plus d'efforts. Depuis toujours, elle le portait à bout de bras. Elle avait même maintes fois essayé de le mettre en garde. Mais il avait fait la sourde oreille. Pis, il l'avait parfois bousculée et injuriée. Maintenant, il se rendait compte qu'Ange était sa seule vraie alliée – une prise de conscience aussi accablante qu'agréable. Tout ce temps perdu en conneries... si seulement ça avait été à refaire ! Mais il était trop tard pour les regrets. Il haïssait son frère pour l'humiliation mortelle qu'il lui avait infligée, mais il dépendait de lui. Il n'avait donc plus le choix : il devait redresser la barre et prendre sérieusement sa vie en main.

Attablé devant un copieux petit déjeuner, Jonjo laissa avec gratitude sa mère remplir son assiette. Elle était si gentille et loyale avec lui...

Sa disgrâce auprès de Danny avait été aussi rapide que spectaculaire, et il avait fort à faire pour réparer les dégâts provoqués par sa flemmardise et son arrogance. Cette humiliation publique lui avait longtemps pendu au nez et il s'était fait tellement d'ennemis que sa chute avait été applaudie comme une bonne nouvelle. Mais il acceptait son sort. Plutôt réaliste, dans son genre, Jonjo comprenait enfin que son insolence et son attitude ne lui avaient pas fait des masses d'amis.

Mais c'était du passé. La priorité, pour lui, était de trouver le moyen de rentrer en grâce auprès de Danny. En retapant le club dont il avait la charge, par exemple – un vrai trou à rats, si mal tenu que du papier cul dans les toilettes suffirait à relever le standing... Les stripteaseuses étaient nulles, le décor faisait pitié. On se serait cru dans un resto indien à l'ancienne : papier peint lépreux, moquette acrylique violette, corniches en stuc rococo. Une véritable épave qui avait fait son temps et qui puait la vieille clope, la bière éventée et le désespoir. La clientèle n'était qu'un ramassis de ringards et de minus pour qui gagner au tiercé était une preuve suprême d'intelligence. Il allait en faire quelque chose, de ce bouge. Il avait déjà quelques idées pour attirer une clientèle un peu plus relevée. Il attendait juste que Danny Boy daigne à nouveau lui adresser la parole.

Il en savait beaucoup plus qu'ils ne se le figuraient, tous autant qu'ils étaient, mais il avait compris une chose : savoir n'est pas forcément pouvoir. Et il y avait des choses tellement dangereuses qu'il valait mieux les ignorer…

*

Le père David Mahoney était toujours heureux d'accueillir Danny Cadogan dans son église. Cela ne faisait que quelques mois qu'il était arrivé dans la paroisse, mais il connaissait l'histoire de la famille. Restait que Danny était un fervent pratiquant et un bon catholique. Il le voyait souvent à la messe de six heures, assis à l'écart, seul, encore imprégné de l'humidité froide du petit matin, chuchotant les répons presque pour lui-même. Il prenait la sainte communion et s'attardait un peu après l'office, agenouillé sur un prie-Dieu, pour se recueillir devant le Seigneur dans une attitude de profonde humilité. Ce Cadogan était un cas. À croire qu'il laissait sa défroque de malfrat à la porte de l'église ! Le père Mahoney n'avait pas à s'en plaindre, Danny lui témoignait toujours le plus grand respect, surtout quand il l'interrogeait sur la Bible ou sur des textes qu'il avait lus. Cet homme s'efforçait de mieux comprendre l'esprit et la lettre de la loi de Dieu.

Parfois, après la messe, Cadogan retrouvait un autre type avec qui il échangeait quelques mots. Il ne s'agissait pas d'un habitué, mais les deux hommes avaient l'air de bien se connaître. Le père Mahoney avait pris l'habitude de leur laisser la sacristie – vu la fréquence et la prodigalité des dons de Cadogan à la paroisse, il aurait eu mauvaise grâce à lui refuser ce genre de menu service. Il le laissait même utiliser son téléphone. À cela, rien de compromettant, bien sûr, quoiqu'il n'eût jugé bon d'en parler à personne…

Ce matin-là, après la messe, Danny était allé s'asseoir sur un banc, au premier rang. Comme il levait la tête vers le grand crucifix du chœur, le prêtre le rejoignit et s'installa près de lui, les mains croisées sur les genoux.

— C'est toujours un plaisir de vous voir, Mr Cadogan. Comment allez-vous ?

L'accent irlandais du père Mahoney donnait à sa belle voix grave un velours inimitable. Ses cheveux bruns commençaient à se strier de fils gris et ses yeux sombres reflétaient une habituelle mélancolie. Danny Boy l'aimait beaucoup. Pour lui, il était l'image même du prêtre catholique : grand, fort et bon.

— Très bien, mon père. Je venais juste prier un peu. Vous savez comme j'aime votre église et la paix que j'y trouve.

Le prêtre hocha la tête en promenant autour de lui un regard plein de fierté. Lui aussi, il aimait son église.

— Je vois ce que vous voulez dire. Ça me fait le même effet.

Son regard croisa celui de Danny et il remarqua cet éclat vitreux qu'avaient parfois ses yeux, pendant leurs petites conversations.

— Vous êtes sûr que ça va, Mr Cadogan ? Je vous sens un peu perturbé...

Danny Boy se rencogna contre son dossier de bois et, se tournant à nouveau vers le crucifix au-dessus de l'autel, se fendit d'un petit sourire.

— Tout va très bien, mon père. Je n'ai aucun problème, en fait. C'est le reste du monde !

Cette répartie les fit pouffer de rire.

— Auriez-vous vu mon ami, ce matin ? demanda Danny.

— Non, personne depuis la messe de neuf heures. Je vais devoir vous laisser, Danny. Je suis attendu à l'école primaire dans vingt minutes. Je les aime, ces enfants. Leur foi est si naturelle, si spontanée...

Danny lui sourit. Ses traits et toute son attitude s'adoucirent d'un coup.

— Dieu est bon, mon père. C'est la pure vérité, et je peux en témoigner. Il a toujours écouté mes prières sans jamais se détourner de moi...

Le père Mahoney prit congé de lui et se hâta vers ses obligations, heureux de voir que la foi était parfois récompensée – et curieux de découvrir ce que sa gouvernante avait prévu à déjeuner.

Danny Boy le regarda s'éloigner en se demandant où était passé son rendez-vous de dix heures et demie. Il avait une foule de choses à faire aujourd'hui. Ce n'était pas le moment de traîner.

*

Michael se trouvait à la casse lorsqu'il entendit Danny se garer. Il était près de midi et il ne l'attendait pas de si bonne heure. Il referma précipitamment le coffre, l'estomac noué par la culpabilité.

— Où tu étais ? lança-t-il avec un sourire nerveux, en voyant son associé pousser la porte.

— Eh ! tu bosses pour les flics, ou quoi ? rétorqua Danny, goguenard.

Rien qu'une blague rituelle à laquelle Michael, normalement, répondait par un sourire en coin. Mais aujourd'hui il avait un peu de mal à goûter ce genre d'humour. Danny se planta devant lui, solide comme un roc, hargneux comme un fauve.

— Dis donc, tu m'as l'air salement mal embouché, mon salaud. Tu t'es encore engueulé avec Carole, ou quoi ?

Michael n'eut qu'un haussement d'épaules. Sa propre charpente, pourtant robuste, semblait fondre à vue d'œil quand il approchait de Danny. Mais, contrairement à lui, il soignait sa forme. Danny s'était un peu empâté, ces dernières années, à cause du manque d'exercice et des excès en tout genre. Mais il aurait toujours une mesure d'avance. Ça n'avait rien à voir avec la force physique, c'était cette violence latente qui couvait en lui. Cette capacité qu'il avait de blesser, d'estropier, d'anéantir les gens sans rime ni raison, sur un simple coup de tête. La terreur qu'inspirait un psychopathe.

— Non, t'occupe. Je suis juste un peu crevé. J'ai à peine fermé l'œil, cette nuit.

Danny avait déjà oublié sa mauvaise humeur. Il mit le cap sur le frigo et en sortit deux bières. Il en balança une à Michael avant d'aller s'installer derrière le bureau puis, faisant sauter l'opercule de la sienne, la descendit presque d'un trait.

— Je crois qu'Eli se fout de notre gueule, fit-il après avoir lâché un rot sonore.

Assis sur l'accoudoir du vieux sofa, Michael préleva quelques gorgées de sa propre bière, histoire de gagner du temps. Il laissa même s'écouler un bon moment, puis soupira longuement.

— Arrête, Danny. Eli est un pote.

Danny s'abstint de répliquer. Il fixait Michael d'un regard vide, presque hagard, où Michael reconnut des symptômes familiers, qu'il avait vus tant et tant de fois. Danny Boy ne désarmerait pas et le tarabusterait jusqu'à ce qu'Eli ne soit plus qu'un souvenir, de plus en plus lointain – y compris pour ses proches.

Michael s'était souvent demandé qui serait la prochaine victime de sa rage destructrice. Il avait envisagé à peu près tout le monde, mais le nom d'Eli Williams ne lui avait pas effleuré l'esprit. Plutôt curieux, d'ailleurs, car Eli avait le profil : un jeune caïd en pleine ascension, promis à un bel avenir dans le milieu. Danny Boy détestait quiconque lui portait ombrage. Mais Eli n'était pas le premier venu, et il ne se laisserait sans doute pas liquider sans opposer une résistance farouche. Il vendrait chèrement sa peau. Ce type leur avait toujours témoigné le plus grand respect. C'était une petite star dans son genre. Une perle. Un oiseau rare. En plus de cette excellente réputation, il leur rapportait pas mal de blé. C'était vraiment un super-pote. Mais, évidemment, Danny escamoterait ce détail sans problème, pour peu que ça l'arrange. Il prétexterait des bruits, des rumeurs, des ragots... comme quoi Eli était une balance, par exemple. Faut dire qu'il était bien placé pour les reconnaître !

Michael se pencha en avant pour poser sa Stella sur le bureau.

— Ça ne va pas se passer comme ça, Danny, dit-il avec gravité, en le regardant bien en face. Pas cette fois, et pas avec Eli. Tu peux me croire sur parole.

Danny Boy le dévisagea calmement, figé derrière le bureau, et ne desserra pas les dents. Seul un sourire, lentement, lui retroussa les lèvres.

Michael soutint son regard, requinqué par la colère. Il sentait déborder sa réprobation et son dégoût.

Danny pouffa.

— Tu crois que j'ai besoin de ta permission, Michael ? Si je t'en parle, c'est pour te tenir au courant. Eli nous prend pour des cons, et si t'es pas capable de t'en rendre compte, c'est que t'es aussi con que lui.

Michael secoua la tête avec une telle fureur que Danny prit soudain conscience de sa détermination, et Miles eut la satisfaction de le voir accuser le choc.

— Non ! Cette fois, ça ne se passera pas comme ça !

Michael avait presque hurlé, l'index pointé vers lui.

— Je ne te laisserai jamais faire une chose pareille !

Eli est un type bien, il nous l'a prouvé plus d'une fois. Alors, ôte-toi ça de l'esprit. Non, c'est non !

Danny Boy en resta plus d'une minute sans voix. Un silence de mort s'était abattu sur la pièce.

— Putain, qu'est-ce que tu racontes, Mike ? tonnat-il, enfin. Tu crois que je rigole, peut-être ? Il se fout ouvertement de nous, dès qu'on a le dos tourné. Je le sais de source sûre.

Michael bondit alors sur ses pieds.

— On peut savoir qui t'a dit ça ? Son nom, vite ! Ou plutôt, non... téléphone-lui immédiatement ! Dis-lui de venir me répéter ça. Ici, tout de suite ! D'homme à homme !

Son poing se referma sur sa boîte de bière, qu'il écrasa d'un coup sec et sonore. La colère l'emportait, à présent. Il haletait comme s'il venait de s'enfiler six étages quatre à quatre.

— Arrête ça, Danny Boy ! Je te le demande en ami. Je t'en prie. Arrête. Et écoute-moi, pour une fois !

Michael ne lui avait jamais rien demandé avec une telle véhémence. D'habitude, au contraire, il finissait par s'aplatir. Face à ce cas de figure inédit, Danny ne savait que répondre. C'était à lui qu'il revenait de régler les « petits différends », et Michael n'avait plus qu'à sceller l'affaire de son approbation. Eli lui apparaissait plus dangereux que jamais, surtout maintenant qu'il s'était mis Michael dans la poche. Son meilleur ami. Son partenaire, qui aurait dû le soutenir, lui, au lieu de prendre fait et cause pour leur ennemi – ce moins que rien, ce sale petit con qui vivait sur leur dos et ne se gênait pas pour les utiliser comme marchepied pour sa carrière.

— J'arrive pas à le croire, Michael... C'est vraiment toi, là, qui prends la défense de ce minus contre moi, ton associé, ton plus vieil ami ?

Il ponctua sa réplique d'un éclat de rire mêlé d'incrédulité et de dégoût.

Michael soupira à nouveau, assommé par la chape de désespoir qui s'abattait sur lui.

— Si tu touches à Eli, tu peux faire une croix sur nous, Danny Boy. Et je pèse mes mots !

Danny jaillit de son fauteuil mais Michael fit front, sans reculer d'un pouce, attendant bravement le coup qui devait arriver. Mais Danny Boy ne leva pas la main sur lui. Michael serrait les poings, prêt à répliquer si nécessaire – c'était le bouquet ! Sidéré autant que décontenancé, Danny se passa la main dans son épaisse tignasse brune. D'habitude, il manœuvrait assez bien Michael, et ce dernier discutait avec lui, argumentait pour lui faire changer d'avis. La plupart du temps ça marchait : il l'écoutait. Il respectait son point de vue et tenait compte de ce qu'il avait à dire. Mais là, on parlait bizness. Il ne s'agissait que de se débarrasser d'un rival gênant, point final. Là-dessus, Michael n'avait pas son mot à dire.

— Réfléchis bien avant de l'ouvrir, mon pote. Parce que je n'ai pas l'intention de faire machine arrière. Eli et ses frères nous pissent ouvertement dans les bottes. Alors, tu ferais bien de peser le pour et le contre avant de me balancer d'autres menaces, d'accord ? En aucun cas je ne reviendrai sur ma décision. Eli, c'est déjà de l'histoire ancienne. Basta !

Michael contempla son vieil ami, ce visage déterminé, tordu en un masque de haine.

— Eh bien, dans ce cas, on n'a plus grand-chose à se dire, pas vrai ? dit-il en hochant tristement la tête et en se dirigeant vers la porte.

— Où tu vas, comme ça ? cria Danny.

Michael sortit sans ajouter un mot. Il s'éloigna du préfabriqué dans le soleil et, promenant son regard autour de lui, vit pour la première fois le terrain tel qu'il était. La pourriture et la rouille, partout. Les crottes de chien qui jonchaient le sol. Les carcasses de voitures qui se décomposaient, le monumental tas de pneus qui s'élevait de mois en mois. La trogne blafarde du maître-chien, qui avait dû les entendre gueuler.

Jamais, pas une fois au cours de toutes ces années où ils avaient bossé ensemble, Michael n'avait contredit Danny Boy comme ça, frontalement. Mais il en savait beaucoup plus long sur lui que Danny ne se le figurait, et ce qu'il savait ne faisait qu'attiser sa colère. En montant dans sa voiture, il l'aperçut qui le regardait à travers la fenêtre du bureau, le visage sombre, les épaules secouées de fureur. Pour la première fois de sa vie, Michael se contrefichait de ce qu'il pouvait penser, et c'était un sacré soulagement. Comme si on lui avait enlevé un poids immense des épaules... Il passa la première et rentra chez lui sans hâte, en réexaminant soigneusement les événements de ces derniers jours. Il devait passer voir Arnold et décider d'un plan d'action. Pour l'instant, l'inspecteur Marsh était en lieu sûr, mais ça ne pourrait pas durer indéfiniment – surtout maintenant que la rupture avec Danny était consommée. Ils devaient mettre au point leur défense au plus vite, car Danny Boy frapperait rapidement et sans se poser de questions – les questions, il se les poserait après, surtout s'il soupçonnait ce qu'ils avaient découvert. Le point de non-retour venait d'être franchi.

*

En suivant des yeux la voiture de Michael qui s'éloignait, Danny fut submergé par une détresse terrible. La gorge nouée, il se versa un double cognac, qu'il descendit cul sec. C'était vraiment la première fois que Michael réagissait comme ça. Bien sûr, il lui avait souvent forcé la main. Mais Michael s'était toujours incliné, sans s'offusquer... Michael, la seule personne au monde à qui il ait jamais tenu. Il l'aimait. Si Mary, sa propre femme et sa sœur, n'avait jamais ébruité ses problèmes, c'était d'abord pour préserver cette amitié entre eux. Tout se serait écroulé depuis longtemps, si elle s'était plainte. Leur collaboration, pour commencer... Cette satanée Mary, si complaisante envers ses crises de rage, qui préférait s'écraser que d'obliger son frère à intervenir. Pour ne pas l'exposer au danger public qu'était devenu son mari, cet ami qu'il aimait depuis toujours et qui la haïssait, elle, de sa veulerie ! Mike, la seule personne qui ait jamais compté. À qui il s'en remettait les yeux fermés.

Qu'il ait osé lui tenir tête, c'était aussi inconcevable qu'alarmant. Quelle parade opposer à une telle situation ? Danny Boy se faisait rarement contrer, et c'était bien la première fois que Miles se foutait ouvertement de son opinion ! Ses parents eux-mêmes avaient eu des réticences à prendre le contre-pied de ses décisions. La plupart des gens se débrouillaient pour tomber d'accord avec lui – parce qu'ils reconnaissaient qu'il avait raison, évidemment ! Il tranchait toujours dans le sens de l'intérêt commun. Et voilà que son ami d'enfance se dressait contre lui. Qu'il lui posait un ultimatum ! D'autant qu'il s'agissait apparemment d'une décision mûrement réfléchie. Michael pensait chacun des mots qu'il lui avait dits et il ne changerait pas d'avis, même pour lui...

Le mieux était d'attendre qu'il se calme et de lui accorder ce qu'il exigeait. Les enjeux étaient trop gros, ils ne pouvaient pas s'empoigner sur des broutilles. Il avait trop besoin de lui pour assurer le suivi quotidien. Il ne se voilait pas la face, Michael lui était indispensable.

Il eut un sourire matois. Il avait bien d'autres moyens pour arriver à ses fins. Eli allait dégager, quoi qu'en dise Michael. Il suffisait de laisser pisser un moment et de calmer le jeu. Il se débarrasserait d'Eli quand on n'y penserait plus. Mais d'ici là, il fallait convaincre Mike de revenir, en lui faisant croire qu'il s'était rallié à ses vues.

Eli Williams était donc tranquille pour le moment. Ça n'empêcherait pas Danny de lui régler son compte, le jour venu. Pour l'instant, le problème, c'était Michael. Son meilleur ami.

Chapitre 31

Mary et Carole tombaient des nues.

— Alors ça, c'est incroyable ! Je ne me souviens pas qu'ils aient jamais eu la moindre engueulade, jusqu'ici !

Mary secoua la tête. Elle non plus, elle n'en revenait pas.

— Tu dis que Mike a débarqué en disant que si Danny Boy appelait, il n'était pas là ?

Carole hocha la tête, tout aussi perplexe que son amie.

— « Qu'il aille se faire foutre », voilà ce qu'il a dit, mot pour mot. Qu'il aille *se faire foutre* ! Il a filé dans son bureau et en est ressorti cinq minutes plus tard. Depuis, plus de nouvelles.

— Quelle tête il avait, en partant ?

Carole haussa les épaules.

— J'ai eu du mal à le reconnaître. Il était dans une telle fureur... Il m'a fait peur, Mary ! C'est bien la première fois... Michael est l'homme le plus gentil que je connaisse. Qu'est-ce qui a bien pu se passer ?

Mary, impeccablement pomponnée comme toujours, hocha la tête.

— Danny adore Michael. Au point que je me demande parfois si, avec les petites, ce n'est pas la seule personne qui compte pour lui. Il est arrivé quelque chose, manifestement, mais je ne saurais t'en dire plus. Danny ne me parle jamais de rien.

Les deux femmes prirent le café ; Mary arrosant le sien d'une généreuse rasade de cognac. Si son frère et son mari étaient vraiment en bisbille, elle aurait besoin d'un bon remontant.

Comme elle s'allumait une cigarette, Carole aperçut un bleu sur son avant-bras et se demanda, une fois de plus, comment Michael avait pu fermer les yeux si longtemps sur les problèmes de sa sœur. Peut-être ne parvenait-il tout bonnement pas à imaginer que ce fût possible. Il devait se dire que, en dépit de sa violence et de ses crises de rage, Danny Boy n'aurait jamais levé la main sur elle, que l'idée ne lui serait même pas venue de lui faire du mal. Mais, d'un autre côté, Michael fermait aussi les yeux sur l'alcoolisme de sa sœur... alors, c'était peut-être qu'au fond de lui Michael en savait bien plus qu'il ne l'aurait voulu. Le linge sale finirait bien par être lavé, comme disait sa mère chaque fois qu'elle se trouvait face à un problème insondable. Et le jour de la grande lessive était peut-être plus proche qu'ils ne l'imaginaient...

Pour une obscure raison, Carole se faisait un sang d'encre. Elle avait de mauvais pressentiments et ne comprenait rien à ce qui se passait. Tout ce qu'elle savait, c'était qu'elle n'avait jamais vu son époux dans un tel état.

*

— Je t'en prie, Danny. Calme-toi.

Les ondes de peur qui irradiaient d'Angelica agaçaient prodigieusement Danny. C'était sa mère, merde ! La dernière personne qui eût à craindre quoi que ce fût de sa part – combien de fois faudrait-il le lui répéter ?

653

Ange songea que l'expérience lui avait maintes fois fourni la preuve du contraire, mais ce genre de considération ne devait même pas effleurer son fils. Comme d'habitude, Danny réécrivait l'histoire à sa guise, au fur et à mesure – un don qu'il avait hérité de son père, soit dit en passant, mais elle se garda bien de le lui faire remarquer.

— Jonjo est là, oui ou non ?

Elle hocha la tête puis, bousculant sans ménagement son fils aîné, poussa sa gueulante :

— Boucle-la, hein ! Et assieds-toi pendant que je vais le chercher. Il est sous la douche !

Pris de court par la réaction de sa mère, Danny sentit sa colère se dissiper aussi vite qu'elle était apparue. Mimant la terreur, il leva les mains et souffla :

— D'accord, d'accord, m'man. T'énerve pas... Ne bouge pas, je vais le chercher. Tu veux bien nous faire du thé pendant ce temps ? lui cria-t-il en grimpant l'escalier quatre à quatre.

Jonjo l'attendait sur le palier. Danny Boy lui sourit en ignorant ostensiblement les marques de coups qui lui constellaient le corps – un petit souvenir de leur dernière entrevue.

— Ça va, Jonjo ? Faut qu'on parle.

Jonjo le suivit dans sa chambre et referma la porte derrière lui. Danny promena un regard amusé sur le bazar qui en jonchait le sol.

— Putain de bordel, Jonjo ! Il te manque plus que quelques posters de Janet Jackson et ça te fera une superbe chambre d'ado !

Il se laissa choir sur le lit, dont le sommier s'incurva sous son poids.

— Ça te fout pas la honte de continuer à vivre chez ta mère comme un môme ?

Jonjo ne fit pas un geste, prêt à encaisser le sermon

de son frère. À quoi pouvait-il bien l'avancer d'argumenter ?

Il attendit que Danny Boy se détende un peu et s'assit sur un tabouret près du lit.

— Qu'est-ce que je peux faire pour toi, Danny ? demanda-t-il, toujours très calme.

Cette attitude de respect tranquille acheva d'amadouer son frère. C'était ce qu'il lui fallait. Du respect. La reconnaissance inconditionnelle de son statut de chef et de son aptitude à gérer les opérations. C'était un véritable baume pour toutes les humiliations qu'il avait subies, dès l'enfance, depuis ses habits minables, indéfiniment reprisés et rapiécés, jusqu'à ses coupes de cheveux maison. Il aimait voir les gens s'écarter prudemment de son chemin et le regarder en tremblant avec une curiosité mêlée de crainte. Il aimait sentir que leur respect lui était d'emblée acquis. Il en avait besoin, et avant tout de la part de sa propre famille. Oui... plus encore que des personnes extérieures.

— Qu'est-ce que tu peux faire pour moi ? Elle est bien bonne ! T'oublies que, sans moi, tu n'aurais même pas cette petite piaule merdique pour pieuter !

Danny Boy se passa lentement la main sur la figure, avant d'ajouter, un ton au-dessous :

— Mais en fait, si, Jonjo, tu peux m'aider... Tu vois, on n'est jamais à l'abri d'un miracle... Est-ce que t'as vu Marsh, ces jours-ci ?

Jonjo laissa retomber sa tête sur sa poitrine en se mordant la lèvre pour ne pas éclater de rire. Il en aurait trépigné de jubilation.

— Non, fit-il avec un soupir. Je ne l'ai pas vu – il avait retrouvé tout son sérieux. Michael t'a rien dit ?

Il dégusta en fin connaisseur la réaction médusée de son frère, d'autant que, sauf erreur, il avait vu s'allumer dans son regard une étincelle de peur.

— Quoi ? Qu'est-ce que Michael aurait dû me dire ?

Jonjo se leva, déplia sa grande carcasse. Son expression, sans être spécialement arrogante ou insolente, était à présent dénuée de toute servilité.

— Hier soir, j'ai entendu dire qu'il était à North Pole Road, avec Michael et Arnold. J'aurais juré que t'étais au courant.

Tandis que Danny digérait la nouvelle, Jonjo regarda avec un plaisir qu'il considérait comme amplement mérité différentes expressions de surprise et de perplexité se succéder sur les traits de son frère. Pour une fois, Danny Boy ne savait pas tout, et c'était foutrement jouissif de savoir quelque chose que ce gros salopard ignorait.

— Qui te l'a dit ?

— Micky Jones, répondit Jonjo en haussant les épaules. Il buvait un coup au bar et il a reconnu Marsh. Il avait déjà eu affaire à lui.

— Et Marsh était avec Michael et Arnold, t'en es sûr ?

Jonjo marqua une pause, histoire de se délecter une minute de plus de l'angoisse de son frère. Il avait l'air si paumé, si sonné par ses paroles ! Mais Danny n'était pas d'humeur à jouer aux devinettes. En un bond, il fut sur lui, le saisit à la gorge et le souleva littéralement du sol.

— Réponds, connard ! C'était bien avec Michael qu'il était ? Avec *mon* Michael ?

Jonjo hocha la tête si vigoureusement qu'il se froissa un muscle de la nuque. Danny Boy le jeta à terre, comme s'il ne pesait pas plus lourd qu'un enfant – un enfant exaspérant, qui plus est. Puis il l'enjamba et sortit de la pièce en claquant la porte.

Jonjo se releva en se massant le cou, mais c'était peu de chose, en comparaison de ce que son frère lui avait infligé par le passé. Il en riait encore dans sa barbe, quand la porte se rouvrit à la volée. Danny Boy lui tomba dessus à coups de poing et de pied.

— Rigole, putain ! Vas-y, marre-toi, espèce de petit con ! Tu trouves ça drôle, hein ? Je te fais marrer ? Je vais te buter, espèce de sale traître ! Je vais t'écraser !

Danny était déchaîné. La dernière chose que vit Jonjo, ce fut sa mère qui essayait de retenir son frère en poussant des cris stridents entrecoupés de sanglots, et interceptait une partie des coups.

— Laisse-le, Danny ! Arrête, tu vas le massacrer !

Elle s'était carrément affalée sur son fils cadet pour lui faire un rempart de son corps. La voyant prête à prendre les coups à sa place, Danny s'efforça de contrôler sa colossale colère et de retrouver un minimum de calme.

— Lève-toi. Vas-y, m'man ! Lève-toi !

Elle secoua la tête.

— Non. Pas tant que tu seras là. Je veux d'abord que tu sortes de cette maison. Dehors ! Dehors !

Danny lui éclata de rire au nez.

— Mais je suis chez moi, ici, m'man ! Elle est à moi, cette maison !

Ange leva les yeux vers ce fils qu'elle avait tant aimé et tant haï, à parts égales et pendant tant d'années.

— En ce cas, tu peux te la mettre, ta putain de maison, et bien profond ! J'en veux plus, de cette bicoque, si ça m'oblige à supporter tes putains de lubies pendant le restant de mes jours. Je serais mieux sous les ponts !

Danny lut de la haine dans ses yeux, tandis qu'elle se remettait sur pied, tant bien que mal, en s'agrippant au bord du lit. Son visage se tordait de désespoir. Elle avait pris vingt ans en un instant.

— J'en peux plus, Danny, lui dit-elle dans un accès de sincérité. Tu es un grand malade. Un cinglé. J'ai toujours essayé de faire de mon mieux pour vous, mes gosses. J'ai menti et entubé tout le monde, flics, profs, curés, et je n'en ai jamais fait un plat. Mais ça, mon fils, c'est la goutte d'eau. Je te connais mieux que tu ne te connais toi-même. Je sais que tu n'es qu'une sale brute. Un fou sadique. Je sais comment tu traites la pauvre femme qui t'a épousé. Tu terrorises tous ceux qui t'entourent, moi la première, parce que, pour toi, personne ne compte. Personne. Il n'y a que toi, Danny. Il n'y a que toi. Eh bien, c'est fini, tout ça. Fini ! Aujourd'hui même.

Ange fondit en sanglots, le cœur brisé. Cet homme qu'elle avait tant aimé ne changerait jamais, sinon en pire. Elle ne pouvait pas continuer à vivre dans la terreur de découvrir ce qu'il avait pu inventer. Elle se laissa tomber sur un tabouret, les épaules secouées de sanglots, les joues barbouillées de larmes, se plongea le visage dans les mains et se mit à gémir. Ses pleurs étaient si déchirants que, pour la première fois depuis des années, Danny en fut comme dégrisé et prit mentalement un peu de recul.

Il n'avait jamais vu sa mère dans un tel état. Jamais elle ne l'avait mis à la porte en lui criant qu'elle ne voulait plus le voir. Il se sentait meurtri, comme ravagé par un coup de fusil. Il tendit vers elle une main tremblante, qu'il tenta de poser sur son épaule, mais elle repoussa son geste du poing.

— Va-t'en ! Ne me touche plus ! Je sais tout. Même ce pauvre Michael en a ras le bol de toi. Carole m'a tout dit, pour votre engueulade. Eh bien, sache que je suis soulagée d'apprendre qu'il a enfin vu clair dans ton jeu. T'es pire qu'une maladie, Danny Boy. T'es une vraie peste. C'est fini. Je ne veux plus vivre comme ça. Jamais plus !

Elle s'essuya les yeux et s'agenouilla près de son fils cadet en cherchant son pouls.

— Ça t'a quand même pas empêchée d'empocher mon fric, pas vrai ? De profiter de moi quand ça t'arrangeait !

Ange lui fit signe de s'en aller d'un hochement de tête las.

— Tu sais ce que ton père m'a dit un jour de toi, Danny ? Cet infirme par ta faute ? Que tu l'avais peut-être brisé dans son corps, mais que, toi, c'était dans ton esprit que ça ne tournait pas rond. Eh bien, il avait raison ! T'es pas normal. Tu peux passer ton temps à confesse, t'as une sérieuse case de vide. T'es pourri et tu pourris tout ce que tu touches. Alors maintenant, hors de ma vue ! Dégage de cette maison, que je ne te revoie plus !

Danny quitta la pièce, la tête bourdonnant des terribles imprécations de sa mère. S'il était resté une seconde de plus, il lui aurait fait mal, vraiment mal. Le souvenir des coups qu'il lui avait balancés n'avait pas fini de le hanter – mais quoi, elle l'avait poussé à bout. Comme tous les autres. Quel fardeau, cette putain de famille ! Une bande de menteurs, de traîtres et d'incapables ! À commencer par son père... Comme il franchissait le seuil, il vit que tous les voisins le lorgnaient de leur fenêtre. Redressant les épaules, il regagna sa voiture la tête haute. La honte le rongeait comme un cancer, qui venait s'ajouter à son état d'instabilité et de détresse émotionnelle. Ça allumait en lui un brasier qui ne pourrait s'éteindre que dans le sang. Quelqu'un allait morfler... et il savait déjà qui.

*

Arnold et Michael étaient à Dalston, où ils avaient un entrepôt. Ils étaient nerveux, mais prêts à assumer pleinement ce qu'ils allaient faire. De deux maux, il fallait choisir le moindre, point final.

Jeremy Marsh les fixait d'un regard vitreux, sous le chatterton dont ils lui avaient entortillé la tête, la veille au soir. Il ne remuait plus et puait pire qu'un putois. L'inspecteur était clamsé, ils le savaient l'un et l'autre, mais préféraient repousser encore un peu le moment de se l'avouer. Ça faisait un sacré paquet à encaisser. Marsh avait dû se noyer dans son propre vomi, ou succomber à une hémorragie interne, après le tabassage en règle qu'ils lui avaient administré. Quoi qu'il en soit, c'était toujours ça de fait. Ne restait plus qu'à se débarrasser du corps.

En regardant le mort, dont le visage disparaissait presque entièrement sous le gros adhésif noir, ils prirent la mesure du problème. Cette fois, il leur était définitivement impossible de faire machine arrière. L'entrepôt était plein de marchandises de contrefaçon, sacs Prada, chaussures Gucci, robes Dior, jeans Wrangler... Ce genre de créneau se chiffrait en milliards, surtout entre des mains expertes. Ça rapportait très gros. Leurs produits étaient distribués par tout un réseau de marchés et de boutiques. Le gâteau avait pris de telles proportions que le pourcentage infime qu'ils en prélevaient représentait déjà des fortunes. Ils auraient été incapables de dire si les flics étaient au courant de cette branche de leur organisation, s'ils connaissaient le montant de leurs bénéfices. Et puis, quel pourcentage Danny Boy avait-il dû leur reverser pour s'assurer de leur discrétion ? Sans parler de toutes les autres informations qu'il leur avait forcément fourguées. C'était à gerber, mais c'était pourtant vrai.

S'arrachant à la contemplation du cadavre de Marsh, Arnold rompit le silence :

— Comment il a réussi à s'en tirer pendant tout ce temps, cet enfoiré ? J'essaie pas de faire de l'humour, Michael... C'est une vraie question. J'aimerais comprendre... Tu n'as jamais flairé le lézard ? Tu n'as jamais subodoré qu'il pouvait y avoir une putain de combine, là-dessous ?

Michael poussa un soupir et, s'écartant du corps, alla s'asseoir un peu plus loin, sur une caisse.

— Pour tout te dire, si. Ça m'a fait tiquer, et plus d'une fois. Toutes ces coïncidences, ça ne collait pas. Mais tu connais Danny... Qui aurait pu le soupçonner d'une chose pareille ? Maintenant, tu sais ce que je crois ? Qu'il n'aurait pas tenu trois jours au placard, s'il s'était fait agrafer. Il n'aurait jamais supporté la routine de la prison. L'ennui. La monotonie. Il aurait fait n'importe quoi pour y échapper. Le règlement, les gens, l'humiliation, la promiscuité... ça l'aurait tué.

Arnold hocha la tête.

— T'as compris pourquoi il a choisi de rouler tout le monde, on dirait. Mais dis-toi bien que c'est toi qui risques le plus gros si les choses tournent au vinaigre. Tu étais son partenaire, Mike, tu en sais aussi long que lui, voire davantage, sur l'état de vos affaires.

— Tu penses que j'en suis conscient ! Mais en même temps, tu vois, c'est bizarre... je le comprends. Parce que je le connais mieux que personne, j'imagine.

Arnold partit d'un grand éclat de rire.

— Arrête, Michael ! On n'en serait pas là si tu l'avais si bien connu ! Regarde le bordel qu'il a mis, avec ses putains d'angoisses ! Par contre, ça ne l'a jamais empêché de dormir, d'envoyer les autres en taule !

Michael plongea la tête dans ses mains avec un grognement excédé.

— Ho ! Tu m'as entendu dire que j'étais d'accord ? Tout ce que je dis, c'est que je le comprends, parce que je connais sa façon de penser. Je sais ce qu'il a dû ressentir.

C'était au tour d'Arnold de perdre patience. L'idée lui vint même que Michael pouvait encore changer d'avis et prendre le parti de Danny Boy. Il se planta devant lui et le lorgna d'un air mauvais.

— Ouais, moi aussi, j'ai compris sa façon de penser : pour lui, on n'est qu'une bande de cons. La seule chose qu'il ressent pour nous, c'est du mépris. Il a cru pouvoir nous rouler tous comme des bleus.

Michael secoua la tête, attristé par la réaction d'Arnold. Il avait tenté de l'éclairer un peu sur l'homme à qui ils avaient affaire. À ses yeux, c'était un élément du problème.

Mais Arnold n'eut qu'un haussement d'épaules désinvolte. Que Danny ait eu peur d'aller en taule, il s'en battait l'œil ! Ils avaient tous peur d'y aller ! C'était l'un des risques du métier. Dans leur branche et à leur niveau, les sentences étaient généralement lourdes – plus rien à voir avec les fameuses peines « électrochocs ». Les juges faisaient en sorte de les retirer durablement de la circulation. Les autorités préféraient fermer les yeux sur le menu fretin – la foule des pickpockets, petits malfrats, braqueurs de retraités et voleurs de bagnoles... À peine coffrés, ils étaient déjà dehors ! Non, ceux que les juges voulaient mettre hors d'état de nuire, c'étaient les quelques gros poissons qui brassaient le vrai fric. Ça frisait le ridicule :

les violeurs et les satyres, les braqueurs, cambrioleurs, voleurs à la tire et autres parasites de la société, ceux qui empoisonnaient vraiment la vie du populo, ne faisaient que passer derrière les barreaux. Mais les vrais caïds, eux, quand ils étaient à l'ombre, ils y restaient – alors que, de par la nature même de leurs activités, ils n'avaient jamais le moindre contact direct avec les gens, sinon pour subvenir à leurs besoins en leur fournissant des produits ou des services qu'ils voulaient acquérir. En fait, si on y réfléchissait cinq minutes, aucun État au monde n'aurait pu survivre sans marché noir. Tout un chacun reconnaissait implicitement cette grande vérité. Sans eux, comment la classe ouvrière aurait-elle pu trouver sa part d'intérêt en ce monde ? Comment les Dior et les Hilfiger auraient-ils pu étendre leur prestige et devenir des symboles adulés des masses, si leurs produits n'avaient pas été clonés ? Car l'immense majorité de la clientèle des contrefaçons finissait par développer l'envie dévorante de s'offrir le *vrai truc* : un objet de marque authentique… L'un dans l'autre, leurs activités s'avéraient bénéfiques, pour toutes les parties concernées. Les mettre à l'ombre était un vrai crime envers la nation !

Le sens de la vie, c'était d'apprendre à survivre du mieux qu'on pouvait, tout en restant du bon côté de la vitre au parloir. Faire ce qu'on avait à faire, en surveillant ses arrières pour ne pas plonger. Danny Boy avait faussé tout le système, en bidouillant les règles en cours de partie sans prévenir personne. Malgré tout le respect et l'affection qu'Arnold avait pour Michael, il ferait mieux de renoncer à justifier les actes de son ami, parce qu'ils étaient injustifiables. *Quid* de tous ceux qu'il avait balancés ? Combien de leurs contemporains Danny Boy avait-il envoyés en taule sur un simple coup de tête, ou parce qu'ils avaient cessé de lui être utiles ?

— N'essaie pas de me démontrer qu'il y a une logique derrière tout ça, ni que c'est pour ainsi dire normal, parce que ça ne l'est pas. C'est tout simplement à gerber. Plus dégueulasse, tu meurs.

— Je ne lui cherche pas d'excuses, Arnold. Ce que je t'explique, c'est que je sais, moi, comment il en est arrivé là. J'étais là, quand il s'est fait démolir par son père, qu'il a dû tenir tête aux frères Murray et se démerder pour nourrir sa famille. Ce que je dis, c'est que, même si c'est un salaud avec un grand S, doublé d'un putain de connard, il n'a pas choisi d'être comme ça. Il n'a pas eu le choix, mon pote. Son père…

— Celui qu'il a estropié, tu veux dire ? interrompit Arnold, avec un rictus. Celui qui a fini par se faire sauter le caisson à cause de lui ?

— Je sais que ça a l'air sordide, et ça l'est. Mais Cadogan n'est jamais que le produit de son environnement. Comme nous tous, en un sens.

— Je veux, ouais ! fit Arnold avec un reniflement de mépris. Un putain de produit de son environnement ! Et s'il l'est pas encore, il va pas tarder à le devenir : un produit de la mer si on balance son corps à la flotte, ou de la terre – c'est au choix. Toute façon, pour moi, il est déjà mort. Je ne comprends même pas comment tu peux encore le défendre, après ce qu'il a fait.

— Je comprends, Arnold. Je comprends, je ne suis pas idiot. Je voudrais juste te faire entraver ce qui l'a fait tel qu'il est. Danny ne vit pas selon les lois normales. Je vais te filer un exemple. Y a des années de ça, il n'avait même pas dix-huit ans, il a tué une petite pute en la battant à mort. Il ne sait pas que je suis au courant. Pendant des années, j'ai même refusé d'y croire. Je me disais que c'était une coïncidence. Mais en fait, j'ai toujours su que c'était lui. S'il l'a battue à mort, c'est qu'il se l'était faite et qu'il n'aurait pas pu vivre avec le pouvoir que ça donnait à cette fille. S'il l'a tuée, c'est à cause de ses faiblesses à lui, pas de celles de la fille, tu piges ?

Arnold partit d'un grand éclat de rire, comme s'il venait d'entendre la meilleure de l'année.

— Et ça justifie tout, à ton avis ? Tu veux peut-être qu'on lui organise une petite fête pour célébrer ses exploits ? Un genre d'anniversaire de mariage, en plus macabre ? On pourrait réunir quelques fleurs de trottoirs et lâcher le fauve sur elles ! Deux ou trois tapineuses de plus ou de moins, qu'est-ce qu'on en a à cirer, hein ? Déclarons ouverte la chasse à la pute ! Dis donc, c'est dommage qu'ils aient coffré l'éventreur du Yorkshire... Cadogan aurait pu lui filer des tuyaux ! Franchement, Mike, j'ai jamais rien entendu d'aussi dégueulasse ! rugit-il en l'écrasant d'un regard de pure rage. Une pauvre petite arpenteuse se fait tabasser à mort parce que Danny Boy a eu les boules de l'avoir sautée ?! Putain, tu t'entends les dire, tes conneries ? L'idée t'a jamais effleuré que Danny Boy était à côté de la plaque ? Que ça n'était qu'un dangereux cinglé, en plus d'une sale balance ? Il se trouve que ma propre mère a dû turbiner, à une époque, et je ne l'en aime que plus. Elle a fait ça pour nous, pour pouvoir nous nourrir et nous élever. Alors, tu sais quoi ? C'est vraiment une chance que son chemin ait jamais croisé celui d'un Danny Cadogan ou d'un dégénéré dans son genre, qui l'aurait rendue responsable de toute la merde qu'il se trimbalait entre ses deux putains d'oreilles ! Une chance qu'aucun taré n'ait ressenti le besoin de la tabasser à mort pour pouvoir supporter de se regarder dans la glace !

Arnold éclata d'un rire incrédule et secoua la tête, fouettant l'air de ses dreadlocks qui parurent s'animer et se dresser de colère, face à l'aveuglement de Michael.

— Merci, Mike. Merci infiniment pour cette brillante analyse ! Le plus incroyable, c'est que personne n'ait encore pensé tourner un documentaire sur lui. On pourrait appeler ça *Dans la peau d'un sale enfoiré* – qu'est-ce que t'en penses ? Écoute, Mike, confondons pas Danny et Mère Teresa, d'accord ! T'as plutôt intérêt à bien réfléchir à ce que tu veux faire. Parce que je commence à me demander si je tiens tant que ça à t'avoir dans mon camp.

Michael comprenait la colère d'Arnold. C'était son droit, et Arnold reconnaissait dans une certaine mesure sa loyauté envers Danny Boy. Il sentait l'effort que ça lui demandait, ne fût-ce que pour se résoudre à y croire. Une telle trahison, de la part d'un ami si proche. Toutes ces années de questions refoulées, où il avait plus ou moins délibérément fermé les yeux... Danny Boy était aussi invivable qu'attachant, et Michael l'aimait. Leur amitié avait été la meilleure des choses qui lui soit jamais arrivée. Elle lui avait permis de mûrir, de grandir, de s'affirmer. Et cette décision était la plus douloureuse qu'il avait eu et aurait jamais à prendre. Ça revenait à nier les bases mêmes de sa vie.

— Je le défends pas, Arnold. Je veux juste te faire piger sa manière de voir, c'est tout. Parce que je le connais. Mieux que sa propre femme, laquelle se trouve être ma sœur ! Je le connais mieux que sa mère, mieux que personne au monde. Y a personne sur terre qui le connaisse mieux que moi !

— Ah ouais ? ricana Arnold, avec tout le mépris qu'il put rassembler. Ben, fais-moi plaisir, Michael :

m'emmerde pas avec ça. T'es vraiment à côté de la plaque, mon pote !

Landers était presque hors de lui, de haine et de rage. Il regrettait d'avoir tant tardé. Il aurait dû attaquer depuis longtemps, frapper le premier, battre le fer pendant qu'il était chaud et qu'il lui brûlait la main. Putain, pourquoi s'être si longtemps écrasé ? Ça le turlupinait, tout ce temps perdu. Il avait agi en lâche, comme s'il n'arrivait pas à la cheville de Danny, comme s'il n'avait pas eu le courage de le remettre en question et de lui demander des comptes, alors que ses agissements les mettaient tous en danger.

— Tu crois que t'es qui, là, Michael ? fit-il, pâle de rage en lui pointant l'index sous le nez. Danny Boy est un danger public ! Une menace pour tous ceux qui ont été en contact avec lui, sans exception. C'est une balance, bordel de merde – tu piges ça ? Un gros connard à vingt-quatre carats. Alors, même s'il s'est fait ramoner jusqu'aux dents pendant toute sa jeunesse par le gouverneur en personne, j'en ai rien à battre. Ce qu'il a fait, rien ne peut le justifier – rien ! C'est un acte destructeur, mûrement prémédité. Répété des années, en se disant que personne n'en saurait jamais rien – mais là, pas de pot, on l'a su ! Alors maintenant, c'est un homme mort. Ça, même si tu flanches, j'y veillerai personnellement.

Michael se retint de lui mettre son poing dans la gueule.

— Je le sais comme toi, ce qu'il a fait, cracha-t-il, les mâchoires serrées. Je le sais même mieux que quiconque. Joue pas au plus fin avec moi, Arnold ! Je dis juste qu'il n'a pas toujours joué sur du velours, comme certains le croient. T'imagines même pas par où il est passé, mec ! J'essaie juste d'y voir un peu plus clair, dans tout ce merdier. C'est tout. J'essaie de m'expliquer les choses. Oublie jamais que Danny est mon meilleur pote. Il a été plus qu'un frère, pour moi, depuis qu'on est gamins. C'est peut-être simple pour toi, mais pour moi je te prie de croire que ça ne l'est pas !

De tout ça, Arnold ne voulait rien savoir. Rien à cirer des raisons qui avaient poussé Danny à entuber tout le monde. Rien ne pouvait justifier une telle trahison et Michael aurait dû être le premier à le condamner.

— Alors, qu'est-ce que tu comptes faire ? lança-t-il. Tout cafter ? Prévenir Danny Boy après tout ce qui s'est passé ? Après avoir éventé ce putain de sac de nœuds qu'on va devoir se coltiner ? Me dis pas que t'essaies encore de le protéger !

Michael était à bout de patience et, pour la première fois, Arnold se sentit en danger. Cet homme, il connaissait ses références, mais il n'avait jamais eu l'occasion de le voir au pied du mur. Sous l'effet de la fureur, Michael paraissait soudain plus grand et plus râblé, comme s'il déployait d'un coup sa véritable envergure. Un homme menaçant et dangereux. Il avait tombé ce vernis d'amabilité qui poussait les gens à s'adresser à lui plutôt qu'à Danny, quand ils avaient un message à faire passer ou une demande en grâce à transmettre. De fait, il avait réussi à survivre aux côtés de Cadogan et devait être plus coriace qu'il n'y paraissait...

Miles fit un pas vers lui, le visage tordu en un rictus presque démoniaque, la main levée comme pour balayer rageusement ses soupçons.

— T'avise pas de me balancer ce genre d'accusation, petit. Si tu te crois assez futé pour me foutre dedans, t'es mal barré. Je savais tout ça depuis longtemps, sans pouvoir m'en convaincre – d'ailleurs, attends-toi à avoir du mal à convaincre les gens... ! C'est justement pour ça qu'il va falloir la jouer fine. Et si t'insinues encore quoi que ce soit, je t'explose la tronche, connard. Je te casse en deux, comme une saleté de carte de Noël à deux balles !

Arnold battit en retraite. En cas de besoin, Michael pouvait montrer les dents, lui aussi. Danny devait l'avoir compris avant tout le monde. Michael était le cerveau de l'équipe, mais il pouvait faire preuve de la vaillance et de l'abattage qu'exigeaient les circonstances. Devant cette indéfectible loyauté qui le liait à son ami de toujours, devant cette démonstration d'honnêteté fondamentale, Arnold comprit que Michael Miles pesait bien plus lourd qu'il ne l'avait laissé supposer.

Ces quelques derniers jours avaient été riches d'enseignement et de découvertes, et la dernière n'était pas la moindre. Ne jamais juger des gens sur leur mine. Car Arnold venait enfin de piger que c'était Cadogan qui s'était allié à Miles, et non l'inverse. Cadogan avait toujours su qui était le vrai chef de leur tandem. Sur le plan professionnel, surtout. Michael détenait la force de persuasion, le vrai pouvoir, celui qui imposait le respect et l'estime, et ne faisait qu'amplifier le côté volcanique et vicelard de son propre caractère. Sans Michael et son sens inné des rapports humains, Danny Boy n'aurait pas tenu un mois. Il n'aurait même pas existé. C'était la force modératrice de Michael qui avait assuré le succès de leur entreprise. Sans ça, Danny Boy aurait constamment vécu en équilibre instable. Ça crevait les yeux. La force de frappe de Danny Boy n'aurait jamais pu s'imposer dans le milieu sans le tact et le flair de Michael. Sans sa finesse, son équanimité, son sens inné des convenances.

Arnold avait instantanément senti la puissance de cette révélation. La vraie nature des relations entre les deux hommes lui apparaissait enfin, limpide. Il avait peine à croire que ça ait pu lui échapper si longtemps…

À bien des égards, Michael était l'élément le plus solide du tandem. Danny Boy l'avait compris dès le départ. Conscient de ses propres failles, il avait fait sienne la force de caractère de son ami. Il s'était inspiré de sa conduite en espérant que ça finirait par déteindre sur lui, et ça avait marché. Les gens se fiaient d'abord à l'intelligence de Michael, et seulement ensuite à sa frappe, pour le cas où les choses viendraient à tourner au vinaigre. Michael était le premier à le savoir et à en jouer.

Arnold ne pouvait donc plus que croiser les doigts en espérant qu'au moment ultime Michael suivrait son sens inné de la justice et de l'intérêt commun. Ils jouaient tous très gros, à commencer par leur liberté. Ils risquaient aussi leur statut dans le milieu, leur principale source de revenus. Personne n'aurait jamais osé mettre en doute leur légitimité. Le tandem Miles/Cadogan était indéboulonnable, au-dessus de tout soupçon. Arnold était bien placé pour le savoir, il avait longtemps bénéficié de leur réputation.

— Je comprends, Mike. Je comprends… Désolé d'avoir pété les plombs. Mais ce genre de discours justifie les conneries de Danny Boy. Je peux pas laisser dire ça, pas après ce qui s'est passé.

Arnold était dans le vrai, songea Michael, mais ça ne lui simplifiait guère la tâche – sans même parler d'apaiser son sentiment de culpabilité. Comme leur regard revenait vers le corps de Jeremy Marsh, l'énormité de ce qu'ils avaient sur les bras les laissa sans voix. La mort d'un flic, même véreux, ne pouvait être qu'une source d'emmerdes. Les flics appliquaient un curieux esprit de corps. Leur loyauté n'allait pas aux personnes en tant que telles, mais à la rousse dans son ensemble. Ils savaient qu'un ripou démasqué ou une bavure éventée, c'était déjà trop pour le public. Dès que ça sentait le scandale, ils resserraient les rangs et écrasaient le coup plus vite qu'un trente-cinq tonnes emplafonnant une Panda. Il y allait de leur honneur. Ils étaient prêts à tout pour ne pas exposer leur linge sale aux yeux des braves citoyens qu'ils étaient censés défendre. Ils s'arrangeaient toujours pour étouffer les affaires de corruption et maintenir un semblant d'ordre dans leurs rangs.

— Je sais, Arnold. Je sais tout ça, mieux que toi. Mais recommence pas à m'asticoter, parce que, la prochaine fois, ça ne passera pas aussi bien. Je n'hésiterai pas à te descendre, pour fermer ta grande gueule.

Arnold se contenta de hocher la tête. Mieux valait la boucler. Cela faisait des lustres que Michael avait une longueur d'avance sur lui. Avant même que toutes ces merdes aient été éventées, Miles savait déjà, très précisément, quelle place il occupait dans le milieu. Contrairement à Arnold, il avait parfaitement conscience du rôle qu'il y tenait et de sa propre capacité à utiliser la violence, tantôt comme arme, tantôt comme moyen de rétribution.

La leçon valait bien un fromage…

Chapitre 32

Danny Boy affichait un large sourire, celui-là même qui valait de l'or dans l'empire qu'il s'était bâti – sa bénédiction, c'était mieux que du fric à la banque, pour ceux qu'il décidait de combler de ses faveurs. Il était enchanté de voir comment Louie avait réagi à ses récents problèmes. Il se fiait à son jugement. Le vieil homme ne lui avait jamais donné que de bons conseils depuis qu'ils se connaissaient...

Conscient d'être un prédateur-né, Danny savait que sa férocité échappait à toute tentative de raisonnement. S'il se laissait aller à la violence, c'était qu'il aimait ça. Il aimait le pouvoir que ça lui donnait sur les faibles et se persuadait que c'était la faute de ses victimes. Il y croyait dur comme fer. Et il croyait à son destin : il était venu au monde pour vivre sur le dos de ses proies. C'était un principe biblique – la Bible grouillait d'injustice et de violence. Elle était même fondée là-dessus : la survie du plus apte. De Caïn et Abel à Hérode, en passant par ce connard de Ponce Pilate... Si le Christ avait été mis en croix, c'était parce que les Pharisiens avaient payé pour le faire condamner. Ça lui rappelait le système judiciaire de son beau pays : tant que vous déteniez le fric, vous n'aviez rien à craindre. Ici, la loi de la jungle, c'était la survie du plus friqué. Sauf que lui, contrairement à Jésus-Christ, il n'avait jamais pu compter sur son père.

De son vivant, Big Dan avait eu à peu près autant d'influence qu'un revendeur de billets à la sauvette à Bow Street Court un lundi matin...

Dans la vie, il fallait forger sa chance – en s'occupant de ses fesses en priorité. À la différence du Christ, son héros personnel, il n'avait jamais été du genre à tendre l'autre joue, ou à encaisser les baffes pour les autres. Sur ce point, à son humble avis, Jésus-Christ se mettait le doigt dans l'œil. Pour le reste, Il avait toute son admiration, mais ça, c'était un putain d'os. Danny comprenait la logique du truc, bien sûr – il n'était pas crétin –, mais il refusait tout bonnement de croire qu'on puisse être à ce point sourd et aveugle à son propre intérêt.

Pis, ça ne tenait pas debout. Pour lui, le Christ et son Église formaient une sorte de gang. Une bande de disciples, réunis autour d'un but commun : la conquête du monde occidental. Et là, oui, il se sentait pleinement concerné. Ce qu'il ne voyait pas bien, c'était comment le fils de quelqu'un d'aussi haut placé, une espèce de surdoué qui savait faire des tas de choses – guérir les malades, marcher sur l'eau et ressusciter les morts –, avait pu renoncer aussi facilement à tout ça, sans le moindre état d'âme. Le fait même qu'on en fasse toujours tout un plat, deux mille ans après les faits, ça l'interpellait. Le Christ n'avait jamais prêché la révolte. Il n'avait jamais dit qu'« aimez-vous les uns les autres ». Et ça, ça éveillait la suspicion : comment pouvait-on détenir de tels pouvoirs sans s'en servir à ses propres fins ?

Pourtant, il avait toujours eu foi en Lui, en Sa bonté et en Sa justice. Ce qui Lui avait manqué, à ce pauvre Jésus, c'était l'instinct du tueur – mais bien sûr, Danny Boy comprenait que c'était tout à son honneur. C'était même pour ça que l'Église catholique devait faire preuve d'une telle hypocrisie, vis-à-vis de pas mal des enseignements du Christ : les curés étaient bien placés pour savoir que la bonté ne suffisait pas à faire recette, par les temps qui couraient. La télé avait rendu les gens avides et impatients. Ils en voulaient toujours plus. Les représailles étaient à la mode, et ça payait.

Le prestige dont était auréolé Danny, à cause de la générosité et des égards qu'il témoignait à Louie (et ce, même s'il l'avait forcé à lui vendre sa chère casse), avait attiré sur lui l'attention de pas mal de gens. Tout comme son héros Jésus-Christ... La ressemblance était frappante. Lui aussi, il avait toujours le sentiment d'être dans le vrai. Il restait donc en contact avec son vieil ami, cultivait leurs relations, s'occupait de lui, s'assurait qu'il était traité avec déférence par ses pairs – et tout ça, non pas dans son propre intérêt, mais dans celui de Louie. Car le respect de ses pairs était un point essentiel pour le vieil homme. Tout ça, Danny le comprenait parfaitement. Il n'était pas un putain de Philistin ! Jamais il n'aurait fait quoi que ce soit pour l'humilier, cette pauvre vieille branche. Il ne réclamait qu'une seule chose : son dû. Ni plus ni moins. À son sens, le cynisme et la duplicité avec lesquels il avait manipulé Louie Stein étaient pour beaucoup dans la bienveillance que lui témoignaient à présent ses principaux rivaux. Ils avaient beau savoir qu'au fond il avait entubé Louie dans les grandes largeurs, ils l'admiraient et le respectaient d'avoir tout de même réussi à sauver la face, en feignant de lui rendre justice. Il était nettement plus commode et plus sûr de faire mine de croire que les choses étaient rentrées dans l'ordre. En public, bien sûr...

Danny savait mieux que personne qu'il avait enlevé son gagne-pain à Louie, et avec le sourire, encore ! De toute façon, Louie n'aurait pas eu les couilles de s'y opposer – il n'avait même pas essayé ! Il l'avait laissé prendre tout ce qu'il estimait lui être dû, et ils avaient fait, l'un et l'autre, comme si tout cela était parfaitement naturel, dans le cadre d'une relation amicale – sauf qu'il n'en était rien, bien sûr. Danny Boy avait dépouillé son vieil ami d'un outil de travail qui était l'œuvre d'une vie et faisait toute sa fierté. Mais sous ce grand rouleau compresseur qu'était la peur, Louie avait préféré s'écraser que d'encourir sa colère. Il avait ravalé ses protestations pour pouvoir conserver sa place auprès de lui, comme tous les autres, dans leur cercle de soi-disant amis.

Mais Louie savait se tenir. Lui aussi, il donnait le change et ne perdait pas une occasion d'encenser Danny auprès de qui voulait l'entendre. Danny Boy tenait beaucoup à ce qu'il insiste sur ses bienfaits et passe sous silence les points négatifs. Jamais il ne se serait laissé aller à insinuer que son protégé lui avait pratiquement ôté le pain de la bouche, par exemple, même si c'était le cas. Il veillait aussi à lui rapporter les rumeurs qui lui parvenaient. Louie avait toujours une oreille qui traînait, et sa longue expérience du milieu n'avait fait que lui aiguiser l'ouïe… Les gens n'hésitaient pas à lui parler et il avait le rare talent de savoir écouter, tout en triant le bon grain de l'ivraie et en faisant la part de l'amplification épique dans les histoires qu'il collectait. Son discernement le rendait indispensable.

Ces dernières semaines, le bruit avait couru que Danny Boy le payait pour s'informer à sa place. Bien sûr, personne n'aurait osé venir le lui dire en face, mais on le soupçonnait, et pas mal de gens avaient une dent contre lui. En fait, Louie n'était ni plus ni moins qu'une balance. Il livrait des informations aux flics sans le moindre état d'âme – au contraire, même, il se sentait parfaitement dans son droit. Il balançait les petits fumiers qui s'attaquaient aux vieux et aux pauvres, braqueurs, gratteurs, maraudeurs et autres tire-laine. C'était du moins ce qu'il se disait pour se justifier… Mais les derniers ragots qu'il colportait, des bruits dangereux, le mettaient mal à l'aise. Des informations qui lui coûtaient un poids de trahison non négligeable ; des informations qu'il lui arrivait même de monnayer. Pour faire taire les tiraillements de sa conscience, il se persuadait que ce n'était pas si grave de répéter à Danny Boy des rumeurs qui traînaient à tous les coins de rue et qui auraient fini par lui parvenir.

Car c'était un fait : tous les mecs au parfum avaient besoin d'informateurs. Des gens de confiance pour les tenir au courant de l'actualité, sans qu'ils aient à enquêter par eux-mêmes. Ça leur permettait de garder le doigt sur le pouls de la rue, alors même qu'ils s'élevaient dans l'échelle sociale. Comment s'assurer sinon qu'ils ne se trompaient pas de cible et ne commettaient pas d'impair dans la répartition des rétributions ? C'était la meilleure façon de balayer devant sa porte, tout en gardant une longueur d'avance sur la concurrence. Et, pour pas mal de gens, Louie était le candidat idéal, vu son passé chargé. Ça le maintenait à flot, en activité et en sécurité. On se demandait cependant si le vieil homme avait été aussi enchanté qu'il avait feint de l'être, à l'époque, du fait que Danny reprenne la casse. Ce qui faisait tiquer les gens, c'était que Danny Boy devait à Louie pratiquement tout ce qu'il avait réussi à bâtir. Curieux arrangement, que celui qui liait le vieil homme à son ancien protégé… Personne ne se risquait à lui poser directement la question, mais pas mal de gens s'interrogeaient sur ce que Louie pensait *vraiment* de la reprise de sa casse par Danny et de cette étrange amitié qui semblait résister à tout.

*

Ange était chez son fils et buvait une tasse de thé en écoutant babiller les petites. Elle ne se sentait pas bien. Des tiraillements douloureux lui cisaillaient la poitrine et elle commençait à craindre qu'il s'agisse des premiers symptômes d'une crise cardiaque. Son bras droit était engourdi et elle dut changer de position dans son fauteuil pour le soulager. Tout semblait tranquille dans la maison. Les enfants jouaient dans le salon. De bonnes petites, gentilles et sages. Ça, c'était la bonne influence de leur mère, en dépit de son penchant pour la bouteille… Pauvre Mary. À sa place, bien des femmes en auraient fait autant, voire pire. Elle avait besoin d'un petit remontant pour supporter Danny Boy au quotidien et se plier à ses exigences, tout en continuant à sauver les apparences comme elle faisait.

Tout comme sa belle-fille, Ange se sentait chanceler sous ses problèmes. Tout ça parce qu'elle avait mis au monde ce sadique, ce tyran domestique dont la dernière victime n'était autre que son propre frère. Danny n'avait de temps à consacrer à personne, et surtout pas à ce pauvre Jonjo, en qui il avait toujours vu un rival dans le cœur de sa mère. Mais le monde entier était un rival, pour Danny. Certains jours, que Dieu lui pardonne, Angelica maudissait son fils aîné de lui inspirer de tels sentiments. Il lui arrivait même de souhaiter sa mort. C'était un péché, un abominable péché, et elle s'en repentait, mais quelque chose lui disait que le Seigneur Lui-même devait comprendre sa façon de voir.

Pourtant, Danny Boy avait toujours été un bon chrétien. Il avait toujours eu la foi… sauf qu'il arrivait à Ange de se demander, peu charitablement, si ça n'était pas parce qu'il se voyait lui-même sous les traits du Seigneur. Danny Boy s'était toujours cru au-dessus des lois humaines, hors de portée de toute forme de châtiment. Il était convaincu d'être supérieur au reste du monde, surtout depuis qu'il avait réussi à éliminer son père. Et voilà maintenant qu'il était en bisbille avec Michael. Ça n'augurait rien de bon, car Michael Miles était bien le seul être au monde qui eût jamais compté pour son fils.

Danny Boy avait tellement changé, à partir de ce malheureux jour où son homme avait joué de l'argent qu'il n'avait pas. Au fond d'elle-même, Angelica se sentait responsable de ce changement. Eût-elle refusé de laisser son mari revenir, ça leur aurait évité pas mal de drames. Son fils aîné avait pris le retour de son père de plein fouet, comme une terrible trahison. Une trahison qu'il ne lui avait jamais pardonnée. Maintenant qu'elle était vieille et seule, effrayée par ses enfants et par les catastrophes qu'ils étaient capables de déclencher pour peu qu'ils aient le dos au mur, elle mesurait les conséquences de ses actes.

Des larmes lui vinrent aux yeux. Des larmes de vieille femme revenue de toutes ses illusions, qu'elle laissait rouler sur ses joues fanées, sans même tenter de les essuyer. Sa fille, sa petite Annie, qui aurait dû être son bâton de vieillesse, ne se préoccupait guère d'elle – et qui aurait pu lui en vouloir ? Elle-même ne s'était jamais beaucoup occupée de sa fille, ni même de Jonjo. Elle, qui n'avait jamais fait l'effort de se rapprocher de ses deux cadets, payait le prix de toutes ces années de laisser-aller et d'opportunisme. La douleur lui enserrait la poitrine comme un carcan de fer.

Elle tenta d'y échapper en se penchant en avant dans son fauteuil, le visage tordu de souffrance et de détresse devant le morne désert qu'était sa vie. Elle en eut le souffle coupé, comme si on lui avait plongé une lame dans le cœur. Même ce décor de rêve, dont la vue suffisait d'habitude à lui remonter le moral et à lui faire oublier les travers de son fils, semblait avoir perdu son charme. Elle ne ressentait plus qu'une affreuse angoisse ; celle d'une vieille femme qui a cessé d'être utile et qui a commis l'erreur de sa vie en misant tout sur le mauvais cheval.

— Tu ne te sens pas bien, mamie ? demanda Leona, effrayée par la pâleur et la mine défaite de sa grand-mère.

Angelica secoua la tête.

— Non, ma chérie... ça ne va pas du tout, dit-elle d'une voix entrecoupée. Va vite chercher ta maman...

Leona n'avait jamais vu sa grand-mère dans un tel état, les joues barbouillées de larmes. Et cette lueur étrange qu'elle avait dans le regard... Elle se rua aussitôt dans l'escalier, qu'elle remonta de toute la vitesse de ses petites jambes, en appelant sa maman.

*

— M'est avis que tu devrais y réfléchir à deux fois, Danny Boy. Garde les Williams dans ta manche, pour le moment. Laisse tout ça se tasser un peu, le temps de savoir ce qui est vraiment arrivé à Marsh. Et qu'ils aillent se faire foutre, tous autant qu'ils sont ! Tu sais comme moi que, sans toi, Michael Miles ne vaut pas tripette. Je ne lui donne pas trois jours pour revenir te coller au train comme un vulgaire michetonneur !

Louie agita la main devant son visage en un geste de colère et de mépris.

— T'en fais donc pas pour si peu. Et si Eli te demande ce que t'en penses, arrange-toi pour le garder de ton côté.

Danny Boy hocha la tête. Louie était un fin renard, et ça ne datait pas d'hier. Il possédait toutes les ficelles du métier. Il avait fini par lui demander conseil. Après tout, n'était-ce pas Louie qui l'avait fait débuter dans le métier ?

— Michael m'a vraiment refait, sur ce coup-là ! Si n'importe qui d'autre m'avait tapé ce genre de plan...

Il préféra laisser sa phrase en suspens. Ne surtout pas s'emballer. Se mettre en rogne risquait de lui coûter son seul ami. Son seul *véritable* ami... et ce genre de scénario n'était pas totalement exclu.

Louie eut un sourire triste.

— Écoute, Danny. C'est la première engueulade que vous avez, Michael et toi, en combien d'années ? Dans le secteur, la plupart des partenaires passent leur temps à s'engueuler ! Commence par comprendre ça. Un petit différend par-ci, par-là, au bout de trente et quelques années de collaboration, c'est de bonne guerre ! Michael n'est pas un crétin et, en toute honnêteté, reconnais que, jusqu'ici, tu as toujours réussi à lui imposer tes décisions. Ça tombait un peu sous le sens qu'il finirait par ruer dans les brancards. C'est dans la nature humaine, mon petit vieux ! En fait, ce qui m'étonne, c'est que ça ne soit pas arrivé plus tôt. Alors, relax. Attends qu'Eli te donne de ses nouvelles, et commence par entendre son son de cloche, avant de prendre une décision. Après mûre réflexion, pas avant.

Danny l'avait écouté jusqu'au bout, mais quand il reprit la parole, ce fut avec une haine froide qui irradiait par vagues presque tangibles.

— Mais je peux plus le blairer, ce con d'Eli ! Ce sale enfoiré qui lorgne ce qui m'appartient – ce qui *nous* appartient, à moi et à Michael – en se demandant comment il pourrait me doubler. On dirait qu'il n'y a que moi qui le vois. Mais tout en sachant ce que je sais, je suis prêt à fermer les yeux, pour maintenir la paix avec Michael. Que veux-tu que je fasse de plus !

Louie hocha la tête d'un air sombre, comme pour approuver ce qu'il venait d'entendre. Mais, à part soi, il se demandait sur quelle planète vivait Danny Boy Cadogan... Ce n'était pas la première fois qu'il se posait la question. Eli était un des piliers les plus fiables du Smoke et Danny finissait toujours par chercher noise à ses collaborateurs. Cette fois, il avait décidé de s'en prendre à quelqu'un qui jouissait de l'estime et du respect généraux. Un homme droit, apprécié de tous. La dernière personne à qui il aurait dû s'en prendre. Eli avait trop d'amis trop bien placés. Mais ça, Danny Boy s'en battait l'œil. Il avait ses raisons de vouloir le liquider. Les Williams n'avaient plus leur place dans son monde. La haine qu'il leur vouait suffisait à les mettre hors jeu, point final.

Mais Michael avait refusé de s'effacer devant ses caprices. Ils s'étaient engueulés à cause d'Eli Williams et Danny Boy ne le lui pardonnerait jamais. Louie avait aussi peur de Danny que n'importe qui d'autre, mais c'était plus douloureux pour lui encore, car il avait lui-même hissé Danny à la place qu'il occupait. Lui qui lui avait donné sa première chance et bien d'autres après ça... Danny Boy avait tendance à l'oublier chaque fois que ça l'arrangeait. Pour couronner le tout, ce garçon qu'il avait aimé comme un fils, en qui il avait même vu son héritier, lui imposait ses quatre volontés par l'intimidation depuis des années. Danny Boy n'avait aucune véritable affection pour lui et se fichait bien de le voir ainsi à sa botte.

À toutes les preuves d'affection qu'il lui avait prodiguées, Danny Boy avait systématiquement répondu par une absence totale de considération. Lui seul comptait. Louie en était venu à le haïr. Il le détestait d'être obligé de répondre présent chaque fois qu'il claquait des doigts, tout en feignant de trouver ça normal. Il lui en voulait à mort de l'avoir sous-estimé au point de croire qu'il pourrait l'exploiter indéfiniment, sans lui verser la moindre rétribution ni même tenir compte de son avis. Danny le traitait comme un vulgaire larbin et ça faisait très mal. Mais Cadogan avait le cerveau trop épais pour soupçonner que ses méfaits pourraient un jour lui attirer un châtiment. En toute honnêteté, n'ayant jamais eu à répondre d'aucun de ses actes, il se contrefichait de ce que Louie pouvait penser ou ressentir, et le vieil homme ne s'en étonnait qu'à peine. Quoi qu'il fît, au bout d'une semaine il considérait que la période de repentir était passée et que la vie pouvait reprendre son cours. Mais Louie n'oubliait rien. Il n'était pas près de lui pardonner son mépris et son manque d'égards. Il n'était pas un blanc-bec de quinze ans, nom d'un chien ! À son âge, il ne permettait à personne de le traiter comme un majordome ou un lampiste chargé d'apporter le café.

Ravalant sa rancœur, il lança d'un ton enjoué :

— Si on y allait, Danny Boy ? Voir ce qu'Eli a à à nous dire ?

Danny consulta sa Rolex incrustée de diamants et hocha la tête, mais ça ne lui plaisait pas et il ne fit rien pour le dissimuler. Il acceptait de s'écraser, le temps de ramener Michael au bercail, mais une fois que ça serait fait, retour à la case départ : Eli et ses frères dégageraient.

— Fais-moi confiance, Louie : un mot de trop et ce sale con est mort ! Michael n'a vraiment aucune raison de prendre fait et cause pour lui en envoyant tout balader. Il me connaît, il sait bien que je n'aurais jamais moufté si je n'avais pas eu toutes les preuves en main.

Louie hocha la tête. Il ne tenait pas à en savoir davantage.

— Allez, viens, dit-il en se levant aussitôt. Allons voir par nous-mêmes ce qu'il en est, OK ?

Danny ne répondit pas. Il en était toujours à se demander comment Michael avait pu se monter la tête à ce point. Miles aurait dû être le premier à s'excuser, mais après tout il ne demandait qu'à faire un effort et à se montrer bon prince. C'était lui qui demanderait à se faire pardonner.

Au fond, il était convaincu que Michael ne lèverait pas le petit doigt contre lui. Leur amitié remontait à trop loin. Ils étaient liés par trop d'intérêts communs pour qu'aucun d'eux prenne le risque de laisser tomber l'autre. L'intransigeance de Michael lui avait fait un choc d'autant plus violent qu'imprévisible. Il n'avait pas l'intention de laisser son ami se barrer comme ça, après tout ce qu'ils avaient investi dans leurs affaires, année après année. Michael pensait peut-être avoir la main – peut-être lui-même le lui avait-il laissé penser. Mais en fin de compte, sans sa réputation de tueur, Mike n'existait plus. Sans lui, Michael Miles était aussi impressionnant qu'un pauvre skinhead esseulé, zigzaguant à deux plombes du mat' sur Railton Road. C'était à pisser de rire. Même si Marsh avait mangé le morceau, hypothèse hautement improbable, Michael était trop impliqué dans leur truc pour tout envoyer balader. Dans tous les cas de figure, il ne pouvait pas se dresser contre lui.

L'arrogance essentielle de Danny Boy Cadogan avait repris le dessus. Rien ni personne ne pouvait lui fourrer des bâtons dans les roues – il en avait plus que jamais l'intime conviction. Au besoin, il mettrait Michael au parfum, en lui expliquant les tenants et aboutissants du problème. Et désormais, il l'encouragerait à prendre une part plus active aux opérations.

En fait, cette crise allait déboucher sur quelque chose de positif : il pourrait enfin refiler le bébé à Michael et le laisser se dépatouiller. Finalement, il n'était pas fâché que l'affaire se soit ébruitée. Ça le soulageait même d'un grand poids. Sans ses relations dans la police, ils en seraient encore à vendre leurs pilules ou louer leurs services, comme tant d'autres petites frappes sans envergure. Mais lui, moyennant quelques mots bien choisis et quelques biftons glissés dans les bonnes poches, il avait su éliminer leurs rivaux. En douceur.

Convaincre Eli de participer à leur prochaine entreprise prouverait à Michael qu'il avait résolu de faire la paix et qu'il était prêt à se fendre d'un putain d'effort pour sauver leur association et la remettre sur les rails. Sans Michael, il ne pouvait pas s'en sortir. Sans le travail de base que son ami assurait, il en serait réduit à l'impuissance. C'était la pure vérité, inéluctable et douloureuse.

Comme il s'éloignait de chez Louie, Danny Boy se sentit soudain tout ragaillardi. Michael devait être dans les mêmes dispositions. Mais, dans le recoin le plus noir de son esprit, il savait déjà que, une fois Michael revenu au bercail, il devrait lui montrer personnellement à quel point il avait foiré, parce que, tout comme Eli Williams et consorts, Michael Miles allait devoir dégager. Ça, pour Danny Boy, c'était un fait acquis. Il en était aussi sûr que de ses nom et prénom. À plus ou moins long terme, Michael était un homme mort. Il ne pourrait jamais lui pardonner ce qu'il avait fait, l'ultime trahison. Le genre de mutinerie qu'aucun capitaine digne de ce nom ne pouvait encaisser. Laisser un truc pareil impuni, c'était la porte ouverte au chaos.

Dieu sait pourtant qu'il y tenait, à son Michael. Plus qu'à sa propre famille. Les jours de son partenaire n'en étaient pas moins comptés. Il devrait le liquider tôt ou tard, il en allait de son honneur. Ne serait-ce que pour prouver à tous ceux qui pouvaient le soupçonner de flancher en prenant de l'âge qu'ils avaient tort. Pas tout de suite, bien sûr. Il faudrait d'abord se rabibocher avec Miles et le reprendre à son bord – sauver les apparences. Et ne plus le laisser filer. Danny aurait voulu croire qu'il finirait tout de même par lui pardonner. Il avait tellement besoin de lui. Mais en définitive et en toute honnêteté, quand tout ça se serait un peu tassé, il savait qu'il ne pourrait jamais digérer une trahison de cette ampleur. Ça lui trotterait sans cesse dans la tête, jusqu'au dernier jour de Michael. Pas question, donc, de passer l'éponge ou de tourner la page.

De toute façon, Michael en savait trop. Alors, tôt ou tard, il devrait payer le prix de toutes ces embrouilles. Même s'il avait besoin de lui, même s'il lui était indispensable et même s'il cherchait désespérément à se convaincre du contraire, dès qu'il se serait trouvé un nouvel homme de confiance, Michael devrait tirer sa révérence – ainsi que sa chère épouse, Mary : elle aussi, elle serait bonne pour la casse. Rien que ça, tiens ! c'était une excellente raison de se débarrasser de cet homme qui lui était non seulement indispensable, mais qu'il aimait. C'était même la seule personne au monde à qui il tenait vraiment. Michael ne l'avait encore jamais grugé, mais il était devenu un ennemi. Un maillon faible. Un continent noir. Plus

Danny y réfléchissait et plus ça lui apparaissait clairement.

Louie le surveillait du coin de l'œil. Danny Boy jouait la comédie, il n'avait pas la moindre intention de tenir ses promesses. Pourquoi aurait-il rompu avec les habitudes de toute une vie ? Le vieil homme se sentit submergé de haine pour ce fauve qu'il était devenu, qu'il avait toujours été. Le souvenir du jeune garçon qu'il avait quasi élevé, ce pauvre gamin trahi par son père, lui fit monter les larmes aux yeux. À l'époque, il ignorait ce qu'il deviendrait. Rien n'aurait pu lui faire soupçonner que le pauvre gosse livré à lui-même se transformerait en ce sinistre individu, vicelard et obtus.

Car Danny Boy le presserait comme un citron, jusqu'à son dernier souffle, et ne verrait jamais en lui qu'un vulgaire mouchard. Pourtant, ça n'avait pas l'air de le déranger, lui, de balancer les autres ! Pas de quoi en faire un plat ! Certes, il avait bossé, fait la fête ou conclu des affaires avec ces gens, mais ça ne méritait pas de faire date. Leur disparition était un dommage collatéral. De simples pions, sacrifiés au service de ses grands desseins. De toute façon, tous ces gens qu'il avait donnés aux flics avaient amplement mérité ce qui leur était tombé sur la gueule... Danny Boy ne voyait que ce qu'il voulait voir.

Louie Stein aurait bien aimé avoir le même genre de talent. Mais son vœu le plus cher était que la foudre lui tombe dessus, à ce sale enfoiré, pour en être, enfin, définitivement débarrassé.

*

Eli attendait patiemment l'arrivée de Danny Boy. Alors que Danny descendait de voiture et se dirigeait vers lui d'un pas résolu, Williams fut pris d'une violente envie de lui rentrer dans le lard. Et de lui faire très mal. Mais, comme toujours face à Cadogan, il se contenta de le regarder en souriant de sa denture éblouissante qui lui avait coûté une petite fortune... Une vache d'atout, professionnellement parlant, qui lui avait fait gagner une assurance considérable.

En voyant approcher Danny Boy, il ressentit une profonde aversion pour cet homme qu'il avait si longtemps et si profondément respecté. Les dernières révélations l'avaient laissé bouche bée, et à le voir rappliquer avec son air avantageux, l'air de considérer le reste de l'humanité comme de la merde, Eli se dit qu'effectivement il était prêt à croire le pire. À la limite, il se foutait de trier le vrai du faux. Il n'avait plus qu'une idée : l'éliminer. Il le fit donc entrer dans l'entrepôt et eut la joie de le voir se ratatiner à vue d'œil, face au comité d'accueil : Michael Miles et Arnold Landers.

De toute évidence, Danny Boy n'avait pas prévu de les trouver là. Il se figea sur place, ébranlé. Ce mec était tellement sûr de lui et de sa réputation que cette possibilité ne lui avait même pas traversé l'esprit. Ridicule.

En allant se poster derrière lui pour lui couper toute retraite, Eli se sentit grisé par la sensation de puissance que ça lui procurait. Il se haït de ressentir une telle chose.

Il ne fallut qu'une seconde à Danny Boy pour rassembler ses esprits. Il dévisagea Arnold – à en juger par son attitude, il n'y avait pas grand-chose à espérer de ce côté-là ; rien de ce qu'il pourrait dire ou faire ne pourrait rallier Landers à son point de vue. Eli avait joué le rôle du rabatteur et surveillait désormais la porte pour l'empêcher de leur fausser compagnie –

comme s'il avait été du genre à détaler devant eux ! N'empêche, il était coincé, le dos au mur. Il l'avait su au premier coup d'œil. Ils devaient se douter de quelque chose, et il n'avait pas grand-chose à dire pour sa défense. Il allait devoir répondre de ses actes. Personne ne lui trouverait de circonstances atténuantes.

En entendant le pas de Louie s'éloigner dans son dos, Danny comprit que le vieux se défilait, lui aussi. À voir leur mine réjouie, à eux tous, c'était Louie qui avait tout orchestré. Mais lui, c'était à Michael, et à lui seul, qu'il voulait parler. Michael était le seul à pouvoir le faire sortir vivant de cet entrepôt – et le seul à être assez pomme pour lui pardonner. Quoique, en y réfléchissant... Le seul fait qu'ils soient tous là, à l'attendre, signifiait qu'ils avaient vu clair dans son jeu. Il était démasqué.

N'étant pas idiot, il tira aussitôt les conclusions qui s'imposaient. Il était mort. Ça faisait longtemps que ça lui pendait au nez... Celui qui vit par l'épée doit s'attendre à clamser par cette putain d'épée – quoi de plus logique ? Pas besoin de s'appeler Einstein pour piger ça. Mais il ne pensait pas que ça lui tomberait dessus si vite et dans des circonstances si sordides. Il s'était toujours imaginé rendant l'âme noblement, une balle dans la tête ou dans le cœur, au milieu d'une foule élégante, dans un de ses clubs, un sourire narquois aux lèvres. Une belle mort, quoi. Ça, il s'y était préparé. Une exécution publique, une grande scène finale qui aurait scellé sa légende en beauté.

Mais ça, non... Il était trop jeune pour mourir. Il lui restait des foules de trucs à faire, de gens à voir, d'affaires à brasser. Ils l'avaient bel et bien percé à jour – c'était une certitude à présent, mais ça ne l'avançait pas à grand-chose. Tous ces gens qu'il avait personnellement supprimés dans sa carrière... Comment aurait-il pu imaginer ce que l'on ressentait, à un instant pareil ? Cette peur. Cette issue qu'il fallait accepter. Et ce sentiment de s'être fait rouler... L'idée ne lui était jamais venue que ses victimes pouvaient laisser derrière elles des rêves et des projets inachevés. Des gosses qu'elles auraient aimé voir grandir et prendre leur envol.

Tous ces efforts, pendant toutes ces années... Tout ce qu'il avait accompli. Ça se réduisait donc à si peu de chose... Presque rien. La route s'achevait ici, dans cet entrepôt minable, sans fanfare, sans même une prière. Il espérait du moins que ses petites n'en sauraient jamais rien – quant à sa femme, elle en serait plutôt soulagée. Son frère et sa sœur lui feraient des funérailles dignes de lui, avec toute la pompe requise, mais sans larmes. Pas des vraies, en tout cas. La longue bagarre qu'avait été sa vie allait se terminer sur une expérience humiliante pour tous – surtout pour lui. Car il n'en sortirait pas vivant, de ce putain d'entrepôt.

Comme le regard de Michael plongeait dans le sien, il y lut une profonde tristesse qui n'était qu'un reflet de la sienne, ainsi que l'amour qu'il lui portait – ce serait au moins ça qu'il pourrait emporter. Il comprenait enfin le vieux dicton qui disait qu'un linceul n'a pas de poches... Une grande vérité. La mort fauchait tout le monde, équitablement, les rois comme les clodos. Tout votre fric, votre pouvoir ou votre prestige n'y changeaient rien, quand votre heure avait sonné. La sienne devait être imminente. À leur place, d'ailleurs, il se serait débarrassé de lui depuis belle lurette. Il adressa à Michael un sourire magnanime, le sourire du pardon, et lui ouvrit les bras pour lui montrer qu'il comprenait parfaitement la situation. C'était vrai, il comprenait.

Un courant d'air glacé balaya l'entrepôt, brassant un mélange de poussière et de relents de cuir et de T-shirts bon marché. Jetant un regard circulaire, Danny vit Eli et Arnold, à l'affût de ses moindres gestes. Ils attendaient sa mort, évidemment. Ils n'attendaient que ça. Une fois débarrassés de lui, pour eux la voie serait libre. Ils pourraient réaliser leurs ambitions, s'élever dans la hiérarchie du milieu, aux côtés de Mike. Ils l'aideraient à faire tourner l'organisation et fructifier les affaires. Tout ça continuerait sans lui, comme si de rien n'était. Ça semblait dingue. Le monde ne s'arrêterait pas de mouliner après son départ... Il n'espérait même plus trouver une voie de sortie.

Eli avait sorti sa machette et la brandissait triomphalement. Arnold avait un magnifique couteau, une pièce de collection avec un manche en os sculpté et une longue lame qui semblait affûtée comme un rasoir. Ils étaient tous venus équipés, tous, sauf lui.

Il échangea un dernier regard avec Michael.

— On a salement assuré, Michael, murmura-t-il. On s'est hissés à la première place. Au sommet. On est des caïds, des vrais...

Michael hocha la tête. Lui aussi, il comprenait.

— Ouais, Danny Boy. T'as réalisé ton rêve. Devenir un poids lourd. Un boss, connu et respecté. Le Boss.

— Tu vas le faire, vraiment ? Tu vas me buter ?

Il regarda autour de lui, recherchant instinctivement une issue, presque malgré lui. Mais les frères d'Eli les avaient rejoints, armés jusqu'aux dents. Danny se sentit bizarrement rasséréné et flatté de voir qu'ils étaient venus en force. Cinq contre un. Ils le considéraient comme un vrai danger, ce qui ne pouvait que le confirmer dans la haute opinion qu'il avait de lui-même et de ses capacités. Mais ils n'avaient apparemment pas grand-chose à lui dire. Aucun d'eux ne desserrait les dents. Leur silence lui pesait comme une pierre tombale. On aurait pu entendre l'air crépiter entre eux, c'en était accablant.

Danny Boy se raidit, comme s'il attendait la première occasion pour exploser. Louie leur cria quelque chose. Ses nerfs craquaient. Il suait à grosses gouttes, à l'idée que Danny Boy puisse s'en sortir par son bagout, ou pis, à la force des poings. Il l'en savait capable.

— Putain, qu'est-ce que vous foutez ? Allez-y, qu'on en finisse ! Vous attendez quoi ? L'équipe de tournage ?

Louie fut alors secoué d'une quinte qui ébranla toute sa vieille carcasse, une toux grasse qui lui fit expectorer un gros mollard, épais comme du caoutchouc. Danny Boy en profita pour se ruer sur lui.

— Espèce de vieux salaud !

Louie tenta d'esquiver l'assaut, mais Danny l'empoigna et l'attira à lui en le soulevant de terre, avant de le précipiter au sol où il s'écrasa lourdement, dans la poussière de béton. Arnold et Eli s'étaient élancés vers Danny. Michael, lui, regardait faire. Tandis qu'Eli le frappait au visage d'un coup de machette qui lui ouvrit la tête en deux comme un melon d'eau, Arnold lui plongea la longue lame de son surin entre les côtes, encore et encore, en visant le cœur. Hébété, Michael vit la machette se relever, pour s'abattre à nouveau sur la tête et les épaules de Danny Boy, tel un couperet de boucher débitant une pièce de bœuf. Ça giclait de partout. Un flot de sang sourdait de toutes ses blessures et de toutes ses entailles. Même dans la mort, avec son sang qui s'échappait sur le béton crasseux en même temps que sa vie, au rythme de ses derniers battements de cœur, Danny Boy gardait le physique du rôle. Même en bouillie, même sans visage, il restait le Boss. Il en avait le gabarit. La carrure. Son imposante présence faisait perdurer l'illusion. Même dans la mort, il restait auréolé de son autorité.

Michael n'en revenait pas de la façon dont Danny avait accepté son sort, presque sans opposer de résistance. Car il aurait pu salement ruer dans les brancards, il était capable de tout casser. Face à cette masse sanglante qui gisait dans la poussière, soudain, Michael comprit : Danny Boy n'aurait pas supporté la honte d'être publiquement démasqué et accusé d'être un mouchard.

Pour s'essuyer les mains, Eli avait ouvert un carton de T-shirts ornés d'un signe du zodiaque, avec cette inscription cocasse : « J'en pince pour les Balance ! »

Arnold restait planté devant le corps, fasciné. Incapable de comprendre comment il avait pu être si facile d'abattre ce monument. Ce danger public. Ce monstre qui avait fait trembler tout Londres. Preuve qu'entre de bonnes mains la mort pouvait être un instrument sacrément simple et efficace. En un clin d'œil, elle pouvait désarmer le plus terrifiant des adversaires.

Michael aida Louie à se relever. Le vieil homme se hissa sur ses pieds avec une grimace de douleur, tout en se réjouissant de l'issue du combat. Il allait enfin pouvoir dormir sur ses deux oreilles et souffler un grand coup. Son cauchemar venait de prendre fin.

Les deux frères cadets d'Eli avaient mis à feu deux gros pétards de la meilleure skunk, dont les effluves se répandaient déjà dans l'atmosphère. Le silence qui planait sur l'entrepôt avant l'explosion de violence les enveloppait à nouveau, nuancé cette fois d'un immense soulagement.

Louie se racla la gorge bien à fond, avant de cracher sur les restes sanglants du visage de Danny Cadogan.

— On finit toujours par récolter ce qu'on a semé ! Depuis le temps que je te le dis, petit con !

Puis, les épaules secouées de grands sanglots, il fondit en larmes, ivre de chagrin et de remords pour ce qu'il venait de vivre. Lui aussi, il avait aimé Danny Boy. Comme un fils. Et il ne l'oublierait pas de sitôt. Michael lui ouvrit les bras pour lui donner l'accolade, mais Louie le rabroua.

— C'était un sale con, mais c'était un chef. Un vrai caïd. J'ai bien dû le lui répéter cent fois qu'il n'avait pas besoin de ce genre d'expédient. Mais il voulait tout, tout de suite. Comme toi, comme vous tous. Vous ne savez plus ce que c'est que d'attendre et c'est pour ça que tout se barre en couille. Vous aussi, vous finirez comme lui – il avait pointé l'index sur Danny Boy. Vous en voulez trop, et trop vite.

Il s'efforçait de retrouver son calme, mais ce gâchis le mettait hors de lui. Il se faisait vieux et craignait la mort. L'anéantissement d'une telle montagne de force et d'énergie vitale, ça le révulsait.

Eli secoua la tête avec tristesse. L'excès d'adrénaline se dissipait, à présent. Il se détendait et commençait même à avoir faim.

— Relax, Louie. Ça lui pendait au nez, à cette sale balance. Ça devait finir comme ça. Rentre chez toi, mon vieux. Rentre chez toi et pense à autre chose.

Michael accusait le choc. Danny lui avait toujours semblé indestructible. Il n'en revenait pas, d'avoir sous les yeux son cadavre ensanglanté. Quel événement...

Eli poussa un soupir.

— T'as pensé au jerrycan d'essence ?

Arnold éclata de rire.

— Un peu, ouais !

Michael fit signe à Louie de quitter l'entrepôt et lui emboîta le pas.

— C'est la fin d'une époque, lui dit-il comme ils franchissaient le seuil. Cadogan retrouvé mort dans un entrepôt en flammes bourré de marchandises de contrefaçon, en compagnie d'un flic véreux. Les gens n'ont pas fini de jaser.

Puis il se retourna pour leur faire face à tous.

— Je vous laisse allumer le feu de joie, les gars. Personnellement, je vais m'offrir un bon verre et quelques heures de sommeil, avant l'ouverture du casino.

Pour toute réponse, les autres lui firent mollement signe de la main et lancèrent ce qu'ils avaient baptisé l'« opération nettoyage ».

*

— Comment ça va, Ange ?

Le visage inquiet de Mary se penchait sur le sien. Ange se demanda comment sa belle-fille avait réussi à la transporter jusqu'au canapé.

— Beaucoup mieux, merci. C'est fini. Ça n'était qu'un petit malaise.

— J'ai appelé l'ambulance. Détendez-vous et tâchez de vous reposer.

Ange se redressa. Elle avait clairement perçu la note d'inquiétude sincère qui avait filtré dans sa voix. Elle lui savait gré de sa sollicitude, mais la panique l'emporta :

— Non ! fit-elle. Pas d'ambulance. Surtout pas ! C'est fini, Mary. Je te jure que c'est fini.

Elle avait réussi à se redresser et son visage avait repris quelques couleurs.

— J'ai eu une douleur terrible dans la poitrine, comme un coup de couteau... mais ça n'était sans doute qu'une crampe. Je me sens très bien, à nouveau. Je t'en prie, Mary... décommande l'ambulance. Ce que je me sens bête ! Y a pas de quoi en faire tout un plat...

Et c'était vrai. Elle se sentait presque en forme. Comme soudain délivrée d'un grand poids.

— Vous êtes sûre que ça va, Ange ? Soyez raisonnable. Ils vont vous faire un check-up général, à l'hôpital. Juste pour être tranquille.

Pour Mary, la dernière chose envisageable aurait été de laisser sa belle-mère agoniser dans son salon – surtout si son mari venait à apprendre qu'elle avait décommandé l'ambulance ! Le genre de détail qui tue... Et puis elle l'aimait bien, la vieille carne ! Elles étaient à la même enseigne, toutes les deux, après tant d'années d'insupportable dépendance à l'égard d'un homme qu'elles haïssaient autant qu'elles l'aimaient.

Comme l'ambulance s'arrêtait devant la maison, Mary courut ouvrir aux infirmiers, soulagée d'être délivrée du fardeau de la décision.

ÉPILOGUE

> *Ô Sommeil enjôleur*
> *Qui charmes le souci et apaises nos maux,*
> *Toi, frère de la Mort...*
>
> John FLETCHER (1579-1625),
> *Valentinian.*

Mary et ses filles étaient au premier rang, jolies comme des cœurs. Tout le monde s'extasiait sur ces petites. Elles avaient hérité les traits délicats de leur mère et le sens de la répartie de leur père. Vêtues comme deux princesses du sang, elles se tenaient bien droites, la tête haute. Mary surveillait spécialement leurs manières et leur façon de se tenir. Comme son regard s'attardait sur elles, elle s'autorisa un bref sourire.

— Décalez-vous pour faire une place à mamie...

Ange se glissa près d'elles et leur fit passer à chacune un sachet de bonbons avec un petit sourire et un clin d'œil complice. Mary fit mine de n'avoir rien vu et les fillettes frétillèrent d'aise, ravies de prendre part à un si palpitant secret. Mary s'était même rabibochée avec Gordon qui, pour l'occasion, avait été autorisé à se joindre au reste de la famille. Quel intérêt de lui tenir rancune, maintenant que Danny n'était plus là ? Les mauvais souvenirs de son mariage, c'était de l'histoire ancienne.

Carole portait son dernier-né sur les fonts baptismaux. Les Miles eurent un sourire ému en découvrant le joli tableau que formaient Mary et ses filles, tandis qu'Annie et Arnold venaient prendre place à leurs côtés. L'église était noire de monde. Tout ce qui comptait dans le milieu londonien s'était déplacé.

Le service commença et le silence se fit presque instantanément. Balayant l'assistance du regard, Mary se sentit portée par la puissance de sa liberté fraîchement conquise. Le jour de la disparition de son mari l'avait vue renaître. Elle s'était appliquée à jouer son rôle de veuve éplorée, mais elle avait enfin pu sortir de son cocon et déployer ses ailes. C'était un plaisir pour tout le monde, de la voir ainsi surmonter son chagrin et se remettre de cette perte tragique...

La police avait son avis sur l'événement, et elle avait le sien, tout comme Michael et les autres grands noms du secteur. Mais personne n'en faisait un fromage. C'était déjà du passé. Tout ce qu'elle voyait, c'était que les petites allaient beaucoup mieux, et elle aussi. Elle se sentait immensément soulagée et avait le sentiment de vivre une seconde adolescence – une adolescence dorée, cette fois. Car Mary était une femme riche. Elle pouvait désormais faire ce que bon lui semblait, avec qui elle voulait. Malheureusement, les hommes ne l'intéressaient plus guère et, sur ce point, elle ne risquait pas de changer d'avis : elle les haïssait tous en bloc. Enfin, peut-être pas tous... mais ceux qui présentaient un danger potentiel, en tout cas – ceux qui rêvaient de se faire la veuve de Danny Boy, par exemple... Ceux-là, ils auraient eu plus vite fait d'aller se faire tailler une plume par la reine mère ! On murmurait que la mort de son époux l'avait laissée inconsolable et qu'aucun homme ne pourrait remplacer le défunt. Elle laissait courir ces bruits. Effectivement, son défunt mari l'avait à jamais découragée d'aller voir ailleurs... mais peut-être pas tout à fait dans le sens où les gens l'entendaient.

Il lui arrivait toujours de se réveiller la nuit, trempée de sueur et secouée de grands frissons, se remémorant certaines de ses exigences les plus révoltantes. Et bien sûr, elle n'oublierait jamais la noyade et les avortements qu'il lui avait infligés, tout en riant d'elle et du calvaire qu'il lui faisait vivre. Il riait de son chagrin, chaque fois qu'elle perdait l'un des enfants qu'il lui avait faits. Sa douleur de mère n'était pour lui qu'une preuve supplémentaire de faiblesse et de sensiblerie – alors qu'il était lui-même vert de trouille à l'idée qu'elle puisse un jour lui donner un fils. Son propre fils aurait été une menace mortelle pour lui, elle le comprenait à présent. Mais toute cette liberté retrouvée – pouvoir dépenser son fric à son gré, fixer elle-même les menus et l'emploi du temps de ses filles, occuper toutes les pièces de sa villa –, c'était mieux que d'avoir gagné au Loto ! Elle avait couru s'acheter un portable, commodité formellement prohibée par Danny Boy, qui prétendait que les appels passés sur les portables laissaient des traces susceptibles d'être utilisées contre lui. En réalité, ce qu'il voulait surtout éviter, c'était qu'elle échappe à son contrôle.

Évidemment, les maîtresses s'étaient pointées à l'enterrement. Deux ou trois étaient même venues avec leurs marmots. Mary les avaient toutes accueillies avec le sourire – ce détail n'avait échappé à personne. Au fond, elle les plaignait, parce que le défunt ne leur avait rien laissé par testament, ni à elles, ni à leurs bâtards. Tout lui revenait donc, et son frère Michael avait été désigné comme exécuteur testamentaire. Michael lui avait tout remis et elle avait tout gardé, intégralement, sans verser le moindre kopeck à ces pétasses. Pourquoi aurait-elle partagé son magot ? Pour les remercier d'avoir couché avec son homme ? Pour avoir tenté de le détourner du lit conjugal ? Du vivant de son époux, elle n'y pouvait rien, mais à présent, il lui suffisait de leur servir son plus beau sourire, sans lever le petit doigt. Quelle plus belle revanche ?

Elles s'étaient fait avoir dans les grandes largeurs. Il les avait toutes laissées sur le sable, sans un sou et le bec dans l'eau. Hé ! Bienvenue dans l'univers qui avait été son lot ! De son vivant, Danny Boy l'avait harcelée pour chaque livre qu'elle dépensait, l'obligeant à lui rendre compte de la moindre facture et de la moindre note d'épicerie, alors qu'il pouvait claquer plusieurs milliers de livres pour lui offrir un bijou...

La mort de Danny Boy n'avait en rien apaisé sa haine, au contraire. Elle adorait la liberté du célibat. N'avoir de comptes à rendre à personne. Elle picolait toujours un peu, mais elle avait le vin plutôt gai, ces temps-ci. Ivre de bonheur, elle se grisait littéralement de la vie. Elle avait toujours besoin de commencer sa journée par quelques verres, histoire de se détendre un peu, mais elle avait radicalement diminué les doses. Plus rien à voir avec sa consommation d'antan. Ses blessures guérissaient lentement mais sûrement, au physique comme au moral ; et la profonde satisfaction de la liberté retrouvée chassait les nuages noirs de son esprit.

Elle frissonna en regardant le crucifix suspendu au-dessus de l'autel. À l'enterrement, elle avait dû fixer son regard et sa pensée sur la grande croix, pour s'empêcher d'éclater de rire en public. Elle aurait aimé pouvoir soulever le couvercle du macchabée pour lui cracher dessus en jubilant. Elle se reprenait à croire en la Divine Providence. Le Seigneur lui avait envoyé des épreuves qu'elle avait supportées de son mieux pendant des lustres, mais à présent, que les vers se chargent de son fardeau ! Dans ses moments difficiles, cette seule image suffisait à lui rendre son entrain.

Elle regarda ses filles et leur sourit. Elles aussi, elles pouvaient enfin vivre leurs vies d'enfants sans craindre que ce salaud ne leur bousille l'existence avant même qu'elles n'aient pu en profiter. Son seul regret, c'était qu'il ne fût plus là pour voir sa nouvelle vie et ses nouvelles façons d'en jouir. Mais s'il la voyait, d'où il était, elle espérait bien qu'il en bavait ! Elle avait fait don de toute la garde-robe du défunt à un refuge pour SDF et l'avait fait inhumer dans la même fosse que son père, sous la belle pierre tombale de marbre italien. Ils auraient toute l'éternité pour se retrouver, ces deux ordures !

Évidemment, les gens n'y avaient vu qu'une preuve supplémentaire de sa bonté et de sa sensibilité. Ils pouvaient aller au diable, lui et tous ses semblables ! Le Seigneur savait rétribuer chacun au centuple et selon ses mérites... eh bien, elle aussi – et sans bourse délier, encore !

Arnold et Annie étaient le parrain et la marraine de son jeune neveu. Arnold n'en revenait toujours pas, que son mariage ait pu survivre au meurtre de son beau-frère, auquel il avait si efficacement contribué. Par moments, il se demandait si Annie ne soupçonnait pas ce qui s'était réellement passé, mais il ravalait ses doutes en les mettant sur le compte de sa culpabilité. Non qu'il eût le moindre atome de regret, mais Annie était sa femme, et il avait exécuté son beau-frère. Rien n'avait jamais transpiré. Le corps carbonisé de Danny Boy avait été retrouvé non loin de celui d'un flic véreux, ce qui avait donné lieu à d'innombrables suppositions. De l'avis du plus grand nombre, Danny s'était fait buter par la flicaille. Il arrivait que les bourres fassent un brin de ménage devant leur porte... Ça n'aurait pas été la première fois. Ils avaient déjà liquidé plus d'une pointure, des mecs qui commençaient à la ramener un peu trop et qu'ils ne seraient pas parvenus à alpaguer par les voies légales. Même mort, Danny Boy restait un caïd. Un grand nom du milieu, synonyme d'immoralité et de corruption. Pour l'opinion publique, c'était un héros, une victime de basses manœuvres des forces de l'ordre. Le bruit courait qu'il s'était fait descendre pour avoir refusé de payer des flics corrompus ; dans les rangs des affranchis, on se gardait bien de confirmer comme d'infirmer. Le silence était d'or, s'ils voulaient éviter que la mort de Danny Boy ne leur retombe dessus, d'une façon ou d'une autre. Le mystère restait donc entier : c'était ce qu'il aurait lui-même souhaité, et ça valait mieux pour tout le monde, ils en étaient tous tacitement convenus. Ainsi, Danny Boy resterait auréolé de son prestige et du respect qu'il avait su imposer de son vivant, et ses anciens compagnons bénéficieraient toujours de son aura posthume. Ils avaient repris ses affaires à leur compte sans rencontrer d'obstacles majeurs, et s'étaient assuré la bienveillance générale. Dans le milieu, tout un tas de gens avaient poussé un soupir de soulagement en apprenant la mort de Cadogan. Ça n'était que trop humain… Quant au fait que Louie ait récupéré sa casse du jour au lendemain, on n'y faisait allusion qu'en privé et derrière des portes closes. Nul ne souhaitait attirer l'attention sur lui, par les temps qui couraient.

Le sourire aux lèvres, Annie contempla son époux, qui lui rendit son sourire. Comme le prêtre leur demandait de renoncer à Satan, Michael jeta un coup d'œil entendu du côté d'Eli. La même idée leur était venue : Satan, cela faisait déjà quelque temps qu'ils s'en étaient débarrassés !

Michael se félicitait d'en être délivré, mais il regrettait parfois son vieil ami. Leur complicité, cette amitié qui les avait si longtemps liés, lui manquait terriblement ; car Danny Boy pouvait avoir été bien des choses, un pur salaud, doublé d'un sadique vicelard et égocentrique, entre autres, c'était avant tout un véritable ami. Pour lui, tout au moins. Lui, Danny l'avait vraiment aimé. Il l'avait toujours protégé et défendu, dès la cour de l'école. Michael était depuis longtemps convaincu que son sens des affaires leur avait permis une ascension fulgurante dans le milieu, mais il savait aussi que leur carrière aurait été nettement moins éclatante, sans les basses manœuvres de son complice. Il n'aimait pas s'appesantir sur ce genre de détail. Dans un coin sombre de son esprit, il avait toujours eu des doutes. Tout leur était arrivé trop vite, trop facilement. Mais, en toute franchise, il aurait préféré ne rien savoir. Danny n'était plus qu'un souvenir, à présent. Ils joignaient tous leurs efforts pour surmonter cette épreuve et s'efforçaient de limiter les dégâts provoqués par sa mort.

Michael contempla son fils nouveau-né en remerciant le ciel d'être toujours là pour les voir grandir, lui et tous ses enfants. Il aimait Carole. Danny Boy aussi l'avait aimée, et Carole n'en parlait jamais qu'avec une grande affection. Elle n'avait jamais eu à subir sa colère, mais elle savait de quoi il était capable. Elle savait, tout comme lui, que Mary avait vécu un cauchemar. Mais comme tous ceux qui gravitaient autour de Danny Boy, elle lui était avant tout reconnaissante de ce qu'il avait fait pour eux et se félicitait d'avoir pu faire partie de sa vie. Car on devait lui reconnaître ce talent, à Danny Boy : il savait inspirer de la gratitude, ne fût-ce que pour l'attention qu'il portait aux gens.

Eli avait été la goutte qui avait fait déborder le vase. Cet acharnement qu'avait mis Danny Boy à le descendre, cette absurde tentative de les faire passer, lui et ses frères, pour des balances. C'était tellement peu plausible que Michael avait dû réagir. Eli était un type bien. Personne n'aurait accepté sa mort sans exiger d'explications – il aurait fallu en répondre devant ses frères, et devant tous ces mecs fiables et réglo qui composaient son équipe. Tous auraient refusé de croire qu'Eli ait pu comploter contre Danny Boy pour prendre sa place. Ça ne tenait pas debout ; Eli était bien trop futé pour commettre une bourde de cette ampleur. Mais ça n'empêchait pas Michael d'affirmer que ses jours étaient comptés. C'était malheureusement la loi, dans leur monde. Il ne pouvait raisonnablement pas courir le risque de le laisser mettre un pied dans leurs affaires. Arnold le suivait, sur ce point. Malgré toute l'estime et l'admiration qu'ils lui portaient, Eli était un mort en sursis.

Michael avait bien plus de points communs avec Danny Boy qu'il ne se le figurait et, bizarrement, n'était pas fâché de se découvrir des ressemblances avec son vieux complice. Car il avait désormais un petit empire à protéger. L'arrogance d'Eli, son ambition naturelle étaient autant de menaces qu'il fallait neutraliser. Ça relevait de la prudence la plus élémentaire. La mort de Danny Boy avait fait trop de bruit. Ensuite viendrait le tour de Louie. Michael était trop fine mouche pour commettre les mêmes erreurs que Danny Boy. C'était bien triste, mais c'était la loi de leur jungle. Comme il glissait un coup d'œil vers Eli, Michael le vit sourire avec sa suffisance habituelle. Oui... il faudrait passer à l'action. Ça devenait urgent, et le plus tôt serait le mieux – ces prochaines vingt-quatre heures, par exemple. Arnold avait vu juste : ils n'étaient pas là pour faire du sentiment.

Si la mort prématurée de Danny Boy avait prouvé quelque chose, c'était qu'il ne fallait jamais laisser dégénérer une situation. Temporiser n'était jamais une bonne chose, ça finissait fatalement par vous retomber dessus. Eli était doté d'une trop forte personnalité pour qu'il prenne le risque de le laisser s'implanter plus solidement dans ses affaires. Michael couva son nouveau-né d'un regard attendri. Pour lui, et pour chacun de ses autres enfants, il se sentait capable de balayer des dizaines d'Eli, voire des centaines de Danny Boy. Comme Danny Boy, voire comme Arnold, qui semblait si désireux de devenir son nouveau partenaire, ils l'avaient tous gravement sous-estimé. Eli lui-même avait oublié de se méfier de lui... Toute sa vie, on l'avait sous-estimé. Eh bien, cette fois, on pouvait s'attendre à quelques surprises. Il s'agissait à présent d'assurer sa propre survie et il y était déterminé, dût-il pour cela sacrifier tous ceux qui auraient l'imprudence de se mettre en travers de son chemin.

Tout en écoutant le sermon, Michael s'émerveilla une fois de plus de la déconcertante facilité avec laquelle ils étaient venus à bout d'un tel homme. La fin de Danny Boy Cadogan, qui les avait tous fait trembler de son vivant, était une putain de leçon. Londres n'était pas assez grand pour être partagé, surtout entre des complices qui en savaient bien trop long, sur bien trop de choses.

La main d'Ange serra la menotte de sa petite-fille. De toute sa vie, elle n'avait jamais connu un tel bonheur. Elle n'en revenait carrément pas. Elle avait beau avoir successivement perdu son homme et son fils, elle nageait dans la félicité. Sans ces deux boulets qu'elle avait si longtemps traînés derrière elle, sa vie devenait enfin digne d'être vécue. Vraiment. Son regard survola l'assistance, avant de s'arrêter sur ce jean-foutre de Jonjo. Une vraie tare, un propre à rien. Toute sa vie elle avait dû garder l'œil sur lui. Il était incapable de loyauté et, à l'instar de son père, il aurait crevé la gueule ouverte plutôt que de s'appuyer ne fût-ce qu'une heure de boulot. D'ailleurs, il s'était remis à la poudre. Tôt ou tard, il finirait par tomber sur un lot un peu plus cogné qui l'enverrait *ad patres* pour de bon, ce pauvre con. Le pire, c'était qu'elle n'avait même plus envie de l'en empêcher, ni de le protéger de lui-même. Autant pisser dans la mer ! S'il était déterminé à gâcher sa vie, qu'est-ce qu'elle y pouvait ? Elle en était même venue à se demander pourquoi elle aurait dû prolonger indéfiniment sa dégringolade... Elle avait déjà enterré un de ses fils, alors un de plus ou un de moins... Pour elle, Jonjo n'était plus qu'un fardeau et elle vivait dans l'attente du coup de fil qui lui annoncerait sa mort... Plus vite ce serait fait, plus vite il trouverait la paix – et elle donc !

Annie l'avait profondément déçue, elle aussi – une bonne à rien, comme son frère. Mais Ange en assumait l'entière responsabilité. Annie ne jurait plus que par Arnold. Lui, Dieu le bénisse, il s'occupait d'elle, alors qu'à sa place bien des hommes l'auraient depuis longtemps laissée sur le trottoir. Sa fille était une vraie plaie. Elle ne cessait de le harceler, ce pauvre homme, avec ses soupçons et ses scènes de jalousie. Ange aussi, elle avait commis ce genre d'erreur, du temps où le sexe avait encore une certaine importance à ses yeux et qu'elle faisait passer son époux avant tout le reste, dans la morne solitude qui lui tenait lieu d'existence. Si seulement les jeunes femmes avaient compris que tout peut basculer, dans leur vie. Si elles avaient pu saisir que les hommes auxquels elles tenaient plus que tout, enfants inclus, finiraient fatalement par les larguer pour aller cavaler – et à quel point vous étiez humiliée, le jour où vous finissiez par accepter cette fatalité, et par vous y soumettre ! Car même s'il prétendait le contraire, un homme avait vite fait de choisir, entre une poupée de vingt ans et une femme de quarante. C'était dans l'ordre des choses et sa fille allait bien devoir s'y faire. Les hommes comme Arnold n'avaient qu'à se baisser. Partout, les filles se bousculaient pour avoir leurs faveurs. C'était comme ça, dans le milieu, et les femmes les plus intelligentes choisissaient de faire avec. Mais pas Annie. Elle, elle avait toujours eu une trop haute opinion d'elle-même et de sa valeur – elle qui dépendait entièrement de son homme... Mais ce n'était pas encore assez, à ses yeux.

Comme Danny Boy, ses deux cadets se croyaient supérieurs au reste de l'humanité. Angelica ne s'était jamais sentie très proche d'eux et, comme l'avait souligné un génie méconnu, l'expérience, c'était comme un ticket de bus usagé : ça ne pouvait servir à personne d'autre. Elle aurait pu leur décrire leur avenir en détail, mais ils ne l'auraient pas écoutée. Alors, pourquoi user sa salive ? C'était dur à admettre, mais pour elle ils ne comptaient plus guère, ni l'un ni l'autre.

Non, ce qui lui donnait envie de se lever le matin, c'était Mary et les petites. Mary l'avait secourue à une époque où elle ne le méritait pas. Parce que, de son côté, elle ne s'était jamais beaucoup souciée de sa belle-fille. Elle n'avait pas été aussi prévenante ni aussi généreuse qu'elle aurait dû l'être envers cette pauvre Mary. Mais à présent son plus grand plaisir, c'était d'aller chez elle et de regarder jouer les petites. Ça, c'était un pur bonheur. Danny Boy n'était plus là pour faire régner la terreur, l'argent coulait à flots... Sur ce point, Ange en savait bien plus qu'ils ne l'imaginaient, tous autant qu'ils étaient.

Elle glissa un regard du côté d'Eli Williams, qui le lui retourna sous forme d'un clin d'œil espiègle. Sympathique en diable, cet Eli. Elle avait toujours eu un faible pour lui, mais il ne lui avait jamais totalement inspiré confiance. Elle en avait souvent parlé à Danny, lequel, évidemment, ne l'avait jamais écoutée. Mais, sans bien pouvoir se l'expliquer, elle avait toujours senti quelque chose de pas net, chez Eli. Une impression, comme ça. Et depuis la mort de Danny Boy, cette mort prétendument inexpliquée, cette impression n'avait fait que se renforcer. À l'enterrement de son fils, elle avait ressenti un immense soulagement mais s'était bizarrement sentie submergée par le pressentiment, encore plus fort, d'un malheur imminent. Elle avait gardé tout ça pour elle, bien sûr. Ce qu'elle pouvait ressentir était de peu d'intérêt pour ceux que ça aurait pu concerner...

Elle se contentait donc de tenir son nouveau rôle et se réjouissait de passer ses vieux jours auprès de ces gens qu'elle aimait et qui le lui rendaient bien.

Elle avait élevé trois enfants et, pour chacun des trois, était consciente d'avoir préparé leur chute. Elle avait pourtant toujours fait de son mieux – et ça, que cela leur plaise ou non, c'était la stricte vérité. Faire de son mieux. Jouer les cartes que la vie a mises entre vos mains.

Elle fit glisser les perles de nacre de son chapelet entre ses doigts, en marmonnant ses *Je vous salue Marie* avec cette résolution calme, mi-foi, mi-fatalisme, faite de désespoir et de confiance en Dieu. Comme toute la famille, elle sentait que la mort de Danny Boy leur ouvrait à tous de nouvelles perspectives.

Elle était enfin en paix avec elle-même. Les idées de grandeur de son fils, sa conquête du pouvoir, ce besoin qu'il avait de devenir un caïd respecté de tous avaient finalement eu raison de lui. Sa mort lui avait ramené la paix du sommeil et le plaisir de vivre, à l'abri de la peur et de la servitude. Tout comme cette pauvre Mary, qu'elle avait vue se métamorphoser, ces derniers mois. Elle respirait à présent une joie de vivre et une confiance en soi qui auraient été inconcevables sans la disparition prématurée de son fils.

Une disparition qui, comme elle le comprenait à présent, se préparait dans l'ombre depuis belle lurette.

Eli survola l'église d'un regard calme, en faisant profiter toute l'assistance de son éblouissant sourire. Il se sentait apprécié et il aimait ça. Il connaissait la valeur de l'amitié et savait ce que pouvait coûter la malveillance. Danny Boy, lui, avait commis l'erreur de se croire trop puissant pour se faire doubler. Eh bien, il était tombé sur un os et avait appris à ses dépens que personne n'était à l'abri d'un retour de bâton – surtout pas les gens qui ne savaient ni partager ni témoigner leur gratitude à ceux qui les avaient hissés à la place qu'ils occupaient. Eli, lui, savait apprécier les services qu'on lui rendait ; il comprenait la soif de reconnaissance qu'avaient ses collaborateurs, ces gens qui prenaient d'énormes risques pour lui, jour après jour. Il comprenait leur besoin de se sentir appréciés, d'être correctement rétribués, d'avoir la certitude que, s'ils se retrouvaient au placard, leur famille ne manquerait de rien. Ce dernier point était l'un des seuls sur lesquels Danny Boy n'avait pas trop merdé. En toute honnêteté, il avait toujours assuré, sur ce plan-là – sauf que si tant de gens étaient tombés, c'était précisément à cause de lui. Il avait balancé tous ceux qu'il voyait comme une menace ou contre qui il avait une dent. En fait, il avait tenu tout son entourage en liberté surveillée, sans qu'aucun d'eux s'en aperçoive – Danny était trop malin pour se trahir. Mais ses conneries avaient fini par le rattraper au tournant.

Quant à ce vieux faux cul de Louie, qui avait lancé Danny dans cette brillante carrière de balance, il pouvait s'attendre à recevoir la monnaie de sa pièce ! Car les caïds à l'ancienne, ces caïds que Michael et Danny voulaient et prétendaient être, avaient fait leur temps. Ils étaient à l'ère de la mondialisation et opéraient à présent à l'échelle planétaire. Lui, il n'attendrait sûrement pas de se faire descendre par un petit con, détenteur d'un passeport jamaïcain et équipé d'un arsenal financé par le Niger... Le milieu tel qu'il existait naguère n'était plus qu'un souvenir, un vestige d'un monde révolu. Une poignée de familles ne ferait pas le poids longtemps, devant ce raz-de-marée de malfrats immigrés pour qui Londres et l'Europe n'était qu'un vaste territoire de chasse encore vierge. Une nuée de prédateurs qui débarquaient avec la faim au ventre et ne pensaient qu'à faire main basse, par tous les moyens, sur ce qui passait à leur portée.

Les caïds tels que Michael et Danny Boy étaient des fossiles d'un monde obsolète où les hommes roulaient des mécaniques et où les femmes s'estimaient heureuses de leur sort. Cette époque sombrait déjà dans les brumes de l'histoire.

Mais ça, Michael était trop obnubilé par les anciennes valeurs pour le comprendre. Le moment venu, il finirait par s'écraser et par passer la main, pour le Smoke et le versant espagnol de l'organisation. Sage précaution : ce serait pour lui le seul moyen de garder le contrôle de quelque chose. Par les innombrables contacts qu'il avait dans tout Londres, Eli savait à quel point la rue avait changé et changerait encore, jour après jour. Ses informateurs le tenaient au courant des progrès de ces jeunes loups d'un nouveau genre qui s'imposaient sur le terrain. Des Africains, des Asiatiques, des Jamaïcains, qui, en plus de leurs origines bigarrées, avaient une chose en commun : leur voracité. Pour l'instant, ils étaient trop occupés à s'entre-tuer, mais ils finiraient par comprendre que, réunis, ils faisaient le poids devant n'importe qui.

Ce jour-là, il serait prêt.

Prêt à les utiliser.

Martina Cole
dans Le Livre de Poche

Le Clan n° 32119

Lily Diamond n'a que seize ans quand elle rencontre Patrick Brodie, un jeune voyou. Ensemble, ils vont fonder l'un des clans les plus puissants de l'East End. À elle, les questions domestiques ; lui, il gère ses affaires avec une poigne de fer. Lily donne naissance à cinq enfants.

Deux femmes n° 31338

Dans l'East End, banlieue sinistrée du sud-est de Londres, le danger et la violence sont l'ordinaire. Susan y joue des seules armes dont elle dispose : l'humour et l'amour infini qu'elle porte à Barry, son mari, le caïd à la gueule d'ange. Mais Barry ne sait pas l'aimer, et la frappe à la moindre contrariété.

Jolie poupée n° 32359

Joanie Brewer et ses enfants vivent dans une cité de l'East End. Joanie gagne son pain sur le trottoir, son fils Jon Jon joue au caïd et Jeanette, sa cadette, fait le mur tous les quatre matins. Quand la petite dernière, Kira, disparaît, la cité entière la recherche. Surtout Tommy, son baby-sitter obèse...

La Proie n° 31804

Freddie Jackson sort de prison. Derrière les barreaux, il a noué des contacts avec la pègre londonienne. Sa femme Jackie voudrait qu'il reste un peu à la maison, mais Freddie aime trop la bagarre et les femmes. Tandis que Jackie se noie dans l'alcool, sa sœur, Maggie, prend sa vie en main.

Le Tueur n° 32645

La terreur règne à Grantley, banlieue est de Londres : un tueur assassine et viole en toute impunité. L'enquête de l'inspecteur Kate Burrows piétine. Kate a voué sa vie à l'ordre et à la justice. Pourtant, quand elle rencontre Patrick Kelly, l'un des parrains les plus craints de Londres, elle franchit la ligne.

Du même auteur :

SANS VISAGE, L'Archipel, 2004.

DEUX FEMMES, Fayard, 2007.

LA PROIE, Fayard, 2007.

LE CLAN, Fayard, 2008.

JOLIE POUPÉE, Fayard, 2009.

LE TUEUR, Fayard, 2010.

LA CASSURE, Fayard, 2011.

IMPURES, Fayard, 2012.

Le Livre de Poche s'engage pour
l'environnement en réduisant
l'empreinte carbone de ses livres.
Celle de cet exemplaire est de :
450g éq. CO$_2$
Rendez-vous sur
www.livredepoche-durable.fr

Composition réalisée par NORD COMPO

Achevé d'imprimer en septembre 2012 en France par
CPI BRODARD ET TAUPIN
La Flèche (Sarthe)
N° d'impression : 70168
Dépôt légal 1re publication : octobre 2012
LIBRAIRIE GÉNÉRALE FRANÇAISE
31, rue de Fleurus – 75278 Paris Cedex 06

31/6883/8